KB241701

탐라문화학술총서 13

학문 융복합의 선구자

석주명

탐라문화학술총서 13

학문 융복합의 선구자
석주명

윤용택 외 저

보고사

강영봉 제주대학교 국어국문학과 교수, 국어문화원장
김치완 제주대학교 철학과 교수
문만용 KAIST 한국과학문명사연구소 교수
문태영 고신대학교 생명과학부 교수, 도시곤충연구소장
송상용 한림대 명예교수, 한국과학기술한림원 종신회원
신동원 KAIST 인문사회학부 교수
윤용택 제주대학교 철학과 교수, 탐라문화연구소장
이병철 폰박물관 관장, 『석주명 평전』 저자
이영구 한국외국어대학교 중문학부 교수, 전 한국에스페란토협회장
정세호 제주특별자치도 민속자연사박물관 동물부장
최낙진 제주대학교 언론홍보학과 교수
최 현 제주대학교 사회학과 교수

탐라문화학술총서 13
학문 융복합의 선구자 석주명

2012년 2월 29일 초판 1쇄 펴냄

저 자 윤용택, 강영봉, 김치완, 문만용, 문태영, 송상용,
신동원, 이병철, 이영구, 정세호, 최낙진, 최 현
발행인 김흥국
발행처 도서출판 보고사

책임편집 한나비
표지디자인 윤인희

등록 1990년 12월 13일 제6-0429호
주소 서울특별시 성북구 보문동7가 11번지 2층
전화 922-5120~1(편집), 922-2246(영업)
팩스 922-6990
메일 kanapub3@chol.com
http://www.bogosabooks.co.kr

ISBN 978-89-8433-971-2 93810

정가 25,000원

석주명石宙明(1908. 10. 17~1950. 10. 6)

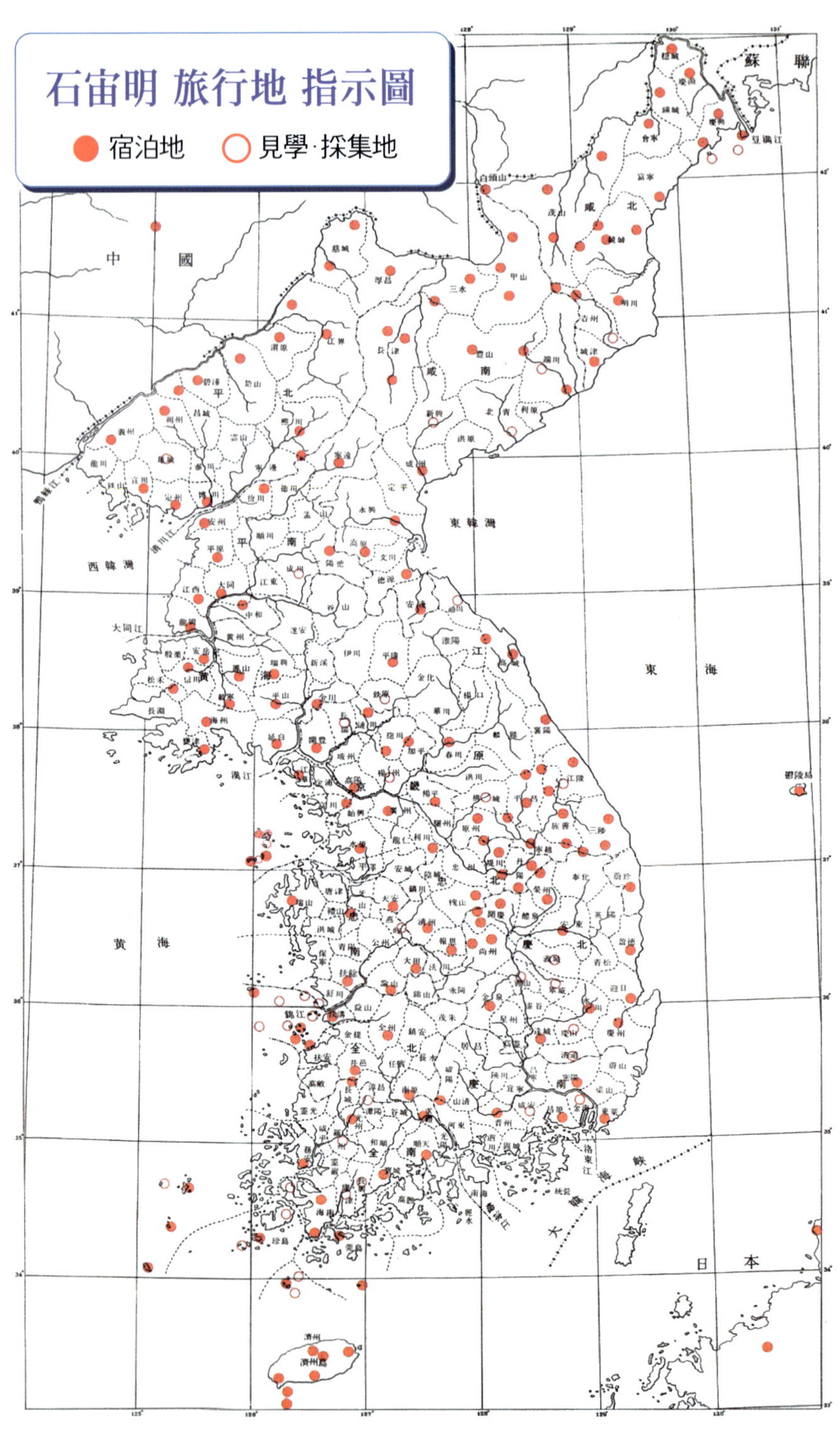

석주명의 나비채집 여행지도

『한국산접류분포도(1973)』 1쪽

백두산 나비채집여행하면서(천지)
서 있는 이가 우종인, 김숙보, 석주명, 석주일 순(1933. 7. 30)

함경북도 나비채집여행하면서(도정산渡正山 2201m)
포충망을 든 석주명과 장재순(1940. 7. 25)

함경북도 나비채집여행하면서(경성군 보상甫上 노천온천)
목욕하는 석주명(1940. 7. 28)

외동딸 석윤희(1935년생)의 어린 시절(1944. 2.) 둘째줄 오른쪽에서 세번째 여학생
석주명이 경성제대 생약연구소 제주도시험장에 근무하던 당시(1943. 4. ~ 1945. 5.)
석윤희는 서귀남소학교를 다녔다.(출처: 사진으로 보는 제주역사[1900-2006])

제주대학교 아열대농업생명과학연구소(서귀포시 토평동 소재)
예전엔 경성제대 생약연구소 제주도시험장으로 쓰였다.

아열대농업생명과학연구소 사무실
예전엔 생약연구소 사무실로 사용되었다.

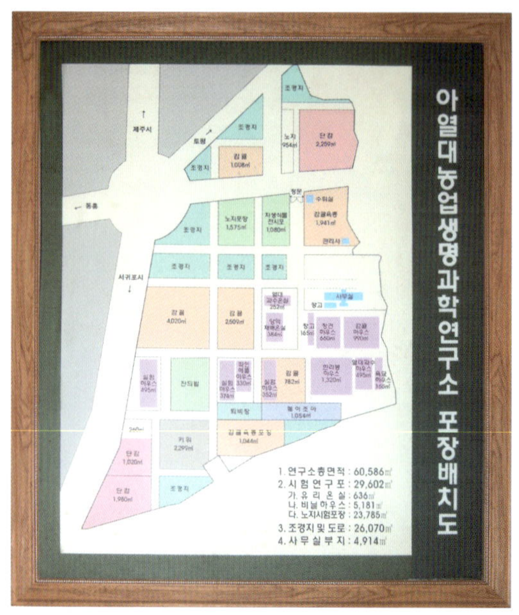

아열대농업생명과학연구소 포장(圃場) 배치도
도로 개설 및 확장 등으로 석주명 근무 당시에 비해 면적이 많이 축소되었다.

석주명이 사용하던 돌탁자
(좌측부터 송상용 교수, 강영봉 교수, 김동윤 교수, 이영구 교수, 남상호 교수)

석주명 기념비
서귀포시 토평동 소재

석주명 기념비(좌측부터 이석창 석주명선생기념사업회 공동대표 문만용 교수, 남상호 교수, 윤용택 교수, 송상용 교수)

◀ *A Synonymic List of Butterflies of Korea*(조선산 접류 총목록, 1940)
이 책은 석주명을 세계적 나비학자 반열로 끌어올렸다.

▼ **– 석주명이 명명한 한국산 희귀나비 –**

1. 수노랑이(♂)
2. 수노랑이(♀)
3. 산굴뚝나비(♂)
4. 스기다니 은점선 표범나비(♂)
5. 유리창나비(♂)
6. 부전나비(♂)
7. 긴지부전나비(♀)
8. 유리창나비(♀)

왼쪽은 나비의 윗면이고 오른쪽은 나비의 뒷면임.

『한국산접류분포도』(1973)와 『한국산 접류의 연구』(1972)

『석주명의 나비채집 이십년의 회고록』(1992)과 『한국본위 세계박물학년표』(1992)

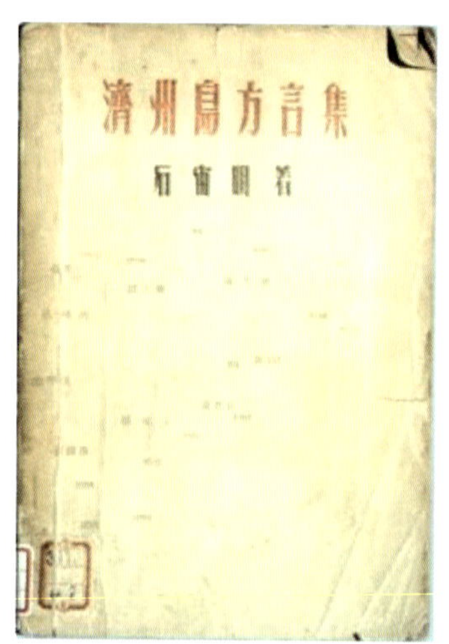

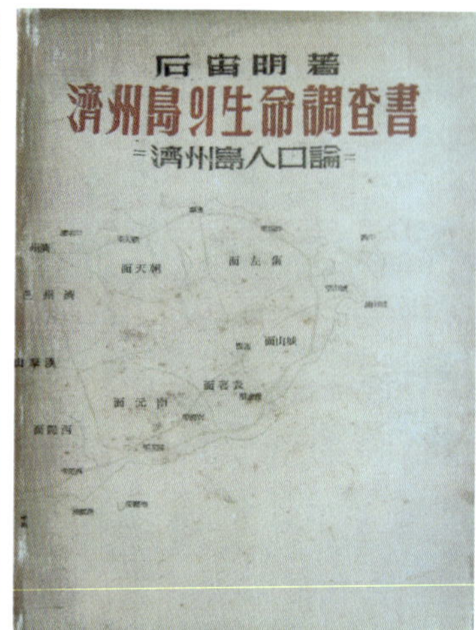

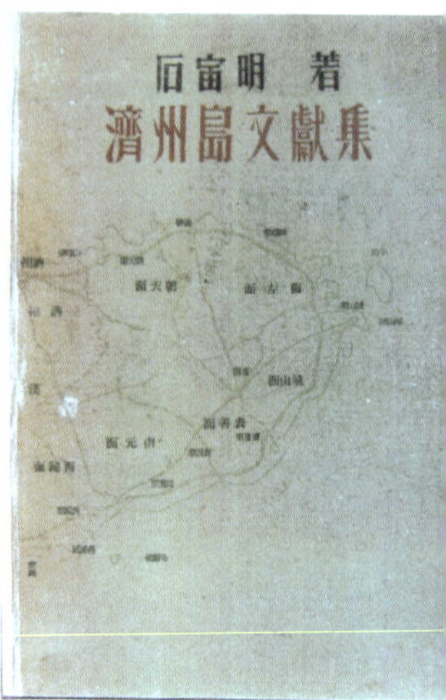

『제주도방언집』(1947), 『제주도의 생명조사서』(1949), 『제주도관계문헌집』(1949)

『제주도수필』(1968), 『제주도곤충상』(1970), 『제주도자료집』(1971)

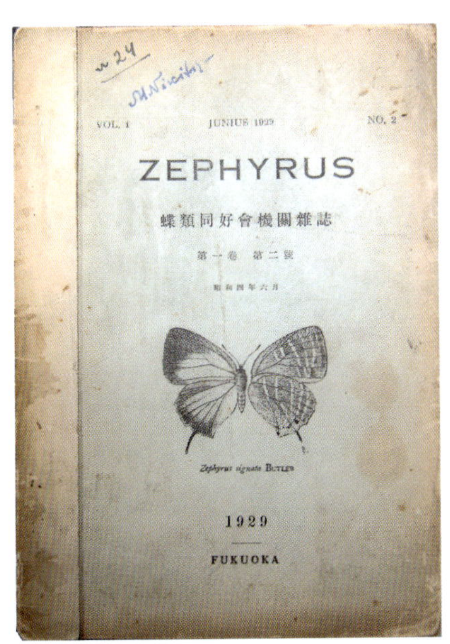

일본 나비동호회 학술지 '제피루스(*Zephyrus*)'
석주명이 해방 이전에 발표한 78편 논문 가운데 19편이 제피루스에 실려 있다.

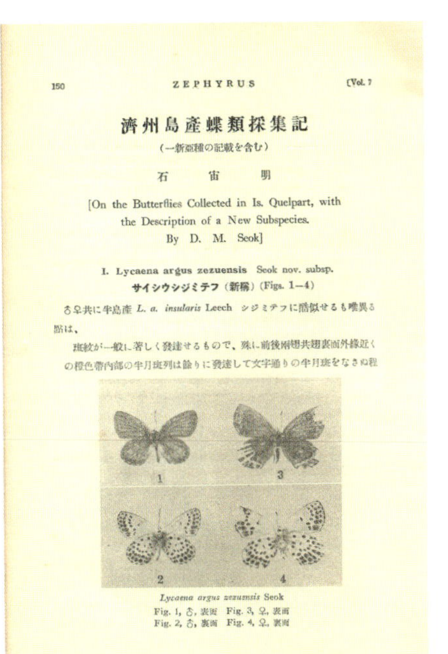
150 ZEPHYRUS [Vol. 7

濟州島産蝶類採集記
(一新亞種の記載を含む)
石 宙 明
[On the Butterflies Collected in Is. Quelpart, with the Description of a New Subspecies. By D. M. Seok]

I. Lycaena argus zezuensis Seok nov. subsp.
サイシウシジミテフ(新稱) (Figs. 1—4)

♂♀共に半島産 *L. a. insularis* Leech シジミテフに酷似せるも唯異る點は、

斑紋が一般に著しく發達せるもので、殊に前後兩翅共翅裏面外緣近くの橙色帶內部の半月斑列は餘りに發達して文字通りの半月斑をなさぬ程

Lycaena argus zezuensis Seok
Fig. 1, ♂, 表面 Fig. 3, ♀, 表面
Fig. 2, ♂, 裏面 Fig. 4, ♀, 裏面

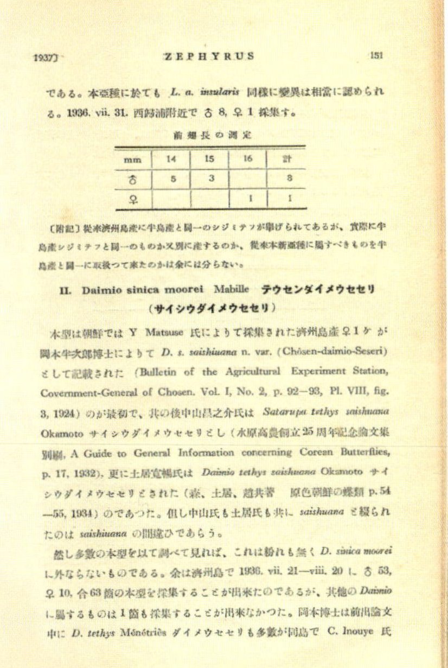
1937] ZEPHYRUS 151

である。本亞種に於ても *L. a. insularis* 同様に變異は相當に認められる。1936. vii. 31. 西歸浦附近で ♂ 8, ♀ 1 採集す。

前翅長の測定

mm	14	15	16	計
♂	5	3		8
♀			1	1

〔附記〕從來濟州島産に半島産と同一のシジミテフが擧げられてあるが、實際に半島産シジミテフと同一のものか又別に産するのか、從來本新亞種に屬すべきものを半島産と同一に取扱つて來たのかは余には分らない。

II. Daimio sinica moorei Mabille **テウセンダイメウセセリ**
(サイシウダイメウセセリ)

本型は朝鮮では Y Matsuse 氏によりて採集された濟州島産♀1ケが岡本半次郎博士によりて *D. s. saishiuana* n. var. (Chôsen-daimio-Seseri) として記載された (Bulletin of the Agricultural Experiment Station, Covernment-General of Chosen. Vol. I, No. 2, p. 92—93, Pl. VIII, fig. 3, 1924) のが最初で、其の後中山昌之介氏は *Satarupa tethys saishuana* Okamoto サイシウダイメウセセリとし(水原高農創立25周年記念論文集別刷, A Guide to General Information concerning Corean Butterflies, p. 17, 1932), 更に土居寬暢氏は *Daimio tethys saishuana* Okamoto サイシウダイメウセセリとされた(森、土居、趙共著 原色朝鮮の蝶類 p. 54—55, 1934) のであつた。但し中山氏も土居氏も共に *saishuana* と綴られたのは *saishiuana* の間違ひであらう。

然し多數の本型を以て調べて見れば、これは紛れも無く *D. sinica moorei* に外ならないものである。余は濟州島で 1936. vii. 21—viii. 20 に ♂ 53, ♀ 10, 合 63 箇の本型を採集することが出來たのであるが、其他の *Daimio* に屬するものは1箇も採集することが出來なかつた。岡本博士は前出論文中に *D. tethys* Ménétriès ダイメウセセリも多數が同島で C. Inouye 氏

'제주도산접류채집기'
제피루스 7권(1937)에 실려 있다.

일본의 나비박사 가와조에(川副昭人) 선생
그는 '제피루스' 창간호(1929년)부터 제9권(1941년)까지 전질을 탐라문화연구소에 기증해주었다.
(오른쪽은 그의 제자 오사카 경제법과대학 교수 현선윤).

석주명 선생 탄생 103주년 기념 학술대회
(2011. 10. 7-8, 제주대학교/서귀포시청)

머리말

한국의 파브르(J. H. Fabre)로 불리는 석주명(石宙明) 선생은 1908년 10월 17일 평양에서 태어나 1950년 10월 6일 서울에서 불의의 사고로 생을 마쳤다. 그는 학술논저 128편, 기고문 180편, 유고집 8권을 남겼고, 나비박사, 에스페란토 초기운동가, 제주학의 선구자 등으로 불리고 있다.

일제강점기 때 일본에서는 조선인 중에 마라톤의 손기정 선수와 나비박사 석주명 선생을 가장 부러워했다고 한다. 석주명은 해방 이후에도 신문 사회면에 사생활이 오르내릴 정도로 유명인이었지만, 한국전쟁 중에 졸지에 세상을 떠나면서 철저하게 잊혀졌다. 그는 1985년 이병철의 『석주명 평전』을 통해 세상에 다시 알려지기 시작했고, 마침내 2009년 3월에 과학기술인 명예의 전당에 헌정되었다.

하지만 아직도 그의 생애와 학문적 업적에서 밝혀져야 할 것들이 많다. 우선 그의 출생일이 대부분 1908년 11월 13일로 알려져 있는데 이는 오류이다. 그는 1908년 음력 9월 23일에 태어났고, 이를 양력으로 환산하면 1908년 10월 17일이다. 이처럼 그의 출생일(양력)에 오류가 생기게 된 것은 누이동생 석주선이 그의 유고집 『제주도수필』(보진재, 1968)을 발간하면서 발문에 "오빠! 오는 음(陰) 9월 23일(1968년 11월 13일)이 바로 오빠의 회갑이어요."라고 쓴 것을 염두에 두고, 역산하여 그의 생년월일을 1908년 11월 13일로 오해한 데서부터 비롯된다. 따라서 지금까지 잘못 알려져 온 석주명의 출생일은 1908년 10월 17일로 정정돼야 한다.

석주명은 1929년 일본 가고시마고등농림학교 박물학과를 졸업하면서 함흥 영생고보에 박물교사로 취임하여 근무하다가 1931년부터 모교인 개성의 송도고보에서 11년 동안 박물교사로 지냈다. 그는 여름방학 때마다 전국을 샅샅이 다니면서 나비를 채집하고, 분류하고 분석하여 세계적 곤충학자가 되었다. 특히 1940년에 영국 왕립아시아협회 조선지부에서 발간한 *A Synonymic List of Butterflies of Korea*(조선산 접류 총목록)는 그를 세계적 나비학자 반열로 올려놓았다. 그리고 그는 우리말을 마음대로 사용할 수 없던 일제강점기에 국제어인 에스페란토를 통해 세계의 학자들과 교류하면서 학문적 활동과 평화운동을 펼쳤다. 한편 그는 1936년 여름 한 달 동안 제주도에서 나비채집을 한 바 있고, 1943년 4월부터 2년 1개월 동안 경성제대 생약연구소 제주도시험장(서귀포시 토평동 소재)에 근무하면서 제주도의 자연, 인문, 사회 등에 대한 자료를 조사하고 연구하여 6권의 '제주도총서'를 냄으로써 제주학의 선구자가 되었다.

석주명은 나비에서 시작하여 자연과학과 인문사회학을 가로지르는 폭넓은 학문적 업적을 남기고 있어서 한마디로 '이런 사람'이라고 규정하기 어렵다. 하여 제주대 탐라문화연구소와 석주명선생기념사업회에서는 그를 기리기 위해 '학문 융복합의 선구자 석주명을 조명하다'라는 주제로 2011년 10월 7~8일 제주도에서 석주명 선생 탄생 103주년 기념 학술대회를 개최하였다. 당시에 석주명 평전 작가인 이병철 선생, 한국과학사학계의 원로인 송상용 선생, 전 한국곤충학회장이자 석주명선생기념사업회 공동대표인 남상호 교수, 전 한국에스페란토협회장인 이영구 교수, 석주명에 관심이 많은 카이스트의 신동원 교수와 문만용 교수, 제주어 연구가인 강영봉 교수 등을 비롯하여 각 분야 30여명의 관련 학자들이 참여하여 그를 입체적으로 조명해보았다.

이 책은 당시 학술대회에서 발표된 글과 토론 내용을 정리한 것을 바탕으로 기존에 발표된 「석주명의 '제주도총서'의 출판학적 의미」(최낙진, 2008), 「석주명의 제주학 연구의 의의」(윤용택, 2011)를 추가하고, 석주명

선생이 1936년 여름 한 달 간 제주도에서 나비채집을 하면서 기록한 「제주도산접류채집기(濟州島産蝶類採集記)」(1937)와 일본의 석주명 연구가인 시바타니 아쓰히로(柴谷篤弘)의 「재설 석주명(再說 石宙明)」(1985)을 번역하여 실었다. 그리고 이참에 석주명에 관심 있는 이들을 위해 그의 생애, 학술적 업적뿐만 아니라 사후에 이뤄진 석주명 관련행사와 발표된 글들을 연보(年譜)로 정리하였고, 석주명 연구자들의 편의를 위해 참고문헌을 한 곳에 모았다.

2011년 석주명 학술대회 직전에 일본의 나비박사 가와조에(川副昭人, 1927~) 선생이 일본의 나비전문 학술지 '제피루스(*Zephyrus*)' 창간호(1929년)부터 제9권 2호(1941년)까지 전질을 탐라문화연구소에 기증해주셨다. '제피루스'에는 석주명의 첫 학술논문인 「조선 구장(球場)지방산 나비목록」(1932)을 비롯하여 해방 이전에 발표한 78편의 학술논문 가운데 19편이 실려 있고, 아직 우리에게 잘 알려지지 않은 내용(여기에 실린 사진들도 그 일부임)도 들어있다. 평생을 보관해오던 귀중한 보물을 기증해주신 가와조에 선생님과 뒤에서 도움을 주신 현선윤 교수께 깊은 감사를 드린다.

이 책의 발간을 계기로 석주명 선생의 나머지 자료들도 하루빨리 수집되고 분석되어 그의 학문적 업적이 보다 심층적으로 재조명되기를 기대한다. 그리고 모두들 손 놓고 있을 때 석주명선생기념사업회를 이끌어오신 이석창, 남상호, 양영철 공동대표님께 깊은 감사를 드리며, 옥고를 다듬어 보내주신 필자들, 학술대회에서 좋은 토론을 전개하신 토론자들, 일문을 번역하느라 애쓴 안행순 선생께 고마움을 전한다.

2012년 2월

집필진을 대신하여

탐라문화연구소장 윤용택

차례

부 록

제 I 부

학문융복합의 선구자 석주명

‘석주명 제대로 알기’ 여정을 돌아보다*

이병철_폰박물관 관장, 『석주명 평전』 저자

1. 들어가는 말

저는 학계에 몸담지 않은 사람으로서 석주명 학술대회에 참여하는 것을 주저했습니다. 그러다가 석주명의 생애와 업적을 대중에게 처음 알린 사람으로서 이 행사가 열리기까지 지나온 세월을 정리해 보자고 생각했습니다. 국내외 인사들에 의해 한국 나비가 연구된 수십 년 역사를 석주명이 ‘한국 나비 연구사’로 정리했듯이, 전례 없이 규모가 큰 이 행사의 들머리에 ‘석주명 연구사’를 먼저 정리하는 것이 의미가 있다고 보았기 때문입니다. 더구나 석주명은 그 뛰어난 업적에도 불구하고 거짓말처럼 완전히 잊혔다가 수십 년 만에야 되살아났습니다. 그렇기에 그의 학문을 논하기에 앞서 과거에 우리가 어떻게 그를 잊었고,

* 이 글은 제주대 탐라문화연구소와 석주명선생기념사업회가 공동주최한 석주명 탄생 103주년 기념학술대회 〈학문 융복합의 선구자 석주명을 조명하다〉(2011년 10월 7~8일, 제주대, 서귀포시청)에서 발표된 「‘석주명 제대로 알기’ 여정을 돌아보다」를 일부 수정한 것이다.

아직 미흡한 '석주명 제대로 알기' 여정(旅程)이 어디에 이르렀는지 짚고 넘어가야 한다고 생각합니다.

학자인 석주명이 오랜 세월 잊힌 배경에 학자들이 반성해야 할 부분이 많습니다. 석주명은 학자인데도 학자들이 먼저 그의 학문 내용과 업적을 연구하고 그 결과가 일반인에게 알려진 것이 아니라, 저널리스트의 평전을 통해 먼저 알려진 뒤 초등학교 교과서에까지 실리고 나서야 비로소 학자들에게 조명되는 역순(逆順)으로 진행되고 있기 때문입니다. 필자는 1985년 석주명 평전을 처음 펴냈는데, 석주명을 연구한 첫 논문(문만용 '조선적 생물학자 석주명의 나비 분류학')은 그로부터 12년이 지나서야 나왔습니다. 제가 그 논문을 밑줄을 그어가며 읽으면서 '이런 논문들이 내 책보다 먼저 나왔더라면 더 좋은 평전을 썼을 텐데'하고 아쉬워했던 기억이 새롭습니다. 제주대학에 탐라문화연구소가 설치된 해는 1967년입니다. 〈한국민족문화대백과사전〉에 '제주도학 전문기관'이라고 소개된 탐라문화연구소가 '제주도학'이라는 말을 처음 썼고 '제주도총서'를 쓴 석주명을 이제야 본격 조명하는 것도 만시지탄의 한 예입니다.

학자들이 진정 반성해야 할 것은 석주명이 오랜 세월 잊힌 사유가 동배(同輩)와 후학의 편협과 고의에서 말미암았다는 엄연한 사실입니다. 이 글은 (1) 석주명이 한국 나비 연구사를 5단계로 나눈 것을 흉내 내어 석주명이 연구된 60년을 4단계로 정리해 현주소를 살피고 (2) 석주명 연구사에서 드러난 학계의 문제점, 즉 후대로 하여금 석주명을 잊게 한 잘못을 평전 취재 뒷이야기를 통해 지적했습니다. 그리고 (3) 석주명과 제주도에 대한 단상을 덧붙였습니다.

2. 석주명 연구사 60년
—평전 1권, 석사논문 1편의 초라한 성과—

1) 제1단계; 1950~1959년

1950년대 10년간은 일본에서만 석주명을 기린 시기이다. 석주명은 급서한 이후 전쟁과 사회 혼란의 와중에서 철저히 잊혀버리고 말았다. 그렇다고 한국전쟁 때 죽은 유명 인사가 모두 석주명처럼 완벽하게 잊힌 것은 아니라는 점을 유념해야 한다. 부끄럽게도 이 기간 한국에서는 석주선이 오빠를 회고하는 짤막한 글을 잡지에 한 번 실은 것이 전부이지만, 일본에서는 석주명을 기리고 그의 이론을 소개하는 일이 활발했다.

* 1952년 노무라 겐이치(野村建一)가 대학 교재 『곤충학 입문』에 개체변이 이론 소개.
* 1954년 다카지마 하루오(高島春雄)가 일본 동물학회지에 석주명 추도문 발표.
* 1955년 야쓰마쓰 게이조(安松京三)가 대학 교재 『응용 곤충학』에 분포곡선 이론 소개.
* 1955년 시로즈 다카시(白水隆)가 석주명의 업적을 기려 흑백알락나비의 학명에 석seoki자를 헌정해 Hestina Japonica seoki SHIROZU로 명명.
* 시바타니 아쓰히로(柴谷篤弘)가 네발나비 과(科)에 '석'자를 딴 세오키아seokia라는 속(屬)을 새로 설정하고 홍줄나비 학명을 세오키아 프라티Seokia prati로 명명.

2) 제2단계; 1960~1983년

석주명의 유고들이 발간되고 그의 삶이 잡지 등에 단편적으로 소개된 시기이다. 석주명의 생애나 학문을 본격적으로 연구하고 조명한 책이나 행사는 없고, 그를 소개한 글들은 어떤 업적이 그를 유명하게 했는지 설명하지 못한 채 그저 개인적인 일화 몇 가지와 '세계적인 나비 연구가였다'는 추상적인 말만 함으로써 석주명이라는 이름을 일반 국민에게 각인하지 못했다. 생물 과목 교사들조차 석주명을 아는 이가 거의 없는 실정이었다. 게다가 미승우의 글 외에는 대부분이 오류투성이었다. 심지어 〈동아일보〉 과학담당이던 오봉환 기자는 〈한국인물사〉라는 전집에 실린 글에 '전설의 고향'을 방불케 하는 엉터리 내용을 조작해 실었다.

"파브르가 세상을 떠난 뒤 그의 관 위에 수많은 곤충이 애도하듯 날아왔다고 하지만, 석주명이 떠난 뒤에도 그가 사랑했던 수백 마리의 나비들이 봄철이 되면 그가 사는 유택에 날아들어 온다는 전설적인 이야기가 전하여 오기도 한다."

한국 최초의 본격적인 백과사전으로 화제를 모았던 〈동아원색세계대백과사전〉도 오류 대열에서 예외가 아니다. 겨우 255 글자로 이루어진 짧은 글에조차 오류가 한두 군데가 아니다. 가령 '1940년 우리나라 〈접류목록〉을 출간하고'라는 대목은 '1940년 *A Synonymic List of Butterflies of Korea*(조선산 접류 총목록)를 출간하고'라고 해야 맞다. 또 '제주도 시험장에 근무하는 2년간 제주도 방언을 연구했으며, 개성 본소로 전근하여 5년간의 연구 끝에 『제주도방언집』을 출간했다'고 되어 있는데, 실상은 1943년 4월 제주도에서 방언 수집을 시작해 1947년 6월 개성에서 탈고하기까지 4년2개월이 걸렸으므로 '제주도에서 2년, 개성에서 5년, 도합 7년 연구'라는 것은 한참 잘못되었다. '100여 편의 나비 관계 연구 논문 중 특히 「배추흰나비의 변이곡선」은…'이라는 대목의 논문 제목은 「조선산 배추흰나비의 변이 연구」를 잘못 쓴 것이다.

이 시기에 있었던 가장 아름답지 못한 사건은 1973년 석주명 필생의 역작 『한국산 접류 분포도』(The Distribution Maps of Butterflies in Korea)가 발간되고도 출판사 창고에 쌓인 채 빛을 보지 못했다는 사실이다. 뒤에서 그 사연을 밝히겠지만, 새로운 이론이나 학설은 바로바로 전세계 학자들에게 알려져 학문 발전에 이바지해야 한다. 석주명이 전란 중에도 배낭에 넣어 메고 다니며 지켜낸 원고가 23년이 지나서야 발간된 것도 기가 막힐 노릇인데, 사소한 다툼 때문에 다시 10년을 사장(死藏)되다니! 1983년 이병철이 중재해서 이 책을 세상에 내어놓은 뒤 나비학자 이승모에게 한 권을 전달했을 때 그가 한숨과 함께 뱉은 첫마디는 "이제는 아무 소용이 없어졌어요"였다.

* 1960년 미승우가 쓴 「나비학자 석주명선생 10주기를 맞아」〈조선일보〉(10월6일)에 실림
* 1964~1972년 석주명의 유고 4권 차례로 발간(『제주도수필』『제주도곤충상』『제주도자료집』『한국산 접류의 연구』).
* 1970년 강영선이 쓴 「석주명」〈한국근대인물백인선〉(『신동아』 1월호 부록)에 실림.
* 1972년 석주선이 「석주명의 생애와 업적」 강연(석주명 추모회 겸 자멘호프 축제)
* 1973년 석주명 유고 『한국산 접류 분포도』(*The Distribution Maps of Butterflies in Korea*) 발간(보진재). 그러나 서점에 나오지 못하고 출판사 창고에 사장됨.
* 1976년 서광운이 쓴 「석주명과 우장춘」 월간 『뿌리깊은나무』 6월호에 실림.
* 1976년 김덕형이 쓴 『한국의 명가』(일지사. 『주간조선』 연재기사 묶음)에 「석주명」 실림.
* 1979년 미승우가 쓴 「나비 연구에 바친 일생」과 「잊을 수 없는 사람

– 석주명」이 『세대』(6월호)와 『열매』(6월호)에 각각 실림.

* 오봉환이 쓴 「나비 연구가의 나라 사랑」이 전집물 〈한국인물사〉에 실림.
* 1980년 KBS TV가 특집 프로 「석주명」 방영.
* 1981년 '석주명 선생 추모 학술 강연회'(단국대 석주선기념민속박물관).
* 1983년 〈동아원색세계대백과사전〉에 소개.
* 1983년 12월 27일 『한국산 접류 분포도』 출판된 지 10년 만에 서점에 배포됨.

3) 제3단계; 1984~1996년

평전과 초등학교 교과서를 통해 석주명이 대중에게 제대로, 널리 소개된 시기. 어린이용 위인전도 더러 출판되었지만 학계에서는 어떤 움직임도 없었다.

* 1984년 이병철이 쓴 「나비와 더불어 한평생」이 월간 『열매』(1983년 12월호, 1984년 1, 2월호)에, 「외곬 인생의 나비박사 석주명」이 월간 『한국인』(3월호)에 실림.
* 1985년 시바타니 아쓰히로가 쓴 추도문 「석주명」이 일본 인시(鱗翅)학회지 『やどりが』 123호에 실림.
* 1985년 이병철이 쓴 평전 『석주명』(동천사) 발간. 〈동아일보〉가 당시로서는 이례적으로 지면을 크게 할애해 소개한 덕분에 초판이 바로 매진되면서 비로소 석주명의 생애와 학문 세계가 일반에게 알려졌다.
* 1987년 시바타니 아쓰히로가 평전 『석주명』을 검증해 쓴 특집 「재설 석주명」이 『やどりが』 128호에 실림. 시바타니는 평전 『석주명』을 뒤늦게 구해 번역해 읽은 뒤 서울을 찾아와 여러 사람을 인터뷰

하며 석주명이 죽던 날의 동선(動線) 등 책 내용을 검증한 뒤 「재설 석주명」을 썼다. 석주명에 대한 일본 학계의 존경심과 치밀함이 돋보인 사례이다.

* 1988년 이병철이 쓴 『위대한 학문과 짧은 생애』(아카데미서적) 발간. 평전 『석주명』을 발행한 동천사가 문을 닫아 같은 내용을 제목만 바꾸어 발행했음. 1993년에는 성현출판사가 같은 제목을 이어받아 발행함.
* 1990년 국민학교 교과서 『탐구생활 6-1』에 「한국의 나비박사 석주명」(2쪽) 실림.
* 1990년 5월 이병철이 국립민속박물관에서 「석주명과 제주도」 발표(제주도연구회).
* 1992년 어린이용 석주명 글 모음 『나비박사 석주명의 과학나라』(현암사) 발간.
* 1993년 한글판 〈브리태니커백과사전〉에 소개. 503자 분량. 오류 없으나 내용은 빈약.
* 1994년 이병철이 쓴 저학년 어린이용 위인전 『석주명』(계몽사) 발간.
* 1994년 박상률이 쓴 고학년 어린이용 위인전 『석주명』(사계절) 발간.
* 1996년 국민학교 교과서 국어 『읽기 3-2』에 「파브르」(2쪽)와 함께 「석주명」(4쪽) 실림.

4) 제4단계; 1997년~현재

비로소 석주명의 학문에 대한 재조명과 연구가 시작된 시기이다. 그러나 최초의 연구 논문인 「조선적 생물학자 석주명의 나비분류학」이 1997년에 나오고 14년이 흐른 지금까지도 그 뒤를 잇는 본격적인 연구

논문이나 학위 논문은 나오지 않았다. 학술 발표회는 여러 차례 열렸는데, 단순히 생애를 소개한 것도 여럿 있어서 아쉽다. 석주명 관련 세미나를 제주도에서 자주 연 석주명선생기념사업회 활동이 더욱 기대된다. 문만용 등 몇 사람이 초등학생용 책을 썼고, 취학전 어린이에게까지 석주명 알리기가 이루어졌다.

* 1997년 문만용의 「조선적 생물학자 석주명의 나비분류학」, 서울대 석사논문 심사 통과.
* 1997년 이병철이 쓴 「나비박사 석주명의 생애와 학문」, 『과학사상』 21호(범양사) '논단'에 실림.
* 1998년 이병철이 쓴 「4월의 문화인물 석주명」 소책자(문화관광부) 발간.
* 2000년 10월 '제주학 연구의 선구자 고 석주명 선생 재조명' 세미나(제주전통문화연구소).
* 2002년 이병철이 쓴 개정 신판 『석주명 평전』(그물코) 발간.
* 2003년 6월 석주명 흉상 제막 및 '제주학의 선구자 나비박사 석주명 선생의 삶' 세미나 (서귀포시청)
* 2005년 10월 '석주명 선생 기념사업을 위한 세미나'(서귀포문화사업회).
* 2007년 3월 석주명선생기념사업회 창립 및 '석주명 선생 기념사업 총회를 위한 심포지엄'(석주명선생기념사업회).
* 2008년 12월 석주명 선생 탄생 100주년 기념 세미나 '석주명 선생과 제주와의 아름다운 만남'(석주명선생기념사업회).
* 2009년 3월 과학기술인 명예의 전당에 석주명이 헌정됨(한국과학기술한림원).
* 2009년 4월 '닮고 싶은 과학자 나비박사 석주명의 Life Story 포럼'(국립과천과학관).

* 2010년 2월 석주명 선생 타계 60주년 기념 세미나 '석주명 선생과 아열대농업생명과학연구소'(제주대 · 석주명선생기념사업회).
* 2010년 이병철이 쓴 청소년용 위인전 『열정의 나비박사 석주명』(작은씨앗) 발간.
* 2011년 윤용택의 「석주명의 제주학 연구의 의의」, 『탐라문화』 제39호에 실림.

이 결어 부분은 길게 쓸 것이 없다. '초라하다'는 한마디면 족하다. 석주명이 타계한 지 61년째인 오늘까지 우리가 세상에 내어놓은 진지한 성과는 35년 만에 나온 평전 한 권과 47년 만에 나온 석사학위 논문 한 편뿐이다. 저널리스트가 쓴 평전은 '석주명 널리 알리기' 소임을 다했지만, 학자들은 '석주명 제대로 알기'에서 단 한 걸음을 떼었을 뿐이다.

석주명의 첫 번째 업적은, 외국인들이 그보다 앞서 한국 나비를 연구하면서 범한 오류를 바로잡은 형질분류학에서 이룩되었다. 그는 나비의 형질상 특징을 일일이 측정하여 개체변이 현상에 따른 변이곡선 이론을 확립했다. 그에 따라 동종이명(同種異名, synonym) 900여종을 말소함으로써 1천종이 넘는다고 잘못 알려진 한국 나비를 248종으로 최종 분류함으로써 세계 생물학계의 명명규약에 허점이 있음을 처음으로 밝혀냈다. 석주명의 두 번째 업적은, 분류지리학 개척이다. 국내 방방곡곡을 답사하고 나비를 채집하여 나비의 유연관계와 분포 상태를 계통 세운 걸작 『한국산 접류 분포도』를 남겼다. 세 번째 업적은, 제주도학을 염두에 둔 '제주도총서' 여섯 권으로 오늘날 제주도를 연구하는 데 없어서는 안 될 귀중한 자료이다.

그런데 후학들은 석주명의 첫 번째 업적(형질분류학)에 대해서는 문만용의 석사학위 논문으로 연구의 첫걸음만 떼었을 뿐이고, 두 번째 업적(분포지리학)에 대해서는 그것을 연구해 발전시키기는커녕 석주명이 내어놓은 결과물 『한국산 접류 분포도』를 유효 기간이 지난 쓸모없는 상품으로 만들었다(다음 장 '취재 뒷이야기'에 자세히 설명했다). 세 번째 업적(제주도학)에 대해서는, 관련 행사와 세미나가 요즘 들어 활발한 것에 비해 본격적인 연구·학위 논문은 한 편도 내어놓지 못했다. 업적(논문)에 모든 것을 걸고, 오로지 논문으로 모든 것을 말했던 석주명임을 생각할 때 우리 학계의 석주명 연구사 60년은 참으로 부끄럽기 그지없다.

3. 석주명을 망각케 한 사람들

1) 석주명 평전 취재 뒷이야기

전문학교를 나와 중학교 교사를 하면서 42년이라는 짧은 생애에 128편에 달하는 논문을 발표한 석주명. 그는 실력으로 일본 학자들을 눌렀고, 우리 것을 탐구함으로써 겨레의 자존심도 지켰다. 일제 치하에서 창씨개명을 하지 않았고, 광복 이후에는 국학을 제창하고 우리 국토를 구명(究明)하는 데 힘을 쏟았다. 일제 치하에서 조선 사람이 이룬 가장 뛰어난 학문 업적, 유례를 찾기 힘든 각고의 노력. 그는 우리가 겨레의 표상으로 삼을 충분한 조건을 갖추었는데도 왜 우리는 60년 동안 그의 영전에 평전 한 권과 논문 한 편밖에 내어놓지 못했을까.

석주명 평전을 쓰느라 여러 사람을 인터뷰하면서 필자가 놀란 것은, 거의가 석주명이 아주 유명했다고 말하면서도 왜 유명한지, 즉 그의 학문 업적과 학문 이론이 무엇인지 모른다는 점이었다. 평전이 출판되고 나서 어느 날 서울 ㄱ대학의 ㅅ교수와 사당동에서 저녁 겸 술자리를 함께 했다. 나비를 전공하는 그는 ㅇ출판사가 낸 나비 도감의 저자였다. 필자보다 훨씬 나이가 많은 그는 뜻밖에 겸손했다.

"솔직히 말하자면, 나는 석주명 이름은 들어보았지만 그 분이 왜 유명한지는 몰랐어요. 이선생 책을 보고서 알게 되었는데, 부끄럽습니다."

필자는 자기의 과문함을 고백한 대학 교수의 용기에 감탄했지만, 나비를 전공하는 학자가 석주명의 이론과 업적을 모른다는 사실에 아연했다. 어떻게 이런 일이 벌어졌을까? 그 이유를 추론할 몇 가지 예를 들어 보겠다.

석주명이 왜 유명했는지 알고자 애쓰던 필자는 어느 눈 오는 날 석주명의 이론이 소개된 노무라 겐이치의 『곤충학 입문』을 빌리려고 멀리 있는 ㄱ대학을 찾았다. 전화로 약속하고 갔는데도 ㅇ교수는 깜박 잊고 집에서 가져오지 못했노라고 변명했다. 두 번째 방문 때도 마찬가지. 석주명 평전 쓰는 것을 그가 못마땅해 한다는 것을 알아챈 필자는 신촌에 사는 ㄱ명예교수를 찾아갔다. 그는 "이삿짐을 쌌으니 자네가 풀어서 책을 찾게"라고 했다. 넥타이 차림으로 몇 시간 걸려 이삿짐을 다 풀었으나 책은 나오지 않았다. 그제서야 ㄱ은 "아참! 얼마 전 아무개에게 빌려줬지"라고 둘러대는 것이 아닌가. 짐을 도로 싸주고 그냥 돌아설 수밖에. 필자의 군대 시절 친구이자 ㄱ대학 생물학과 미생물학 교수인 ㄴ은 언제인가 필자와 얘기를 나눌 때 석주명을 애써 무시했다.

"분류학 같은 거 먼 옛날 얘기야. 요즘 누가 그런 기초를 공부하나? 미생물학에선 그런 거 몰라도 되니까 난 석주명에게 관심 없어."

석주명의 송도고보 제자로서 석주명의 추천을 받아 일본 도호쿠 대학을 다닌 덕분에 서울대 교수를 지낸 ㄱ은 석주명의 이론을 잘 알면서도 필자 면전에서 이렇게 폄하했다.

"그 분은 전문학교밖에 못 나왔어요. 그 분 이론이라는 게 자로 날개 길이를 재고 눈으로 무늬 수를 센 거예요. 그런 건 초등학생도 할 수 있는 일 아닙니까."

전문학교를 나와 중학교 선생을 한 사람에 대한 우월감, 자기 학교 출신이 아닌 사람에 대한 배타심. 이 땅의 학자들은 그들이 그토록 권위를 인정했던 일본 학자들조차 승복한 석주명의 이론을 학벌의 우월감과 학연의 배타심 때문에 모른 척 세상에 알리지 않았다. 석주명의 사생활과 학문을 속속들이 꿴다는 한 나비학자는 필자에게 '그런 사람을 왜 세상에 알리려고 하느냐'며 헐뜯었다. 그는 석주명이 부도덕한 일을 저질러 송도중학에서 쫓겨났으며, 인민군에 부역한 죄로 9·28 서울 수복 뒤 국군에게 총살당했다고 설득(?)했다. 몇 년 전 타계했지만, 그가 말년에는 일본 학자들에게까지 똑같이 음해했음을 필자는 나중에 전해 들었다. 외면과 무시, 배척과 폄하로도 모자랐나 보다. 그것은 숫제 매장(埋葬) 아닌가.

이렇게 해서 우리는 석주명 이름 '석' 자를 잊었다. 설혹 필자 이전에 석주명에게 관심을 가진 작가나 저널리스트가 있었다 한들 석주명의 이론을 알아낼 책이나 이야기를 들려줄 호의적인 학자가 몇 없었으니 어떻게 그를 뒷사람에게 소개할 수 있었겠는가. 그렇다고 학자들만 탓할 일은 아니다. 석주명을 '최고'라고 떠받들던 석주선조차도 자기 오빠의 평전을 쓰는 필자에게 숨기는 것이 많았다. 부친이 요릿집(기생집)을 했다든가, 석주명이 한쪽 다리를 약간 절었다든가, 첫 번째 결혼에 실패한 재혼남이라든가(첫 부인은 강물에 투신자살했다) 하는 것들을 모두 오빠의 프라이버시를 지킨다며 함구했다. 필자가 다른 곳에서 취재해 확인하면 "그런 걸 어떻게 다 알아냈을까?" 겸연쩍어하면서 마지못해 시인하곤 했다.

사실을 왜곡한 것도 있다. 석주명을 취재하려는 사람이라면 누구나

누이동생이 석주명을 제일 잘 알 것이라고 생각하기 마련이다. 필자에게도 인터뷰 대상 1호는 석주선이었다. 그러나 그녀는 오빠의 어린 시절 등 사생활 외에 학문은 전혀 몰랐다. 처음 그녀를 만났을 때 자기는 아무 것도 모르니 미승우를 찾아가라면서 연락처를 가르쳐 주었을 정도였다. 그러나 가정사 얘기가 나오면 달랐다. 석주명의 가정불화와 이혼이 온통 부인 김윤옥에게서 비롯된 듯이 얘기 보따리를 풀어놓았다. 평전에는 그래서 김윤옥에 대한 부정적 묘사가 꽤 있다. 필자는 김윤옥의 생사도 몰랐고, 1954년 대학 2학년 때 미국으로 간 외동딸 석윤희의 연락처는 석주선이 가르쳐주지 않았다. 가정사에 관한 한 취재원(取材源)은 석주선 뿐이었다. 하지만 필자는 그 불가피했음도 취재 미숙임을 시인한다.

1985년 석윤희가 한국을 방문했다. 퇴근 후 시청앞 프라자호텔 일식당에서 석윤희 부부를 만났다. 3년 가까이 열병을 앓듯 석주명에게 미쳐 있던 필자로서는 석주명의 유일한 혈육을 만났다는 사실이 꿈만 같았다. 얘기를 나누다 보니 석윤희는 생모(김윤옥)와 멀지 않은 곳에서 살며 가끔 만난다고 했다. 그날, 그리고 석윤희가 미국으로 돌아간 뒤 필자와 여러 차례 통화하고, 다시 한국에 나와 만나고 하면서 들려준 얘기를 압축하면 이렇다.

"고모의 얘기는 과장이다. 오빠를 끔찍이 생각한 시누이가 잘못을 올케에게만 돌렸다."

석주명 평전을 읽은 김윤옥의 반응도 들었다. '다 옛날 얘긴데 이제와서 아니고 말고 할 게 뭐 있느냐. 굳이 내용을 고치기를 바라지 않는다'며 씁쓰레 웃으시더란다.

숨기고 왜곡한 것은 취재할 때만 속상했다. 그에 비해 석주명이 죽기 전날까지 쓴 메모 형식의 탁상일기를 석주선이 보여주지 않아 지금까지도 모른다는 사실은 필자에게 깊은 상흔이다. "훌륭한 사람이니까 책으로 쓰는 것 아닙니까. 사소한 약점은 오히려 인간적인 면을 드러낼 수 있고, 그것을 극복한 얘기가 더 사람들에게 감동을 줍니다." "음- 음-. 그럼 다음주 수요일에 학교로 가지고 올 테니까, 그때 가져가요." 이런 설득과 약속이 참으로 여러 차례 되풀이되었지만, 필자는 끝내 일기를 보지 못했다.

논문이 나온 뒤에 알게 된 오류는 개정 신판에서 고쳤다. 그러나 석주명이 쓴 탁상일기를 참고하지 못한 취재 미숙은 어쩌랴. 필자는 평전의 불완전함에 한없이 부끄러움을 느낀다.

2) 『조선산 접류 총목록』은 전시 · 보관용인가

필자가 석주선에게 갖는 섭섭한 마음은 또 있다. 그녀는 *A Synonymic List of Butterflies of Korea*(조선산 접류 총목록)을 두 권 가지고 있었는데, 그 중 한 권을 필자에게 주겠다고 한 약속을 끝내 지키지 않았다. 세상에! 자기가 가장 자랑스럽게 생각하던 오빠의 생애와 학문을 후세에 전하는 일을 했고 앞으로도 계속할 사람에게 여분이 있는 책조차 주지 않다니. 석윤희도 이 책을 가지고 있다. 필자는 1998년 4월 석윤희 부부와 충무로에서 함께 식사하면서 간절한 바람을 담아 '석주선씨가 그 책을 주겠다고 한 약속을 지키지 않았는데, 내게는 그 책이 참 필요하다'고 얘기한 적이 있다. 2009년 과천국립과학관 포럼에서 만났을 때 석윤희가 뜬금없이 '그때 그 말을 기억한다'고 먼저 말하기에 필자가 더 놀랐다. 그녀는 어떻게 하겠다는 말은 없었다. 필자가 책을 빌려달라고 정식으로 청했지만 답은 얻지 못했다.

필자는 이 책을 석주선에게 빌려 사진을 찍고 돌려주었다. 며칠 가지고 있었는데 돌려 달라고 재촉해 충분히 살펴보지 못했다. 다른 사람은 더할 것이다. 책이나 세미나에서 석주명에 관한 글을 발표한 사람들 중에 이 책의 실물을 본 사람이 몇이나 될까. 이것이 석주명 연구의 현주소이다. 석주명의 혈육에게 남겨진 세 권. 이 땅의 석주명 연구가 중 과연 누가 이 책을 옆에 두고 석주명을 연구하는 복을 누릴지 두고 볼 일이다.

A Synonymic List of Butterflies of Korea(조선산 접류 총목록). 이 책은 석주명을 연구하는 사람이라면 당연히 닳도록 보아야 할 책이지만, 일반에게도 꼭 실물을 보여주며 영문 제목과 한글 제목이 다른 이유를 설명할 필요가 있다. 필자가 두어 번 TV 방송의 출연 요청을 거절한 것도 시청자에게 보여줄 '그림'이 없었기 때문이다. 이 책의 영문 제목은 '조선산 접류의 동종이명 목록', 즉 '가짜 조선산 접류 목록'이라는 뜻이다. 그런데 석주명은 이 책을 우리말로 표기할 때 언제나 정반대인 『조선산 접류 총목록』이라고 썼다. 뿐만 아니라 『조선산 접류 총목록』이라고 했으니 석주명이 이 책에서 확정했다는 한국 나비 255종의 목록이라고 생각하기 쉬운데 책에는 1,000종이 넘는 학명이 나열되어 있다. 사람들을 헷갈리게 하는 이 두 가지가 바로 석주명의 진면목을 확연히 드러내는 포인트이다.

*A Synonymic List of Butterflies of Korea*는 동종이명(synonym)이 생겨난 원인과 변이곡선 이론을 설명한 책이 아니다. 변이곡선 이론의 최종 목표는 가짜(동종이명)를 없애고 진짜를 내세우는 데 있다. 그래서 그동안 외국 학자들이 조선산 나비라고 발표한, 1,000종이 넘는 가짜 목록을 전부 실었다. 그 때문에 영문 제목이 '조선산 접류의 동종이명 목록'이 되었다. 말하자면 ①세계 동물학계를 향해 그동안 외국 학자들이 명명규약을 얼마나 많이 잘못 적용해 왔는지를 엄중히 지적하는 뜻을 담은 제목이다. 석주명은 이 책에서 나비 한 종 한 종마

다 진짜 조선산 나비인지 가짜(동종이명)인지를 밝혔다. 그러므로 ②가짜와 진짜를 밝혀 구분한 목록, 즉 진짜 조선산 나비가 몇 종인지 확정한 『조선산 접류 총목록』이다. ①과 ②를 합치면, 외국 학자들이 잘못 분류한 조선산 나비를 개체변이 이론에 따라 정리해 진짜를 확정한 목록이라는 뜻이니 과연 『조선산 접류 총목록』이 아니고 무엇이랴. 그것은 조선 나비의 종(種)을 확정하는 대작업이 마침내 이루어졌음을 조선과 일본에 고하는 선언이다.

3) 유통 기한을 한참 넘긴 『한국산 접류 분포도』

석주명의 업적 중 분류학의 *A Synonymic List of Butterflies of Korea*(조선산 접류 총목록)과 쌍벽을 이루는 분포학의 『한국산 접류 분포도』(The Distribution Maps of Butterflies in Korea)가 실상은 전혀 가치를 발휘하지 못했다는 사실은, 앞에서 열거한 학계의 외면이나 폄하보다 더 충격적이다. 이 책은 1973년에 출판되었다고 알려졌지만 사람들의 손에 들어간 것은 1984년 초부터이다. 탈고된 지 33년 지나 세상에 나온 책이 과연 그 소임을 다했을까?

석주명이 목숨보다 소중히 여긴 이 책의 원고를 그가 죽은 뒤 피란길에서 지켜낸 석주선의 공은 정말로 크다. 그러나 그녀는 오빠의 유고 중 '제주도총서' 세 권과 『한국산 접류의 연구』를 먼저 출판하고(1968~1972년), 『한국산 접류 분포도』는 제일 마지막으로 1973년에야 인쇄를 마쳤다. 석주명이 탈고한 지 무려 23년이 지나서였다. 석주선도 이 점이 꺼림칙했는지 '서언'에 이렇게 썼다. '지금도 이 책의 문헌적 가치가 상실되었다고 보기는 어려우리라 생각됩니다.' 그러고도 석주선은 또다시 10년을 끌며 1983년까지도 책을 세상에 내어놓지 못하고 있었다. 출판을 맡은 석주명의 친구 ㄱ 이 인세를 가로챈 이른바 '배달 사고'

때문이었다. 그러나 아무리 속상해도 그 방면에서 세계적 기념비가 될 저작이요, 오누이가 전쟁통에서 생명처럼 지켜낸 원고가 아니던가. 당연히 책을 세상에 내어놓아 학문 발전에 이바지하게 하고 석주명의 이름을 드높여야 했으나, 석주선은 그러지 못했다. 제본이 끝난 책은 그녀가 출판사와 다투는 동안 보진재 창고에 10년을 처박혀 있었다.

사정을 알게 된 필자가 석주선과 출판사를 오가며 중재해 책을 세상에 내어놓은 지 며칠 지난 어느 날. 석주선의 인척이자 조교인 ㅂ 이 여의도로 필자를 찾아왔다. 그녀는 직원들이 지켜보는 사무실에서 다짜고짜 소리를 지르며 필자를 공격했다. '석주선의 지시를 받아 오랜 세월 출판사측과 싸워왔다. 더 끌고 가면 이길 수 있는데 당신이 괜히 끼어드는 바람에 내 노력이 물거품이 되었다. 저쪽의 사과와 배상도 받지 않고 책을 출고하기로 협상한 것은 매우 굴욕적이다'라는 요지였다.

책을 세상에 내어놓는 것이 중요했는지, 자존심 싸움이 중요했는지는 이 글을 읽는 사람들이 판단할 일이지만, 그렇게 해서 책을 내어놓은 1983년 12월 말도 이미 돌이킬 수 없이 늦은 때였음은 앞에서 언급했다. "이제는 아무 소용이 없어졌어요."라는 이승모씨의 푸념은 내 심장에 비수처럼 꽂힌 말이었다.

여기에 딸린 이야기를 하나 더 밝히자면 이렇다. 사실 석주선은 오랫동안 출판사와 싸우느라 지쳐 있었지만, 그 일을 도맡아온 ㅂ에게 미안해서라도 출판사와 쉽사리 타협할 수 없는 처지였다. 소곤소곤 그런 속사정을 듣고 필자는 이렇게 제안했다. "제게 협상 전권(全權)을 주시고 나중에 ㅂ 이 문제 삼으면 모두 제 탓으로 돌리십시오."

필자는 두어 주일간 양쪽을 오갔다. 이쪽은 박물관장이자 대학교수, 저쪽은 굴지의 출판사 겸 인쇄회사 회장. 이쪽이 복식전문가로 유명하다면, 저쪽은 국무총리를 지낸 거물 인사. 30대 젊은이가 나서서 양쪽의 자존심 싸움을 중재하기란 만만치 않았다. 서로 '내쪽은 잘못이 없다'로 일관했다. 1983년 12월26일, 보진재에서 마지막 조율이 시도되었다. 상무이사를 상대하는 필자를 진의종 회장이 의자에 깊숙이 파묻힌 채 뚫어져라 바라보고 있었다. 입이 마르고 가슴이 두근거렸지만, 배에 힘을 주고 할 말을 했다. '세계가 놀랄 저작이 아무 짝에도 쓸모가 없어질 지경에 이르렀다, 이것은 석주명을 두 번 죽이는 일이다, 어느 쪽도 그 혐의에서 자유로울 수 없다'고.

그 날, 필자가 작성하고 양쪽이 서명한 합의서를 읽은 석주선은 만족해했다. 한정판으로 낸 300권 중 저자 증정용으로 받은 열 권을 전달하자 그 자리에서 한 권을 골라 '李炳哲 先生 惠存, 石宙善 1983.12.26'이라고 썼다. 석주선은 두 권을 더 얹어 내게 선물하더니 또 무언가를 쥐어주었다. 10만 원짜리 수표 두 장이었다. 필자가 사양했으나, 여러 날 양쪽을 오가며 애쓴 데 대한 보답으로는 오히려 부끄럽다면서 받기를 강권했다. 며칠 뒤 우리는 석주명 묘소를 찾았다. 석주선은 퍽 홀가분해 보였다. 묘석을 어루만지던 그녀가 불쑥 "오빠"를 불렀다. "여기 당신 아들을 데려 왔어요. 이 젊은이가 오빠 얘기를 쓰고 있고, 오빠 책 문제를 해결해 주었어요. 오빠, 이 사람을 아들이라고 생각하세요. 오빠도 좋죠?" 쌀쌀한 바람과 따스한 햇살이 교직(交織)되던 그 겨울날, 양지바른 무덤 앞에 선 할머니와 청년의 모습이 『석주명 평전』 화보난에 있다. 하지만 유통기한을 넘겨 무용지물이 되다시피 한 책의 운명을 알기에 표정만이 짐짓 밝았음을 필자는 안다.

평전 쓰기를 돕고 석주명 알리기에 동참한 분들 얘기도 소개해야겠다. 무어니 무어니 해도 서울대에 계셨던 고 정용호 박사를 첫손가락에 꼽지 않을 수 없다. 신림동 서울대에서 퇴근해 중부경찰서 앞에 내리면 진양상가에 있는 집까지 걸어가는 중간에 있는 정박사의 단골 카페. 거기서 그는 매일 같은 시각에 필자를 만나 따끈한 청주를 마시며 국립과학관 시절의 석주명 이야기를 들려주었다. 그는 필자가 구하기 어려운 조선생물학회 학회지들을 구해다 주었고(평전에 나온 「북조선 나비 채집기」 등을 이 학회지들에서 뽑아 번역했다), 귀하디귀한 『原色朝鮮の蝶類』도 선뜻 양도하셨다. "이 책은 이선생한테 가야 제구실을 할 거야." 하시던 낭랑한 목소리가 지금도 귀에 선하다. 정박사는 또 필자가 나비를 직접 잡아 표본을 만들어 보아야 석주명을 이해하고 글을 더 잘 쓸 수 있을 것 같다고 하자, 부인이 운영하는 과학실험기자재 회사로 데려가 포충망과 전시판(展翅板) 등 여남은 가지를 세세히 챙겨 주었다.

1985년 평전 『석주명』을 처음 펴냈을 때 신문사로 걸려온 전화 한 통을 잊을 수 없다.

"이병철 기자 좀 바꿔 주십시오."

"네, 접니다. 무슨 일이신가요?"

"아, 저 한양대 생물학과의 박은호 교수라고 합니다. 석주명 평전을 보고 고맙다는 말을 하려고 전화했습니다."

"고맙다니요? 무슨 말씀이신지…"

"진작 나왔어야 할 책인데, 우리 학자들은 내용을 알아도 글을 잘 쓰지 못하고, 작가들은 글은 잘 쓰지만 내용을 모르니, 이런 자연과학 분야 책은 나오기가 어렵잖습니까. 그런데 국문학을 전공하신 분이 이 책을 썼다니, 참으로 놀랍습니다. 고맙다는 말을 꼭 전하고 싶었습니다."

박교수가 제자들에게 의무적으로 『석주명』을 읽힌다는 말은 얼마 뒤 다른 경로로 들었다. 서강대 신방과 김학수 교수는 1990년 5월9일 〈동아일보〉 '5월에 생각나는 과학자'라는 칼럼에 석주명 평전을 읽은 감상을 기고했다. 그도 자기 제자들에게 의무적으로 『석주명』을 읽힌다는 것을, 대학원에서 김교수 강의를 듣는 동료 기자에게서 들었다. 한국외국어대학 박성래 교수는 과학기술사를 다룬 글이나 저서마다 석주명을 소개한 석주명 전도사이다.

3. 석주명과 제주도에 대한 단상

『석주명 평전』에서 필자가 제일 소홀했던 곳을 자백하자면 제주도에 관한 부분이다. 1980년대 초는 서울에서 월급쟁이 생활을 하는 젊은이가 사사로이 제주도에 가서 며칠씩 묵으며 취재할 여건이 못 되었다. 그래서 부산의 정봉주씨 인터뷰는 고속버스를 타고 하루에 다녀온 적이 있지만, 제주도 쪽 얘기는 자료만 가지고 쓸 수밖에 없었다. 그것을 늘 아쉽게 생각해온 필자는 근래 제주도에서 석주명과 제주도를 놓고 논의되는 수준이 깊이와 넓이를 더해가는 것을 지켜보며 한편 부럽고 한편 부끄러웠다. 분야 별로 세밀하게 나뉜 이번 학술대회의 발표문 제목들에서도 그런 인상을 받았다. 이런 연유로 제주대학측이 제안한 제목 '제주도에서 본 석주명'을 감히 받아들일 수 없었다. 다만, 이른바 설(說)이라고 할 몇 가지 검증되지 않은 취재 뒷이야기는 '단상(斷想)'이라는 부담 없는 제목으로 털어놓아도 될 듯하다. 필자가 인터뷰한 사람들은 30년 전에 이미 60~80대 노년이었으니 이제는 거의가 세상을 뜨셨다. 그 분들로부터 육성 증언을 들은 유일한 사람으로서 증언들을 혼자 취사선택하여 걸러냈다는 부담에서 벗어나려는 얄팍한 속셈도 있다.

석주명은 왜 제주도에 갔으며, 왜 제주도학을 하게 되었을까?

겨우 2년을 머물렀을 뿐인데 그토록 많은 결과를 얻다니! 석주명의 학문과는 상관없지만, 제주도총서를 볼 때마다 누구나 으레 품게 되는 의문이니 한번 거론해 보자. 결론부터 말하자면, 석주명이 제주도학을 하려고 작심하고 제주도에 간 것은 아니다. 어쩌다 보니 나비 연구의 취약점을 보완할 기회라고 생각해서 갔다. 그러나 십수 년간 토막시간을 활용하는 버릇이 몸에 배어 무엇에든 쉽게 접근하고 깊이 빠지는 그의 성향이 제주도의 색다른 점들에 자극되어 소중한 자료들을 남기게 했다고 본다. 그가 나비뿐만 아니라 꿩·살모사·유혈목이·노린재·송충이·적송(赤松)을 다룬 논문들도 쓴 사실을 보면 그 왕성한 탐구심과 열정을 짐작할 수 있겠다.

석주명의 제주도행에 앞서 송도중학 사직이라는 사건이 먼저 있었다. 그 뜻밖의 사건이 없었더라면 석주명은 제주도에 가지 않았을 것이다. 그래서 석주명의 제주도행에 원인(遠因)이 된 송도중학 사직 사건을 짚어볼 필요가 있다. 석주명의 생애에서 송도중학 교사 시절은 매우 중요하다. 그는 뜨거운 학구열로 그 기간에 논문을 70편 넘게 발표하고 세계적인 학자로 발돋움했다. 송도중학은 석주명의 모교이자 직장이고, 자부심이었다. 그런데 근속 10주년 표창을 받은 지 반 년 만에 느닷없이 사직해 버렸다. 사직하고 나서 충격적인 퍼포먼스도 벌였다. 애지중지하던 60만 표본을 교정에 내다놓고 불을 질렀다. 그가 송도중학을 사직했다는 '사건'은 신문에 보도되었고, 나비 표본을 불태운 일은 일본 학계에까지 알려졌다.

여기에 대해 참으로 설왕설래가 많았다. 하나는, 채집여행 경비 등 돈에 쪼들린 석주명이 송도중학교 박물관 조류표본실에서 조류 박제를 빼내어 팔다가 들켰다는 설이다. 필자는 음해라고 추정하지만, 어쨌든 이 설은 교묘하게 포장되어 사람들을 현혹했다. 그러나 석주명은 그럴 사람이 아니다. 평전에 밝혔듯이 송도중학교 조류표본실은 서양

학자들도 감탄한 수준이었다. 개성의 명물로 꼽힌 이곳을 만든 이는 석주명의 송도고보 은사이자 나중에 동료 교사가 된 원홍구이다. 그는 함흥 영생고보에서 교사 생활을 하던 석주명을 송도고보로 스카우트한 은인이기도 하다. 미국인 모리스가 조류 표본에 감동해 미국 박물관들과 표본 교환 및 재정 지원을 주선했고, 그것이 나중에 석주명의 나비 쪽에 연결되어 그를 세계무대로 이끌어냈다. 이러한 앞뒤 사정을 헤아릴 때 석주명이 조류 박제들을 암시장에 팔았다는 것은 너무 가혹한 음해가 아닐까. 만약 원홍구의 표본이 도난된 것이 사실이고 석주명이 이 때문에 사직했다면, 그것은 표본을 빼돌렸기 때문이 아니라 억울한 누명을 쓴 데 대한 항의와 분노의 표출로 보아야 옳다.

또 하나의 설은, 창씨개명 압박을 견디다 못한 석주명이 일제에 항의하는 표시로 학교를 그만두고 나비를 불태웠다는 것이다. 석주선 등 석주명과 가까운 사람들의 주장인데, 그럴듯하지만 선뜻 받아들이기 어려운 구석이 있다. 유명 인사인 석주명이 어디를 간들 창씨개명 압력을 피할 수 없었을 터이니 사직해서 해결할 문제가 아니지 않은가. 나비를 불태운 것은, 자기가 그만두면 표본을 관리할 사람이 없다는 점 때문이었다. 그 엄청난 표본이 부패하면서 병충해가 들끓을 것을 염려한 석주명의 피할 수 없는 선택이었다. 그렇게 드러내놓고 항의하는 것을 눈감아줄 일제(日帝)도 아니었다. 표본 태우기가 사직한 지 18일 지나서 위령제까지 치르면서 꼼꼼하고 차분하게 진행된 것도 '항의'가 아니라 뒤늦게 병충해 문제에 생각이 미쳤다는 점을 뒷받침한다.

세 번째 설은, 석주명이 뒷날 언급했지만, 나비 연구(분류)가 어느 정도 단락을 지었으므로 새로운 단계(분포)로 나아가고자 사직했다는 내용이다. 개체변이 범위를 규명해 '분류' 문제를 어느 정도 해결한 석주명은 1940년 무렵부터 연구 테마를 '분포' 쪽으로 넓혔다. 1939년 「조선산 봄처녀나비의 변이 연구」를 발표할 때부터 논문 뒤에 분포 지도를 덧붙이기 시작해서 1940년 『조선산 접류 총목록』을 발간한 뒤로는 분포 연구에 치중했다. 변이를 연구한 논문은 이때부터 현저히 줄어들었다.

분포 지도를 만들려면 채집 여행을 자주 다녀야 하지만 석주명은 그렇게 할 수가 없었다. 「북조선 나비 채집기」의 서언에 보면 어려운 사정이 잘 드러나 있다. '과거 10년간 내가 해온 조선산 접류 연구는 중학교 박물학 교원 생활을 하면서 틈틈이 이루어졌으므로 마음먹은 대로 진행되지 않은 점이 많았다. 특히 채집 여행을 할 수 있는 기간이라고는 1년에 한 번씩의 여름방학뿐이고 그나마 기간도 한정되어 있어서 어려움이 많았던 것이다. 다행히도 나는 1942년 송도중학을 사직하고 나서야 비로소 날짜에 구애 없이 마음속에만 그리던 곳들을 찾아가 볼 수 있게 되었다.' 실제로 그는 송도중학을 사직하고 각각 30일(개마고원 일대), 21일(경기·강원·경상남북도)이나 걸리는 긴 채집 여행을 연거푸 다녀왔다.

세 가지 설 중에 어느 것이 진실인지는 아무도 모른다. 필자 사견으로는, 첫 번째와 세 번째 설이 합쳐져 사직의 이유가 되었을 개연성이 높다. 어쨌든 석주명은 얼마 뒤 개성에 있는 경성제국대학 의학부 소속 생약연구소의 촉탁 자리를 두 번째 직업으로 삼았다. 그렇다면 제주도로 간 근인(近因), 혹은 직접적인 동기는 무엇일까? 왜 집이 있는 개성에서 그대로 지내지 않고 몇 달도 안 되어 머나먼 제주도의 신설 시험장 파견을 자원했을까. 인터뷰한 인사들의 증언에서 언뜻언뜻 비쳤듯이, 경성제국대학이라는 조직의 분위기가 학구파 석주명에게 맞지 않았을 수도 있다. 경성제국대학이나 국립과학관은 뒷날 사회주의자들의 온상이 되어 정치색을 짙게 띠었는데, 국립과학관 시절 석주명이 연구에만 몰두하기 어려웠던 점을 감안하면 수긍할 만한 얘기이다.

그러나 그보다는 역시 나비가 그를 제주도로 이끌었을 것이다. 남해안 일대와 제주도를 묶어 짧은 기간에 딱 한 번 채집 여행을 다녀온 석주명으로서는 제주도 1년 근무야말로 자신의 연구에서 가장 취약했던 제주도의 접상(蝶相)을 확실히 규명할 기회라고 여겼을 것이 분명하다.

그런데 제주도에 상주하게 되자 나비는 물론이거니와 다른 것들까지 눈에 들어왔다. 허둥지둥 일정과 비용에 쫓겨 나비밖에 보이는 것이 없던 채집 여행과 달리 육지와 다른 온갖 것이 흥미롭게 다가왔다. 석주명은 보이는 족족 묻고 듣는 즉시 적어서 카드화했다. 그러다가 어느덧 '제주도학'까지 염두에 두게 되니 1년은 너무 짧았다. 그리하여 남들이 모두 꺼리는 제주도 근무를 1년 연장하겠다고 신청했다.

석주명이 나비 외에 제일 먼저 관심을 쏟은 것은 제주도 방언이다. 그는 나비 연구하던 방법을 응용했다. 즉 나비를 종류 별로 지도에 기록해 분포지도를 만들듯이 방언 수집한 곳을 지도에 표시했다. 그런데 알고 보니 지도에 표시하기는 언어지리학에서 방언 연구에 자주 쓰이고 있었다. 그는 이 방법이 우리나라에서도 방언 연구에 널리 쓰이리라고 생각하자, 전공 아닌 분야에 대한 연구를 중단했다. 하지만 기왕 시작한 일이니 단어라도 많이 모아서 어학자에게 제공하면 좋겠다고 여겨 방언 수집을 계속했다. 한번 시작하면 끝을 보는 그가 제주도학을 완결하지 않은 채 제주도 근무를 더 연장하지 않은 이유는 이 일에서 힌트를 얻을 수 있을 것 같다. 게다가 그에게는 나비학자로서 절박하고도 원대한 목표가 있었다. 석주명이 개성으로 복귀한 뒤 죽는 날까지 가장 열정을 쏟은 일은 바로 분포지도 만들기였다.

사족(蛇足)

함평이 나비 축제를 성공시킨 것을 보고, 석주명을 내세운 나비 축제를 제주도에서 하고 싶어 하는 사람을 더러 보았다. 필자는 이렇게 생각한다. 석주명은 나비학자이고, 그의 나비 연구는 개성에서 시작해서 개성에서 꽃을 피웠다. 중부지방인 개성은 석주명이 밝혔듯이 우리나라에서 가장 접상(蝶相)이 풍부한 반면, 한반도 남단에 있는 제주도의 접상은 그렇지 못하다. 석주명이 제주도에서 꽃피운 것은 제주도학이지 나비 연구가 아니다. 제주도가 정말로 석주명을 기리고 싶다면, 억지춘향 격인 나비 축제보다는 제주도 사람들의 지혜와 열정을 모아 세상이 놀랄 만한 수준 높은 제주도총서를 내고, 우리나라 어디에도 없는 '인문학' 축제, 즉 석주명을 내세운 제주학 축제를 하면 어떨까.

한국 현대 학문사에서 석주명의 위치

송상용 _ 한림대 명예교수, 한국과학기술한림원 종신회원

과학기술부가 2003년 시작한 명예의 전당에 헌정하는 과학기술인 선정사업은 2011년까지 28명의 한국 역사상 탁월한 과학기술자들을 골라냈다. 2008년 스물다섯 번째로 석주명이 뽑혔고, 이듬해 세종대왕이 뒤늦게 올랐다. 이병철의 성공적인 평전『석주명』(1985), 과학사학자 문만용의 심층연구「'조선적 생물학자' 石宙明의 나비분류학」(1997)에 이어 명예의 전당 헌정은 오랫동안 잊혔던 석주명이 주목을 끌게 된 계기였다. 무엇보다도 반제주인을 자처했던 석주명이 2000년대에 들어와 제주에서 재평가 받는 것은 반갑기 짝이 없다.

석주명(1908~1950)은 평양에서 태어나 숭실고보를 다니다가 동맹휴학에 가담하고 송도고보로 옮겼다. 평양에서는 신극활동에 빠졌고 안익태와 함께 막간에 만돌린을 켜기도 했다. 개성에서는 박연폭포 아래서 발성 연습을 했다. 그러나 스스로 한계를 느낀 그는 음악을 단념하고 과학의 길을 걷기로 결심했다. 석주명은 일본에 건너가 가고시마(鹿兒島)고등농림학교 농학과에 입학했고 이듬해 박물과로 옮겨 졸업했

다. 만일 그가 대학에 진학했다면 그의 인생은 달라졌을지도 모르지만 귀국해 함흥 영생고보와 모교 송도고보에서 박물을 가르쳤다.

석주명은 가고시마 때 은사 오카지마 긴지(岡嶋銀次)의 권고에 따라 조선 나비를 연구하게 되었다. 그는 귀국 후 교사로 일한 13년 동안 나비 연구에 전력투구했다. 그 전에 한국 나비의 연구는 외국 학자들이 주로 했는데 많지 않은 표본을 근거로 신종으로 단정한 경우가 많았다. 석주명은 온 나라를 누비며 75만 표본을 조사해 통계 처리함으로써 그들의 잘못된 연구결과를 바로잡았다. 그의 연구로 한국 나비의 학명 가운데 같은 종이면서 이름이 다른 844개가 퇴출되었다. 초급대학밖에 못 다닌 식민지 교사가 제국대학 교수들의 연구를 격파하자 석주명은 세계의 주목을 받게 되었다. 석주명은 20대에 호카이도제국대학, 토쿄제국대학에서 초청발표를 했다. 일본 동물학자 시바타니 아츠히로(紫谷篤弘)가 1985년 석주명의 업적을 평가한 글을 발표했고 이병철의 석주명 전기를 읽은 다음 자기의 글을 수정한 글을 다시 써 발표한 것은 일본인들의 석주명에 대한 지대한 관심의 한 보기에 지나지 않는다.

석주명의 연구 결과 한국 나비는 248종으로 정리되었다. 영국 왕립아시아학회 조선지부(Korea Branch of the Royal Asiatic Society)는 1940년 그의 영문 단행본 *A Synonymic List of Butterflies of Korea*(조선산 접류 총목록)을 펴냈다. 이것은 당시 조선인으로서는 파격이었다. 석주명은 갑자기 '나비박사'로 불리는 명사가 되었고 자비, 후원금 외에 미국, 일본의 연구비를 받아 120여 편의 논문을 발표했다. 이 가운데 97편이 송도고보에 재직했던 11년 동안에 나왔다. 문만용(KAIST 한국과학문명사연구소)은 석주명의 나비분류학을 분석한 석사논문(1997)에서 석주명의 나비 연구를 세 단계로 나눈다. 석주명은 단순한 목록 작성에서 출발해 개체변이 연구로 넘어갔으며 분포 연구로 확대했다는 것이다. 그것은 문제 인식, 방법론 정립, 종합으로 요약된다. 이 과정에서 석주명이 분류학을 생물지리학으로 발전시켰을 뿐 아니라 인문학에 접목시킨 것은 주목할 만하다.

석주명은 연구대상을 철저히 '조선'의 나비로 한정했다. 외국 나비에 관한 논문도 썼지만 어디까지나 한국 나비를 알기 위한 것이었다. 그는 '조선적 생물학'도 성립할 수 있다고 주장했다. 조선적 생물학은 자연과학을 넘어 인문학적 탐구까지 포괄하는 것이었다. 그는 조선왕조실록과 문집들에서 나비와 관련된 기사를 찾아내 분석한 역사학자이기도 했다. 그는 19세기에 평생 나비를 그린 남계우를 연구해 '조선 사람의 곤충학'으로 소개했다. 해방 후 석주명은 국립과학박물관 동물학연구부장으로 발탁되어 생물학자 조복성(관장), 정태현(식물학교실)과 함께 일했다. 대학에 있던 이민재, 강영선, 김창환에게도 인정을 받아 1947년에는 강영선의 주선으로 서울대학교 문리과대학 생물학과 동물분류학 교수로 임용되기로 결정되었으나 웬 일인지 이력서를 내지 않아 무산되었다고 한다.

석주명은 일본서 공부할 때 교내 에스페란토연구회에 들어가 시게마츠 타츠이치로(重松達一郎)교수에게 에스페란토를 배웠다. 그는 일본동물학회에서 발행하는 『동물학잡지』에 논문 요지를 에스페란토로 쓸 수 있게 하자고 제안해 관철시킨 뒤 자기 논문의 요지를 반드시 에스페란토로 썼다. 해방 후에도 에스페란토운동에 적극 참여해 대학에서 강연과 강의를 했고 『국제어 에스페란토 교과서 부(附)소사전』(1947)을 냈다. 석주명은 창씨개명을 끝내 하지 않은 민족주의자였으나 에스페란토운동을 통해 세계인(cosmopolitan)의 모습도 보여준 것이다.

석주명은 경성제대 부설 생약연구소에 근무하다가 1943년 제주시험장으로 전근하면서 자연과학을 넘어 인문·사회과학의 영역에 발을 들여놓게 되었다. 나비의 우리말 이름 짓기에 열중하면서 빠져 들어간 석주명의 제주 방언 연구는 방종현, 이숭녕 등 국어학자들의 평가를 받을 정도였다. 그의 방언 연구는 송도고보 시절부터였다고 하거니와 그가 보기에 나비와 방언은 일맥상통하는 데가 있었다. 나비분포 연구가 방언지리학으로 발전한 것은 자연스런 일이었다. 석주명은 제주도의 독특한 방언을 들었을 때 곧 곤충과 연결시킬 수 있었고 나비류의 분포상태를 지도에 표시하는 방법을 방언에도 응용해 연구했다. 그는 방언 수집 때문에 예정보다 1년 더 제주에 머물렀다. 한국의 방언은 이미 일본 학자들이 연구한 일이 있지만 한 지역의 방언을 집중적으로 수집해 체계적으로 분석한 것은 석주명이 처음이다.

해방 직전까지 제주에서 2년 근무하면서 석주명의 관심은 학문의 모든 분야로 확대되었다. 제주에 관한 생물·언어·인구·지리·역사학적인 연구는 석주명을 '제주(도)학'의 선구자로 만들었다. 석주명은 제주도의 구석구석을 찾아다니며 제주도에 관한 모든 것을 모았다. 그는 1945년 개성 생약연구소로 복귀한 다음 제주도에서 수집한 방대한 자료를 분석하는 작업을 시작했다. 그 결과물 '제주도총서'는 6권으로 되어 있는데, 『제주도방언집』(1947), 『제주도의 생명조사서』(1949), 『제주도관계문헌집』(1949)은 생전에 출판되었고, 『제주도수필』(1968), 『제주도곤충상』(1971), 『제주도자료집』(1971)은 누이 석주선이 펴냈다. 제주도총서는 한국에서 외국의 영향으로 지역연구가 시작되기 20년 앞서 거의 한 사람의 손으로 10년도 안 되는 짧은 기간에 이룩한 자생적 지역학의 성과다. 『제주도의 생명조사서』는 그 자신의 말대로 "출판과 동시에 고전"으로 되었다. 1948년 제주4·3사건 때 중산간 마을의 95퍼센트가 초토화되었기 때문이다. 석주명이 개척한 제주학은 진성기(1962), 전경수(1998, 2001), 홍순만(2000), 강영봉(2002), 최낙진(2007) 등이 평가했고, 특히 윤용택(2011)은 그 의의를 음미하고 방향을 제시했다.

3.1운동 이후 식민지 조선의 지식인들은 심각한 좌절감에서 민족의 갈 길을 고민하게 되었다. 과학기술자들은 1924년 발명학회를 결성했고 1933년에는 과학 대중화를 위해 잡지 『과학조선』을 창간했다. 1930년대 중반에 김용관, 안동혁 등이 주도한 과학운동은 이인 등 사회 저명인사들이 동참했고 국민의 반응이 뜨거웠다. 1934년에는 과학데이가 선포되어 온 나라가 들끓었다. 이 운동의 중심이 경성고등공업학교 출신들이었고 석주명이 아직 나이가 어렸지만 이미 나비 연구로 명성이 자자했던 그의 이름은 보이지 않는다. 같은 시기에 조선학 또는 국학운동도 활발했다. 석주명은 일찍부터 정인보, 최남선, 홍기문, 김태준, 조윤제 등과 교류가 있었다. 그의 '조선적 생물학'도 이와 무관하지 않은 것으로 보인다. 석주명의 인문학자들과의 관계는 국학에서 큰 몫을 하게 된 해방 후 더욱 강화된다. 석주명은 라디오의 천문만답(千問萬答)같은 프로그램에서 그들과 어울렸다. 최현배의 저서 『글자의 혁명』 서평도 썼다. 과학박물관에서 일했기 때문이기도 했겠지만 과학의 대중화에 적극적이어서 어린이들에게 인기가 대단했다.

석주명은 뛰어난 과학자였다. 일제시대 해외에서 박사학위를 받은 조선 사람은 50명쯤 된다(일본 의학박사 제외). 그 가운데는 이태규, 리승기 같은 세계적인 과학자도 나왔지만 많은 박사들이 계속 연구를 이어가지 못했다. 석주명은 4년제 대학을 다니지 않았는데도 세계가 인정한 업적을 냈다. 더구나 그는 자연과학의 연장선상에서 인문·사회과학에서도 주목할 만한 연구를 했다. 석주명이 한국전쟁의 와중에 42살 한창 때 삶을 마감한 것은 애통한 일이다. 또 하나의 유망한 물리학자 이휘소(Benjamin Lee)도 같은 나이에 비명에 갔다.(이병철) 나는 석주명의 일생을 보면서 18세기의 화학자 라봐지에(Antoine Laurent

Lavoisier, 1743~94)를 떠올린다.

라봐지에는 파리대학에서 법학을 공부하고 한때 희곡작가가 되려 했다. 그는 천문학 강의를 들은 것이 계기가 되어 기상학, 지질학, 광물학을 거쳐 화학에 발을 들여 놓았다. 그는 22살 때 과학아카데미의 현상논문에 응모해 왕의 특별상을 받았고 25살에 회원이 되었다. 화학에서 라봐지에는 연소 문제부터 시작했다. 그는 간단한 실험으로 연소란 물질에서 플로기스톤(Phlogiston)이 떠나는 것이 아니라 공기의 일부가 물질과 결합하는 현상임을 보여 주었다. 또한 원소로 알려졌던 공기와 물이 각각 산소, 질소의 혼합물, 산소, 수소의 화합물이라는 것을 정량적으로 밝혔다. 그는 플로기스톤설로 막혀 있던 상황을 뚫고 기체화학자들의 발견을 정확히 해석해 화학혁명을 완성하는 데 성공했다. 그는 과학에서는 혁명가였으나 정치적으로는 보수주의자였다. 프랑스대혁명이 일어나고 자코뱅이 집권하자 라봐지에는 혁명재판에 회부되었고 터무니없는 죄목을 쓰고 콩코르드광장에서 기요틴형에 처해졌다. 51살이었다. 짧은 생애에 불꽃을 튀긴 두 사람은 닮은 데가 많았다. 라봐지에처럼 불운했던 석주명도 제대로 평가받기를 바란다.

한국과학사에서 본 석주명*

신동원 _ KAIST 인문사회학부 교수

1. 들어가는 말

국가가 있는 민족은 어느 분야에 있어서나 자국을 중심으로 한 연표를 요구하는 것이다. 이 연표의 내용들은 첫째로 창의가 있어야겠고, 그것이 세계적 또는 한국적이라야만 했다. 박물학 사상이 철저히 보급만 된다면 인종차별이 없고 계급이 없고 남녀가 평등한 사회가 이 지구상에 건설될 것이 기대되는 것이니 여기에 취급된 제 사항에는 이 점에 관련된 것이 적지 않다. 편자는 이 연표에서 한국을 중심으로 한 세계과학사 내지 세계문화사에 호흡이 맞도록 힘써 보았다.[1)]

---

* 이 글은 제주대 탐라문화연구소와 석주명선생기념사업회가 공동주최한 석주명 탄생 103주년 기념학술대회 〈학문 융복합의 선구자 석주명을 조명하다〉 (10월 7~8일, 제주대, 서귀포시청)에서 발표된 「한국과학사에서 본 석주명」을 일부 수정한 것으로 『탐라문화』 제40호(2012. 2)에도 게재되었다.

1) 석주명, 『한국본위 세계박물학연표』, 신양사, 1992, 151쪽. 이 책은 1949년에 정리되었으나 1950년 한국전쟁으로 인해 출판되지 못하다 1992년에서야 세상에 빛을 보았다.

석주명은 마흔 한 살 때(1949년)에 정리한 다소 생소한 제목의 책 『한국본위 세계박물학연표』의 머리말에서 이같이 말했다. 나비박사 석주명은 왜 이런 책을 썼을까?

박물학(博物學)이란 자연에 대한 탐구를 뜻한다. 자연에는 물(物)이 있는데, 이에는 생물과 무생물이 포함된다. 그 물에 대해 지식을 넓히는[博] 학문이 박물학인 셈이다. 석주명은 박물학과 과학을 비슷한 것으로 간주했다. 박물학이 '물'을 중심으로 세상을 보는 것이라면, 과학은 (자연에 대한) 학문의 전공[科]를 중심으로 보는 차이만 있기 때문이다. 그렇기에 박물학연표를 통해 세계과학사를 이해한다고 말한 것이다. 석주명의 나비 연구가 박물학의 한 부분이니 그가 박물학연표를 쓰는 게 하나도 이상하지는 않다. 나비와 박물학에 대해서 석주명은 이렇게 말한 바 있다.

> 나비의 학문이라도 깊이 들어갈려면 지질학, 물학(物學)을 포함하는 박물학(Natural History)도 바라보아야 하며, 더 나아가서는 박물학에 상대되는 물리, 화학도 최소한도로 알아야 자기의 나비의 학문을 자연과학의 계통에 갖다 맞출 수 있다. 동시에 Natural History (자연역사 즉 박물학)에 또 한번으로 상대되는 Human History (인문역사 즉 협의의 역사)에도 손이 뻗어야 인생과의 관계에까지 가져가서, 철학적 경지에 들어가 비로소, 나비의 학문도 계통이 서는 것이다 (석주명, 1992b: 105~106쪽).

책 이름에서 '한국 본위'라는 표현이 확 눈길을 끈다. '한국 본위'를 뺐을 때에는 단순한 세계박물학연표, 즉 세계과학사연표에 지나지 않는다. 그가 참고한 많은 책들이 그러한 부류였다. 이런 책에는 한국의 박물학 또는 과학 전통이 빠져 있다. 석주명이 왜 책 제목에 '한국 본위'를 썼는지는 분명하다. 그가 한국인은 일단 한국을 출발점으로 삼아 세계과학사로 지식을 확장해 나가야 한다고 생각했기 때문이다. 당시 홍이섭이 『세계사와 대조한 조선사도해표』(1946)를 쓰고 최남선이 『조선본위 중등 동양사』(1947)와 『동양본위 중등서양사』(1948)을 썼는데(석주명, 1992a: 164쪽), 석주명의 입장도 이와 같은 맥락에 있었다.

석주명의 박물학에 대한 인문학적 생각은 '한국 본위'보다도 더 눈길을 끈다. 그는 "박물학 사상이 철저히 보급만 된다면 인종차별이 없고 계급이 없고 남녀가 평등한 사회가 이 지구상에 건설될 것"으로 기대된다고 했다. 아니, 박물학 사상에 무엇이 담겨 있기에 이런 놀랄만한 일이 벌어지는 것일까? 자연을 보고 배운다는 점이 그것이다. 박테리아부터 인간에 이르기까지 수많은 생물과 무생물이 서로 엮여 있는 생태계의 관점에서 본다면, 성차별, 인종차별, 계급차별은 무의미한 게 될 것이다. 또 석주명이 봤을 때, 과학기술의 발달은 그러한 불평등이 없는 진보의 길로 이끌고 있었다. 또 세계과학사와 세계문화사는 서로 한 호흡으로 발전해온 것이다.

한국의 과학 전통을 논하고, 평등 세상을 논하는 석주명은 단지 나비박사가 아니었다. 그는 나비 연구를 통해 생물 세계의 질서를 보았고, 그 질서가 민족이나 인류와 무관치 않다고 생각했다. 한국의 나비를 연구하면서 지역과 풍토로서 한국, 더 나아가 문화와 역사로서 한국이 무엇인지를 고민했다. 그는 다양한 생물종으로 이루어진 나비의 변이를 보면서 차이와 차별에 대해 깊이 고민했다. 그는 자신의 연구로 나비의 세상을 밝히듯, 과학자의 연구가 세상을 더욱 나은 곳으로 이끌 것이라 확신했다.

그는 이 모든 것이 연관되어 있어서 통합적 고찰, 요즘 식으로 말하면 통섭이 필요하다고 생각했다. 단, 출발은 구체적인 데서 더욱 일반적인 것으로, 한국 본위에서 세계의 과학으로 소통할 것. 그럼으로써 그는 과학 수준이 턱 없이 낮은 한국이 세계 과학의 도도한 흐름에서 길을 잃어 헤매거나, 스스로만 최고라고 여기는 폐쇄적인 자기 최면에 빠지지 않으리라 본 것이다. 또한 이랬을 때 과학이 과학 그 자체의 탐구에 그치지 않고, 민족의 문화를 성숙시키고 세상을 밝히는 인문학적 성찰의 중요한 토대가 되는 것이기도 했다.

이 글은 석주명의 업적을 한국과학사적 측면에서 파악하려는 것이다. 석주명의 삶과 학문적 업적 전반에 대해서는 이병철의 노고가 있었고, 석주명의 생물학적 연구 활동의 진전 과정과 학문적 성격에 대해서는 문만용의 우수한 연구가 있다(이병철, 2002; 문만용, 1997). 이 글의 많은 부분이 이 선행연구에 신세를 지고 있다는 점에서 이 논문은 리뷰논문의 성격을 강하게 띤다. 그렇지만 이 글은 한국과학사의 관점에서 석주명의 삶과 학문의 흐름을 정리하고 평가한다는 점에서, 아직 활용되지 않은 여러 자료를 이용한다는 점에서, 과학사상가로서 석주명을 생각해본다는 점에서 선행연구에서 보이지 않는 논의를 담는다.

2. 낙농학을 포기하고 나비연구의 길로

일본 유학을 마치고 돌아온 스물한 살 석주명이 얻은 직업은 고등보통학교 선생이었다. 그는 1929년 함흥의 명문인 영생고보의 박물학 교사가 되었으며, 이태 후에는 모교인 개성의 송도고보로 자리를 옮겼다. 그는 1908년 평양의 부호의 3남 1녀 중 둘째 아들로 태어났다. 어려서 서당에서 한문을 공부했다. 13세 때(1921년) 보통학교를 졸업한 후 평양의 명문 사립고보인 숭실고보에 입학했다. 이듬해 학교에서 동맹휴학을 주도한 후 자퇴하여 개성의 송도고보로 전학하여 18세 때(1926년) 남은 4년의 과정을 마쳤다. 그는 졸업하자마자 일본의 가고시마고등농림학교 농학과에 입학했다. 이곳에서 그는 3년 동안 농학과 박물학을 공부한 후 귀국하여 교사가 된 것이었다(이병철, 2002: 45~68쪽).

이런 교사의 길은 대체로 당시 한국인 젊은이가 성공할 수 있는 최대의 성취였다. 그보다 스무 살 더 많은 송도고보 스승인 조류학자 원홍구(1888~1970)도 그보다 15년 앞서 일본의 가고시마고농을 졸업하여 송도고보 박물학 교사가 된 바 있었다(『브리태니카백과사전』, 「원홍구」 항목 참조). 식민지 교육은 비정상적이어서 이과를 전공하는 대학이 없었다. 고등전문학교가 하나 있었지만, 교수 자리는 모두 일본인의 몫이었다.

그가 농학 공부의 꿈을 펼치게 된 데에는 송도고보의 분위기의 영향이 컸다. 설립자 윤치호가 낙농과 축산을 장려하는 생각을 가지고 있었고, 목장과 실험실 등 이 분야의 교육시설이 뛰어났다(이병철, 2002: 58~63쪽). 특히 학교에서 들은 작은 나라 덴마크의 농업의 흥성은 그의 꿈을 자극했다(석주명, 1992b: 5쪽). 졸업하자마자 그는 본격적인 공부를 하기 위해 일본의 명문 고등농림학교인 가고시마 고농에 유학했다. 뛰어난 학자가 되겠다는 야심이 엄청 큰 청년이었지만, 고농 졸업 후에도 석주명의 미래 전망은 불투명했다. 그의 공부가 짧았기 때문이다. 그는 더 공부하기 위해 미국유학을 결심했다. 축산학과 낙농학이 발달한 미국 유학에서 승부를 걸어보려고 작심했다(석주명, 1992b: 5~6쪽).

심지어 그는 결혼이 학문의 장애라고 여길 정도였다. 일본에서 귀국하자마자 그는 1930년 한 일간지에 대서특필 기사의 주인공이 되었다. "폐허를 벗어나서 창파에 몸을 던져 –남편에게 소박맞은 꽃 같은 여자가 폐허 같은 이 세상을 비관하고 자살–대동강구유역 벽하(碧下)의 비극"(『중외일보』, 1930.3.3)의 원인제공자 '남편'이 바로 그였다. 자초지종은 이러하다.

> 석주명의 부인 최씨(22세)는 결혼하자마자 남편이 3년만 기다려달라고 하면서 유학을 떠났다. 귀국한 후에는 그가 또 다시 청천벽력의 말을 했다. 이제 미국유학을 떠날 터이니 15년만 더 기다려달라고 했다는 것이다. 이 말을 들은 최씨는 '애정도 없는 폐허 같은 곳에서 생활을 할 바에는 차라리 저승에 가서 모든 것을 잊고 사는 것만 같지 못하다 하여' 강물이 뛰어들었다.

석주명은 이런 현상을 자기 개인적인 문제로 여기지 않으려 했던 것 같다. 그의 『한국본위 세계박물학연표』 1930년도 기록 면에는 도저히 들어갈 내용이 아닌, "전후 일본유학생들의 이혼선풍이 불다."는 내용이 들어있다(석주명, 1992a: 151쪽). 당시 일본유학생들이 귀국한 후 첫째 하는 일이 이혼이라는 우스갯소리가 있을 정도로 신식문물을 접한 청년들이 부모들이 정한 옛 결혼관습을 거부하는 게 하나의 유행이었다.

돈을 마련하지 못한 석주명은 미국 유학의 꿈을 접었다. 그는 고등학교 교사를 하면서 무엇인가를 해야 할 처지의 평범한 교사에 불과했다. 그가 가진 자산이라고는 송도고보와 가고시마 고등농림에서 배운 것이 전부였다.

고등보통학교 시절, 그의 스승 원홍구는 1918년 송도고보에 부임하여 한국 조류의 수집과 연구에서 대가의 반열에 들어가던 박물학자였다. 그의 멋진 새[鳥] 박제 컬렉션은 송도고보의 자랑거리이자 식민지 조선과학의 자랑거리였다(문만용, 1997: 13~15쪽). 석주명은 송도고보에서 스승 원홍구가 20년 동안 새[鳥] 하나 연구로 어떻게 대가의 반열에 들어서게 되었는지 생생히 목격했다.

석주명은 일본을 대표하는 농업전문학교인 가고시마 고농의 높은 벽을 뚫었다. 아마 그 이전까지 이 학교를 다닌 사람은 스승 원홍구와 석주명 둘에 불과한 것으로 추정된다(문만용, 1997: 11쪽). 1908년에 세워진 가고시마 고농은 인근 지역에 광대한 실습 목장, 실습림, 식물원을 갖춘 농림 분야에서 일본 제일을 자랑하는 학교였다(이병철, 2002: 70쪽). 이곳에서 3년 학습은 비록 짧았지만, 그가 연구할 분야와 그 연구를 뒷받침할 안목과 내공을 길러주었다.

무엇보다도 때마침 일본에서 곤충학 분야가 꿈틀거리고 있었다. 일본에서 식물, 약초, 병원균, 조류, 해산물 등 실용적인 학문 분야는 곤충학보다 앞서 인기를 끌었고 학문의 영역을 확보했다. 이와 같은 내용은 무엇보다도 석주명의 『한국본위 세계박물학연표』에 잘 드러나 있다. 그가 일본에 도착한 1926년에 일본 곤충학회지인 『곤충』이 창간되었다. 그가 귀국하던 1929년에는 일본 나비동호회가 설립되었고 기관지 제피루스(*Zephyrus*)를 펴내기 시작했다. 특히 가고시마 고등농림의 생물학 관련 과목의 교수진이 쟁쟁했다. 그는 졸업 이후 가고시마 고농 학자의 네트워크와 끈끈하게 연결되었다. 아마도 그가 이점이 일본 유학의 최대 성과였을 것이다.

"축산 선생은 시언치가 않고 반면에 우수한 동식물선생들이 옆에 있었기 때문"(석주명, 1992b: 5쪽)에 석주명은 생물 분야를 파고들 결심을 했다. 특히 고농의 곤충학 교수인 오카지마 긴지(岡嶋銀次)는 일본곤충학회장을 지낸 우수한 학자였다. 또 그는 축산, 낙농 대신에 곤충연구를 권한 바 있었다(석주명, 1992b: 8쪽).

거기서 석주명은 낙농과 축산은 뒷전이었고 곤충학이 솔깃했다. 그의 취향과 적성이 곤충학에 더 맞았던 것이다. 게다가 뛰어난 교수의 훌륭한 강의가 그의 지적 호기심을 자극했다.

사실 축산, 낙농과 견주어 보면 곤충 연구는 별로 빛이 나지 않는 분야였다. 어렸을 때부터 곤충에 큰 흥미를 가졌던 사람으로서 미국 유학길이 막힌 막바지 상태에 이르러서야 석주명은 할 수 없이 '덴마크 농업'의 꿈을 포기했을 정도이다. 우리는 이후 그가 나비 연구의 세계적 권위자가 되었기 때문에 그가 처음 이 길에 들어섰을 때의 심정을 헤아리기 힘들다.

> 그래도 졸업하고는 중학교 박물교사를 하면서도 낙농 토대로 하는 축산을 머리에 그리면서 여비나 되면 해외로 뜰 계획이었다. 그러나 배운 것이 농생물학이고 더욱이 곤충과 식물병리가 주과목이었으니 재직 중에 전공과목에 관계있는 일을 하나 해보기로 하였다(석주명, 1992b: 5~6쪽).

한갓 곤충을 연구해서 무엇을 하자는 것인가. 곤충 학자가 된다고 하면 많은 사람들이 별로 인정하지 않을 그런 상황이었다. 남들은 박물학 교사의 취미 생활 정도로 여겼음직하다. 석주명도 이 사실을 자각했다. 그는 수업시간 때 곤충학자 파브르(1823~1919) 이야기를 꺼냈다. 1936년 무렵 나중에 영문학자가 된 학생 김병철은 그날 수업을 다음과 같이 기억했다.

> 내 나이 열여섯 살 때의 어느 날 생물시간이었는데 선생님은 파브르의 이야기를 다음과 같이 해주셨다. 파브르는 대학 교수도 아니고 아주 벽촌의 중학교 생물 선생이었는데 『파브르곤충기』라는 업적으로 말미암아 우리나라로 치면 학술원상을 타게 되었다.…… 선생님은 파브르의 행동을 따르겠다고 강조하시며, 그 까닭을 이렇게 설명하였다. 파브르의 연구 방법을 동물생태학이라고 하는데, 그의 현재 위치

> 가 일개 두메 중학교의 이름 없는 교사이면서도 남이 하지 않는 동물 생태학, 즉 곤충 연구에 10년이라는 세월을 바쳐 정진한 그 노력에 감탄하기 때문이라는 말씀이셨다(석주명, 1992b: 76~77쪽).

왜 곤충 중 하필이면 나비였을까? 이에 대해 석주명은 "안력(眼力)에 자신이 없으니 곤충을 택해야겠고 곤충이라면 누구나 밟는 첫 단계인 '나비'를 채집해야겠다."고 생각했다(석주명, 1992b: 6쪽). 귀국 후 고보 선생으로서 그가 했던 일은 방학 숙제 같은 나비 수집이었다. 또한 이 모임에서는 회보를 발간했다. 그는 자신이 직접 나비를 채집하는 한편, 학생들에게 방학과제물로 나비 채집을 요구했다. 차츰 그의 나비 표본은 불어만 갔다. 함흥에서 개성으로 온 후 그는 동료교사이자 곤충학자인 김병하와 함께 송경곤충연구회를 조직했다. "우리말로 곤충 이름을 통일"하는 일을 한다고 했다(『중외일보』, 1930.3.3). 그의 연구 활동이 시작되었다.

3. 학문 벌레 석주명

> 파브르처럼 10년간 남이 하지 않는 일을 죽어라 하고 노력을 쏟으면 무슨 일이고 간에 반드시 성공한다는 것이었다. 석 선생님 자신도 조선인 중학교의 일개 조선인 선생에 지나지 않지만, 조선 나비를 죽어라 하고 10년간 연구했기 때문에 이제는 조선 나비에 관한 한 파브르처럼 세계적인 학자가 되었다는 말씀이셨다.(이병철, 2002: 76~77쪽).

"남 안하는 분야 10년만 파라. 나처럼 성공한다." 이는 결과론적인 말이다. 이에는 이미 성공한 다음 되돌아보면서 열심히 하니까 성공했다는 승자의 여유가 묻어 있다. 남이 안 하는 분야에 10년 판다고 해서 모두가 석주명만큼 성공한 것은 아니었다. 석주명 전후에 박물학에 뛰어든 여러 사람의 학자들이 있었고, 그들 또한 매우 열심히 연구를 했다. 선배 조복성은 최초의 한국인 생물학 논문을 쓴 인물로 나비를 비롯한 여러 곤충을 연구했다. 정문기는 어류를, 도봉섭은 식물을, 그의 매부인 심학진은 약초를 연구했다(석주명, 1992a: 128~159쪽). 모두 나름대로의 명성과 직위를 얻었지만, 모두 석주명만한 명성은 누리지 못했다.

석주명에게 따라다니는 수식어, 즉 '세계적'인 그들에게 없었던 것이다. 그들은 모두 한국의 식물과 동물을 연구했다. 그들 또한 전국을 돌면서 채집했다. 또 자신의 성과를 보고했다. 그들은 한국에 서식하는 각종 동식물의 종류를 파악하고, 분류하고, 명명했다. 곁에서 봤을 때 석주명이 하는 작업도 그들과 별로 달라 보이지 않았다. 그렇지만 석주명이 학계에 발표한 논문은 일본의 곤충 학계가 들썩일 정도로 주목을 끌었다. 그의 논문이 일본 대가 학자들의 오류를 지적하면서, 매우 설득력 있는 자신의 이론을 내놓았기 때문이다.

어떻게 석주명은 이런 일을 해낼 수 있었을까? 과학자의 성공에는 분명한 이유가 있다. 그 이유는 딱 한 가지가 아니다. 뭉뚱그려 말해 때, 장소, 개인의 자질과 노력, 이에 덧붙여 이 모든 것이 한데 작동케 한 뜻하지 않은 행운이 곁들여졌을 때 성공하게 된다. 단 성공의 정도는 자신이 아우르는 과학 범위의 정도와 수준에 따라 결정된다. 분명히 석주명의 경우도 그랬다. 석주명은 자기 성공의 첫 출발을 우연한 행운으로 보았다.

채집한 나비를 조사해서 논문을 만들어야겠다고 착상한 해가 1931

> 년이었다. 그때까지의 문헌은 적당한 것도 없었고 그나마 구득하기 어려워서 처음에는 문헌없이 자가류로 원시적 방법의 분류에 착수하였었다.……문헌이 손에 없어서 각종의 학술상의 명칭은 모른다 할지라도 각종의 생태 더욱이 개체변이에 대해서는 꽤 자세히 알고 있었다. …… 마침 나의 연구를 돕기 위하여 다음다음 [이 두 도감이] 출판된 양하다. 뒤에 松村 박사의 대도감을 입수하야 참조하면서 나의 수집품을 조사하게 되었다(석주명, 1992b: 6쪽).

하필이면 나비만 잡았지 아직 어떤 연구를 해야 할지 모르는 석주명을 위해 기다렸다는 듯이 책이 두 종씩이나 나왔단 말인가. 1931년 마쓰무라(松村松年)의 『일본곤충대도감』이 나왔고, 이듬해 우치다(內田淸之助) 등 10여명이 편찬한 『일본곤충도감』이 나왔다. 이전까지 일본에서도 제대로 된 곤충도감이 없었다. 일부 종만을 포함한 간략한 도감이나 곤충분류학 일반에 대한 설명 또는 간단한 검색표만을 담고 있는 수준이었다(문만용, 1997: 16쪽).

아직 풋내기 연구자 석주명은 이 두 도감을 보면서, 그간 자신이 채집한 나비가 어느 종에 속하는지 분명하게 알게 됨과 동시에 두 저작의 취약점을 간파했다. 다시 그의 회고록을 들여다보자.

> 이 책으로 조사하다가는 놀래는 때가 있었다. 나의 많은 표본이 제공해준 지식으로는 착각이 아닌 이상엔 松村씨 책을 정정해야 될 곳이 나온다. 시골 중학 교사를 하는 약배(若輩)가 이학박사요 농학박사인 마쓰무라 씨의 저서를 정정한다고는 자기 자신도 믿을 수가 없었다. 그러나 나의 풍부한 표본으로는 마쓰무라 박사의 저서에서뿐만 아니라 다음다음 입수한 여러 책에서 오류를 속속 발견하게 되었다(석주명, 1992b: 6쪽).

“빨리 성공해지려면 대가를 물어뜯어라”는 학계의 속담이 있듯이, 석주명은 자신의 연구가 어떻게 하면 주목받을 것인지 거의 본능적으로 느꼈다. 그 앞에 신나는 연구 판이 열려 있었다. 이때쯤 그는 성공을 확신했는지, 그는 낙농 축산학자의 꿈을 완전히 접었다.

석주명이 자신의 행운을 과장하는 이면에는 은근히 그가 이미 축적한 경험을 과시하고 있다. 그는 두 대저작의 심각한 오류를 찾아낼만한 관찰 증거를 무수히 확보하고 있었다. 이러한 청년 석주명의 나비 채집 관찰은 스무 두 살의 나이(공교롭게 딱 100년 전이며 둘의 나이도 거의 같다)로 비글호 항해에 올랐던 다윈의 경험을 떠오르게 한다. 1831년 비글호를 타고 유럽에서 남미까지 이르는 5년 동안 다윈은 온갖 생물의 변이를 보았다. 지역에 따라 비슷하면서도 약간씩 다른 생물 종을 보면서 그는 종을 결정짓는 데 한 종의 변이가 중요하다는 사실을 느꼈다. 그러던 차 다윈은 때 마침 적자생존이론을 주장하는 맬더스의 『인구론』을 읽게 되는 행운을 누림으로써 진화론의 메커니즘을 완성했다. 개성 근처의 수많은 나비를 채집하면서 석주명의 경우도 다윈의 경우와 비슷하다. 수만 마리의 나비의 종을 관찰하면서 종과 변종의 차이를 느끼던 중, 석주명은 두 도감을 읽고서 나비의 종을 가르는 자신만의 새로운 기준을 들이대게 되었다.

1931년 이후 10년 동안 석주명은 미친 듯이 연구결과를 발표했다. 그는 자신의 연구 성과를 스스로 정리했는데, “석주명저 주요업적 목록 급 해설”(1941년)이라는 리스트 첫 면에는 자신의 논문 통계를 실었다(석주명, 1992b: 350쪽).

1933년 2편
1934년 4편

1935년 5편
1936년 8편
1937년 13편
1938년 15편
1939년 13편
1940년 4편
1941년 5편

모두 69편이다. 여기에는 1932년에 쓴 공저 1편과 다소 불만족스러운 논문 4편(나중에 정식논문으로 발표함)이 포함되어 있지 않다. 논문의 질을 따지기 이전에, 편수만 놓고 보더라도 석주명은 일제강점기 중 가장 많은 논문을 낸 한국인 학자였다. 특히 1937년~1939년 세 해에 그가 발표한 논문 수는 각기 13편, 15편, 13편으로 경이적인 수치이다. 모두 단독 논문이었다. 이 3년 사이에 그는 한국 나비에 관한 세계적인 학자로 발돋움했다. 이후 1950년 그가 죽을 때까지 연구 실적을 더 본다면, 120여 편 이상의 논문과 영문판 포함 단행본 6권, 유고 6권을 남겼다. 이 중 90편 이상이 나비에 관한 연구였다(문만용, 1997: 13쪽). 적어도 연구에 관한 그는 학문벌레였다.

4. 석주명이 세계적 명성을 얻게 된 비밀

"나는 어떨 때는 논문 한 편을 쓰기 위해 나비 16만 여 마리를 분석한 적이 있습니다." 질리는 이야기이다. 집념이 넘쳐 그런 것인지, 미련 맞은 것인지 보기에 따라 달라지겠지만, 그런 일을 석주명이 했다. 반면에 곤충도감의 저자들은 어떠했는가? 그들은 단지 몇몇 샘플을 가지고 같은 종, 다른 종을 구별했다. 석주명과 기존 연구자의 차이는 여기에 있었다.

이와 비슷한 사례는 다윈의 작업에서도 확인된다. 다윈의 진화론이 선행 연구자인 라마르크보다 설득력이 높았던 결정적인 이유는 그가 수많은 개체를 수적으로 다뤘기 때문이다. 그는 들판의 식물을 다룰 때에도 군락을 대상으로 했다. 다윈은 그 가운데 공통적인 것들이 얼마, 특별한 부분이 달라진 것들이 얼마 이런 것들을 통계적으로 다뤘다. 이는 몇몇 고정 형을 가지고 종을 판별한 선행연구자와 결정적으로 달랐다. 다윈은 평균종과 변이를 겪은 변이종의 평균값으로 종과 변종을 결정지었다. 지루할 정도로 반복되는 수치가 다윈의 진화론이 도그마가 아니라 과학임을 입증했다.

석주명의 나비 연구도 비슷했다. 마쓰무라를 비롯한 도감의 저자들의 관심은 일본의 자생 곤충을 분류하는 데 목표가 있었다. 곤충학에 대한 관심이 막 태동한 때였기 때문에 일본 학자의 경우에도 그들이 대상으로 삼은 각 곤충에 대한 충실한 연구가 없었다. 아무리 교수, 박사, 대가라 해도 기초 연구가 없는 상태에서 뾰족한 수가 없는 노릇이었다. 그들은 그 나름대로 수준에서 일본 곤충상의 전체적인 모습을 보이는 데 주력했다. 더욱이 다루는 곤충의 범위가 넓었기 때문에 허술한 부분이 많았다. 그들은 많지 않은 샘플에 기초한 연구를 바탕으로 곤충의 종을 구별했다. 또한 먼저 발견한 사람의 이름이 학명으로 붙었기 때문에 연구자들은 자신이 새로 발견했다는 것을 강조하려는 폐단도 있었다. 석주명이 읽은 『곤충도감』 책들은 바로 이런 오류를 심각할 정도로 담고 있었다.

바로 그 때, 오로지 나비만 파고든 석주명 같은 젊은 학자가 그 허점을 파고 든 것이다. 특히 나비 종은 그 어떤 곤충 종보다 다양했기 때문에 석주명은 더 좋은 기회를 얻었다. 다시 그의 회고록을 잠깐 보도록 하자.

> 나는 참고서를 입수하기 전에 내가 그때 있던 개성 지방의 나비의 형편을 꽤 알고 있었다. 어떤 종류는 풍부하고 어떤 종류는 그 반대로 적고 어떤 종류는 산기(産期)가 길고 혹은 짧고 또 종류에 따라서 변이성에 강약이 있다. 더욱이 '은점표범나비' 같은 것은 물론 그 이름도 모르면서 변이성이 실로 강하여 양 극단의 개체는 그것만으로는 물론 별종으로 보일 정도라는 것까지도 알았었다. 이제 참고서만 입수하면 학명 같은 것은 간단히 찾아낼 수가 있겠지 하고 책에 손대고는 그렇지가 않은 데 놀랬다. 책에 있는 기록에 맞는 개체만 취급한다면 취급 못할 개체들은 버려야만 할까? 사실 학자 중에는 이 취급키 어려운 개체를 버리고 형편이 좋은 것만을 취급하는 이도 있었다. 그러나 이 버린다는 표본이 더 귀한 것이다. 학자들이 개체변이에 대한 지식이 없었던 때문이요. 만일 개체변이에 대한 지식만 풍부하다면 취급키 곤란한 개체가 있을 수가 없다(석주명, 1992b: 6~7쪽).

개체변이 설명이 독자들에게 조금 어려웠다고 느꼈는지, 석주명은 좀 더 쉬운 비유를 든다. 키가 대략 5척5촌(1척 33cm) 쯤 되는 남자라는 종이 있어 이걸 사람 남자라고 해보자. 이는 대략 남자 사람 평균치에 가까울 것이다. 근데, 어떤 학자가 샘플 하나를 구했는데, "4척쯤 되는 병신 난장이"였다. 4척 난장이는 새 종이 아니라 개체변이 수준이다. 하지만 이 하나 샘플로 이를 성인 남자 일반으로 정한다면 어떻게 될까? 심각한 오류가 생길 것이다. 만일 수많은 성인 남자 샘플을 얻는다면, 5척5촌이 평균 성인 남자종에 가까울 것이고 4척 짜리는 개체변이로 분류될 것이다. 나비의 경우도 똑같다. 수많은 종을 모아야만 평균종을 결정하고, 약간씩 다른 것들이 단지 개체변이의 수준의 변화에 불과한 것인지, 완전히 다른 종이기 때문인지를 올바르게 결정할 수 있다(석주명, 1992b: 7쪽).

이제 석주명의 연구가 빛날 부분이 명확해졌다. 두 가지이다. 하나는 기존 연구의 잘못을 바로 잡는 것이다. 둘째는 설득력 있는 대안을 내놓는 일이다. 한 마디로 말해 『일본곤충도감』의 조선 부분 나비 편을 완전히 새로 쓰는 것이었다. 석주명은 이미 개성 부근의 나비 수만 개의 표본을 확보해둔 상태였다(석주명, 1992b: 7쪽). 그는 차츰 채집의 범위를 전국, 더 나아가 아시아 지역으로 넓혀나갔다. 표본의 수를 70여만 개까지 늘렸다(석주명, 1992b: 9쪽). 그는 10년 동안 신명나게 이 일을 했고, 논문 수가 불어나는 만큼 그의 명성은 높아만 갔다. 그는 20대 후반, 아무리 늦게 잡아도 30대 초반에 이미 석학의 반열에 들게 되었다. "10년 한 우물 파면 나처럼 성공한다."는 수업 내용이 허풍이 아니었다.

이 시기 그가 주력한 일은 단순했다. 나비를 잡고, 나비의 특징을 파악하고, 모든 나비의 구석구석을 재고, 그걸 분석하여 논문을 쓰는 일이었다. 70만 개 샘플은 약 250여개의 종으로 수렴되었다(석주명, 1992b: 9쪽). 그는 한국에 서식하는 나비의 전모를 분명하게 제시한 불후의 업적을 남기게 되었다. 하지만 샘플만 많다고 해서 저절로 종과 변종이 결정되지는 않는다. 단지 개체의 변이에 불과한 것인지, 다른 종인지 결정짓기 위한 방법을 고안해내야만 했다. 선행 연구자들이 단지 개체 변이에 불과한 것을 마치 다른 종으로 분류해놨기 때문에 그것을 바로 잡기 위해서였다. 그래서 석주명은 실제는 같은 종인데, 다른 종 또는 아종으로 잘못 기재된 것을 정리하는 전략을 택했다. 이러한 방식을 썼던 선행 연구자가 없었던 것은 아니지만, 석주명은 자신

은 자신이 채집한 나비를 정리하면서 이런 가능성을 터득했다고 주장했다(문만용, 1997: 19쪽).

이런 생각 그 자체보다도 더 주목할 부분이 있다. 개체의 변이 정도를 객관적으로 보일 수 있는 정량적 형질을 추출하고 이를 통계적으로 처리하는 방식이 그것이다. 이것은 석주명이 독창적으로 개발한 방법이었다(문만용, 1997: 19쪽). 쉽게 말해 나비 각 부위에 나타난 형태를 일일이 헤아리고, 그것의 크기를 일일이 재는 단순무식한 방법이었다.

1936년에 나온 석주명의 기념비적인 역작 「배추흰나비의 변이연구」는 167,847개체를 이런 방법으로 연구했다. 일본의 『동물학잡지』에 실린 이 논문은 일본학계에서도 경악할 정도로 엄청난 논문이었다. 배추흰나비는 한국에서 가장 흔히 보이는 나비지만, 개체마다 다양성이 매우 큰 종이었다. 그렇기에 석주명은 종을 결정하기 위해 채집한 모든 표본의 암·수를 구별하고 각각의 형질 변이를 살폈다. 날개의 형태, 무늬, 띠의 색채, 모양, 위치, 앞날개의 길이를 쟀다. 특히 앞날개의 길이를 mm 단위로 측정하여 평균치와 표준편차 및 변이계수를 구하고, 성에 따른 비율을 구한 다음 하나의 그래프로 그렸다. 게다가 석주명은 같은 종인지 여부를 알기 위해 교미 중에 있는 200여 쌍을 채집하여 동종 여부를 가리는 데 썼다(문만용, 1997: 21쪽). 16만 여 마리 수치로 얻은 이른바 정규분포를 보이는 이 변이 곡선의 의미는 심장하다(문만용, 1997: 22쪽). 조사 대상으로 삼은 일군의 나비들이 이 분포에 드느냐 아니냐 여부에 따라 같은 종인지 다른 종인지를 판단할 수 있기 때문이다. 이 변이곡선을 활용하여 석주명은 그동안 크기, 날개의 형태, 무늬의 양상에 따라 다른 종, 아종, 이형으로 보고된 20여 개의 학명이 실제로는 배추흰나비에 속하는 종임을 분명히 했다. 그들은 단순히 평범한 개체변이에 불과했다.

이런 방법을 써서 석주명은 굴뚝나비를 비롯한 다른 나비들의 동종이명을 밝혀냈다. 아울러 잘못 실린 아종, 변종을 모두 거두어냈다. 1939년 그는 그간 자신의 나비 연구를 집대성한 영문 저작 *A Synonymic List of Butterflies of Korea*(조선산 접류 총목록)을 펴냈다. 이는 국내에서 과학자가 영문단행본을 낸 유일한 사례이다. 이 책은 영국 왕립 아시아학회 한국 지부에서 의뢰한 것이다. 이 책은 “그의 10년 나비 연구를 일단락짓는 것이자, 그의 연구가 세계까지 알려지는 계기를 마련해준 역작이었다(문만용, 1997: 26쪽).” 그는 255종의 나비를 확정하는 한편, 일부 미기록종과 함께 212에 달하는 동종이명의 목록을 덧붙였다.

나비 수만 마리에서 20만 마리에 걸치는 샘플로 얻는 그의 결론은 어느 누가 가벼이 여길 수 있었을까. 그의 논문은 신랄하게 기존의 오류를 지적했지만 아무도 이에 대해 반론을 제기하지 않았다. 반면에 오카지마, 다나카, 에자키 등 일본 곤충학 대가들은 그를 적극 지지했다. 특히 가고시마 고농시절 그의 은사였던 오카지마는 “석주명의 정확성 덕분으로 조선산 나비의 올바른 이름과 산지를 알고자 하는 연구자는 큰 도움을 받을 것이며, 그 동안 나온 이 분야의 저작 중에서 가장 가치 있는 최고의 것”으로 석주명의 업적을 극찬했다(문만용, 1997: 27쪽).

석주명의 나비 연구는 이후에도 지속되었다. 그의 회고록 제목이 “나비채집 20년의 회고록”이니 그의 나비 채집은 1950년 돌발의 사고로 죽기 직전까지 지속되었다. 그의 연구는 대가를 공격하는 일로 시작했는데, 어느새 자신이 나비 분류에 관한한 그 분야 최고의 대가로 성장해 있었다. 그는 1942년 「조선산 접류의 연구(제2보)」와 1950년에 완성된 유고 「조선산 접류의 연구(제3보)」를 통해 조선의 나비 분류 분야를 평정했다. 그간 보고된 921개 중 90%가 넘는 844개의 학명이 동종이명의 것으로 판단해 지워버렸다. 그 가운데에는 마쓰무라가 잘못

명명한 166개가 포함되어 있었다(문만용, 1997: 27쪽). 1940년대 이후 논문 편수는 적어졌지만, 그의 논문은 훨씬 굵직해져 있었다.

16만 여 마리 나비를 일일이 재는 데 얼마나 많은 시간이 들었을까? 나비 한 마리 당 5분씩 든다고 가정하면 1시간에 12마리, 하루 10시간씩 이 일만 한다고 해도 120마리이다. 1달이면 3,600마리, 1년이면 43,200마리이다. 꼬박 4년을 채워야 하는 잡일이다. 숙달이 되어 한 마리당 2.5분이 걸린다고 해도 꼬박 2년이 걸릴 일이다. 그는 혼자서 이 작업을 했다.

> 나의 기억으로 아버지는 하루에 대여섯 시간 정도를 주무셨습니다. 그분의 시간관리 태도는 가끔 사회적으로 충돌을 일으키기도 했는데, 예를 들어, 아버지는 결혼식 피로연에도 겨우 5분 정도만 머무셨습니다(석주명, 2008d).

석주명의 딸 윤희는 어린 시절을 이렇게 회상했다. 그는 밥 먹는 시간조차 아까워 땅콩을 주머니에 넣고 다니며 끼니를 때울 때가 많았다(이병철: 2002: 236쪽).

아마도 석주명은 당시까지 나비에 관한한 세계에서 가장 많은 샘플로 논문을 낸 학자였을 것이다. 그는 거기서 얻어낸 데이터들로 정규분포를 하는 수학적인 변이 곡선을 찾아냈다. 그는 이 곡선을 같은 종 여부를 결정하는 기준으로 삼았다. 이 수학적 결과는 채집에 들인 땀과 분석에 들인 시간이 합작한 결과물이었다. 발품, 시간, 수학화가 석주명이 얻은 세계적 권위의 3대 원천이었다.

5. 미완의 세계 나비분포 연구

> 채집 구역을 확대함에 따라서 개성에서 수년간에 단 한 마리 잡혀서 귀하다고 하든 것이 많이 모인 것이었고, 그 반대로 개성서는 흔한 것이 타 지방에서는 귀한 수도 있는 것을 차차 알게 되었다.(석주명, 1992b: 8쪽)

석주명이 20년 동안 70여만 마리의 나비는 종 감별 재료에 그치지 않았다. 그 녀석들은 모두 채취 지역을 일러주는 꼬리표가 달려 있었다. 석주명은 그게 자신의 새로운 연구거리를 제공하리란 것을 본능적으로 느꼈다. 어디서 귀한 것이 다른 데서 흔한 것이 되고, 다른 데서는 그 반대 현상이 나타나는 것, 그것을 밝히는 작업 곧 분포도 작성이 그것이다.

석주명은 자신의 나비 채집 여행을 돌이켜 보았다. 그는 국내에서는 백두산에서 한라산까지 대개 다 다녔다. 일본의 영토였던 필리핀, 북해도, 혼슈, 시고쿠, 큐슈, 대만까지, 만주 일부 지역과 중국 북쪽지방의 나비도 채취했다. 아쉽게도 중국 중부를 비롯한 아시아 전역의 나비 채집 여행은 불발했다. 중일전쟁이 발발했기 때문이다. 그는 자신의 구상을 이렇게 말했다.

> 조선산을 중심으로 하여 동양 전역의 것을 잡아보고 중앙아세아, 구라파산까지를 본 후에 타 대륙산에 손을 대야 한다. 그렇게 하야만 지구 위에 있어서의 조선 나비를 비교적으로 잘 알게 될 것이다. 금후로도 기회만 있으면 물론 국외 진출을 해야겠지만 형편이 안 되면 문헌으로 하는 수밖에 없겠다. 여하튼 벌써 20년 동안 나비를 잡았고 또 앞으로 20년 동안 더 계속이 될 것이다.(앞의 책, 9쪽)

여기서 주목할 대목은 "조선 나비를 비교적으로 잘 알게" 된다는 부분이다. 이는 1931년 무렵 일본인 대가의 책을 읽으며 나비 분류의 문제점을 깨달아 연구를 시작할 때와 입각점이 크게 달랐다. 향후 10년 동안 그는 조선의 나비가 무엇인지를 내부적으로 밝히는 데 주력했다. 이후 연구는 세계의 모든 나비의 유연관계 속에서 조선나비의 특성을 밝히는 작업이다.

학계에서는 흔히 "세 부류의 연구자"들이 있다. 하나는 죽어라고 한 지역의 보물을 발굴하는 한국학자들이다. 둘째는 그들에게 초청여비를 주어 환대하며 부르는 일본학자들이다. 초청에 감격하여 애써 발굴한 귀중한 정보를 다 줘버린다. 셋째는 일본학자의 논문을 포함하여 각 지역에서 올라온 보고를 전 세계적인 차원에서 조망하는 서양학자들이다. 이들은 각 정보를 취합하여 전체를 조망하는 이론을 만들어낸다.

식민치하의 한국인 생물학자는 주로 첫째 부류에 속했다. 이들과 달리 석주명은 나비 분류학에서 둘째 부류의 일까지 자기가 해치웠다. 아예 한걸음 더 나아가 보통 선진국의 서양인 학자나 하는 일을 꿈꿨다. 석주명은 세계학계에서 나비의 세계분포도 작성 작업이 제대로 되어 있지 않다는 사실을 잘 알고 있었다. 다행히도 아직 나비 한 가지에 대한 서양학계의 수준도 그다지 높지 않았다. 어떻게 보면, 세계 학계를 통틀어 자신이 본격적인 첫 작업을 하는 것일지도 몰랐다. 그는 야심만만하게 자신이 획득한 방대한 정보를 바탕으로 삼아, 외국의 문헌을 참조하면서 나비의 국내분포도와 세계 분포도를 그려냈다. 자신이 정리한 한국나비 250종에 대한 국내분포도 250장과 세계분포도 250장 도합 500장이었다(문만용, 1997: 33쪽).

석주명의 이름을 세계학계에 또 한 차례 드높여줄 이 500장의 지도는 석주명의 보물1호였다. 그가 이를 얼마나 아꼈는지는 다음 일화에 잘 드러나 있다.

> '나비박사'라고 불린 석주명은 전쟁이 일어나자 그가 쓴 원고들을 배낭에 넣어 어디를 가나 메고 다녔다. 잠잘 때에도 꼭 껴안고 잤다.
> "그 안에 뭐가 들었기에 앉으나 서나 메고 다니십니까?"
> 사람들이 이렇게 물을라치면,
> "이거이 내 생명이디요. 이거이 없어디문 난 둑은 목숨이나 마탄가디야요."
> 이렇게 대답하곤 했다. 누이동생에게도 늘 버릇처럼 "이거이 내 혼인데…. 어케서든디 꼭 택(책)이 돼야 할텐데…"하고 걱정스럽게 말했다가는 금방 맥빠진 소리로 "안 돼두 할 수 없다. 이 난리통에 뭘 할 수 있갔다구…"(이병철, 2002: 39쪽)

1950년 석주명이 의문의 총탄으로 비명에 갔다. 이 원고는 어떻게 되었을까? 다행히도 그의 누이동생 석주선이 피난길에도 이 오빠의 '영혼'을 챙겨 소실을 면했다(앞의 책). 그렇지만 20여 년이 지난 1973년에야 세상에 빛을 봤으니……. 그가 순탄하게 살아 다시 20년 세계 나비 채집과 정리 작업을 계속했다면, 그의 세계 나비분포도는 더욱 정교해졌을 것이다. 아울러 나비의 서식을 결정짓는 기후, 풍토, 식생 등의 요인이 차츰 밝혀졌을 것이다. 또 그는 조선의 나비를 정리한 학자에서 더 나아가 세계 나비 연구의 1인자 자리를 꿰찼을 것이다. 전쟁은 한 학자의 꿈까지도 이렇게 좌절시켰다.

6. 한국과학사에서 본 석주명

석주명의 『한국본위 세계박물학연표』는 지구상에 생물이 등장한 시점부터 이 책이 나오던 해까지 주요 사실을 기록했다. 책 제목대로 책의 왼쪽에는 서기가 표기되어 있고, 오른 쪽에는 조선 연호가 단기로 표시되어 있다. 인류 문명사에서 중요한 사건, 과학적 발견 등을 위주로 내용을 짧게 정리했다.

'창의'가 드러나야 한다고 한만큼 옛 선조의 창의성이 한국의 박물학 선택의 주요 기준이었다. 이를테면, 기원전 957년 "조선에서 처음으로 자모철(子母鐵)을 주조함." 서기 24~57 "유리왕이 장빙법을 사용하여 빙고를 제조함." 등과 같이 서술했다. 또한 한국의 자랑스러운 유물에 대해서 꼭 언급했다. 첨성대에 대해서는 "647, 경주에 세계 최초의 천문대인 첨성대를 건조함", 금속활자에 대해서는 "1234, 주자로 상정예문 50권을 인행함(세계적으로 금속활자 사용의 최초)", 거북선에 대해서는 "1597, 이순신이 명량에서 철갑의 귀선을 사용하야 일본수군을 대파"라고 기록했다. 한국의 박물학 전통에 대해서는 『산림경제』, 『임원경제지』, 『오주연문장전산고』 등을 특기했다. 이런 내용은 홍이섭의 『조선과학사』(1946), 최남선의 『조선상식문답』(1946) 등의 책을 비롯한 국학 연구의 성과에 힘입은 바 크다.

이와 달리 일제강점기 이후의 한국 현대박물학에 관한 내용은 석주명이 최초로 정리한 것이다. 그 내용을 보면 석주명이 한국현대과학사 사건 전체를 꿰뚫고 있었음을 알게 된다. 그는 그 가운데 자신의 저작과 활동을 위치 지었다.

1934-42 석주명 저 「조선산 접류의 연구」 제1-2보

1939 석주명 저 「조선산 접류의 연구사」, 석주명 저 「접에 관한 조선 고전의 해설」, 석주명은 조선산 접류이명 목록을 완성
1942 조선박람학회, 경성일보사 공동 주최로 석주명 소장 세계접류 표본 전람회 개최
1946 국립과학박물관에서 석주명장 세계접류 표본 전람회 개최
1947 석주명 저 『조선나비이름의 유래기』, 석주명 저 『중등동물』

그는 1929년 조복성이 「울릉도산 인시(鱗翅)목록」에 대해 "조선인 단독 저술의 생물학 논문으로 최초의 것", 1931년 김종원의 「평북 고기(古期) 암층의 연구」는 "지질광물학 방면에서 조선인 단독 최초의 논문"이라 밝힌 데서 알 수 있듯, 자신의 나비 연구가 이런 과학 전통의 연장선상에 있음을 잘 알았다. 또한 1926년 천문학자 이원철이 독수리 별자리 에타 성의 변광의 원인을 밝힌 연구, 1930년 손금성이 미국에 두부를 학술적으로 소개한 연구, 서재필이 미국에서 돼지의 선충에 관한 연구로 "미국의 돼지 값을 절반으로 떨어뜨릴 정도의 센세이션을 일으킨" 연구와 마찬가지로 자신의 연구가 자신의 연표에 등록할 만한 쾌거라 생각했다. 무엇보다도 석주명은 자신의 저서 『한국본위 박물학연표』에서 주요 저작을 최다로 올린 인물이었다. 석주명은 최초의 생물학사를 쓴 생물학사학자인 동시에 최근에 가장 주목할 만한 과학적 업적을 낸 생물학자였다.

석주명의 나비 연구는 당시 세계를 선도하던 물리학, 화학, 생리학, 공학 등처럼 첨단과학이 아닌 주변부의 과학이었다. 그가 과학 활동을 하는데 훌륭한 실험실, 실험기계, 시약이 필요한 것도 아니었다. 나비채, 핀, 상자, 연필과 자만 있으면 되는 과학이었다. 반면에 나비 채집과 관찰, 분석에 엄청난 발품을 들이고 시간을 쏟아 부어야 하는 '노동집약적' 방식의 과학이었다.

이태규나 리승기처럼 교토대학 또는 프린스턴의 실험실을 누린 것과 달리[2], 송도고등보통학교 박물교사인 석주명은 학교 박물학실에서 쭈그려 앉아 이런 과학 활동을 했다. 식민지 한국에도 경성제국대학이나 경성의학전문학교에는 훨씬 훌륭한 실험실이 있었지만, 그건 대체로 일본인 과학자 차지였다. 거기서 한국인 과학자는 일본인 과학자의 조수 노릇을 크게 넘어서지 못했다. 이와 달리 고보 교사 석주명은 단순한 방법으로도 성과 내는 것이 가능한 나비의 박물학을 택해서 그의 온 시간을 거기에 다 바쳤다. 어찌 보면, 석주명의 나비 연구는 일본의 식민지 치하에서 조선인 과학자가 세계학계에 기여할 수 있는 최대치가 아니었을까.

석주명이 영문판 책을 내며 최고의 성취를 이뤘던 1939년 『모던일본과 조선』의 한국판 잡지에서는 조선 당대 인물 100대 명인을 현상 응모하여 뽑았다(김희정 외 옮김, 2007). 100대 명인에는 문필가, 음악가, 화가, 기자, 사업가, 변호사, 군인, 스포츠맨 등과 함께 과학자도 포함되어 있었다. 과학자는 모두 9인이 뽑혔는데, 그 가운데 석주명은 없었다.

기초과학 분야로는 최규동(수학자), 이원철(천문학), 이태규(화학) 등 세 명이, 공학자로는 리승기(화학공학), 최경렬(토목공학) 두 사람이 선정되었다. 의학자가 가장 많아서 오긍선(의학교육), 윤일선(병리학), 백인제(외과학), 심호섭(내과학) 등 4인이 뽑혔다. 뽑힌 과학자를 보면, 당시 대중이 선호하는 과학자 상이 포착된다. 이태규와 리승기는 교토대학에서 박사학위를 받은 화학자, 화학공학자였고, 이원철은 미국의 앨비언 대학에서 박사를 받은 천문학자였다. 최경렬은 교토대학 토목과

2) 이태규와 리승기에 대해서는 송상용의 주목(이를테면, "이승기와 비날론", 『한국과학재단소식』, 1993년 1월 호)이 있었으며, 최근에 김근배가 "남북의 두 과학자 이태규와 리승기"(『역사비평』 82, 2008)를 발표했다.

출신으로 30대 초반 한강철교(현 신인도교)를 설계해 명성을 드날렸고, 최규동은 수학은 '최대수'라 할 정도로 명성을 날린 중동학교 교장인 교육가로 이름이 높았다. 오긍선은 세브란스의학전문학교장 의학교장, 심호섭은 조선 내과학의 1인자, 백인제는 조선 외과학의 1인자, 윤일선은 한국인으로 경성제국대학의 정식 조교수가 된 병리학자로 학력과 경력이 쟁쟁했다. 대중의 눈으로 볼 때, 석주명은 뛰어난 연구 업적을 냈는지는 몰라도 아직 가고시마 전문학교 출신의 중학교 교사로 위 사람들에 비해 경력이 미천했던 듯하다. 이런 상황은 해방 이후에도 비슷해서, 그는 대학에 교편을 잡지 못했다.

마지막으로 말할 부분은 과학사상가로서 석주명이다. 나비연구와 생물학 연구로부터 더 나아가 한국학과 인문학, 세계에 대한 자신의 생각을 피력했다. 20세기 전반기 한국과학사를 놓고 봤을 때, 과학적 연구를 통해 얻은 통찰을 바탕으로 해서 자신의 사상을 피력하는데 까지 나아간 과학자로서 석주명이 유일하다.

왜 어떤 나비는 넓은 영역에 걸쳐 서식하고, 어떤 나비는 특정한 곳에서만 발견되는가? 왜 지방에 따라 나비 이름이 다를까? 우리나라 최초 나비 기록은 무엇일까? 화가 남계우가 그린 군접도에서 펄펄 날아다니는 나비 종은 과연 무엇일까?

이미 나비 "조선"을 밝히겠다는 포부를 밝힌 석주명은 당연히 이런 의문을 품었다. 거꾸로 일지도 모르겠다. "뭐 눈에는 뭐만 보인다."는 속담처럼 그는 족자에 걸린 한국화를 보면서 거기서 날아다니는 나비 종에 관심을 가졌음직하다. 옛 문헌을 읽을 때에도 행여 나비라는 글자만 등장해도 자기 전공 지식을 발동시켰으리라. 방방곡곡 돌아다니며 주워들은 나비이름을 보고 그 유래를 추정했을 것이다. 석주명은 나비를 국한하지 않고, 그것의 조선적 특성을 밝히려 하지 않았던가.

그 하나가 세계지도에 나타난 한국나비의 친연성이요, 다른 하나는 나비의 한국학이었다. 나비의 한국학, 이는 그가 가장 잘 할 수 있는 분야기도 했다. 이미 오랜 채집 여행 동안 보고, 듣고, 느낀 데에는 나비와 관련된 언어, 역사, 문화가 포함되어 있었기 때문이다.

이전의 작업은 『곤충도감』에 올릴 정규 후보자를 선정하는 일, 또는 박물관에 전시할 표본에 이름을 붙이는 작업이었다. 그것은 분류였고, 수학 통계로 결정한 결과물이었다. 새로 할 일은 판이했다. 나비 서식 풍토에 대한 관심이자 펄펄 나는 생물로서 나비였다. 지리와 환경에 따라 나비의 서식 분포가 다르며, 그에 따라 나비 관련 문화도 차이가 있다. 한국 내에서도 지역에 따라 다르듯, 아시아 속에서 한국의 나비 문화도 다르다. 그것을 밝혀냈을 때, 한국의 위상이 파악되는 것이다. 어떻게 밝혀낼 것인가? 그것은 인문학의 영역이었다. 하지만 자연과학적 관심에서 출발한 석주명의 인문학, 이 분야는 아직 천연미답의 길이었다. 그는 나비의 자연과학 연구에서 벗어나 나비의 한국학으로 나아갔다. 조선의 나비가 나비는 나비이되, 기후와 풍토, 문화에 따른 짙은 향토색을 지니고 있다고 보았기 때문이다. 그는 생물학과 한국학의 관계에 대해 다음과 같이 말했다.

> 종래 국학이라면 한문책이나 보고 읽는 것으로 생각하는 사람이 많았지마는 국학이란 인문과학에 국한될 것이 아니고 자연과학에도 관련되는 것으로 더욱 이 생물학 방면에서는 깊은 관련성을 발견할 수가 있다. 조선에 많은 까치나 맹꽁이는 미국에도 소련에도 없고 조선 사람이 생식하는 쌀은 미국이나 소련에서는 그리 많이 먹지를 않는다. 그러니 자연과학에서는 생물학처럼 향토색이 농후한 것은 없어서 조선적 생물학 내지 조선생물학이란 학문도 성립될 수가 있다.(석주명, 1992b: 63쪽)

이런 그의 태도는 석주명이 마흔 한 살 때(1949년)에 펴낸 다소 생소한 제목의 책『한국본위 세계박물학연표』에 종합되었다. 글머리에 살폈듯, 그는 한국을 중심으로 하면서 세계과학사 내지 세계문화사에 호흡을 맞추기 위해서 그 책을 썼다.

석주명의 일생 동안 그의 머릿속을 맴돈 것은 보편과 특수의 문제였다. 생물학에서 그것은 종과 변종을 구별 짓는 일이었다. 그의 나비 연구는 궁극적으로 조선나비와 외국 나비의 같음과 다름, 더 좁게는 남쪽지방 나비와 북쪽 지방 나이의 같음과 다름을 찾아내고 그 요인을 밝히는 것이었다. 더 나아가 그는 이 글에서는 살피지 않았지만, 그의 생물학적 관심은 어학으로 확대되었다. 그는 세계어인 에스페란토어와 조선어의 관계 설정, 일국의 표준어와 방언의 관계 설정의 측면에서 표준과 변이 파악에 골몰했다. 이런 문제의식은 제국주의 일본과 식민지 조선이라는 정치적 차원에서도 그대로 연장된다. 그가 성, 민족, 계급의 평등을 논했을 때, 그는 변종과 종의 문제가 본질적으로 이에도 작동하는 것으로 파악했다. 나비연구, 방언연구, 국학연구 등을 관통해 나타나는 석주명의 생각은 '특수를 통해 보편으로 접근한다.'는 것, '보편의 이름으로 특수를 무시하는 것이 옳지 않다.'는 것이었다. 나는 이와 같은 생각을 석주명의 과학사상이라 명명한다.

그의 과학사상이 생각의 편린 또는 과도한 추상을 넘어서 하나의 사상으로 자리매김할 수 있는 까닭은 그의 학문 방법론의 그의 사상을 뒷받침하고 있기 때문이다. 그는 실증할 수 있는 한 실제 자연세계에서, 언어 세계에서, 제주도라는 지역 세계에서 그것을 실증해내려고 했다. 그 작업의 결과로서 나비연구, 방언 연구, 제주도 지역학 연구가 보고된 것이다. 그렇기에 그의 연구가 탄탄하며, 그에 바탕을 둔 그의 사상이 설득력을 얻게 된 것이다.

석주명의 나비학 연구의 의의

문태영_고신대학교 생명과학부 교수, 도시곤충연구소장

1. 들어가는 말

어릴 때는 이름으로 불리다가 나이가 들면 호를 붙여서 부르기도 하던 시절이 있다. 요즘 그 시절처럼 호를 부르는 일은 많지 않은데, 석주명(1908~1950)은 "나비박사 석주명 선생"이란 칭호로 불린다. 그의 제자들이나 친지들이 그렇게 부르는 것이 아니라 우리 사회가 그렇게 부르는 것이다. 그렇듯이 석주명은 본질적으로 곤충학자이고, 많은 곤충 종류 중에서도 나비를 연구한 나비학자로 널리 알려진 인물이다.

그러나 그는 풍속, 지역, 언어, 에스페란토, 등반 등의 다양한 분야에도 관심을 보였는데, 이는 석주명이 다양한 분야의 전문가가 되기를 원했다기보다는 박물학적[1] 전통에서 비롯된 즉 자연사적 관점에서 그

1) 서구적 용어인 natural history라는 개념을 박물학 또는 자연사로 번역한다면, 탐사와 관찰을 통해 새로운 것을 알고 수집하는 과정을 통해 자연에 대해 잡학적이면서도 백과사전적인 이해를 도모하는 근대적 과학이라고 이 글에서는 사용한다. 따라서 석주명 당시는 '物'의 발견을 통해 '産'을 증대하고 '業'을 꾀함으로써 일본 자본주의의 밑바

의 주변을 이해하려는 호기심으로 충만한 사람이었기 때문이라고 생각된다. 박물학 자체가 주변의 사물에 관심을 갖는 것에서 시작되는 박학다식(博學多識)의 분야이다. 그런 면에서 석주명은 사실상 실학사상을 물려받는 마지막 박물학자(naturalist)라고도 할 수 있을 것이다[2]. 또 박물학은 동물, 식물, 광물 등의 종류, 성질, 분포, 생태 등을 관찰, 기재, 분류하는 근대학문으로 실험적 방법이 아닌 관찰적 방법으로 연구하는 분야라고 정의한다면, 석주명은 전통적 박물학과 근대적 실험생물학의 전환기에 특성을 잘 보여주는 학자인 셈이다(문태영, 2008).

따라서 석주명의 곤충연구는 탐구적 세계관을 바탕으로 인간적 성숙과 사회적 관계를 통해 성숙된 총체적 지식과 지성이 결집된 것으로 볼 수 있다. 이는 린네(Carl von Linné, 1707~1778), 다윈(Charles Darwin, 1809~1882), 월리스(Alfred Wallace, 1823~1913) 등의 저명한 박물학자들에게서도 볼 수 있는 현상이다(문태영, 1997, 2001; 이종욱 등, 2000). 이들도 석주명처럼 팽창기의 문화적 혜택과 전환기의 선구적 감각으로 바탕으로 다양한 사회적 관계를 통해 학문적 성취를 이룬 학자들이다. 이들에 대한 학문적 분석은 물론 사회적, 전기적, 인간적인 분석도 많이 시도되어 과학사적으로 확고한 위치를 부여하고 있다. 그렇다면 우리의 입장에서 석주명에 대한 재발견과 깊은 이해가 필요한 것은 두말할 나위가 없는 것이다. 이 글에서는 석주명과 그 곤충학의 특성, 연구경향, 개념을 살펴보고, 그 학문적 개성에 또 다른 관점으로 접근해 보고자 한다.

탕을 이루었던 18세기 일본의 전근대적 팽창주의시대의 박물학의 영향이 남아있던 시기이므로 현대적 자연사박물관 또는 박물학이란 용어와는 개념에 차이가 있다.

2) 김려(金鑢, 1766~1821)의 『우해이어보(牛海異魚譜)』, 『정약전(丁若銓, 1758~1816)의 자산어보(玆山魚譜)』 이후로 자연과학적 박물학의 맥을 잇는 업적이 보이지 않다가 석주명에 이르러 실학적 삶의 방식과 학문적 접근이 보인다.

2. 석주명 나비학의 특성

석주명의 곤충학(昆蟲學, Entomology), 더 석주명다운 표현을 사용한다면, 나비학(蝶學, Lepidopterology)은 사실 그 이전에 우리나라에 곤충학적 연구가 있던 시기가 아니므로 역사적인 발전단계에서의 위치나 비교가 쉽게 이루어질 주제는 아니다[3]. 당시 두각을 나타내는 학자는 석주명과 비슷한 연배인 조복성(趙福成, 1905~1971)이 활동하고 있었을 뿐이다(조복성, 1975; 이병철, 1987). 석주명과 조복성은 모두 우리나라 곤충학의 선구적이며 독보적인 학자들이다. 특히 석주명의 연구는 당시 사회의 모든 것이 주변국에 비해 여유롭거나 앞선 것이 보이지 않던 시기임을 감안할 때 독특하다고 볼 수 있는 점이 몇 가지가 있다. 즉 그의 나비연구는 생애적(life-time devoted), 선구적(pioneer), 과학적(scientific), 국제적(international)이다.

석주명은 태어나서 23세까지 교육을 받으며 성장하다가 24세부터 나비를 연구하여 41세까지 나비에 관한 연구를 하다가 생애를 마감하였다. 그의 42년의 짧은 일생을 고려하건데, 사회에서 활동할 수 있는 시간은 모두 나비에 몰두하다가 생을 마감하였으니 일생을 나비 연구에 헌신한 것이고 또 생애적인 연구를 하였다고 할 만하다. 이는 그의 연구주제가 나비였던 것처럼 그도 나비학에 모든 삶을 헌신한 것이므로, 석주명과 나비의 상호적인 관계에서도 석주명은 나비박사라는 별

---

3) 과거 우리나라에서 충(蟲)이란 현재의 곤충과는 다른 개념의 생물 그룹이었다. 곤충이 아니어도 구분하기 애매하거나 해로운 동물을 한데 모아놓은 경향이 있었다. 이는 유럽에서도 비슷한 경향이었으나 린네 이후 분류체계가 대략 현재와 비슷해진다(문태영, 윤일 2000; 문태영 등, 2003, 2004; 윤일 등 2006; 문태영, 2008). 따라서 우리나라에서 현대적 개념의 곤충강(昆蟲綱, class insecta)을 다루는 것은 조복성, 석주명 시기인 것으로 사료된다.

칭을 받을 만한 일이다.

그리고 석주명은 우리나라의 과학사에서도 곤충학의 선구자로 기록될 수 있는 연구를 하였지만, 당시 비교적 더 나은 조건에서 곤충을 연구하는 일본학자들에 비해서도 과감하고 독특한 접근을 하였다. 당시 분류학(分類學, systematics)은 유럽의 귀족적이고 경험주의적 전통을 바탕으로 발전하였으므로 채집과 동정(同定, identification)을 위한 전문가를 고용하기도 하며 상당히 권위적인 면이 있었다(Knight, 1972; Brock, 2006). 또 많은 훈련을 거치고 연륜있는 저명한 학자들의 방식과 의견이 결정적으로 존중되는 시기여서 학문을 지배하는 권위자들이 활동하던 시기이다. 도제식 전통으로 교육받은 일본학자들이 장악하고 있던 동북아시아의 곤충학계도 그런 분위기에서 예외가 아니어서 소위 여러 제국대학의 교수들이 학파를 이루고 있었다.

이런 면에서 석주명은 이런 권위적인 학파에 속하지 않은 무소속과 무명의 자유로움이 있었다. 그는 우리나라의 나비를 가능한 많은 지역에서 채집하여 그 분포영역과 출현시기를 밝히고자 하였다. 그의 채집기록은 대부분 우리나라에서는 그전에 기록된 적이 없으므로 초기록(初記錄, first record)이 되었고, 이렇게 채집되는 나비 개체들에는 미기록종(未記錄種, unrecorded species)이나 신종(新種, new species)이 포함되었다. 이 사실만으로도 석주명은 우리나라 곤충학의 선구자라고 할 수 있다.

표본을 확보한 석주명은 남다른 접근을 시도하였는데, 나비의 가산형질(可算形質, countable character)[4]을 측정(measurement)해서 분류하는 방법을 시도하였다. 즉 수만 마리나 되는 나비 날개의 길이를 각

---

4) 가산형질은 동물의 신체기관 중에서 셀 수 있는 즉 수를 세거나 길이를 재거나 하여 수치화시킬 수 있는 형질을 말한다.

개체 별로 일일이 자(尺)로 재서 그 형질의 분포곡선을 얻어 변이와 종의 한계를 분하는 것이다. 이 방법은 통계적 개념에 익숙하지 않은 경험주의자들에게는 소모적인 일로 보일 수 있지만, 교육받은 학자들에게는 많은 양의 표본을 측정하면 더 정확한 결과를 얻을 수 있다는 것은 분명한 일이었다. 따라서 그렇게 할 수 있다면 해야 할 연구방법이었지만, 석주명 수준으로 넓은 지역에서 많은 표본을 확보하고 또 측정하는 것은 쉽지 않은 일이었을 것이다. 그러나 이미 영국에서는 '현대통계학의 아버지'로 불리는 피셔(Sir Ronald A. Fisher, 1890~1962)가 1912년에 빈도분포 곡선을 얻는 방법을 논문으로 발표하였고, 1925년에는 전세계 실험연구자들에게 객관적 분석방법을 소개한 지침서인 '연구자를 위한 통계방법(Statistical Methods for Research Workers)'를 출간한 바 있다. 이 책의 통계적 분석방법은 당시 매우 앞선 지식이었지만 곧 일본에도 전달되었으므로 석주명도 그런 연구방법의 경향 또는 빈도(frequency)라는 개념에 접근해 있었을 것이고, 실제 그의 연구에서는 변이연구를 형질의 질적이나 양적인 빈도분포곡선으로 다루고 있다(석주명, 1936b, 1937c, 1942e). 석주명이 다룬 나비 개체수는 매우 많은 양이어서 그만한 양의 표본을 확보한다는 자체만으로도 다른 연구와 차별화될 정도였고, 사실 통계적 표본추출의 한계를 넘어 모집단의 실제 특성을 이해할 수 있을 정도로 방대한 양이어서 그의 연구의 객관성을 담보한 과학적인 연구였다.

송도고보 사직 후에 60만 마리 나비표본을 태우기 위해 조수들과 함께 한 모습 이는 석주명이 방대한 양의 표본을 토대로 계량적 접근방법으로 변이연구를 하였다는 증거가 되는 사진이다(맨 오른쪽 석주명 선생).

또 그의 계량적(計量的)5) 분류방법은 당시 통합생물학(synthetic biology)6)

5) 석주명의 분류학적 접근은 현재의 수리분류학(numerical taxonomy)적 관점보다는 집단유전학이나 유전생태학에서 변이의 폭을 인정하며 개체군(population)을 이해하는 쪽에 가깝다고 생각된다. 그래서 수리적이라고 표현하기 보다는 계량적이라는 용어를 사용한다.

6) '통합생물학(synthetic biology)'은 Stéphane Leducs가 1910년에 Théorie physico-chimique de la vie et générations spontanées에서 처음 사용한 용어로, 1912년에 저서 *La Biologie Synthétique*에서 본격적으로 사용하였다. 이후 많은 첨단 분야와 학제간 접근을 지칭하는 용어로 사용되어 왔다. 분류학에서는 1940년 Julian Huxley가 *New Systematics*라는 책을 당시의 석학들과 함께 출판하면서 분류학과 생태학, 분포, 다형형상 등의 문제를 다루어 분류학의 학제간 접근을 다루며 종합과학으로서 분류학의 방향을 제시하였다. 최근에는 자연적 생물체계를 모방하거나 재구성하려는 생물학, 공학, 컴퓨터과학, 생물공학 등의 분야에 포괄적으로 사용되며, 이런 경향은 농업, 생물연료(biofuel), 생물정화(bioremediation), 제약 등에서 많은 재발견으로 이어지고

의 경향이 풍미하여 학제간(interdisciplinary) 연구가 해답을 얻을 수 있는 새로운 방법이고 더 과학적일 것으로 제시하던 서구학계의 움직임과 무관하지 않을 것으로 보인다. 이런 관점에서 최근 석주명의 연구를 국제적이라고 평하는 것은 두 가지 의미로 받아들일 수 있는데, 우선 하나는 그 수준이 질적으로 우수하다는 것이고 또 하나는 여러 나라의 학자들과 교류하거나 정보를 얻어 국제적인 감각을 가졌다는 것으로 볼 수 있다. 사실 석주명의 연구는 후자에 근거하여 전자를 이룬 것이 아닌가 하는 생각이 든다. 그는 일본어와 에스페란토를 잘 구사하였는데, 분류학이라는 학문적 성격을 고려하건데 라틴어를 비롯하여 다른 한두 유럽어도 대략 읽을 정도로는 가능하였을 것으로 생각된다.

또 그가 유럽과 미국의 여러 자연사박물관들과 나비표본을 교환하는 과정에 알려지지 않은 정보의 획득이나 문헌의 확보 등과 같은 다양한 소통(communication)의 결과가 당연히 있었을 것으로 믿어진다. 소통은 비판과 이해를 동반했을 것이고, 그의 과학적인 객관성과 자신감은 그렇게 얻어졌을 것이다. 이에 관해서 지면을 할애할 필요는 없을 정도로 석주명의 관심영역은 다양한 분야에 걸쳐 있었다. 따라서 석주명은 앞선 정보력을 가지고 있었을 것으로 보이며, 그의 연구는 독립적인 발상이라기보다는 국제적인 정보와 감각이 나름대로 국제적인 수준과 대등한 연구를 기안하고 추진할 수 있게 한 것이 아닐까 생각된다. 그의 교육적 배경도 일본에서 가고시마 농고를 졸업하였으므로 그가 원하든 원하지 않든 외국의 지식을 접할 기회가 많이 있었을 것으로 보인다(시바타니[柴谷篤弘], 1985).

있다. 이 개념은 종합과학, 학제간과학, 통합과학, 융합과학 등의 발전적인 논의의 뿌리가 되며 20세기 전반에 걸쳐 발전된 개념이다.

3. 석주명 나비학의 연구경향

동물분류학은 대체로 세 종류, 즉 알파, 베타, 감마 분류작업으로 나눌 수 있다(Mayr, 1969; 이종욱 등 2000). 알파분류(α taxonomy)는 분석단계라고도 하며, 동물을 채집하고 동정(同定, identification)하여 기지종(旣知種, known species)와 신종을 파악하는 등으로 주로 자연사박물관의 일상적 작업과 탐험이나 원정 등을 통한 지역상(地域相, fauna) 보고가 대부분 이에 해당된다. 베타분류(β taxonomy)는 종합단계라고 할 수 있는데, 계통적 유연관계에 따라 종군(種群, species group)을 다루며 속(屬, genus), 과(科, family), 목(目, order) 등의 상위분류군(上位分類群) 수준에서 연구하는 작업이다. 감마분류(γ taxonomy)는 계통 또는 진화추적 단계라고 할 수 있는 것으로 종간(種間, interspecific) 또는 종내(種內, intraspecific) 변이, 다형현상(多型現象, polymorphism), 종형성(種形成, speciation) 등을 다루는 작업이다. 극단적으로 간단히 표현해서 알파분류는 종간의 차이에, 베타분류는 종간의 유사성에, 감마분류는 종간의 관계에 관심을 갖는 것이라고 볼 수 있다.

석주명의 나비 연구는 대체로 알파분류와 감마분류에 집중되어 있는 경향이다. 이는 그가 당시 상황에 적절한 전략적인 연구를 한 것이라고 할 수 있다. 석주명이 다루는 우리나라의 나비나 다른 곤충들은 당시로서는 대체로 일본학자들의 보고서에 간략히 언급된 것 외에는 제대로 연구되지 상태였으므로 알파분류학적으로 할 일이 많은 상태였다. 그러나 우리나라는 대륙의 동북단에 있어 넓은 지역으로부터 채집된 종들을 다루기에는 다소 무리가 있는 지정학적 위치에 있다. 또 넓은 지역에서 얻어진 표본들을 많이 소장한 외국의 자연사박물관을 현재라면 쉽게 방문할 수 있지만, 당시로서는 거의 혼자 일을 해야 하는 석주명으로서는 여러 지역에서 많은 표본을 확보하고 비교하여 근연종(近緣種, the related species)들을 다루는 베타분류를 하기에는 어려움이 있었다. 따라서 석주명의 연구는 주로 알파분류에 집중되고 베타분류적 연구는 보기 힘들며 바로 감마분류로 연결된다. 즉, 우리나라에서 관찰되는 독특한 현상들을 나타내는 대상을 다루어 연구한 것이다. 한반도에서 지역적으로 나타나는 연속변이(連續變異, continuous variation), 불연속변이(不連續變異, discontinuous variation)를 성적다형(性的多型, sexual polymorphism)이나 사고(事故, accident)나 기형(奇形, teratology)에 의한 변이 등에 관한 연구와 함께 시도한 것이다.

이런 연구경향은 석주명이 25세이던 1933년에 발표한 「한국산 미기록나비 및 이상형과 은점표범나비의 변이성에 대하여」 그리고 이듬해인 1934년에 발표한 「한국산 나비류의 연구 제1보」에 한국산 나비 7과 138종을 실었는데 주로 그 변이를 연구하여 150여 동종이명이 정리된 것으로 이미 초기 논문에서부터 나타나는 연구경향이었다(석주명, 1933, 1934). 우리나라에만 있는 종들을 대상으로 우리 지역에서만 관찰되는 현상들을 다루면 그 관찰과 해석에 매우 유리한 것은 당연한 일이다. 이는 최근 '지역적인 것이 세계적인 것이다'라는 국가발전전략을 이미 그 당시에 석주명은 시도하고 있었던 것이다.

석주명의 또 하나의 연구경향은 생물명명규약(生物命名規約, biological nomenclature)적 관점에서 연구이다. 이는 물론 알파분류의 범주에 속하는 일이지만, 석주명의 입장은 보다 원칙적인 면을 엄격히 지키는 즉 문법(文法, grammar)으로서 이 문제를 다루는 경향을 보인다. 이는 그가 변이연구를 통해 많은 종들을 오동정(誤同定, misidentification)이나 동종이명(同種異名, synonym)으로 강등 처리하는 과정에서도 잘 나타난다.

석주명의 이런 연구경향은 그의 여러 저서와 논문에서 분명하고 일관성 있게 드러난다. 당시 일본학자들은 세분주의(細分主義, splittism)적 관점이 강해서 일단 약간의 차이만 보여도 새로운 종류로 보고하여 한국산 나비를 844종으로 발표하였으나 석주명은 한국의 나비는 248종이라고 바로 잡는다(Seok, 1940). 또 당시 석주명은 배추흰나비 16만여 마리의 날개 길이와 무늬를 비교하여, 약간의 차이가 있다고 해서 성급히 다른 종으로 판단해서는 안 된다는 것을 보여주었다(석주명, 1936b, 193c7, 1942e). 이 과정을 면밀하게 검토하면, 석주명이 의도적으로 통합주의자(統合主義者, lumper)로서의 입장을 취하였다기보다는 그의 변이 연구의 결과가 자연스럽게 그를 통합주의적 입장으로 유도한 것으로 보인다[7]. 그러나 그가 결코 분류학적 이질성(異質性, heterogeneity) 즉 종내의 미묘한 차이에도 무디거나 너그러운 것이 아니라는 것은 유리창나비(*Dilipa fenestra takacukai* SEOK), 수노랑나비(*Apatura ulupi morii* SEOK)[8] 등처럼 종내변이를 예리하게 한정하여 지리적 아종을 명명한 것에서 볼 수 있다.

4. 석주명 나비학의 주요개념

석주명 나비학의 특성과 연구경향을 더 잘 이해하기 위해서는 그의 연구에서 보이는 개념들에 접근하는 것이 필요하다. 그의 연구에서 자주 접하는 용어는 변이, 아종, 동종이명, 빈도곡선 등이다.

---

7) 통합주의적인 관점은 나비연구에서만 나타나는 것이 아니어서, 2년여 기간 동안 제주도에 근무하는 중에 곤충은 물론 민속, 방언, 인구 등 다양한 분야의 연구하여 통합적인 제주학의 초석을 다진 데에서도 나타난다(윤용택, 2011a). 따라서 통합주의적 사고는 석주명의 세계관으로 볼 수 있을 듯하다.

8) 현재 수노랑나비 *Chitoria ulupi morii* (Seok)

변이(變異, variation)는 개체군(個體群, population)을 이해해야 사용이 가능한 개념이다. 개체군은 같은 지리적 서식지에서 사는 같은 종류의 생물집단이다. 여러 다른 지역에 서식하는 개체군들이 모여서 종을 이루게 된다. 따라서 넓은 지역에 퍼져서 사는 종은 많은 개체군을 포함하게 되고 다양한 환경에 적응하는 지역 개체군들이 생기게 되므로 자연스럽게 많은 변이가 나타나게 된다. 이것을 지리적 변이라고 하는데, 석주명은 이 지리적 변이 중에서 특히 우리나라에서 특이하게 반복적으로 출현하는 개체군을 지리적 아종을 명명하는 일에 많은 노력을 기울였다[9]. 지리적 변이를 추적하기 위해서는 유전자 분석을 통해 이해하는 것이 가능하지만, 과거에는 넓은 지역에서 채집된 표본을 비교하거나 사육을 통하여 변이의 범위를 측정하는 방법이 전통적으로 시도되었다. 그래서 가능한 많은 표본을 비교하는 것이 요구되었고 분류학자의 철학적 입장이 세분주의냐 통합주의냐 하는 것도 중요한 문제가 되었다. 석주명은 이를 해결하기 위해 측정이 가능한 특정형질에 비중을 두고 그 형질(形質, character)의 형질상태(形質狀態, characteristics)를 분포곡선으로 만들어서 변이의 폭와 종의 한계를 규정하였다. 따라서 석주명 변이 한계 내에 있는 개체를 표현형에서 차이가 나더라도 다른 종으로 취급하기보다는 같은 종의 변이나 아종으로 다루는 통합주의적 입장을 취하였다.

석주명이 통합주의적 입장을 그저 경험에 의해 내키는 대로 한 것이 아니라 변이의 종류와 한계를 고려하여 결론을 내렸다. 그는 첫째 표본이 같은 지역에서 채집된 것인지, 둘째 표본에서 개체군 간에 차이에 대한 증거 즉 통계적 경향이 있는 변이가 보이는지에 대해 검토를

9) 변이(variation)와 아종(subspecies)에 관한 분류학적 논의는 이종욱 등(2000)에, 그리고 석주명의 변이연구에 대한 분석은 문(2007)에 앞서 논의된 바 있다.

하였다. 이는 동소성(同所性, sympatry)과 이소성(異所性, allopatry)에 의한 종형성 가능성과 유전적 적합성(遺傳的 適合性, genetic fitness)을 검토하려는 노력이라고 할 수 있다. 변이에 관한 면밀한 검토는 아종의 지위를 지역 개체군에 부여하는데 주저함이 없는 자신감을 주었다. 그의 연구에서 아종은 대체로 지리적 아종으로 분명한 이소성과 적합성이 일치가 되는 경우에 부여되었다. 동종이명과 빈도곡선의 문제는 앞서 잠시 언급하였으므로 부언하지 않는다. 그러나 석주명의 연구를 보다 충분한 지면에서 논의할 시에는 각 종의 특성과 동종이명의 현재 상태를 비교하여 그의 당시 연구결과를 검토할 필요도 있고, 그의 연구가 현재 수준의 통계방법으로는 어떤 결론에 접근할 수 있을까 재검토하는 것도 흥미로운 일이 될 것이다.

5. 맺는 말

이 글의 결론을 내리는 것은 적합한 일이 아닐 것이다. 추후 석주명이 탐구한 나비학의 세세한 부분을 현대적 분류관점과 통계방법으로 재현하고 재조명하는 과정을 통해 그의 연구에 대한 설명도 보다 과학적으로 가능할 것이고 이해가 더 깊어질 것으로 믿어진다. 그러나 현재 석주명에 대한 연구와 사회적 이해를 고려하여, 이 글의 전술한 성격과는 다소 어울리지 않는 서술로 마치고자 한다.

석주명의 연구에 대한 복기(復棋)가 정책적으로 필요할 것으로 생각된다. 복기적인 연구는 단순히 석주명이란 학자를 이해하는 일만이 아니며, 석주명 식(式)의 연구를 부활시키는 것이고 또 그와 같은 후진학자를 양성하는 일이기도 하다. 그와 같은 방식의 연구를 이어가지 않으면서 그가 세계적인 학자였다고 말하는 것도 아이러니한 일이고, 또 그의 무엇을 연구한다고 말하는 것도 우스운 일이 아닐 수 없다. 이런 복기적인 연구는 어느 개인에게 미루는 것보다 국가나 사회가 지원하여 가능하도록 하는 것이 도리일 것이다. 이런 복기적 연구가 부활되면 그에 따라 석주명의 인문사회적인 연구와 가치도 증가될 것이다. 해외의 저명학자들의 이름을 딴 학회와 협회가 있다. 좋은 예가 런던에 사무국을 둔 린네학회(The Linnean Society of London)같은 경우이다. 또 인문 분야에서도 또 다른 예를 보면 세계 도처에 크고 작은 헤밍웨이 학회나 협회가 있다. 사실 나비는 아마추어 학자들이 많이 양성될 수 있는 분야이어서 석주명을 기리고 그 학문정신을 이어갈 수 있는 자원은 충분히 있다고 믿어진다. 그렇다고 어린이들을 위한 석주명을 만들자는 것은 아니다.

우리 역사에서 석주명과 같은 보기 드문 학자를 소수만의 석주명으로 남겨두고 몇몇 전문가들만이 그 업적을 분석하고 이해를 도모하는 것은 적절치 않은 일이다. 그를 기억할 수 있는 일을 할 때 그는 기억될 것이다.

나비분류학에서 인문학까지

문만용 _ KAIST 한국과학문명사연구소 교수

1. 들어가는 말

일제 강점기에 과학기술 분야에서 전문 연구자로 활동할 수 있는 한국인은 매우 드물었다. 고급 과학기술 교육을 위한 제도가 마련되지 않은 상황에서 과학기술자가 되기 위해서는 일본 유학이 필수적 과정이 되었다. 좁은 길을 거쳐 뛰어난 연구성과를 바탕으로 일본 제국대학 교수까지 오른 이태규(李泰圭)나 이승기(李升基)같은 인물도 있었으나 그들이 전부였다. 그들에 앞서 미국에서 한국인으로 첫 번째 이학박사 학위를 취득한 이원철(李源喆)은 귀국하여 연구를 접고 연희전문에서 교육에 집중할 수밖에 없었다. 대형망원경으로 맥동변광성을 연구했던 이원철이 교육용 망원경조차 제대로 갖추어지지 않은 식민지

---

* 이 글은 제주대 탐라문화연구소와 석주명선생기념사업회가 공동주최한 석주명 탄생 103주년 기념학술대회 〈학문 융복합의 선구자 석주명을 조명하다〉(2011년 10월 7~8일, 제주대, 서귀포시청)에서 발표된 「나비분류학에서 국학까시」를 일부 수정한 것으로 『탐라문화』 제40호(2012. 2)에도 게재되었다.

한국에서 할 수 있는 연구는 별로 없었다. 안동혁(安東赫)처럼 총독부 중앙시험소에서 연구에 종사한 경우도 있었지만 관립 시험연구기관에서 근무한 한국인 연구자들은 기관마다 한두 명에 불과했다.

그러나 동식물 분류학을 중심으로 한 박물학은 높은 수준의 실험장비나 전문지식이 없어도 연구가 가능했기 때문에 상대적으로 활발한 연구가 이루어졌고, 한국인 연구자들도 많은 편이었다. 1923년 결성된 조선박물학회(朝鮮博物學會) 회원 중 10% 정도가 한국인이었고, 학회지인 『조선박물학회잡지(朝鮮博物學會雜誌)』에 논문을 게재한 한국인 연구자들은 10여명이 넘었다.[2)] 다른 과학기술 분야에 비해 생물학은 흥미로운 동식물 이야기를 통해 대중들에게 쉽게 다가갈 수 있었고, 전문기관에 근무하지 않더라도 주변 동식물 채집에서부터 연구를 시작할 수 있었기 때문에 한국인 연구자가 많았다. 우리나라 근대소설의 효시로 꼽히는 이광수의 『무정』에서 주인공 형식이 "조선 사람에게 무엇보다 과학을 주어야겠다"면서 공부하기로 결심한 과학이 바로 생물학이었다.[3)] 또한 1930년대 과학운동 과정에서 선정된 '과학데이'(science day)는 다름 아닌 생물학자 다윈(Charles R. Darwin)의 기일인 4월 19일이었다(임종태, 1995). 이렇게 볼 때 박물학·생물학이 일제 강점기 한국, 나아가 한국인의 과학연구를 대표하는 분야라 해도 지나치지 않을 것이다.

---

2) 일제 강점기에는 생물학이라는 표현도 있었으나 실제로는 박물학이라는 용어를 더 많이 사용하였다. 당시 박물학은 동식물학과 보건위생은 물론 광물학까지를 포괄했다. 조선박물학회의 이름에는 생물학이 들어있지 않았고, 실제로 지질학자들도 회원으로 참여했지만 처음부터 생물학이 중심이었고, 『조선박물학회잡지』에 실린 논문도 생물학이 중심이었다.

3) 이광수가 생물학을 선택한 것은 사회진화론에 대한 그의 관심과 관련이 있었다(김종욱, 2002).

한국인 생물학자 중 연구활동 측면에서 가장 두각을 나타낸 인물로 식물학의 정태현(鄭台鉉), 곤충학의 조복성(趙福成)과 석주명(石宙明)을 들 수 있다. 구체적인 연구대상이 다르기 때문에 직접적인 비교는 쉽지 않지만 이들 세 명 연구자들은 발표한 논문이나 보고서, 저서 등에서 다른 생물학자에 비해 압도적인 모습을 보였고, 한국 근대 생물학 형성과정에서 핵심 인물로 활동했다. 특히 석주명은 양적으로 가장 많은 100여 편 이상의 학술논문을 발표했으며, 1940년 그간 한국산 나비에 대한 모든 연구를 집대성한 영문 연구서 *A Synonymic List of Butterflies of Korea*(조선산 접류 총목록)을 펴냈다. 비록 이 책은 모노그래프가 아니라 한국산 나비 각 종별로 기존 연구를 정리한 목록 형식이었지만 일제 강점기에 한국인 과학자가 영문으로 집필한 유일한 연구서였다. 이혼 재판이 중앙 일간지에 보도될 정도의 유명세를 탔던 그는 한국전쟁 와중의 갑작스러운 죽음 이후 사람들의 기억에서 빠르게 사라져갔다.

1985년 석주명 평전이 간행된 이후 석주명은 다시금 대중들에게 회자되기 시작했다(이병철, 1985). 1996년 초등학교 교과서에 소개되었으며, 1998년 과학의 날이 들어있는 4월의 문화인물로 선정되고, 2008년 과학기술인 명예의 전당에 헌정됨으로써 그의 학문과 삶이 새롭게 주목을 받게 되었다. 2011년 10월 제주대 탐라문화연구소가 개최한 '석주명 선생 탄생 103주년 기념 학술대회' 역시 그 같은 움직임의 하나로서, 특히 나비연구에서 제주학, 에스페란토에 이르기까지 다방면에서 활약했던 석주명의 폭넓은 학문적 여정을 '융복합의 선구자'로서 재조명했다.

필자는 '조선적 생물학자'라는 개념으로 석주명의 연구활동을 분석한 바 있다(문만용, 1999). 이 글에서는 앞선 연구를 재구성하고 확장하여 석주명이 보여준 광범위한 학문적 관심사에도 불구하고 나비연구가 그의 학문활동의 출발점이자 핵심이었음을 강조하고자 한다. 또한 앞 논문에서는 석주명의 연구를 민족주의 관점에서 평가하지 않았으나, 이 글에서는 '교사 겸 연구자'라는 그의 경력이 생물학 연구에도 영향을 미쳤고, 이는 문화적 민족주의의 성격을 띠고 있음을 주장할 것이다. 이를 위해 석주명이 남긴 글을 근거로 나비분류학에서 나비와 관련된 국학을 거쳐 '자연과 인간의 조화'라는 목표를 위해 인문학까지 가지를 뻗친 석주명식 확산형 학문활동의 전개 과정과 그 의미에 대해 분석해보겠다. 나비연구에서 국학의 영역으로 확대된 기획이 '조선적 생물학'이었고, 방언 · 역사 등 인문학 연구도 나비연구의 완성도를 높이기 위한 노력이었음을 설명할 것이다. 아울러 교사 겸 연구자였던 그의 처지와 나비연구 및 그의 독특한 과학관(科學觀)과의 상호관계도 설명해 보고자 한다. 또한 융복합의 선구자로 평가받게 한 그의 다양한 학문 영역의 추구는 나비연구 방법론의 연장인 광범위한 자료수집에서 기인한 것이었음을 주장할 것이며, 이를 뒷받침하기 위해 비슷한 시기 생물학자 중 석주명과 유사한 학문적 관심을 보인 인물들을 소개하고자 한다.

2절에서는 일제 강점기 한국에서 생물학 연구의 개략적 상황과 한국인 생물학자의 등장에 대해 논할 것이며, 이는 다음 절에서 다룰 교사 겸 생물학자로서 석주명이 수행한 나비연구와 그가 보인 한국학에 대한 관심을 이해하게 하는 바탕이 된다. 3절에서는 교편을 잡으면서 시작한 나비연구가 점차 통계적 연구방법을 활용하여 개체변이의 범위를 밝혀 동종이명을 제거하는 방식으로 확립되어 나가는 과정을 다루고자 하며, 외국인 학자와 자신의 연구결과와의 차이점을 인식하게 된 것이 그의 연구활동과 독특한 과학관 형성의 핵심적 계기가 되었음을 지적할 것이다. 아울러 이는 최근 과학사학계에서 활발하게 논의되고 있는 '식민지 과학'(colonial science)의 관점에 부합하는 흥미로운 사례임을 설명하고자 한다. 4절에서는 자연에서 나비를 찾는 연구에서 더 나아가 역사 속의 나비까지 추적하는 국학적 나비학으로 확대되어 가는 과정을 살펴볼 것이다. 이를 통해 생물학에 국적을 부여하려 했던 그의 태도는 식민지라는 시대적 상황을 고려할 때 문화적 민족주의로 이해할 수 있음을 밝히고자 한다. 5절에서는 일견 무관해 보이는 역사·방언조사, 제주도연구, 에스페란토운동과 나비연구와의 관련을 석주명의 언급을 통해 확인함으로써 과학과 인문학을 넘나들었던 그의 학문활동의 의미를 정리할 것이다. 아울러 그와 유사하게 생물학에서 인문학으로 학문의 영역을 확장해 나간 동시대 일본의 생물학자에 대해 소개함으로써 석주명의 확산적 학문활동이 채집과 자료수집에 기반을 둔 나비연구의 연장선에 놓여 있음을 보이고자 한다.

2. 일제 강점기 생물학 연구와 한국인 생물학자

일제 강점기에 조선총독부는 기본적으로 한국에서의 고등교육이나 고급과학기술 활동을 억제하는 정책을 펼쳤기 때문에 한국에 설립된 고등교육기관, 시험연구기관, 과학기술 학술단체는 그 숫자도 적었고, 상당수는 일제의 대륙침략이 본격화되는 중일전쟁 이후에 설치되었다(김근배, 2005). 대학은 1926년 설립된 경성제국대학이 유일했으나 이는 법문학부와 의학부로만 구성되었고, 이공학부는 전쟁이 본격화되던 1941년에야 발족하여 수업 기간 단축 등 파행이 불가피했다. 또한 시험연구기관은 모두 소규모로 대개 시험 및 조사만을 주된 업무로 하고 있었기에, 당시 한국에는 활발한 학술연구를 수행할 수 있는 기관이 매우 드물었으며, 연구활동을 주도한 사람들은 대부분 일본인들이었다. 그렇지만 박물학·생물학은 분야의 특성상 한국인 연구자의 참여가 활발한 편이었다.

우리나라 생물에 대한 근대적 연구는 19세기 중반 서양인의 채집 활동에서 비롯되었다(김훈수, 1989). 개항 이전부터 각종 목적의 탐사선에 의해 동물과 식물이 채집되었고 이 표본은 외국으로 보내져 분류학적 연구 대상이 되었다(이창언 외, 1991). 초기의 채집은 한국이 아직 개항하지 않았기 때문에 주로 연안이나 도서지역에서 이루어졌으나, 개항 이후 한반도 전역으로 확대되었다. 분류학적 연구 대상으로서 한국산 생물을 처음으로 채집한 사람은 영국인 아담스(A. Adams)로 알려져 있다. 그는 1843년부터 1846년까지 동아시아 일대의 측량을 담당한 영국 군함 Samarang호에 군의관으로 승선하여 한반도 동해안과 남해안, 특히 제주도를 수차례 탐사하면서 딱정벌레목, 나비목, 벌목, 메뚜기목 등의 곤충류와 패류를 채집하였다. 이 표본들을 바탕으로 영국인 테이텀(T. Tatum)은 1847년에 논문을 발표하여 제주도에서 채집된 제주홍단딱정벌레(*Carabus monilifer*)를 신종으로 기재하였다. 이후 한반도의 동물에 대해서는 영국, 독일, 러시아의 학자들이 주류를 이루어 나비류와 딱정벌레류 곤충을 중심으로 한 연구논문을 발표했다. 식물의 경우 러시아 및 영국 채집가들이 식물표본을 영국을 비롯한 서구 학계의 분류학 연구재료로 공급하였다. 한국의 식물이 최초로 외국에 소개된 것은 1854년 러시아 해군제독 슈리펜바흐(B. A. Schripenbach)가 버들과, 장미과, 인동과, 철쭉과 등을 포함하여 해안지방에 생육하는 약 50여 종의 채집품을 러시아에 보낸 것이었다(정영호, 1984).

19세기말부터는 일본인 학자의 참여가 나타났으며, 일제의 한국 강점 이후 한국산 생물에 대한 연구의 주도권은 이들에게 넘어갔다. 특히 한국산 식물의 연구는 '조선식물조사사업'이라는 이름하에 조선총독부에 의해 추진되었다. 이 사업은 1912년 조선 총독 데라우치(寺內正毅)가 도쿄제대 부설식물원(小石川植物園)을 방문하여 한국 식물에 대한 체계적 조사를 제의함으로써 시작되었다. 이듬해부터 약 20여 년의 장기 계획으로 수립된 이 조사사업은 초기에는 총독 직할로 추진되다가 1922년 8월 조선총독부 임업시험장이 설립되자 이 기관으로 이관되었다. 이 사업은 도쿄제대의 나카이 다케노신(中井猛之進)이 조선총독부 촉탁연구원의 자격으로 주도했으며, 일본 식민지 지배의 문화적 이미지를 대외적으로 높이기 위한 정치적 판단의 산물이자 식민지 자원조사의 성격을 지니고 있었다(中井猛之進, 1927).

상대적으로 자원으로서의 가치가 낮았던 동물에 대한 연구는 식물조사사업같은 체계적인 지원 없이 개별 연구자들에 의해서만 진행되었으나 곤충을 중심으로 포유류, 조류, 어류, 양서류, 파충류, 거미류, 십각류에 이르기까지 다양하게 이루어졌다. 곤충은 지구상의 동물 종수의 3/4 이상을 차지하며 다른 동물에 비해 채집이 용이한 특성상 많은 학자들이 관심을 보였으며, 특히 주변에서 쉽게 접할 수 있는 나비류의 채집 및 분류학적 연구가 매우 활발하게 진행되었다. 한국산 나비에 대해서는 1882년 영국인 버틀러(A. G. Butler)가 첫 논문을 발표한 후 독일인 픽센(C. Fixen), 영국인 리치(J. H. Leech) 등이 중요한 업적을 남겼으며 1905년 이후로는 일본인 학자들이 그 뒤를 이었다. 마쓰무라(松村松年), 니레(仁禮景雄), 오카모토(岡本半次郎), 모리(森爲三), 도이(土居寬暢), 스기타니(杉谷岩彦) 등이 대표적인 학자들이었으며, 1930년대 중반부터는 석주명의 활약이 두드러졌다. 나비 외의 곤충에 대해서는 나카야마(中山昌之介), 사이토(齊藤孝藏), 다카기(高木五六), 모리 등의 일본인 학자와 조복성이 많은 연구성과를 남겼는데, 특히 모리는 곤충뿐 아니라 어류, 포유류, 조류 등의 동물은 물론 식물에 대해서도 다수의 논문을 발표하였다. 또한 어류 분야에서는 부산 수산시험장에서 근무하다가 큐슈제대 교수가 되어 일본으로 돌아간 우치다(内田惠太郎)가 가장 뛰어난 활약을 보였다.

이들 한국의 생물학 연구자들은 1923년 우리나라 최초의 정식학술단체였던 조선박물학회를 결성하였다. 이 단체는 "박물학을 연구하며, 이 학문의 보급을 도모하고, 특히 조선에 대한 사항을 조사하는 것"을 목적으로 표방하였으며, 정기적인 모임을 갖고 박물강연회, 박물전람회 등의 행사를 수시로 개최하였다. 학회지로는 1924년 『조선박물학강연집(朝鮮博物學會講演輯)』이 두 번 발간되었으며, 이는 이듬해 『조선박물학회잡지』로 이름이 바뀌어 1944년까지 40호가 나왔다. 이 단체는 일본인 학자들이 주도하여 창립되고 유지되었는데, 창립 초기인 1926년의 조선박물학회 전체 회원 174명 중 한국인은 21명이었으며, 1938년에는 308명 중 43명으로서 10%를 약간 웃도는 수준이었다. 조선박물학회 외에도 조선산림회, 조선박물교원회, 조선식물연구회 등 몇 개의 생물학 관련 단체가 있었으나 조선박물학회가 가장 많은 연구자들을 포괄했으며 학회지 발간 등의 학술활동도 가장 활발했다. 때문에 『조선박물학회잡지』는 일제시기 한국의 생물학 연구경향을 살필 수 있는 좋은 자료라 할 수 있다.

『조선박물학회잡지』에 실린 318편의 논문을 보면 분류학 분야에 속한 것이 압도적으로 많았으며, 그 수준은 기재(description), 목록(list), 생물상(biota) 등 기초 분류에 머물렀다(이병훈, 김진태, 1994). 이러한 현상은 일본의 식민지이자 과학 후진국이었던 한국의 상황에서는 불가피했다. 당시 일본에서는 분류학 분야를 넘어 생리학, 유전학, 발생학,

생화학 등의 연구가 활발하게 수행되었으며 일부 분야는 세계적 수준에 도달하기도 하였다.[4] 물론 이러한 연구는 분류학적 성과의 축적을 전제로 하며, 전문적 실험 기자재 등을 갖춘 연구환경과 고등교육을 받은 연구인력을 필요로 했다. 하지만 일본은 한국에 굳이 그와 같은 교육 및 연구기관을 만들려 하지 않았고, 연구환경이 갖추어지지 않은 상태에서 고급 인력들이 연구를 위해 한국에 들어올 이유가 없었기에 당시의 한국에서는 분류학 분야 연구가 주를 이룰 수밖에 없었다.

일본인 학자들이 연구를 주도하고 있던 상황에서 1920년대부터 정태현을 시작으로 한국인들의 연구가 등장했으며, 1930년대에 들어서면 상당한 연구성과가 조복성, 석주명 등 한국인 연구자에 의해 이루어지게 되었다. 한국인들이 본격적인 생물학 연구를 수행하게 되는 1930년대 이전에 이미 대학에서 생물학을 전공한 한국인도 몇 명 있었다.[5] 이들은 귀국 후 모두 각급 학교에서 생물학을 가르쳤으나 대부분 연구활동을 펼치지는 못했다. 이러한 현상은 그들이 연구보다는 교육에 더 중요성을 부여했기 때문이기도 하지만 그들이 대학에서 배운 수준의 생물학을 연구할 수 있는 여건이 조성되지 않았다는 점이 더 근본적인 이유였다. 특히 미국에서 대학을 졸업한 한국인들은 농사시험장 등 총독부 관련 기관에서 자리를 잡을 수 없었기 때문에 현실적으로 교육계가 유일한 진로가 되었다.

---

4) 누에의 잡종 연구를 통하여 동물에서도 멘델 유전이 성립한다는 것을 최초로 밝힌 도야먀(外山龜太郎), 사이클로트론을 생물학연구에 이용했던 니시나(仁科芳雄)의 연구 등이 대표적이다. 1920년대에 이르면 생화학 연구가 본격적으로 전개되는 등 일본 생물학계의 주류는 이미 분류학 단계를 뛰어 넘은 상태였다(杉山滋郎, 1994).

5) 이의경(李儀景)은 1928년 독일 뮌헨대학에서 동물학 박사학위를 받아 한국인으로는 첫 번째이자 해방 이전까지 유일한 생물학 분야 박사학위 소지자가 되었으나, 이후 독일에 거주하면서 생물학자가 아닌 작가로 활동하여 국내 생물학계에는 별다른 영향을 미치지 못했다.

일제 강점기에 한국인이 생물학자로 활동하는 길은 크게 세 가지가 있었다. 우선 일본인 연구자의 연구를 도와주면서 자신도 연구자의 길을 걷게 되는 경우로 정태현, 조복성이 대표적이다. 정태현은 조선식물조사를 위해 찾아온 도쿄제대의 나까이의 통역 겸 안내역을 맡아 그로부터 식물분류학의 이론과 실제를 배우면서 본격적인 식물 연구자의 길을 걷게 되었다(이우철, 1994). 그는 1923년 일본인 연구자 이시도야(石戸谷勉)와 공저로 펴낸 『조선삼림수목감요(朝鮮森林樹木鑑要)』를 비롯하여 일제 강점기 동안 모두 6권의 연구서 및 보고서와 7편의 식물분류학 관련 논문을 펴내 한국 식물학의 태두로 꼽힌다. 조복성 역시 일본인 연구자의 조수로 일하면서 자신도 독립적인 연구자로 성장하는 과정을 밟았다(김성원, 2008). 그는 보통학교 교사에서 경성제대 예과 교수 모리의 조수로 옮기면서 전업 연구자가 되어 딱정벌레목 곤충을 중심으로 분류학 연구를 수행했다. 1929년 『조선박물학회잡지』에 한국인으로서는 처음으로 「울릉도산 인시목(鱗翅目)」이라는 논문을 발표한 것을 시작으로 일제 강점기 동안 주로 곤충을 다룬 57편의 논문을 발표했으며, 스승이었던 2명의 일본인 연구자와 3인 공저로 『원색 조선의 나비(原色 朝鮮の蝶類)』를 펴내기도 했다. 이들은 상대적으로 낮은 학력이었지만 학문에 대한 열의와 꾸준한 노력, 그리고 표본을 다루는 남다른 기술을 바탕으로 당당한 생물학자로 활약했다.

두 번째로 고등농림학교 등을 졸업하고 중등학교에서 박물교사로 근무하면서 생물학 연구를 수행했던 경우로, 석주명과 그의 스승이었던 조류학자 원홍구(元洪九) 등 많은 한국인 생물학자들이 이 범주에 해당된다. 이들은 교사라는 본업과 연구자를 겸했기 때문에 연구에 집중할 수 있는 시간이나 연구비 확보에 어려움을 겪어야 했다. 한편으로 학생들의 교육을 위해서 동식물의 우리말 이름이나 용어 등에 더 많은 관심을 보이는 등 '교사 겸 연구자'로서의 특성을 지니고 있었다.

마지막으로 일본제국대학에서 생물학을 전공하고 전문적인 연구자로 활동했던 경우로, 동물학의 강영선(姜永善), 식물학의 이민재(李敏載) 등을 들 수 있다. 이들은 대학을 졸업하고 같은 과의 조수가 되거나 만주의 연구기관에 들어가는 등 한국 밖의 기관에서 연구를 수행했는데, 그들의 연구주제는 세포학, 생리학 등으로 대부분 한국인 생물학자들이 동식물 분류를 중심으로 했던 것과는 차이가 있었다(박상대, 2004 ; 이영록, 2004). 일제 강점기 일본 제국대학에서 생물학을 전공한 한국인은 9명에 불과했으며, 이들 중 졸업 후 연구활동을 계속했던 경우가 절반도 되지 않을 정도로 좁은 길이었다.

이처럼 일제 강점기에 한국인이 생물학 연구자의 삶을 사는 것은 결코 쉽지 않은 일이었다. 특히 두 번째 루트의 교사 겸 연구자들은 연구에 전념할 수 없는 환경 속에서도 연구에 대한 관심을 놓지 않았으며, 그중 대표 격인 석주명은 나비에 집중하여 교사라는 자신의 처지를 연구 방법의 한 부분으로 활용함으로써 남다른 성과를 만들어 낼 수 있었다. 연구자 이전에 교사로서 교육에 대한 관심이 그의 연구에도 영향을 주었으며, 상대적으로 자유로운 연구 여건에서 학문의 문턱을 쉽게 넘나들 수 있었기 여러 분야로 학문적 관심을 넓혀갈 수 있었다.

3. '교사 겸 연구자'의 나비연구[6)]

석주명이 한국산 나비의 권위자로 인정받기까지는 연구의 후발주자

---

6) 이 부분은 문만용, 1999: 3절 '통합론자(Lumper)로서의 나비분류학'을 줄이고 인용문과 식민지 과학에 대한 논의를 추가한 것이다.

이자 고보의 교사라는 자신의 여건을 적절하게 활용할 수 있는 연구방법의 확립과 이를 뒷받침하는 남다른 노력이 필요했다. 일본의 가고시마(鹿兒島)고농을 졸업하고 모교인 송도고보의 박물교사가 된 석주명은 주변에서 나비를 채집하는 일에서부터 나비연구를 시작했다. 초기에는 단순히 채집한 표본을 무리지어 정리하는 '원시적 방법'의 분류를 수행하다 1930년대 초 일본에서 간행된 곤충도감을 바탕으로 채집한 표본들을 동정하고 목록을 작성하여 1932년부터 논문을 발표하기 시작했다. 이 논문들은 일본의 *Zephyrus*에 다카쓰카(高塚豊次)와 공저로 발표한 「조선 구장(球場)지방산 접류목록」처럼 특정 지역에서 채집된 나비의 목록을 정리한 결과였다. 그러나 이러한 작업을 진행하면서 석주명은 자신의 조사결과와 참고문헌 사이에 상당한 차이가 있음을 확인하게 되었다. 자신이 같은 종으로 분류한 표본들이 도감에는 다른 종으로 구분되어 있었고, 이는 같은 종의 개체변이를 학자들이 새로운 학명으로 보고했기 때문이었다. 개체변이라는 사실을 파악하기 위해서는 다수의 표본을 조사해야 하지만 많은 학자들이, 특히 한국산 나비를 다룬 외국 학자들은 소수의 표본만을 대상으로 하여 변이가 심한 표본이 나타나면 신종이나 신아종으로 발표했다. 여기에는 학명에 자신의 이름을 올리려는 학자들의 공명심과 "새로운 종을 발표할 때는 전형적인 하나의 수컷으로 기재한다"고 규정한 만국명명규약 자체의 문제점도 작용했다는 것이 그의 판단이었다.

이에 따라 석주명은 많은 표본을 채집하여 개체변이의 범위를 밝히는데 집중적인 관심을 쏟게 되었고, 1933년 『조선박물학회잡지』에 은점표범나비의 변이에 대한 첫 논문을 발표했다. 그는 개성지방에서 많이 발견되는 은점표범나비 460여 개체를 채집·조사하여 학계에 보고된 3개 아종명이 본종의 개체변이에 불과한 동종이명(同種異名)임을 주장했다. 이후 개체변이의 범위를 밝혀 동종이명을 제거하는 것은 석주명의 주된 연구 방향이 되었다. 하지만 그같은 연구방법을 석주명이 처음으로 창안한 것은 아니었다. 후에 석주명이 정리한 한국산 나비의 연구사에 따르면, 리치는 1893년에 출간된 『중국, 일본, 한국의 나비』(*Butterflies from China, Japan, Corea*)에서 이미 개체변이에 관해 논했으며, 개체변이를 중시하는 연구방법을 사용하여 한국산 나비에 대해 22개의 동종이명을 정리했다(석주명, 1972). 또한 일본의 어류연구 권위자였던 도쿄제대 다나카(田中茂穗)는 1926년 말에 자신이 개체변이의 중요성에 대해 주장했고, 이에 즉각 반응을 나타낸 사람이 석주명이라고 주장했다. 이에 대해 석주명은 1950년에 완성한 유고 「한국산 접류의 연구(제3보)」에서 자신이 처음은 아닐지라도 자신의 연구과정에서 독자적으로 그러한 연구방법론을 인식했으며, 다나카는 자신보다 나중에 같은 결론에 도달했다고 주장했다.

석주명이 자신의 주장대로 순전히 독자적인 연구과정에서 개체변이의 중요성을 인식하게 되었는지, 아니면 다른 학자들의 문헌으로부터 그러한 사실을 깨닫게 되었는지 명확하게 판단하기는 쉽지 않다. 다만 그가 처음부터 개체변이의 범위를 밝히는 작업에 나선 것은 아니었으며, 개체변이의 의미를 자신의 채집·조사 과정에서 더욱 명확하게 인식하게 되었다는 점은 분명하다. 그리고 1934년 이후 논문에서 나타나듯이 개체변이 범위를 객관적으로 보일 수 있는 정량적 형질을 추출하고 이를 통계적으로 처리하는 방법은 석주명이 고안한 것이었다.

1934년 「조선산 접류의 연구(제1보)」에서부터 개체변이의 범위를 보일 수 있는 정량적인 형질로 앞날개 길이, 뱀눈무늬의 수와 위치가 등장하여 연속적인 변이를 더욱 설득력 있게 보여줄 수 있었다. 이 형질들은 객관적인 통계처리가 가능한 것들로서 도표화를 통해 변이의 정규분포곡선을 그려낼 수가 있었다. 이러한 연구방법은 석주명이 세상을 떠날 때까지 일관되게 유지되었다. 이같은 방법을 사용한 개체변이 연구의 대표적인 예는 「배추흰나비의 변이연구」이다. 석주명은 세 편의 논문에서 모두 167,847개체를 조사하여 우리나라에서 가장 흔히 발견되는 배추흰나비의 변이를 밝혔다. 그는 채집된 모든 표본의 암·수를 구별하고 각각의 형질 변이를 살폈는데, 조사한 변이 내용은 날개 형태, 무늬나 띠의 색채·모양·위치 그리고 앞날개 길이 등이었다. 특히 앞날개 길이는 ㎜ 단위로 측정하여 평균치와 표준편차 및 변이계수를 구하고 성에 따른 비율도 구한 다음 이를 그래프로 나타냈다. 앞날개 길이는 최소 17㎜에서 최대 34㎜로 두 배의 차이가 있었으나 암·수 모두 27㎜에서 하나의 정점이 형성되는 정규분포곡선이 형성되었다. 이를 통해 그 동안 크기, 날개 형태, 무늬 양상에 따라 다른 종·아종·이형이라고 보고된 20여 개의 학명을 제거했다.

정량화 가능한 형질로 선택된 또 다른 형질인 뱀눈모양 무늬의 수와 위치에 관한 연구 중에서 가장 많은 개체를 조사한 것은 「굴뚝나비의 변이연구」였다. 그는 두 편의 논문에서 모두 34,235개체의 표본을 대상으로 앞날개 길이를 측정함과 동시에 앞뒷날개 바깥쪽과 안쪽에 나타나는 뱀눈무늬를 위치별로 하나하나 조사하여 무늬의 양상을 도표화하였다. 그 결과 굴뚝나비의 뱀눈무늬는 하나도 없는 것에서부터 많게는 12개까지 있으며, 무늬가 있는 위치에 따라 모두 68가지 타입이 있음을 확인하였다. 앞날개 길이는 수컷과 암컷이 각각 30㎜, 35㎜에서 정점이 나타나는 정규분포곡선을 나타냈다. 이를 통해 크기나 무늬의 양상에 따라 그 동안 아종으로 보고되었던 10여 개 학명은 모두 무의미한 동종이명임이 밝혀졌다.

물론 현재 관점에서 볼 때 석주명의 연구방법은 지극히 소모적인 것으로 보일 수 있다. 현재의 수량통계분류학에 따르면 개체변이의 정규분포곡선을 작성하는 데는 1,000개체 정도의 표본이면 충분하며, 정밀한 표본 추출이 될 경우 훨씬 소수 표본으로도 개체변이의 범위를 밝힐 수 있다. 하지만 이러한 통계학적 지식을 생물분류학에 본격적으로 적용시킨 논의는 서구 학계에서도 1930년대 후반부터 나오기 시작하였다(Mayr *et al.*, 1953). 때문에 석주명이 활동했던 당시의 분류학 수준에서는, 그리고 통계학을 깊이 공부할 기회가 없었던 그의 처지에서는 가능한 한 다수의 개체를 모집하는 것이 중시될 수밖에 없었다.

석주명의 분류학 연구는 가능한 한 이미 인정된 체계에 포함시켜 분류군을 크게 나누려는 통합론자(lumper)의 것으로, 당시 많은 학자들이 택하고 있는 세분론자(splitter)의 대척점에 있었다. 그는 수년에 걸친 채집·조사 결과 자신도 모르게 극단적인 통합론자가 되었다면서 장차 학자들이 변이의 중요성을 인식하게 통합론자의 방식이 올바름을 알 수 있을 것이라 주장했다.

전형적인 통합론자였던 석주명의 나비분류학은 *A Synonymic List of Butterflies of Korea*(조선산 접류 총목록)의 출간으로 그 정점을 이루게 되었다(Seok, 1939).[7] 이 책은 영국 왕립 아시아학회 한국지회(The Korea Branch of the Royal Asiatic Society)의 요청을 받아 집필된 것이었다. 그는 한국산 나비를 255종으로 정리하고 각각의 종에 대하여 그동안 발표되었던 모든 연구 문헌을 체계적으로 기록하였다. 그리고 일부 미기록종과 함께 212개에 달하는 동종이명의 목록을 덧붙였다. 400쪽이 넘는 방대한 분량의 이 책은 한국산 나비 연구에 매우 중요한 참고도서가 되었고, 석주명은 일본을 넘어 구미학계에까지 자신의 이

---

7) 이 책의 출판년은 1939년으로 표기되어 있으나 실제로는 1940년에 발행되었다.

름을 알리게 되었다.

석주명식 나비분류학은 *Synonymic List*(총목록)의 완성으로 일단락을 지었다. 물론 이후에도 다수 표본의 통계처리를 통해 개체변이 범위를 밝힘으로써 동종이명을 제거하는 연구방식이 계속되었지만 연구결과는 한두 종 나비를 다루는 소논문보다 한국산 나비 전체를 포괄하는 종합적 논문 형태로 발표되었다. 1942년 발표된 「조선산 접류의 연구(제2보)」와 1950년에 완성된 유고 「한국산 접류의 연구(제3보)」가 대표적이다. 1934년 「조선산 접류의 연구(제1보)」와 위의 2편을 포함한 3편의 논문에서 다루어진 나비 표본은 모두 총 8과 211종 201,367개체에 이른다. 그는 이러한 조사·연구를 통해 한국산 나비의 동종이명 921개 중 90%가 넘는 844개 학명을 정리하였다.[8)] 이는 그의 변이연구가 종합·정리의 단계에 이르렀음을 의미하며, 실제로 그는 1940~50년까지 나비연구사를 '정리의 시대'로 명명했다.[9)] 비록 정리의 시대라 할지라도 표본의 누적에 따라 최종적인 연구결과는 계속해서 조금씩 변화를 보였다. 석주명은 *Synonymic List*(총목록)에서는 한국산 나비를 모두 255종으로 정리했는데, 10년 뒤에 완성한 연구에서는 234종으로 수정했으며, 그 사이에 추가로 보고된 4종을 포함해 총 238종이라고

---

8) 물론 석주명의 연구도 완벽한 것은 아니어서 844개의 학명 중에 큰줄흰나비(*Artogeia (Pieris) melete Ménétriès*), 석물결나비(*Ypthima amphithea Ménétriès*), 황오색나비(*Apatura metis Fryer*) 등은 이후 정상 학명으로 복권되었다.

9) 석주명은 우리나라 나비의 연구 역사를 5시기로 구분하여 설명한 바 있다. 1기는 '학명으로 기록되기 이전의 시대'이고, 2기는 '서양인이 기록한 시대'(1882~1901), 3기는 '주로 일본인이 기록한 시대'(1905~29)였다. 4기는 우리나라 학자로는 처음으로 조복성이 논문을 발표한 시기를 기점으로 하는 '內外人이 기록한 시대'(1929~39)이고, 5기는 석주명의 *Synonymic List* 출판을 기점으로 하는 '정리의 시대'(1940~50)로 구분되었다(석주명, 1972: 58~61쪽). 이 글은 1950년에 작성되었으나 발표되지 못하고 1972년 유고로 간행되었다.

밝혔다.

석주명의 나비연구는 *Synonymic List*(총목록) 이후 정리의 시대로 접어들면서 분포연구라는 새로운 면모를 추가했다. 사실 분포연구는 방대한 표본의 채집을 기본으로 하는 석주명식 분류학의 자연스러운 연장이었다. 변이연구와 분포연구는 완전히 분리된 것이 아니었다. 변이연구를 위해서는 다수의 개체를 채집해야 하고 그 과정을 통해 분포양상도 파악할 수 있는 것이다. 하지만 변이연구보다 분포연구는 훨씬 넓은 범위의 자료 축적을 필요로 한다. 때문에 1939년부터 분포연구를 담은 논문이 나오기 시작했다는 것은 1929년부터 시작하여 10여 년에 걸친 채집·연구의 결과로 한국산 나비의 분포를 밝힐 수 있을 만큼 석주명의 조사 자료가 축적되었음을 뜻했다. 10여 년 이상의 연구로 많은 표본과 함께 그 표본의 채집지에 대한 정보도 쌓이게 되었고, 이를 바탕으로 한국산 나비의 분포 범위를 밝히는 작업을 본격화했던 것이다. 석주명은 자신이 직접 채집을 다닌 곳과 나비를 채집한 장소를 지도에 꼼꼼하게 기록했으며, 여기에 해당 지역의 기온, 강수량 등 환경정보가 추가된다면 특정 종과 서식환경 사이의 관계를 파악할 수 있는 바탕이 될 수 있다. 따라서 분포연구는 생물지리학·생태학 연구의 출발점이 된다. 1939년부터 등장한 분포연구는 변이연구를 다룬 논문 뒤에 분포지도를 덧붙이는 방식으로 진행되었다.

석주명은 분포연구와 변이연구를 바탕으로, 형태에만 치중하는 분류학에서 벗어나 유연관계를 고려하여 계통을 세우고 환경과 분포와의 관계까지 밝혀내는 곤충학을 추구하려했다.

> [앞으로의 연구과제는] 그야 물론 한국 나비의 계통을 세우는 일이지요. 유연관계를 계통 세우는 것과 분포 상태를 계통 세우는 일, 즉

지역을 통해서 땅과 나비의 관계를 아는 것과 배추흰나비의 분포와 활약을 알아내는 것인데….[10)]

나의 연구가 아직 그까지는 미치지 못하였지만 나비의 연구가 완성만 된다면 어떤 지방에 가서 한 때의 나비만 몇 마리 잡아 보아도 그 지방의 형편을 측정 할 수가 있겠고 사계를 조사 않고도 그 지방의 계절의 변화도 짐작 할 수가 있겠으며, 농작물의 적부와 질병, 더욱이 유행병의 침입 여하도 예측할 수가 있게 될 것이다. 왜 그러냐하면 나비라고해도 한두 종뿐이 아니고 지구위에 있다고 기록된 2만의 나비종류는 피차에 연관성을 갖고 있을 뿐만 아니라 그들의 식료인 식물과의 관계 또 기후와의 관계 등 나비는 절대로 고립하여 있는 것이 아니기 때문이다(석주명, 1948d).[11)]

예를 들어 공작나비가 날고 있으면 그 지방은 호프란 식물의 재배가 가능한 저온 농업지대임을 알 수 있고, 자세히 계산만 한다면 그 지대의 사계 상태도 산출할 수 있다는 것이었다. 비록 그러한 연구를 완성하기 전에 불의의 사고로 세상을 떠났지만 석주명의 분포연구 가치는 1973년 유고로 간행된 『한국산 접류 분포도』(보진재)에서 충분히 확인할 수 있다. 여기에는 250여 종 한국산 나비 각 종마다 그와 그의 제자들이 전국 각지에서 해당 종을 채집한 위치가 하나하나 표시된 한국지도와 그가 세계 각지의 학자와 표본, 학술 자료를 교환하여 얻게 된 지식을 바탕으로 해당 나비가 발견된 지역을 표시한 세계지도가 한 장씩 담겨있다.

10) 「서재방문기-세계적 나비학자 석주명씨편」, 『주간서울』 60호, 1949, 9쪽.

11) 이 글은 원래 1947년 「국학과 생물학」이라는 제목으로 서울신문에 5차례로 나누어 발표되었고, 이듬해 김정환 편(1948), 『현대문화독본』 (문영당)에 정리되어 수록되었다.

한국산 나비라는 한 분야에만 집중하고, 많은 수의 개체를 채집하여 개체변이 범위를 규명함으로써 잘못된 기존연구들을 수정해 나갔던 석주명의 접근법은, 이미 50여 년 나비연구 성과가 축적된 상황에서 후발연구자가 택할 수 있는 매우 적절한 방향이었다. 물론 변이연구의 가치를 인식했다 하더라도 실제로 수행하는 것은 간단한 문제가 아니었다. 왜냐하면 방대한 표본의 확보와 조사라는 쉽지 않은 전제를 충족시켜야 하기 때문이었다. 석주명은 20여 년의 연구생활 동안 한반도 전역을 누비며 나비를 잡았으며, 송도교보 교사로서 학생들의 과제물을 연구에 활용하여 무려 75만 개체에 이르는 표본을 조사함으로써 그 전제를 충족시켰다. 석주명식 연구에는 너무나 많은 시간, 비용, 노력이 요구되었으나, 그는 남달랐던 생활방식을 통해 그러한 연구를 실천에 옮겼던 것이다.

전통시대에도 '박물(博物)'이라는 용어가 존재했고 『자산어보』를 비롯하여 동식물의 분류를 다루는 실학자들의 저작 등 근대적 생물학과 유사한 성격의 작업이 존재했지만, 서구에서 형성된 분류학에 기반을 두고 있는 생물학은 본초나 박물의 전통과 직접 연결되지 못했다. 따라서 일제 강점기 한국인 생물학자들은 서구나 일본으로부터 도입된 근대생물학을 받아들여야 했다. 그러나 그 과정은 단순한 일방향적 이식이 아니었다. 그동안 식민지의 과학을 바라보는 주된 시각은 '서구의 과학이 얼마나 성공적으로 도입되었는가'였다. 그러나 최근 중심-주변부의 구분을 비판하고 식민지의 토착적 지식이나 방법이 '식민지 과학'의 형성에 중요한 역할을 담당했으며, 식민지 과학이 단순한 서구 과학 이식의 결과물이 아니라는 사실이 다양한 연구를 통해서 밝혀지고 있다(Chambers and Gillespie, 2000). 기본적으로 생물이 지니는 토착적 성격이 있고, 필드워크가 필수적인 생물 연구에는 토착 연구자의 역할이 중요하므로 특히 생물학 분야 형성은 단순한 도입·수용 과정으로는 설명할 수 없다.

석주명의 나비분류학은 식민지 과학에 대한 최근 연구흐름과 잘 부합하는 모습을 보여준다. 방대한 표본을 통계처리하여 개체변이 범위를 밝혀 동종이명을 제거하는 석주명식 분류학은 한국에 거주하지 않는 외국인 연구자가 따라 하기 어려운 방식이었다. 후발주자로 뛰어든 그였지만 효과적인 방법론과 이를 뒷받침한 부지런함으로 왜곡되지 않은 한국 나비상을 규명하겠다는 목표를 성공적으로 달성해냈다. 그는 연구에 불리한 '교사 겸 연구자'라는 처지를, 제자들을 활용해 조직적인 채집활동을 벌이고 학생들의 과제물까지 연구재료로 흡수하면서 자신의 연구가 지니는 강점으로 전환시켰다. 연구방법이 아주 고차원적인 것은 아니었지만 한국에 거주하며 학생들의 도움을 받을 수 있는, 그리고 남다른 노력을 기울여야만 가능한 방식을 통해 한국산 나비의 최고 권위자가 되었던 것이다. 비록 석주명과 같은 연구가 당시 한국인 연구자의 일반적인 경향이었다고 보기는 어렵지만, 가장 다수를 차지했던 교사 겸 연구자를 대표하는 그의 연구는 일제 강점기 한국인 생물학 연구의 중요한 특성을 보여주었다.

4. 생물학자의 한국학 운동

변이연구가 분포연구로 연장될 즈음 석주명의 나비연구에서는 또 하나의 새로운 모습이 나타나기 시작했다. 그것은 산과 들이 아닌 역사에서 나비를 찾는 것이었다. 한반도 전역을 누비며 나비를 찾던 석주명은 1930년대 말부터 조선왕조실록이나 개인 문집 속에서 나비에 관한 기사를 찾는 데 많은 관심을 두었다. 이를 통해 나비에 대한 조상들의 인식이나 이름, 그리고 생태적 정보를 얻으려 했다. 그가 찾아낸 기사들 중에서 학술적 가치가 있는 것은 드물었지만 나비 이름 변화나 나비에 대한 전통적 관념 등을 제한적이나마 확인할 수 있었다. 특히 남계우(一濠 南啓宇, 1811~1890)의 나비그림은 그림 자체의 미적 가치뿐 아니라 학술적으로 상당한 의미가 있었다. 석주명의 분석에 따르면 남계우의 그림에서 동정이 가능한 나비 수는 5과 37종에 이르며 배추흰나비, 호랑나비, 제비나비 등이 가장 많이 나타났다(석주명, 1943). 이를 바탕으로 석주명은 남계우가 거주했던 경성 부근의 나비상과 자연의 변천을 고찰할 수 있다고 밝혔다.

이처럼 역사적 자료를 통해 나비연구 폭을 넓히려 했던 석주명의 태도는 변이연구의 흥미로운 확장이었다. 그는 남계우와 그의 그림이 빼어난 가치에도 불구하고 널리 알려지지 못한 이유가 "지금까지 조선에서는 조선 사람의 곤충학이 성립하지 못했기 때문"이라고 보았다(석주명, 1941). 이는 '조선 사람의 곤충학'은 자연에 존재하는 나비뿐 아니라 역사에 존재하는 나비와 그와 관련된 자료나 인물까지를 포괄해야 한다는 의미였다. 이미 한국산 나비에 대해서는 반세기가 넘는 연구성과가 쌓였지만 대부분 외국인 학자에 의한 연구였고, 그들이 한국의 고전이나 인물에 관심을 보일 가능성은 낮았다. 따라서 자신과 같은 한국인 연구자의 곤충학은 전통에 대한 탐구도 포함함으로써 외국인의 연구와는 다른 내용을 담아야 한다는 함의였다.

석주명이 고전에 존재하는 나비에 관심을 갖게 된 것은 일차적으로 그가 계속해서 수행해 왔던 나비에 대한 연구사 정리의 연장이었다. 그는 "*Synonymic List*를 편찬하는 관계로 조선고전까지 섭렵하게 되었다"고 밝힌 바 있다(석주명, 1941). 석주명 이전에 경성제대 예과의 모리가 *Zephyrus*에 「조선에서 나비群 이동의 古기록」이라는 제목으로 『광해군 일기』에 실린 나비 기록을 소개한 바 있었다. 모리는 이 나비를 배추흰나비로 추정했으나 석주명은 자신의 채집경험에 바탕해 줄흰나비 고산형으로 간주했고, 이를 뒷받침하기 위해 함경도 갑산, 북청 지역 인사들에게 나비군을 발견하면 하나라도 채집해달라고 요청했으나 성과를 얻지 못했다. 이처럼 전통문헌 속 나비 기록은 현재의 나비연구에도 유용한 정보를 제공할 수 있기 때문에 확장된 연구사 정리이자 나비 분포의 역사적 변이를 추적할 수 있는 연구자료라는 의미도 있었다. 이런 맥락에서 드물지만 모리 같은 외국인 학자도 옛기록에 관심을 보였다.

자연이 아닌 역사 속에서 나비를 찾아 이를 자신의 나비연구와 연결지으려는 석주명의 태도는 19세기 중국에 거주했던 영국의 박물학자들이 문헌학적 탐구와 자연사 연구를 결합시켰던 흐름을 상기시켜준다. 그들은 『본초강목(本草綱目)』을 비롯한 전통 문헌 분석을 통해 중국인들의 생물관, 더 나아가 중국 문명을 이해하는 한편 자신들의 박물학 연구 자체에도 활용하고자 했다. 이러한 연구는 자연학이자 동시에 중국학(Sinology) 연구였으며, 서구와 중국의 상이한 문화 사이에 번역 과정이었다고 설명된다(Fan, 2004). 석주명이 나비에 대한 고전을 추적했던 것과 영국 박물학자들이 박물학과 중국학을 결합시키려했던 움직임 속에서 상당한 유사점을 찾아 볼 수 있다. 물론 한국의 경우, 일제의 강점이후 박물학 연구 역시 일본인 학자들이 주도하게 되면서 한국 박물학 전통에 대한 관심은 그리 크지 않았다. 영국 박물학자들에게는 중국 전통 문헌이 이국적인 문화와 생물상을 이해하는 데 유용한 자료가 될 수 있었지만, 일본인 박물학자들에게는 어느 정도 전통을 공유하고 있다고 여겨진 한국의 옛 박물학 문헌에 관심을 둘 이유가 그리 많지 않았다. 그러나 석주명은 '조선 사람의 곤충학'이라는 학문적 정체성을 구축하기 위해 역사에 관심을 보였던 것이다.

한편으로 역사적 자료를 찾는 일은 나비 이름을 추적하는 작업이기도 했다. 나비라는 일반적인 이름의 변화뿐 아니라 특정 종의 나비 이름과 관련된 정보를 찾는 노력의 일환이었던 것이다. 전통시대의 분류방식이 세밀하지 않기 때문에 많은 이름은 아니더라도 호랑나비, 흰나비, 황접, 왕나부, 분접 등 몇 가지 나비 이름을 찾았고, 이는 나비 속명(俗名)을 정하는 데 참고가 되었다. 일제 강점기에 대부분의 학술활동은 일본어로 이루어졌기 때문에 나비의 경우 흔한 종을 제외하고는 우리말 이름이 없는 경우가 많았다. 연구 논문을 쓰는 데는 우리말 이름이 없어도 가능하지만 학교에서 학생들에게 효과적인 교육을 위해서는 우리말 이름이 있어야 했다. 이러한 배경에서 박물교사로 근무하고 있었던 한국인 생물학자들은 동식물의 우리말 이름 제정과 지역마다 다른 명칭 통일을 우선 과제로 생각했다. 석주명이 1931년 송도고보로 옮긴 다음 김병하(金秉河)와 함께 송경곤충연구회를 조직한 첫 번째 목적이 "조선산의 곤충을 연구하야 우리말로 충명(蟲名)의 통일을 긔하자는" 것이었다.[12] 정도의 차이는 있었지만 한국인 생물학자에게는 우리말 동식물명 정리는 매우 중요한 의미가 있었다. 1933년에 한국인 연구자만의 단체로 조직된 조선박물연구회(朝鮮博物硏究會)는 박물에 대한 연구 조사와 함께 일반 민중에게 과학지식의 보급을 도모하는 것을 목적으로 삼고, 첫 번째 사업으로 지방마다 다른 동식물 명칭 통일 작업, 동식물 한국명 제정을 추진하였다.[13] 이 작업에는 각 지방

12) 「곤충연구소 개성에서 창립」, 『동아일보』 1931. 5. 13.

13) 동식물의 우리말 제정사업의 결과로 정태현·도봉섭·이덕봉·이휘재(1937), 『조선식물향명집』(조선박물연구회)이 출간되었으며, 동물명집도 원고가 거의 완성되었으나 경

에서 부르는 토착 향명이나 전통 문헌이 중요한 자료가 되었다.[14] 1930년대 후반부터 관청, 학교, 언론에서 한국어 사용이 금지되는 식민지 상황의 한국인 생물학자에게 동식물에 대한 우리 이름을 찾고 그와 관련된 역사기록을 들추는 일 자체가 문화적 민족주의적 의미를 지니고 있었다(M. 로빈슨, 1990). 우리말 동식물 이름과 관련 용어가 없는 상태에서 얻어진 지식은 한국인을 위한 온전한 지식이 될 수 없었고, 이 때문에 우리말 이름 정리는 소극적이나마 민족주의적 가치를 지니고 있었던 것이다.[15]

석주명이 지닌 우리말, 특히 방언에 대한 깊은 관심은 일차적으로 전국 각지를 누비는 채집활동에서 기인했다. 각 지역의 독특한 방언을 접한 그는 몇 가지 흥미로운 개념을 중심으로 여러 지역의 방언을 수집했으며, 방언과 곤충간에는 지방 차이(지방型)와 개인 차이(개체변이)가 있는 등 여러 가지 공통점이 있고 연구방법에도 유사한 점이 많다고 여겨 방언 탐구에 상당한 노력을 기울였다. 그는 나비 분포연구처럼 방언 분포를 지도에 표시하는 작업을 기획했다가 이미 언어지리학이라는 이름으로 방언학에서 많이 취급되고 있는 것을 알고 중단했다고 밝힌 바 있다. 특히 1936년 7월 나비채집을 위해 제주도를 찾았던 석주명은 1943년 4월부터 2년여 동안 생약연구소 제주도 시험장에서 근무하면서 본격적인 조사를 추진하여 『제주도방언집』을 펴내게 되었

비 문제로 출간되지 못했다.

14) 식물명 정리 작업에 참여한 정태현은 처음에는 고사했으나 다른 연구자들의 설득으로 합류하여 중요한 역할을 했다. 그는 어릴 때 한학을 배웠기 때문에 전통 문헌에서 이름을 찾는 데 큰 기여를 했다.

15) 일본인이 주도하는 조선박물학회는 비슷한 성격의 조선박물연구회를 조직하는 것에 대해 반대를 했다. 동식물명 정리 사업에 대해서도 관계 당국이 일본과 조선은 한 나라이기 때문에 불필요하다며 견제를 했으나, 한국인 연구자들은 일본어를 모르는 농촌의 한국인들을 위해 단순 번역을 하는 것이라고 무마시켰다(이우철, 1994).

다. 그는 "제주도의 특이한 방언을 들을 때 곧 방언과 곤충을 연결시킬 수 있었다"고 회상했다(석주명, 1948d). 제주도와 경상도 방언과의 비교를 위해 곤충학자 백갑용(白甲鏞)의 도움을 받는 등 방언연구에서도 그의 생물학자 네트워크를 활용했다. 또한 그는 한글에 대한 자신의 견해를 밝히는 글을 여러 편 발표했으며, 우리말에 대한 관심과 전공인 생물학 지식을 결합하여 정확한 우리말 생물학 용어를 정하는 데 많은 노력을 기울였다.

석주명이 우리말에 대해 보여준 열의와 지식은 나비의 우리말 이름 짓기에 중요한 지적 기반이 되었다. 그가 1947년 1월 조선생물학회에서 통과시킨 한국산 나비 248종의 우리말 이름에는 각시멧노랑나비, 떠들석팔랑나비, 알락그늘나비 등 순수한 우리말 이름들이 많이 들어 있었다. 그는 자신이 직접 짓거나 조사한 우리말 나비 이름의 유래를 구체적으로 밝힌 책을 펴내기도 했다(석주명, 1947a).

우리말과 함께 석주명은 민속·역사에 대한 관심 역시 지니고 있었다. 이 역시 각지를 다니는 채집활동과 무관하지 않았다. 그는 옛 문헌에 나타난 제주도에 대한 기록을 모아 발표하는 등 제주도, 울릉도 등에 대한 향토사 기록을 조사하여 발표했으며, 한국을 중심으로 한 박물학 연표를 만들기도 하였다. 『한국본위 세계박물학연표』에는 역사에 대한 그의 남다른 열의가 잘 드러나는데, 이 책은 우리나라를 중심으로 한 세계문화사 연표로서 중요한 정치적·사회적 사건들과 함께 여러 과학적·문화적 성과들을 담고 있다. 그는 이 책의 권두언에서 "국가가 있는 민족은 어느 분야에 있어서나 자국을 중심으로 한 연표를 요구"하며, "이 연표의 내용들은 창의가 있어야겠고 그것이 세계적 또는 한국적이라야만 한다"고 보고, "이 연표에서 한국을 중심으로 한 세계과학사 내지 세계문화사에 호흡이 맞도록 힘써 보았다"고 밝혔다

(석주명, 1992a). 단순한 세계박물학연표가 아니라 '한국 본위'로 구상한 것은 당시 홍이섭, 최남선 등 역사학자들의 '한국 본위' 역사책들과 같은 맥락에 놓여 있었으며(신동원, 2011), 석주명의 기본관심이 한국 박물전통에 놓여있었음을 보여준다.

이처럼 석주명이 자신의 나비연구를 분류학에 제한하지 않고 나비와 관련된 역사·언어 연구까지 확대한 것은 연구사 정리의 연장이자 우리말 이름 찾기와 관련된, 즉 나비연구와 연결된 목적을 지니고 있었다. 동시에 자신의 나비연구를 자연과학의 틀을 넘어 국학의 일부로 인정받기 위한 시도였다. 그는 1930년대 중반부터 전개되었던 '조선학운동'으로부터 영향을 받았으며, 조선학운동의 중심인물들과 교류를 갖으며 역사와 국어에 대한 관심과 소양을 키울 수 있었다.[16] 조선학운동은 국사·국어 연구를 중심으로 국학 연구의 움직임이 활발하게 진행되던 양상을 지칭하며, 대체로 한국의 문화적 특수 경향을 탐구하고 이를 학문적으로 체계화하려 했던 연구경향을 보였다(김병구, 2006; 류시현, 2011). 이러한 점에서 볼 때 석주명의 생물학 연구는 그 자체로 한국을 이해하는 것이라는 넓은 의미의 국학(조선학)이었다. 석주명은 여기에 머무르지 않고 자신의 나비연구에 나비와 관련된 역사·언어 연구를 결합시킴으로써 좁은 의미의 국학에까지 자리매김 하고자 했다.

그러한 구상은 해방 이후 '조선적 생물학'이라는 표현으로 설명되었다. 석주명은 1947년에 발표한 「국학과 생물학」이라는 글에서 생물학의 국학적 특성을 주장했다.

16) 석주명은 정인보, 최남선 등의 역사학자와 홍기문, 김태준, 방종현, 조윤제 등의 국어국문학자와 학문적 교류를 유지했으며, 나비에 대한 고전의 연구에서 그들의 도움을 받기도 했다.

> 국학이란 국가를 주체로 한 학문이니 국가를 가진 민족은 반드시 국학을 요구하는 것이다. 종래로 국학이라면 한문책이나 보고 읽는 것으로 생각하는 사람이 많았지만은 국학이란 인문과학에 국한될 것이 아니고 자연과학에도 관련되는 것으로 더우기 생물학 방면에서는 깊은 관련성을 발견할 수 있다. 조선에 많은 까치나 맹꽁이는 미국에도 소련에도 없고, 조선 사람이 상식(常食)하는 쌀은 미국이나 소련에서는 그리 많이 먹지를 않는다. 그러니 자연과학에서는 생물학처럼 향토색이 농후한 것은 없어서 조선적 생물학 내지 조선 생물학이라는 학문도 성립될 수가 있다(석주명, 1948d).

석주명이 해방 전에 발표한 글에는 '조선적 생물학'이라는 표현이 나타나지 않는다. 그러나 일제 강점기 그의 활동에서도 생물학의 국학적 의미를 강조하는 경향이 분명하게 드러난다. 무엇보다 석주명은 자신의 연구대상을 철저하게 '조선'의 나비로 한정했는데, 이는 조선적 생물학의 첫 번째 요소가 되었다. 그가 발표한 논문 중 많은 경우가 '조선산'이라는 제목을 달고 있었으며, 일본이나 중국의 나비에 관한 논문 서두에는 반드시 '조선산 나비에 대한 비교연구용'이라는 단서를 붙였다. 그는 "조선산을 중심으로 동양전역, 중앙아시아, 구라파, 타대륙 등으로 연구대상을 넓힘으로써 지구 위에 있어서의 조선나비를 비교적으로 잘 알게 될 것이"라 보았다(석주명, 1992b). 이는 『한국본위세계박물학연표』가 한국 박물학을 세계적 흐름 속에서 비교적 관점에서 잘 이해하기 위한 목적을 지니고 있었던 것과 동일한 맥락이었다. 또한 앞 절에서 논의했듯이 그가 한국 나비를 연구했던 연구방법도 조선에 거주하지 않고 전문채집가가 보내오는 소수 표본에 근거해 연구를 수행하는 해외 연구자와는 큰 차이가 있었다. 그들은 대체로 분류체계를 세분화하려는 경향을 보였고, 조금만 다른 표본이 발견되면 새로운 종이나 변종으로 취급하려 했다. 이에 비해 석주명은 한반도 전역을 발로 뛰어 확보한 방대한 표본을 통계적으로 처리하여 잘못된 학명인 동종이명을 제거하는, 한국인 연구자가 잘 할 수 있는 연구방법으로 왜곡이나 과장되지 않은 있는 그대로의 나비상을 보여주고자 했던 것이다. 결국 '조선적 생물학'은 한국 생물을 대상으로 한국인 연구자가 강점을 보이는 방법으로 한국 생물상의 진면목을 추구하는, 국학적 성격이 깃든 연구였다.

사실 박물학자들이 자신의 연구와 국가를 연결 지으려 했던 시도가 아주 새로운 흐름은 아니었다. 18세기부터 19세기까지 활동했던 많은 영국의 박물학자들에게 자신이 식민지에서 채집한 표본들이 대영제국의 확장을 의미한다는 민족주의적인 신념과 목표가 자리 잡고 있었음은 잘 알려져 있다(Browne, 1996). 석주명의 경우 조선적 생물학이라는 이름으로 자신의 연구에 국적을 부여하고자 했지만 토착적 연구자가 강점을 보이는 방식으로 제국주의 시각에 왜곡되지 않은 생물상을 강조했다는 점에서 제국주의 박물학자들의 의도에 맞서는 대척점에 놓여있었다. 더 나아가 석주명의 조선적 생물학은 나비에 대한 인문학적 접근까지 포괄하고 있었다. 전통문헌 속에서 나비에 대한 기사를 찾아 소개하고 나비라는 이름의 변화 양상을 추적하는 한편, 남계우를 그의 그림과 함께 대중들에게 알리고자 했던 노력 역시 조선적 생물학의 일부였던 것이다.

우리는 흔히 "과학에는 국경이 없지만 과학자에는 조국이 있다"는 파스퇴르의 경구를 인용하곤 한다. 하지만 최근 과학기술학 연구에서는 동일한 지식을 다루더라도 나라마다 그 과정이나 강조점이 다르다는 점을 지적하면서 과학에도 국가적 스타일이 있다는 주장을 한다. 일제 강점기에 대부분 한국인 과학기술자들이 과학의 보편타당성과

가치중립성을 믿었으며, 현재도 많은 과학기술자들이 그 같은 믿음을 갖고 있음을 감안할 때 반세기 전 석주명이 비록 생물학에 국한되었지만 과학에 '조선적'이라는 국적을 부여하려 했던 시도는 매우 특별한 것이었다.

석주명의 독특한 과학관은 식민지라는 상황에서 볼 때 다분히 민족주의적 성격을 지니고 있었다. 이러한 태도는 일본인 연구자를 보조했던 생물학자나 일본제국대학 출신의 생물학자에게 기대하기는 어려웠다. 그보다는 연구에 전념할 수 있는 여건은 아니었지만 상대적으로 자유로웠고, 교육을 위해 우리말 이름에 더욱 민감했던 '교사 겸 연구자'인 석주명에게 어울렸다. 하지만 그 같은 특성은 식민지가 부여한 선험적 신념이 아니라 그가 직접 필드워크를 해서 얻은 결과와 외국 학자의 연구 사이에 상당한 차이가 있음을 인식하면서 형성된 '경험적 믿음'이었다. 그러한 믿음이 방대한 표본을 바탕으로 한 자신의 분류학 연구를 더욱 강화시켜 75만 개체의 채집·조사에 이르게 했으며, 그 조사에서 얻어진 결과는 그의 믿음을 더욱 굳게 만들었다. 여기에 역사·언어라는 국학적 성격이 농후한 요소를 생물학 연구와 결합함으로써 그는 '조선적 생물학'이라는 과학관을 형성했던 것이다. 결과적으로 석주명의 발로 뛰는 나비연구와 독특한 과학관은 상호 영향을 주며 서로를 형성·발전(co-development)시키는 관계였다. 결국 '조선적 생물학'은 단순한 수사라기보다 그의 연구를 이끄는 중요한 아젠다였다.

5. 과학과 인문학 가로지르기

최근 들어 석주명이 새롭게 주목을 받는 배경에는 융복합 학문에 대한 높은 사회적 관심이 깔려있다. 생물학자이면서도 역사, 언어, 제주학 등 여러 분야에서 상당한 족적을 남겼기 때문에 융복합이 강조되는 학계 분위기 속에서 그의 학문활동이 새삼 조명을 받고 있는 것이다.

무엇보다 석주명은 방언, 인구학, 곤충, 문헌조사 등 인문사회과학과 자연과학을 포괄하는 제주학의 선구자였다(윤용택, 2011a). 『제주도 방언집』에서 첫 결실을 맺은 그의 제주연구의 끈은 1936년 7월 나비채집을 위해 제주도를 찾을 때부터 시작되었다. 통계처리를 기본으로 하는 석주명식 분류학을 위해 한반도 곳곳을 누비던 그는 지역마다 상이한 특성을 보이는 방언에 대한 관심을 키웠고, 특히 제주도의 특이한 방언은 그의 이목을 끌기에 충분했다. 그에 따라 나비표본을 채집하여 개체변이를 측정하고 분포연구를 더하듯이 제주 방언을 채집하고, 인구 양상을 모아 인구분포표를 만들었다. 나비연구사를 망라하듯이 제주와 관련된 문헌과 자료를 총정리 하는 일도 잊지 않았다. 이러한 노력은 6권에 이르는 '제주도총서'의 집필로 이어졌고, 지역학이라는 인식이 공유되기도 전에 석주명이 명명한 '제주도학'이 시작했던 것이다.

한편으로 석주명은 한국 에스페란토 운동의 선구자 중 한명으로 평가받는다. 사실 그의 갑작스러운 죽음 이후 생물학계보다 에스페란티스토 사이에서 석주명의 이름이 더 자주 오르내렸던 것이 사실이었다(김삼수, 1976 ; 이영구, 2011). 그의 에스페란토에 대한 관심은 가고시마 고농시절로 거슬러 올라간다. 일제 강점기에도 에스페란토의 가치와 의미를 알리며 보급에 힘을 썼고, 해방 이후 에스페란토 교과서 겸 소사전을 직접 편찬한 열혈 에스페란토 선구자였다. 만국 공통어인 에스페란토는 조선적 생물학이라는 국학적 태도와 일견 어울리지 않는 것 같지만, 몇몇 제국주의적 언어를 중심으로 이루어지는 학문활동 대신 약소민족에게도 접근성을 높일 수 있는 중립적이고 민주주의적 언어라는 측면에서 에스페란토는 석주명의 시선을 당겼다(석주명, 1949d). 실제로 석주명에게 에스페란토는 해외 여러 나라 연구자들과 나비연구를 위한 학문적 교류수단으로 큰 의미가 있었다.

이처럼 석주명의 학문 영역은 과학에서 인문학까지 폭넓게 걸쳐있지만 역시 그의 주된 연구테마는 나비였으며, 세간에서 불렸던 '나비박사'라는 별칭은 그의 정체성을 가장 분명하게 규정하는 표현이었다. 그는 자신의 역사나 언어에 대한 관심이 나비와 무관한 것으로 보지 않았다. 그는 1949년에 발표한 글에서 자신이 인문학 분야에 상당한 관심을 가지고 있는 것도 결국은 나비연구를 더욱 깊이 있게 하기 위한 것이라고 설명했다. 그의 표현에 따르면 학문이 아무리 세분화되었다 하더라도 한 분야의 권위자가 되기 위해서는 타과목에도 통하는 데가 있어야 하기 때문에 여러 분야에 관심을 가져야 했다. 예를 들어 나비의 학문인 인시류학(鱗翅類學)의 권위자가 되기 위해서는 우선 그와 직접 관계되는 곤충학, 동물학, 생물학에 어느 정도는 통해야 한다. 왜냐하면 인시류학이 생물학 전체에서 어떤 위치에 있으며 다른 분야와 어떤 연관성을 가지고 있는지를 모르고서는 인시류학의 계통을 밝힐 수 없기 때문이었다. 더 나아가 물리, 화학 등 다른 과학 분야와 인문역사까지도 관심을 가져야 진정한 나비학문이 될 수 있었다.

> 나비의 학문이라도 깊이 들어갈려면 지질학, 物學을 포함하는 박물학(Natural History)도 바라보아야 하며, 더 나아가서는 박물학에 상대되는 물리, 화학도 최소한도로는 알아야 자기의 나비의 학문을

> 자연과학(Natural Science)의 계통에 갖다 맞출 수가 있다. 동시에 Natural History(자연역사 즉 박물학)에 또 한 번으로 상대되는 Human History(인문역사 즉 협의의 역사)에도 손이 뻗어야 인생과의 관계에까지 가져가서, 철학적 경지에 들어가 비로소, 나비의 학문도 계통이 서게 되는 것이다. 그것도 그럴 것이 우리가 나비를 연구한다는 것이 나비 그것만도 조사도 하지마는 나비를 통해 자연의 법칙을 구명하는데 그 목적이 있으니 자연과 인생의 조화를 도모하는 우리 자연과학도는, 위에 말한 바를 시인하게 될 것이다(석주명, 1949c).

나비 연구도 궁극적으로는 자연의 법칙을 찾아내 자연과 인생의 조화를 도모하는 것이기에 나비학자도 인문역사에 대한 소양을 갖추어야 된다는 설명이었다. 그렇다고 인생과 관련을 우선시하여 탐구하면 제대로 된 나비 연구가 될 수 없었다. "곤충학뿐만 아니라 학문이란 것은 어느 분야에서나 인생과 직접 관련된 부면만을 취급해서는 학문 전체가 완성이 안 되는 것이"기 때문이었다(석주명, 1948d). 석주명은 한 과목을 전공하는 학도[연구자]가 학문전체에 관심을 갖는 것처럼 학생을 지도하는 교사도 학자[연구]나 정치가에 관심을 가져야 한다고 주장했다. 역으로 정치가 역시 과학을 비롯한 학문에 관심을 가져야 했다. 인구나 식량문제 등 중요한 정치 문제는 대부분 생물학적 기초 없이 해결할 수 없기 때문이었다.

결국 석주명의 인문에 대한 탐구는 진정한 나비연구를 완성하기 위한 긴 여정에 놓여 있었다. 다시 말하면 '나비연구를 위한 인문학' 혹은 '인문학적 나비학'인 셈이었다. 자연과 인생의 조화가 궁극의 목적이지만 나비박사의 출발점과 종착점은 역시 나비연구였다. 사실 그의 제주학 연구도 곤충연구와 잇닿아 있었다. 그는 제주도 곤충조사와 제주도 방언 내지 제주도 조사 사이에도 밀접한 관련성이 있다고 보았다. 곤충 연구와 방언 연구가 지니는 방법론적 유사성 뿐 아니라 제주도 나비의 진짜 모습은 제주도 전모를 구명함으로써 더욱 잘 인식되기 때문이었다. 『제주도 관계 문헌집』에서 그는 특정 분야 전문가라야 제주도 연구에서도 전반적으로 공헌할 수 있다고 평가했는데, 이는 나비 연구에서 뻗어나간 자신의 제주연구를 염두에 둔 발언이었다(석주명, 1949b). 하나의 핵심 분야에 튼튼한 기반을 두고 영역을 확대해 감으로써 광의의 제주학 연구를 풍성하게 할 수 있다는 주장이었다.

20세기를 전후로 한 시기에 곤충학자 혹은 생물분류학자가 석주명처럼 지역문화나 역사, 인류학적 탐구로 나가는 것이 아주 이례적인 경우는 아니었다.[17] 이는 개별 학문의 전문화가 완전히 이루어지지 못한 시대상황도 작용했지만 기본적으로 곤충연구나 분류학이 지니는 필드워크, 그리고 꼼꼼한 채집이라는 실천적 특성과 무관하지 않았다.

'오키나와 자연계의 학문적 개척자'이자 '오키나와 연구의 선구자' 중 한 명으로 꼽히는 구로이와 히사시(黒岩恒, 1858~1930) 역시 생물연구가 본업이었다. 그는 부친으로부터 기본적인 교육을 받고 사숙에서 한학을 공부했으며, 각종 학교에서 서양 학문을 배웠다. 이후 독학으로 교원검정자격시험을 통과한 뒤 1892년 오키나와에 건너와 사범학교 교사로 근무했다. 그는 10년간 근무하면서 박물학, 지질학, 수산학에서 윤리, 동양사까지 가르쳤으며, 오키나와 각 섬의 생물상과 자연지리를 조사하여 『動物學雜誌(동물학잡지)』, 『지질학잡지(地質學雜誌)』, 『식물학잡지(植物學雜誌)』, 『인류학잡지(人類學雜誌)』에 논문을 게재하고 각종 표본을 학회에 제공했다. 현재 구로이와도마뱀 등 그의 이름

17) 윤용택은 석주명을 통재형(通才形) 학자로 정의하고 비슷한 시기를 살았던 일본의 통재형 학자로 미나가다(南方熊楠, 1867~1941), 이하(伊波普猷, 1876~1947)를 제시한 바 있다(윤용택, 2011b).

이 붙는 오키나와산 동식물이 수십 종에 달한다. 1902년 신설된 농학교 교장이 되어 1914년까지 근무했으며, 1920년에는 와카야마현(和歌山県)으로 옮겨 도쿄대 촉탁이 되어 담수어류를 연구했다. 구로이와의 오키나와에 대한 관심은 동식물, 지질, 민속까지 매우 넓었으며, 자연계 연구뿐 아니라 오키나와인류학회 발기인 중 한명으로서, 오키나와 민간에 전해지는 속담을 채집하여 오키나와 전통문화와의 관련을 살피는 등 오키나와의 민속에 대한 선구적인 연구를 실시했다.[18)]

석주명과 거의 비슷한 연배로 홋카이도 곤충상과 홋카이도 원주민인 아이누에 대한 연구를 함께 했던 고노 히로미치(河野広道, 1905~1963) 역시 본업인 생물학에서 고고민속학까지 학문적 관심사를 확대한 인물이었다. 그는 모교인 홋카이도제국대학 농학부 곤충학교실 강사, 홋카이도교육대학 교수를 지냈으며, 『찰황박물학회회보(札幌博物學會會報)』 등 생물학 관련 학술지에 개미붙이, 거위벌레, 등에, 꽃벼룩 등 홋카이도 여러 곤충류에 대해 많은 논문을 발표한 곤충학자였다. 그러나 1930년대 이후 아이누 역사와 문화에 대한 관심을 키워가며 『인류학잡지』, 『박물관연구보고(博物館研究報告)』 등에 홋카이도 선사시대, 아이누 전통문화와 유적 등에 대해 다수 논문을 발표했다. 그의 고고학적 관심은 홋카이도 역사를 연구한 부친의 영향도 있었지만 곤충학자로서 홋카이도 전역을 답사하는 과정에서 수집한 정보들에서부터 생겨난 것이었다.[19)]

---

18) 구로이와는 중국과 일본 사이에 영유권 분쟁이 계속되고 있는 '센카쿠열도'의 이름을 붙인 인물로도 알려져 있다. 구로이와에 대해서는 「沢村さんの沖縄通信: 知られざる高知人 黒岩恒」 (http://blog.goo.ne.jp/syokugyobetu/e/69250f941c0213e3ac338d76e4be0504) 참고(2011년 11월 접속).

19) 고노에 대한 간단한 인명사전 해설은 http://kotobank.jp/word/%E6%B2%B3%E9%87%8E%E5%BA%83%E9%81%93 참고(2011년 11월 접속).

석주명이 구로이와나 고노의 작업으로부터 어떠한 영향을 주고받았는지 현재로서는 확인되지 않았다. 유사한 시기에 우연하게도 비슷한 학문적 취향을 지녔던 것에 불과할 수도 있다. 다만 기본적으로 생물학 연구, 특히 분류학 연구를 위해서는 '채집'이라는 행위가 필수적이며, 표본수집을 위한 채집여행 혹은 필드워크를 통해 생물을 넘어 해당 지역에 대한 다양한 정보와 접하는 것이 매우 자연스러웠음을 확인할 수 있다. 한국의 첫 번째 생물학자로 꼽히는 식물분류학자 정태현도 자신의 연구활동을 소개하면서 채집을 위해 각지를 다니면서 접하게 된 향토사나 문화에 대해 언급하곤 했다는 점을 고려하면 분류학자와 인문 역사 탐구가 그렇게 멀리 떨어져 있는 것은 아니었다(정태현, 1964).

석주명이 나비학자로서 방대한 자료 수집에 바탕해 탐구 영역을 확대해 나가던 양상은 20세기 성(性)연구에서 선구적 업적을 남긴 킨제이(Alfred C. Kinsey, 1894~1956)를 떠오르게 한다(조너선 개손 하디, 2010). 킨제이는 성연구자 이전에 북미의 혹벌을 연구한 곤충연구자로, 수십만 마리의 표본을 채집해 28가지를 측정하여 통계처리를 통해 혹벌 연구에서 새로운 경지를 열었다고 평가받는다. 어릴 때부터 양치식물, 꽃, 식물 잎, 나비, 음반 등 다양한 수집 취미를 가지고 있던 그는 혹벌 연구에서도 넓은 지역에서 수집한 방대한 표본의 정량적 형질을 측정하여 연구하는 방법을 개척했으며, 뒤늦게 시작한 성(性)연구에서도 방대한 자료 수집을 최우선으로 삼았다. 물론 많은 사람들과의 인터뷰를 기본으로 하는 그의 성연구와 곤충연구와의 직접적인 연관성을 구체적으로 명시하기는 쉽지 않지만 방대한 자료 수집은 일관된 원칙이었다.[20)]

20) 킨제이는 한 때 피아니스트를 꿈꿀 정도의 연주 실력을 갖추었지만 자신의 재능이 부족하다고 생각하고 포기했다. 석주명 역시 상당한 실력을 갖추고 기타 연주자를 꿈꾸었다 같은 이유로 포기했다(이병철, 1985).

자연과학을 연구하는 과학자가 인문사회 분야에 학문적 관심을 보이고 본격적인 조사에 나서는 것은 분명 흔한 일은 아니다. 또한 그 같은 학문적 궤적을 보인 연구자들은 각기 독특한 배경을 지니고 있기 때문에 섣부른 일반화를 제시하기는 어렵다. 다만 필드워크와 자료수집을 기본으로 하는 생물분류학, 특히 곤충학 연구자들의 경우 자료수집에 특히 민감하며 그러한 성향이 인문학적 관심사로 확장될 여지가 상대적으로 크다는 점은 지적할 수 있다. 여기에 석주명이 언급했듯이 방언과 곤충 연구처럼 방법론의 유사성이 학문적 확장을 더욱 쉽게 만들어 주었던 것이다.

물론 자료수집에서 좀 더 체계적인 학문적 탐구로 나아가는 것이 항상 자연스럽게 이어지는 것은 아니며 개인의 특별한 재능과 노력이 뒤따라야 한다. 아울러 연구자 자신도 그 같은 확산형 학문 추구에 대한 논리적 정당화가 필요하다. 이를 위해 석주명은 나비연구의 수준을 높인다는 목표를 제시했다. 자연법칙을 찾아내 자연과 인생의 조화를 도모하는 것이 과학자의 의무이고, 이를 위해 삶과 관련된 인문사회에 대한 탐구도 필요하다는 것이다. 비록 언어나 지역학 조사가 그의 나비연구에 어떻게 실질적 도움을 주었는지 충분히 보여줄 수 있는 기회를 잡기 전에 세상을 떠나고 말았지만, 그의 학문적 여정은 결국 나비연구에서 시작해 나비연구로 향하고 있었던 것이다.

6. 맺는 말

나비분류학에서 방언조사, 고전 조사 및 박물학사 정리, 아직 개념조차 존재하지 않았던 제주학 연구, 그리고 에스페란토 운동에 이르기까지 석주명의 학문활동은 과학과 인문학을 넘나들었다. 자연에 존재하는 나비를 대상으로 한 석주명의 연구는 단순한 목록작성에서 개체변이 중요성을 확인하고 동종이명을 제거하는 방향으로 단계적인 발전을 이루었으며, 자연이 아닌 역사 속에 존재하는 나비를 찾는 단계로 나아갔다. 그는 자신의 나비연구를 단순히 생물학 연구에 가두지 않고 국학의 한 분야로 자리매김하길 원했고, 이를 위해 나비와 관련된 역사와 언어에 대한 탐구를 추가했다. 한반도 전역을 누비던 자신의 연구방법 덕분에 각 지역마다 독특한 방언이나 역사에 대해 흥미를 갖게 된 석주명은 '조선학운동' 흐름 속에서 조선학자들과 교류를 통해 자신의 관심을 더욱 구체화하여 이를 나비연구와 결합시킴으로써 '조선적 생물학'이라는 개념을 만들었다. 여기에 제주도 채집을 계기로 갖게 된 흥미를 2년의 체류를 통해 6권에 달하는 제주도 총서로 이끌어냈고, 에스페란토교과서 겸 소사전을 집필한 에스페란토 운동의 선구자까지 그의 학문적 관심은 그가 채집한 나비표본만큼이나 방대했다.

석주명 연구활동은 상당부분 문화적 민족주의 틀 안에 놓여 있었다. 일제 강점기 학문활동과 교육에서 우리말이 배제되어가는 상황에서 역사와 언어를 나비연구에 결합시키고, 나비 등 곤충의 우리말 이름 정하는 데 나섰던 석주명의 조선적 생물학은 문화적 민족주의의 큰 흐름에 놓여 있었다. 여기에는 교사 겸 연구자로서 교육문제를 고민했던 그의 경력이 영향을 미쳤다. 그러나 실제 연구에서 체득한 석주명의 경험적 민족주의는 민족의 우수성을 배타적으로 강조하는 국수적 민족주의와는 거리가 멀었다. 이는 그의 연구활동에 나비 연구라는 딱딱한 중핵이 자리 잡고 있었기 때문이었다. 한국의 자연을 대상으로 왜곡되지 않은 생물상을 추구했던 그에게 한국적 우수성을 강조하는 것은 어울리지 않았다. 그는 한국 나비상이 특별히 다양하다거나 특산종이 많다거나 뛰어난 특성을 지닌다고 생각하지 않았다. 사실 특산종도 많은 경우에 충분한 연구가 되지 않아서 나타나는 현상이라고 생각했다(석주명, 1948d). 중요한 것은 과장과 왜곡을 피하고 있는 그대로의 모습을 밝히고, 생물과 환경과의 관계를 이해함으로써 자연과 인생의 조화를 찾는 것이었다.

결론적으로 석주명의 학문은 나비연구를 중심에 탄탄히 놓고 주변을 인문학으로 둘러싸면서 확대·보강하는 방식으로 진행되었다. 최근 융복합이 강조되면서 단순히 한 우물을 파기보다는 우물을 넓게 그리고 깊게 파라는 얘기를 많이 한다. 아직 융복합이라는 기치에 맞는 방법론의 확립이나 성과에까지 이르지는 못하고 있는 것이 사실이다. 현재로서는 '따로 또 같이'라는, 개별 분야의 접근에서 출발하여 공동의 목표로 나아가는 방안이 유력하며, 여러 세부 주제를 포괄하고 있는 제주학 역시 마찬가지일 것이다. 그렇게 본다면 넓게 팔을 벌린 석주명식 학문은 그 같은 접근에 어울리는 방식이 될 수 있다. 그에게 나비연구는 깊고 넓게 파는 우물의 중심부에서 지속적으로 주변에 물줄기를 공급하여 우물을 넓게 만드는 역할을 하고 있었다. 전국토를 누비는 채집여행에서부터 시작한 석주명의 나비 연구는 통계적 분류학과 생태학 초기단계인 분포연구를 거쳐 국학적 생물학으로 이어졌으며, 더 나아가 역사·언어연구까지 가지를 뻗쳐나갔다. 갑작스러운 죽음으로 상당부분은 미완의 기획으로 남았지만 나비 연구, 제주학 연구, 에스페란토 등 각각은 이후 개별적 발전의 굳건한 토대가 되었다. 다양한 방향으로 뻗어나간 석주명식 확산형 학문은 그의 설명에 의하면 자신의 학문활동 출발점이었던 나비 연구의 가치와 위상을 세우기 위한 것이었다. 누가 뭐래도 석주명은 '나비박사'였다.

석주명의 에스페란토 운동의 의의

이영구 _ 한국외국어대학교 중문학부 교수, 전 한국에스페란토협회장

1. 들어가는 말

한국에스페란토계의 큰 별이며 선구자인 나비 박사 석주명 선생(1908~1950)은 에스페란토에 대한 강인한 신념을 가져 항상 이 언어의 창안자인 자멘호프[1] 박사의 초상을 종교인처럼 곁에 두고 지냈다. 그렇기 때문에 자멘호프 얼굴 모습이 마치 레닌과 흡사하여 석주명이 레닌을 숭배하는 사람으로 오인되어 일경에게 조사를 받은 적이 있고 식사하기 전에는 꼭 에스페란토로 노래를 불러 그의 남다른 생활의 일면과 열정을 이해할 수 있다. 그는 42세의 짧은 나이로 삶을 마칠 때까지 온몸으로 나비 연구, 제주학 연구, 에스페란토 연구에 혼신의 노력을 경주하여 우리나라의 자연과학계 · 국학계 · 에스페란토 계에 큰 족적을 남긴 위대한 인물이라 할 수 있다.

---

1) 에스페란토는 1887년 폴란드 안과의사 자멘호프(Ludoviko Lazaro Zamenhof 1859~1917) 박사가 창안한 배우기 쉬운 국제 공용어이다.

비록 그가 너무 젊은 나이에 세상을 떠나 많은 사람들의 기억 속에서 사라졌다고 하더라도 한국에 살고 있는 많은 에스페란티스토들은 그를 잊지 않으려고 그동안 크고 작은 노력과 행사를 지속해 왔다.

1972년 11월 부산에스페란토고려소학회에서는 석주선 교수(1911~1996)와 경북에스페란토학회 회장인 이종하 교수를 초청하여 "선학(先學)이며 오빠인 석주명 선생의 생애와 업적"이란 주제를 가지고 강연회를 가졌고, 다음 달에는 부산 남산여자고등학교에서 "석주명 선생 추모회"를 겸한 자멘호프 탄신제를 성대히 거행하여 석주명 선생의 에스페란토 정신과 그의 자연과학계의 업적을 추모하는 중요한 모임을 가졌다(김삼수, 1976: 210쪽).

그리고 1981년 10월 단국대 석주선기념민속박물관에서 석주명선생 추모학술강연회를 개최했고, 2005년 5월 사단법인 한국에스페란토협회 주관 하에 선구자의 날(Tago de Pioniro)을 거행했는데 2), 이때 홍성조, 길경자 선생님이 나비 박사 석주명선생을 기념하는 문집을 만들어 출판기념과 행사를 한국외국어대학교 교수회관에서 성대히 거행하였다. 한국에스페란토협회에서는 매년 스승의 날을 기념하기 위하여 한국에스페란토 운동에 크게 기여한 인물을 선정해 5월 두 번째 토요일에 기념문집의 출판식과 행사를 가짐으로써 날로 일본과 중국 등 국내외 에스페란티스토들에게 주목을 받고 역사적 의미를 더 해 가고 있다. 2006년에는 에스페란토 도입 100주년 기념행사의 일환으로 기념

2) 선구자의 날 행사는 세계에스페란토협회의 회장을 역임하신 이종영 교수님의 발기로 시작하여, 1999년에는 자유시인 정사섭, 2000년에는 홍형의, 2001년에는 이재현, 2002년에는 김억, 2003년에는 신봉조, 2004년에는 최해청, 2005년에는 나비박사 석주명 선생, 2006년에는 백남규, 2007년에는 안우생, 2008년에는 이종하, 2009년에는 김삼수, 2010년에는 이종영, 2011년에는 이종률 등을 선구자로 선정하여 매년 쉬지 않고 기념문집을 만들었다.

우표전시회를 포항우체국에서 개최하면서 나비박사 기념엽서를 만들었고, 2008년 12월 한국에스페란토협회에서 주관하는 자멘호프 탄신제에 필자가 '석주명 선생 탄생 100주년을 회고하며'라는 연제로 서울 유스호스텔에서 강연을 했다. 석주명 선생 기념문집에서 우리는 미국에 거주하고 있는 선생의 외동따님인 석윤희 여사로부터 아버지에 대한 추억과 조카인 석세조 교장선생님을 통해 선생의 생활 단면을 더 이해할 수 있었다.

전설과도 같은 석주명 선생에 관한 얘기를 필자는 1984년 현재의 석주선기념민속박물관에서 그의 여동생인 석주선 교수님으로부터 자세하게 들을 수 있었다. 연구소를 찾아가니 먼저 수많은 궁중 의상과 민속유물 및 고서들이 한눈에 들어왔으며 한복을 단정하게 차려 입고 자상한 모습을 하신 석주선 교수님이 반갑게 맞아 주었는데 한국전통의상연구의 권위자이신 석주선 교수님은 직접 전통차를 대접하시면서 오빠와 에스페란토에 관련된 얘기를 아주 생동감 있고 힘있게 전해주었다.

본고에서는 간단하게 석주명 선생의 혼이 담긴 에스페란토를 그가 어떻게 입문하여 보급 전파하였는지 살펴보고 아울러 그 사상적 의의를 논하고자 한다.

2. 석주명의 에스페란토 운동

1926년 18세인 석주명 선생은 개성 송도중학을 졸업하고, 일본 가고시마 고등농림학교 농학과에 입학한 후 다음해인 1927년 박물과로 전과한다. 유학중인 젊은 석주명 선생의 삶에 있어 크게 영향을 미친 사람은 일본 곤충학회 회장을 지낸 오카지마 교수와 초창기 일본 에스페란토 운동에 활발히 참여한 시게마쓰 교수로 그들은 석주명 선생이 가장 존경하고 따르던 스승들이었다(이병철, 1985: 43~44쪽).

오카지마 교수는 조선에서 온 석주명 학생을 훌륭한 곤충학자로 성장할 수 있도록 늘 관심을 가지고 지도해 주었으며, 졸업을 한 후에도 항상 돌봐 줘 귀국 후 1936년 금강산에서 우리나라 처음으로 채집한 나비를 스승의 이름 '오카지마 긴지'에서 딴 '긴지 부전나비'로 명명하여 스승의 은혜에 보답코자 했다.

한편 시게마쓰 교수도 석주명 선생에게 많은 도움을 주었는데 특히 에스페란토 영역에서 결정적인 도움을 주었다. 시게마쓰 교수는 처음에 히로시마고등사범학교에 근무하면서 그곳 모임에 속해 있었는데, 1908년 가고시마고등농림학교가 세워지자 1909년 8월에 가고시마로 옮겨와 에스페란토 모임을 창설한 사람이다.[3] 일본의 초기 에스페란토 운동이 1919년에 다시 부흥기를 맞았을 때, 시게마쓰 교수는 활발히 강습회를 열기 시작했는데, 1926년에 입학한 석주명 선생은 교내의 에스페란토연구회에 가입하여 시게마쓰 교수를 알게 된다. 이들의 만남은 석주명 선생으로 볼 때 커다란 행운이 아닐 수 없었으며 그의 에스페란토 입문과 기초 실력은 이때 거의 완성되었다고 볼 수 있다.

석주명 선생은 1927년 교내 에스페란토 연구회의 기관지인 *La Espero* 제1호 와 제2호에 「에스페란토 학습에 관하여」란 글을 기고한 이 후

3) 1930년대 한국에스페란토 운동사에 커다란 족적을 남긴 정사섭은 석주명 선생보다 한 살 아래로 히로시마고등학교에서 에스페란토를 학습하고 경도제국대학 법학과와 동경제국대학 불문과를 졸업하고 프랑스 파리 대학에 유학하여 불문학을 전공했다. 자본주의적 인간성을 비판하고 풍자하여 약소민족의 해방을 추구한 자유시인 정사섭과 나비박사인 석주명 선생의 에스페란토 활동은 우리나라 에스페란토 운동사에 있어 중요한 의미를 지닌다고 할 수 있다.

"Unu Peco de mia Travivaĵo pri Esperanto" 등의 에스페란토 논문을 계속해서 기고했다.

1928년 교내에서 발행되는 『상사수』라는 창간호에 「이해하라 에스페란토를」을 기고하고, 교내 교우지인 『토』라는 잡지에 "Sentoj en Insulo Tane"를 발표했으며, *La Espero*에 "Du Impresoj"를 실었다.

훗날 석주명 선생이 국제적인 '나비박사'로 명성을 얻는데에는 에스페란토가 결정적인 구실을 하게 되었고, 이런 까닭으로 그의 학문과 에스페란토는 가고시마 시절부터 이미 불가분의 관계로 맺어지게 되었던 것이다.

1929년 가고시마고등농림학교 박물과를 졸업하고 귀국한 석주명 선생은 그 다음해인 1930년 평양매일신문에 국제어 에스페란토를 10월 26일부터 28일까지 연재 기고한다. 1932년 모교인 송도고보 박물 교사로 부임하여 본격적인 나비 연구를 시작하며 미국박물관들과 표본 교환 및 재정 지원을 약속받았으며 동시에 에스페란토 초급강습을 방과 후 주 2회씩 열어 30명에게 가르쳤다(Revuo Orienta 31~11호, 347쪽).

뿐만 아니라 석주명 선생은 우리말을 마음대로 사용할 수 없던 일제강점기 시절 나비관련 학술논문에 에스페란토로 요약문을 발표함으로써 나라 잃은 설움을 조금이나마 극복하고자 노력했다. 그는 동경대학 동물학 잡지에 "연구 논문에 에스페란토로 제요를 붙일 수 있도록 하자"고 제안한 후 이 안이 채택되자 외국 학자들과의 연구 논문 교류에 폭넓게 이용하였다(Kroniko de La Esperanto-Movado en Japanujo(1) 1906~1926, 1956: 40쪽). 식민지 통치를 받고 있는 조선의 지식인으로 평화의 언어인 에스페란토를 통해 조국과 세계의 평화를 꿈꾸는 것은 너무나도 자연스러운 일이라고 볼 수 있다. 석주명 선생은 일본어나 영어가 아닌 세계 공용어인 에스페란토로 서로 왕래함으로써 언어와 국력의 열세를 극복하고 구미 제국의 우수한 학자들과 학문적으로 대등한 입장에 서기 위함이었다. 이 점에 대하여 홍형의는 「민족 해방과 국제어 에스페란토」(홍형의, 1946: 10쪽)에서 "세계 각국의 의학자 · 자연과학자들이 에스페란토로 서로 자료를 교환하고 논문을 발표함으로써 그들이 얻은 이익은 대단히 컸다. 그 가까운 예로는, 조선의 나비 연구가 석주명 선생 씨가 에스페란토를 통하여 전 세계의 나비 표본을 조선의 나비 표본과 교환하여 수집하였던 바, 세계 여러 나라의 에스페란토를 사용하는 곤충학자들로부터 절대적인 협력을 얻어 큰 성과를 얻었으며, 연구 논문을 에스페란토로 발표함으로써 일약 세계적인 곤충학자 대열에 참여하게 된 것이다."라고 말한 적이 있다.

이렇게 함으로써 당시 우리문화 말살정책을 펴고 있던 일본제국주의자들에게 에스페란토 문장을 통해 유일하게 애국을 몸소 실천하였던 것이다.[4)]

1945년 5월 수원농사시험장 병리 곤충학부장으로 자리를 옮긴 석주명 선생은 8월 15일에 해방을 맞이한다. 해방 이전의 에스페란티스토들은 그들이 갖고 있는 에스페란토 책자들을 휴대할 수 없었다. 왜냐하면 에스페란토 책자를 가졌다가 발각이 되면 일본 경찰이 반제국주의 분자로 단정하여 탄압을 했기 때문이다. 해방을 맞자 에스페란티스토들은 그 해 11월 경성원예학교에 모여 약소 민족어의 해방과 에스페란토 재건을 경축하는 '에스페란토 정치 선언'을 채택한다. 그리고 이것에 기초하여 12월 15일 '조선에스페란토학회' 창립 대회를 개최하게 된다. 대회장에는 석주명 선생을 비롯하여 김억, 신봉조, 백남규, 김

4) 그 당시 모든 인쇄 매체들은 일본의 만주 침략을 정당화하라는 지령을 받았기에 당시 Korea Esperantisto의 주간인 홍형의 교수는 이 지시를 거절하여 옥고를 치른 적이 있었다.

창숙, 이재현, 이균, 서병택 등 전국의 수많은 에스페란티스토 선구자와 에스페란토에 호의를 가진 인사들이 참석하였으며, 서기장으로는 홍형의가 선출되었다.

석주명 선생은 1946년 2월 경성대학 에스페란토 개강식에서 홍형의와 함께 강연을 하였고, 국학대학과 홍익대학에서 제2외국어과목인 에스페란토를 강의하였으며, 조선에스페란토학회 서기장과 1949년에 통합된 대한에스페란토학회 총무부장을 맡아 숱한 강습회를 열어 젊은이들을 가르쳤다. 이 당시 정규 4년제 대학에 정식 학과목으로 에스페란토 강좌를 개설하여 학점을 이수하게 한 일들은 오늘날 단국대, 원광대, 한국외국어대학교에서 에스페란토 강좌가 개설되어 에스페란토 운동의 명맥을 유지할 수 있게 된 원동력이 되었다고 볼 수 있다.

이런 상황에서 강의용 에스페란토 교재의 필요성을 절실히 느낀 석주명 선생은 에스페란토 교재 준비에 들어가고 동시에 이 책의 출판비를 스스로 부담하는 열의까지 보였다.

『國際語 에스페란토 教科書, 附 小辭典(Lernolibro de Esperanto Kun Vortareto)』은 1947년 1월 4일에 탈고하여 6월 6일 朝鮮에스페란토學會(Korea Esperanto-Instituto) 이름으로 선문서관에서 발행한 사륙판 75페이지짜리 소책자이다. 책 표지에는 그의 분신인 나비 날개를 그려 놓았을 뿐만 아니라 강습을 통해 널리 에스페란토를 보급하고자 강습용으로 편집하여 설명은 적게 하고 예문은 풍부하게 만들었는데 이는 1923년 편집한 김억의 『에스페란토 독학』과 차별화하기 위함이었다. 여기에 인용된 원전은 Zamenhof, E. Privat, Kabe(K. Bein), Marie Hankle 등의 문장과 Grabowski가 번역한 롱펠로우의 시에서 뽑았고, 소사전은 기본 단어 2,270개의 단어집으로 편집되었다(김삼수, 1976: 264쪽). 그는 또한 외국인 에스페란티스토들과 친교를 맺었고, 여러 나라에서 에스페란토 관계 서적들이 우송되어 오는 등, 점차 국제적으로 인정을 받는 에스페란티스토가 되었으며, 돌아가시기 하루 전까지 쓴 일기에도 에스페란토로 남김으로써 에스페란토는 그의 삶의 중심에 서 있었다고 해도 과언이 아닐 것이다.[5)]

3. 석주명의 에스페란토 사상

석주명 선생은 짧은 삶을 마감하기 전까지 쉬지 않고 간단없이 에스페란토와 관련된 운동을 펼치면서 적지 않은 족적을 남겼다. 그는 일본 유학시 에스페란토에 입문하자마자 연이어 발표한 6편의 문장, 나비와 관련된 22편의 학술 논문 제목과 개요, 제주도 역사와 방언에 관련된 논문 3편, 학술조사보고서와 생물학 관련 문장이 각각 1편이 있고, 우리말로 작성된 3편의 에스페란토론, 학술계와 관련 된 2편의 문장 및 젊은이들의 어학 공부에 관한 1편의 글이 있다. 우리는 총 39편의 에스페란토와 연관된 학술 논문과 문장에서 석주명 선생의 에스페란토에 관한 일관된 사상을 찾아 볼 수 있다.

먼저 3편의 에스페란토론을 살펴보면 그가 얼마나 에스페란토의 중요성을 인식했는지 알 수 있다. 석주명 선생은 거침없이 20세기의 3대 기적이며 인류의 가장 자랑거리로 비행기, 라디오, 에스페란토를 들었다(석주명, 1931). 「에스페란토론 1」은 모두 6단락으로 구성되어 있는데 도입부에서 그는 비행기로 세계를 유람할 수 있고, 라디오로 세계의 문화 산물을 접할 수 있으며, 긴 시간을 들이지 않고 습득할 수 있는

5) 그가 작고하기 전날까지 에스페란토로 탁상일기에 기술한 에스페란토 일기는 고 석주선 교수 교수가 보관하였다.

에스페란토로 외국인과 의사를 소통할 수 있어 과거와 비교하면 시간적으로 세계를 수십 배 수백 배 축소시켰다고 봤다. 이어 당시 학교교육에서 외국어 1,2를 학습하는 것은 국민경제상 나아가 세계경제상 커다란 손실이라고 주장했다. 그리고 우리들은 어느덧 생각지 않던 국제생활을 하는 국제인이 되었다고 했는데 이는 70년 전 석주명 선생은 벌써 깊은 통찰력으로 글로벌화를 예견했다고 볼 수 있다. 그러면서 국제어는 어떠한 종류이어야 되는가에 대한 질의를 하면서 절대로 중립어라야 될 것, 습득이 용이해야 될 것, 자유로이 표현할 수 있어야 될 것 등 3가지로 국제어의 구비 조건[6]을 제시했다. 과거의 국제어 종류가 300여개였다가 거의 전부 자연 소멸되고 오직 볼라픽[7], 이도[8], 옥시텐탈[9], 에스페란토 등 4종류가 풍미하다가 오직 에스페란토를 제외한 언어들은 국제어의 구비 조건을 다 갖추지 못했기 때문에 종국에는 사라졌다고 하면서 국제어의 3가지 구비 조건이 얼마나 중요한지를 지적하고, 언어의 생명력을 지닌 에스페란토를 찬양했다. 그는 우리의 의식을 넓히고 또 우리를 가장 정확하게 세상에 소개하여 세계 신문화를 건설하려면 에스페란토를 배워야 하며, 외국어 학습으로 허비하는 허다한 시간을 유리하게 이용하여 능률을 올리고 동시에 자국어의 존엄을 지키자고 주장했다.

「에스페란토론 2」에서는 고대 서양의 라틴어는 고대 동양의 산스크리트와 대등했는데 후에 불어, 이태리어, 스페인어 등으로 분화되면서 사어(死語)가 되었다. 그런데도 18세기까지도 고대 라틴어가 학술어로

---

6) 이런 3가지의 주장은 에스페란토론 2에서도 재차 언급한다.

7) 1879년 독일의 신부 요한 마틴 쉴레이어(J.M.Schleiyer)가 만든 볼라픽(Volapuk).

8) 1908년 프랑스의 에스페란토 사용자인 보프롱(Bofron)이 에스페란토를 개량한 이도(Ido).

9) 1922년 에스토니아의 바알(E.de Walil)이 만든 옥시텐탈(Okcidental).

채택되어 오늘날 자연과학 종사자들은 동식물의 명칭이나 기재에까지도 학습이 곤란한 사어로 된 옛 라틴어를 사용하고 있다고 지적하고 국제어의 구비 조건이나 학술어가 구비해야 할 요건으로 「에스페란토론 1」에서 언급한 3가지 구비 조건을 또 다시 피력했다.

그리고 에스페란토를 공부하는 사람들은 모두 '1 민족 2 언어'[10] 주의자로 그 정신이 과학적이며 민족주의적이라고 여겨 조선의 지식인들은 이 점을 유의하여 조선어와 문화를 옹호하여 세계문화와 세계평화에 이바지 하도록 노력하자고 주장했는데, 멀지않은 장래에 우리 땅 금강산에서 세계에스페란토대회를 열 것을 꿈 꿔보는 것도 망상은 아니라고 했다(신천지 4권 2호, 1949: 201~206쪽). 석주명 선생의 그런 꿈은 약 46년 후인 1994년 제79차 세계에스페란토대회가 서울의 워커힐 호텔에서 67개국 1776명이 참가한 가운데 꿈이 아닌 현실로 펼쳐져 세계의 많은 사람들이 한국의 에스페란티스토와 대회조직위원회의 운영 상황을 보고 경악을 금치 못했다.

「에스페란토론 3」에서는 과학의 발달로 인하여 지구가 상대적으로 축소되면서 특정 국가에서 일어난 문제라도 대개는 세계 문제로 주목받아 이런 문제를 해결하기 위해 참석한 국제모임에서 자연 언어 사용 문제가 대두된다고 전제했다. 그리고 평등이 없는 곳에 평화가 있을리 없다고 보고 과거 수세기 동안 라틴어를 대신하여 불어가 국제회의의 공용어로 사용됐으나 제2차 세계대전 후 노어가 불어를 축출하고 공용어로 됐고 유엔 파리회의의 한 분과 회의에서 참가 위원에게 나누워 준 보고서가 영어로 인쇄되었다는 이유로 소련 위원의 지적을 받고 회의를 연기할 수밖에 없었다는 사례를 들면서 앞으로 국제회의에서

10) 자국인과는 모국어를 사용하고, 외국인들과는 국제어 에스페란토를 사용하자는 운동.

에스페란토를 사용할 것을 예상할 수 있다고 했다(국도신문, 1949. 7. 19~20). 또한 세계 문화와 평화에 이바지하기 위해서는 무엇보다도 한국 에스페란티스토들이 협회의 기관지 등을 통해 우리 역사와 문화를 외국인들에게 하루 빨리 소개하여 세계무대에서 발언권을 얻고 활약하기를 갈망했다.

이어 직접적으로 에스페란토만을 논술한 것을 제외한 과학과 학술계에서의 에스페란토 위상에 관한 문장 2편과 대학생들의 어학 공부에 관한 1편의 문장 안에서도 석주명 선생의 에스페란토에 대한 생각을 살펴볼 수 있다. 그는 백 년 전의 세계와 현재의 세계를 비교해 보고 또 현재의 세계와 백년 후의 세계를 비교해 볼 때는 과학에 기초를 두어야 한다고 봤고 민도가 높다는 것은 국민이 과학적 태도를 갖고 있기 때문이라고 하면서 내 생명이 귀한 만큼 다른 사람의 생명도 그만큼 귀하니 똑같은 이치로 국제생활에 있어서는 언어의 평등이 최대의 요소임을 알아야 한다고 주장했고(신천지 4권 6호, 1949), 많은 국제어 가운데 적자생존과 자연도태의 법칙으로 인하여 오늘날 에스페란토만 남게 되어 에스페란토의 과학성은 입증되었으니 창의적인 저작물을 에스페란토로 발표하고 자국어로 된 저작물은 에스페란토로 번역된다면 국제사회는 평등하고 평화로운 모습으로 변모할 것이라고 확신했으며 남북이 통일하여 민족자결을 해야겠지만 약소민족의 하나로 에스페란토를 통하여 세계 학술문화 내지 평화에 공헌하여 세계무대에서 발언권을 갖는 민족이 되었으면 좋겠다고 했고(신천지 3권 5호, 1948), 에스페란토를 배워 평화의 전사가 되어 세계평화운동에 공헌하자고 했다(국학학보, 1949. 6. 25). 따라서 우리는 석주명 선생이 줄곧 '세계 평화'라는 이상을 위하여 분투하고 이를 실천하려고 노력했음을 알 수 있다.

4. 맺는 말

지금도 많은 한국의 에스페란티스토들은 여전히 그를 초창기 한국 에스페란토 운동사를 빛낸 개척자요 선구자로 추앙하고 있다. 그는 간단없이 평등이 없는 곳에 평화가 없다고 주장하며(국학학보, 1949. 6. 25), 일본 유학, 중학교 교사, 대학교 연구원 생활을 거치면서 해방을 맞을 때까지 끝끝내 창씨개명을 하지 않았고, 어느 때 어느 곳 어느 글에서나 '석주명 선생' 혹은 평안도식 발음인 '석두명'을 딴 'D. M. SEOK'으로 당당하게 표기했다(김삼수, 1976: 206쪽).

석주명 선생이 한국에스페란토 운동에 남긴 위대한 족적은, 첫째 자연과학을 연구하는 학자의 신분으로 논문과 학술 교류에 에스페란토를 활용함으로써 일제의 탄압을 피하고 한국인의 기상을 국내외에 떨쳤고, 둘째 1947년 6월에 국제어 에스페란토 교과서, 부 소사전을 자비로 발행하여 강습에 활용하면서 에스페란토의 보급에 힘쓴 점이며, 셋째 대학에서 에스페란토 강좌를 맡아 후진 양성에 노력하였고, 넷째 신문등에 에스페란토에 대한 홍보기사를 기고하여 광범한 독자층을 확보했으며, 다섯째 1945년 12월 15일에 조선에스페란토학회의 발기인으로 창립대회를 거행하여 한국에스페란토의 발전에 터전을 마련한 점 등으로 압축할 수 있다.

석주명 선생의 원고들은 동생이며 에스페란티스토인 석주선 교수에 의해 대부분 출판되었기 때문에 간략히 그녀를 언급하지 않을 수 없다. 석주선 교수는 오빠의 영향을 크게 받아 1940년 9월 동경 유학시절에 일본 에스페란토 부인연맹(Ligo de Esperantistinoj Japanaj)에 가입하여 학습을 시작하였고 미야끼 선생으로부터 배웠다. 석주선 교수는 남동생인 석주일과 함께 초급반에 들어가 학습했는데 종교처럼 잡아

당기는 힘이 강했다고 했으며(*Lanterno Azia* 제34호, 1983. 6: 15~16쪽), 따라서 월남하지 못한 큰형 석주홍을 빼고는 '세계 평화'를 추구하는 석주명 선생의 영향 하에 여동생과 남동생도 에스페란토를 학습해 형제자매가 모두 에스페란토 가족으로 활약했음을 알 수 있다. 해방 후에도 미야끼 선생과 서신왕래를 자주 했으며 한국 복식사의 대가가 된 난사 석주선 교수는 1977년 3월에 한국 여자 에스페란티스토들의 모임인 Zindalle를 만들고 회지 『진달래』도 발간하며 에스페란토 운동과 정신에 대해 후배들에게 전해 주었다(이종영, 2003: 114쪽).

끝으로 제주도 서귀포시에 제주학의 창시자인 나비박사 '석주명선생기념관'이 건립되고, 제주대학교에서 에스페란토 강좌가 개설된다면 제주도는 물론이고 남북한 더 나아가 전 세계인에게도 나비와 에스페란토와 제주도를 온몸으로 사랑한 '세계평화주의자'를 다시 만날 수 있을 것이라고 확신하는 바이다.

학문 융복합의 선구자 석주명*

윤용택_ 제주대학교 철학과 교수, 탐라문화연구소장

1. 들어가는 말

한국의 파브르(J. H. Fabre)로 불리는 석주명(石宙明)은 1908년 10월 17일 평양에서 태어나[1] 한국전쟁 중인 1950년 10월 6일 서울에서 불의의 사고로 생을 마쳤다. 그는 우리나라 곤충학계에서는 나비박사, 에스페란토학계에서는 에스페란토 초기 운동가, 제주학계에서는 제주학의 선구자 등으로 불린다. '나비박사', '에스페란토 운동가', '제주학의 선구자' 등의 별칭들은 서로 이질적이어서 전혀 서로 어울릴 것 같지 않다. 하지만 그러한 그의 지적 편력과 학문적 성과들은 융복합의 시대와 세방화(glocal) 시대를 살아가는 우리에게 많은 시사점을 준다.

석주명이 살았던 시기는 학문적 상황으로 볼 때, 지식분화 이전의

---

* 이 글은 제주대 탐라문화연구소와 석주명선생기념사업회가 공동주최한 석주명 탄생 103주년 기념학술대회 〈학문 융복합의 선구자 석주명을 조명하다〉 (2011년 10월 7~8일, 제주대, 서귀포시청)에서 발표된 「학문 융복합의 선구자 석주명」을 일부 수정한 것이다.

1) 석주명의 생년월일이 1908년 11월 13일로 잘못 알려져 왔다. 그러나 그가 태어난 1908년 음력 9월 23일은 양력으로 10월 17일이다(윤용택, 2011a: 216쪽).

모습과 이후의 모습이 겹치는 전통학문의 끝자락과 근대학문의 첫머리에 해당한다. 그의 학력은 일제강점기인 1926년 개성의 송도고보를 졸업하고, 1929년 오늘날 전문대학에 해당하는 가고시마고등농림학교(현재 가고시마대학 전신)를 나온 게 전부이다. 그런데도 그는 나비에 관한 한 자타가 공인하는 당대의 수준급 전문가였다. 그는 좁게는 나비학자 내지는 곤충학자요, 넓게는 생물학자 내지는 자연과학자이다. 그리고 그는 제주도의 곤충뿐만 아니라 언어, 역사, 사회, 문화 등을 연구함으로써 제주학의 선구자가 되었다. 따라서 지식이 분화되기 시작한 시점을 기준으로 한다면, 석주명은 우리나라 최초의 통합학자요, 학문 융복합의 선구자라 할 수 있다.

석주명은 '조선적 생물학'을 주창하면서 국학(國學) 운동을 펼쳤던 민족주의자(nationalist)이면서, 학문적 성과물은 세계의 학자들로부터 객관적으로 평가받아야 한다는 것을 인정한 국제주의자(internationalist)였다. 그리고 그는 제주지역연구의 필요성을 깨닫고 『제주도방언』(1947), 『제주도의 생명조사서』(1949), 『제주도관계문헌집』(1949) 등 '제주도총서'를 발간하여 제주학의 초석을 놓은 지역주의자(localist)이면서, 세계와 소통하고 세계평화를 위해 세계어인 에스페란토 보급운동을 펼치면서 '에스페란토사전'을 편찬한 세계주의자(globalist)였다.

이처럼 다양한 석주명의 모습을 한 마디로 규정짓는 것은 한계가 있지만, 그의 이질적인 여러 모습들 속에는 서로 연결되는 맥이 있다. 그는 나비를 채집하기 위해 전국 산하(山河)를 샅샅이 누비는 과정에서 민족문화가 융성하기 위해서는 지역문화의 다양성이 인정되어야 하고, 표준어도 수도권의 언어를 채택하기보다는 전국에서 공통적으로 사용되는 언어를 선택해야 한다는 것을 주장하였다(석주명, 1947b: 115쪽). 더 나아가 그는 식민지 학자로서 인류문화가 융성하기 위해서는 민족문화의 다양성이 인정되어야 하며, 세계평화를 위해서 국제어(세계어)는 강대국 언어가 아니라 세계인들 모두가 배우기 쉬운 중립어라야 한다는 것을 여러 곳에서 주장하기도 하였다(석주명, 1933, 1948c, 1949c, 1949e; 1992b: 196~217쪽). 그는 일관되게 지역과 세계, 부분과 전체, 특수와 보편 등을 아우르려고 하였던 것이다.

석주명은 '하나를 제대로 알기 위해서는 그와 관련된 여럿을 알아야 하고, 서로 다른 것 속에도 공통 요소들이 있으며, 세계를 온전히 이해하기 위해서는 부분과 전체를 모두 이해해야 한다.'는 사실을 인식하고 오늘날 우리가 시도하는 학문 융복합을 지향하고 있었다. 물론 1930~40년대에 주로 이뤄졌던 그의 학문적 연구 성과 자체를 7, 80년이 지난 오늘날 기준으로 평가하는 데는 한계가 있지만, 그의 학문 융복합의 태도와 정신은 여전히 주목할 만한 가치가 있다. 이 글에서는 석주명의 학문적 성과와 태도를 융복합이 요구되는 시대적 상황에 비추어 재조명해보고자 한다.

2. 융복합은 새로운 시대정신이다

우리 속담에 "우물을 파도 한 우물을 파라."라는 말이 있고, 지금도 대중뿐만 아니라 대다수의 전문가들마저도 "한 분야의 전문가가 되어라"라는 말을 금과옥조처럼 받아들인다. 하지만 하루가 다르게 첨단 과학기술이 등장하고 새로운 이론들이 쏟아지면서 그 양상이 달라지고 있다. 최근 들어 대학에서는 부전공, 복수전공, 자율전공, 무전공 등이 심심찮게 논의되고, 기술계와 학계에서도 융복합이 화두가 되고 있다.

박창근은 『시스템학』에서 "현시대는 자신의 종사하는 어느 한 분야의 전문지식과 능력만 있는 'ㅣ'형 인재나 많은 분야에서 상당한 능력과 지식을 가지고 있지만 어느 한 분야에서도 그 분야의 전문가에 미치지 못하는 팔방미인형의 'ㅡ'형 인재가 아닌, 넓은 범위의 지식과 능력을 갖고 있을 뿐만 아니라 어느 한 분야의 전문가이기도 한 'ㅜ'형 인재, 즉 통재형(通才形)의 전문가가 필요하다."(박창근, 1997: 7~8쪽)고 역설한 바 있다. 하지만 앞으로는 넓은 범위의 지식과 능력을 가지면서 두 가지 이상의 전문 분야를 겸비한 'ㅠ'형 인재 내지는 두 가지 이상의 전문 분야를 융복합한 'ㅐ'(또는 'H')형 인재가 요구될 것이다.

이러한 시대적 상황은 그동안 자기 전문 분야를 넘어서는 것은 불순하다는 학문적 순종주의에 익숙한 우리로서는 당혹스럽기 짝이 없다. 그리고 우리 학문적 풍토에서 볼 때 과학사, 기술철학, 의료윤리 등과 같은 '잡종' 내지는 '사이[間]' 학문들은 아직도 다소 낯선 상황이다. 뿐만 아니라 무릇 학자는 어느 한 분야만을 깊이 아는 전문가, 즉 '협사(俠士)'라야지, 여러 분야를 두루 폭넓게 아는 전문가, 즉 '박사(博士)'는 별로 신뢰가 가지 않는다는 학문적 분위기에 젖어있는 우리로서는 '융복합'이니 '통섭'이니 하는 말들은 쉽게 와 닿지 않는다.

2009년 우리나라 교육과학기술부에서 고시된 국가과학기술표준분류체계(교육과학기술부 고시 제 2009-34호)에 따르면, 오늘날 학문은 크게 자연, 생명, 인공물, 인간, 사회, 그리고 인간과학과 기술 등 6개 분야로 나뉜다. 그리고 자연분야는 다시 수학, 물리, 화학, 지구과학 등, 생명분야는 생명과학, 농림수산식품, 보건의료 등, 인공물은 기계, 재료, 화공, 전기/전자, 정보/통신, 에너지/자원, 원자력, 환경, 건설/교통 등, 인간분야는 역사/고고학, 철학/종교, 언어, 문학, 문화/예술/체육 등, 사회분야는 법, 정치/행정, 경제/경영, 사회/인류/복지/여성, 생활, 지리/지역/관광, 심리, 교육, 미디어/커뮤니케이션/문헌정보 등, 인간과 과학기술 분야는 뇌과학, 인지/감성과학, 과학기술과 인문사회 등 33개의 대분류로 나뉘고, 그것들은 다시 326개의 중분류[2], 2533개의 소분류[3] 영역으로 나뉘고 있다. 여기에는 아직 달리 분류되지 않는 중분류와 소분류는 제외되어 있어서 앞으로 학문체계는 더욱 세분화될 것이다.

그러다보니 자신의 전문 분야 이외에 관심을 갖는 것 자체가 어렵고, 바로 인접 분야의 전문가와도 소통하기 힘든 상황이 되었으며, 더 나아가 그것을 당연한 것으로 여기게 되었다. 이를테면 나비 전문가가 곤충 전반에 대해서 잘 모르고, 곤충학자가 생물학 전반에 대해서 잘 모르며, 생물학자가 자연과학 전반에 대해서 잘 알지 못한다. 그 결과 전문가들은 많지만, 다른 전문가들과 소통할 수 있는 전문가는 거의 없고, 수많은 전문가들이 있어도 현실 문제를 풀 수 없는 상황이 되었다.

카프라는 이에 대해서 이미 한 세대 전에 『전환점(Turning Point, 1982)』에서 다음과 같이 이야기한 바 있다.

> 우리는 심각한 세계적 위기 상황에 처해 있다. 이 위기는 복합적이며 다차원적인 것으로 건강과 생계, 환경의 질과 사회관계, 경제, 기술 및 정치에 이르는 우리 생활의 모든 면에 미치고 있다. 또한 이 위기는 지적, 윤리적 및 정신적인 위기로서 인류의 기록된 역사상에 유례없는

---

2) 이를테면 수학 분야는 다시 대수학, 해석학, 위상수학, 기하학, 응용수학, 이산/정보수학, 추론/계산, 모형/자료분석, 응용통계, 확률/확률과정 등으로 중분류 되고, 철학/종교 분야는 철학일반, 한국철학, 동양철학, 서양철학, 미학/예술학, 종교일반, 한국종교, 동양종교, 서양종교/기타 지역종교, 윤리 등으로 중분류 된다.

3) 이를테면 중분류 된 대수학은 다시 선형대수, 수리논리학/집합론, 수론, 군/표현, 대수기하/가환환, 결합환, 리대수/비결합환 등으로 소분류 되고, 중분류 된 철학일반은 철학방법론, 형이상학, 인식론, 논리학/논리철학, 도덕철학, 철학적인간학, 철학사, 정치/사회철학, 언어철학, 심리철학, 과학/기술철학, 문화철학, 여성철학, 역사철학, 동서비교철학 등으로 소분류 된다.

> 규모와 긴박성을 지닌 위기이기도 하다. 우리는 최초로 인류와 지구상의 전 생명의 절멸의 절실한 위협에 직면하게 된 것이다. … 각 분야의 전문가로 여겨지는 사람들이 각 분야에서 야기되고 있는 긴급한 문제를 이 이상 더 다룰 수 없다는 것은 이 시대의 두드러진 현상이다. 경제학자가 인플레이션을 이해할 수 없고, 병리학자가 암의 발병 원인에 대해 당황하며, 정신분석학자가 전신분열증에 대해 미혹을 느끼고, 경찰이 증가하는 범죄에 대해 속수무책이다. 대통령은 정부의 각종 정책을 자문받기 위해 직접 학자의 자문을 구하거나 간접적으로 '브레인 트러스트(Brain Trust)'나 '씽크 탱크(Think Tank)'를 설치하는 게 미국의 전통이다. 이들 지적 엘리트들이 '학계 주류의 견해'를 만들어서 그 조언이 기초가 되는 개념적 구조에 일반적으로 합의한다. 그러나 오늘날에는 이와 같은 합의가 결코 존재하지 않는다. 1979년 워싱턴포스트지는 '바닥난 아이디어'라는 제하의 기사에서, 유명한 학자들이 국가의 긴급한 정책적 문제를 도저히 해결할 수 없음을 자인했다고 쓰고 있다(카프라, 1985: 22~26쪽).

이처럼 전문가들이 현안문제에 속수무책인 가장 큰 이유는 학문과 세계 간의 괴리에 있다. 학문은 2500여개 영역으로 나뉘지만 세계는 그렇게 나뉘어져 있지 않다. 이를테면 '인간'은 인문학적 탐구 대상일 뿐만 아니라 자연, 생명, 인공물, 사회, 그리고 인간과학과 기술 분야의 탐구 대상이기도 하다. 따라서 인간을 온전히 이해하고, 세계를 바람직한 방향으로 변혁하기 위해서는 다양한 지식이 융복합되고 서로 소통할 필요가 있다. 이제 학문 융복합은 우리가 거역할 수 없는 새로운 시대정신이다. 학문 융복합의 시대에는 자신의 전문 분야만 아는 전문가가 아니라 넓은 시야와 다방면의 지식을 겸비한 르네상스적 인간이 요구된다.

고대 그리스의 아리스토텔레스(B.C.384~B.C.322)는 물리학, 생물학, 동물학, 형이상학, 논리학, 수사학, 시학, 정치학, 윤리학 등 자연, 인문, 사회 등 거의 모든 분야의 학문을 연구하였고, 르네상스 시기의 레오나르도 다빈치(1452~1519)는 화가이자 조각가, 발명가, 건축가, 기술자, 도시계획가, 지리학자, 식물학자, 해부학자, 천문학자, 음악가였으며, 조선 정조 때 실학자 다산 정약용(1762~1836)은 철학자, 과학자, 공학자, 저술가, 시인이었다. 이처럼 지식이 분화되기 이전의 유능한 식자(識者)들은 곧 통재(通才)였다.

그러나 데카르트 이후로 서양에서는 "지식은 명백(clear and distinct)해야 한다."는 강박관념에 사로잡혀 명확한 지식을 알기 위해 더 잘게 쪼개는 분석적 방법론을 학문적 공리(公理)로 받아들이게 되었다. 하여 학문들은 날로 분업화, 전문화, 세분화되었고, 그 흐름은 지금도 계속되고 있다. 그러한 추세에 비춰볼 때, 오늘날 넓은 시야와 다방면의 지식을 겸비한 학자가 되기란 쉽지 않다. 하여 통섭학자 최재천은 "학문도 깊이 파려면 우선 넓게 파기 시작해야 할 것이다. 그러나 이미 우리가 축적해 놓은 지식은 한 개인이 감당할 수 있는 수준을 넘어선지 오래다. 넓게 파기 시작해야 하는데 혼자서는 할 수 없다? 그렇다면 답은 너무나 명확하다. 여럿이 함께 넓게 파기 시작하면 훨씬 깊게 팔 수 있다. 이것이 통섭을 해야 하는 이유이다."(최재천 · 주일우, 2007: 301쪽)라고 하고 있다. 학문의 총량이 거대해진 오늘날에는 아리스토텔레스, 다빈치, 다산 등과 같은 통재형(通才形) 학자를 기대하기보다는 전문화된 지식들 간의 융복합을 시도하는 편이 더 설득력 있다는 것이다.

그러나 지금처럼 자신의 분야밖에 모르는 전문가가 양산되는 상황에서는 지식 융복합과 통섭은 쉽지 않다. 전문화된 다방면의 지식 융복합과 통섭을 위해서는 서로 소통이 필요하고, 그 소통을 위해서도 타 전문 분야에 대해서도 상당한 수준의 선(先)이해가 있어야 한다. 다시 말해서 학문간 융복합과 통섭이 이뤄지기 위해서는 각 분야의 전문가들은 다른 분야에 대해서도 상당한 정도 이해가 필요하다. 그리 본다면 자신의 분야 이외에 대한 이해가 깊고 폭이 넓을수록 학문 융복합과 통섭의 성공 가능성이 높아진다. 학문 융복합의 시대에도 여전히 학자들에게 전문성(專門性)과 더불어 박학성(博學性)이 요구되는 이유가 여기에 있다.

석주명은 우리 학계에서 막 지식분화가 이루어지기 시작한 20세기 전반부를 살았다. 그런데도 지식 분화 이전의 통합적 지식 전통을 버리지 않고, 나비에서 출발하여 인문, 사회, 자연을 아우르는 제주학 연구에 귀착함으로서 우리나라 학문 융복합의 선구자가 되었다. 그 점에서 그는 우리나라의 마지막 르네상스인이자 최초의 융복합학자라 할 수 있다. 그러나 7, 80여 년 전에 행했던 석주명의 작업과 오늘날 기술계나 학계에서 이야기하는 '융복합' 사이에는 차이가 있다. 이 글에서는 학문 융복합의 다중적 의미를 중심으로 석주명의 업적을 평가해보기로 한다.

3. 학문 융복합의 다의성

유한한 인간은 어느 하나도 전체적이고 전면적인 차원에서 고찰할 수 없다. 그렇기 때문에 우리는 무언가를 쪼개고 나누어서 특정한 관점과 측면에서 고찰하게 된다. 그 결과 물리학자, 화학자, 생물학자, 심리학자, 철학자, 종교학자, 사회학자, 인류학자, 교육학자, 법학자, 경제학자 등은 세계에 대해서 각각 다르게 이야기하고, 현안문제에 대해서도 각기 다른 처방을 내리며, 그렇게 각기 다르게 내려진 처방들은 현안문제를 더욱 꼬이게 만들기도 한다.

이처럼 전문화와 세분화의 문제점과 한계가 드러나면서 학문과 기술에서의 융복합이 대두되었다. 하지만 오늘날 학계와 과학기술계에서 논의되는 '융복합'은 분석과 분화에 치우친 것을 보정해주는 것을 넘어서 세계에 대한 창의적 이해와 현안문제를 해결하기 위해 제시되었다. 그리고 현재 우리가 사용하는 '융복합'이라는 개념 속에는 서로 다른 학문들 간의 '통합(complex)', 서로 다른 과학기술들 간의 '수렴(convergence)', 공산품 생산에서 서로 다른 분야의 부품들과의 '융합(fusion)', 생물학적 환원주의에 바탕을 둔 여러 학문들 간의 '통섭(consilience)' 등 다양한 의미가 혼용되어 있다.

먼저 '통합으로서의 학문 융복합'을 생각해보자. 어떤 대상을 보다 더 잘 이해하기 위해서는 특정 개별학문으로는 힘들기 때문에 여러 개별학문들이 다양한 관점에서 접근하는 것이 필요하다. 이를테면 인간을 이해하기 위해서는 생물학, 심리학, 철학, 종교학 … 등과 같은 어느 한 개별학문으로 접근하는 것만으로는 부족하고, 생물학과 심리학, 심리학과 철학, 철학과 종교학, …, 또는 그 이상의 다양한 학문적 만남을 통한 접근이 필요하다. 그런 의미에서의 학문 융복합은 우리 학계에서도 어느 정도 정착단계에 접어들고 있다. 최근 우리나라 대학에서 시도하는 여러 형태의 연계전공들은 그에 대한 좋은 예이다.

'통합으로서의 학문 융복합'에는 두 가지 모습이 있다. 하나는 두 개 이상의 개별학문들을 물리적으로 합치는 융복합이다. 이를테면 인간을 생물학이나 심리학 가운데 어느 하나만으로 이해하는 것보다는, 생물학과 심리학 양쪽에서 이해하는 것이 더 바람직하다. 그러나 이 경우에 특정 사태나 사물을 다양한 관점 내지는 측면에서 바라본다는 점에서 이해의 폭이 넓어지기는 했으나 서로 상충되는 결과가 나왔을 때는 그들을 조정하기가 어렵다는 한계가 있다. 통합으로서의 학문 융복합의 또 다른 모습은 두 개 이상의 학문들이 학제적(inter-disciplinary) 만남을 통해 이전에 없던 새로운 사이[間]학문 내지 잡종[hybrid]학문을 만드는 경우이다. 이를테면 생물학과 철학이 만나 생명철학, 과학기술과 정책이 만나 과학기술정책학[4] 등을 만드는 경우이다. 이 경우에는 학제적 융복합을 통해 사태나 사물을 이전보다 확장된 영역에서 바라봄으로써 기존에는 불가능했던 새로운 대안들을 제시할 수 있다는 이점이 있다.

우리사회에서 '융복합' 등의 용어가 널리 쓰이기 시작한 것은 2002년 미국과학재단에서 제시한 'Converging Technologies'를 2003년 우리나라에서 '융합과학기술'로 번역하여 도입하면서부터이다. 2002년 미국과학재단에서는 '인간 수행능력 향상(Improving Human Performance)'을 위해 'NBIC Converging Technologies(CT)' 틀을 제시하였다(이정모, 2010: 60~61쪽). 인간을 좀 더 깊이 이해하고 좀 더 나은 사회로 나아가기 위해서는 나노테크놀로지(Nano- Tecnology), 생명테크놀로지(Bio-Tecnology), 정보테크놀로지(Info-Tecnology), 인지테크놀로지(Cogno-Tecnology) 등이 각 영역에서 따로 놀 것이 아니라, 그것들을 '수렴하는 테크놀로지(Converging Technology)'가 필요하다는 것이다.

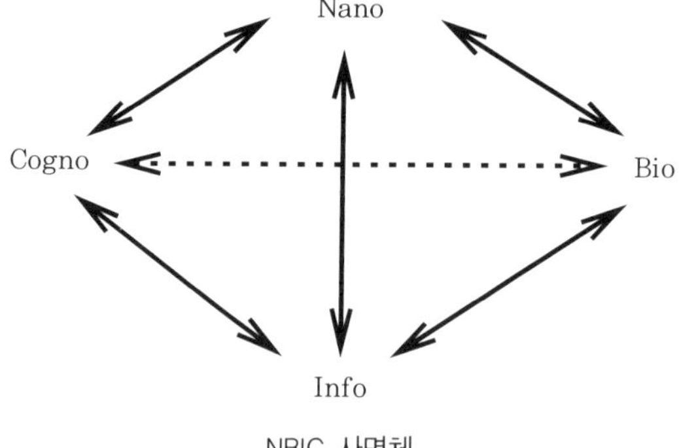

NBIC 사면체

4) 과학기술정책학의 융합학문적 성격에 대해서는 박상욱(2011), 「과학기술정책학의 융합적 성격」, 제1회 융합워크숍 〈지식융합의 현재와 미래〉 자료집 참조.

‘수렴하는 테크놀로지(융합과학기술)’는 “나노, 생명, 정보, 인지 등의 각각의 과학기술은 다른 과학기술들의 도움으로 예전에 없던 새로운 이해와 창조적 문제해결능력을 확보할 수 있다.”는 전망을 보여준다. 여기서 ‘도움’은 위의 NBIC 사면체의 화살표 방향에서 보듯이 일방적 도움이 아니라 쌍방적 도움이다. 그리고 수렴(convergence)의 본래적 의미를 감안한다면, 수렴으로서의 학문 융복합은 각각의 학문들을 완전한 하나의 학문으로 통합하는 것이 아니라 학문들 간에 서로 도움을 주고받으며 각기 서로 다른 학문들로 수렴되어가는 것이다.

한편, 최근에는 ‘통섭(統攝)으로서의 학문 융복합’도 이야기되고 있다. 우리 학계에서 ‘통섭’이라는 용어가 통용되기 시작한 것은 윌슨(Edward O. Wilson)의 *Consilience* (1998)를 최재천·장대익이 『통섭(統攝)』(2005)으로 번역하면서부터이다. 윌슨은 지식의 통일, 즉 통섭에 대해서 다음과 같이 이야기하고 있다.

> 지식의 통일은 서로 다른 학문 분과를 넘나들며 인과설명을 아우르는 것을 의미한다. 예를 들면, 물리학과 화학, 화학과 생물학, 그리고 보다 어렵겠지만 생물학, 사회과학, 그리고 인문학 모두를 아우르는 것이다. … 세상이 어떻게 작동하는가에 대한 물질적 이해는 현대문명의 기본인 기술의 발전을 가능하게 했다. 현재 산업 국가들과 세계 경제를 한데 묶어주는 것이 있다면, 그것은 바로 자연과학과의 통합이다. 나를 비롯한 많은 사상가들은 자연과학의 중요성과 그것의 사회과학과 인문학과의 통합을 그 어느 때보다 심각하게 고려할 때가 되었다고 믿는다. 그저 단순한 동반자 관계를 만드는 것이 아니라 지식 체계의 기초를 다지는 통합 말이다(에드워드 윌슨, 2005: 25쪽).

여기서 윌슨의 통섭은 “자연과학(좁게는 생물학)이 사회과학과 인문학의 경계로 그 범위를 확장하여 세 영역을 한데 묶는 것”, 즉 생물학적 환원주의 통섭이다. 그리고 최재천은 이에 호응하여 "여러 갈래의 냇물들이 강을 이루듯이 먼저 밝혀진 진리들은 시간이 흐르면서 하나둘씩 합쳐져서 결국 하나의 강령에 포함된다."는 휴얼(W. Whewell)의 융합적 통섭보다는 윌슨의 환원주의적 통섭을 선호한다. 그리고 그는 통섭을 설명하면서 강 대신에 나무의 비유를 사용한다.

> 나무는 줄기를 가운데 두고 위로는 수많은 가지와 이파리로 분화되어 있고 땅 밑에도 역시 많은 뿌리로 갈라져 있다. 하늘을 향해 펼쳐진 수많은 가지들은 현재 우리가 보고 있는 다양한 현상들이다. 이처럼 눈에 보이는 현상들을 관찰하고 기술하며 분류하는 학문들이 있는가 하면 우리 눈에 보이지 않는 부분을 측정하고 이론화하는 학문들도 있다. 대부분의 분석과학들이 여기에 속할 것이다. 나는 뿌리와 가지를 연결하는 줄기가 통섭의 현장이라고 생각한다. 줄기를 타고 오르락내리락하는 물관과 체관은 돌아오지 않은 강이 아니다. 나는 통섭이 일방적이 아니라 상호 영향적이기 바란다. 통섭은 분석과 종합을 모두 포괄하기 때문이다. 나는 이것이 윌슨이 그리고자 한 통섭의 모습이라고 생각한다(에드워드 윌슨, 2005: 17쪽).

그렇다고 해서 학문 '통섭'을 논하면서 굳이 윌슨식의 생물학을 중심에 둔 환원주의적 통섭에만 국한시킬 필요는 없다. 'consilience'가 본래 '함께 넘나듦(jumping together)'이라는 뜻의 라틴어 'consiliere'에서 왔고, '통섭(統攝)'이 '큰 줄기' 또는 '실마리'라는 뜻의 통(統)과 '잡다' 또는 '쥐다'라는 뜻의 섭(攝)을 합쳐 만든 말이라는 데 주목한다면, '통섭'은 "학문의 경계를 허물고 일관된 이론의 실로 모두를 꿰는 범학문적(trans-disciplinary) 접근"이라는 의미로 받아들이는 게 바람직하다. 다시 말해서 통섭으로서의 학문 융복합은 "학문적 울타리를 걷어내고 다양한 학문 융복합을 통해 합의된 잠정적 공리를 통해 세계를 이해하고 변혁하자."는 것이다. 물론 여기서의 공리는 절대적 공리가 아니라 더 나은 공리에게 언제든지 자리를 내줄 수 있는 잠정적 공리라야 할 것이다.

4. 석주명의 학문적 업적

석주명은 생전에 학술논저 128편, 유고집 8권, 소논문과 기고문을 포함하는 잡문 180편 등 다양한 분야에서 학문적 업적을 남겼다. 이 가운데 잡문과 속편을 제외하고 그 자신이 학술적 업적으로 인정한 109편의 논저를 학문 영역별로 분류해보면 다음과 같다.

〈표 1〉 석주명의 학문적 업적 분류표

		나 비	곤충 일반	생물 일반	자연사	인문 사회	교과서 · 사전	보고서	문 집	합계
생전 발표	학술 논문	79		3		8		2		92
	단행본	2				3	4			9
유고집		2	1		1	2			2	8
총 발표		83	1	3	1	13	4	2	2	109

나비 관련 논저가 총 발표 수의 80%를 차지하고 있는 것에 비춰본다면, 석주명은 나비 전문가임이 분명하다. 그러나 교과서, 사전, 보고서, 문집 등을 제외한 다음 11권의 학술저서만 놓고 본다면, 나비 4권, 곤충 1권, 박물학(자연사) 1권, 인문사회 5권 등으로 그의 학문적 관심사가 대단히 넓다는 것을 알 수 있다.

1940, *A Synonymic List of Butterflies of Korea*, Korea Branch of the Royal Asiatic Society, Seoul, Korea.

1947, 『朝鮮나비이름 由來記』, 백양당.

1947, 『濟州島方言集』濟州島叢書 第1輯, 서울신문사.

1949, 『濟州島의 生命調査書 -濟州島 人口論-』濟州島叢書 第2輯, 서울신문사.

1949, 『濟州島關係文獻集』 濟州島叢書 第3輯, 서울신문사.

1968, 『濟州島隨筆-濟州의 自然과 人文-』濟州島叢書 第4輯, 寶晉齋.

1970, 『濟州島昆蟲相』濟州島叢書 第5輯, 寶晉齋.

1971, 『濟州島資料集』濟州島叢書 第6輯, 寶晉齋.

1972, 『韓國産 蝶類의 硏究』, 寶晉齋.

1973, 『韓國産 蝶類 分布圖』, 寶晉齋.

1992, 『韓國本位 世界博物學年表』, 新陽社.

석주명은 스스로 반(半)제주인임을 밝힌 바 있으며(석주명, 1948e), 제주도에 관심이 많았다. 그의 11권의 학술저서 가운데 제주도총서가 6권을 차지하고, 제주도총서를 포함하여 제주도와 직간접적으로 관련된 논저 38편을 남겼다(그의 글 가운데 일부는 발표된 이후에 『제주도자료집』이나 『석주명 나비채집 20년의 회고록』에 재수록 되기도 하였다). 그것을 무시하고 석주명의 제주도 관련 논저 38편, 특히 그 가운데 학술논저 23편을 학문 영역별로 세분해 보면 다음과 같다.

〈표 2〉 석주명의 제주관련 논저 분류표

<table>
<tr><th colspan="3"></th><th>생물</th><th>언어</th><th>문화</th><th>역사</th><th>사회</th><th>문집</th><th>합계</th></tr>
<tr><td rowspan="4">학술 논저</td><td rowspan="2">생전 발표</td><td>학술논문</td><td>6</td><td>2</td><td>1</td><td>1</td><td>2</td><td></td><td>12</td></tr>
<tr><td>단행본</td><td>2</td><td>1</td><td>1</td><td></td><td>1</td><td></td><td>5</td></tr>
<tr><td colspan="2">유고집</td><td>3</td><td></td><td>2</td><td></td><td></td><td>1</td><td>6</td></tr>
<tr><td colspan="2">합 계</td><td>11</td><td>3</td><td>4</td><td>1</td><td>3</td><td>1</td><td>23</td></tr>
<tr><td colspan="3">소논문 및 기고문</td><td>3</td><td></td><td>6</td><td>1</td><td>5</td><td></td><td>15</td></tr>
<tr><td colspan="3">총 발표</td><td>14</td><td>3</td><td>10</td><td>2</td><td>8</td><td>1</td><td>38</td></tr>
</table>

석주명의 학술저서 11권 가운데 제주도총서가 6권일 만큼 그의 학문에서 제주도 연구가 차지하는 비중은 크다. 그리고 '제주도총서' 가운데 『제주도곤충상』을 제외한 나머지 5권이 인문사회 분야인 것을 감안한다면, 석주명은 제주도 연구를 통해 나비 전문가를 넘어 자연, 인문, 사회 분야를 아우르는 통합학자의 반열에 올랐다는 걸 확인할 수 있다. 다음 장에서는 석주명의 이러한 학문적 성과들을 학문 융복합의 측면에서 살펴보기로 한다.

5. 학문 융복합의 측면에서 본 석주명

"우물을 깊게 파려면 우선 넓게 파라."는 속담이 있듯이, 학문도 깊이 파려면 우선 넓게 파야한다. 하지만 인류가 축적해 놓은 지식이 한 개인이 감당할 수 있는 수준을 넘어서 있다면, 여럿이 함께 넓게 파야 깊게 파야 한다. 그렇다고 전문가들이 자신의 분야 이외의 분야에 대해서 몰라도 된다는 것은 아니다. 학문 융복합을 위해서는 우선 타 분야 전문가들과 만나 학문적 소통이 필요하고, 그들과 학문적 소통을 위해서는 다른 학문들을 어느 정도 이해할 필요가 있다. 예나 지금이나 학문에서 깊이[專門性]와 넓이[博學性]를 겸비하는 것이 전문가의 주요 덕목이 되는 이유도 여기에 있다.

한국사회에 근대문화가 본격적으로 등장하기 시작한 것은 1920~30년대이다(임종태, 2011). 따라서 석주명이 학문적 활동을 시작한 1930년대는 우리나라에서 학문분화가 막 시작되던 시기, 즉 전통학문에서 근대학문으로 전이(轉移)되던 시기에 해당한다. 그런 점에서 그는 근대학문의 미덕인 전문성과 전통학문의 미덕인 박학성과 겸비함으로서 학문 분화와 융복합의 장점을 모두 알고 있었던 듯하다.

> 학문이 아무리 분리되었다고 하더라도, 일 과목의 권위자는 타 과목에도 통하는 데가 있다. 내가 전공하는 조선나비를 예로 들어서 말하겠다. 나비의 학문인 인시류학(Lepidopterology)의 권위자가 되려면, 직접 관계되는 곤충학(Entomology)에도 통하여야겠고, 동물학(Zoology) 전체에도 다소는 통하여야 될 뿐만 아니라, 더 크게 생물학(Biology)에도 얼마큼은 통하여야만 된다. …뿐만 아니다. 나비의 학문이라도 깊이 들어가려면 지질학, 물학을 포함하는 박물학(Natural History)도 바라보아야 하며, 더 나아가서는 박물학에 상대되는 물리, 화학도 최소한도로 알아야 자기의 나비의 학문을 자연과학(Natural Sciences)의 계통에 갖다 맞출 수가 있다. 동시에 Natural History(자연역사 즉 박물학)에 상대되는 Human History(인문역사 즉 협의의 역사)에도 손이 뻗어야 인생과의 관계까지 가져가서, 철학적 경지에 들어가 비로소 나비의 학문도 계통이 서게 되는 것이다(석주명, 1949d; 1992b: 81쪽)

어느 하나를 제대로 알기 위해서는 그와 관련된 모든 것을 알아야 하고, 어느 하나를 깊이 알게 되면 그와 관련된 다른 것들도 어느 정도 헤아릴 수 있다는 것이다. 나비학의 계통을 세우기 위해 나비와 관련된 모든 것을 알아야 한다는 석주명의 주장은 최재천이 통섭을 설명하기 위해 제시했던 나무의 비유를 떠오르게 한다. 나비를 제대로 알기 세우기 위해서는 나비와 관련된 지식나무(tree of knowledge), 더 나아가 나비와 관련된 지식그물(web of knowledge), 즉 나비를 중심에 둔 학문 만다라(mandala of science)를 그려낼 정도로 충분한 지식을 갖추고 있어야 한다는 것이다. 어떤 것을 융복합적으로 연구하지 않고는 그것의 계통을 세울 수 없다는 석주명의 생각은 학문분화의 한계점을 드러내는 오늘날에 더욱 빛을 발한다.

한편, 석주명은 나비연구를 위해 전국을 누비면서 각 지역마다 독특한 방언이나 문화에 흥미를 느끼게 되었다. 특히 그는 나비 채집을 위해 전국을 두루 돌아다니는 과정에서 제주도의 언어, 풍속, 습관 등이 예부터 육지와는 상이하지만, 자세히 살펴보면 한국의 옛 모습 내지 진정한 모습을 말해주는 자료가 많고, 진정한 한국의 자태를 찾으려면 제주도에서 그 자료를 찾아야 한다는 것을 깨달았다. 하여 그는 제주적인 것들이 급속도로 사라져 가는 것을 안타까워하면서 하루바삐 한국의 식자들이 제주도의 자료를 수집하여 체계를 세울 것을 주문하였다(석주명, 1948a).

특정 지역을 온전히 이해하기 위해서는 그 지역의 자연, 인문, 사회현상 등 전체를 연구해야 한다. 따라서 지역학은 학문적으로 융복합적이지 않을 수 없다. 나비 연구에서 시작된 석주명의 학문적 관심사는 곤충학, 동물학, 생물학, 자연과학 전반으로 확대되고, 제주도 연구에 뛰어들게 되면서 자연과학을 넘어 언어, 역사, 문화 등의 인문학과 사회과학 전반으로 확장되었다. 그는 제주도 연구를 통해 통합학자로 거듭나게 된 것이다. 그리고 그는 나비 연구를 통해 터득한 관점과 방법론들을 인문사회 분야를 연구하는 데도 활용함으로써 다양한 학문들의 물리적 통합에 그치지 않고 학문 융복합의 가능성을 보여주고 있다(윤용택, 2011a: 256~257쪽).

석주명은 우리나라 나비에 대한 단순한 목록 작성에서 출발해서, 개체변이 연구로 넘어갔으며, 분포 연구로 확대했다(문만용, 1997: 15~16쪽). 그는 나비분류학을 생물지리학으로 발전시켰을 뿐 아니라 차후에 이를 인문학에 접목하여 언어지리학을 시도하려고 하였다. 그리고 그는 곤충조사와 방언 조사 사이에 긴밀한 연관이 있음을 확신하고 있다.

> 방언과 곤충 간에는 지방차와 개체차로 보아 공통점이 많아서 방언을 연구하는 방법으로 곤충을 연구할 수도 있겠고 또 곤충을 연구하는 방법으로 방언을 연구할 수도 있을 것이다. 나는 해방 전에 경성대학 제주도시험장에 2년여나 체재해 있었는데 제주도의 특이한 방언들을 들을 때 곧 방언과 곤충을 연결시킬 수 있었다. 나는 자기가 전문으로 하는 연구인 접류를 종별로 분포상태를 지도상에 표시하는 방법을 이용하여 약간의 단어를 선택하여 그 분포를 지도상에 표시하는 것을 기도하였었다. 그러나 일면 문헌을 약간 조사하는 중 이 방법은 벌써 길리롱(Gillieron)이 불란서어지도를 작성한 이래 언어지리학이 수립되어 방언학에서 많이 취급되어 있는 것을 알 뿐만 아니라 일본서도 벌써 이 방법에 의한 업적이 많은 것을 알고는 불원간 조선에서도 널리 사용될 것을 기대하고 방언학은 나의 전문도 아니니 그만 중지하고 말았다(석주명, 1948d; 1992b: 80~81쪽).

아직도 우리나라에 전국 언어지도가 없는 것을 고려한다면, 나비연구에서 터득한 생물지리학적 방법을 방언연구에서 언어지리학적 방법으로 변용하려 한 석주명의 시도는 매우 의미 있다. 그리고 그는 제주방언의 어휘를 수집하는 데 그치지 않고, 그것들을 분석하여 육지의 다른 지방의 방언과의 공통점을 찾으려고 시도하였고, 우리 고어(古語) 뿐만 아니라 몽골어, 중국어, 일본어, 필리핀어, 베트남어, 말레이어 등의 외국어로부터 제주방언의 연원을 찾아보려고 하였다. 나비분류학에 쓰이는 정량적 방법을 방언연구에 응용하였던 것이다. 이를테면 곤충학에서 지방 곤충상 상호간의 유연관계(類緣關係, Affinities)를 숫자적으로 연구하는 것처럼 제주방언 7,000여 어휘에서 전라도, 경상도, 함경도, 평안도 등의 방언들과의 공통점을 뽑아 봄으로써, 자연스럽게 제주방언의 차별성과 독자성을 드러내었다(석주명, 1947b). 그는 그러한 자신의 연구방법에 대해 다음과 같이 평가하고 있다.

> 이 연구방법은 별로 독창적인 것이 아니고 곤충학에서는 흔히 쓰이는 것이나 방언 연구에 응용한데 의의가 있고, 필자가 감히 전문외의 학문에 손대게 해준 것이었다. 뿐만 아니라 나의 제주도 곤충조사와 제주도 방언 내지 제주도 조사 간에, 좀 더 크게 말하면 나의 곤충학과 제주도학 간에는 긴밀한 연관성이 있는 것이다(석주명, 1948d; 1992b: 81쪽).

뿐만 아니라 석주명은 나비연구에서 사용했던 통계적 방법을 제주도의 인구조사에서 거의 그대로 활용하였는데, 그의 『한국산접류의 연구』의 나비조사표와 『제주도의 생명조사서』의 인구조사표들을 비교해보면 통계 및 분석 방법이 거의 유사하다는 것을 확인할 수 있다.

이처럼 석주명은 나비연구, 넓게는 자연과학에서 사용하는 정량적 방법을 방언연구와 인구조사 등과 같은 인문학 분야에서 그대로 적용하여 제주어와 제주사회의 특징을 밝히고 있다. 그러한 시도는 오늘날 관점에서 보면 그리 새로운 것이 아니지만, 당시 우리의 인문학적 전통에 비춰본다면 대단히 참신한 것이었다. 이처럼 인문학 분야에 실증적이고 정량적 연구 방법을 도입한 것은 그가 숙련된 자연과학도였기에 가능했던 것이다.

〈표 3〉 호랑나비 앞날개 길이 측정표(석주명, 1972: 209쪽)

mm	봄형		여름형	
	♂	♀	♂	♀
25–26	4	–		
27–28	5	1		
29–30	26	5		
31–32	185	16		
33–34	645	53		
35–36	2,253	338	1	–
37–38	**3,844**	934	8	–
39–40	1,791	**1,588**	16	–
41–42	315	1,272	57	7
43–44	26	410	207	18
45–46	6	62	525	60
47–48	–	17	1,328	155
49–50			2,284	401
51–52			**2,612**	694
53–54			2,079	973
55–56			1,254	**1,124**
57–58			369	938
59–60			54	546
61–62			6	185
63–64			–	37
65–66			–	2
총계	9,099	4,691	10,800	5,140
	29,730			

〈표 4〉 16개리 총계의 인구구성 및 외주자 통계표(석주명, 1949a: 10쪽)

연령	현주자 수		외주자 수	
	♂	♀	♂	♀
96–100	1	2		
91–95	5	14		
86–90	27	53		
81–85	100	144		
76–80	98	137	–	1
71–75	249	365	1	–
66–70	310	445	1	2
61–65	394	482	6	1
56–60	426	596	17	1
51–55	406	510	18	6
46–50	484	650	63	6
41–45	406	581	98	8
36–40	401	711	133	21
31–35	343	673	202	20
26–30	338	628	216	30
21–25	545	930	455	49
16–20	926	1,222	272	82
11–15	1,606	1,534	40	44
6–10	1,617	1,606	36	24
1–5	1,517	1,520	49	33
총계	**10,253**	**12,718**	**1,637**	**382**
	현주자 22,971		**외주자 1,965**	
	♂ 11890 ♀ 13046			
	24,936			

한편, 석주명의 남계우(南啓宇, 1811~88) 나비그림 연구와 『조선나비 이름유래기』(1947)는 그의 자연과학과 인문학적 지식뿐만 아니라 미학적 재능이 탁월함을 잘 보여준다. 그는 「세계적 곤충생태 화가 '南나비傳'」(1941)에서 *A Synonymic List of Butterflies of Korea*(조선산 접류 총목록)을 편찬하기 위해 우리 고전들을 섭렵하는 과정에서 남계우 나비그림의 과학적 가치를 발견하였다고 밝히고 있다. 그리고 그는 에스페란토사전과 제주방언집을 집필할 만큼 언어적 재능이 뛰어났고, 제주방언 7,000어휘를 분석하는 과정에서 『용비어천가』(1445), 『두시언해』(1481), 『훈몽자회』(1527), 『송강가사』(1747) 등을 섭렵하면서 얻어진 우리말 실력은 나비 이름을 짓는 데서 유감없이 발휘됐다. 굴뚝나비, 봄처녀나비, 수풀알락팔랑나비, 청띠신선나비, 모시나비, 어리표범나비 등의 우리말 나비이름들은 그의 나비분류학과 국어학의 지식들이 한데 어우러진 학문 융복합의 산물이라 할 수 있다.

그리고 『제주도관계문헌집』(1949)과 『한국본위 세계박물학연표』(1992)[5]는 석주명의 학문적 깊이와 넓이를 잘 드러내준다. 『제주도관계문헌집』은 제목이 보여주듯이 제주도와 직접 관련되거나 언급된 총론적 문헌들, 기상, 해양, 지질광물, 식물, 동물, 곤충 등 제주도 자연분야 총 433편, 언어, 역사, 민속, 지리, 농업, 기타산업, 정치·행정, 사회, 위생, 교육·종교 등 인문사회분야 총 599편 등 총 1,074종의 문헌을 정리해 놓고 있다. 이는 그가 제주도와 관련된 자연, 인문, 사회 등 거의 모든 분야에서 융복합적으로 연구했다는 것을 보여준다. 『한국본위 세계박물학연표』는 세계의 과학사와 문화사에 조응(照應)하여 우리나라를 중심으로 만든 자연사연대기로, 석주명은 이 책을 집필

5) 1992년에 발간된 마지막 유고집으로, 정인보의 서문과 석주명의 권두언은 1949년 3월에 쓰였고, 1950년까지 자연사가 기록되어 있다.

하는데 250여 권의 동서양 고전과 과학사, 의학사, 문화사 등의 논저들을 참고하였다. 그리고 그는 권두언에서 이 책의 서문(序)을 쓴 당대의 국학자 정인보와 문헌수집에 도움을 준 최남선(문학), 방종현(국어학), 홍이섭(과학사), 김두종(의학사), 심학진(식물학) 등에게 감사를 표하고 있다. 이는 자연과학도였던 그가 인문사회 분야의 다른 전문가들과도 학문적으로 깊숙이 교류하고 소통하고 있었다는 것을 보여주는 것이다.

6. 맺는 말

일제강점기 식민지 조선의 세계적인 나비학자 석주명(1908~1950)은 개성지방의 나비연구에서 시작한 학문 여정을 제주학 연구로 회향(回向)한 전형적인 통재형(通才形) 학자였다. 우리의 학문적 상황으로 볼 때, 그는 지식분화 이전의 모습과 이후의 모습이 겹치는 시기를 살았다. 그런 시기에는 몇 가지 유형의 학자가 있을 수 있다. 첫 번째는 근대를 모르는 전통적 학자이고, 두 번째는 전통을 혐오하는 근대적 학자이며, 세 번째는 전통적 요소와 근대적 요소 모두를 아우르는 학자이다. 석주명은 바로 세 번째 학자에 해당한다. 그는 동양고전을 소화할 정도의 한문 독해능력이 있었고, 당대 최신의 전공 논저들을 읽어내고 논문을 쓸 정도의 일어, 영어, 에스페란토 등 외국어 능력이 있었다. 그는 그러한 탁월한 언어 능력과 식을 줄 모르는 지적 열정을 바탕으로 폭넓은 학문세계를 구축할 수 있었다.

그는 남북분단 이전 시기를 살았던 덕분에 우리나라 전역을 샅샅이 둘러 볼 수 있었다. 나비를 채집하느라 전국 산하(山河)를 돌아보는 과정에서 지역이 달라지면, 자연과 문화도 달라진다는 사실을 알았다.

게다가 그는 식민지 지식인으로서 우리 것의 소중함을 알고, 자신의 전문 분야에서 '조선적 생물학'을 주창하면서 당대의 여러 분야 학자들과 국학운동을 펼치기도 하였다. 그리고 그는 제주도의 언어, 풍속, 습관 속에 우리나라의 옛 모습 내지 진정한 모습을 말해주는 자료가 많다는 것을 알고, 진정한 한국의 자태를 찾으려면 제주도에서 찾아야 한다고 하면서, 제주도의 자연, 인문, 사회 분야에 뛰어들어 제주학의 초석을 다졌고 통합학자가 되었다.

석주명은 학문 분화가 막 시작되던 시기에 산 덕분에 전통학문과 근대학문을 넘나들면서, 전문성과 박학성을 겸비할 수 있었다. 그렇다고 해서 그의 통재성(通才性)을 당시 시대상황으로만 돌릴 수는 없다. 그는 나비채집을 위해 우리나라 전역을 직접 답사하고, 70여만 마리의 나비를 관찰하였으며, 나비학과 제주학을 바로 세우기 위해 동서양의 고전과 근대의 논저 1,500여 권을 직접 읽었다.[6] 학문적으로 볼 때 그는 우리나라 마지막 르네상스인인 동시에 우리 학계 최초의 융복합학자인 셈이다.

그러기에 그는 여러 한계를 안고 있다. 우선 '학문 융복합'의 관점에서 볼 때, 지식 분화가 이뤄진 이상 어느 특정 분야에서는 탁월한 전문가라 할지라도 다른 분야에서는 비전문가일 수밖에 없다. 따라서 자신의 전문 분야를 넘어서 연구할 경우에 전에 없는 참신성과 창의성을 발휘할 수도 있지만, 그만큼 오류를 범할 가능성도 높다. 그리고 특정 분야에서 탁월한 경우 다른 분야에서 오류를 범했는데도 대중들은 그 오류를 진실로 받아들이는 경우도 생겨난다(강영봉, 2008). 이러한 비판

6) 『한국산 접류의 연구』에서 300여 편의 논저, 『한국본위 세계박물학연표』에서 250여 편의 논저, 『제주도관계문헌집』에서 1074편의 논저 등의 참고문헌 등을 보면 그의 광범위한 독서량을 엿볼 수 있다.

은 석주명이 제주도의 방언, 문화, 사회 등을 연구해서 얻은 성과들에서도 그대로 적용할 수 있다.

석주명 당시는 학문 융복합이니 지역학이니 하는 개념조차 없던 시기이다. 따라서 우리는 그에게서 학문 융복합과 제주학의 맹아(萌芽)를 찾으려고 해야지 그것들의 완성을 기대해선 안 된다. 그가 세상을 떠난 지 60여 년이 지나면서 우리 학계는 장족의 진보를 이뤘다. 이를테면 동식물을 분류하는 경우에도 그것의 외형을 측정하고 통계내서 분류하던 단계를 넘어 유전학과 분자생물학을 이용한 분류생물학이 주류가 되고 있다. 그러기에 그의 학문적 공과(功過)를 공정하게 평가하고 그의 학문적 오류를 바로 잡는 것은 오늘날 후학들의 몫이다.

한편, 평양에서 태어난 석주명은 나비 채집을 위해 남북한 전역을 두루 순회하였고, 개성의 송도중학에서 1931년부터 1942년까지 10년 넘게 박물학을 가르치면서 세계적 학자로 성장하였다. 따라서 우리 근대 학문사에서 석주명의 위치를 좀 더 제대로 평가하기 위해서는 그가 북한 생물학계에 어떤 영향을 미쳤고, 북한 학계에서는 그의 학문적 업적을 어떻게 평가하는지에 대해서도 살펴볼 필요가 있다.

그리고 석주명의 학문적 업적을 보다 입체적으로 평가하기 위해서는 그와 비슷한 시기를 살았던 일본의 통재형(通才形) 학자들과의 비교 연구도 필요하다. 그와 비교될 수 있는 일본의 통재형 학자로는 균류학자 미나가다 구마구스(南方熊楠, 1867~1941)와 오키나와학[沖繩學]의 아버지로 불리는 이하 후유(伊波普猷, 1876~1947) 등을 들 수 있다. 균류학에서 출발한 미나가다 구마구스는 균류, 조류(藻類), 식물 등을 직접 채집하고 연구하여 *Nature*에 50여 편의 논문을 발표하였을 뿐만 아니라, 생물학, 생태학, 민속학, 종교학, 문화인류학 등에 이르기까지 만다라를 연상시키는 지식의 그물을 구축하였으며, 일본의 자연보호운동의 선구자가 되었다.[7] 그리고 오키나와에서 태어난 이하 후유는 동경제대에서 언어학을 전공하여 일본의 에스페란토 초기 운동을 펼쳤고, 오키나와 연구를 위한 기초자료를 광범위하게 수집하였을 뿐만 아니라 오키나와의 언어, 역사, 민속, 종교, 문화 등과 관련된 40여 권의 저서를 남김으로써 오키나와학의 선구자가 되었다[8].

미나가다(南方)와 이하(伊波)의 지적 편력과 학문적 태도는 석주명과 많은 점에서 유사하다. 석주명이 그들로부터 영향을 받았는지, 만일 그들의 영향을 받았다면 어느 부분에서 받았는지, 그리고 그들로부터 전혀 영향을 받지 않았는데도 그들이 서로 닮았다면, 무엇이 그들을 서로 닮게 만들었고, 무엇이 그들을 서로를 다르게 만들었는가를 밝혀 보는 것도 학문 융복합의 시대의 흥미있는 과제가 될 것이다.

---

7)http://ja.wikipedia.org/wiki/%E5%8D%97%E6%96%B9%E7%86%8A%E6%A5%A0(南方熊楠) 2011-11-17

8) http://ja.wikipedia.org/wiki/%E4%BC%8A%E6%B3%A2%E6%99%AE%E7%8C%B7 (伊波普猷) 2011-11-17

제 2 부

제주학의 선구자 석주명

석주명의 제주어 연구 의의와 과제*

강영봉 _ 제주대학교 국어국문학과 교수, 국어문화원장

1. 들어가는 말

석주명은 1943년 4월부터 1945년 5월까지 2년여를 제주도에 머물면서 정열적인 활동으로 『제주도방언집』을 비롯하여 『제주도의 생명조사서』, 『제주도문헌집』, 『제주도수집』, 『제주도곤충상』, 『제주도자료집』 등 6권의 '제주도총서'를 발간하였다. 이 글의 주제인 제주어[1]와 관련해서는 『제주도방언집』, 『제주도자료집』, 『제주도수필』이 해당된다.

『제주도방언집』은 7,012개 어휘 목록인 제1편, 「제주도방언과 전라도방언의 공통어」를 위시한 17장의 고찰편, 287개 항목의 제주어 「수

---

* 이 글은 2011년 10월 7일 제주대학교 탐라문화연구소가 주관한 「학문융복합의 선구자 석주명을 조명하다」는 주제로 열린 '석주명 선생 탄생 103주년기념학술대회'에서 발표했던 내용을 깁고 더하여 논문 형식으로 고친 것이다.

1) 여기서 '제주어'는 '제주도방언' 또는 '제주방언'이라는 개념으로 쓴다. '제주도방언'이나 '제주방언'이 쓰인 저서나 논문인 경우는 원용하지만 그러지 않은 경우는 '제주어'라는 용어를 쓴다.

필」이 제3편으로 구성되어 있다.

『제주도자료집』에는 「제주도방언 수필 보유」를 비롯하여 「제주도의 식물명」(546개), 「제주도의 동물명」(359개), 「농업 관계의 제주어」(586개), 「임업 관계의 제주어」(87개), 「목축 관계의 제주어」(325개), 「해산(海産) 관계의 제주어」(116개), 「한자의 제주명」(199개), 「제주도의 동리명」(185개), 「제주도방언 중의 조선 고어」(338개), 「외국어에서 유래한 제주도방언」(몽고어 184개 · 일본어 49개 · 중국어 41개 · 마래어 33개 · 만주어 16개 · 비도어 15개 · 안남어 12개), 「제주도방언과 馬來語」(33개), 「제주도방언과 比島語」(12개), 「제주도방언과 安南語」(12개) 등이 제주어와 관련된다. 한편 『제주도수필』에는 「방언」 항목에서 41개의 수필을 싣고 있다.

이 글은 이들 내용을 중심으로 한 석주명의 제주어 연구 의의와 과제에 대해서 알아보려는 데 목적이 있다.

2. 제주어의 연구 의의

여기서는 다음과 같은 몇 가지 사항에 주목하여 석주명의 제주어 연구 의의를 찾고자 한다. 그 첫째는 해방 이후 한국인으로서는 처음으로 방언 자료집을 발간한 점, 둘째 '제주어'라는 명칭을 사용하고 있는 점, 셋째 제주어를 남부어와 북부어로 구분하여 수록한 점, 넷째 제주어와 외국어 또는 제주어와 다른 방언을 비교한 점, 다섯째 언어를 소재로 수필을 썼다는 점 등이다.

1) 방언 자료집 발간

본격적인 방언 어휘집은 1944년 일본인 오쿠라 신페이(小倉進平)에 의해 『조선어방언의 연구』(상)가 발간된 것을 시작으로 그 후 고오노로쿠로(河野六郎)의 자료가 있을 뿐이다. 이런 상황에서 1947년 서울신문사출판부에서 발간된 『제주도방언집』은 한국인에 의한 첫 번째 방언 자료집이라는 점에 주목할 필요가 있다.

이 방언 자료집은 '서'에서 밝히고 있듯이 "1943년 4월부터 1945년 5월까지 만 2개년 여름 筆者는 濟州島에서 生活할 機會를 가졌"고 이때 수집한 약 1만 매 카드를 "內面的으로 틈틈이 整理하다가, 8월 15일 우리 民族이 解放되자, 먼저 우리말을 찾고서는 곧 이것은 表面에 내놓고 整理에 奔忙하였었다. 그리고 1947년 6월에 들어와서야 脫稿하게 되였으니 이 일은 전후 5개년에 亙하야 된 것"(석주명, 1947b: 3쪽)이다.

이와 같은 내용은 그의 글 「국학과 생물학」 중 '4. 방언과 곤충'(석주명, 1992b: 81~82쪽)에도 잘 나타나 있다. 그에 따르면 "만 2개년간에 수집한 단어는 7천이 되어 일단락을 지었고 그 때는 해방되는 해라 차차 시국이 달라 감을 깨닫고 5월에는 그만 귀경하였다. 수집된 단어의 수는 상당히 많으니 이것을 어떤 모양으로든지 정리하면 有意義한 것이 될 것은 틀림없는 일이다. 그래서 곤충학에서 사용하는 방법인, 지방 곤충상 상호간의 유연관계(Affinities)를 숫자적으로 연구하는 것처럼, 其 어휘 중에서 全羅道, 慶尙道, 咸鏡道 및 平安道의 諸 방언과 공통되는 것들을 뽑아서 其 百分比를 산출해 볼 분만 아니라 諸 방언 상호간의 유연 관계를 음미하여 보았다. 그랬더니 제주도방언과 가장 유연 관계가 깊은 것은 전라도방언인데 양자간의 공통어휘는 불과 5%이어서 제주도방언이 얼마나 독특한 것인지를 알 수 있었다. 그런데 이 연구 방법은 별로 독창적의 것은 아니고 곤충학에서는 흔히 쓰이는 것이나 방언 연구에 응용한 데에 의의가 있었고 필자가 감히 전문외의 학문에 손대게 해 준 것이다. 뿐만 아니라 나의 제주도 곤충 조사와 제주도방언

내지 제주도 조사 간에는, 좀더 크게 말하면 나의 곤충학과 제주도 간에는 긴밀한 관련성이 있는 것이었다. 제주도 蝶類의 진상은 제주도의 전모를 구명함에 있어서 더욱 잘 인식되는 때문이었다."[2]는 것이다.

이 방언 자료집의 가치는 〈서울신문〉 1948년 3월 12일자 방종현(方鍾鉉) 서울대학교 교수의 감동적인 글에서 확인할 수 있다

> 신년 벽두에 조흔 책이 나왓다.
>
> 방언은 즉 우리말의 일부분이오 다만 한 지방을 중심으로 한 우리말인 것이다 그러므로 우리말을 공부하고 연구하는 이 반드시 이 방언의 중요함을 느끼는 것이니 사라서 활용되는 실제어를 응용할 수가 잇고 죽어서 이미 문헌화한 고어(古語)를 이것에 의하여 밝힐 수도 있는 것이다.
>
> 그런데 이번에 전문이 다른 이 동물학자의 손에서 가장 흥미를 끌고 잇는 제주도의 방언이 집대성된 것은 과연 경탄을 마지안는 일이며 또 이 방면 전문가에게도 크게 충동을 주엇스리라고 밋는다.
>
> 이 책은 단순히 방언학자가 꾸민 방언집만이 아니다 그 목차에 나타나 잇는 것으로 알 수 잇거니와 제1편 방언집이요 제2편이 방언의 고찰이오 제3편이 방언의 수필로 되어 그 방언집에서 우리는 제주도 방언의 사전으로 이것을 인용할 수 잇스며 그 고찰에서 우리는 다른 방언과 비교의 결과를 엿볼 수가 잇고 그 수필에서 우리는 흥미잇는 가운데 이 방언의 지식을 자세히 할 수가 잇게 되었다.
>
> 여기서 이 방언집이 우리의 방언학에 장차 가저오는 여러 가지 물제를 제기하는 것으로 귀하다 어휘며 음운 방면은 물론이오 제주도방언의 문법까지도 이것에 의하여 조성될 수가 잇는 것이다 그러므로 이와가치 우리에게 학적 자료를 충실하게 제공하여 일반으로 편익을 주는 점에서 이 책은 실로 귀하다고 할 것이다.

---

2) 인용은 띄어쓰기와 한자어를 제외하고는 그대로 인용한다. 이하 같다.

끗트로 이 방언집의 맨마지막 페이지에 실려 있는 수필단어 한 개를 그대로 소개하고 이것을 마추려고 한다.

호미. 제주어로 「호미」라면 육지의 「낫」(鎌)을 의미하고 조선 어민이 흔히 쓰는 「호미」는 제주도에는 없다 육지서 쓰는 「호미」와 같이 쓰고 형상도 근사(近似)한 것은 「골개」 혹은 「골갱이」란 것인데 호미의 날이 자루와 같이 좁게 되여 갈고리 비슷이 되어있다. 돌이 많고 흙이 輕鬆(경송)한 곳에서 제초하는 데는 이 형상이 유리할 것이므로 자연 이런 변형의 농구가 생겼을 것이다

이와갓틈으로 이 방언수필은 동시에 제주도 일반을 알려는 이의 조흔 재료도 된다.(이병철, 2002: 187~189쪽에서 재인용함)

또 이 방언 자료집은 어휘 배열을 가나다순으로 하고 있다는 점이 장점 가운데 하나다. 오쿠라 신페이의 『조선어방언의 연구』(상)는 천문 · 시후 · 지리/하해 · 방위 · 인륜 · 신체 · 가옥 · 복식 · 음식 · 농경 · 화과 · 채소 · 금석 등의 순서로 어휘를 나열하였다. 이는 『훈몽자회』 『신증유합』 『정몽유어』 『통학경편』 등의 자회류, 『조선관역어』 『역어유해』 『왜어유해』 『동문유해』 『몽어유해』 등의 유해류, 『재물보』 『물명고』 『물보』 등의 물명류처럼 전통적인 분류 방법에 따라 어휘를 나열하고 있어서 찾고자 하는 어휘를 찾는데 번거로움이 있다. 그러나 『제주도방언집』은 가나다 순으로 되어 있기 때문에 이용에 아주 편리하다.

나아가 그는 『제주도방언집』 '후기'에서(석주명, 1947b: 136쪽) "3 동시에 半島代表諸地의 방언사전을 작성하야 비교연구에 편케하야 한다." 라 기술하여, 한반도 여러 지역에서도 이와 같은 작업이 이루어졌으면 하는 희망 사항을 피력함으로써 『제주도방언집』이 해방 이후 최초의 작업임에 대한 스스로의 평가를 내리고 있다.

2) '제주어' 명칭 사용

자료집이나 수필 등에서 '제주도방언'이나 '방언' 또는 '지방어'라는 명칭을 쓰고 있지만 '제주어'나 '제주도어'라는 표현도 쓰고 있다. 이는 자료집 서문의 "우리 民族이 解放되자, 먼저 우리말을 찾고서는"(석주명, 1947b: 3쪽)에 '돌임'을 치면 어느 정도 이해가 된다. 곧 석주명이 지니고 있는 언어에 대한 확호한 의식의 발로로 보이기 때문이다. 그래서 석주명은 '제주어'인 경우, 『제주도방언집』의 어휘 배열은 '제주어'와 '표준어'로 항목을 구분하여 그 밑으로 해당 어휘들을 나열하고 있다. 『제주도자료집』의 목차에서는, 「농업 관계의 제주어」「임업 관계의 제주어」「축산 관계의 제주어」「해산 관계의 제주어」 등 '제주어'가 겉으로 드러나게 사용하고 있다. 어휘 나열인 경우는 어김없이 '제주어'를 항목 명칭으로 쓰고 그 아래로 제주 어휘를 나열하고 있음을 확인할 수 있다. 석주명이 '제주어'라는 명칭을 사용한 것은 그냥 붙인 명칭이 아닌 것으로 보인다. 『제주도방언집』 '서'의 "8월 15일 우리 民族이 解放되자, 먼저 우리말을 찾고서" 하는 구절이나 'Gilliéron이 불란서 언어지도' 등의 언급(석주명, 1992b: 80쪽)이 그가 갖고 있는 언어의식과 관련 있어 보이기 때문이다.

사실 '방언'(方言)은 변두리 언어라는 말이다. 그래서 중국 입장에서 볼 때 그 주변 국가의 언어를 방언이라고 불렀던 것이다. 우리나라인 경우도 '신라어' 또는 '신라의 언어'를 '신라방언'이라고 하였으며, '고려어'를 '고려방언'이라 했던 것이다. '방언'이라는 명칭에서는 변방, 변두리, 중심 밖이라는 관념에서 벗어날 수가 없다. 요즘은 방언 대신에 '지역어'를 즐겨 써서 '경기 지역어', '경상 지역어' 등으로 부르기도 한다.

1995년 제주도가 발간한 자료집 이름을 『제주어사전』이라고 명명한 바 있고, 2009년 그 후속 작업도 『개정증보 제주어사전』이라 표제어를 달고 있다. 한편 2007년 '제주어 보전 및 육성 조례'를 제정할 때는 '제주어'를 "제주도에서 제주 사람들의 생각이나 감정을 나타내는 데 쓰는, 전래적인 언어"로 정의하여 그 정의를 분명하게 하였다.

3) 남부어와 북부어의 구분

『제주도방언집』의 '일러두기' 성격의 글에 따르면, "1 여기 수집한 말은 필자의 제주도 생활 2개년 간에 도내각처에서 수집한 것이나, 주로는 애월면 출신 장주현(張周鉉), 서귀면 호근리 출신 김운남(金南雲) 양군의 조력"(석주명, 1947b: 9쪽)을 받았으나 "2 그러나 필자의 생활한 장소가, 서귀면 토평리이니 남부어가 비교적으로 많을 것이다."(석주명, 1947b: 9쪽)라 언급하고 있다.

또 "3 濟州島語는 1方言으로 볼 수 있으나 濟州, 旌義, 大靜의 3地方語로 다시 논흘 수도 있고, 또 1地方語도 부락마다 다소 相違하니 세분한다면 끝이 없다. 그래서 편의상 上記의 兩君을 통하야 系統的으로 漢拏山을 중심으로 北部語와 南部語로 二分하야 수집"(석주명, 1947b: 9쪽)하였음을 밝히고 있다.

나아가 '후기'(석주명, 1947b: 136쪽)에서도 "1 語彙 蒐集에 더 노력할 것. 더욱이 山北部 즉 濟州邑을 중심으로 한 北部語 蒐集에는 一層 노력할 것이다."나 "2 일층 완성할려면은 旌義를 중심으로 한 東部語, 大靜을 중심으로 한 西部語도 수집하야겠고 적어도 大靜語만은 추가하야 된다"라 적고 있기도 하다.

그가 '남부어'와 '북부어'로 구분하여 수록하고 있는 것은 짧은 제주 체류 기간임에도 불구하고 산남(山南)과 산북(山北)의 문화 차이를 인정한 결과이기도 하다. 언어는 사회의 반영이기 때문이며, 다른 한편으로는 모관·대정·정의로 나눈 삼현 분립이라는 역사적 사실을 알고 있었기 때문이기도 하다.

이와 같은 언급들은 언어지리학의 입장을 견지하고 있고, 50여 년이 흐른 지금에도 유효한 생각이다. 그의 글 「국학과 생물학」 중 '4. 방언과 곤충'(석주명, 1991: 80~81쪽)에서 언급한 내용을 보면 더욱 분명해진다.

> 이 곤충상에 의한 육지 구분, 즉 곤충 분포에 따른 육지 구분은 인위적인 구분과도 도저히 일치되지 않는 것으로, 어떤 구분선은 대륙을 중단(中斷)도 하고 소지역에 있어서도 행정구역과는 일치가 안 된다. 또 비교적 분포가 넓은 곤충 종류는 동일종임에도 불구하고 산지(産地)에 따라 지방적 차이를 발견할 수가 있는 것이고, 같은 지방에 나는 같은 종의 곤충에 있어서도 그 종류의 개체 간에 차이를 발견할 수 있다.
>
> 이만하면 방언과 곤충 사이에는 일맥상통하는 점-지방차와 개체차이로 보아 공통점-이 많아서 방언을 연구하는 방법으로 곤충을 연구할 수도 있겠고 또 곤충을 연구하는 방법으로 방언을 연구할 수도 있을 것이다.
>
> 나는 해방 전에 경성대학 제주도시험장에 2개년 여나 체재해 있었는데, 제주도의 독특한 방언을 들을 때 곧 방언과 곤충을 연결시킬 수가 있었다. 나는 내가 전공으로 하는 나비류를 종별로 지도상에 분포상태를 표시하는 방법을 방언에도 응용하여, 약간의 단어를 선택하여 그 분포를 지도 위에 표시하려고 기도하였었다.
>
> 그러나 문헌을 약간 조사하는 중 이 방법은 벌써 Gilliéron이 불란서 언어지도를 작성한 이래 언어지리학이 수립되어 방언학에서 취급되고 있는 것을 알았으며, 일본에서도 벌써 이 방법에 의한 업적이 많음을 알고는 불원간 조선에서도 널리 사용되리라 기대하고, 방언학은 나의 전문도 아니니 그만 중지하고 말았다.

아마 이런 생각이나 구상은 그의 나비 분포도 작성에 따른 것으로 보인다. “그러나 문헌을 약간 조사하는 중 이 방법은 벌써 Gilliéron이 불란서 언어지도를 작성한 이래 언어지리학이 수립되어 방언학에서 취급되고 있는 것을 알았으며, 일본에서도 벌써 이 방법에 의한 업적이 많음을 알고는 불원간 조선에서도 널리 사용되리라 기대하고, 방언학은 나의 전문도 아니니 그만 중지하고 말았다.”(석주명, 1991: 80~81쪽)는 언급에 이르러서는 아쉬움이 남는 대목이다. 최근 김순자(2010)의 『제주도방언의 언어지리학적 연구』에서 제주어를 역사적 사실에 근거하여 ‘제주도동북방언(조천읍, 구좌읍, 우도면), 제주도서북방언(제주시, 애월읍, 한림읍, 한경면, 비양도), 제주도동남방언(서귀포시, 남원읍, 표선면, 성산읍), 제주도서남방언(중문면, 안덕면, 대정읍, 가파도, 마라도)’ 등으로 하위 구분한 결과와 서로 통하는 견해로 보인다.

4) 제주어와 외국어 또는 다른 방언과의 비교

그는 『제주도방언집』에서 ‘외국어에서 유래한 제주도방언’에서 ‘몽골어·중국어·만주어·일본어’와 비교하고, 그 이후에 『제주도자료집』에서는 『제주도방언집』에 제시된 ‘몽골어·중국어·만주어·일본어’ 외에 ‘마래어·비도어·안남어’를 추가하고 있다. 그가 제시한 ‘외래어에서 유래한 제주어’ 비교 어휘 수는 다음과 같다.

구 분	『제주도방언집』	『제주도자료집』	비 고
몽고어	240/(251)	184/(190)	張慶燮·趙善一
지나어(중국)	53	31	〃
만주어	22	16	〃
일본어	50	49	

마래어	–	33	
비도어	–	15	
안남어	–	12	

비교언어학에서는 공통조어에서 분기되어 나온 언어라야만 비교 가능하다(차용어라는 개념과는 다르다). 그렇다고 한다면 중국어나 마래어·비도어·안남어 등은 비교 대상에서 제외되어야 마땅하다.

또 비교 가능한 몽골어도 『제주도방언집』에서는 240개 어휘인데 비하여 『제주도자료집』에 와서는 184개 어휘로 줄어들었고, 만주어도 22개 어휘에서 16개 어휘로 그 수가 줄어들었다. 이는 아마도 확실한 음운론적·형태론적·의미론적 대응 없이 발음이 서로 비슷하거나 뜻이 비슷하면 그 언어에서 유래했다고 단정한 결과로 보인다. 그러나 계통상으로 보거나 역사적으로 볼 때 몽골어와의 비교는 그 당시 어느 누구도 감히 흉내질하지 못할 일임에 분명하다.

몽골어인 경우는 내몽골어일 가능성이 짙다. 이런 사실은 그의 글 「몽고인의 편상」에서 "…몽고통인 張君(아마도 『제주도방언집』에 언급된 張慶燮 씨인 것 같다)과 그의 義兄格인 蒙古人 趙金山 씨의 안내로"(석주명, 1992b: 109쪽) 내몽골 지방을 여행하고 있는 사실에서 짐작이 되기 때문이다.

한편 '제주어'와 '다른 방언'과의 비교도 눈여겨볼 만하다. 그 내용은 제2편 고찰의 주된 내용을 이루고 있다. '제주도방언'과 하나의 다른 방언과의 비교, '제주도방언'과 2개의 방언과의 비교, 심지어 '제주어' 가운데 '북부어'와 '남부어'를 대상으로 각 지방어와의 비교도 시도하고 있음이 특이하다.

구 분	목차 이름	어휘 개수	비 고
1장	제주도방언과 전라도방언의 공통어	785	
2장	제주도방언과 경상도방언의 공통어	859	
3장	제주도방언과 함경도방언의 공통어	740	
4장	제주도방언과 평안도방언의 공통어	274	
6장	제주도방언 중 전라도·경상도·함경도·평안도 등 諸 他의 방언과 일치하고 표준어와는 상이한 諸語	18	
7장	제주도방언과 전라도방언과 경상도방언의 공통어	125	
8장	제주도방언과 경상도방언과 함경도방언의 공통어	106	
9장	제주도방언과 전라도방언과 함경도방언의 공통어	91	
10장	제주도방언과 함경도방언과 평안도방언의 공통어	46	
11장	제주도방언과 경상도방언과 평안도방언의 공통어	23	
12장	제주도방언과 전라도방언과 평안도방언의 공통어	19	
14장-1	제주도방언과 전라도방언과 경상도방언과 함경도 방언의 공통어	52	
14장-2	제주도방언과 경상도방언과 함경도방언과 평안도방언의 공통어	12	
14장-3	제주도방언과 전라도방언과 함경도방언과 평안도방언의 공통어	7	
14장-4	제주도방언과 전라도방언과 경상도방언과 평안도방언의 공통어	5	

이런 사실은 『제주도방언집』 '서'에서 밝힌 "專門外인 筆者라도 共通方言을 %로 計算해보고도 싶었으나 자세한 것은 專門家에게 밀기로 하고 筆者는 그 傾向만 알 수 있는 것으로 滿足하기로 하였다."(석주명, 1947b: 3쪽)고 술회하고 있긴 하지만 값진 시도임에는 틀림없다.

5) 언어 수필 개척

『제주도방언집』 제3편 수필 첫머리에 "나의 만 2개년 간의 제주도 생활(1943~1945)을 중심으로 제주도에 관하여 내가 본 것들은 것 읽은 것들을 적당한 제목을 붙잡아 수시로 카드에 기록한 것이 있는데 기중에서 제주도방언에 다소라도 관계된 것은 모두 뽑아서 이곳에 그 제목의 가나다 순으로 집록하기로 한다."(석주명, 1947b: 139쪽)는 언급이 있다. 곧 언어 수필은 '본 것, 들은 것, 읽은 것'이 그 주요 대상이 되고, '제주도방언에 다소라도 관계된' 내용이 주류를 이루고 있음을 알 수 있다. 그 몇 예를 보이면 아래와 같다.

감옷. 감물올린 옷인데 농민의 통상복은 다 이것이고 대단히 질기다. 질길뿐만 아니라 더럽는 줄도 모르겠고 夏節에는 붙지도 않고 또 입어 버릇하면 기분도 좋다고 한다. '갈적삼' '갈졍뱅이' '갈중이' 등의 夏服은 대개 이 물을 올린 것들이다. '중이'는 '바지' '고의'(袴衣)의 제주어.(1947b: 140쪽)

그년의 ᄇᆞ름. 'ᄇᆞ름'은 '바람'의 제주어요 참 싫은 바람이 불 때에 하는 말로 陸地서면 '그놈의 바람'이라고 할 것이다. 이 말로도 제주도의 女權을 짐작할 수가 있다.(1947b: 144쪽)

大門. 陸地에서 보는 大門이 아니다. 보통은 길든 짜르든 도로에서 집으로 들어가는 길 즉 '올래'가 있고 大門으로 볼 수 있는 제주어로 '쌀문' '살채기' 혹은 '이문'이라는 左右에 石板 혹은 木板을 세우고 '정문'이라는 막대를 삽입하게 된 것을 지나 집 앞마당에 들어가게 된다. 제주어로 '대문'이란 것은 '마루방문'이고 전연 다르다.(1947b: 148쪽)

마눌의 濟州語. 대산이, 콥대산이, 곱대산이, 곱다산이 등 많다. 이 '대산이' '다산이'는 中國語 '따쏸'에서 유래한 것이 분명하다. 그러나 '곱' 혹은 '콥'의 意義는 분명하지 않다.

또 제주어로 '마눌'이라면 葱類의 總稱이고 또 '마농'이라고도 한다. 葱類中 보통 흔한 '파'는 '패마농' 혹은 '뻥이마농'이라 하고 '산달래'는 '드릇마농'이라고 해서 野葱의 뜻이고 其中 특히 큰 것은 '꿩마농'이라 한다.(1947b: 151쪽)

삼춘. '삼촌'의 뜻임을 물론이요, '삼촌댁'보고도 '삼춘'이라면 되니 편리한 말이다. 뿐만 아니라 이 '삼춘'은 친밀한 어른의 호칭에도 광범위로 사용할 수가 있는 말이니 대단히 편리하다.(1947b: 164)

생완. 生員에서 유래한 모양이고, 巫女가 남자 청년을 부를 때에 쓴다. 壯年에게는 '댁'이라고 부른다.(1947b: 165쪽)

소도리. '쏘개질' '말질' '말전주' 들의 濟州語인데 '소도리질' '소드리' '소드리질'이라고도 한다. '말질하다'를 濟州語로 표현할 때는 '소도린다' '소드린다' 혹은 '소도리맛춰다'라고 해서 제주도에는 극히 흔한 일이다.(1947b: 165쪽)

위의 언급에서 보듯 '감옷'은 '감즙을 먹인 옷'이란 뜻이 강하다. 그래서 표제어를 '갈옷'이라고 하지 않은 것으로 보인다. 만일 '갈물'을 올렸다면 당연히 '갈옷'이 되어야 할 것이다. '갈물'은 떡갈나무 껍질에서 얻는 검붉은 천연 염료를 말한다. '그년의 ᄇᆞ름'에서 女權을 짐작하고 있다는 점, '대문'을 '올래'와 관련시켜서 설명하려고 하는 것은 제주도의 가옥 구조를 잘 알고 있다는 증거이다. '마늘'의 분류와 '삼춘'의 광범위한 쓰임, '생완'과 '소도리'에서도 제주도의 실상을 어느 정도 짐작할 수 있을 뿐만 아니라, '제주도방언에 다소라도 관계된 것'임을 알 수 있다.

3. 과제

이제 석주명의 제주어 업적을 대상으로 풀어야 할 과제에 대해서 생각해 보고자 한다. 여기서는 제주어와 외래어와의 비교 문제, 어원의 문제에 한한다.

1) 외래어와의 비교

제주어와 외래어와의 비교는 '몽골어 · 지나어(중국) · 만주어 · 일본어' 그리고 '비도어 · 안남어' 등과 비교하고 있다. 비교언어학이 "'祖語라는 공통의 근원으로부터 분화되었다고 생각되는 두 개 이상의 언어를 비교, 연구하거나, 혹은 이들의 祖語 再構에 관한 연구를 대상으로 하는 언어학의 부문"(이정민 등, 1987: 185쪽)이라 정의한다면 논의 대상은 '몽골어'와 '만주어'가 될 것이나 여기서는 '몽골어'에 국한하기로 한다.

'몽골어'에 대한 석주명의 관심은 호기심에서 비롯되었음을 알 수 있다.

> 나는 異國人에 接할 때마다 그에게서 무엇을 얻을려고 애쓰는 自己를 恒常 發見한다. 내가 學窓時代에 外國語를 배울 때 그렇게 배우는 것으로 果然 異國人과 意思가 통할가 하고 疑問으로 생각하다가 막상 異國人과 만나서 학습했든 것이 所用이 될 적처럼 愉快한 일도 적었다. 말수보다 손짓이 더- 많을사록 意思가 통할 때의 기쁨은 더욱 큰 것이었다. 사람은 그 風俗과 言語가 다를지라도 人間性에는 共通點이 많어서 서로 無言間에도 通하는 수가 있다. 나는 自己가 專門으로 하는 것 關係로 여-러 곳으로 旅行하는 機會를 갔는데 가는 곳이 처음일사록 또 異國風의 地方일사록 더욱 興味를 갔게 된다.(1992b: 109쪽)

그의 글 「몽고인의 편상」에 따르면, 1940년 내몽골에 갔을 때 중학교 제자로서 성공한 몽골통인 張慶君과 그의 의형격인 蒙古人 趙金山 氏의 안내를 받으며 3일간 유람했다. 여기 張慶君과 趙金山 氏는 『제주도방언집』에 언급된 張慶燮과 趙善一인 것 같다. 이 두 사람은 몽골어는 물론 지나어(중국어), 만주어에도 많은 도움을 준 것으로 확인된다(석주명, 1947b: 127쪽).

몽골어 자료는 석주명의 『제주도방언집』(1947b: 127~130쪽)과 『제주도자료집』(1971: 142~148쪽)에 수록되어 있다. 전자가 '원자료'라고 한다면 후자는 '수정 자료'이다. 특히 후자는 유고집으로 출판된 것이어서 약간의 차이를 보인다. 어휘 수에 차이가 있을 뿐만 아니라, 된소리를 'ㅅ'된소리로 표기되지 않은 점, 손톱묶음 속 한자어가 한글로 바뀐 점, 문장을 다듬은 점 등에서 확인할 수 있다. 고친 내용은 아래와 같다.

- 간젼이/이마에 흰줄이 코ᄭᅡ지 잇는 말 → 이마에 흰줄이 코까지 있는 말
- ᄭᅬ염시냐 → 꾀염시냐
- ᄭᅮᆯᄭᅮᆯ → 꿀꿀
- ᄭᅮᆷ본다 → 꿈본다
- 글투다/닭이가 産卵의 姿勢를 取하다 → 닭이 産卵의 姿勢를 取하다
- 다위/토ᄭᅵ사냥의 뜻 → 토끼사냥의 뜻
- 후두두(俄雨) → (소낙비소리)
- 매매(子牛의 啼聲) → (송아지의 우름소리)
- 자작자작(幼兒의 步狀) → (아기의 걷는 모양)
- 줄줄(流淚의 狀) → (눈물 흘리는 모양)
- 쿨쿨(寢狀) → (잠자는 모양)
- ᄯᅮᆼ(重物의 落下音) → (무거운 물건이 떨어지는 소리)
- 너울너울(大鳥의 飛狀) → (큰새의 나르는 모양)
- 텡(空中의 狀) → (속빈 모양)
- 훠이(追鷄聲) → (닭쫓는 소리)
- 휙(大風音) → (큰바람소리)

석주명이 제시한 몽골어 목록에 대하여 이기문(李基文) 교수는 "제주도에는 元 나라 때에 목장이 있었으므로 그 방언에는 몽고어의 흔적이 남아 있다는 생각이 전해져 있다. 石宙明(1947b: 127~130쪽)은 이런 생각에 이끌린 듯, 몽고어와 관계 있는 단어들을 열거하고 그 끝에 "以上과 같이 前篇에 記載된 7,000餘個 中 蒙古語에 關係된 것을 拔記하면 實로 240에 達한다."고 적고 있다. 이 목록은 앞으로 국어의 몽고어 차용어에 관한 종합적 연구를 행함에 있어 반드시 면밀히 검토되어야 할 것으로 믿는다. 필자는 아직 그럴 여유가 없었지만, 대충 보아도 의문을 던져 주는 예들이 적지 않은 것으로 느껴진다. 제시된 몽고어 단어들 중에 확인할 수 없는 것들이 적지 않으며, 확인할 수 있는 경우에도 차용 관계를 설정하기 어려운 예들이 눈에 띈다. 대명사의 '나', '너'와 몽고어 '미니', '치니'(屬格形)의 연결, '이신 디'의 '디'와 몽고어 '디'(處格接尾辭?)의 연결, '저디'(저곳)와 몽고어 '나디'(칼가 nād인 듯, 몽고문어 naγadu)의 연결 등은 인정하기 어렵다. '물'(馬)과 몽고어 '모리'(mori), '아방'(父)과 몽고어 '아바'(aba), '어멍'과 몽고어 '어머'(eme)는 차용어가 아니라 同源語로 다루는 것이 마땅할 것이다. 이 목록에는 '蒙古式 地名'이라 하여 '가소름, 가시낭봉오지, 간드락' 등 20여개가 포함되어 있는데, 이들에 대해서는 현재로서 무어라 말하기조차 어렵다. 이 목록에는 말에 관한 단어들도 포함되어 있는데, 小倉進平(1930, 1934)을 참조한 흔적이 역력하다. 이들의 대부분이 '濟州島 方言中 滿洲語와 關係 있는 것'(131)에 다시 보임도 위의 사실에 말미암은 것이다."(이기문, 1991: 168쪽)라고 언급하고 있다.

이기문 교수의 지적처럼 얼른 일별만 한다 하더라도 아래와 같은 어휘들은 몽골어와 관련 있다고 하기는 어렵다. 특히 의성어나 의태어에 이르면 더더욱 그렇다. 지금까지 연구 결과에 의하면 방언을 포함하여 몽골어 차용 어휘는 50~60여 어휘에 불과하다. 그것도 말(馬), 군사, 매(鷹) 이름 등에 집중된 상황이고 보면 자료집에 제시된 240개(실제 제시된 어휘는 251개 어휘임)의 어휘는 너무 많다.

ㄱ부-가마귀ᄆᆞ루, 가시낭봉오리, 겡글랑겡글랑, 골, 골ᄀᆞ루, 괴우다, 쐬염시냐, 쐬우라, 괵-괵-, 귄다, 궨다, 굶본다, 굿사라, 궤팡, 귀되, 귀마리, 귀마리쫭, 글투다, 기여, ᄀᆞ목갓다, ᄀᆞ묵그다, ᄀᆞᆫ저리낭

ㄴ부-나, 남소욍이, 너, 능화지, ᄂᆞ실다, ᄂᆞᆷ쎄, ᄂᆞᆷ쎄채, ᄂᆞ싸움

ㄷ부-다슴, 대걸룽, 대정제완지, 데쎄불다, 데씨다, 데낄락, 두루루

ㅁ부-마농, 마농대, 마농쌔, 마농뎅가리, 마농적, 마농지이, 마올르다, 마피다, 맴매, 맹맹, 멘, 멘 싼다, 멘판, 멩막멩막, 모에제완지, 물오름, 밋밋, 밋밋넘다

ㅂ부-박, 버버버, 부둑부둑, 부렝이, 부섭, 빅, 빙

ㅅ부-쏑이마농, 선, 설러불다, 소본, 소욍이, 손쏘매, 소욍이, 쇠촐, 수악거리다, 수악수악ᄒᆞ다, 수악줄라지다, 술락, 술락튀다, ᄉᆞᆯ러분다, ᄉᆞᆯ오름

ㅇ부-안카름, 앗다, 액객운다, 어려려려, 옵밤제완지, 옷밤제완지, 왕상, 왕상ᄒᆞ다, 이디, 이디저디, 이신디, 이엿싸

ㅈ부-자글자글, 잘잘, 저디, 제완지, 제한지, 제환지, 제환지덤벌, 짐녕

ㅊ부-체다, 체여지다, 촐, ᄎᆞᆷ소욍이, ᄎᆞᆷ제완지,

ㅋ부-칼칼웃는다, 쿠룽쿠룽, ᄏᆞᆫᄏᆞᆫ, ᄏᆞᆫᄏᆞᆫᄒᆞ다

ㅌ부-탕, 탕탕, 텀불랑, 퉁

ㅍ부-포롱포롱, 푸드득, ᄑᆞᆺ닥ᄑᆞᆺ닥, ᄑᆞᆺ쉬

ㅎ부-호우, 확확, 훅, 훙, ᄒᆞᆺ술ᄒᆞ면

몽골어로 제시된 어휘들에는 의성어와 의태어도 많이 포함되어 있

다. '굿사라'는 '비켜라'라 하는 뜻이라면 몽골어로는 'jayilah'가 될 것이며, '놈쎄'(무)의 몽골어는 'caγan manjin', '마농'의 몽골어는 'sonγin' 또는 'sarmis'이다. '부섭'은 「훈민정음」 '용자례'에 나오는 '브섭'(브셥爲竈)으로, 이를 몽골어로 표현한다면 'γal tuγuγan'이 될 것이다.

또 '소본'은 한자어 '소분'(掃墳)으로, "오랫동안 외지에서 벼슬하던 사람이 친부모의 산소에 가서 성묘하던 일"을 말한다. '손쏘매'의 '쏘매'는 일본어로 '묶음'의 뜻을 지닌다.

2) 어원의 문제

어원의 문제도 앞으로 밝혀야 할 과제다. 그 본보기로 '비바리'와 '심방' 두 어휘에 대해서만 살펴보기로 한다.

그에 따르면 '비바리'에 대한 언급은 다음과 같다.

> **비바리.** '계집애', '처녀' 등의 濟州語로 口調가 좋으니 유행시켜도 좋을 것 같다. '비바리'를 얕잡아 부를 때는 '비발년'이라고 한다.
>
> '비바리'에 대해서 旣婚婦人은 '넹바리'라고 하는데 '넹바리'는 표준어로 '냉과리'의 뜻이니 재미있는 표현이다.(1947b: 162쪽)

> **꽝과 비바리.** 濟州語로 뼈(骨)를 '꽝', 處女를 '비바리'라고 하는데 나는 年來로 이 두 말의 어원을 찾을려고 애쓰고 있다. 지금 겨우 억지로라도 그와 비슷한 말을 구하였기에 기록해 두겠다.
>
> 꽝-꽛(廣東語)
>
> 비바리-妣髮: 범부레(벤골州의 印度語) (1971: 26쪽)

위 내용으로 본다면 '비바리'의 어원은 인도어 '범부레', 한자 표현으로는 '비발'(妣髮)이 된다는 것이다. 그러니 "얕잡아 부를 때는 '비발년'"이 된다. 현장에 나가 조사를 하다 보면 한자어 '비발'(緋髮)에서 왔다는 이야기도 들은 바 있다. 아마 꽃다운 나이인 '방년'(芳年)에 이끌리어 '향기날 비'(馡), '향기날 발'(馞)이라는 한자어를 찾은 것 같다.

'비바리'는 '비+-바리'로 분석 가능한 어휘로, '비'가 무엇인지를 밝히면 문제는 풀릴 것이다. 12세기 초 고려시대 어휘집인 『계림유사』에 따르면 "(고려 사람들은) 전복을 '必'이라 한다"(鰒曰必)는 구절과 "머리 빗는 빗을 '필'이라 한다"(梳曰苾音必)는 구절이 있다. 또 『조선관역어』에 따르면 "조선 사람들은 '비'를 '必'"(雨曰必)이라 한다는 구절도 보인다. 이들을 종합하면 한자어 '必'은 '비' 또는 '빗'으로 읽을 수 있다. 전복 따는 창을 '비창'이라 한다거나, 전복의 암컷을 '암핏'이라 하고 수컷을 '수핏'이라 하는 데서도 '비' 또는 '빗'을 확인하게 된다.

한편 '-바리'는 "몇몇 뿌리에 붙어서 그 뿌리가 뜻하는 성질이 두르러지게 있거나 그러한 정도에 있는 사람이나 물건"에 붙는 접미사(『우리말큰사전』), "(명사에 붙어) 그러한 성질을 가진 사람을 낮잡아 이르는 말"(『국어비속어사전』)의 접미사임을 알 수 있다.

결국 제주어 '비바리'는 {비}+{-바리}로 분석되며, {비}는 '전복(鰒)'을 뜻하고, 접미사 {-바리}는 사람의 의미를 나타낼 때는 '가치 부정의 의미'를 지니고 있음이 확인된다.

'비바리'의 원래 의미는 '전복을 따는 사람을 낮잡아 이르는 말'이며, 이런 작업은 주로 물질 기량이 뛰어나고 기운이 센 처녀들에 의해서 이루어지기 때문에, ①'해녀를 낮잡아 이르는 말'을 뜻하다가 그 의미가 축소되어 ②'처녀를 낮잡아 이르는 말'이 된 것으로 보인다.

또 '심방'과 관련한 언급은 다음과 같다.

> **首神房.** 무당은 濟州島서는 '심방'(神房)이라고 한다. 神房에는 男女가 있고 오히려 男 神房이 많은 편이고 물론 세력도 강한 것이 陸地

와는 相異하다. 首 神房이란 물론 문자대로의 意義를 가진 것이다.(1947b: 166쪽)

심방. 濟州語로 무당의 뜻으로 男女가 다 될 수가 있고 대개는 世襲的 직업이고 賤民에 속한다. 비록 요새는 巫事를 금지하여 潛行的으로 되었으니 심방의 數가 적지만 과거에는 其 수가 대단히 많았고 處處에 神堂도 상당히 많았다. 어느 집이나 一年 一次의 굿을 아니한 집은 없었다니 其盛事는 지금이라도 짐작할 수가 있겠다.(1947b: 168쪽)

심방의 명칭: 村山智順氏에게 의하면 尋訪(shin pang)은 神房(shin pang)에서 유래하였고 神房은 僧房이 轉한 것 같다 하고 이 名稱은 咸北, 濟州島 等地에서 쓰인다고 하였다. 그러나 濟州島에서 쓰이는 말은 '신방'이 아니고 분명 '심방'이고 또 '神房'이 咸北에서 쓰인다고 하나 咸北 어느 地方인지 알 수가 없다.(1947b: 168쪽)

심방. 陸地의 '무당'의 뜻이고 男女가 다 있어 世襲的 職業이며 賤民에 속한다. 村山智順氏에 의하면 '尋訪'(shin pang)은 '神房'(shin pang)에서 유래하였고 '神房'은 '僧房'이 轉한 것 같다고 하고 이 名稱은 咸北, 濟州島 등지에서 쓰인다고 하였다. 그러나 濟州島에서 쓰이는 말은 '신방'이 아니고 분명히 '심방'이고 또 '神房'이 咸北에서 쓰인다고 하나 咸北 어느 지방인지 알 수가 없다. 그러나 그 語源은 同音語인 馬來語의 simbang(不可信의 뜻)일 것으로 생각된다. (1968: 54쪽)

이를 종합하면 '심방'은 '불가신'(不可信) 뜻을 지닌 마래어 'simbang'에서 유래했다는 것이다. '마래어'는 '말레이시아어'를 말하는 것이니 '심방'의 어원을 너무 멀리서 찾은 것 같다.

15세기 후반에 『능엄경』을 언해한 자료인 『능엄경언해』가 있다. 이 책 8권 117면 '巫祝'의 협주에 따르면, "巫ᄂᆞᆫ 겨집 심방이오 祝[3]ᄂᆞᆫ 男

人 심방이라” 한다는 것이다. ‘심방’이라는 어휘가 15세기에 등장하고 있음에 주목할 필요가 있다.

‘놈삐’의 어원은 몽골어에서 찾고 있다.

> **놈쎄.** ‘무’의 濟州語요 蒙古語에서 유래했다는 것보다 蒙古語 그대로이다. 濟州島에는 其外에도 別稱이 약간 있다. 즉 무수(移入語), ᄂᆞ물(밭에 있는 무)), 촘ᄂᆞ물=ᄎᆞ마귀(어린무).(1947b: 147쪽)

> **놈삐.** ‘무우’의 濟州語이고, 蒙古語에서 유래한 것인데 그 外에도 약간의 別稱이 있다. 즉 ‘무수’는 移入語, ‘ᄂᆞ물’은 밭에 있는 무우, ‘촘ᄂᆞ물’이나 ‘ᄎᆞ마귀’는 어린 무우이다.(1968: 22쪽)

이 두 언급에서 ‘놈삐’의 어원은 몽골어임을 밝히고 있다. 앞에서 언급한 대로 ‘놈쎄’(무)의 몽골어는 ‘caγan manjin’이다. 이와 관련하여 현평효의 『제주도방언연구』(제1집)의 설명이 실마리를 풀어준다. “놈삐(菁根) ‘무우’의 뿌리만을 일컫는 말”(1962: 196쪽)에서 ‘놈삐’의 ‘놈’이 ‘나무’와 관련 있음을 짐작하게 하기 때문이다.[4)]

또 눈에 띄는 것은 ‘놈삐’의 표기를 달리하고 있다는 점이다. 『제주도방언집』에서는 ‘ㅅ’ 된소리로 표기한 반면 『제주도수필』에서는 된소리 ‘ㅃ’을 쓰고 있다. 더욱 특이한 것은 ‘무’와 ‘무우’를 혼용하고 있다는 점이다. 곧 ‘葍’의 뜻으로 『제주도방언집』에서는 현재 표준어와 같은 어형인 ‘무’를 쓴 반면, 이 방언집보다 나중에 출간된 『제주도수필』

3) 祝의 음은 [추] 또는 [주]로 읽어야 하는데 이는 보조사 ‘ᄂᆞᆫ’이 연결된 데서 알 수 있다. 『전운옥편』(1796)에서는 [추] [축], 『자전석요』(1909)에서는 [추] [축], 『신자전』(1915)에서는 [주] [축]으로 읽고 있다.

4) 현평효(1985: 275~276)는 「제주도방언의 ‘나무’와 ‘나물’ 어사에 대하여」 논문에서, ‘나무’와 ‘나물’이 재구형인 ‘＊나’ 또는 ‘＊ᄂᆞ’에서 연유하고 있음을 언급하고 있다.

에서는 예전의 표준어인 '무우'를 쓰고 있다는 점이다.

4. 맺는 말

석주명의 '제주도총서' 가운데 『제주도방언집』, 『제주도자료집』, 『제주도수필』의 내용을 중심으로 하여 '석주명의 제주어 연구 의의와 과제'에 대하여 살펴보았다.

그 결과 석주명은 한국인으로서는 처음으로 방언 자료집을 발간한 점과 어휘 나열을 가나다 순으로 하여 쉽게 접근할 수 있게 했다는 점이다. 해방과 더불어 '먼저 우리말을 찾'고자 하여 『제주도방언집』을 출간하게 되고, 나아가 '제주어'라는 명칭을 사용한 점 또한 높이 살 만하다. '제주어'를 남부어와 북부어로 구분한 점, '제주어'와 외국어, 나아가 제주어와 다른 방언을 비교한 것, 언어 수필을 쓴 것 등에서 그 의의를 찾을 수 있다.

그러나 비교언어학의 입장에서 볼 때, '몽골어'나 '만주어' 또는 '일본어'와의 비교 연구는 가능하나 '지나어'(중국)를 비롯하여 '비도어'와 '안남어'까지 비교한 것은 비전공자로서 범할 수 있는 오류로 돌려야 할 것이다. 몽골어와의 비교에서도 의성어나 의태어, 지명까지도 비교의 대상으로 했다는 점과 '비바리', '심방', 'ᄂᆞ삐'의 어원이 잘못 되었음을 지적함으로써 앞으로 해결해야 할 과제를 제시한 셈이다.

그렇다고 하더라도 석주명의 제주어 연구는 후학들이 검증과 여러 방법을 통해서 풀어야 할 과제를 남기긴 하였지만 다각적으로 제주어를 연구한 선구자적 의의는 자못 크다.

석주명의 제주도 곤충 연구에 대한 의의

정세호 _ 제주민속자연사박물관 동물부장

1. 들어가는 말

세계적 나비학자인 석주명이 제주도와 인연을 맺게 된 것은 1931년 선생이 송도고등보통학교(松都高等普通學校)에 재직할 때 미국의 '앤드루즈 탐험대'의 모리스와 만나는 계기가 되면서이다.

첫 번째 인연은 미국의 박물관과 대학교로부터 재정지원을 받게 되면서 '국토대순례 채집여행'을 하게 된다. 이때 1936년 7월 21일부터 8월 22일까지 제주도에 1개월 남짓 머물면서 한반도와는 다른 나비류를 접하고 「제주도산접류채집기(濟州島産蝶類採集記)」에 58종을 기록하였으며(석주명, 1937a), 제주도의 독특한 자연환경에 대한 매력에 빠져들게 된다.

두 번째 인연은 7년 후 1943년 4월 24일부터 경성제국대학(현재의 서울대학교) 의학부 소속인 '생약연구소 제주시험장'(현재의 제주대학교부속 아열대농업생명과학연구소, 서귀포시 토평동)이 개소하면서 소장으로 부임하면서 1945년 5월까지 2년 1개월간 머물게 된다. 석주명은 첫 번째

채집기간 동안 독특한 자연환경으로 인하여 다양한 동물들이 분포하고 있는 것을 마음속 깊이 간직하고 있던 중, 개성 송도중학교 교사직을 그만 두고 지원을 하였으며, 평소 선생의 학문에 대한 열정과 지식에 감탄한 원홍구 선생과 모리 다메조(경성제국대학 교수, 어류전공)의 추천으로 이루어졌다.

세 번째 인연은 곤충 채집 목적이 아닌 제주의 많은 다른 자료를 수집하기 위하여 1948년 2월경에 제주도를 일주하게 된다.

오늘날 제주도의 곤충은 4,316종[나비류 140종](서재철·정세호, 2005)이나 되지만, 오래전 선생의 채집 기록한 58종(석주명, 1937a)과 682종(석주명, 1970)의 기록은 그 당시로서는 아주 위대한 성과이며 제주도 곤충 역사의 시초라고 할 수 있다.

2. 석주명의 『제주도곤충상』의 의의

『제주도곤충상(濟州島昆蟲相)』은 1950년 6월에 편집완료 되었지만 한국전쟁으로 출간되지 못하고, 1970년 8월에 동생인 석주선에 의해 유고집으로 출간되었다. '제주도 곤충상'의 구성은 제1장 연구사, 제2장 총목록, 제3장 총괄 등으로 구성되고 있다.

제1장. 연구사

제주도 곤충에 대해 학문적 접근이라고 볼 수 있는 것들은 영국, 프랑스 등의 서양인들에 의해 시작되었으며, 이들 초기 채집자 대부분은 곤충 전문가들이 아닌 의사, 식물학자, 동물학자 등 다양한 직업인들로서 다른 목적으로 한반도를 방문한 사람들이었다. 그 중 애담스

[Adams, A., 영국, 의사, 1843~1846]는 제주도와 남부지역에서 딱정벌레류, 벌류, 나비류를, 페리[Perry, W. W., 영국, 항해사, 1882]는 원산과 부산지역에서 나비류를, 헤르츠[Herz, A. O., 독일, 곤충학자, 1884]는 서울, 부산, 금화지역에서 나비류와 딱정벌레류를, 리치[Leech, J. H., 영국, 곤충학자, 1843~1846]는 부산, 원산, 중부지역에서 나비류를, 스칼렛[Scarlett, E., 영국, 여행가, 1900]는 서울등지에서 벌류와 딱정벌레류를 그리고 갈로이스[Gallois, E. H., 프랑스, 외교관, 1903~1931]는 우리나라에서 딱정벌레류를 채집하였다(표 1).

〈표 1〉 초기의 한반도 지역 곤충채집 조사자

이름	나라	직업	기간	대상곤충	채집지역
Adams, A.	영국	의사	1843~1846	딱정벌레목, 벌목, 나비목	제주도 남부지역
Perry, W. W.	영국	항해사	1882	나비목	원산, 부산
Herz, A. O.	독일	곤충학자	1884	나비목, 딱정벌레목, 노린재목	금화, 서울, 부산
Leech, J. H.	영국	곤충학자	1843~1846	나비목	부산, 원산, 중부지역
Scarlett, E.	영국	여행가	1900	벌목, 딱정벌레목	서울
Gallois, E. H.	프랑스	외교관	1903~1931	딱정벌레목	한국 등지

또한 초기의 한반도산 곤충을 발표한 학자를 살펴보면, 타툼[Tatum, A., 영국, 1847] 딱정벌레류, 모라비쯔[Moravitz, A., 독일, 1862] 딱정벌레류, 워커[Walker, F., 영국, 1869] 메뚜기류, 베이츠[Bates, H. W., 독일, 1873, 1888] 딱정벌레류, 버틀러[Butler, A. G., 영국, 1882~1883] 나비류, 픽센[Fixen, C., 독일, 1887] 나비류, 리치[Leech, J. H., 영국, 1887~1892] 나비류, 콜베[Kolbe, H. J., 독일, 1886] 딱정벌레류, 헤이덴[Heyden, V.

L., 독일 1887] 딱정벌레류, 라도스즈코우스키[Radoszkowski, O., 러시아, 1887, 1890] 딱정벌레류, 왈싱함[Walsingham, L., 영국, 1900] 나비류와 헤르츠[Herz, O., 독일, 1904] 나비류를 발표하였다(표 2).

〈표 2〉 초기의 한반도산 곤충 선행연구자

이름	나라	기간	대상 곤충
Tatum, A.	영국	1847	딱정벌레류
Moravitz, A.	독일	1862	딱정벌레류
Walker, F.	영국	1869	메뚜기류
Bates, H. W.	독일	1873, 1888	딱정벌레류
Butler, A. G.	영국	1882~1883	나비목
Fixen, C.	독일	1887	나비목
Leech, J. H.	영국	1887~1892	나비목
Kolbe, H. J.	독일	1886	딱정벌레류
Heyden, V. L.	독일	1887	딱정벌레류
Radoszkowski, O.	러시아	1887, 1890	딱정벌레류
Walsingham, L.	영국	1900	나비목
Herz, O.	독일	1904	나비목

제주도 곤충을 최초로 채집한 사람은 영국인 의사 애덤스(A. Adams)인데 그는 영국 함대인 스마란[Samarang]호에 승선하여 1843~1846년 동안 제주도를 포함한 동남해안을 여러 차례 탐사·측량하여 딱정벌레류, 나비류와 벌류 등의 곤충을 채집하였다. 그 때 애덤스(A. Adams)가 채집한 곤충류 중 일부 딱정벌레는 타툼(Tatum T.)이라는 자국의 곤충학자에게 보내졌으며, 그 중 타툼[Tatum, T.]에 의해 기재 발표된 제주홍단딱정벌레[Damaster smara gdinus Tatum, 1847]는 우리나라에서 최초로 학계에 보고되었던 곤충이면서 아울러 한반도에서 신종(新種)으로

발표된 최초의 곤충이었다(그림 1).

이 시기에 제주도 곤충을 기록한 서양 학자들을 보면, 콜베[Kolbe H. J., 1880]는 제주홍단딱정벌레 1종을, 디스탄트[Distant W. L., 1911]는 제주노린재[Okeanos quelpartensis Distant, 1911], 장흙노린재[Pentatoman semiannulata (Motschulsky, 1859)] 등 2종을, 오스하닌[Oshanin, 1912]은 제주노린재, 장흙노린재 등 2종을 재인용하였으며, 앤드류[Andrewes H. E., 1923]는 한라길쭉먼지벌레[Pterostichus raptor (Tschitscherine, 1901)] 1종을, 방하스[Bang-Haas O., 1930]는 남방부전나비[Pseudozizeeria maha(Kollar, 1844)] 1종을 기록하였는데 대부분 선행연구를 인용하거나 단편적인 기록에 불과하다.

〈그림 1〉 제주홍단딱정벌레

일본인 학자를 살펴보면, 곤충 전반에 대해 조사한 것은, 이찌가와[Ichikawa, S., 市河三喜, 1906]로 제주도 곤충 전반에 걸쳐 「濟州島の昆蟲」이란 논문에서 86종의 곤충을 기록하였다.

그 후 오카모토[Okamoto, H., 岡本半次郎, 1924]는 제주도 곤충 전체를 망라하여 「濟州島の昆蟲相」이라는 논문에 527종을 기록하면서 인접 지역과의 동물 지리학적인 분포 관계를 비교·분석하였다. 하지만 석주명 선생은 타지산(他地産)이 잘못 기록되어 신뢰하기 어렵다고 해석하고 있다. 또한 키시다[Kishida, K., 岸田久吉, 1924]는 앤드류가 기록한 한라길쭉먼지벌레와 오카모토가 기록한 것을 재인용하여 527종을 기록하였다. 이후 현 농촌진흥청의 전신인 권업모범시험장(勸業模範試驗場)의 일본 학자들에 의하여 한반도산 농림 해충 및 기타 곤충들이 보고되면서 제주도산 곤충이 단편적으로 포함되었다. 대표적인 것으로는 오카모토[Okamoto, H., 岡本半次郎, 1924, 1925(2), 1927]는 풀잠자리류·길앞잡이류·밑들이류, 시부야[Shibuya, J., 1927]는 명나방류, 도이[Doi, K., 土井久作, 1927]는 잎벌레류, 니지마·키노시트[Niijima et Kinoshit, 新島善直·木下榮次郎, 1927]는 풍뎅이류, 요꼬야마·마루모[Yokoyama, T.·Marumo, S., 1927]는 전반적인 곤충류, 마쓰무라[Matsumura S., 松村松年, 1927, 1931]는 나비류, 무라야마[Murayama J., 村山釀造, 1928, 1929(2), 1930, 1931, 1933, 1934, 1936, 1937(2), 1938(2), 1941]는 긴나무좀류·풍뎅이류·잎벌레류·나비류를, 모리[Mori, T., 森爲三, 1928]는 소똥구리류, 에사키[Esaki, T., 江崎悌三, 1930]는 노린재류, 카토[Kato, M., 加藤正世, 1930, 1932, 1937]는 매미류와 뿔매미류를, 마찌다·아오야마[Machida·Aoyama, 町田貞一·青山哲四郎, 1930]는 왕굼벵이벌류를, 사이토[Saito, K., 齊藤孝藏, 1932, 1934, 1935]는 하늘소류를, 도이[Doi, H., 土居寬暢, 1932(2), 1936]는 노린재류, 나카야마[Nakayama, S., 中山昌之介, 1932, 1939(2)] 나비류와 나방류를, 우찌다 다수[Uchida et al., 內田淸之助 외 25인, 1932]는 전반적인 곤충류를, 세이츠[Seitz, A., 1932]는 나비류, 가미조[Kamijo, N., 上條齊昭, 1934]는 집게벌레류를, 나가하나[Nagahana, 長花操, 1934]는 빈대류를, 모리·도이·조복성[Mori, T.·H. Doi·B.S.Cho, 森爲三·土居寬暢·趙福成,1934]은 나비류를, 고노[Kono, H., 河野廣道, 1936(2)]는 홍날개류와 가뢰류를, 키시다·나가무라[Kishida, K.·Nakamura, Y., 岸田久吉·中村倭, 1936]는 나비류를, 추조[Chujo, M., 中條道夫, 1936]는 버섯벌레류를, 미와[Miwa, Y., 三輪勇四郎, 1936]는 길앞잡이류를, 야마다[Yamada, M., 山田滿寬, 1936]는 노린재류를, 히라야마[Hirayama, S., 平山修次郎, 1937, 1939]는 나비류를, 마쓰우노[Matsuo, S., 松尾正行, 1937, 1938]는 하늘소류와 버섯벌레류를, 사와다[Sawada, 澤田玄正, 1937]는 우단풍뎅이류를, 에사

키·호리·야수마츠[Esaki, T.·Hori, H.·K. Yasumatsu, 江崎悌三·堀浩·安松京三, 1938]는 전반적인 곤충류를, 마수이[Masui, M., 增井正幹, 1938]는 사슴벌레류를, 노무라[Nomura, K., 野村健一, 1938]는 나비류를, 타나카[Tanaka, M., 田中三夫, 1939, 1942]는 노린재류와 소금쟁이류를, 야마야[Yamaya, B., 山谷文仁, 1939]는 전반적인 곤충을, 나카야마·무라마츠[Nakayama, S.·S. Muramatsu, 中山昌之介, 村松茂, 1940]는 명나방류를, 도이·다나카[Doi, H. & Tanaka, M., 土居寬暢, 田中三夫, 1941]는 노린재류를, 시로즈·시바타니[Shirozu, T.·A. Shibatani, 白水隆, 柴谷篤弘, 1943] 부전나비류를, 요코[Yokoo, 横尾多美男, 1944]는 모기류를, 야마다[Yamada, S., 山田正興, 1947]는 폭탄먼지벌레를, 구로와[Kurowa, K., 黑佐和義, 1949]는 딱정벌레류를, 아라키[Araki, H.,荒木東次, 1950]는 버섯벌레류 등을 기록하고 있다.

한국인 학자로는 조복성[1931, 1932, 1933, 1934(2), 1935, 1936(2), 1946]이 넓적사슴벌레·길앞잡이류·장수풍뎅이·나비류·하늘소류·가뢰류·매미류를, 백갑용[1937]이 수섬은왕꽃벼룩을, 석주명[1937, 1938(2), 1939(2), 1941(4), 1942(4), 1943, 1946(3), 1947]은 나비류에 대해 발표하였다.

제주도 곤충상에 연구사를 시대적으로 보면 1900년까지 2편, 1910년까지 1편, 1920년까지 2편, 1930년까지 21편, 1935년까지 22편, 1940년까지 34편, 1945년까지 15편, 1946년 이후 9편이었다(그림 2).

〈그림 2〉 제주도 곤충연구의 연대별 분석

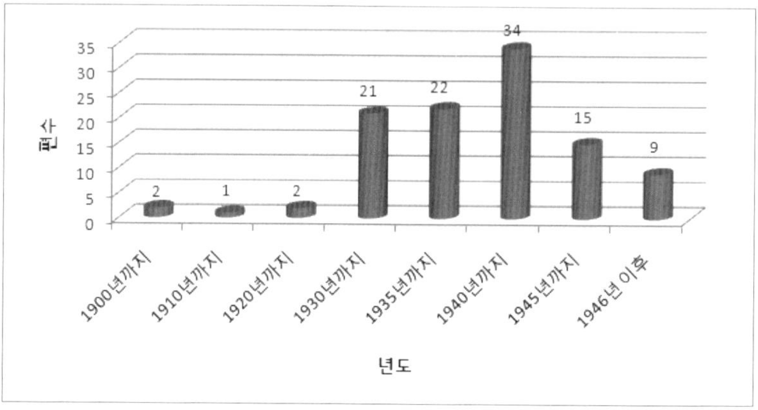

국가별로 보면 서양인의 편수는 6편, 일본인의 편수는 68편, 한국인의 편수는 30편이고, 일본인과 한국인의 공동편수는 1편이었다(그림 3).

〈그림 3〉 제주도 곤충연구자의 국가별 분석

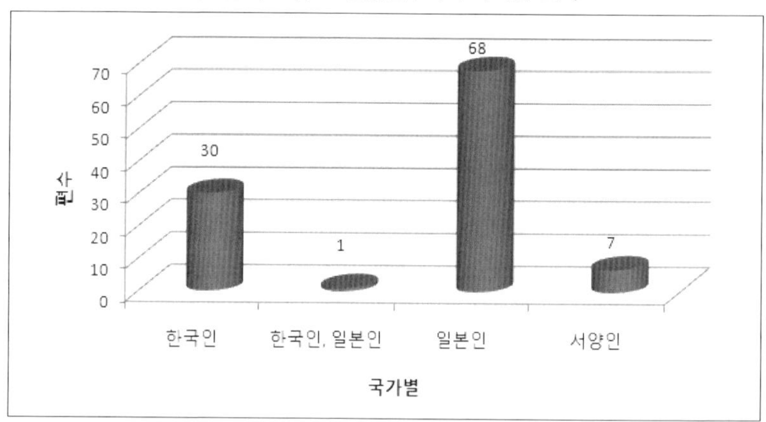

제주도 곤충을 연구한 학자별로 보면 석주명 22편, 무라야마[Murayama, J., 村山釀造] 13편, 조복성 8편, 오카모토[Okamoto, H., 岡本

半次郎]와 도이[Doi, H., 土居寛暢]가 5편, 나가야마[Nakayama, S., 中山昌之介]가 4편, 백갑용이 1편 그리고 기타[Ichikawa, S.; Kishida, K.; Shibuya, J.; Doi, K.; Niijima et Kinoshit; Yokoyama, T.Marumo, S.; Matsumura S.; Mori, T.; Esaki, T.; Kato, M.; Machida · Aoyama; Saito, K.; Uchida et al.; Seitz, A.; Kamijo, N.; Nagahana; Kono, H.; Kishida, K. & Nakamura, Y.; Chujo, M.; Miwa, Y.; Yamada, M.; Hirayama, S.; Sawada; Masui, M.; Matsuo, S.; Nomura, K.; Tanaka, M.; Yamaya, B.; Nakayama, S. & S. Muramatsu; Doi, H. & Tanaka, M.; Tanaka, M.; Shirozu, T. & A. Shibatani; Yokoo; Yamada, S.; Kurowa, K.; Araki, H.] 등 49편 등으로 나타났다(그림 4).

〈그림 4〉 제주도 곤충 선행 연구자

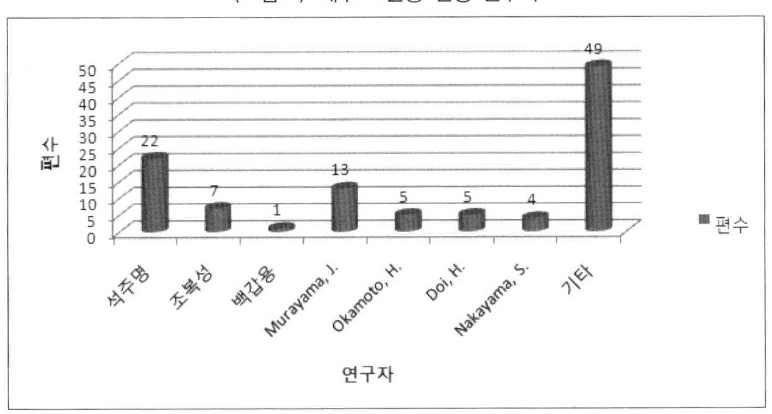

제2장. 총목록

'제2장 총목록'에서는 제주도산 곤충 19목 141과 737종에 대해서 문헌기록에 대해 상세히 밝히고 있어 후학들에게 검증의 기회를 주고 있다. 그리고 일러두기(석주명 자신은 이 용어를 사용하고 있지 않음)에서 다음을 밝히고 있다.

> 가. 본 목록은 1950년 현재로 졸저 제주도총서 제3『제주도관계문헌집』중 〈곤충부〉에 수록된 문헌을 기본으로 삼아 편한 것이다. 〈곤충부〉는 비교적 완전한줄 알았더니 역시 기록되어 있지 않은 부분들이 있어서 이는 개정시에 증보코저 한다.
>
> 나. 배열은 Esaki, T.[江崎悌三]博士(일본곤충도감, 곤충강분류표, 1932)에 준하였고, 과(科)이하는 모두 학명의 알파벳 순으로 하였다.
>
> 다. 나비 종류만은 편자의 전문인 관계도 있어서, 지금 현재로는 기타 부분에서는 각 저자의 의견에 맹종한 데가 많다.
>
> 라. Okamoto, H.[岡本半次郎]博士의 대저는 편자전문의 나비를 통해서 볼 때 의문점들이 많아서 전체로 믿기 어려운 저서이다. 나비부만은 편자의 입장에서 대략 취사선택하였지만 기타 부분은 거의 그대로 포섭하였는데, 전문외인 편자의 입장에서 보더라도 기타 부분의 것에도 많은 오류가 있음을 짐작하겠으니, 금후 적당한 인사가 나타나서 본편을 기본으로 하여 다시 정리하여야 하겠다.
>
> 마. 신형출처에는 *로 표시하였다.

즉 석주명은 제주도 곤충에 관련하여 모든 종들에 대한 문헌 기록과 그 한계들을 분명히 밝히고 있다.

제3장. 총괄

'3. 총괄'에서는 지금까지 발표된 문헌을 인용하여 제주도곤충을 정리하였는데, 그 내용을 살펴보면, 톡토기목[Collembela] 2과 3종, 좀목[Thysanura] 1과 1종, 잠자리목[Odonata] 4과 12종, 강도래목[Plecopterar]

1과 1종, 집게벌레목[Dermaptera] 1과 4종, 메뚜기목[Orthoptera] 5과 12종, 다듬이벌레목[Psocoptera] 1과 2종, 털이목[Mallophaga] 4과 17종, 이목[Anoplura] 3과 10종, 매미목[Homoptera] 19과 75종, 총채벌레목[Thysanoptera] 2과 2종, 풀잠자리목[Neuroptera] 3과 5종, 딱정벌레목[Coleoptera] 32과 245종, 벌목[Hymenoptera] 13과 38종, 밑들이목[Mecoptera] 1과 1종, 벼룩목[Siphonaptera] 2과 7종, 파리목[Diptera] 15과 45종, 날도래목[Trichoptera], 나비목[Lepidoptera] 30과 265종 등 9목 141과 737종의 한국명과 학명을 정리하였다(표 3).

3. 맺는 말

석주명의 『제주도곤충상』에 대해 정리하면

첫째로는 지리적 여건 등으로 인하여 다른 학자들이 자주 올 수 없던 제주도를 3회에 걸쳐 방문하였고, 그 중 1943년 4월 24일부터 경성제국대학(현재의 서울대학교) "생약연구소 제주시험장"(현재의 제주대학교 아열대연구소, 서귀포시 토평동) 소장으로 부임하면서 1945년 5월까지 2년 1개월간 제주도에 장기간 머물면서 곤충 채집을 하면서 정리하였던 사실이다. 그 당시 우리나라에 곤충학자가 많지 않아 몇몇밖에 활동하지 못하던 시대인데 당대 최고의 학자인 석주명 선생이 제주도 곤충을 정리하였다는 사실은 제주도로 보면 큰 복이라고 할 수 있다.

둘째로는 석주명 선생의 곤충관련 논문 또는 책자를 쓸 때에는 당시 논문이나 책자를 구하기가 힘들었을 것인데도 많은 제주도 관련 책자 또는 논문을 구입하여 정확하게 분석하여 정리하였다는 점은 오늘날 후학들에게도 학문의 모범과 더불어 학문적 가치를 보여주었다는 사

〈표 3〉 제주도 곤충 선행연구자 및 발표 종수

연구자 / 목 별	Ichikawa (1906)		Okamoto (1924)		Kishida, K.(1924)		조복성 (1963)		석주명 (1970)		정세호 (2005)	
	과수	종수	과수	종수	과수	종수	과수	종수	과수	종수	과수	종수
Collembela 톡토기목									2	3	5	9
Thysanura 좀목							2	2	1	1	1	1
Microcryphia 돌좀목											1	2
Ephemeroptera 하루살이목											6	3
Odonata 잠자리목	2	4	3	11	3	11	4	11	4	12	8	55
Blattaria 바퀴목											2	7
Mantodea 사마귀목											2	5
Isoptera 흰개미목							1	1			1	1
Plecopterar 강도래목	1	1	1	1	1	1	1	1	1	1	5	7
Dermaptera 집게벌레목	1	1	1	3	1	3	2	3	1	4	4	11
Orthoptera 메뚜기목	1	3	5	11	5	11	8	20	5	12	11	77
Phasmida 대벌레목	1	1									3	3
Psocoptera 다듬이벌레목									1	2	2	2
Mallophaga 털이목									4	17	3	16
Anoplura 이목							1	2	3	10	4	9
Hemiptera 노린재목	4	5									32	267
Homoptera 매미목	4	8	13	41	13	41	16	49	19	75	37	370
Thysanoptera 총채벌레목									2	2	3	56
Neuroptera 풀잠자리목			3	4	3	4	3	5	3	5	5	11
Coleoptera 딱정벌레목			22	168	22	168	29	216	32	245	74	1,259
Hymenoptera 벌목	6	9	8	34	8	34	12	58	13	38	38	456
Mecoptera 밑들이목	1	1	1	1	1	1	1	2	1	1	2	5
Siphonaptera 벼룩목							1	2	2	7	3	7
Diptera 파리목	4	8	7	22	7	22	11	62	15	45	51	430
Trichoptera 날도래목			2	2	2	2	2	2	2	2	10	23
Lepidoptera 나비목	9	45	26	228	26	228	26	249	30	265	47	1,269
Total	34	86	92	527	26	228	120	685	141	737	360	4,361
	11목		12목		12목		16목		19목		26목	

실이다.

셋째로는 석주명 선생의 『제주도곤충상』 발간은 1970년도이었지만 원고는 1950년 6월 전에 완료되었다. 따라서 여기에 수록된 곤충 종수가 9목 141과 737종이나 되는 것으로 제주도 곤충에 대하여 다양하게 정리하였다는 점이다. 제주도 곤충에 대하여 전반적으로 정리한 학자는 이찌가와[Ichikawa, S., 市河三喜, 1906]로서 11목 34과 86종이었고, 그 후 오카모토[Okamoto, H., 岡本半次郎, 1924]는 12목 92과 527종이었고, 키시다[Kishida, K., 岸田久吉, 1924]는 오카모토가 기록한 것을 재인용하였다. 그 후 조복성(1963)은 오카모토의 것을 재인용과 더불어 채집한 자료를 가지고 16목 120과 685종을 기록하였다. 즉 조복성보다 13년이나 빨랐지만 곤충종 수가 48종이 더 많은 종(種) 수를 기록한 것으로 보면 석주명 선생이 얼마나 자료를 수집하였는가를 보여준다.

넷째로는 제주도의 나비류 중 제주왕나비[*Parantica sita*(Kollar, 1833)]의 유래뿐만 아니라 제주도의 해안부터 산꼭대기까지 분포도를 정리하여 서식지에 대한 분포도를 정리하였다는 점은 오늘날에도 학술적으로 중요한 자료로 활용된다는 점이다.

〈그림 5〉 산꼬마부전나비

〈그림 6〉 홍줄나비

〈그림 7〉 흑백알락나비

〈그림 8〉 석물결나비

학계에서는 석주명선생이 업적을 기리기 위해 나비의 학명에 석주명 선생의 영문인 Seokia 또는 seoki를 붙여 예의를 표하고 있는데, 산꼬마부전나비[*Plebejus argus seoki* Shirozu et Shibatani, 1943](그림 5), 홍줄나비 [*Seokia pratti eximia* Moltrecht, 1909](그림 6), 흑백알락나비[*Hestina persimilis seoki* Shirozu, 1955]이다(그림 7). 또한 우리말 이름에도 석주명 선생의 성인 石을 붙여 예의를 표하고 있는데 석물결나비[*Ypthima amphithea* Ménétriès, 1858]이다(그림 8).

〈그림 9〉 석주명 흉상

그나마 다행히도 1999년 서귀포시청의 예산지원을 받아 당시 생약연구소 부근의 소공원에 석주명 흉상을 건립하여 업적을 기리고 있다(그림 9).

오늘날 제주도는 유네스코 생물권보전지역 지정, 세계자연유산 등재, 세계지질공원 인증 등으로 독특한 자연경관과 더불어 생물 다양성 중요성이 대두되는 시점에서 석주명 선생이 제주도 곤충에 남긴 업적은 매우 크다는 점을 상기해야 할 것이다.

석주명의 제주도 자료에 비친 제주문화

김치완 _ 제주대학교 철학과 교수

1. 들어가는 말

세계적인 나비학자로 알려진 석주명에 대한 평가는 대개 긍정적이다. 여기서 한 걸음 더 나아가 신화적으로 윤색된 평가[1]에 대한 비판적 서술에서조차도 석주명은 "일제에 강점된 최악의 상황에서, 우리보다 앞서 우리 것을 연구한 일본인 학자들을 실력으로 눌렀고, 우리의

* 이 글은 제주대 탐라문화연구소와 석주명선생기념사업회가 공동주최한 석주명 탄생 103주년 기념학술대회 〈학문 융복합의 선구자 석주명을 조명하다〉 (10월 7~8일, 제주대, 서귀포시청)에서 발표된 것을 일부 수정한 것으로 『한국출판학연구』 통권 제61호 (2011)에도 게재되었다.

1) 이병철은 오봉환의 『나비연구가의 나라사랑』에 전재된, "파브르가 세상을 떠난 뒤 그의 관 위에 곤충들이 애도하듯 날아왔다고 하지만, 석주명이 세상을 떠난 뒤에도 그가 사랑했던 수백 마리의 나비들이 봄철이 되면 그가 살던 유택에 날아들어 온다는 전설적인 이야기가 전하여 오기도 한다."는 구절을 "어처구니없는 글"이라고 비판한 바 있다(이병철, 1997: 169쪽). 하지만 이 글의 마지막 단락을 보면, 그가 '전설적인 이야기'라고 비판했던 오봉환과 유사한 서술방식이 드러난다. "한국의 과학자로서 자기 분야에서 세계 정상에 우뚝 섰던 두 과학자–석주명과 핵물리학자 이휘소–가 석연찮은 죽음을 당한 나이는 공교롭게도 똑같이 마흔 두 살이었다."(같은 책: 185쪽).

것(國學)을 탐구함으로써 겨레의 자존심을 지켰으며, 그 방면 학문 연구에 디딤돌을 놓아 오늘날까지도 성과가 바래지 않고" 있는 "너무나 큰 별"이라는 찬사를 받는다.[2] 그러다보니 그에 대한 회고와 찬사는 그를 잊은 우리, 그리고 우리로 하여금 그를 잊게 만든 "우리 학계의 몹쓸 풍토"가 문제이므로, "자연과학도인 그가 인문과학에도 선각과 탐구로써 귀중한 기록을 남겼다는 사실"을 깨달아야 할 책임이 우리에게 있다는 당위로 곧잘 귀결되곤 한다(이병철, 1997: 173~174쪽).

석주명을 다루는 글들에서 천편일률적이라고 해도 좋을 만큼 자주 등장하는 이런 평가들을 자세히 들여다보면, 두 가지 관점이 드러난다.[3] 그 하나는 우리나라에서 지역 연구라는 개념이 제대로 서지 못했던 상황에서 통합적 학문으로서의 지역학을 열었다는 관점이다.[4] 다

---

2) 이병철은 오봉환의 평가와 같은 전설적 평가가 나오게 된 배경으로, "'한 때 나비박사'라고 하면 조선 천지에서 코흘리개들까지도 알았다던 석주명(石宙明)"의 "그럴 듯하게 부풀려진 기행(奇行)과 일화를 통해 알려져"있었으나, "석주명이 한국전쟁 초기에 죽은 탓에 오랜 전장 기간에 세인에게 잊혀졌고, 전쟁이 끝난 뒤로는 그를 기억에 되살리려고 한 사람이 없었다."는 점을 들고 있다. 그리고 그를 기억에 되살리려고 한 사람이 없었던 이유로는 "석주명이 전문학교를 나와 중학교 생물 교사를 했다는 점을 의식해 논문이나 업적보다 학벌과 학연을 더 따진 우리 학계의 몹쓸 풍토"때문이라고 말했다. 그러면서 한편으로는 "'우리 것'과 '우리 사람'을 대수롭지 않게 여기고 하찮게 취급한 결과"도 한 몫을 한 것으로 추정한다(이병철, 1997: 169~172쪽). 이하 인용문의 표기는 현대어법과 맞지 않더라도 원저자의 표기를 그대로 옮겼음을 알려둔다.

3) 석주명에 대해 비판적인 관점을 가지고 있는 사람들은 석주명에 대해 아예 언급하지 않기 때문에, '석주명을 다루는 글들에서 천편일률적이라고 해도 좋을 만큼'이라고 표현했다. 석주명만이 아니라, 관점에 따라서 그 평가가 극단적으로 갈리는 경우에는 으레 침묵하거나 찬사가 이어지는데, 이렇게 되면 사실관계를 객관적으로 판단하는 것 자체가 불가능하다.

4) 최낙진은 「석주명의 '제주도총서'에 관한 연구」에서 "우리나라에서 지역연구라는 개념이 제대로 서지 않았던 1950년대 이전 상황에서, 석주명의 제주도 총서는 통합적 학문으로서의 지역학 즉 '제주도학'을 열었다고 할 수 있다."(최낙진, 2007: 305쪽)고 말한 바 있는데, 이러한 관점에서 석주명이 꾸준히 재조명되고 있다.

른 하나는 그럼에도 불구하고 우리 것과 우리 사람을 대수롭지 않게 여기고 하찮게 취급하는 풍토 때문에 "이 위대한 조선적 생물학자"가 제대로 조명 받지 못했다는 관점이다.[5] 이 두 가지 관점을 관통하는 하나의 공통된 시각이 있다면, 그것은 '우리의 것은 소중하다'라고 할 수 있다. 오늘날 석주명을 재조명하는 이들이 '1950년대 이전에 자연과학과 인문학의 융복합 또는 통섭을 시도한 천재적 학자'라는 찬사를 붙이는 이유도 여기에 있다.

우리의 학자가 시대를 앞서 살았다는 평가만큼 우리를 설레게 하는 것은 없다. 그리고 그런 평가가 제대로 이루어지지 않았다는 반성만큼 우리를 부끄럽게 하는 것도 없다. 그런데 이런 평가와 반성이 필요 이상으로 강조되면 오히려 그 전제에 대한 의문이 든다. 특히 석주명의 연구처럼 국학과 생물학, 지역성과 보편성, 물적 조건과 문화 심리적 조건 등의 요소가 대립되면서 긴장관계를 유지하는 경우[6]는 당사자는 물론, 그를 연구하고 평가하는 연구자들조차도 '당위를 강조하는 데서 빚어지는 혼란'을 겪게 된다.

일제 강점기라는 '불행하면서도, 그 원인에 대해서 복잡다단한 진단이 가능한' 근대를 겪으면서, 우리들은 알게 모르게 '우리 것'에 대해서 이중적인 태도를 취해 왔다. 돌이켜보건대 우리가 '우리 것'이라고 말하는 그것은 어떤 때는 '찬란하게 빛나는 전통'으로, 또 다른 어떤 때는 근현대사의 질곡을 겪게 한 '몹쓸 구폐(舊弊)'로 생각되었다. 그래

5) 앞서 언급했듯이, 이병철 등은 우리가 석주명을 망각하게 된 이유가 우리의 것보다 외래의 것을 더 가치 있는 것으로 평가하는 풍토에 있다고 말한다.

6) 이유진은 「石宙明 「國學과 生物學」의 분석-1947년 남한에서 개별과학을 정의한 사례에 관한 연구」에서 석주명의 「國學과 生物學」을 분석하면서 석주명이 주목한 논점 자체에 "긴장 상태 혹은 갈등이 있으며, 이러한 갈등이 「국학과 생물학」이 오늘날 그것을 읽는 이들에게 주는 화두라고 생각한다."고 말한 바 있다(이유진, 2005: 49쪽).

서 언제나 결론은 '전통을 되살리자'거나, '구폐에도 불구하고 빛을 발했던 선구자를 다시 찾자'는 당위에 이른다. 다만 한 가지 희망적이라고 할 수 있는 것은 그것이 견강부회라고 할지라도 그런 당위들이 언제나 앞으로 펼쳐질 우리의 미래를 긍정적으로 설계하는 희망으로 가득하다는 것이다.

석주명에 대한 연구도 마찬가지다. 때마침 오늘날 우리는 학제간, 지역과 중심간 융복합 담론이 강조되는 시기를 맞이했다. 그래서 찬란하게 빛났으되 한동안 망각했던 세계적 생물학자이면서 지역학 연구자인 석주명을 다시 찾게 되었다. 그리고 그러한 회고와 탐색이 언제나 당위에서 출발한 것인 만큼 석주명도 우리 시대에서 요청하는 모습에 딱 들어맞는다. 일제 강점기를 살았던 그는 "우리보다 앞서 우리 것을 연구하는 일본인 학자들을 실력으로 눌렀"을 만큼 세계적이고, 그럼에도 불구하고 "우리의 것을 탐구한" 지역학 연구자이며, 동시에 "자연과학도인 그가 인문과학에도 선각과 탐구로써 귀중한 기록 남겼다는 사실"을 보면 우리 시대의 요청에 꼭 들어맞는 선각자이기 때문이다(이병철, 1997: 172쪽).

하지만 오늘날 우리의 요청에 꼭 들어맞는다는 것 자체가 우리의 관점이 왜곡되었을 수 있음을 반증하기도 한다는 점을 고려해야 한다. 그러므로 우리의 요청에 꼭 들어맞으면 맞을수록 좀 더 객관적이고 비판적인 입장에서 사실 관계를 분명히 검토해보아야 한다. 그리고 그런 과정을 통해서 윤색된 요소들이 하나씩 제 모습을 드러내 보일 때 비로소 우리는 우리의 미래를 긍정적으로 설계하는 데 정말 필요한 점들을 가져다 쓸 수 있을 것이다. 이 글은 이런 전제에서 출발하지만, 그렇다고 해서 이제야 어렵게 회고된 석주명을 폄하해서 다시 망각시키자는 데 목적을 둔 것은 아니다. 지금까지 연구되었던 자료들을 비판적으로 검토하는 한편, 그러한 검토 결과를 바탕으로 석주명 자신의 선행연구들과 그 공과가 우리의 미래를 설계하는 데 어떤 영향을 미치는지를 살펴보자는 것이 이 글의 목적이기 때문이다.

특별히 이 글에서는 석주명의 '제주도총서' 가운데 그의 사후인 1968년에 발간된 『제주도수필(濟州島隨筆)』을 바탕으로 그가 제주문화를 어떻게 기술했는지를 검토 분석하려고 한다. 석주명이 1936년 7월부터 세 차례 제주에 체류하면서 4·3 이전 제주도의 자연과 인문 자료를 수집한 것은 당시 제주문화의 원형을 타자의 시각에서 객관적으로 정리 분석했다는 점에서 상당히 긍정적으로 평가될 수 있기 때문이다.[7)]

그런데 이 긍정적 평가에는 석주명이 제주도에 체류했던 시기가 ① 4·3 이전이어서 제주도의 문화원형이 보존되었을 것이라는 점, ②석주명이 타자의 시각, 곧 객관적이라고 할 수 있는 입장에서 제주의 자연과 인문을 정리했을 것이라는 점, ③석주명이 제주의 자연과 인문을 연구한 목적이 국학(國學)의 정립을 꾀하는 데 있었을 것이고, 실제 그것을 완료하지는 못했지만 선구자로서 평가할만한 시도였다는 점을 전제한 것이다. 그러므로 석주명의 제주도자료에 나타난 제주문화를 논의하려면, 위의 전제들을 비판적으로 검토한다는 입장에서 타자(他者)에 의한 제주문화인식의 의의와 한계를 찾고, 그것을 바탕으로 타

7) 윤용택은 「석주명의 제주학 연구의 의의」에서 석주명이 제주에 체류한 시기의 의의를 이렇게 말한 바 있다. "그 시기는 제주 4·3 이전이어서 제주도의 자연과 문화에서 제주적인 것들이 아직 많이 남아 있었고, 석주명으로서는 학문적으로 최고 절정기였기 때문에 제주도의 자연과 인문에 대한 자료를 수집하기에 최적기였다."(윤용택, 2011a: 220쪽). 그리고 "석주명은 진정한 한국의 자태를 찾으려면 제주도에서 그 자료를 찾아야 한다는 것을 깨달았다. 그러나 흔히 쓰는 물과 공기를 귀하게 생각하지 못하는 것처럼 제주도 사람들은 제주도의 자연과 문화가 귀한 줄 모르고 있다는 사실에 안타까워하면서 하루바삐 한국의 식자들이 금싸라기 같은 제주도의 자료를 수집하여 체계를 세울 것을 주장하였다."(윤용택, 2011a: 220~221쪽)고 말한 바 있다.

자에 의한 제주문화인식의 가능성을 모색할 필요가 있을 것으로 판단한다.

2. 석주명의 제주도 자료 구조 분석

석주명의 '제주도총서'는 저자 생전에 서울신문사에서 간행된 『제주도방언(濟州島方言)』(1947), 『제주도(濟州島)의 생명조사서(生命調査書)-제주도인구론(濟州島人口論)』(1949), 『제주도관계문헌집(濟州島關係文獻集)』(1949), 그리고 저자 사후에 미발표 원고와 신문과 잡지 등에 발표되었던 원고를 모아 보진재(寶晉齋)에서 발간한 『제주도수필(濟州島隨筆-濟州島의 自然과 人文)』(1968), 『제주도곤충상(濟州島昆虫相)』(1970), 『제주도자료집(濟州島資料集)』(1971) 등 총 6권으로 이루어져 있다.[8] 이 6권에서는 모두 제주의 자연과 인문을 다루고 있는데, 특히 제4집인 『제주도수필』에는 '제주도(濟州島)의 자연(自然)과 인문(人文)'이라는 부제가 달려 있고, 제6집인 『제주도자료집』에 대해서는 저자가 서(序)에서 "第1-5輯에 들지 않은 여러 資料를 모은 것이다."(석주명, 1971: 3쪽)라고 밝히고 있다.

먼저, 『제주도수필』의 서(序)에서 석주명은 제주도에 관한 자료 가운데 제주도 방언에 관한 것을 제외한 나머지와 그 뒤에 모인 것들을 정리한 것임을 밝혔다. 그러다보니 일관된 체계가 부족하다는 사실도 인정한다.

8) 서명(書名) 이하의 부제는 『제주도자료집』의 서(序)에 저자 자신이 밝혀 놓은 것을 옮겨 놓은 것이다.

> 「濟州島」는 나의 硏究테에마의 하나이다. … 蓄積된 카아드 中에서 濟州島 方言에 關한 것만은 뽑아서 벌써 拙著 「濟州島方言, 第 3 輯 隨筆」에서 整理하였었다.
>
> 이제 그 나머지의 것과 그 뒤에 모인 것들을 整理한 것이 이 册인데, 便宜上 旣著 「濟州島關係文獻集」의 內容順으로, 곧 카아드의 가나다 順으로 配列해보았는데, 各 項目의 平衡을 爲하여 項目을 늘렸다. 그러나 若干의 排列의 非科學性과 內容의 重複을 避할 수가 없었다.

『제주도수필』보다 앞서 발간된 『제주도관계문헌집』은 총 5장으로 구성되어 있는데, 제1장은 저자명순, 제2장은 내용순, 제3장은 주요문헌 연대기순으로 제주도 관련 문헌자료들을 정리했다. 그리고 제4장 서평에서는 제주도 관련 문헌자료 가운데 27권의 문헌에 대해 간단하게 평했고, 제5장 총괄에서는 제주도에 관한 주요 논저자들에 대해 평가했다. 특히 후기에 해당하는 총괄편에서는 제주도를 월등하게 많이 다룬 학자로 자신을 가리켜 '제주도학(濟州島學)의 석주명'이라고 표현하고 있으므로(석주명, 1949b: 244쪽), 지역학으로서 제주학의 범주를 설정하고 체계적으로 분류한 책이라고 할 수 있다. 그리고 이 기준에 따라 이른바 '석주명의 제주도학'을 체계적으로 서술한 것이 『제주도수필』이다. 이렇게 본다면 『제주도수필』의 서문에서 '『제주도관계문헌집』의 내용순에 따라 항목을 정리 배열했음에도 어느 정도 비과학적이고 중복되는 배열상의 문제점을 가지고 있다'고 밝힌 것은 겸양의 표현일 뿐, 사실상 일관된 기준을 가지고 있었음을 드러낸 것이다. 이 점은 『제주도관계문헌집』과 『제주도수필』의 구성에서도 확인해볼 수 있다.

『제주도관계문헌집』의 제2장 내용순은 제1절 총론부, 제2절 자연부, 제3절 인문부로 구성되어 있다. 이 구성에 따른 『제주도수필』도 제1장 총론부, 제2장 자연, 제3장 인문 등 3장으로 구성되어 있다. 『제주도관계문헌집』의 제2절과 『제주도수필』의 제2장의 하위 구성은 기상, 해양, 지질광물, 식물, 동물, 곤충 등으로 동일하다. 그런데 인문 분야의 구성은 『제주도수필』이 좀 더 세분화되고 확장되어 있다.

〈표 1〉 『제주도관계문헌집』과 『제주도수필』의 인문분야 목차 비교

제주도관계문헌집	제주도수필		
1. 언어 2. 역사 3. 민속 4. 지리 5. 농업(임축수산 포함) 6. 기타산업 7. 정치·행정 8. 사회 9. 위생 10. 교육·종교 11. 문화	1. 전설 · 종족 3. 역사 5. 관계인물 8. 일상생활 11. 산악 14. 교통 · 통신 17. 축산 20. 정치 · 행정 22. 인구 · 특수부락 24. 교육 · 종교	2. 방언 4. 외국인과의 관계 6. 민속 9. 지리 12. 도서 15. 농업 18. 수산 21. 사회 23. 위생 25. 문화	7. 식의주 10. 도읍 · 부락 13. 지도 16. 임업 19. 기타산업

『제주도수필』의 각 절은 최소 3쪽(13. 지도)에서 최대 19쪽(3. 역사) 분량으로 해당 항목의 자료량에 따라 자유롭게 구성되어 있으나, 평균 7-8쪽 분량으로 서술되어 있다. 예컨대 최소분량인 3쪽으로 서술된 〈13.地圖〉에서는 〈1892年(日本明治 25年)頃의 地圖〉에서부터 〈解放된 해에 出版된 地圖〉에 이르기까지 총 7편의 지도에서 제주와 부속섬의 위치가 어떻게 표기되고 있는지를 간략하게 정리하고 있다. 이에 비해서 최대분량인 19쪽으로 서술된 〈3.歷史〉에서는 〈柑橘科斂의 弊〉에서부터 〈皇(黃)龍寺九層塔〉에 이르기까지 80개 항목을 통해 역사 속에서 제주가 어떻게 기록되고 있는지를 간략하게 정리하고 있다. 그리고 각 절의 세부 항목은 석주명이 밝힌 대로 가나다순으로 정리되어

있으므로, 구성면에서도 '수필식 백과사전'이라는 평가에 어울린다.[9)]

그런데도 석주명이 『제주도수필』의 서문에서 "若干의 排列의 非科學性과 內容의 重複을 避할 수가 없었다."고 말한 이유는 〈Ⅱ.自然〉에 비해서 〈Ⅲ.人文〉의 하위 분야가 상대적으로 구분하기 쉽지 않을 뿐더러, 각 절의 세부 항목을 기술하는 과정에서 항목별로 상호참조할 수밖에 없는 부분이 있었기 때문이라고 할 수 있다. 그러다보니 〈표 1〉에서 확인할 수 있듯이, 〈1.傳說·種族〉과 〈7.食衣住〉, 그리고 〈8.日常生活〉처럼 『제주도관계문헌집』의 목차를 따르지 못한 부분이 있는가 하면, 『제주도관계문헌집』에서는 〈5.農業〉 한 절로 기술한 것을 〈15.農業〉, 〈16.林業〉, 〈17.畜産〉, 〈18.水産〉으로 세분화한 부분도 있다.

하지만 이것을 두고 비과학적이라고 말할 수는 없다. 예컨대 1876년에 출판되어 아직도 미국 학교 가운데 95% 정도가 채택하고 있는 듀이십진분류표에도 문제가 있기 때문이다. 듀이십진분류표에 따르면 종교분야 201에서 287에 이르는 88개 분야를 모두 기독교가 차지한 반면 유대교와 이슬람교는 각각 하나씩의 번호를 배정받았다. 그래서 듀이(Melvil Dewey, 1851~1931)는 인종차별주의자가 아님에도 불구하고, 듀이십진분류표는 한 인종을 대표한다는 비판을 받기도 한다.

---

9) 최낙진은 「석주명의 '제주도총서'에 관한 연구」에서 "…앞의 자연 편에서와 같은 서술을 보여주고 있다. 이 책은 가히 제주도의 자연과 인문에 관한 '수필'식 백과사전이라고 할 만하다."(최낙진, 2007: 317쪽)라고 한 바 있고, 윤용택은 최낙진의 이런 견해를 수용하여 「석주명의 제주학 연구의 의의」에서 "이 책은 제목만 보면 수필집으로 착각하기 쉬우나 내용으로 볼 때, 제주도의 자연과 인문사회에 대한 다양한 자료들이 들어있어 작은 제주백과사전이라 할 만하다."(윤용택, 2011a: 244쪽)라고 한 바 있다. 이렇게 제주의 인문과 자연을 통괄한다는 점에서 백과사전이라고 할 수 있겠지만, 오히려 그 자료의 구성, 나열, 집필에 있어서 백과사전적 특성이 잘 드러난다고 하겠다.

〈표 2〉 십진분류표와 미국의회도서관분류법

	듀이십진분류표 DDC22	한국십진분류표KDC5	일본십진분류표NDC9	미국의회도서관분류법 LCC			
000	총류	총류	총기	A	General works, Polygraphy	M	Music and books on music
100	철학	철학	철학	B	Philosophy, Religion	N	Fine arts
200	종교	종교	역사	C	Auxiliary Science of history	P	Language and Literature
300	사회과학	사회과학	사회과학	D	Universal history	Q	Science
400	언어	자연과학	자연과학	E–F	American history	R	Medicine
500	순수과학	기술과학	기술	G	Geography, Anthropology	S	Agriculture
600	자연과학	예술	산업	H	Social Sciences	T	Technology
700	예술	언어	예술	J	Political Sciences	U	Military Science
800	문학, 수사학, 비평	문학	언어	K	Law	V	Naval Science
900	역사 및 지리	역사	문학	L	Education	Z	Bibliography and Library Sciences

그럼에도 정작 이런 분류법이 아직도 통용되고 있는 까닭은 분류표 수정작업이 간단하지 않기 때문이다. 그래서 〈표 2 십진분류표와 미국의회도서관분류법〉에서도 알 수 듯이 주류(主類; main Class)조차도 각 나라마다 조금씩 다를 뿐더러, 각각의 분류표도 몇 차례 개정되고 있다.

이런 점으로 보건대, 석주명이 제주도관계문헌자료를 나름대로의 원칙에 따라 분류하고, 이를 바탕으로 제주도학의 기초로서 『제주도수필』을 서술했다는 것은 그 시도만으로도 충분히 찬사를 받을만하다.

한편 『제주도자료집』은 앞서 살펴보았듯이 이미 출판되었거나 집필이 마무리된 "'제주도총서' 1집에서 5집에 들지 않은 여러 자료를 모은 것"이다. 석주명은 이 자료의 성격에 대해 『제주도자료집』의 서문에서 다음과 같이 밝혔다.

> 이 資料란 것이 著者가 主로 雜誌에 寄稿한 旣刊·未刊의 拙篇들로서 그 中에는 寄稿했던 것을 다시 찾아온 것도 若干 있다.
>
> 이 第6輯이 濟州道叢書의 終卷이므로 親知의 勸告도 있고, 또 研究하는 분의 便宜를 考慮하여 卷末에 拙著目錄을 附錄으로 넣기로 하였다.

그의 말대로 『제주도자료집』에서는 〈韓國의 姿態〉에서부터 〈濟州島의 象皮病〉에 이르기까지 총 34편의 글을 214쪽 분량으로 서술하고 있고, 그 말미인 215쪽에서 240쪽까지 자신의 연구업적과 해설을 학술편 101편과 잡기편 180편으로 나누어 실었다. 학술편 말미에는 총목수는 101편이지만, 27편의 속편까지 더하면 모두 128편이라는 점도 밝혀 두었다(석주명, 1971: 230쪽).

以上 1950. Ⅶ. 1. 現在 旣刊物

	題目數		續篇數		合計
總發表回數 …	101	+	27	=	128
그 中 共著回數 …	9	+	3	=	12
그 中 單行本數 …	10	+	2	=	12

서문에서 밝힌 대로 1-5집에 넣지 못한 자료들을 정리한 것이므로, 특별히 체계를 갖추고 구성한 것은 아닌 것으로 보인다. 그런데 세 번째에 실은 〈濟州島地名을 包含한 動植物名(增補版)〉에서부터 〈濟州島方言隨筆補遺〉, 〈濟州島의 植物名〉, 〈濟州島의 動物名〉, 〈農業關係의

濟州語〉, 〈林業關係의 濟州語〉, 〈牧畜關係의 濟州語〉, 〈海産關係의 濟州語〉, 〈漢字의 濟州名〉, 〈濟州島의 洞里名〉, 〈濟州島方言中의 朝鮮古語〉, 〈外國語에서 由來한 濟州島方言〉, 〈濟州島方言과 馬來語〉, 〈濟州島方言과 比島語〉, 〈濟州島方言과 安南語〉 등 방언 및 지명과 관련된 자료가 총 15편 실렸다는 점이 눈에 띈다. 그래서 이 책을 '제주도총서' 제1집인 『제주도방언』을 보완하여 정리한 것, 또는 『제주도방언』의 자매편으로 보기도 한다.[10)]

이상에서 살펴본 바와 같이 『제주도수필』은 석주명이 생전에 탈고한 상태로 남겨 놓은 '제주도총서' 시리즈의 완결된 저작물들로서, 제주도를 대주제로 하여 이를 여러 분야로 세분화했다는 특징을 가지고 있다. 오늘날에는 일반적으로 총서출판이 출판의 전문화로서, 전문화되고 세분화된 독자가 있음을 알리는 지표라고 말한다.[11)] 그런데 석주명의 '제주도총서'는 전문화되고 세분화된 독자층이 있었다는 사실을 증명한다기보다는 저자 개인의 연구역량과 제주도의 자연과 인문을 통해서 국학의 정립을 꾀한 저자의 기획의도를 드러내는 것으로 평가

10) 최낙진은 「석주명의 '제주도총서'에 관한 연구」에서 "이 책은 제주도 수필에 이은 자료의 보완편이라 할 수 있으며, 또 한편으로는 함께 수록하고 있는 저자의 수편의 논문과 업적목록 등을 제외한다면 대부분 제주도에 관하여 분류 정리하고 있는 점으로 보아 제주도방언집을 보완하여 정리한 것이라고 할 수 있다."(최낙진, 2007: 318쪽)라고 했다. 윤용택은 「석주명의 제주학 연구의 의의」에서, "이 책은 전체의 3분의 2가 제주어와 관련된 글들로 『제주도방언집』의 자매편이라 할 만하다."(윤용택, 2011a: 252쪽)라고 했다.

11) 吳慶鎬는 「韓國 叢書出版의 通時的 硏究」에서 총서를 文庫나 全集과는 다른 것으로 구별하면서, 내용별로 家叢과 專叢, 그리고 雜叢 등으로 세분화한 바 있다. 그러면서 총서출판이 출판의 전문화를 가리키는 지표라고 말하였다. 그런데 일제강점기의 우리나라 엘리트 계층이 교육과 생활 면에서 상당한 수준에 이르렀으나, 親日과 抗日, 양반과 신흥세력의 대립과 같은 내부적인 요소, 그리고 文盲과 貧困이 지배하는 사회분위기와 일제의 武斷統治 등과 같은 사회·정치적인 요소 때문에 출판 미디어 전반이 제자리를 찾기 어려웠다고 진단하였다(吳慶鎬, 1986: 96~99쪽).

된다.[12)]

한편, 석주명의 제주도 연구는 곤충학과 나비분류학에서 사용한 연구방법론을 차용하였다는 데서 그 연구방법론상의 특징을 찾아볼 수 있다. '제주도총서'의 제1집인 『제주도방언집』과 제2집인 『제주도생명조사서』에서는 제주도 방언과 인구지표를 곤충학에서 사용하는 방법인 지방 곤충상 상호간의 유연관계(Affinities)를 숫자로 연구하는 방식을 이용해서 연구했다(최낙진, 2007: 322~324쪽). 실제 그는 나비연구에 있어서 자신을 통합론자(lumper)라고 평하였는데, 당시 동식물분류학자들 대부분이 세분론자(splitter)의 방법론을 채용해서 단순한 개체변이를 이종(異種)으로 분류하여 수백 개의 동종이명(同種異名; synonym)을 만들어냄으로써 생긴 혼란을 없애려고 애썼다. 그가 개체변이의 연구와 분포연구를 동시에 수행했던 것은 바로 이러한 이유에서였고, 그래서 제주도에서부터 백두산까지 한반도 전역을 다니면서 수많은 표본을 채집했다(문만용, 1999: 169~185쪽). 그가 제주의 인문분야에로 관심을 확장시킨 것도 이런 연구방법론을 택했기 때문이다. 이것을 그는 다음과 같이 표현했다.

> 그러나 학문이 아무리 분리되었다고 하더라도, 一科目의 권위자는 타 과목에도 통하는 데가 있다. … 나비의 학문이라도 깊이 들어갈려면 地質鑛物學을 포함하는 博物學(Natural History)도 바라보아야 하며, 더 나아가 박물학에 상대되는 물리, 화학도 최소한도로는 알아야 자기의 나비의 학문을 자연과학(Natural Science)의 계통에 갖다

---

12) 최낙진은 「석주명의 '제주도총서'에 관한 연구」에서 오경호의 주장을 빌려 총서출판이 출판의 전문화 및 전문화되고 세분화된 독자가 있다는 증거가 되기도 한다는 점을 밝히면서, 석주명의 '제주도총서'는 저자의 연구역량과 기획의도라는 점에서 의의가 있다고 주장하였다(최낙진, 2007: 319~321쪽).

> 맞출 수가 있다. 동시에 Natural History(자연역사 즉 박물학)에 또 한 번으로 상대되는 Human History(인문역사 즉 협의의 역사)에도 손이 뻗어야 인생과의 관계에까지 자져가서, 철학적 경지에 들어가 나비로서, 나비의 학문도 계통이 서게 되는 것이다.(석주명, 1949b, 85~86쪽).

그의 표현에 따르면, 학문이 아무리 세분화되었다 하더라도 한 분야의 권위자가 되기 위해서는 타과목에도 통하는 데가 있어야 한다. 이것을 오늘날에는 통섭, 또는 융복합이라고 말한다. 물론 지금의 기준으로 보면 '제주도총서'는 완결된 구조를 갖춘 출판물이라기보다는 일종의 보고서나 자료집에 가깝다(최낙진, 2007: 327쪽). 그럼에도 불구하고 그의 독특한 연구방법론 덕분에 '제주도총서'는 제주도학 연구를 위한 기본 원재료로서 상당한 가치가 있는 것으로 평가할 수 있다.[13]

3. 석주명의 제주도 자연환경 인식

『제주도수필』의 총론 첫 번째 항목은 〈「까치」와 「포플라」〉이다.[14] 이 항목부터 〈헬만·하우텐자하(H. Lautensach)博士〉에 이르기까지의 다섯 항목은 총론의 개요로 볼 수 있다. 왜냐하면 그 다음 항목이 〈舊韓末境의 産物〉인데, 여기서부터 다시 가나다순으로 28개 항목이 정리되고 있기 때문이다.[15] 그러므로 이 부분을 "한반도에는 있지만 제

13) 최낙진은 이 점에서 석주명의 총서가 제주도학의 '도너 리서치(doner research)' 곧 다른 연구를 위하여 재료, 원래의 자료, 전제, 자극으로서 무엇인가 도움이 되는 연구성과라고 평가한다(최낙진, 2007: 328쪽).

14) 이하 본문에서 『제주도수필집』을 인용하는 경우에는 출전을 (쪽수)로만 표기한다.

15) 〈舊韓末境의 産物〉에서부터 〈「버스」에서 보는 風景〉, 〈400年前의 濟州島産物〉,

주섬에는 없는 당시 풍경(風景)으로 까치와 포플러를 들고, 반대로 육지부에는 없고 제주섬에만 있는 풍태(風態)로 밭밟기와 해녀를 들고 있다. 하지만 제주도가 한반도의 다른 지역과 다르기는 해도 동식물의 성립분자를 놓고 볼 때 일본보다 한반도의 분자가 많을 뿐 아니라 중요 분자의 대부분이 한반도와 공통되어 생물학상의 한국의 부속섬임을 분명히 하고 있다."라고 정리한 것은 타당한 분석이라고 하겠다.[16)]

이 부분을 총론의 개요로 본다면, 여기에서는 석주명이 제주도를 기본적으로 어떻게 인식하고 있는지가 드러난다. 그는 먼저 〈「까치」와 「포플라」〉에서 우리나라를 대표하는 동식물이 제주도에는 분포하지 않는다는 사실을 밝힌다. 곧이어 〈踏田과 海女〉에서는 육지에는 없는 제주도의 대표적인 풍태(風態), 곧 인문적 요소를 밝힌다.

> **「까치」와 「포플라」** 이 兩者는 우리 半島를 대표하는 動植物이다.

〈400年前의 濟州島産物 一覽表〉, 〈山海珍味의 雙璧〉 등 숫자까지도 가나다순으로 배열하였다. 그런데 이 원칙에 맞지 않는 항목도 있다. ①〈1880年頃의 濟州物産〉이 〈1880年頃의 大靜物産〉과 〈1880年頃의 旌義物産〉보다 앞에 나오고, 뒤이어 다시 ② 〈1880年頃의 濟州島物産 種類一覽表〉 항목이 나온 뒤에 〈1771年頃의 濟州島物産〉과 〈1295年頃의 濟州島産物〉, ③〈李朝末頃의 日本에 輸出하던 産物〉, 〈1297年頃의 特産品〉이 이어지기 때문이다. 추정컨대 ①은 조선시대부터 제주와 대정, 정의 순으로 행정구역이 연칭되었기 때문이고, ②는 근세에서 조선 전기까지 시기를 거슬러 올라가며 생산물의 차이를 비교분석했기 때문이며, ③은 ②에 이어 조선 말기와 저자 당시의 특산품을 비교 분석했기 때문으로 판단된다. 특별히 주목할 필요가 없다고 할 수도 있겠지만, 기본적으로는 백과사전식의 구성을 가지고 있으면서도, 내용상 필요에 의해 순서가 바뀐 경우도 있음을 강조하기 위해 분석해보았다. 위 ①②③의 구분은 '석주명, 1968: 7~9쪽'에 실린 항목을 논의의 편의상 저자가 임의로 붙인 것이다.

16) 윤용택은 「석주명의 제주학 연구의 의의」에서 "제1장 총론에서는 제주도의 과거와 현재 모습을 이야기하고 있다."라고 하면서 본문의 인용문과 같이 분석했다(윤용택, 2011a: 244~245쪽). 그 뒤의 분석 내용으로 보건대 이 부분이 총론의 개괄 내지는 도입부라는 사실을 명확하게 인지하지 못한 것으로 보이지만, 도입부의 핵심은 정확하게 정리 분석한 것으로 평가할 수 있다.

> 이 兩者가 다 本島에는 없으니 그 點으로 半島風에서 떠난 風景을 보한다. 까치는 까마귀가 많은 이 섬에 不適할 것이고 포플라같은 높게 되는 나무는 바람이 많은 이 섬에는 不適할 것이다.(5쪽)
>
> **踏田과 海女** 馬群으로 踏田하는 狀況과 海女의 風態는 濟州島風俗의 代表로 볼 수 있을 것으로 印刷物에는 大概 이 寫眞이 揭載되어 있다.(5쪽)

이렇게 해서 제주는 한반도와 별개인 섬으로 규정된다. 그런데 석주명의 나비 연구 방법론에 따르면 제주가 한반도가 아닌 다른 곳과 비교하여 얼마만큼의 유사성이 있는지에 따라 제주도가 변이(變異)를 일으킨 것인지 이종(異種)인지를 밝힐 수 있다. 그래서 세 번째 항목인 〈섬의 計劃의 大略〉에서는 일본인들이 1924년에 발표한 제주도(濟州島)의 계획을 검토하고, 다음 항목인 〈動植物의 成立分子〉에서는 제주도가 자연환경의 구성 요건에서 일본과 우리나라 가운데 어느 쪽에 더 가까운지를 밝혔다.

> 日本分子가 勿論 섞이기는 했지만 斷然 半島의 分子가 많을 뿐 아니라 重要分子의 大部分이 半島와 共通되어 生物學上으로도 濟州島는 斷然 韓國의 屬島임을 알겠다.(5쪽)

그리고 이 주장을 뒷받침하려고 〈헬만 라우텐자하(H. Lautensach)博士〉 항목에서는 독일 지질학자인 헬만 라우텐자하 박사가 1933년에 10개월 반 동안 우리나라를 여행하고 『울릉도와 제주도』라는 저서를 냈다는 사실을 소개했다. 이 항목에서는 일본인이 아닌 서양학자가 제주도를 울릉도와 비교분석했다는 점을 주의환기시킴으로써 제주가 한반도에서 떨어진 섬이지만, 우리나라의 부속도서라는 점을 강조한 것으로 볼 수 있다.[17] 그러므로 석주명의 논리를 재구성하면 이렇다.

> 제주에는 자연 환경적 특징으로 한반도의 대표적인 동식물이 없으므로 제주를 독립된 섬으로 보아야 한다. 이 사실은 밭 밟기와 해녀 같은 독특한 인문적 요소를 가지고 있는 데서도 확인될 수 있다. 한반도와는 다른 특성을 가지고 있는 만큼 일본과 얼마나 유사성을 가지고 있는지를 확인해보아야 한다. 그런데 제주에는 한반도의 대표적인 동식물이 없고 오히려 일본적인 요소도 어느 정도 있지만, 한반도의 요소가 많을뿐더러 특히 중요한 것들에 있어서는 한반도와 공통되기 때문에 한반도의 부속 섬이다. 이 점은 헬만 라우텐자하 박사가 한반도의 또 다른 부속섬인 울릉도와 제주도를 비교한 저서를 낸 사실에서도 확인된다.

그런데 총론의 개요에 해당하는 이 부분에서도 '日本分子'와 '半島分子'가 명확하게 제시되지 않을뿐더러, 백과사전식으로 제주의 자연과 인문적 요소를 소개하는 제2장 자연과 인문에서도 그 점이 명확하게 드러나지 않는다.

> **濟州島 陸續說** 立岩 巖氏(1941年)에 依하면 別刀峰에 있는 花崗巖角礫을 包含한 火山碎屑岩層의 示唆로 植物分布狀態等도 參照하니 對馬가 第三期의 젊은 中生代層의 陸地로 朝鮮·九州等과 陸續했던 그 時代에 그 陸地는 濟州島까지도 連結되었던 것으로 생각함이 穩當하다고도 생각된다고.(15쪽)

---

17) 이 항목에서는 헬만 라우텐자하 박사가 우리나라에 체류한 시기와 저서에 대해 밝히고 있지만, 〈土地의 割當과 景觀〉에서는 라우텐자하 박사의 조사내용을, 〈濟州島를 調査한 地質學者〉 항목에서는 라우텐자하 박사가 지질학자 가운데 한 사람임을 밝힌 바 있다(석주명, 1968: 5, 10, 15쪽).

植物地理學上의 位置 正宗嚴敬氏는 中井博士의 硏究를 基礎로 濟州島는 照葉樹木帶로 全北植物區系界-東亞區系域-中部日本地方에 屬한다고 했다. 또 固有種이 많은 즉 獨立率이 높은 點으로 八丈島, 屋久島, 濟州島, 鬱陵島等을 들었다.(26쪽)

動物分布上으로 본 大韓海峽 地質學上 第三期까지는 韓國과 日本列島가 모두 連續되었던 것이 第三紀末 또는 第四紀初로부터 分離되기 시작하였는데 動物의 分布上으로 보면 ①濟州島·九州間, ②對馬·九州間, ③韓半島·對馬間, ④半島·濟州間의 順序로 分離되었다고 볼 수가 있다.(34쪽)

有尾類로 본 濟州島 佐藤井岐雄氏(1943年)에 依하면 濟州島는 韓國 南部와 一括하여 一群을 成하나 對馬와는 隔離되어 相違가 있다고.(36쪽)

濟州島南端部의 動物相 이 地域의 陸地는 그 自然이 全然 破壞되었고, 또 暴風地帶이니만큼 陸産動物相 그 中에도 더우기 昆蟲相은 實로 貧弱하다. 그러나 沿岸의 海産動物相 더우기 對馬島附近의 그것은 豊富하다.(37쪽)

물론, 위의 발췌 내용에서도 드러나듯이 〈제2장 자연〉에서는 항목별로 선행연구자들의 주장을 한반도와 제주, 그리고 일본의 관계와 연결하여 간략하게 소개한다. 그리고 간략한 소개인 데도 불구하고 전체 구성을 보면, 제주도가 조선은 물론 일본과 연결되어 있던 시기가 있었을 것이라는 선행연구를 소개하면서, 식물지리학이나 동물분포상에서 그 근거가 될 자료들을 제시하면서, 아래와 같이 우리나라와 공통되지만 일본과는 다른 요소들을 제시함으로써 제주도가 우리나라 섬이라는 점을 강조하기도 한다.

멩마구리 「맹꽁이」의 濟州語. 濟州島에도 맹꽁이가 많으니 이것만으로도 濟州島가 韓國의 섬임을 알 수가 있다(맹꽁이가 日本에는 없으니까). 이 種類의 이름은 鳴聲에서 由來한 것으로 陸地에서는 맹꽁이가 맹꽁맹꽁 운다고 하는데 濟州島에서는 멩마구리가 멩막멩막 운다고 한다.(35쪽)

濟州島의 哺乳動物區系 岸田·森 兩氏(1931년)에 依하면 「털보박쥐」 등 겨우 10種內外가 있을뿐이고 이것들은 거의 全部가 半島産과 同一種이요 特産種으로는 「제주족재비」가 있을 뿐이니 濟州島는 支那地方中의 朝鮮土部區에 屬하고 다시 一小區別의 價値가 있다고 하였다.(37쪽)

鳥類分布上으로 본 濟州島 黑田長禮氏(1929年)에 依하면 留類로 보아 濟州島는 對馬와 함께 朝鮮半島에 屬하여 古北區域의 朝鮮區를 形成한다고 한다. 그리고 濟州島特産은 4亞種이라고 한다. (37쪽)

脊椎動物로 본 濟州島의 位置 무당개구리, 맹꽁이, 줄장지뱀, 누룩뱀, 실뱀 等은 半島와 共通이고 日本에는 없으니 分明히 濟州島는 韓國에 가까운 섬이다. 이 點은 벌서 森 爲三氏(1828年)도 指摘한 바이다.(38쪽)

爬蟲類와 兩棲類 뱀이나 개구리種類로 보면 濟州島는 陸地와 密接한 關係가 있고 蝶類로 본 것과 같다. 陸地와 對馬와의 關係보다도 一層關係가 깊으니 濟州島는 一層 오래 陸地와 連繫되어있던 섬임을 알 수가 있겠다.(39쪽)

天牛科로 본 濟州島 齊藤孝藏씨(1932年)에 依하면 濟州島는 日本에 보다도 韓半島와 관계가 더욱 깊다고 한다. (43쪽)

그의 소개에 따르면, 제주도는 일본학자들의 연구결과에 따르더라도 일본보다는 한반도와 더 관계가 깊은 생태적 특성을 보인다. 이런 생태적 특성은 자연과학적 탐구를 통해 밝혀진 사실(事實)이므로 일본학자들의 연구결과도 배척하지 않고 인용한 것으로 볼 수 있다.[18]

그러면서도 다음과 같이 제주도에서만 찾아볼 수 있는 것들을 빼놓지 않고 기록한다. 이것이야말로 석주명이 주목하고, 강조하려고 한 것이기 때문이다.

> **水成岩** 濟州島唯一의 것. 西歸浦層이 淵外川越便 海岸絕壁에 훌륭하게 露出되어 있고 多量多種의 介化石이 보인다. 약 60m의 斷岸中間에 2層의 化石層이 露出하여 있는데 各化石層의 上部의 化石은 大概 不完全하나 下部의 化石은 大概 完全하다.(14쪽)
>
> **天下의 一大奇觀** 地質學者 立岩 巖氏(1941年)에 의하면 濟州島의 金寧窟은 平北에 있는 世界屈指의 大石灰洞 蝀龍窟과 함께 天下의 一大奇觀이라고.(17쪽)
>
> **녹나무(樟)** 植木秀幹氏(1941年)에 의하면, 韓國에서는 濟州島에만 自生한다고 한다. 濟州語로는「롱낭」,「농방」혹은「우박」.(21쪽)
>
> **染井吉野** 櫻花中 가장 고흔 品種인 染井吉野 一名吉野櫻의 原產地는 이 濟州島로 되어 있다. 아직도 西歸西好近里北方에 自生의 古木이 있지만 絕滅에 瀕했다. 그러나 古屋에는 이 櫻木柱의 遺物이 많이 보인다.(27쪽)
>
> **예반초** 石蒜科의 문주란이고 一名 萬年草라고도 하고 舊左面下道里海岸에 있는 兎島의 것은 天然記念物로 指定되어 있다. 緣邊의 것

---

18) 윤용택은「석주명의 제주학 연구의 의의」에서『제주도수필』의 제3장 인문이 제2장 자연보다 분량이 많다는 점을 강조하면서, "그리고 '자연'분야에서는 선행연구자들, 특히 일본학자들의 성과를 많이 인용하였으나, '인문' 분야에서는 주로 석주명 자신이 직접 원자료를 읽고 연구한 것을 바탕으로 하고 있다는 점에서 차이가 있다. 그 점에서 그는 제주도와 관련해서는 인문학자이자 사회과학자라 할 수 있다."고 지적한 바 있다(윤용택, 2011a: 246쪽). 이 평가의 논리구조를 살펴보면 석주명이 의도적으로 '제주도학'의 인문사회학적 부분에 더 초점을 맞춘 듯한 인상이 든다. 그런데 〈인문〉분야에서도 직접 목격한 것 외에는 일본학자들의 성과를 인용한 사례가 있는 점으로 보건대, 〈자연〉분야에서 일본학자들의 성과를 많이 인용한 것만으로 인문분야에 더 초점을 맞추었다고 보기는 어렵다.

은 雜人의 搬出로 많이 荒廢되었지만 섬 中央部에는 아직 대단히 많고 全滅될 念慮는 없다. 近岸杏源里에도 近年까지 있었지만 1928年까지에 絕滅되었다. 그 原因은 過度한 搬出과 멸치 工業化에 있었다. 韓國產으로는 兎島의 것뿐이니 珍奇하다고 할 수가 있다.(27쪽)

까마귀 濟州島는 까마귀의 섬이라고 할만큼 까마귀가 많고 群飛할 때는 壯觀인데 더우기 烏群 飛下時의 騷音은 凄然해서 이를 ᄇᆞ람까마귀(風烏)라고 한다. 이 烏群의 被害는 대단하고 農作物, 漁業, 養鷄等에 酷甚하여 여기 재미있는 逸話까지 있다.…(32쪽)

삼천발이(三千足) 韓方藥의 名稱인데 蛇尾類에 屬하는 動物이다. 他藥物과 合.하여 强壯劑로 쓰는데 韓國의 產地는 濟州島로 되어 있어 每年 서울方面에 移出된다.(35쪽)

濟犬 濟州島在來種이고 現在는 純種은 極稀하다. 珍島犬과 恰似하나, 相異點은 ①巨大하고, ②귀가 크나 先端이 聳立치 못함으로 普通은 先端을 切斷한다. ③體軀에 比하여 長脚이고 骨組가 硬固하여 走力이 强하다. ④ 性이 猛兇. ⑤粗食에 견딘다. ⑥ 以上의 形質外에 視·嗅覺이 發達되었으니 獵犬으로는 一等이라 한다.(37쪽)

濟馬와 才馬 濟馬가 濟州馬의 뜻임은 곧 알 수가 있다. 그러나 才操거름을 하는 關係로 才馬라고도 한다. 才操거름이 濟州거름으로 될 수 있겠고 才馬가 濟馬로도 될 수가 있겠다. 이 才操거름이란 것은 上下動이 적은 步法인데 最近 많이 奬勵되는 것으로 濟馬에도 出生하면서 가진 本才도 있고 訓鍊시킨 訓才도 있다.(37쪽)

이런 점으로 보건대, 『제주도수필』의 〈2장 자연〉은 제주의 자연생태를 백과사전식 구성한 제주도자료집 또는 제주도보고서적 성격을 띤다. 그리고 이런 자료를 바탕으로 하여, 주제별로 정리하여 신문이나 잡지에 기고한 글들을 모은 것이 『제주도자료집』이다. 이 많은 자료를 모으고, 비교분석하여 정리했다는 것이 『제주도수필』의 긍정적인 점이라고 한다면, 저자의 기획의도와 결론에 해당하는 논지가 명확히 드러나 있지 않다는 점은 한계라고 할 수 있다.[19)]

물론 『제주도자료집』의 첫 번째 글인 〈韓國의 姿態〉에서는 『제주도수필』의 기획의도 또는 논지에 해당하는 내용이 나온다.

> 우리는 어느덧 期치 않았던 國際生活을 하게 되었다. 우리의 日常生活을 反省하여도 韓國固有의 要素가 도무지 몇 %가 않됨을 알 때 우리는 놀라게 된다. …
>
> 濟州島에서는 言語·風習·習慣·其他에 있어서 古來로 陸地와는 相異하다고 하여 왔지만, 자세히 살펴보면 韓國의 옛날모습 乃至 眞正한 모습을 말해주는 資料가 많다. 眞正한 韓國의 姿態를 찾으려면 濟州島에서 그 資料를 많이 求할 수가 있겠다. 왜 그러느냐하면 濟州島는 孤島이므로 陸地서와 같이 外來文化에 浸潤받을 機會가 적었고, 그리 작지 않은 面積과 人口는 固有文化를 보존할 수가 있었기 때문이다.(석주명, 1971: 7쪽)

위 인용문에 따르면, 석주명은 우리의 것이 사라져가는 시대상황을 개탄스러워하면서, 시대상황이 우리가 남으로부터 영향을 받을 수밖에 없는 상황이라면 우리도 남에게 영향을 줄 수 있지 않겠느냐고 말한다. 그러려면 우선 우리의 것이라고 말할 수 있는 '고유(固有)한 것'

---

19) 이 점에 대해서는 『제주도수필』 이하의 제주도총서가 석주명 사후에 동생인 석주선에 의해 발간되었다는 점을 들어 대응논리를 펴나갈 수도 있다. 하지만 석주명이 밝힌 바 있듯이 '제주도총서'는 이미 석주명 당시 출판원고 형태로 완성되어 있었으므로, 그의 생전에 출판되었더라도 지금의 형태와 그다지 차이는 없을 것이라고 생각된다. 그러므로 본문에서 '기획의도와 결론에 해당하는 논지'라고 말한 것이 명확히 드러나려면 지금처럼 '도너 리서치'로서 가치를 지니는 백과사전식 서술이 아니라, 하나의 완결된 연구저작 형태가 되어야 하는데, 석주명이 생전에 출판을 완료했다고 하더라도 그렇게 되지는 않았을 것이라는 점에서 한계가 드러난다고 하겠다.

을 알아야 하는데, 이미 육지에서는 우리의 것이 많이 변한 데 비해 제주도는 외부의 영향을 덜 받은 섬이므로 고유한 것이 많이 남아 있다. 그러므로 제주도에 남아 있는 고유한 것을 발굴 기록하고, 계통을 세워 한국의 자태(姿態)를 드러낼 수 있어야 한다는 것이 석주명의 생각이다. 그리고 그 근거는 무엇보다도 자연환경에서 분명히 증명될 수 있다고 생각했기 때문에, 자연환경의 자료를 인문환경의 자료보다 앞에 배치했던 것으로 볼 수 있다. 이런 생각은 오늘날의 관점에 따르면, 몇 가지 위험한 요소가 있다.[20] 하지만 사라져가는 우리의 것을 기록하고 계통을 세우려고 했다는 점에서는 여느 문화인류학자 비해도 부족함이 없다고 할 수 있다.

4. 석주명의 제주도 인문환경 인식

석주명은 〈Ⅲ.人文〉의 시작을 문화인류학 또는 민속학 분야인 〈1.傳說·種族〉으로 잡았다. 그리고 그가 상당히 중요하게 생각했던 〈2.方言〉에 이어서, 〈3.歷史〉를 배치했다. 이것은 〈Ⅱ.自然〉에서 각 항목별로 한반도와 일본 사이에서 제주가 어떤 관계를 맺고 있는지를 검토한 것과 다르다. 〈Ⅱ.自然〉에서는 기상, 해양, 지질·광물이라는 제주의 자연환경과 그 속에 생존하는 생물, 곧 식물과 동물(곤충)의 분포를 통

20) 대표적인 위험 요소를 손꼽자면, 자연환경이 인문환경에 직접적이고 결정적인 영향을 미친다고 하는 환경결정론의 우려가 있지 않나 하는 점이다. 그밖에도 지역학에서는 중심/주변론을 벗어나지 못한 우려가 있다는 점, 제주를 고립된 섬으로 보아 한국문화의 옛형태를 유지하는 것으로 설정하면서도 그와 함께 외래문화의 교섭이 활발하게 이루어지기도 했다고 말함으로써 논리적 모순을 범하고 있다는 점 등을 들 수 있다. 이 점에 대해서는 이 논문 결론부에서 비교적 상세하게 다루기로 한다.

해, ①제주가 한반도와는 떨어진 섬이라는 점, ②하지만 일본과도 근본적으로 구분되므로 한반도에 부속하는 섬으로 보아야 한다는 점, ③그럼에도 불구하고 한반도의 고형(固形)을 간직한다고 볼 수 있을 만큼 변이가 덜 이루어진 형태가 많다는 점을 드러내었다.

그런데 〈Ⅲ.人文〉에서는 곧바로 제주만의 특성이 드러나는 주제를 배치함으로써 앞 장의 서술과 대비시킨다. 이것이 석주명의 의도적인 구성이라는 점은 뒤따르는 주제들에서도 확인된다. 1절에서 3절이 제주만의 특성을 드러내는 요소를 다루었다면, 4절에서는 〈外國人과의 關係〉, 5절에서는 〈關係人物〉을 다루어서, 제주도의 인문학적 환경에 영향을 미친 내외부의 요인들을 제시한다. 그리고 〈6.民俗〉에서부터 〈8.日常生活〉에 이르기까지는 전통적 문화 요소를, 〈9.地理〉에서 〈14.交通·通信〉까지는 제주의 인문지리적 환경을, 〈15.農業〉에서 〈19.其他産業〉까지는 산업경제부문을, 〈20.政治·行政〉에서 〈24.敎育·宗敎〉까지는 제주의 사회지리적 환경을 제시한다. 그리고 마지막으로 〈24.文化〉 항목을 제시하는데, 특히 〈代表的民謠〉 항목에 서술된 「오돌똑」은 이 책의 저자 서문 다음 쪽에 악보와 함께 가사가 실려 있다. 그런데 〈Ⅲ.人文〉의 〈代表的民謠〉 항목에 따르면 「오돌똑」은 "陸地의 「아리랑」에 該當하는데"(석주명, 1968: 225쪽), "아리랑과 같은 맛이 있는 哀調를 띤 노래다."(석주명, 1968: 227쪽). 아리랑이 한국을 대표한다면 오돌똑은 제주를 대표하는데, 이 둘의 정서가 비슷하다고 표현한 데서 그가 제주를 연구한 취지가 사실상 수미일관하게 드러난다고 평가할 수 있다.

물론 〈Ⅲ.人文〉의 〈25.文化〉 항목에서는 다음과 같은 부정적 논조도 찾아볼 수 있다.

> **島民의 趣味** 島民의 大部分은 역시 農民이다. 農村娛樂이 殆無하다는 것보다 全無한 곳이요 民度가 낮으니 迷信이 많고 酒草는 過用한다. 海邊에서 「쟈리회」에 燒酒나 먹으면 最上의 行樂이라 하겠다.(225쪽)

이런 부정적 논조는 석주명이 조선적 생물학을 통해서 국학을 진흥하는 데 일조해야 하겠다고 하는 책임의식을 가지고 있는 지식인이어서 계몽주의적 시각을 노출시킨 것으로 볼 수 있다. 뿐만 아니라 타자에 의한 제주문화 인식의 한계라고도 할 수 있다. 하지만 그가 부정적인 논조를 드러내는 그것조차도 한국문화의 고형이라는 점에서 수집과 기록의 대상으로 삼았다는 점에 주목할 필요가 있다. 오돌똑 민요만 하더라도, 석주명은 민요가 중앙집권의 형태에서는 잔존할 수 없는 것이어서 육지에서는 많이 사라진 반면 제주도에는 아직도 민요가 많다고 하는 점을 긍정적으로 평가했다(석주명, 1968: 226쪽).

〈Ⅲ. 인문〉의 첫 절에서 석주명은 제주도의 기원을 담은 전설에 대해 객관적이고 역사적인 입장을 취한다. 그는 제주도의 "始祖 3神人의 전설로는 固有島民이 있는 것으로도 생각할 수 있겠지만 諸處에서 들어온 사람이 모인 것일 것이다."라고 하면서, 그 근거를 "多少나마 存在가 있다는 사람을 보면 大槪는 二十二三代祖가 入島하였으니 麗末期이라 그러니 亡命온 사람, 定配온 사람들의 子孫들이라고 解釋이 되고 그 外에 漂流해온 사람의 子孫도 적지 않을 것이다."(석주명, 1968: 44쪽)라고 제시하였다. 이렇게 원주민과 육지에서 들어온 사람들의 혼혈이 제주도민의 유래일 것[21]이라고 보기 때문에 〈濟州魂〉이라는 항

---

21) 〈種族〉, 〈耽羅族〉 등의 항목에서는 인류 기원 내지는 朝鮮族의 기원 등과 관련된 학설을 소개하고 있는데(석주명, 1968: 47, 48쪽), 그 요지는 원주민과 이주민의 혼혈

목에서는 특별히 최남선의 주장을 빌려 제주도민의 성향을 다음과 같이 기록하기도 했다.

> **濟州魂** 崔南善氏가 말한바로는 濟州人은 冒險과 遠征과 堅忍과 機敏만이 그네에게 不足한 自然의 恩澤을 보탤수가 있어서 男子는 널조각을 타고 海外로 나가고 女子는 뒤웅박을 차고 바닷속으로 들어가게 되었다고 한다. 그동안에 어느덧 他地方에서는 볼 수 없는 결기 있고도 영악스러운 濟州島民의 성격을 만들었다고 한다.(47쪽)

최남선의 주장을 소개하는 형식을 취했지만, 석주명은 제주도인의 성격이 환경에 영향을 받을 수밖에 없어서 '모험심, 도전정신, 강인함, 민첩성' 등의 장점과 결기 있다거나 영악스럽다는 단점으로 나누어 기록했다. 본래 '결기'란 '못마땅한 것을 참지 못하고 성을 내거나 왈칵 행동하는 성미'를 가리키지만, '곧고 바르며 과단성 있는 성미'를 가리키기도 한다. 그러므로 결기 있다는 평가를 부정적으로만 보기는 어렵다. 하지만 "그네에게 부족한 자연의 은택을 보탤 수가 있어서"라고 서술한 것은 분명히 제주도의 자연환경이 인문적 환경에 상당한 영향을 미쳤다고 판단한 것이다. 그리고 이런 판단은 방언 연구에도 그대로 이어진다.

에 의해 이루어진 것으로 볼 수 있다는 것이다.

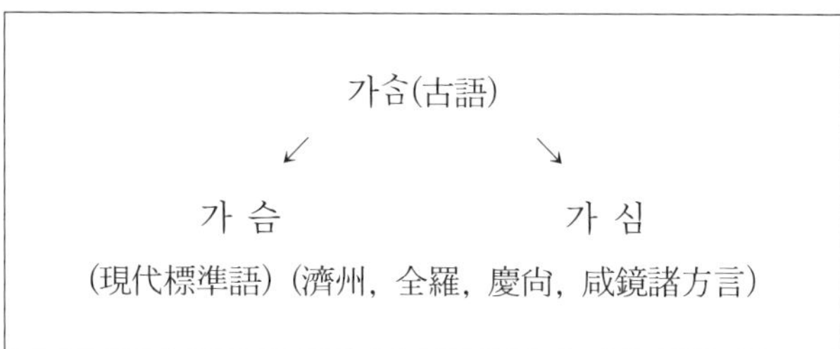

석주명이 제주도방언에 몰두한 이유는 그것이 우리 옛 말의 형태를 비교적 잘 지키고 있다고 생각했기 때문이다. 그래서 그는 제주 방언과 고어, 그리고 다른 지방 방언은 물론 외국어까지 비교하여 그 계통을 분류하려고 하였다. 이 과정에서 때로 무리하게 추측하는 일도 있지만, 해당 분야 전공자가 아니면서도 상당한 관심을 가지고 수집, 분석, 정리한 것은 나름대로 의의가 있다고 하겠다.[22)]

방언 다음에 나오는 〈3.歷史〉에서는 제주와 관련된 역사기록들을 정리하였다. 눈에 띄는 것은 〈島民의 氣質과 李朝의 鎖國政策〉 항목인데, 여기서는 제주도민의 성격이 결기 있고 영악하다는 앞 절의 진술을 상기시키는 내용을 담고 있다.

> **島民의 氣質과 李朝의 鎖國政策** 李朝때에 外國貿易을 萬一 許했던들 島民은 勇悍有爲의 航海業者가 되어 南北支那, 琉球, 日本, 南

22) 예컨대 『제주도수필』 52쪽에는 〈ᄆᆞᆫ독〉 항이 나오는데, 제주어로 "그 뜻은 먼저(塵)인데 「몬독」이 타갈록(Tagaloc)語(比島語)로 「山」의 뜻이니 濟州語의 「ᄆᆞᆫ독」과 比島語의 「몬독」은 「塵合泰山」으로나 通하는 말일가"라고 하였다. 진합태산(塵合泰山)이 '티끌 모아 태산'이라는 말이니, 인용문에 '먼저(塵)'라고 표기된 것은 '먼지(塵)'의 오기(誤記)로 추정된다. 음가가 비슷한 사례를 들어 이런 추정을 한다는 것은 학문적 엄밀성을 결여한 것이지만, 적어도 오늘날 우리에게 'ᄆᆞᆫ독'이 티끌을 뜻하는 것이고, 필리핀어에서는 유사한 음가의 단어가 산을 뜻하는 것이라는 정보를 제시하는 것이 될 수는 있다.

> 洋間을 往來하여 巨利를 占했을 뿐만 아니라 島風도 現在와는 다를 것이고 韓國 全體의 歷史가 別途를 걸었을 것이다. 그 證據로는 韓日合併後에 大阪等地에 있는 韓國人部落은 대부분 本島民이 形成한 것이다.(59~60쪽)

여기서 석주명은 제주도민의 자질을 '용한유위(勇悍有爲)의 항해업자(航海業者)'와 연결한다. 본래 이중환의 『택리지(擇里志)』에서는 평안도 사람들의 성정을 용한위상(勇悍爲上)이라고 표현한 바 있는데[23], 석주명은 제주도민이 '날쌔고 사나운 항해업자'가 될 자질을 갖추고 있는 것으로 보았다. 그리고 외국무역이 일찍부터 용인되었다면 도민들이 주도적으로 동아시아 무역에 참여하여 큰 이익을 낼 수 있었을 것이며, 그 결과 제주도의 상황은 물론 한국 전체의 상황이 바뀔 수 있었을 것이라고 말했다. 그 근거로는 일제 강점기에 일본으로 이주하여 성공적으로 정착한 사례를 제시했다.

그밖에 제주가 삼별초의 난 등 내우외환을 겪었던 역사적 사실과 육지에서 온 탐관오리로부터 수탈당했던 역사적 기록들을 정리하고 있는데, 특히 〈李朝時代의 島民의 嘆歌〉에서는 그럼에도 불구하고 육지와는 독립되어 있던 제주도의 상황이 잘 드러난다.

> **李朝時代의 島民의 嘆歌** 日出而作하고 日入而息하니 帝力이 何有於我哉 擊壤而食하고 鑿井以飮하니 帝力이 何有於我哉.(66쪽)

'해 뜨면 일하고 해 지면 쉬니 임금의 힘이 어찌 내게 미치랴. 땅 일

23) 『제주도수필』「7.食衣住」의 〈婦女의 衣裝〉 항목에서 "平安道婦人의 것과 殆同하다."(97쪽)고 한 것을 보면 '용한유위'라는 표현을 쓴 이유가 있을 것으로 추정된다.

귀 먹고 샘 파서 마시니 임금의 힘이 어찌 내게 미치랴.'라는 이 노래는 사실 『십팔사략(十八史略)』에 기록된 고복격양(鼓腹擊壤)의 고사에서 비롯된 것이다. 본래 이 고복격양은 요순임금의 태평성대를 표현하는 사자성어이지만, 동일한 내용임에도 제목을 탄가(嘆歌)라고 붙였을 뿐 아니라 제주도의 지리적 여건을 고려한다면 부정적인 의미로 해석될 수 있다.

〈6.民俗〉에서는 제주도에 경신숭배(敬神崇拜)가 많다는 것(88쪽), 육지에는 여성무조전설(女性巫祖傳說)이 대부분인 데 비해 제주에는 양성(兩性)의 무조전설이 다 있다는 것(91쪽), 남성들이 표류하거나 익사하는 경우가 많아서 한 남자가 여러 여자를 거느리는 습속이 남아 있다는 점(93쪽), 풍수사상이 농후하여 그 방면에 상당한 관심을 기울인다는 점(94쪽), 그래서 육지에는 없는 묘지형태가 있다는 것(95쪽) 등을 기록했다. 이런 기록들은 돌과 바람, 여자가 많은 만큼 돌을 쌓은 성소(聖所)가 많고, 풍신(風神)을 위시한 여신(女神)의 신앙이 성하다(91쪽)는 것에서도 드러나듯이, 제주의 자연 환경에 인문 환경이 영향을 받을 수밖에 없다는 관점을 드러낸 것이다.

〈7.食衣住〉에서는 〈大門〉과 〈島民의 獨立性〉 항목이 눈에 띈다.

> **大門** 陸地에서 보는 大門이 아니다. 보통은 길든 짜르든 道路에서 집으로 들어가는 길 卽 「올래」가 있고 大門으로 볼 수 있는 濟州語로 「쌀문」 「살채기」 혹은 「이문」이라는, 左右에 石板 혹은 木板을 세우고 「정문」이라는 막대를 揷入케된 것을 지나 집 앞마당에 들어가게 된다. 濟州語로 「대문」이란 것은 「마루방문」이고 전연 다르다.(96쪽).
>
> **島民의 獨立性** 1戶에 男子成人은 1.0人이니 獨立性이 强한 것을 알 수가 있다. 또 1戶當 人口는 現住者가 4.0人이고, 外住者(出嫁人과 留學生)을 包含한대도 5.4人이니 雜食口가 없는 것도 알겠다. 其

實 親子가 同家同住이면서 別棟 別世帶生活을 하는 것은 陸地人들이 想像할 수 없는 程度이나 父母가 子女를 사랑하는 데는 相異가 없겠고 濟州島에도 孝子, 孝婦, 忠臣, 烈女가 있다.(96쪽)

이 두 가지 가운데 '집으로 들어가는 길'을 가리키는 올래는 오늘날 제주의 대표적인 문화상품이 되고 있다. 다만 오늘날에는 '걷는다'는 부분만 부각되고 있어서, '집으로 들어간다'는 본래 이미지를 좀 더 부각시켜야 할 필요가 있을 것으로 판단된다. 그리고 도민의 독립성은 지금도 제주도에 이주한 외지인들이 가장 낯설게 느끼는 부분이다. 한 집에 거주하면서도 결혼 후에는 독립된 세대로 생활하는 이유를 석주명은 독립성으로 파악하고 있고, 혹시 이 독립성이 인륜질서가 파괴된 증거라고 생각할 우려가 있으므로 제주도에도 인륜질서가 있음을 증명하기까지 한다. 그밖에 변소와 돈사를 겸하는 '돋통'은 제주도 외 한반도 지역은 물론 내몽고나 중국, 일본, 그리고 필리핀에서도 발견되는 것이라고 보고하는 데서는 제주가 우리의 고유문화를 가지고 있으면서도 또한 외부로부터 들어온 문화의 원형을 가지고 있음을 알 수 있다.

〈8.日常生活〉에서는 다시 한 번 〈島民의 特性〉이라는 항목을 두어 1948년 조사 결과 9개 항목을 다음과 같이 정리하고 있다.

島民의 特性 1948年 照査에 依하면 ①島民의 歷史的 傳說, ②島民은 누구나 親戚關係에 있다. ③排他的이다. ④過去로부터 外地人이라면 乞人쯤으로 생각하여 都大體 相對를 잘 하지 않음. ⑤島民의 自尊心은 자기네의 水準이 韓國의 어느 곳보다도 떨어지지 않았다고 생각하는 것. ⑥中間層이라는 것은 殆無. ⑦傳統的 勇猛性. ⑧正義나 共同의 利益을 爲하여는 언제나 同一步調를 取함. ⑨生活力의 强盛

等이다.(102쪽)

이 항목들은 모두 제주의 자연환경에서 비롯된 인문환경인 동시에, 제주인들의 특성이 드러난 것이라고 할 수 있다. 그래서 각 항목을 따로 분석할 필요가 없을 정도로 상호 인과 관계를 형성하고 있는 것으로 볼 수 있다. 하지만 이런 특성이 언제나 긍정적인 것만은 아니다.

> **勞動精神** 島民에게는 勞動精神이 强하다. 男子의 出稼業과 여자의 潛水業은 特異하다고 할 수가 있다. 이것은 濟州島의 瘠薄한 土地의 所産이다. 이 精神이 지극히 좋기는 하지만 좀 지나친 點이 있어 極端의 個人主義로 되고 所謂 島人根性이란 것이 되었다고 한다.(101쪽)
>
> **男權과 女權** 男女의 權利는 分明히 經濟力에 竝行한다. 濟州島서는 女子가 生産하며 따라서 經濟權을 가졌으니 男女의 權利는 同等이다. 그래서 離婚·再婚의 風이 强하고 따라서 그것을 그리 흠잡지도 않는다. 翰林面 挾才里 같은 곳에서는 初婚의 夫婦는 不過 2割밖에 않된다고 한다. 그러나 妾의 數가 적지 않은 것은 女子의 數가 많은 關係이다.(101쪽)
>
> **男女의 일의 區分** 男子의 일로는 牛耕, 播種, 家屋建築 及修繕, 牛馬 牛馬車의 取扱, 賦役 等이고 女子는 家事, 裁縫, 育兒 等 陸地 一般婦女의 일은 물론 其外 家計, 農作, 潛水, 飮料水 運搬 其他 一切의 일을 하니 女子에게는 精神的으로 肉體的으로 餘裕가 없으니 밭도 人家近處에 集中되었고 떨어질수록 값이 떨어진다. 그러니 女子의 文化面에는 보잘 것이 없고 發達할 理도 없고 內外의 風도 없다.(101~102쪽)

〈勞動精神〉 항목에서도 확인되듯이 도민들의 성정은 자연환경과

밀접한 관계가 있다. 그런데 노동정신이 강한 장점도 지나치면 극단의 개인주의가 된다는 것이 석주명의 생각이다. 여초현상 때문에 여성의 경제활동이 적극적이고 남권과 여권의 평등과 내외의 풍속 부재를 낳았지만, 대신 노동에 시달리기 때문에 문화적으로 소외당한다는 이중적인 면은 시사하는 바가 크다.

이상에서 소개한 것 외에도 제주의 인문지리적 환경, 산업경제부문, 제주의 사회지리적 환경을 항목별로 정리하고 있다. 하지만 이미 〈Ⅱ. 自然〉에서 제주가 한반도의 부속 섬이라는 점을 명확하게 하였으므로, 제주의 특성이라고 할만한 것들을 기록 보고하는 수준에 그치고 있다. 따라서 제주의 인문학적 위치를 계통적으로 정리 강조하려는 취지가 명확히 드러나 있지는 않다.

5. 타자에 의한 제주도 문화인식의 가능성과 한계

석주명은 『제주도수필』 제3장을 모두 25개의 절로 나누어 〈인문〉 계통으로 분류하였다. 오늘날 우리는 인문학이라고 하면 문학과 철학, 그리고 역사를 떠올린다. 그런데 『제주도수필』 〈인문〉편에는 앞서 살펴보았듯이 상당히 다양한 분야의 항목이 실려 있다. 물론 앞 장인 〈自然〉에서 기상과 해양, 지질·광물, 동물, 곤충 등을 다루었으므로, 이 분야를 제외한 모든 것들을 〈인문〉에 실을 수밖에 없었을 것이다. 그런데 석주명이 만일 이들 분야가 〈인문〉이라는 것으로 통칭될 수 있다고 생각했다면, 이것에 대해서 짚고 넘어갈 필요가 있다.

이 책 전체를 놓고 볼 때 '제2장 자연' 분량이 50쪽인 데 반해, '제3장 인문'은 그보다 훨씬 많은 278쪽에 이른다. 그리고 '자연' 분야에서는 선행연구자들, 특히 일본학자들의 성과를 많이 인용하였으나, '인문' 분야에서는 주로 석주명 자신이 직접 원자료를 읽고 연구한 것을 바탕으로 하고 있다는 점에서 차이가 있다. 그 점에서 그는 제주도와 관련해서는 인문학자이자 **사회과학자**라 할 수 있다.(윤용택, 2011a: 246쪽)

> 앞서 살펴보았듯이 제주도 총서 6권은 석주명이라는 한 개인 연구자에 의해 자연과학, 인문과학, **사회과학 분야**를 망라한 자료집이자 연구성과물이다. 그 수집과 분류 그리고 정리하는 과정을 거쳐 이 방대한 분량의 총서를 기획하고 출판하였다는 것은 총서내용 못지않게 그 연구방법에 대한 고찰이 이루어져야 할 것이다.(최낙진, 2007: 321쪽)

이 두 평가에서는 석주명이 〈인문〉으로 분류한 항목들에 대해서 사회과학이라는 용어가 등장한다. 물론 1923년에 설립된 경성제국대학에는 3년제 법문학부와 4년제 의학부가 설치되었고, 법문학부에도 법과, 철학과, 사학과, 문과 등 네 개 학과밖에 없었으므로, 석주명이 사회과학이라는 용어에 익숙하지 않았던 것으로 볼 수도 있다. 하지만 1912년 정광조(鄭廣朝)가 『천도교월보(天道敎月報)』에 사회학에 관한 글을 2회에 걸쳐 실은 이래 꾸준히 일본을 통해 사회학이 소개되다가, 1930년대에 이르러서는 유럽과 미국에서 직접 도입되기도 하였으며, 1946년에는 이상백(李相佰)이 서울대학교에 사회학과를 설립하기에 이르렀다. 그러므로 '제주도총서'의 2집을 『제주도의 생명조사서(제주도인구론)』로 출간하고, 4집 『제주도수필』 가운데서 한 절을 〈사회〉로 이름붙인 석주명이 굳이 『제주도수필집』의 3장을 〈인문〉이라고 이름붙인 이유가 있는 것으로 볼 수 있다.

본래 인문(人文, humanitas)이란 인간다움을 뜻하는 것으로, 이것을 연구하는 인문과학은 인간과 인간의 문화에 관심을 갖는 학문분야이다. 중세에는 세속적인 문예·학술 활동을 스투디아 후마니따띠스(Studia Humanitatis)라고 했지만, 19세기 이후로는 신의 영역과 구분되는 '세속적'이라는 이미지를 탈피하는 대신 오히려 당시 발달하던 자연과학과 선긋기에 나서기 시작했다. 하지만 인문과학을 인간 및 인간적 사상 일반에 관한 과학적 연구라는 의미로 해석한다면 사회과학은 물론 자연과학까지도 포함하는 것이라고 할 수 있다. 그리고 자연생태계에 상대되는 모든 인간학적 관심사 및 활동의 산물을 인문이라고 단순히 정의할 수도 있다. 그러므로 석주명이 자연생태 또는 자연환경과 인문을 대비하여 구성한 것은 단순하게 생각할 수도 있다.

그런데 이 문제를 주의환기시키려는 이유는 분류학·계통학에 능한 석주명이 자신의 연구분야를 제주도학으로 분류한 일이 있기 때문이며[24], 오늘날 지역학 또는 로컬리톨로지로서의 제주학 범위가 다소 모호하기 때문이다.

> … 그의 학문적 연구대상으로서의 제주도와 연구방법론은 제주도학의 차원에서 논의되고 있었던 것이다. 제주도학은 석주명에게 총서 기획단계에서부터 '지역학(地域學)'이었던 것이다.[25]

위의 평가처럼 석주명의 제주도 연구가 기획단계에서부터 지역학(地

---

24) 석주명은 『제주도관계문헌집』에서 제주도 관계 문헌을 가장 많이 제공한 학자 15명을 언급하면서 자신을 "제주도학의 석주명"이라고 언급한 바 있다(석주명, 1949b: 244쪽).

25) 최낙진은 「석주명의 '제주도총서'에 관한 연구」에서 인용문과 같이 석주명의 제주도 연구를 평가한 바 있다(최낙진, 2007: 324쪽).

域學)으로서의 제주도학이라고 할 때, 그의 연구는 오늘날 주목을 끌고 있는 로컬리톨로지(Localitology)와 연결된다. 그렇다고 한다면 오늘날 로컬리톨로지 또는 로컬리티(locality) 담론이 가지고 있는 문제점을 내포하고 있거나, 지금 우리가 석주명을 긍정적으로 평가하는 것처럼 그것을 성공적으로 해결했다면 오늘날 우리의 담론이 어떤 방향성으로 나아가야 할 것인지를 제시해줄 수 있을 것이다.[26] 그런데 그의 제주도 자료들은 앞서 몇 차례 지적되었듯이 하나의 완결된 논저의 형태라기보다는 그것의 자료를 제시하는 일종의 자료집 또는 보고서의 형태를 띠고 있다. 그래서 우리가 기대하는 로컬리티 담론의 방향성을 확보하기는 쉽지 않다. 그리고 오히려 타자에 의한 지역학 연구의 가능성보다는 그 한계를 더 절감하게 될 수도 있다.

사실 『제주도수필집』에 가끔 표현되는 석주명의 인식은 로컬리티 담론에 속한다기보다는 전통적 지역학에 속한다고 할 만큼 계몽적이다. 로컬리티 담론에서 가장 중요하게 생각하는 것 가운데 하나는 "현장의 실제 거주인들, 다시 말해 로컬인들의 행동범위와 특성을 파악하되, 그 접근 시각이 지배자의 담론이 아닌, 로컬인이 주체가 되는 관점"(장희권, 2009: 181~182쪽)이어야 한다는 것이다. 그러므로 스스로를 '반(半)제주인'이라고 부르는 그가 '도민들이 원시적 생활을 하고 있다'든지, '民度가 낮아서 미신적인 것이 많이 남아 있다'고 하는 것은 그가 근대의 계몽주의적 관점을 가지고 있다는 증거다. 특히 이 글에서 여러 차례 지적한 바 있지만 석주명은 스스로를 조선적 생물학자라고 말할 정도로 국학 정립의 당위를 분명히 인식하고 있었다. 그러므로 '로컬인'인 도민도 여러 가지 면에서 이중성을 드러내었겠지만, 그것

26) 로컬리티 담론의 기초적인 내용과 제주학과 로컬리티 담론의 연결 가능성 등에 대해서는 拙稿(2011)를 참조할 것.

을 목격하고 정리하여 기록한 석주명도 한국 고유의 문화형태가 고립된 섬 제주에 남아 있다고 생각하면서도 제주의 이질적 요소들은 진취적 기상을 가진 도민들에 의해 적극적으로 수용된 결과라는 이중적 태도를 취할 수밖에 없었던 것으로 볼 수 있다.

> 제주인들이 외지인들에게 자랑하고 싶은 것과 외지인들이 제주도에서 보고 특이하다고 느끼는 것 사이에는 상당한 차이가 있을 수 있다. 그리고 제주인들이 생각하는 '제주다움'(또는 '제주적인 것')과 외지인들이 생각하는 '제주다움'이 다를 수가 있다. 석주명은 자연과학도이자 외지인으로서, 그리고 제주도를 아끼는 반(半)제주인으로서 제주도의 자연과 문화를 좀 더 객관적으로 보면서 그것을 바탕으로 '제주다움'과 제주도의 가치를 찾으려고 하였다. (윤용택, 2011a: 248쪽)

『제주도수필집』을 위와 같이 평가하기도 한다. 하지만 석주명의 보고에 따르면, 정작 도민들은 모든 부분에서 육지 어느 곳에서도 뒤떨어지지 않는다는 자부심을 가지고 있고, 석주명은 '제주다움'을 한국문화의 원형을 그나마 유지하고 있는 고립된 섬이라는 시각으로 접근했다. 그런데 제주를 한국문화의 원형을 찾아볼 수 있어서 고립된 섬이라고 하는 시각으로 접근한다면, "勇悍有爲의 航海業者"라고 도민의 자질을 서술한 것이나 해외지역과의 관계를 항목마다 확인해본 것 등은 말 그대로 이 책이 '학문적 엄밀성이 부족한, 붓 가는 대로 쓴 수필(隨筆)'에 불과하다는 말이 된다. 그러므로 만일 그가 자신의 계몽주의적 기획을 좀 더 분명히 드러냈다면, 『제주도수필집』을 비롯한 '제주도총서'는 오늘날 우리가 되찾는다고 해도 석주명 당시의 시대적 한계를 그대로 드러내는 자료라는 제한된 가치를 가질 수밖에 없다. 왜냐하면 오늘날 인문학 분야에서는 거의 폐기되다시피 한 환경결정론(環境決定論, environmentalism)을 주요한 근거로 제시하는 듯한 서술 방식을 보였기 때문이다.[27)]

석주명은 제주도를 대주제로 하면서도, '제주도총서' 가운데 생전에 출간한 1-3권을 서울신문사에서 간행했다. 기록에 따르면, 제주에서는 조선 태종 18년(1418) 3월 제주목에서 『예기천견록(禮記淺見錄)』을 간행한 이래, 조선시대 내내 지역민의 교육을 위한 경서류와 통치를 위한 법률관계 문헌이 간행된 일이 있다. 그리고 일제강점기 때인 1911년에는 일본인 사원승미(四元勝美)가 제주읍 본정목에 인쇄소를 개업하여 제주도민이 이 인쇄소에서 기술을 배웠고, 1924년에는 남원읍 출신 양창준(梁昌俊)이 조선인으로서는 처음으로 〈보창인쇄소〉를 개업하여 등기를 마친 후, 1925년 〈대성인쇄소〉, 1926년 〈임기호활판인쇄소〉, 1935년 〈삼광인쇄소〉, 1940년 〈岡本인쇄소〉 등이 제주도에 설립된 바 있다.[28)] 특히, 1945년에는 일본군 제58군사령부에서 〈陣中新聞 濟州新報〉를 창간하여 당시 제주읍 일도리 소재의 〈四元인쇄소〉에서 인쇄한 바 있고, 미군정기인 1945년 10월 1일에는 제주도의 최초 지방신문인 〈濟州民報〉가 창간되어 〈岡本인쇄소〉에서 인쇄되었다(이문교, 1997: 101~139쪽).

27) 환경결정론은 생물 및 인간의 구조와 행동에 환경이 끼치는 영향이 결정적이라고 보는 학설이다. 고대로부터 이어져 오다가 신학적, 목적론적 세계관의 지배를 받던 중세에 잠시 사라졌다가 르네상스 이후 합리적 사고의 부흥과 더불어 부활했던 것으로 평가된다. 이후 프랑스의 백과전서파 학자들에로 이어졌고, 리터 및 라첼에 의해 체계화되었으나, 오늘날에는 프랑스의 라슈에 의해 비판된 후 환경가능론의 입장으로 한 발 물러선 상황이다.

28) 『濟州道誌』 제6권 제6편 문화·예술 편의 기록에 따르면, 태종 18년과 숙종 31년의 『예기천견록』 간행은 기록으로만 남아 있다(743~744쪽). 일제 강점기의 제주출판업과 관련된 세부사항은 『濟州道誌』 제6권 745~746쪽을 참조할 것.

물론, 오늘날에도 제주도에서 제주를 소재로 한 저서들이 제주도 소재의 출판·인쇄소를 전적으로 활용하지는 않고 있다는 사실과 당시 석주명이 제주도민을 독자층으로 겨냥한 것이 아니라는 점, 그리고 이때가 제주 4·3사건이 일어난 때라는 점 등을 고려한다면 굳이 여기에서 석주명의 이중성을 부각시킬 필요는 없다고 하겠다.[29] 하지만 『제주도자료집』의 부록 「著者의 業績目錄 及 解說」에서도 확인되듯이 석주명이 쓴 雜記 180편 가운데 〈濟州新報〉에 실은 〈韓國의 姿態(濟州新報, 1948.2.6. 1面)〉, 〈濟州島廳論(濟州新報, 1948.10.20. 1面)〉이 있고, 『제주도수필』 〈人文〉 '19.其他産業'에서 중요금융기관과 보험회사 등을 소개하고 있음에도 문학 또는 출판 인쇄 관련 내용은 누락시키고 있는 것으로 보건대, 제주도가 한국문화의 원형을 유지하고 있다는 점에 지나치게 주목했던 것으로 볼 수 있다.[30]

---

29) 주지하다시피 제주 4·3사건은 1947년 3월 1일의 사건을 계기로, 1948년 4월 3일에 발발되어 1949년 5월까지 인명 피해는 물론 산업 전반의 상당한 피해를 가져왔다. 그러므로 이 시기에 출간된 '제주도총서' 1–3권이 제주도에서 출간되지 않은 것을 문제 삼는 것은 다소 무리가 따른다고 하겠다. 그런데 『濟州道方言集』은 방언을 다루기 때문에 제주도민을 독자층으로 겨냥한 것이 아니라는 점에 초점을 맞출 수 있다.

30) 〈濟州新報〉는 창간 당시 일제 강점기의 〈陣中新聞 濟州新報〉를 연상시킨다는 이유로 〈濟州民報〉를 제호로 했으나, 제호를 바꾼 바 있다(이문교, 1997: 126~128쪽). 그리고 김동윤의 『4·3의 진실과 문학』에 따르면, 1946년 1월에 제주 최초 동인지적 성격의 잡지인 『新生』이 창간되었고, 1946년 5월에는 애월면 인민위원회와 청년동맹에서 공동으로 『新光』을 발간하였으며, 1947년 1월에는 경찰기관지인 『警聲』이 창간되는 등 석주명이 '제주도총서'를 출간했던 기간에 제주에서는 상당히 활발한 문학활동이 벌어졌다(김동윤, 2003: 257~284쪽). 제주 방언에 관심을 가졌던 석주명이 이렇게 문학과 출판에 관련된 몇 가지 중요한 기록을 누락시킨 것은 물론 그가 제주에 체류했던 기간 이후에 벌어진 일이기 때문이라고 볼 수도 있다. 그런데 그가 4·3사건이 발발하기 직전인 1948년 2월에 「韓國의 姿態」라는 글을 〈濟州新報〉에 투고했고, 1948년 10월에 〈濟州道廳論〉이라는 글을 같은 신문사에 투고한 것으로 보건대, 체류기간 이후에도 제주에 대한 나름의 관심을 제한적인 경로를 통해서나마 지속적으로 가지고 있었던 것으로 판단된다. 그럼에도 불구하고 당시 급박하게 돌아가는 제주 상황에

이렇게 〈석주명의 제주도자료에 나타난 제주문화〉가 로컬인의 이중성과 기록자의 이중성을 드러내고 있지만, 그럼에도 불구하고 석주명이 하나의 주제의식을 가지고 객관적으로 자료를 수집 기록한 데서 그 가치를 찾을 수 있다. 그리고 무엇보다도 오늘날 로컬리티 담론이 지리학에서부터 출발하였으므로 그 범주가 사실상 제한될 수밖에 없는 데 비해서, 석주명의 제주도학은 이 모두를 〈인문〉이라고 하는 큰 범주로 설정한다는 점에서 그 의의를 찾아볼 수 있다고 하겠다.

대한 논의 대신 한국적인 것에 초점을 맞춘 글을 〈제주신보〉에 투고했다는 사실과 『濟州道隨筆』에 일제 강점기부터 지속되던 출판 산업이나 문학 활동에 대한 기술을 누락시키고 있다는 것은 그가 제주도민이 아닌 타자로서 '제주' 그 자체보다는 '한국문화의 원형을 간직한 제주'에 주목했다는 사실을 반증하는 것으로 볼 수도 있다.

1930~40년대 제주의 삶과 석주명

최 현_제주대학교 사회학과 교수

1. 들어가는 말

석주명은 기존 인구조사에 대하여 불만을 가지고 비교적 인구의 이동이 없는 지역을 생물학의 방법을 이용하여 조사해서 인구를 측정했다. 이 인구조사는 당시의 제주도 사회를 이해하는 데 도움이 된다. 이 글은 석주명의 인구조사와 비슷한 시기를 다룬 제주도 사회에 관한 연구를 통해 1930~40년대 제주의 삶을 살펴보고 그것을 재현하는데 석주명이 어떻게 이바지했는가를 규명하는 것이다.

2. 1930~40년대 제주도 사회

1) 촌락의 분포상태와 그 성격

1900년 이전 제주의 촌락은 지리적·경제적·종교적 요인에 따라 산촌, 양촌, 해촌으로 구분할 수 있다. 산촌은 지리적으로 평야식물대 중부 및 상부(표고 150~350m)에 있고 새로 개간된 지역으로 경제적으로 양촌에 비해 빈곤했으며 종교적으로 유교의 영향도 양촌에 비해 약했다. 양촌은 지리적으로 평야식물대 하부 및 중부(표고 50~150m)에 있고 경제적으로 가장 부유했으며 종교적으로 유교의 영향이 가장 큰 지역이었다. 양촌에는 교육을 받은 사람의 비율이 가장 높고 계 조직도 발전되어 있었다. 섬에서 최고의 계층으로 세력을 가지고 있던 마을이다. 해촌은 지리적으로 해안식물대(표고 50m 이하)에 있고 경제적으로 산촌이나 양촌과는 달리 마을단위로 해녀가 마을어장에서의 어업권을 가지고 있으며 종교적으로 유교의 영향이 가장 약한 지역이었다. 해촌의 경우에도 어업에만 종사한 것은 아니었고, 반농반어가 대부분이었다(이즈미, 2010: 85~118쪽).

1900년대 초까지 제주도에서 양촌이 사회의 가장 상위에, 산촌이 그 다음에, 해촌은 최하위에 속해 있었다. 그런데 1900년대 초부터 어업기술의 발달과 해물의 판로가 넓어지고 1920년 일주도로가 개설되면서[1] 해촌은 경제적으로 부유해졌고, 양촌이나 산촌의 인구가 어촌으로 대대적으로 이동하게 되었다. 그 결과 1930년대가 되면 부유한 해촌인들이 오히려 산촌인이나 양촌인을 깔보는 경향이 생겨났다. 1935년 이래 산촌과 양촌에서 해촌으로 인구가 이동하던 현상이 약간 줄었는데, 이것은 우마의 판로가 확대되면서 이 두 지역의 경제가 윤택해졌기 때문이다(이즈미, 2010: 146~7쪽).

2) 성씨별 인구

당시 제주에서는 76개의 성이 있었다고 한다. 당시 성씨별 인구조사는 본관에 대해서 이루어지지 않았기 때문에 불충분하지만, 金, 高, 李,

1) 디지털제주시문화대전 http://jeju.grandculture.net/

姜, 康, 吳, 朴, 文, 洪, 玄, 宋 등의 여러 성씨가 대부분을 차지했다. 육지와는 달리 최, 정, 윤의 성씨는 찾아보기 힘들었고 이것은 현재도 마찬가지다. 그리고 한 성씨가 한 마을에서 50% 이상을 차지하는 경우는 매우 드물고, 몇 개의 성씨 집단이 병존했다(이즈미, 2010: 148쪽).

3) 주거와 토지

제주에서 주거지역과 경제활동영역의 관계는 양·산촌과 해촌이 다소 차이가 있었다. 양·산촌에서는 경제활동영역이 개인소유의 경지와 마을의 공동재산(목장·삼림·용수·말방아 등)으로 구성됐으며, 해촌에서는 경제활동영역이 개인소유의 경지와 공동재산(어장·해녀 공동어장·선창·용수·목장)으로 구성됐다. 목장은 양·산촌에는 매우 중요했고 경작지가 주거지역 근처에 있었지만, 해촌에서는 목장이 중요한 의미를 가지지 못했고 해촌의 주거지역은 바다에 가까운 경작할 수 없는 지역에 위치했기 때문에 개인 경작지가 주거지역으로부터 멀리 떨어져 있는 경우가 많았다. 주요 작물은 조와 보리 또는 피였으며, 토지가 척박하고 시비법이 발전하지 못해 윤회경작을 했다(이즈미, 2010: 130~7쪽).

제주에서는 토지가 장남에게 상속되지 않고 아들들에게 균등하게 분배되고 부족한 부분은 먼 들판을 개간해서 보충했다. 토지 상속은 동시에 이루어지는 것이 아니어서 부모는 성년에 이른 아들에게 차례로 땅을 나누어주었고 최후까지 가장 좋은 토지를 가지고 경작했다. 부모의 사후에 그 토지를 형제들이 평등하게 나누어 가졌다. 따라서 경지는 분산될 수밖에 없었다(이즈미, 2010: 132쪽).

4) 교통과 산업

주위가 거친 바다이기 때문에 예전부터 항해가 매우 어려운 섬으로 인식됐다. 게다가 출륙금지령으로 원해항해를 할 수 있는 배나 항해술이 발달할 수 없었고, 결과적으로 육지나 이웃나라와의 교통이 몹시 어려웠다. 이 때문에 제주에는 독자적인 문화가 오래도록 유지될 수 있었다. 섬 안쪽도 지형과 토질로 인해 우마차가 다닐 수 있는 도로망이 발전하기 어려웠다. 따라서 바퀴를 가진 탈 것 대신에 오직 말이 교통수단으로 이용될 수 있었다. 구도는 말을 이용해 중요지점을 최단거리로 연결하는데 지나지 않았다. 생산물의 운송이 어려웠기 때문에 오랫동안 자급자족상태를 벗어날 수 없었다. 1900년대 이후 근대적 기술이 도입되면서 섬의 일주도로가 개통되고 해산물의 상품화가 가능해졌다. 다시 제주와 다른 지역을 연결하는 정기항로가 개통됨에 따라 노동력과 물자의 유통이 왕성해졌다(이즈미, 2010: 149쪽). 그 결과 제주 내에서 인구가 양·산촌으로부터 해촌으로 이동하는 현상이 나타나게 됐고, 제주에서 일본이나 육지로 생산 인구가 대규모로 이동하는 현상도 나타나게 됐다. 그 결과 1916년부터 1937년까지 제주도 전체의 자연증가인구는 늘었으나 거주 인구 및 세대별 인구는 경향적으로 줄어들었다(이즈미, 2010: 151~6쪽).

5) 음식

제주의 산·양·해촌 마을의 주식은 보리·조·피 등이었으며, 부식은 조선된장, 야채, 콩, 콩잎이다. 해촌에는 여기에 부식으로 자리가 추가됐다. 콩잎은 자리와 함께 제주만의 특색 있는 부식이었다. 이러한 일상식 이외에 제주에서는 푸짐하게 먹는 잔치음식이 있었다. 그리고 혼인이나 제사 때 잔치만이 아니라 수눌음 하는 날 추렴을 해서 푸짐하게 먹을 수 있도록 생선이나 돼지고기 음식이 제공됐다. 잘 먹는 날은 산촌에서는 평균 30일에 한번, 양촌에서는 5일에 한번, 해촌에서는 20일에 한번 정도 있었다(이즈미, 2010: 159쪽).

제사 때는 쌀밥, 생선, 돼지고기와 함께 술이 추가됐다. 제주도 사람들은 약주나 탁주를 즐기지 않았으며, 주로 지금처럼 소주를 많이 먹었다. 특히 밀조한 쌀소주를 가장 즐겼다. 식기로는 질그릇이나 나무그릇이 애용됐으며, 놋그릇은 거의 없었다. 밥 먹는 방법도 육지와는 달라서 한 가족이 커다란 양푼을 둘러 앉아 어른 아이 구별 없이 숟가락으로 퍼먹는 것이 보통이었다(이즈미, 2010: 160쪽).

6) 일제의 조선인 강제동원

만주사변(1931년) 이후 일제는 북한 지방에 광공업을 발전시키기 위해 노력했고 남한지방의 노동력을 북한지방으로 이주시키기 위해 노력했다. 중일전쟁(1937~1945) 이후 노동력 부족이 심각해지자 일제는 강제적으로 조선의 노동력을 동원하기 시작했다. 제주에서는 1926년부터 1936년까지 46,463명이 일본으로 갔으며 이들은 대부분 청장년층으로 오사카와 교토를 중심으로 하는 간사이에서 노동자가 됐다. 해녀도 조선과 일본 각지에 일하러 나갔는데, 1937년 통계에 의하면 그 수가 2,801에 달했다(허수열, 2008: 157쪽). 여기에 강제동원까지 겹쳐지면서 젊은이들이 제주도에 남아 있지 않게 됐다.

3. 석주명의 인구 연구 평가

석주명의 연구는 이러한 사회·역사적 배경 속에서 1943년부터 1945까지 제주도 마을 전체수의 10%가량인 16개 마을의 인구를 조사했다(석주명, 2008b: 357쪽). 자녀를 출산한 상황을 여자로부터 듣는 것이 어려워 남자를 중심으로 조사를 했다. 전시 동원 체제를 반영해서 청장년층의 인구는 비정상적으로 적었다. 인구의 20%가량이 섬 외부에 거주하고 있는 것으로 조사됐다(석주명, 2008b: 369~78쪽). 그밖에 1930~40년대 제주 인구상의 특징과 생활상의 특징에 대해 석주명의 연구는 몇 가지 흥미로운 관찰을 제시하고 있다.

제주에서 자녀의 사망률이 높아서 도민 중에서 5세까지는 자기의 자식이 아니라는 생각을 가진 사람이 많았다. 출산자녀 중 대체로 70%가량이 살아남고 30%가량이 사망한 것으로 나타났다. 사망한 자녀의 73%는 1~5세에 사망한 것으로 10%는 6~10세에 사망한 것으로 나타나서 사망한 자녀의 83%가 10살 이전에 사망한 것으로 나타났다. 유아 또는 어린이 사망의 주요 원인은 여름철에는 소화기병, 겨울철에는 호흡기병이었으며, 청년사망의 주요 원인은 결핵이었다. 또 제주에는 피부병이 많았다고 한다. 석주명은 제주 주민들이 술과 담배를 과용하고 있다고 지적하고 그 위험성도 경고하고 있다(석주명, 2008b: 364~7쪽).

여성이 경제력을 갖고 있어 잡혼, 재혼, 중혼 등이 대단히 많았다. 예를 들어 협재의 경우에는 초혼부부는 겨우 20%에 지나지 않았다. 남자 1인당 평균 출산 자녀수는 6.19명으로 조사됐는데(석주명, 2008b: 361쪽), 피임법이 마련되지 않았던 전통사회에서 여성 1명이 평균 12명가량의 자녀를 낳는다는 점에서 이것은 매우 저평가된 것으로 보인다. 반대로 사망률은 더 높았을 것이다.

가구당 인구는 실거주인구가 평균 4.9명 외주인구를 포함할 때 5.4명이었는데(석주명, 2008b: 368쪽), 이것은 도청통계와 상당한 차이가 있다. 도청통계에 따르면 1916년 5명에서 1936년 4명으로 점차 감소했는데, 석주명의 조사는 실거주인구만 보더라도 1명이상 많은 것으로 보고하고 있다. 이러한 차이가 나타나는 이유를 알아볼 필요가 있다.

석주명의 '제주도총서'의 출판학적 의미

최낙진 _ 제주대학교 언론홍보학과 교수

1. 들어가는 말

석주명은 '나비박사'로 알려져 있다. 그는 한국산 나비의 가짓수를 정하고 그 이름을 붙인 나비 분류학자이다. 그가 한반도 전역의 나비를 채집하여 만든 *A Synonymic List of Butterflies of Korea*(조선산 접류 총목록)'과 60만 마리 이상의 나비의 형질을 관찰하고 측정하여 통계를 낸 「개체변이분포곡선」은 그를 세계적인 생물학자의 반열에 올려놓았다(이병철, 2002: 29~34쪽).

> [開城] 현재 개성 송도고등보통학교(松都高等普通學校)에 교편을 잡고 잇는 석주명(石宙明)씨는 영국왕닙협회(王立協會)의 청탁을 바

* 이 글은 『한국출판학연구』 2007년 통권 제52호에 게재한 「석주명의 '제주도총서'에 관한 연구」를 일부 수정하여 석주명 탄생100주년 기념 세미나 〈나비, 그리고 아름다운 여행〉(2008. 12. 20)에서 발표했던 「석주명의 '제주도총서'의 출판학적 의미」를 다듬은 것이다.

더 아세아지부회보(亞細亞支部會報)란 기관지에 조선산접류(朝鮮產蝶類)에 관한 거량의 특별 론문을(사륙배판 약 백오십페―지) 집필키로 되엿다한다. 탈고(脫稿) 기일은 오월 말일내―이 때문에 방금 침식을 일코 씨는 집필연구하기에 골몰중에 잇다하니 조선자연과학의 세계적 진출도 정히 이 때인가 한다. 따라 새벽 하늘에 별가티 드믄 우리조선 곤충학자중 석씨의 이번 혜성적 출현은 결코 우연한 일이 아니다…(조선일보, 당시 신문기사와 달리 띄어쓰기와 마침표를 부가하였음)[1)]

[開城] 현재 개성송도중학교(松都高等普通學校)에서 교편을 잡고 잇는 석주명(石宙明)씨는 한달에 한번 머리깍는 외에 별로 세상 박글 나서는 일이 업시 오직 동교 박물연구실에 파무처 조선산『나븨』분포상태를 연구하는 독실한 곤충학자인데 씨는 일측이 동경제대(東京帝大) 동물학회 기관지를 비롯하야 각종 과학연구잡지에 백오십편이란 거량의 론문을 발표한바 잇섯고 또는 작년 오월경에는 영국 왕립협회(王立協會)의 청탁을 바더 아세아지부회보(亞細亞支部會報)란 권위잇는 기관지에 조선산접류(朝鮮產蝶類)에 관한 특별 론문을 집필한 사실도 잇서 과학조선의 세계적인 진출과 함께 곤충학계의 큰 파문을 일으킨바 잇섯다. 그런데 이번 씨는 다시 조선산 나비의 변이(變異)와 분포(分布)상태에 대한 체게잇는 연구론문 삼편을 작성해가지고 일본학술진흥(日本學術振興會)에 제출 통과되엿다 한다. 이 심의회를 통과한다함은 권위잇는 곤충학자로 나라에서 인정함을 의미하는 것으로 금후 씨에게는 국고에서 매년 연구비용을 보조하기로 된 것이다.(조선일보, 당시 신문기사와 달리 띄어쓰기와 마침표를 부가하였음)[2)]

---

1) "과학조선에 낭보, 영국 왕립협회 기관지에 조선산 접류 소개. 곤충학자 개성의 石宙明씨. 방금 발표논문을 집필 중"(조선일보, 1937년 3월 27일)

2) "나비학자 石宙明씨. 일본학술진흥회에 논문이 통과되어 국고에서 연구비 지급을

위의 기사 내용으로 보아 석주명은 30세 전후에 이미 세계적 곤충학자로서 입지를 세웠음을 알 수 있다. 이 시기가 일제 식민지 상태인 것을 감안해보면 그의 '나비학'은 우리민족의 학문적 자존심의 발로와도 자연스럽게 연관하여 이해할 수도 있을 것이다. 실제 그는 국학(國學)이라는 개념을 자주 사용하고 있다.[3] 그렇다고 해서 그의 학문관이 국가나 민족 범위 내에서만 논의되었던 것은 아니다. 그는 일국의 이익을 넘어선 전 세계 인류의 행복에 복무할 학문과 협력을 중시하고 있다(석주명, 1992b: 85~89쪽). 특히 학문의 국제성과 관련해서는 그의 '에스페란토'론에서도 잘 나타나있다. 그는 세계 각국인 간의 의사소통과 학문적 보급을 위하여 에스페란토를 국제어로 사용할 것을 주창하였을 뿐만 아니라(석주명, 1992b: 193~217쪽), 실제 그는 국내외 에스페란토 보급에 심혈을 기울여 앞장섰던 인물이었다(이영구, 2007: 7~11쪽).

나비박사와 에스페란토 보급자로 널리 알려져 있는 석주명 선생의 또 다른 연구업적 분야로 제주도(濟州島) 연구를 들 수 있다. 그의 제주도에 관한 관심은 1943년 4월 경성제대(현 서울대) 부속 생약연구소 제주도시험장 책임자로 부임하면서부터 시작되었다. 부임 후 그는 1945년 5월까지 제주도에 근무하는 동안 제주도 지역 나비 연구만이 아니라 그의 학문적 연구영역을 제주도 전 분야로 확장하였다. 석주명은 2년 1개월의 제주 체류기간에 제주도의 역사와 자연, 언어, 민속학 등 여러

결정"(조선일보, 1938년 11월 19일)

3) "국가를 주체로 한 학문이나 국가를 가진 민족은 반드시 국학(國學)을 요구하는 것이다. 국학이란 인문과학에 국한될 것이 아니고 자연과학에도 연관되는 것으로 더욱이 생물학 방면에서는 깊은 연관성을 발견할 수가 있다. 조선에 많은 까치나 맹꽁이는 미국이나 소련에도 없고 조선사람이 상식하는 쌀은 미국이나 소련에서는 그리 많이 먹지를 않는다. 그러니 자연과학에서는 생물학처럼 향토색이 농후한 것은 없어서 조선적 생물학 내지 조선생물학이라는 학문도 성립될 수가 있다."는 글에 그의 국학 개념이 잘 드러나 있다(석주명, 1992b: 63쪽).

분야에 걸쳐 자료를 수집하고 분류하였다(이병철, 2002: 184~185쪽).

제주도에 관한 연구 성과가 미미했던 일제시기에 석주명은 일본인 학자들 중심으로 제주도 연구가 이워졌던 상황에서 자신의 제주도 연구를 제주도학이라고 명명할 수 있을 정도로 제주도에 관한 연구 업적을 축적해 놓았다. 1947년부터 간행되기 시작한 '제주도총서(濟州島叢書)' 중 제1권 『제주도방언집(濟州島方言集)』, 제2권 『제주도생명조사서(濟州島生命調査書)』, 제3권 『제주도관계문헌집(濟州島關係文獻集)』은 석주명 생전에 서울신문사에서 발간되었다. 나머지 제4권 『제주도수필(濟州島隨筆)』, 제5권 『제주도곤충상(濟州島昆蟲相)』, 제6권 『제주도자료집(濟州島資料集)』은 그의 사후에 동생 석주선에 의해 출판되었다.

본 글에서는 석주명이 어떠한 의도와 배경 하에서 '제주도총서' 6권을 저술하였는가와 그의 '제주도총서'가 어떠한 의미를 갖고 있는 가에 대하여 살펴보고자 하였다.

2. 석주명의 '제주도총서'에 대한 기존 논의

석주명에 대한 이병철의 평전은 한 인물의 전기가 얼마나 중요한가를 알려주는 책이다. 최근 우리사회에서 석주명이 세계적인 나비학자로, 에스페란토 보급자로, 제주도학(濟州島學)의 창시자로 널리 알려질 수 있었던 것은 전적으로 소설가 이병철이 있었기에 가능했다. 그는 석주명의 방대한 자료를 일괄하여 섭렵하였을 뿐만 아니라, 석주명과 관련을 맺었던 주요 인물 16명을 면접하는 과정 등을 거쳐 석주명 평전을 발간하였다(이병철, 1985, 1989, 2002) 인문과학 분야와 사회과학 분야에서는 말할 것도 없이 심지어는 그의 전공 분야인 생물학과 곤충학 분야에서도 홀대받던 시절, 그를 학문적 업적과 인간적 면모를 다시금 복원한 것은 전적으로 이병철의 몫이라 해도 과언이 아니다.

이병철의 앞선 작업을 토대로 최근에는 제주라는 지역에 기반하여 석주명을 바라보면서 그가 곤충학자로 그 분야에서 세계적 학자로 일가견을 이룬 것 못지않게 '제주학(濟州學)'의 선구자로 보는 견해들이 늘어나고 있다. 그 본격적 작업은 특히 석주명 서거 50주년을 기념하여 제주전통문화연구소가 제주학 연구의 선구자로 석주명을 재조명하면서부터라 할 수 있을 것이다.[4)]

전경수는 곤충학 분야의 권위자였던 석주명이 제주도에 대하여 관심을 기울이고 관련 자료들을 수집·정리하고 출판한 것은 '제주도(濟州도島)'를 하나의 독립적인 연구대상으로 그가 확신하고 있었기 때문이라고 보고 있다(전경수, 2000). 이러한 차원에서 '제주도'를 바라보지 않았다면 제주도에 대한 관심이 생물학을 넘어서 인문과학과 사회과학 전반에 걸친 저술로 이어질 수 없다고 본 것이다. 전경수는 석주명이 식물학이나 동식물학 그리고 사회학, 방언학과 같은 학문들과 병렬시켜서 제주도학이라는 용어를 제안한 것으로 보고 있다(전경수, 2000).

한림화는 석주명은 제주도의 모든 연구를 박물지화 한 것으로 보고 있다. 그에게 '나비박사' 이외의 '제주도박사'라는 칭호가 붙게 된 것은 이러한 연구경향에서 비롯된 것으로 평하고 있다(한림화, 2000).

홍순만은 '제주도총서' 6권이 인구, 방언, 곤충 등을 비롯하여 역사, 지리, 동식물, 농축산업, 수산업, 정치, 경제, 문화, 교육, 사회, 교통, 체신, 위생 등 각 분야를 망라한 자료가 섭렵 정리되고 있는 점을 들어 동인이나 후학들에게 제주도의 연구의 접근을 가능하게 해주는 사전

---

4) 〈제주학 연구의 선구자 고 석주명 선생 재조명〉, 2000제주전통문화학술세미나자료집, (사)제주전통문화연구소, 2000.10.07.

학적 공헌을 하고 있는 것으로 보고 있다(홍순만, 2000). 이 '제주도총서' 6권은 완전히 제주도 관계 기록을 종합한 자료집으로, 홍순만은 이처럼 모든 분야의 기록을 골고루 수합하여 자료만으로 일관된 전질(全帙) 총서의 가치가 있다고 평가하고 있다.

강만생은 석주명이 제주도 곳곳을 찾아다니며 제주 나비뿐만 아니라 제주의 곤충과 방언, 민속, 동식물, 농축산, 정치, 경제, 사회, 문화 등의 자료를 수집 정리하여 발간한 6권의 '제주도총서'로 발간되어 제주도학 연구의 소중한 기초가 되었다고 평가하고 있다(강만생, 2000).

이 외에도 최근 제주지역 신문들이 석주명을 제주학의 효시, 선구자, 기틀을 마련한 인물로 부각시키고 있다.[5)]

이처럼 '제주도총서'에 관한 기존의 연구들을 검토하여 보면 석주명이 '제주도학(濟州島學)'의 기초를 마련한 것으로 평가하고 있다. 이러한 결과들을 우리가 받아들인다면 첫째, 석주명의 제주도에 대한 인식은 무엇이었을까 하는 점, 둘째, 석주명의 제주도학 연구방법론, 셋째, 석주명의 '제주도총서'가 '지역학'이라는 차원에서 재해석된다면 어떠한 의미들을 갖는지, 넷째, 석주명이 '제주도총서'로 기획하여 준비하고 출판한 책들 즉 그의 '제주도총서'가 출판학적으로 어떠한 의미를 갖는가에 대하여 살펴볼 필요가 있는 것이다.

---

5) 서귀포신문, 2000.9.28, 2000.10.12, 2003.6.13, 2007.3.24
제민일보, 2004.4.8
제주일보, 2003.6.6, 2003.6.9, 2003.6.12, 2006.12.13
한라일보, 2006.12.9, 2006.12.12, 2007.3.24, 2007.3.26, 2007.3.27, 2007.4.23

3. '제주도총서' 6권의 구성 및 내용

석주명의 '제주도총서'는 『제주도방언집』(서울신문사, 1947. 12. 30.), 『제주도의 생명조사서』(서울신문사, 1949. 3. 30.), 『제주도관계문헌집』(서울신문사, 1949. 11. 1.), 『제주도수필』(보진재, 1968. 11. 10.), 『제주도곤충상』(보진재, 1970. 8. 12.), 『제주도자료집』(보진재, 1971. 9. 10.) 등 6권이다. 이 중 『제주도방언집』, 『제주도의 생명조사서』, 『제주도관계문헌집』은 저자 생전에 서울신문사에서 간행되었고, 나머지 3권 『제주도수필』, 『제주도곤충상』, 『제주도자료집』은 저자의 미발표 원고와 신문과 잡지 등에 기발표되었던 원고를 모아 석주선의 주도로 보진재 출판사에서 발간되었다.

1) 제주도방언집(濟州島方言集)

이 책은 석주명의 제주도 관련 총서 6권 중 가장 먼저 나온 책이다. 이 방언 책은 그가 제주도에서 생활한 1943년 4월부터 1945년 5월까지 만 2년 여에 걸쳐 수집한 약 1만 장의 카드를 정리하여 1947년 12월 30일 서울신문사에서 발간되었다.

이 책은 우리나라 사람이 만든 최초로 방언집이라 할 수 있다. 그 전에는 일본인 학자인 小倉進平과 河野六郎에 의한 우리나라 전국 방언 자료집이 있었다고 알려져 있다(강영봉, 2000).

이 책의 내용을 보면 제1편 제주도 방언집, 제2편 고찰, 제3편 수필 순으로 되어있다. 방언집에 수록된 어휘는 약 7천여 단어에 달하고 있다. 석주명은 제주도어를 1방언으로 볼 수도 있으나 제주, 정의, 대정의 세 지방간에도 차이가 있으며, 실제 제주도어를 크게 남부어와 북부어로 나누어 수집하였다(석주명, 1947b: 9쪽).

제2편 고찰에서는 제주도 방언과 육지 여러 지방(국내 각도) 방언과의 공통어를 검출하여 제주방언의 구성요소를 살피고 있다. 또한 2개 지역 이상의 방언과 공통어를 비교 정리하였으며, 외국어에서 유래한 제주방언을 비교 정리하였다. 석주명은 이 작업을 수행하면서 각 지방 방언의 필요성을 강조하고 있다(앞의 책: 97쪽).

제3편 수필 편에서는 제주도의 방언에 다소라도 관련된 것을 발췌하여 설명을 가하고 저자나 학자들의 견해 등을 밝혀 놓았다. 또한 여기서는 제주어를 표준어 또는 타 지방어와 비교하고 그 어원, 문법, 관계 등을 분석하여 풀이해 놓기도 하였다. 특히 주목할 만한 것은 여기에 실리지 않은 자료들을 후일 제주도에 관한 문헌집에 싣기로 언급한 점이다(앞의 책: 139쪽). 이는 그의 연구가 총서라는 기획 하에 움직이고 있음을 분명하게 알게 하는 대목이다.

이 책에 대하여 이숭녕은 고우(故友)인 석주명이 정력적인 사전체의 저서를 발간하여 언어학자인 자기들에게 큰 도움이 되는 것으로 평가하고 있다(이숭녕, 1985: 4쪽). 석주명은 이 책 서문에서 전문가인 언어학자들이 그의 작업을 기초 삼아 더욱 발전시켜주기를 소망하고 있으며, 그의 역할은 여기까지이며 이에 만족한다고 밝히고 있다(석주명, 1947: 서문).

2) 제주도의 생명조사서(濟州島生命調査書)

'제주도인구론'이라는 부제가 달린 이 책은 석주명이 제주도에 체재 중이던 1944년 2월부터 착수하여 그 이듬해 4월까지 도내 시, 읍, 면 10개 지역 16개 마을을 대상으로 조사를 실시하고 난 후 1949년 3월에 출간되었다. 석주명은 이 책에서 종래의 인구조사와는 달리 인구의 이동이 없는 부락들을 생물학적으로 조사하여, 해당 부락의 생명의 양

(量)을 측정하고자 하였다고 밝히고 있다(석주명, 1949a: 9쪽).

이 책 내용은 서론, 각론, 총괄 등 3편으로 구분되어 있다. 서론에서는 조사의 동기와 조사연구의 방법 등을 설명하고 있다. 각론에서는 대상 부락별로 그 개황, 인구동태, 조사내용 등이 서술 또는 도표로 상세하게 나타나 있다. 총괄에서는 통계 도표와 분석 등 인구문제를 다루었고 쌍둥이에 대한 통계분석 등도 포괄하고 있다.

한편 이 책은 석주명이 살아있던 1949년 봄에 발간하였다. 1948년 4월 제주도에서는 4·3 사건이 일어나 이 조사서가 세상에 나올 무렵엔 산간부락이 소개되는 등 책 내용에 실린 16개 부락 중 반 이상이 벌써 폐허가 되었다. 또한 이 과정에서 인구의 변동이 급격하게 발생하였으므로 저자 자신이 발문(跋文)에서 지적한 것처럼 이 책은 출판이 되자마자 고전이 된 셈이었다(앞의 책).

이처럼 이 책은 제주도에 있어서 누구보다도 앞서서 시도했던 생명에 관한 조사서인 동시에 또 한편으로는 '제주도 인구론'이란 부제가 말해 주듯 인구의 출산, 사망, 성별, 연령, 자녀수 등 인구의 일반적인 동향을 살펴볼 수 있는 인구문제 보고서에 해당한다고 할 수 있다(홍순만, 2000). 또한 이 책은 제주도학을 연구하는 학자들에 의해서 제주에 관한 사회·인류학적 분야에서의 최초의 접근이라고 평가받고 있다(신행철, 2004: 503쪽).

3) 제주도관계문헌집(濟州島關係文獻集)

이 책은 기존에 나온 제주도에 관한 단행본, 제주도에 관하여 부분적으로 언급한 단행본, 제주도에 관한 논문, 제주도에 관하여 부분적으로 언급한 논문 등을 수집하여 서명, 편저자, 권 수 및 지면 발표지명, 발행사, 발행연대 등을 간략하게 소개하고 있다.[6]

이 책은 모두 5장으로 구성 되어 있다. 제1장은 저자명 순으로 되어 있는데 조선인, 일본인, 서양인 등으로 분류하여 제주도에 관한 문헌의 주요 저자들을 소개하고 있다. 내용 순으로 보면 총론부, 자연부, 인문부, 등으로 구분하여 총 1,074종의 문헌을 제시하고 있다. 자연부에는 기상, 해양, 지질광물, 식물, 동물(곤충을 제외), 곤충으로 분류되어 있다. 인문부에는 언어, 역사, 민속, 지리, 농업(임축수산을 포함), 기타산업, 정치·행정, 사회, 위생, 교육·종교, 문화 등으로 세분화되어 있다(석주명, 1949b: 240~245쪽). 석주명은 이 내용 중 제주도에서 가장 중요한 기상과 해양 관련 자료가 부족한 것을 언급하고 있다(앞의 책: 248쪽).

지금처럼 인터넷 DB가 없는 시절 이 방대한 문헌들을 수집할 수 있었다는 것은 그 자체만으로도 쉽지 않은 일이다. 저자의 전공학문 분야에서뿐 아니라 인문·사회과학 분야를 총망라하였다는 점은 실로 대단한 일이다. 게다가 이 책 문헌을 "본서에는 여 때까지 저자가 읽은 논저들을 서지학적(書誌學的)으로 배열하야(앞의 책: 240쪽)" 라고 밝히고 있어 그의 독서량과 자료 수집량에 놀라울 뿐이다.

이 책은 제주도 관련 문헌자료를 수집하여 목록을 분류하고, 일정한 기준에 따라 주제명을 부여하여 지식의 조직화를 이루어내는 작업이었다. 석주명은 저자명, 내용면에서 자연부, 인문부, 주요문헌역대순 등으로 제주도 관련 문헌을 정리하여 이용을 촉진하는 '서지통정(bibliographic control)'[7]의 대상으로 삼았음을 알 수 있다(네모토 아키라

---

6) 석주명은 나비연구에서도 '주요문헌목록'을 여러 차례 출간한 바 있다(석주명, 1972 참조). 이 책은 1939년 日文으로 발간한 책의 보정판(補訂版)에 해당한다.

7) '서지통정'이란 자료의 발생에서 유통, 소장, 이용 상황을 기술하고, 각종 자료의 이용을 촉진하는 일이라 할 수 있다. 한마디로 서지통정이란 '자료제공시스템'이라 하겠다(네모토 아키라 외, 2003: 10~11쪽).

외, 2003: 62~65쪽). 이는 도서관으로 치자면 제주도 관련 종합목록을 만들어 낸 것이라 해도 과언이 아니다. 즉 석주명은 제주도 관련 분야의 지식을 누적함으로써 도서관처럼 지식추구 성과라는 지식 집합체에 공헌하고 있는 것이다(앞의 책: 65쪽).

4) 제주도수필(濟州島隨筆)

이 책은 '제주도총서' 중의 하나로 석주명의 회갑 년도를 맞아 그의 동생 석주선이 오빠의 유고(遺稿)를 모아 1968년 11월에 발간한 것이다. 『제주도수필』은 석주명이 그간 모아놓은 제주도에 관한 것 중 방언에 관한 것을 제외하고 정리한 책으로, 앞의 『제주도관계문헌집』 배열에 맞추어 구성되어 있다(석주명, 1968: 서문). 제주도에 관한 내용을 각 분야 별로 종합하여 정리해 놓은 이 책은 크게 총론, 자연, 인문 등 3장으로 구성되어 있다.

총론에서는 연대별로 본 제주 물산, 제주도의 산해진미, 삼다(三多), 삼기(三奇), 천연기념물, 자랑거리, 수출산물 및 특산물, 토지이용 등을 소개하고 있다. 특히 신문기사로 본 해방 후의 제주도 내용으로 보아 그 당시 석주명이 많은 신문들을 보고 있었음을 알 수 있다(앞의 책: 7쪽).

자연 편에서는 기상, 해양, 지질, 광물, 식물, 동물, 곤충 등으로 분류하여 이들 분야에 대한 자연과학적, 인문·사회학적 서술들을 행하고 있다. 인문 편에서는 전설, 종족, 방언, 역사, 외국인과의 관계, 관계인물, 민속, 의식주, 일상생활, 지리, 도읍, 촌락, 산악, 도서, 지도, 교통, 통신, 농업, 임업, 축산, 수산, 기타산업, 정치, 행정, 사회, 인구, 특수부락, 위생, 교육, 종교, 문화 등으로 세분화하여 앞의 자연 편에서와 같은 서술을 보여주고 있다. 이 책은 가히 제주도의 자연과 인문에 관한 '수필'식 백과사전이라 할 만하다.

5) 제주도곤충상(濟州島昆蟲相)

이 책은 석주명의 '제주도총서' 6권 중 유일하게 자신의 전공분야를 정리하여 놓은 책이다. 그러한 연유인지 이 책에는 별도의 서문이 없고 후기에 해당하는 총괄부분에도 별다른 언급을 하지 않고 있다. 다만 제 2장 총목록 부분에서 이 책이 총서 제 3권에 해당하는 『제주도관계문헌집』 중 '곤충'에 수록된 문헌을 기본삼아 편찬한 것이라 밝히고 있다(석주명, 1970: 17쪽).

제1장 연구사에서는 1847년부터 1950년까지 약 1백 년 동안 제주도의 곤충을 연구한 한국인, 일본인, 서양인 학자들의 논문과 자료 106편을 연대순으로 정리해 놓았다. 이 중 일본 학자의 논문이 68편으로 가장 많고, 한국인이 30편, 서양인이 7편으로 표기되어 있다. 개인별로 볼 때는 석주명이 22편으로 가장 많고, 村山釀造가 13편, 조성복 8편으로 기록되어 있다(앞의 책: 16쪽).

제2장 총목록은 『제주도관계문헌집』에 수록한 곤충관계 자료를 확대 및 재정리한 것에 해당한다. 여기에서 석주명은 제주도산 곤충을 19목 141과 737종이 알려져 있다고 밝혔다. 그 중에서 자세히 조사된 것은 접류(蝶類)뿐이라 덧붙이고 있다(앞의 책: 179쪽). 그러면서도 석주명은 이 책에서 곤충부(昆蟲部)만은 비교적 완전한 것인 줄 알았으나 빠진 것들이 많아서 개정 시 증보해야겠다는 생각과 이후 누군가가 나타나서 이 자료들을 기본으로 다시금 재정립하여주기를 소망하고 있다(앞의 책: 17쪽).

6) 제주도자료집(濟州島資料集)

이 책은 석주명이 수집한 자료 중 제1권에서 5권까지 다루지 못한 여러 자료들을 모아 놓은 것이다(석주명, 1971: 서문). 이 책은 제주도 수필에 이은 보완편이라 할 수 있으며, 저자의 수편의 논문과 업적목록 등을 제외하면 대부분 제주어에 관한 내용이 많아 제주도방언집을 보완하여 정리한 것으로 볼 수 있다.

이 책 내용 중 눈에 띄는 특징 중의 하나는 제주어를 노동현장 중심으로 농업관계, 임업관계, 목축관계, 해산관계 등으로 구분하여 보고 있는 부분이다. 또한 제주도의 지명과 동리 명에 대한 설명도 잘 나타나 있다.

한편 이 책에는 '한국의 자태', '제주도와 울릉도' 등 당시 신문이나 잡지에 실렸던 석주명의 글들이 20여 편 실려 있어 그를 이해하는 데 많은 도움이 된다.

4. '제주도총서'의 출판학적 의미

1) 총서 기획의 의미

총서출판은 한 나라의 학술과 문화 그리고 민도를 재는 척도라고 한다(오경호, 1986: 97쪽). 즉 총서가 그 나라의 출판의 수준 나아가 문화의 질을 나타내는 지표라는 것이다. 석주명의 '제주도총서'는 가총(家叢)에 해당한다고 할 수 있다. 석주명이라는 한 저술가의 저작을 모아놓은 것이기 때문이다. 가총은 그 저술가를 이해할 수 있고, 한 저술가의 사상과 작품세계를 종합적으로 이해할 수 있는 특성을 갖고 있다(앞의 논문: 96쪽).

석주명은 제주도에 관한 자료를 수집하면서부터 이들을 총서 형태로 발간할 계획을 세워놓고 있었음을 다음의 글에서 알 수 있다.

> 저자가 1943년 4월부터 1945년 5월까지 만 2개 년여 제주도에 살면서 수집한 제주도에 관한 자료는, 8·15해방 직후 叢書로 하여 6권의 책으로 출간할 계획을 세웠었다. 서울신문사 출판국의 호의로, 2개월에 1권씩 모두 1년 동안에 필하려 한 것이… 이 濟州島叢書의 현재까지의 발행상황은 다음과 같다…. 이 제6집이 '제주도총서'의 終卷이므로 친지의 권고도 있고, 또 연구하는 분의 편의를 고려하여 권말에 拙著目錄을 부록으로 넣기로 하였다. -1950년 6월 서울에서-(석주명, 1971: 서문)[8)]

위 글은 석주명이 탈고한 상태로 남겨놓은 총서 제6권 『제주도자료집』의 서문이다. 이 서문은 그가 죽기 전인 1950년 6월에 그가 직접 쓴 것으로 '제주도총서' 6권이 처음부터 총서형태로 출판이 기획되었음을 알 수 있게 하는 대목이다.

총서는 일종의 시리즈 기획물이다. 그런데 우리나라에서 총서는 보통 완결형 시리즈를 일컫는다고 한다. 특히 총서는 특정한 주제에 대하여 각기 다른 필자들에 의해 깊이 있게 다룬 저술을 모아서 내는 것이다(오경호, 1986: 75~76쪽). 예를 들어 '오늘의 한국(a series of contemporary Korea)'이라는 대주제 하에 정치, 경제, 문화, 교육, 국제관계, 환경, 등 각계 전문가에게 집필을 의도하여 그 저작들을 일정한 체계에 맞추어 출판하면 이것이 곧 완결형 시리즈로서 총서라는 것이다(김성재, 1985: 10쪽).

총서가 대주제하의 완결형 시리즈 기획물이라고 한다면, 석주명의 총서 구상은 제주도를 대주제로 하여 다방면에서 제주도를 일괄하여 종합하고자 한 것이다. 물론 석주명의 총서 구상은 그 혼자의 기획으

---

8) 책의 서문과 후기는 그 책들을 아는 데 매우 좋은 책의 한 요소가 된다(안춘근 외, 1990: 187쪽).

로 혼자 저술을 하였다는 점에서 일반 총서와 다르지만 특정한 영역을 완전 섭렵하고자 했다는 점에서 총서의 특성을 다 갖추고 있다. 총서는 한마디로 선(先) 기획의 훌륭한 창의 없이는 불가능한 것이다.

석주명의 총서 기획과 출판은 우리나라 출판사적으로도 아주 중요한 의미를 갖는다. 한 개인에 의해서 특정 지역을 자연, 인문, 사회, 과학, 역사 부문 등을 망라한 총서 기획과 출판이 석주명 이전에는 시도된 적이 없었기 때문이다(오경호, 1986: 78~79쪽). 이런 점에서 석주명의 '제주도총서' 기획은 그 자체로 특이하고 경이로운 일이다.

석주명이 총서를 발행하기 시작한 무렵인 1948년 이후 대한민국 정부 수립 후의 총서출판 현황을 보면 아주 미미했음을 알 수 있다. '조선문화총서'(1949), '민족문화총서'(1948), '문학총서'(1949), '희곡총서'(1949), '조선민족총서'(1949) 등이 발간되었으나, 6.25 사변 후 발행이 중단되기도 하였다(오경호, 1986: 87쪽). 물론 이들 총서들 모두 전문 분야별 여러 저자들이 참여하고 있었음은 물론이다.

총서출판은 보통 출판의 전문화를 의미하며, 세분화되고 전문화된 독자가 존재함을 가리킨다. 그렇다면 석주명의 '제주도총서'가 총서출판의 앞선 배경과 같은 맥락에서 출판되었을까? 아니다. 석주명은 개인의 연구 목적과 의도에서 개인의 연구 역량만으로 '제주도총서'를 기획하고 발행하였다고 할 수 있다.

2) '제주도총서'의 연구방법

석주명은 제주도 관련 연구에서 어느 한 계통이나 한 분야의 연구에 그치지 않고 제주도 전체를 연구대상으로 삼았다. '제주도총서' 6권에는 곤충, 방언, 인구를 비롯하여 역사, 지리, 동식물, 농축산업, 수산업, 정치, 경제, 문화, 교육, 사회, 교통, 체신, 위생 등 각 분야를 망라한 자료가 수집되고 분류되어 있는 것이다(홍순만, 2000). 홍순만은 이 점을 들어 제주도의 연구의 접근을 가능하게 해 주는 사전학적 공헌을 하고 있다고 보고 있다(앞의 책). 앞서 언급한 것처럼 한 개인 연구자에 의해 자연과학, 인문과학, 사회과학 분야를 망라하여 모든 자료를 하나하나 수집하여 직접 분류 및 정리를 하여 총서를 기획하고 출판하였다는 것은 실로 대단한 일이라 아니할 수 없다. 그만큼 총서내용도 관심거리이다. 하지만 이 못지않게 어떠한 연구방법에 의해서 이러한 방대한 연구 작업이 수행되었는가에 대한 고찰이 더욱 큰 관심사항일 수 있다.

우선 제주도는 석주명에게 아주 중요하고 의미 있는 연구대상이다. 총서 곳곳에 연구대상으로서의 제주도에 관한 언급이 나타나 있다.

> 나는 제주도에 관심을 가진 사람의 하나이다. 무엇을 보든지 듣든지 제주도에 관한 것이면 수집정리하는 것이 나의 연구 테에마의 하나이다.(석주명, 1992b: 179쪽)

이 말은 석주명이 제주도(濟州島)를 자신의 연구 테에마로 분명하게 설정하고 있음을 보여주는 대목이다. 실제 석주명은 일상생활에서도 내가 보고 듣고 읽는 것 중에서 제주도에 관한 것이라면, 적당한 제목을 붙들어서 수시로 카아드에 기록하여 쌓아 두었다고 한다.

> 제주도에 온 이상 이런 기회에 곤충을 채집하는 한편 방언의 단어라도 많이 모아서 조선어학자에게 제공하는 것은 유의의한 일임을 느껴서 단어수집에 상당한 시간을 제공하였다. 1개년 예정으로 제주도에 부임했던 것이지만, 1년만 지내고 귀경한다면 기 단어수집의 일이 중단되겠으므로 그대로 1개년을 연장하기로 했더니….(앞의 책: 81쪽)

석주명은 제주도에 관한 모든 주제가 그의 연구 테마였으며, 이 연구를 위하여 수집 가능한 모든 자료들을 수집하였던 것이다. 또한 석주명이 제주도 1년 체류연장이 제주도 방언 수집을 위한 것임을 알 수 있다.

그렇다면 석주명은 이렇게 모은 제주도에 관한 방대한 자료들을 어떠한 방식으로 분류하고 정리하였을 것인가에 검토가 필요하다.

> 이 곤충상에 의한 육지 구분, 즉 곤충 분포에 따른 육지 구분은 인위적인 구분과도 도저히 일치되지 않는 것으로, 어떤 구분선은 대륙을 중단도 하고 소지역에 있어서도 행정구역과는 일치가 안 된다. 또 비교적 분포가 넓은 곤충 종류는 동일종임에도 불구하고 산지에 따라 지방적 차이를 발견할 수가 있는 것이고, 같은 지방에 나는 같은 종의 곤충에 있어서도 그 종류의 개체 간에 차이를 발견할 수 있다. 이만하면 방언과 곤충 사이에는 일맥상통하는 점-지방 차와 개체 차이로 보아 공통점이 많아서 방언을 연구하는 방법으로 곤충을 연구할 수도 있겠고 또 곤충을 연구하는 방법으로 방언을 연구할 수도 있을 것이다. 나는 해방 전에 경성대학 제주도시험장 2개년 여나 체재해 있었는데 제주도의 특이한 방언을 들을 때 곤 방언과 곤충을 연결시킬 수가 있었다.(앞의 책: 79~80쪽).

석주명의 제주도 연구는 곤충학과 나비분류학에서 사용한 연구방법론을 그대로 응용하였다고 할 수 있다. 즉 곤충을 수집하고 분류하는 연구방법을 '제주도총서' 연구에 적용하여 '제주도총서'를 만들어 낸 것이다.

석주명은 이러한 연구방법이 Gillieron이 불란서언어지도(1900~1912)를 작성한 이래 언어지리학이 수립되어 방언학에서 취급되고 있는 것을 알고 있었다(앞의 책, 80~82쪽). 이는 석주명이 방언(언어)지리학의 입장에서 조사를 진행했다는 것을 가리키는 것으로, 그의 최대 업적이라 할 『한국산접류분포도』(1973)와 같은 맥락에서 제주도 방언이 연구 조사되었음을 의미한다(강영봉, 2000).

석주명은 수집된 제주도 방언을 곤충학에서 사용하는 방법인 지방 곤충간의 유연관계(Affinities)를 숫자로 연구하는 방식으로 연구를 진행하였다. 즉 제주도 어휘 중에서 전라도, 경상도, 함경도, 및 평안도의 제 방언과 공통되는 것을 뽑아서 기 백분비를 산출해 보았음은 물론 제 지방 방언 상호간의 유연관계를 살펴본 것이다. 그 결과 제주도 방언과 가장 유연관계가 깊은 것은 전라도방언임을 밝혔다. 그러함에도 이 양자 간의 공통 어휘는 불과 5%이어서 제주도 방언이 얼마나 독특한 것인지를 숫자로 유연관계를 연구하는 방식으로 증명해 내었다(석주명, 1992b: 81~82쪽).

이러한 연구방법은 총서 2권 『제주도의 생명조사서』에서도 이어진다. 제주도 인구조사론에 해당하는 이 조사는 처음부터 특정한 부락을 택해서 계획한 것은 아니었으나 조사한 16개 마을은 각각의 특색을 갖고 있어서 개별적으로 의의가 있는 연구이다(석주명, 1949a: 9쪽).

> 이 조사에는 제2도와 같은 조사표를 사용하였다. 가장 많은 자녀를 가진 예로는 15인 쯤이라서 '자녀의 순산'에는 15란을 만들었다. 제3, 4도는 기재 예이다. … 조사한 제 부락은 개별적으로도 의의가 있으니 제2장에서는 조사 연월일과 탈고 연월일 及 탈고장소도 부기하였다. 제2편의 각 장으로부터는 제3편의 총괄은 容易히 유도된다. 즉 본서는 제주도의 인구문제를 필자가 자기류로 조사한 것인데, 제1편에 의하여 조사연구의 방법을 알 수가 있겠고, 제2편에 의하야 각 부락의 인구상태가 밝혀지고, 제 3편에 의하야 제주도전체의 인구문제의 개

넘을 얻을 수가 있을 것으로 생각된다.(앞의 책: 9~13쪽)

이러한 연구방법은 석주명의 접류를 종별로 분포상태를 지도상에 표시하는 방법[9]과 이를 이용하여 약간의 단어를 선택하여 기분포를 지도상에 표시하는 방법과 동일한 맥락에서 이해할 수 있는 방법론인 것이다. 이처럼 석주명은 제주도 방언 및 제주도 관련 제조사를 진행할 수 있었던 것은 곤충학에서 쓰이는 연구 방법을 제주도 연구에 적용하였기 때문에 가능한 것으로 보았다. 또한 이 방법이 있었기에 자기 전공분야가 아닌 타학문에 손을 댈 수 있었다고 밝히고 있다(석주명, 1992b: 81쪽). 즉 석주명의 제주도 곤충조사와 제주도 연구 간에는 긴밀한 연관성이 있는 것으로, 제주도 접류(蝶類)의 진상은 제주도의 전모를 규명하기 위한 진입로였던 것이다. 석주명은 자연과학자의 한 사람으로서 제주도에 와서 생활한 것을 실로 행복으로 받아들이고 있었고, 또한 석주명은 이러한 기회가 다시 못 올 기회로 알고 자기의 주 전문분야 외에도 될수록 많은 분야를 넓혀 제주도의 진상을 규명키 위하여 노력하였다. 그러자 얼마 후에는 제주도의 진상이 확연히 드러나는 것 같다고 소회를 밝히기도 하였다(석주명, 1992b: 55쪽).

이처럼 석주명의 제주도 곤충조사와 제주도 연구 간에는 긴밀한 연관성이 있음을 알 수 있다. 연구방법론 측면에서 제주도 나비에 대한 진상은 제주도의 전모를 규명하기 위한 진입로였다 할 것이다.

9) 석주 채집한 나비표본과 외국 학자들과 서신을 통해 교환한 나비표본 및 문헌을 토대로 1938년도부터 한반도를 위시해 세계지도에 나비 분포도를 작성하여 작고 전까지 이 작업을 계속하였다(석주명, 1973).

3) 지역학으로서의 '제주도총서'

석주명은 『제주도관계문헌집』 제5장 총괄편에서 그의 연구를 '제주도학(濟州島學)'이라고 분명하게 밝히고 있다. 이 책에서 석주명은 제주도 관계문헌을 많이 제공한 학자 15명을 언급한 부분이 있다.

> 이상 소개한 15학자 중에서도 제주도를 월등하게 많이 다룬 학자로는 植物學의 中井猛之進, 濟州島學의 石宙明, 社會學의 善生永助, 動植物學의 森爲三, 方言學의 小倉進平等 5氏를 들 수 있겠다.(석주명, 1949b: 244쪽)

이는 석주명이 그의 학문적 연구대상과 연구방법론을 제주도학의 차원에서 진행되고 있었음을 드러낸 부분이다. 석주명은 총서 기획 단계에서부터 '지역학(地域學)'으로서의 제주도학을 구상하고 있었던 것이다.

석주명의 '제주도총서'가 지역학(regional science, area science)의 차원에서 자리매김 될 수 있음은 홍순만, 한림화, 전경수 등 기존 논의 부분에서 이미 밝힌 바 있다. 이들은 석주명의 방대한 제주도 관련 논문과 저서로 인해 '제주도학'의 체계가 만들어졌다고 보고 있는 것이다(한림화, 2000).

제주도학(濟州島學)이란 제주 지역이 곧 학문의 대상이 됨을 의미한다. 전경수는 제주도학이 하나의 학(學, discipline)이라기보다는 하나의 관점(觀點, perspective)으로 보는 것이 옳다는 주장을 펴고 있다(전경수, 1997: 21쪽). 제주학은 제주를 보는 관점으로서의 지역학이 되어야 한다는 이야기이다. 전통적인 학문 영역에서 분리되었던 인문과학, 사회과학 그리고 자연과학이라는 삼분체계가 제주도라는 시·공간에서 통합적인 모습으로 나타나야 한다는 것이다(앞의 논문: 21~22쪽). 실제 제주도학이 성립되기 위해서는 인문학자, 사회과학자, 자연과학자가 제주도를 대상으로 하여 하나의 학문(discipline)을 수행한 후 상호 간 유기적 연계학문이 되어야 한다. 즉 통합과학이 되어야 한다는 이야기이다.

그렇다면 실제 석주명 혼자만의 연구가 통합과학으로서의 지평을 열기 위해서는 그의 학문관(學問觀)을 살펴볼 필요가 있다.

> 그러나 학문이 아무리 분리되었다고 하더라도, 一科目의 권위자는 타 과목에도 통하는 데가 있다. 내가 전공하는 조선나비를 예로 들어서 말하겠다. 나비의 학문인 인시류학(鱗翅類學, Lepidopterology)의 권위자가 될려면 곤충학(Entomology)에도 통하야겠고 동물학(Zoology) 전체에도 다소는 통하여야 될 뿐만 아니라, 더 크게 생물학(Biology)에도 얼마큼은 통하야만 된다. 그것은 인시류학의 생물학에 있어서의 위치를 인식하여야 될 뿐만 아니라, 자기가 전공하는 나비의 연구가 생물학 전체에 있어서의 위치가 어떠하며, 어떤 관련성을 가지고 있는지를 몰라서는 그 인시류학은 계통이 서지 않기 때문이다. 뿐만 아니다. 나비의 학문이라도 깊이 들어갈려면 地質鑛, 物學을 포함하는 博物學(Natural History)도 바라보아야 하며, 더 나아가 박물학에 상대되는 물리, 화학도 최소한도로는 알아야 자기의 나비의 학문을 자연과학(Natural Science)의 계통에 갖다 맞출 수가 있다. 동시에 Natural History(자연역사 즉 박물학)에 또 한번으로 상대되는 Human History(인문역사 즉 협의의 역사)에도 손이 뻗어야 인생과의 관계에 까지 가저가서, 철학적 경지에 들어가 비로서, 나비의 학문도 계통이 서게 되는 것이다. 그것도 그럴 것이 우리가 나비를 연구한다는 것이 나비 그것만도 조사도 하지마는 나비를 통해서 자연의 법칙을 규명하는데 其 목적이 있으니 자연과 인생의 조화를 도모하는 우리 자연과학도는 위에 말한 바를 시인하게 될 것이다.(석주

명, 1992b: 105~106쪽)

이 글에 따르면 석주명의 나비 연구가 인시류학 혹은 곤충학의 학문적 계통만을 세우는데 그치지 않고 자연 및 인간과의 유기적 계통을 도모하는 것을 궁극적 목적으로 삼고 있었음을 알 수 있다. 또 한편으로 그는 나비 연구가 자연 및 인간과 유기적 관계에서 이루어 질 때 나비 연구 자체도 계통이 제대로 설 수 있음을 강조하고 있다. 수단으로서의 학문과 목적으로서의 학문이 상호 통섭되어야 함을 설파하고 있다고 할 것이다.

이와 같은 석주명의 학문관에 비추어 볼 때 곤충학, 생물학, 인문과학, 사회과학, 자연과학, 신화와 역사를 아우르고 넘나드는 '제주도총서'는 그의 학문관의 발로요 실천이었다. 석주명이 그의 학문을 종합할 대상으로서 제주도를 연구대상으로 상정했다는 것은 제주도학의 정립과 미래의 발전을 보색하기 위해서 실로 다행한 일이다.[10)]

5. 맺는 말

석주명의 '제주도총서'는 그 자신에 의하여 기획되고 출판된 가총 형태의 개인 저작물에 속한다. '제주도총서'는 제주도라는 특정 주제에 대하여 종합적이고 지속적인 연구와 탐색을 보이고 있다는 점에서 총서로서의 면모를 충분히 갖추고 있다.

대개의 총서는 출판사나 국가기관이 많은 돈과 인력을 동원하여 출

10) 윤용택은 제주도가 석주명과 인연을 맺고 있다는 것 자체가 커다란 행운이라고 밝히고 있다(제주대신문, 2007. 5. 16. 참조).

판한다. 그만큼 비용과 시간 그리고 전문성을 갖추어야 하는 고도의 출판행위이기 때문이다. 이러한 점에 비추어 보면 석주명 개인이 누구의 특별한 후원 없이 '제주도총서'를 기획하고 출판하였다는 것은 총서에 관한 선구자적 혜안과 희생 그리고 소명이 없이는 불가능한 일이었다 할 것이다. 지금의 총서 기준으로 보자면 석주명의 '제주도총서'는 완결된 구조를 갖춘 완성된 출판물이라기보다는 일종의 보고서나 자료집에 가까운 총서라 할 수도 있다. 아마도 그간 석주명의 '제주도총서'가 널리 회자되지 못한 이유 중의 하나로 볼 수도 있을 것이다. 하지만, 이러한 현상은 우리가 보고서나 자료집 현태의 가치를 제대로 깨닫지 못하는 학문적 불찰에서 기인한 것이다. 일본의 저명한 독서·학술 평론가인 다치바나 다카시는 그의 독서론에서 고전보다도 최신 보고서 속에 집적되어 있는 지식의 가치에 더욱 주목하게 된다고 하였다(다치바나 다카시, 2001: 54~56쪽). 다치바나 다카시는 완성도가 높은 출판물이나 고전보다 보고서나 자료집에 당시의 생생한 지식들이 더욱 많이 담겨 있어 '지의 총체'라고 본 것이다. 학문에서 원재료의 가치를 깨닫는 새로운 자작이자 발상인 셈이다.

이러한 맥락에서 석주명의 '제주도총서'를 다시금 들여다 볼 필요가 있다. 석주명의 '제주도총서'를 출판학의 측면에서 그 의의를 정리하여 보면 다음과 같다.[11)]

첫째, '제주도총서'는 '제주도학(濟州島學)'의 모태가 되었다. 앞서 살펴본 것처럼 '제주도총서'는 일과성 연구가 아니라 원대하게 기획되고 철저하게 조사되고 검증된 연구 결과물들로 제주도학을 목표로 하고 있음을 분명히 드러낸 바 있다. '제주도총서'는 인문과학, 사회과학,

11) 홍순만은 '제주도총서'의 가치를 서지학적 측면, 비교학적 의미, 잠재자원의 현재화 등에서 높은 평가를 내리고 있다(홍순만, 2000).

자연과학 분야의 모든 학문을 총합한 통합학문으로서의 '제주도학'의 설계도였다.

둘째, '제주도총서'는 연구방법론 측면에서도 통합학문적 접근을 확장하여 놓았다. 그는 나비분류학에서 통달한 연구방법론으로 제주도의 자연과 역사 그리고 당시 사회를 아우르고 이해하고 밝혀내었던 것이다. 그의 나비가 곧 제주방언이 되고, 제주사람이 되고, 제주역사 문헌이 되고, 제주자연이 되는 것이다. 석주명의 '제주도총서'는 한 분야에 통달하면 다른 분야도 제대로 볼 수 있다는 '학문 통달과 통섭의 원리'가 연구방법론 측면에서 잘 구현된 사례가 되고 있다.

셋째, 석주명의 총서는 '도너 리서치(donor research)'[12]로서 잠재적 가능성을 풍부하게 남겨 놓았다. 이 총서는 다른 연구들을 위하여 재료, 자료, 자극으로서 기능을 하는 기본 연구로서의 모습을 유감없이 보여준다. 즉 석주명의 '제주도총서'는 제주도학 연구를 위하여 기본 원재료, 이용의 편의성을 크게 확장하여 놓은 재료임은 물론 제주도학의 전제이기도 했으며 자극으로서 작용하고 있는 것이다.

최근 석주명의 『제주도방언집(濟州島方言集)』, 『제주도의 생명조사서(濟州島生命調査書)』, 『제주도관계문헌집(濟州島關係文獻集)』 등이 도서출판 제주문화(발행인 홍성호)에서 2008년 8월 1일자로 재판 발행되었다. 석주명이 생전 발간한 책들은 재생갱지로 만들어져 훼손 정도가 심하고 그마저도 구해보기도 어려운 상황이다. 이때 제주문화사에서 이 책들을 복원하여 양장본으로 출간한 것은 매우 뜻깊은 일이다.

석주명 선생은 학계는 물론이고 우리 제주도민들에게도 회고의 대상일 수만은 없다. 석주명 선생의 다음 글로 결론을 대신하고자 한다.

---

12) '도너 리서치'란 다른 연구를 위하여 재료, 원래의 자료, 전제, 자극으로서 무엇인가 도움이 되는 연구성과를 말한다(네모토 아키라, 2003: 66쪽).

제주도에는 언어, 풍속, 관습, 기타에 있어서 고래로 육지와는 상이하다고하여 왔지만, 자세히 살펴보면 한국의 옛날 모습 내지 진정한 모습을 말해주는 자료가 많다. 진정한 한국의 자태를 찾을려면 제주도에서 그 자료를 많이 구할 수가 있겠다. 왜 그러느냐 하면 제주도는 고도이므로 육지서와 같이 왜래문화에 침윤받을 기회가 적었고, 그리 적지않은 면적과 인구는 고유문화를 보존할 수가 있었기 때문이다. …… 이도 후 4년만에 다시 와보니 해방과 38선관계로 육지인들의 입도와 소위 육지문화의 침윤으로 제주도의 특이성이 없어저감을 느낀다. 그것도 필연적 현상이기는 하나, 하루바삐 한국의 식자들은 금쪼각같은 제주도의 자료를 수집하여 계통세울려고 노력해야겠고, 제주도민 일반도 많이 성원해 주셔야겠다(제주신보, 1948년 2월 6일, 제1면. 석주명, 『제주도자료집』, 8쪽에서 재인용).

석주명의 제주학 연구의 의의

윤용택 _ 제주대학교 철학과 교수, 탐라문화연구소장

1. 들어가는 말

석주명은 1908년 10월 17일 태어나[1] 한국전쟁 중인 1950년 10월 6일에 불의의 사고로 생을 마쳤다. 그는 나비박사라는 별칭을 갖고 있으며, 42년이라는 짧은 인생을 살았지만 양과 질에서 빼어난 학문적

---

* 이 글은 『탐라문화』 제39호(2011. 8)에 게재된 「석주명의 제주학 연구의 의의」를 일부 수정하여 실은 것이다.

1) 석주명과 관련된 대부분의 자료에서 그의 생년월일이 1908년 11월 13일(음력 9월 23일)로 알려져 왔다. 그러나 그가 태어난 1908년 음력 9월 23일은 양력으로 10월 17일이다. 이처럼 그의 출생일(양력)에 오류가 생기게 된 것은 누이동생 석주선이 1968년 11월 석주명의 유고집 『제주도수필』(보진재, 1968)을 발간하면서 발문에 "오빠! 오는 음(陰) 9월 23일(1968년 11월 13일)이 바로 오빠의 회갑이어요. … 오늘 회갑을 맞이하여 삼가 영전에 손수 쓰신 책을 바치오니 받으시옵소서."라고 쓴 것을 염두에 두고, 이를 역산하여 그의 생년월일을 1908년 11월 13일로 오해한 데서부터 비롯된다. 석주명의 회갑일인 1968년 음력 9월 23일은 양력 11월 13일이지만, 그가 태어난 1908년 음력 9월 23일은 양력으로 10월 17일이다(한국천문연구원, 2004: 36~37쪽, 156~157쪽 참조). 따라서 석주명의 생년월일이 1908년 11월 13일이라는 것은 오류이므로 1908년 10월 17일로 수정되어야 한다.

업적을 남겼다.

석주명 평전을 쓴 이병철은 그를 한국에서 가장 많은 산을 오른 산악인, 한국 최초로 방언사전을 펴낸 겨레사랑 국학자(國學者), 음악을 사랑하고 제주민요 '오돌또기'를 최초로 채보한 아마추어 음악가, 국제어 에스페란토 보급에 힘쓴 세계평화주의자, 나비를 쫓아 한반도 곳곳을 누빈 곤충학자, 그리고 우리나라에서 시간을 가장 잘 아껴 쓴 사람 등으로 평하고 있다(이병철, 1989: 뒷표지).

그는 곤충학계에서는 나비박사로, 에스페란토 관계자들은 에스페란토운동가로, 그리고 제주학계에서는 제주학의 선구자로 불린다. '제주도총서'를 비롯한 석주명의 제주도 연구는 그 양과 질에서 뛰어나 그를 제주도 박사라고 부르기에 충분하다.[2] 이방인이었던 그는 2년이라는 짧은 기간 동안에 제주도의 자연, 생태, 언어, 역사, 문화, 사회, 산업 등에 있어서 방대한 분량의 자료를 모으고, 분석하고 정리하였다.

하지만 특정 분야에서는 탁월한 전문가라 할지라도 다른 분야에서는 비전문가가 되기 때문에 석주명의 업적에는 공과(功過)가 공존한다. 강영봉은 석주명의 제주어 연구에 대해 "어느 한 사람의 개인적 관심 또는 호기심이 전공자에게 자극을 주고 좋은 자료를 제공한다. 비전공자가 전공자에게 영향을 미칠 수 있고 전공자는 풍부한 자료를 제공받음으로써 그 외연을 넓힐 수 있다. 물론 부정적인 요인도 있다. 비전공

---

2) 석주명은 1949년 펴낸『제주도관계문헌집』에서, 제주도(濟州島)를 월등하게 많이 다룬 학자로 '식물학'의 中井猛之進, '제주도학'의 石宙明, '사회학'의 善生永助, '동식물학'의 森爲三, '방언학'의 小倉進平 등 다섯 사람을 들면서, 자신을 제주도학 연구자로 명시하고 있다(석주명, 1949b: 244쪽).

* 석주명은 제주도에 관한 연구를 '제주도학(濟州島學)'이라고 명명하였지만, 지금은 제주도 학계에서 '제주학'으로 통용되고 있기 때문에, 본고에서는 석주명의 말을 직접 인용할 때를 제외하고는 '제주학'으로 사용하고자 한다.

자이기 때문에 부정확하고 잘못된 자료를 제시하는 경우가 있을 수 있고, 이를 사실로 믿거나 진실로 받아들이는 사람도 있게 마련이어서 오해를 사기도 한다. 그러나 전공자의 거르개를 거쳐 정제된 자료를 내놓는다면 문제는 해결될 것이다. 결국은 이 둘이 서로 보완적일 때 가장 바람직한 관계가 이루어질 것이다."(강영봉, 2008: 27쪽)고 이야기 한다. 이 말은 제주학의 다른 분야에도 공통적으로 적용할 수 있으며, 석주명의 제주학 연구의 공과를 공정하게 평가하고 계승하는 것은 후학들의 몫이다.

석주명은 평양에서 태어나 개성에서 생물교사로 있으면서 나비연구로 이름을 떨쳤고, 말년에는 제주도와 서울에서 연구를 하였다. 그러기에 그는 남북한 동포들이 함께 존경할 수 있고, 자연과학도와 인문사회학도가 동시에 흠모할 수 있는 보기 드문 학자이다. 그리고 일제강점기에 우리나라 학자들 가운데 세계에 내세울 수 있는 거의 몇 안 되는 인물 가운데 한 사람이다. 제주도와 관련된 그의 논저와 자료들은 제주학계뿐만 아니라 한국학계의 귀중한 자산이다.

석주명의 삶과 학문은 그의 평전[3]을 통해 비교적 상세하게 알려지기 시작하였다. 그의 나비연구에 대해서는 1997년에 처음으로 학위논문(문만용, 1997)에서 다뤄졌고, 그의 제주학 연구에 대해서는 2000년 이후부터 평가가 이뤄지기 시작하였다.[4] 이 논문에서는 그러한 성과들을 염두에 두면서 '제주도총서'를 비롯하여 제주도와 관련해서 썼던 글들을 바탕으로 석주명의 제주학 연구의 의의에 대해서 조명해보고

---

3) 여기서는 이병철의 『석주명』(동천사, 1985), 『위대한 학문과 짧은 생애』(아카데미서적, 1989), 『석주명 평전』(그물코, 2002) 등의 제목으로 발간된 책을 의미한다.

4) 석주명이 제주학의 선구자로서 본격적으로 논의되기 시작한 것은 2000년 10월 7일 제주전통문화연구소가 주최한 석주명 50주기 세미나 〈제주학 연구의 선구자, 고 석주명 선생 재조명〉에서부터이다.

자 한다. 여기서 석주명의 제주학 연구 전반에 대해서 논하는 이유는 곤충학, 에스페란토, 제주학 등 그의 연구 전체에서 제주학 연구가 차지하는 위치를 규명함으로써 그의 연구업적을 총체적으로 평가할 수 있는 계기를 마련하기 위함이다.

2. 석주명과 제주도

석주명은 제주도에 세 차례 방문하거나 체류했다. 첫 번째는 1936년 7월 21일부터 8월 22일까지 제주도의 나비를 채집하기 위해 1개월 남짓 체류한 것이고,[5] 두 번째는 1943년 4월 24일부터[6] 경성제대 부속 생약연구소 제주도시험장(현 제주대 아열대농업생명과학연구소 위치)에 부임하여 1945년 5월까지 2년 1개월간 근무한 것이며, 마지막으로 1948년 2월경에 제주도를 찾아 제주섬을 일주한 바 있다[7]. 그가 해방

5) 1936년 7월 21일부터 8월 22일까지 제주도에 머물렀던 석주명 자신의 기록으로는 '「濟州島産蝶類採集記」, *Zephyrus*, vol. 7(1937), 150~174쪽' 및 '「濟州島の思ひ出」, 『지리학연구』 제14권 5호(1937), 27~29쪽' 등이 있고, 그의 조수였던 우종인이 '「南部朝鮮採集記」, 『곤충계』 제6권 55호(1938), 37~44쪽'에서 기록을 남기고 있다.

6) 경성대학 부속 생약연구소 제주도시험장은 1943년 4월 24일 개장하였고, 석주명은 이 날 부임하였다(석주명, 1968: 145쪽). 한편, 오성찬의 석주명 실명소설 『나비와 함께 날아가다』에서는 석주명이 조선산악회의 제1회 국토구명 한라산학술등반(1946. 2. 26 - 3. 17)에 참여하여 1946년 2월 27일에 제주도에 온 것으로 되어 있다(오성찬, 2004: 186쪽 참조). 그러나 석주명은 1946년 6월에야 조선산악회(1945. 9. 15 창립)에 가입하였고, 1946년 6월 28일 열린 제1회 정기총회에서 이사로 선출되었다. 따라서 제1회 국토구명학술조사(한라산학술등반)에는 참석치 못하고, 제2회 국토구명 오대산태백산맥 학술조사(1946. 7. 25-8. 12)부터 참여하여 제7회까지 총 여섯 차례 참여하였다(이병철, 2002: 201~218쪽 참조).

7) 이는 1948년 2월 6일자 『제주신보』에 실린 "조선(朝鮮)의 자태(姿態)"라는 기고문에서 확인할 수 있다. 이 글은 -제주에서- 라는 부제가 달렸으며, 글 가운데 "이도후(離島後) 4년만에 다시 와보니 해방과 38선 관계로 육지인들의 입도와 육지문화의 침윤

직전 2년여 동안 제주도에 체류한 것은 매우 큰 의미를 지닌다. 그 시기는 제주4·3 이전이어서 제주도의 자연과 문화에서 제주적인 것들이 아직 많이 남아 있었고, 석주명으로서는 학문적으로 최고 절정기였기 때문에 제주도의 자연과 인문에 대한 자료를 수집하기에 최적기였다. 그리고 제주도를 떠난 직후에는 개성에서, 해방 이후에는 서울에서(제주도에서의 4·3 혼란기를 피해) 제주도 관련 자료들을 분류하고 분석하는 데 전념할 수 있었다.

석주명은 유고집을 포함한 17권의 저서, 120여 편의 학술논문, 180여 편의 잡문(소논문과 기고문)을 남겼는데[8], 그 가운데 제주도와 직접 관련된 것으로는 6권의 '제주도총서'와 27편의 논문, 보고서, 기고문 등[9]이 있다. 그는 한국의 나비와 제주도를 위해 일생을 바쳤다. 석주명은 진정한 한국의 자태를 찾으려면 제주도에서 그 자료를 찾아야 한다는 것을 깨달았다. 그러나 흔히 쓰는 물과 공기를 귀하게 생각하지 못하는 것처럼 제주도 사람들은 제주도의 특이한 자연과 문화가 귀한 줄 모르고 있다는 사실에 안타까워하면서 하루바삐 한국의 식자들이 금싸라기 같은 제주도의 자료를 수집하여 체계를 세울 것을 주장하였다(석주명, 1948a; 1971: 7~8쪽). 그리고 누군가가 그것을 해주기를 기다리지 않고 자연과학도였던 그가 인문사회학적 연구를 직접 수행하여 마침내 '제주도총서'를 남김으로써 제주학의 선구자가 되었다.

(浸潤)으로 제주도의 특이성이 없어저감을 느낀다.…"는 대목이 나온다. 그리고 1949년 5월에 탈고한 『제주도수필』에서 "해방후 4년에 제주도를 일주하고 느낀 점"을 이야기하고 있다. 이 두 자료를 볼 때 석주명이 1948년 2월경에 제주도에 다녀갔음을 추론할 수 있다(석주명, 1968: 11쪽 참조).

8) 석주명은 1950년 6월에 탈고한 『제주도자료집』에 자신의 전체 연구업적 목록과 해설을 싣고 있다(석주명, 1971: 215~240쪽 참조).

9) 다른 학회지나 잡지에 실렸던 대부분의 논문과 에세이는 『제주도자료집』(보진재, 1971) 및 『석주명 나비채집 이십년의 회고록』(신양사, 1992)에 재수록 되어 있다.

석주명은 스스로 반(半)제주인임을 밝히면서,[10] 제주도를 사랑하였다. 그는 1936년 여름에 나비채집을 위해 제주도에 한 달 간 머물면서 특이한 자연과 문화에 매료되었고, 1943년 4월부터 2년여 동안 생약연구소 제주도시험장에 근무하면서 제주도 관련 자료 수집에 혼신의 노력을 기울였으며, 1948년 2월경에 제주도를 다시 찾아 고유문화가 사라져 가는 것에 대한 안타까운 감회를 신문에 기고했을 뿐만 아니라, 제주도를 떠나고서도 해방 직후부터 4년 동안 제주도와 관련된 각종 신문기사들을 거의 빠짐없이 모으고 분석하였다(석주명, 1949h; 1949i; 1949j; 1950b). 그가 남긴 대부분의 제주도 관련 자료들은 제주 4·3 이전 것들이기에 더욱 가치가 있다.

석주명은 나비 연구와 제주도 연구를 통해 지역적인 것이 민족적인 것이요, 국가적인 것이 세계적인 것이 될 수 있다는 것을 입증해 보였다. 그는 지역어인 제주어를 수집 연구하여 그 진가를 세상에 알림으로써 방언연구의 중요성을 인식시켰다. 그리고 그는 세계 보편언어로서의 국제어[11]는 강대국의 언어가 아니고 모두가 쉽게 배울 수 있는 중립어라야 한다는 것을 인식하고, 에스페란토에 일가를 이루어 그것을 세상에 보급하기에 힘썼다. 그가 지역어인 제주어를 수집하고 연구한 것은 국제어인 에스페란토의 중요성을 알리고 그것을 널리 보급하려 했던 것과 좋은 대비를 이룬다. 그가 1947년에 『국제어 에스페란토 교과서 부(附) 소사전』과 『제주도방언집』을 펴낸 것은 우연의 일

---

10) "9월말에서 10월초에 걸쳐서 발간된 귀지(貴紙)를 지금 서울에서 읽고 두어줄 글월을 드리겠습니다. <u>먼저 귀지 창간 3주년을 축하합니다. 그 간의 뚜렷한 자취를 돌아보고 반제주인(半濟州人)인 소생으로는 유쾌를 금할 수가 없으며, 앞으로의 꾸준한 계속을 충심으로 비나이다.</u> …"(석주명, 1948e; 1971: 197쪽 참조).

11) 여기서 국제어란 단순한 외국어가 아니고 전 세계에 통용될 수 있는 세계 보편언어를 의미한다.

치로만 볼 수 없다. 그는 세계주의자(globalist)인 동시에 지방주의자(localist)였고, 더 나아가 지방과 세계를 자연스럽게 넘나든 세방주의자(glocalist)[12]였다. 그 점에서 석주명은 세상을 떠난 지 60년이 지났지만, 세방화(glocalization)[13] 시대를 사는 우리가 걸어가야 할 길을 제시하고 있다.

세상이 제주도의 가치를 제대로 알지 못할 때, 석주명은 제주도의 가치를 깨닫고 수많은 자료를 수집하고 연구하여 세상에 알렸지만, 후학들에게도 많은 과제를 남기고 있다. 그가 남긴 제주학의 자료들을 분석하고, 그의 연구 성과를 평가하여 그 의미를 밝히고, 그의 한계를 극복하는 것은 후학들의 몫이다.

논자는 일찍이 그가 체류했던 서귀포에 석주명기념관을 건립할 것을 제안한 바 있다(윤용택, 2003; 2007). 석주명기념관에 한국과 세계의 나비를 전시한 나비전시관, 제주어와 전국의 방언에 관한 자료들을 구비한 방언도서관, 제주학 관련 자료들을 모아 놓은 제주학자료실, 그리고 그가 남긴 글과 행장을 모아 놓은 석주명자료실 등이 들어선다면, 그의 위대한 업적을 기린다는 명분도 설 뿐만 아니라 관광객들이 즐겨 찾는 명소 하나를 더 추가하는 실리도 얻을 수 있을 것이다.

3. 석주명의 제주학 연구

석주명은 1936년 7월 21일부터 8월 22일까지 제주도에 머무르면서

---

12) 세방주의자(glocalist)는 세계주의자(globalist)와 지방주의자(localist)를 합성한 말이다.

13) 세방화(glocalization)는 세계화(globalization)과 지방화(localization)를 합성한 말이다.

한 달여 동안 나비채집을 한 바 있다. 당시 그의 기록으로는 「濟州島産蝶類採集記(一新亞種の記載を含む)」(*Zephyrus*, vol.7, 1937) 및 「濟州島の思ひ出」(『地理學研究』 제14권 5호, 1937) 등이 있다. 당시의 기록을 보면, 이미 그의 관심은 단순히 나비채집에 머물지 않고 제주도의 도시와 농촌, 부속섬인 가파도(석주명, 1937a: 162쪽; 1937b: 28쪽)와 섶섬(석주명, 1937a: 167쪽), 제주도의 자연(오백장군, 한라정원, 산중하천)과 풍속 등에 이르기까지 관심이 미치고 있음을 확인할 수 있다. 이때의 제주체험을 통해 석주명은 제주도가 자연과 인문 분야에서 보물섬임을 인식하게 되었다.

하여 1943년 4월 24일, 경성제국대학 의학부 미생물학교실 소속의 '생약연구소 제주도시험장'으로 자청하여 전근을 오게 된다. 자연과학자의 한 사람으로서 제주도에서 사계절을 지낼 수 있는 좋은 기회로 알고, 누구도 가기를 꺼리는 벽지 근무를 자원했던 것이다. 그는 제주도에 장기간 체류하게 됨으로써 자신의 전문분야인 제주도 나비에 국한하지 않고 제주도의 자연과 인문 사회 분야에 이르기까지 관심을 넓혀 제주도의 전반적인 진상을 규명할 수 있는 좋은 기회를 얻었다(석주명, 1947c; 1992: 55쪽 참조).

석주명은 1943년 4월부터 1945년 5월까지 제주도에 머물면서 상당량의 제주학 자료를 수집하였다. 그는 제주도에 부임하자마자 육지와 너무나 판이한 여러 가지 현상에 흥미를 느끼고 나비와 더불어 '제주도'를 그의 연구 테마로 삼았다(석주명, 1968: 서(序); 1992b: 179쪽 참조). 그는 곤충채집부터 방언, 인구, 제주도 관련 문헌과 자료 등을 조사하기 시작했으며, 일상생활에서 보고 듣고 읽은 것 중에 제주도에 관한 것이 나오면 즉시 적당한 제목을 붙여 카드에 기록해 쌓아두었다.

석주명은 1945년 5월 제주도를 떠난 다음 개성과 서울에서 자료들을 분석하여 여섯 권의 '제주도총서'로 정리해냈다. 제주도총서 발간 계획은 그의 생전인 1950년 6월에 탈고한 『제주도자료집』 서문에 잘 나타나 있다.

> 저자가 1943년 4월부터 1945년 5月까지 만 2개년여 제주도에 살면서 수집한 제주도에 관한 자료는, 8·15해방 직후 총서로 하여 6권의 책으로 출간할 계획을 세웠다. 서울신문사출판국의 호의로, 2개월에 1권씩 모두 1년 동안에 필(畢)하려 한 것이, 여러 가지 사정으로 이렇게 지연되었는데, 지연된 그만큼 내용을 좀더 충실히 할 기회를 갖게 된 것을 다행으로 생각한다. 이 제주도총서의 발간상황은 다음과 같다. 제1집 제주도방언집(1947), 제2집 제주도의 생명조사서(제주도인구론)(1949), 제3집 제주도문헌집(1949), 제4집 제주도수필(제주도의 자연과 인문)(교료[校了]), 제5집 제주도곤충상(채자료[採字了]), 제6집 제주도자료집(탈고[脫稿])으로, 이 제6집에는 제1-5집에 들지 않은 여러 자료를 모은 것이다.[14] 이 자료란 것이 저자가 주로 잡지에 기고한 기간미간의 졸편들로서 그 중에는 기고했던 것을 다시 찾아온 것도 약간 있다. 이 제6집이 제주도총서의 종권(終卷)이므로 친지의 권고도 있고, 또 연구하는 분의 편의를 고려하여 권말에 졸저목록을 부록으로 넣기로 하였다. -1950年 6月 서울에서-

하지만 '제주도총서'는 그의 생전에 아래 제1-3집만 세상에 나오게 된다.

『제주도방언집』, 제주도총서 제1집, 서울신문사, 1947.

---

14) 여기서 이미 1950년 6월에 그의 유고집 『제주도수필』은 교정이 완료되었고, 『제주도곤충상』은 활자를 골라내는 작업을 완료함으로써 편집을 끝냈으며, 『제주도자료집』은 집필이 끝냈음을 알 수 있다.

『제주도의 생명조사서 -제주도 인구론-』, 제주도총서 제2집, 서울신문사, 1949.
『제주도관계문헌집』, 제주도총서 제3집, 서울신문사, 1949.

그리고 제4-6집은 석주명이 한국전쟁으로 졸지(1950. 10. 6)에 세상을 떠남으로써 유고로 남았다가 나중에 동생인 석주선의 노력으로 발간되었다. 그의 유고집들에 대해서는 그의 환갑을 맞아 1968년 11월에 출간된 제주도총서 제4집 『제주도수필』 말미에 있는 석주선의 발문에 잘 나와 있다.

> … 남아있는 유고의 내용은 제주도총서 6권중 제주도방언집, 제주도생명조사서, 제주도문헌집은 이미 6.25 전에 서울신문사에서 출간되고, 아직 미간인 제주도자료집, 제주도곤충상, 제주도수필, 한국산접류의 연구, 한국산접류의 연구사, 한국산접류분포도, 외국산접류분포도, 세계박물학연표 등입니다. … -1968년 11월 석주선

석주명의 유고집들은 석주선의 노력으로 아래의 순서로 1968년부터야 인쇄되어 나오기 시작하였다.

『제주도수필 -제주의 자연과 인문-』, 제주도총서 제4집, 보진재, 1968.
『제주도곤충상』, 제주도총서 제5집, 보진재, 1970.
『제주도자료집』, 제주도총서 제6집, 보진재, 1971.
『한국산 접류의 연구』, 보진재, 1972.
『한국산접류분포도』, 보진재, 1973.
『한국본위 세계박물학연표』, 신양사, 1992.

이 가운데 석주명의 최고 역작 가운데 하나인 『한국산접류분포도』는 출판을 맡은 이의 실수로 출판사 창고 속에서 햇빛을 보지 못하다가 1984년 1월에야 비로소 서점에 그 모습을 드러내게 되었다(이병철, 2002: 44쪽). 세계적인 걸작이 원고가 완성되고 30년이 훨씬 더 지나서야 세상에 나오게 된 것이다. 유고집을 포함하여 석주명의 저서와 글 모음집으로는 (중등교과서와 사전을 제외하고) 13권의 단행본이 있다.[15]

여기에서 볼 수 있듯이 곤충에서 시작된 석주명의 제주도 연구는 언어, 역사, 문화, 의학, 사회문제 등으로 광범위하게 확장되어 간다. 그의 제주학 연구 성과의 대부분은 '제주도총서'와 그의 글모음집인 『석주명 나비채집 이십년의 회고록』 속에 결집되어 있다.

문만용은 「'조선적 생물학자' 석주명의 나비분류학」에서 석주명의 나비연구를 다음과 같이 크게 세 시기로 나누고 있다.

> 첫째 시기는 1929년 가고시마농을 졸업하고 박물교사로 근무하면서 나비연구를 시작한 때부터 1933년까지로, 이 시기 그의 연구는 단순한 목록의 작성에서 시작하여 개체변이연구라는 이후의 중심적 연구테마로 이행하는 모습을 보여준다. 둘째 시기는 1934년에 발표한 "한국산 접류의 연구(제1보)"를 시작으로 개체변이를 밝히는 연구가 본격적으로 추진되어 1939년 그간의 연구를 일단락 짓는 *A Synonymic List of Butterflies of Korea*를 완성한 때까지이다. 이 시기에 정립된 그의 분류방법론은 그 이후로도 굳건히 유지되었다.

---

15) 위의 단행본들 이외에 석주명 이름으로 출간된 단행본으로는 다음이 있다.

1. *A Synonymic List of Butterflies of Korea*, Korea Branch of the Royal Asiatic Society, Seoul, Korea, 1940.
2. 『조선나비이름의 유래기』, 백양당, 1947.
3. 유고 모음집 『석주명 나비채집 이십년의 회고록』, 신양사, 1992.
4. 유고 모음집 『나비박사 석주명의 과학나라』, 현암사, 1992.

> 셋째 시기는 그 이후부터 석주명이 세상을 떠날 때까지로, 변이연구의 대상을 넓혀 가는 한편 조선산 나비분포로 연구 영역을 확대해가는 시기였다. … 다만 이 시기에 그는 분류학 연구 이외에도 인문학적 분야에 관심을 보이면서 자신의 생물학연구에 국학의 가치를 부여하려 했으며, 해방 직후 이러한 시도를 '조선적 생물학'이라는 표현으로 집약하였다(문만용, 1997: 15~16쪽).

석주명의 학문 전체를 놓고 볼 때,[16] 제주도 연구 이전과 이후는 확연히 다르다. 석주명이 1943년 4월 제주도에 오기 전까지 에스페란토 관련 글들을 빼고는 그의 연구 대부분은 나비와 관련된 것이다. 그러나 제주도에 머물게 되면서 그의 학문적 연구는 인문사회분야까지 확장된다. 즉 제주도에 오기 전까지는 한낱 나비 연구가이자 곤충학자에 불과했던 석주명은 제주학 연구를 거치면서 그는 명실상부한 통합학자로서 성장하게 되었다.[17] 그는 「국학과 생물학」에서 제주도 곤충조사와 제주도 방언 조사, 더 크게 말하면 곤충학과 제주학 연구 사이에 긴밀한 연관이 있음을 보여주고 있다(석주명, 1992b: 79~82쪽 참조). 석주명은 제주학 연구를 통해 자연과학, 인문학, 사회과학을 모두 아우르는 통합학자이자 학문융합의 선구자로 우뚝 서게 된 것이다.

---

16) 그의 연구업적은 『제주도자료집』 부록에 잘 정리되어 있다(석주명, 1971: 215~240쪽).

17) 국학자인 정인보(鄭寅普)가 "내가 석교수(石敎授)를 만난 지도 어느덧 십오륙 년이나 된다. 그 때는 아는 이가 적었고 지금 와서는 모르는 이가 없다. … 나는 박물학에 대하야 비평할 밑천이 없다. 국학(國學)의 영역 안에서 서로 비최는 바 깊은지 오램으로 두어줄 글월을 써서 권두에 붙인다. 1949년 3월 6일 정인보"(석주명, 1992a: iv 참조)로 한 것으로 보아 석주명은 제주도에 오기 전부터 국학에 대해 관심을 가졌던 것으로 보인다. 그러나 그가 인문사회학 전반에 글을 발표하기 시작한 것은 제주도 연구 시기 이후라 할 수 있다.

4. 석주명 '제주도총서'의 의의

석주명은 제주도시험장 근무를 마치고 1945년 5월 개성의 본소로 귀임하였고, 개성에 도착한 직후 제주도에서 수집한 자료를 분석하기 시작했다(표1 참조). 그리고 1945년 6월경 수원 '농사시험장'의 병리곤충부장으로 자리를 옮기고, 1946년 9월 서울 국립과학박물관 동물학 연구부장을 맡으면서 제주도의 자료들을 본격적으로 분석하여 '제주도총서'로 정리해낼 계획을 세우게 된다. 그러나 한국전쟁으로 졸지에 세상을 떠남으로써 '제주도총서'는 완간되지 못하고, 제4-6집은 유고로 남았다가 여동생 석주선의 노력으로 1968년-1973년에 와서야 완간되었다.

석주명의 '제주도총서'가 갖는 자료적 의미와 출판학적 의의에 대해서는 어느 정도 규명된 바 있고(홍순만, 2000; 최낙진, 2007; 2008b), 특히 제주어(제주방언) 연구와 관련해서는 연구자들이 상당 정도로 규명해 놓고 있다(강영봉, 2002; 2008). 이 장에서는 그러한 성과들을 토대로 석주명의 '제주도총서'가 갖는 의의를 밝혀보고자 한다.

1) 『제주도방언집(濟州島方言集)』의 의의

석주명은 '제주도총서' 제1집으로 『제주도방언집』을 구상하였고, 마침내 1947년 12월 30일 세상에 내놓았다. 그동안 곤충학자로만 알려졌던 그가 제주학의 선구자로 주목받기 시작한 것은 바로 이 책의 덕분이다. 그가 제주어를 조사하고 수집하게 된 동기는 「국학과 생물학」의 '방언과 곤충'에 잘 나타나 있다.

어떤 학자의 말에 의하면 이 세상에 언어가 9백이상이나 있다고 한다. 그 각 민족어는 다시 지방 지방에 따라 여러 지방언어 즉 방언으로 나누이고 또 한 지방의 방언이란 것도 자세히 조사해보면 개인차에 의한 개인어라고 볼 수 있는 것들을 발견하게 된다. 이것을 거꾸로 생각하여 언어에 있어서의 개인차를 제거하여 귀납하면 방언이 성립하는 것이고, 제 방언간의 차이점을 조절하면 민족어가 되는 것이고, 제 민족어간의 공통점들을 계통세우면 언어분화의 계통을 밝히게 되는 것이다.

곤충학자들의 말에 의하면 이 지구상에는 곤충이 전 동물의 4분의 3 내지 5분의 4를 차지하고 있다고 한다. … 곤충들은 대륙에 따라 그 곤충상이 다르고 같은 대륙에서도 지역에 따라서 지역별의 곤충상간에는 차이가 있는 것이고, 같은 지역에 있어서도 소지역인 지방에 따라서 각 지방 곤충상에는 차이가 있는 것이다. 이것을 거꾸로 해서 생각하여 각 지방의 곤충상간의 차이를 조절하면 지구상의 전 육지를 먼저 몇 개의 큰 구역으로 나눌 수가 있겠고, 그 지역을 다시 소지역으로 나눌 수가 있으며 이렇게 몇 단계로 나눌 수가 있는 것이 조선전토를 도군면동(道郡面洞)의 순으로 나눌 수가 있는 것과 같다.(중략…)

이만하면 방언과 곤충 간에는 일맥상통하는 점을 발견할 수 있다는 것보다 지방차와 개체차로 보아 공통점이 많아서 방언을 연구하는 방법으로 곤충을 연구할 수도 있겠고 또 곤충을 연구하는 방법으로 방언을 연구할 수도 있을 것이다. 나는 해방 전에 경성대학 제주도시험장에 2년여나 체재해 있었는데 제주도의 특이한 방언들을 들을 때 곧 방언과 곤충을 연결시킬 수 있었다.

나는 자기가 전문으로 하는 득의(得意)의 연구인 접류를 종별로 분포상태를 지도상에 표시하는 방법을 이용하여 약간의 단어를 선택하여 그 분포를 지도상에 표시하는 것을 기도하였었다. 그러나 일면 문헌을 약간 조사하는 중 이 방법은 벌써 길리롱(Gillieron)이 불란서어지도를 작성한 이래 언어지리학이 수립되어 방언학에서 많이 취급되어 있는 것을 알 뿐만 아니라 일본서도 벌써 이 방법에 의한 업적이

> 많은 것을 알고는 불원간 조선에서도 널리 사용될 것을 기대하고 방언학은 나의 전문도 아니니 그만 중지하고 말았다.
>
> 그러나 제주도에 온 이상 이런 기회에 곤충을 채집하는 한편 방언의 단어라도 많이 모아서 조선어학자에게 제공하는 것은 유의의(有意義)한 일임을 느껴서 단어수집에 상당한 시간을 제공하였다. … 만 이 년간에 수집한 단어는 7000이 되어서 일단락을 지었고, 그 때는 해방되는 해라 차차 시국이 달라져감을 깨닫고 5월에는 그만 귀경하였다. 수집된 단어의 수는 상당히 많으니 이것을 어떤 모양으로든지 정리하면 유의의한 것이 틀림이 없는 일이다. (하략…)(석주명, 1992b: 79~82쪽)

우리는 여기서 석주명의 학문하는 자세를 엿볼 수 있다. 그는 다른 이가 더 잘 할 수 있는 부분은 과감하게 포기하고, 그가 가장 잘 할 수 있는 유의미한 것을 찾아 연구하려 하였다. 하여 그는 전문 언어학자가 언어지리학의 차원에서 전국적인 언어지도를 그려주기를 희망하면서 자신은 제주어 어휘 수집에만 전력을 다하였다. 그러나 아직도 우리나라에 전국적인 언어지도가 없는 것을 고려한다면, 언어지리학을 제주어에 대입시키려 했던 석주명의 시도는 무척이나 값진 일이었다(강영봉, 2002: 5쪽 참조). 그리고 일제강점기 당시 조선어 연구의 대가인 小倉進平이 제주어를 간접 연구하는 데 그쳤다면, 석주명은 제주도 현지에서 직접 어휘를 수집하고 연구하였다는 데 그 가치가 크다(한국방송공사, 1980: 현용준 인터뷰에서).

석주명은 『제주도방언집』의 내력을 다음과 같이 밝히고 있다.

> 1943년 4월부터 1945년 5월까지 만 2년여를 필자는 제주도에서 생활할 기회를 가졌다. 경성제국대학부속생약연구소제주도시험장에

> 서 근무하였는데, 전문하는 학문 외에 틈틈이 수집한 제주도 자료의 하나가 이것이고, 일본제국주의시대의 말기의 일이라 물론 노골적으로는 못하였으나, 소위 대학의 관리라고 해서 비교적 자유로운 몸이었든 관계로 능률을 내었다. 1945년 5월에 개성에 있는 본소로 전근할 때도 다행히 아모 손실이 없이 와서, 내면적으로 틈틈이 정리하다가 8월 15일 우리민족이 해방되자, 먼저 우리말을 찾고서는, 곧 이것을 표면에 내놓고 정리에 분망하였다. 그리고 1947년 6월에 들어와서야 탈고하게 되었으니 이 일은 전후 5개년에 긍(亘)한 것이다.
>
> 이것을 완성하기에는 표준어를 비롯하여 지방어를 교시하여주신 여러 동무들의 도움을 많이 얻었는데, 책임을 분명케 하기 위하야 그 곳마다 그 동무들의 존명을 기록하야 경의를 표하였다. 이제 여기서 감사의 뜻을 표하고 싶다.
>
> 여기서 본서의 내용에 대하여 조금 기록하고 싶다. 제1편 방언집의 내용인 어휘는 좀더 장기간을 허(許)하였다면 좀더 수집할 수가 있겠고, 이 제1편을 기초로 한 제2편 고찰은 어학자라면 좀 더 발전시켰을 것이다. 전문외(專門外)인 필자라도 공통방언을 %로 계산해 보고도 싶었으나 자세한 것은 전문가에게 밀기로 하고 필자는 그 경향만 알 수 있는 것으로 만족하기로 하였다. 1947. 6. 25, 서울에서 지은이 씀(석주명, 1947b: 서[序]).

『제주도방언집』은 제1편 제주도방언집, 제2편 고찰, 제3편 수필 등으로 이뤄져 있다. 제1편 제주도방언집은 일반사전이라기보다는 가나다 순으로 제주어를 표준어에 대응시킨 7,000여 어휘집이다. 석주명은 『제주도방언집』을 통해 한낱 외딴 섬의 방언에 불과했던 제주어를 표준어와 어깨를 나란하게 했다. 그리고 『제주도방언집』은 곤충학자 석주명을 언어학자의 반열로 끌어올리고 있다.

석주명은 어휘를 수집하는 데 그치지 않고 7,000여 어휘를 분석하어, 제주어와 육지의 다른 지방(전라도, 경상도, 평안도, 함경도)의 방언과의 공통점을 찾고, 일부는 조선고어에서 그 유래를 찾기도 한다.[18] 그리고 곤충학에서 사용하는 방법인 지방 곤충상 상호간의 유연관계(類緣關係, Affinities)를 숫자적으로 연구하는 것처럼 각 어휘 중에서 전라도, 경상도, 함경도, 평안도 등의 방언들과의 공통점을 뽑았다. 즉 나비분류학에 쓰이는 연구방법을 방언연구에 응용한 것이다(석주명, 1948d; 1992b: 81쪽 참조). 그는 자신의 연구방법에 대해 다음과 같이 평가하고 있다.

> 이 연구방법은 별로 독창적인 것이 아니고 곤충학에서는 흔히 쓰이는 것이나 방언 연구에 응용한데 의의가 있고, 필자가 감히 전문외의 학문에 손대게 해준 것이었다. 뿐만 아니라 나의 제주도 곤충조사와 제주도 방언 내지 제주도 조사 간에 좀 더 크게 말하면 나의 곤충학과 제주도학[19] 간에는 긴밀한 연관성이 있는 것이다. 제주도 접류의 진상은 제주도 전모를 구명함에 있어서 더욱 잘 인식되는 때문이었다(석주명, 1992b: 81~82쪽).

그 결과 그는 제주어에는 전라도와 경상도 방언분자가 많이 들어와 있지만, 제주어 7,000여 어휘 가운데 전라도와 경상도 방언과 완전히 동일한 것은 각각 340개와 338개로 전체의 5%에 미치지 못하고 있다는 것을 보여준다. 제주어가 그만큼 특이하다는 것이다. 그리고 그는

18) 석주명은 제주어 가운데 340여개가 우리의 고어(古語)에서 유래되었음을 밝히고, 小倉進平의 주장을 인용하면서, 제주어에 이처럼 많은 고어와 'ㆍ'음이 남아있어서 제주어는 우리말의 역사를 연구하는 데 가장 가치 있는 자료임을 강조한다(석주명, 1947b, 123~127쪽 참조).

19) 원문에는 '제주도'로 되어 있으나 이는 '제주도학'의 탈자인 것으로 보인다.

방언들 간의 공통어를 찾는 과정에서 각 지방에서의 방언사전의 필요성을 절감한다(석주명, 1947b: 97쪽). 각 지방의 방언사전이 있었더라면, 제주어와 여러 방언들 간의 공통점을 찾는 데 수월했을 뿐만 아니라 보다 정확했을 것이라는 것이다.

그리고 그는 제주도, 전라도, 경상도, 함경도, 평안도의 방언과는 일치하지만 이른바 표준어와 다른 18개 어휘[20]를 제시하면서 이들은 서울 부근의 말이나 책에 나오는 말과 상이할 뿐이지, 그 분포상태로 보아서 단연 표준어로 편입시켜야 하고, 소위 표준어라고 하는 것들은 경기도방언으로 취급하는 게 타당하다고 주장한다(석주명, 1947b, 115쪽 참조). 수도권에서 쓰는 말만 표준어로 할 게 아니라 전국에서 널리 쓰는 말도 표준어가 되어야 한다는 그의 주장은 세계 보편언어로서의 국제어는 강대국의 언어가 아니라 중립어라야 한다는 주장과도 상통한다. 그리고 각 지역의 방언사전이 필요하고, 전국에서 널리 쓰이는 말은 서울말이 아니라도 표준어로 편입해야 한다는 그의 주장은 오늘날에도 여전히 설득력을 지닌다.

강영봉은 석주명이 '제주어'라는 명칭을 처음으로 사용하였고, 제주어를 남부어와 북부어로 구분하였으며, 제주어와 외국어를 비교한 것은 제주어에 대한 그의 공로라고 본다(강영봉, 2002: 10~12쪽 참조). 석주명은 제주어를 연구하면서 외국어(중국, 몽골, 만주, 일본)에서 유래한 어휘가 어떤 것이지를 탐색하고, 더 나아가 말레이어, 필리핀어, 베트남어 등과의 관계도 따지고 있는데, 이에 대한 평가는 제주어 전문가의

20) 꼭감(곶감), 골미(골무), 괄쎄ᄒᆞ다(괄시하다), 기매키다(기막히다), 냄비(남비), 다문(단), 댕기다(다니다), 떠댕기다(떠다니다), 매끼다(맡기다), 뽐뿌(펌프), 서답(빨래), 장ᄉᆞ꾼=장사꾼(장사아치), 쟁길잠(잠길잠), 절렴(전염), 질들다(길들다), ᄌᆞ취=자취(자췌), 춤(침), 패(파派) 등.

몫으로 남긴다(강영봉, 2002; 2008 참조).

석주명은 제주어 7,000어휘를 분석하는 과정에서 『용비어천가』(1445), 『두시언해』(1481), 『훈몽자회』(1527), 『송강가사』(1747) 등의 우리의 고전들, 小倉進平의 『朝鮮語方言の研究』(1944) 등의 일본학자들의 연구성과, 방종현, 이숭녕, 최현배 등 우리 학자들의 연구 성과를 포함하여 88권의 문헌을 참고하였다. 이것은 이미 그가 국어학에서도 상당한 수준에 이르렀다는 것을 보여준다.

한편, 석주명은 제주도 방언에 다소라도 관계된 것을 뽑아 가나다 순으로 수록하고 있는데, 『제주도방언집』의 제3편 수필 부분은 그의 『제주도수필』과 함께 작은 제주문화사전 역할을 하고 있다.

2) 『제주도의 생명조사서 - 제주도 인구론』의 의의

이 책은 부제가 보여주듯이 제주도의 인구론이다. 석주명은 종래의 호구조사와 인구조사에 한계를 느껴 자기 나름의 기준을 가지고 1944년 2월 7일부터 1945년 4월 5일까지 인구조사를 실시하였다.

〈표 1〉『제주도의 생명조사서』 연구 일정표[21)]

조사한 곳	조사기간	분석일	분석한 곳
토평리	1944. 2. 7. - 25.	1944. 3. 12.	토평리
법환리	1944. 4. 15. - 18.	1944. 4. 30.	토평리
신하효리	1944. 4. 3. - 17.	1944. 7. 23.	토평리
함덕리	1944. 10. 26. - 30.	1944. 11. 19.	토평리

21) 표에서 대정(3개리)은 보성리, 인성리, 안성리를 의미한다. 그리고 『제주도의 생명조사서』에서 화순리를 분석한 날짜와 장소가 - 1945. vi. 31. 於開城 -으로 표기되어 있으나, 석주명이 5월에 개성으로 돌아간 것을 고려한다면, 1945년 5월 31일의 착오인 것으로 보인다(석주명, 1949a: 143쪽 참조).

교래리	1944. 10. 31 - 11. 1.	1944. 11. 19.	토평리
상도리	1945. 1. 29. - 30.	1945. 2. 15.	토평리
송당리	1945. 1. 31. - 2. 1.	1945. 2. 17.	토평리
성읍리	1945. 2. 3. - 4.	1945. 2. 19.	토평리
오라리	1945. 2. 24. - 25.	1945. 3. 8.	토평리
명월리	1945. 2. 27. - 3. 2.	1945. 3. 21.	토평리
대정(3개리)*	1945. 3. 13. - 14.	1945. 4. 8.	토평리
화순리	1945. 3. 14. - 16.	1945. 5. 31.**	개성
의귀리	1945. 3. 27. - 28.	1945. 6. 1.	개성
토산리	1945. 3. 28. - 29.	1945. 6. 2.	개성
저지리	1945. 4. 3. - 4.	1945. 6. 8.	개성
용수리	1945. 4. 4. - 5.	1945. 6. 9.	개성
총괄		1945. 7. 18.	개성

〈표 1〉을 검토해보면, 석주명이 인구조사 자료들을 제주도에서 다 분석하지 못하고, 개성으로 복귀해서 해방 직전까지 분석 작업을 계속하고 있음을 확인할 수 있다. 그리고 이 책은 석주명이 생약연구소 제주도시험장에서 개성의 본소로 복귀하고, 다시 수원의 '농사시험장'으로 전근하는 과정을 가늠할 수 있게 해주는 자료로서도 가치가 있다.

『제주도의 생명조사서』가 출간일이 1949년 11월 1일이니 자료 분석을 끝내고 완성된 책으로 나오기까지는 4년이 더 소요된 셈이다. 그동안 제주도는 제주 현대사에서 가장 참혹한 비극인 제주4·3을 겪게 되고, 조사 대상이었던 중산간 마을들은 폐허가 되고 만다.[22] 그렇기 때

22) 1948년 11월부터 9연대에 의해 중산간마을을 초토화시킨 강경 진압작전은 비극적인 사태를 초래하였다. 강경 진압작전으로 중산간마을 95% 이상이 불타 없어졌고 수많은

문에 석주명은 이 책은 출판과 동시에 고전이 되었다고 다음과 같이 자평하고 있다(석주명, 1949a: 3쪽).

> 이 연구에 착수한 것은 1944년 2월이니 지금으로부터 꼭 만 5년 전이였다. 이 5년이란 세월은 지구 위에서 일어난 인간생활에 있어서의 가장 큰 변동을 포함하여서 그 영향은 우리 제주도에도 미쳤다는 것보다 제주도에야말로 예기치 못하였던 큰 영향을 미쳤고 현재도 그 안정성을 찾기에는 까마득하다.
>
> 지금의 제주도의 형편은 해안 일주도로 이상부(以上部)의 인가가 모두 폐허로 되었다니 이 책에서 다뤄진 토평리, 교래리, 송당리, 성읍리, 오라리, 명월리, 의귀리, 토산리의 반쪽 제1구, 저지리 등 8.5부락의 기록은 벌써 역사적 기록으로 되고 만다. 뿐만 아니라 거기 따라 해안부락의 인구동태도 격변했으니 이 책은 출판과 동시에 고전으로 되어서 더욱 의의가 있다. … - 1949. 2. 19 서울에서 -

그는 제주도 전체 인구 특징을 확인하기 위하여 제주의 문화적 측면을 고려하면서 제주도 전체의 모습을 반영할 수 있도록 조사대상 마을을 선정하였다. 즉 인구이동이 심하지 않고 외래풍이 많이 수입되지 않은 마을 가운데 산남과 산북, 동부와 서부, 해안과 내륙 어느 한 쪽에 치우치지 않도록 9개면 16개 마을을 선정하였다.

그리고 석주명은 제주도가 잡혼, 재혼, 중혼 등이 많아서 자녀를 출산한 상황을 여자로부터 자세하게 듣는다는 게 어렵다는 문화적 상황을 고려해서 보다 진실에 가까운 인구실태를 파악하기 위해 부(父) 또는 부(父)였던 사람에게 조사표 1매씩을 배당하여 그로부터 생겨난 자

인명이 희생됐다. 4·3사건으로 가옥 39,285동이 소각되었는데, 대부분 이때 방화되었다. 제주4·3연구소 홈페이지(www.jeju43.org) 4·3전개과정 참조.

녀 전부를 수록하였다. 『제주도의 생명조사서』는 제주도의 해안마을과 중산간마을을 고루 추출하고 제주도의 전체 마을수의 10%에 해당하는 16개 마을을 대상으로 조사한 자료이기 때문에, 당시의 인구의 실상을 파악하는데 중요한 단서를 제공해준다.

석주명은 십여 년 간 수십만 마리의 나비를 측정하고 통계내고 분류하는 과정에서 터득한 나비분류학의 방법을 제주어 연구에서와 마찬가지로 인구조사에서도 응용하였다. 다만 제주어의 유래와 분포 등을 언어들 간의 유연관계를 가지고 규명했다면, 인구조사에서는 주로 통계학적 방법을 가지고 규명했다는 점에서 차이가 있다. 그는 수십만의 나비를 하나하나 측정하고 통계내어 분류했던 것처럼, 제주도의 마을별, 나이별, 성별, 생사(生死)별, 거주지별 등의 인원수를 일일이 조사하여 통계내고, 이를 바탕으로 제주도 전체 인구의 특징과 그것의 자연 및 사회 환경 등의 원인을 추리함으로써 당시 제주사회의 실태를 규명하였다.

그는 인구조사를 하면서 나비연구에서 사용하던 측정, 통계, 분류, 분석 방법 등을 차용하고 있는데, 이는 호랑나비(*Papilio xuthus LINNÉ*)의 앞날개 길이 측정표(석주명, 1972: 209쪽 참조)와 16개 마을 총계의 인구구성표(석주명 1949a: 184쪽 참조)를 비교해보면 한눈에 알 수 있다. 그는 나비연구에서는 봄형과 여름형, 암수의 구분에 따라 측정하고 통계를 내었지만, 인구조사의 경우는 남녀별, 연령별, 마을별, 생사별, 현지 거주자와 타지로 출가자 등에 따른 다양한 비교 분석을 통해 제주사회의 문화적, 환경적 특성들을 추론하고 있다.

우리는 『제주도의 생명조사서』를 통해 일제강점기 말기의 제주사회를 다음과 같이 이해할 수 있다. 첫째, 16개 마을의 호수와 조사표수를 비교했을 때, 조사표수(4,851)/호수(4,689)가 약 1.0인 것으로 보아(석주명, 1949a, 168쪽), 제주도에서는 결혼하여 자식을 두게 되면 대부분 세대를 분리하고 있다. 따라서 『제주도의 생명조사서』는 제주도 가족제도의 중요한 특징인 철저한 분가제도를 실증적으로 보여주는 자료이다.

둘째, 여다(女多)의 섬으로 알려진 제주도 인구의 연령대별 성별 인구변동의 추이를 보면, 16개 마을 전체 평균으로 볼 때 산아(産兒)의 성비는 52:48로 남자가 많으나 출가자를 포함한 마을주민의 성비는 48:52로 역전되어 여자가 많았다(석주명, 1949a, 172쪽). 그리고 출산된 자녀의 70%가 주민(출가자 포함)을 구성하고 30%는 사망하는데, 사망비율은 16:14로 남자가 여자보다 높다. 이는 제주도에 여자가 많은 가장 큰 원인은 남자가 많이 죽기 때문이라는 것을 잘 보여주는 것이다.

셋째, 일제강점기 말기에 제주도에 거주하는 16세 이상의 남녀의 비율은 41:59로 여자가 월등히 많아서 남자의 1.5배나 되었다. 석주명은 이처럼 여자가 월등히 많아지는 것은 출가(出稼)가 주원인이고, 출가자가 그처럼 많은 것은 자연이 그만큼 척박한 때문이고, 제주도 여자가 노동을 많이 할 수밖에 없는 이유도 자연이 척박하고 남자가 출어(出漁)를 하기 때문으로 진단한다(석주명, 1949a, 187쪽).

이를 종합하자면 제주도 전체적으로 볼 때, 남자가 더 많이 태어나고, 15세 이하의 유년기까지는 남자가 많다. 하지만 남자 사망률이 높아지면서 남녀 성비가 역전되고, 16세 이후가 되면 남자들이 외지로 많이 빠져나가고 되어 여자활동인구가 많아져서 여다(女多) 현상이 나타난다(석주명, 1949a, 187쪽). 이 조사는 제주4·3 이전에도 제주도는 여다(女多)의 섬이었고,[23] 특히 제주4·3때 성인 남자들이 많이 희생됨으로써 여자가 많은 섬으로 더욱더 굳어졌다는 것을 보여준다.

23) 석주명은 다른 곳에서 조선시대, 일제강점기, 해방이후 자료 등을 인용하여 제주도가 예전부터 여다(女多)의 섬임을 밝히고 있다(석주명, 1968: 199~203쪽 참조).

『제주도의 생명조사서』는 제주4·3 이전에 16개 마을을 조사한 것이기 때문에 사료적 가치가 크다. 그리고 석주명의 인구조사 자료는 제주4·3으로 인한 피해의 정도를 가늠할 수 있게 해준다. 이를테면 『제주도의 생명조사서』와 2007년 3월 14일 현재 정부에서 공식 확정한 제주4·3희생자명단(제63주년제주4·3사건희생자위령제봉행위원회, 2011 참조)을 비교해보면 제주4·3으로 인한 제주섬의 피해가 얼마나 심각한지 짐작할 수 있다.

〈표 2〉『제주도의 생명조사서』를 통해서 본 제주4.3 피해

조사한 곳	『제주도의 생명조사서』		2007년 확정 4.3희생자수	희생자수/호수
	호수	인구수 (현주자+외주자)		
토평리	360	1,645 + 80	91	0.25
법환리	430	1,963 + 234	16	0.04
신하효리	530	2,678 + 249	72	0.14
함덕리	800	3,671 + 326	261	0.33
교래리	55	304 + 13	76	1.38
상도리	130	657 + 59	49	0.38
송당리	220	1,139 + 86	83	0.38
성읍리	251	1,113 + 73	73	0.29
오라리	267	1,451 + 104	232	0.87
명월리	420	1,973 + 184	130	0.31
대정(3개리)	225	1,417 + 117	92	0.41
화순리	303	1,483 + 127	26	0.09
의귀리	188	963 + 102	241	1.28
토산리	160	793 + 70	160	1.00
저지리	190	869 + 65	114	0.60
용수리	160	852 + 76	18	0.11
총괄	4689	22,971 + 1,965	1,734	0.37

물론 석주명의 인구조사가 1945년 4월에 끝났고, 그해 8월 해방이 되면서 일본에 나가 있던 사람들이 상당수 들어왔고, 제주4·3 당시 실제로 희생된 사람이 정부에서 공식 확정한 희생자 수보다 더 많다는 것을 감안한다면, 위의 두 자료만 가지고 제주4·3으로 인한 피해를 정확히 유추하는 데는 한계가 있다.

그러나 〈표 2〉에서 마을의 호수와 공식 확인된 마을별 희생자만을 비교해보더라도, 즉 16개 전체 마을 희생자수(1734명)/호수(4689호)가 0.37이라는 것은 평균적으로 세 집에 한 명 이상 희생되었고, 중산간 마을에서는 평균 두 집에 한 명 꼴로 희생되었으며, 특히 토산리 1.00, 의귀리 1.28, 교래리 1.38 등을 감안한다면 온 가족이 몰살당한 경우도 적지 않았음을 확인할 수 있다.

3) 『제주도관계문헌집』의 의의

『제주도관계문헌집(濟州島關係文獻集)』은 제목이 보여주듯이 제주도와 직접 관련되거나 제주도에 대해서 언급한 단행본과 논문 총 1,074종의 문헌을 수록한 것이다. 그러나 이 책은 단순히 문헌 제목만 적어 놓은 게 아니라, 논저들을 서지학적으로 배열한 것이다(석주명, 1949b: 240쪽). 그의 다른 연구서들은 자신이 직접 '제주도'에 대한 자료를 수집하고 연구한 것이라면, 이 책은 '제주도에 대한 연구', 즉 '제주학'을 위한 1, 2차 문헌들을 분류하고 그에 대한 자신의 입장을 정리한 것으로서 제주학을 위한 필수 자료이다.

석주명은 『제주도관계문헌집』에서, 제주도(濟州島)를 월등하게 많이 다룬 학자들로 '식물학'의 中井猛之進, '제주도학(濟州島學)'의 石宙明, '사회학'의 善生永助, '동식물학'의 森爲三, '방언학'의 小倉進平 등 다섯 사람을 들면서, 자신을 분명히 제주도학 연구자로 명시하고 있다

(석주명, 1949b: 244쪽). 그는 제주도의 가치를 알고, 제주도만을 전문적으로 연구할 필요성을 깨닫고 '제주도학'이라는 용어를 처음으로 도입했다. 우리는 여기서 석주명이 단순히 필드의 수집가가 아니라 제주도와 관련해서 양과 질에서 풍성하면서도 다양한 연구를 했다는 것을 확인할 수 있다.

『제주도관계문헌집』은 제1장 저자명 순, 제2장 내용순, 제3장 주요문헌 연대기순, 제4장 서평, 제5장 총괄 등 총 5장으로 이뤄져 있다. '제1장 저자명순'에서는 우리나라 저자들은 가나다순으로, 일본인 저자들은 アイウ 순으로, 서양인 저장들은 abc 순으로 문헌들을 정리하고 있어서 저자의 이름만 알면 쉽게 관련자료들을 찾을 수 있도록 하였다.

'제2장 내용순'은 다시 제1절 총론부, 제2절 자연부, 제3절 인문부로 나뉘는데, 총론부는 제주도와 관련해서 총론적인 성격의 문헌들을 수록하고 있다. 제2절 자연부는 다시, 기상, 해양, 지질광물, 식물, 동물, 곤충 등 제주도의 자연을 6개 분야 총 433편을 다루고 있다. 여기서 곤충 부분을 따로 분류한 것은 석주명 자신이 곤충학자이기에 가능했던 것이다. 우리는 여기서 그가 자연과학 전반에 대해서 폭넓은 지식을 지니고 있음을 확인할 수 있다. 제2절 인문부에서는 다시, 언어, 역사, 민속, 지리, 농업, 기타산업, 정치·행정, 사회, 위생, 교육·종교 등 총 11개 분야 총 599편을 다루고 있는데, 우리는 여기서 석주명이 제주도의 인문사회 분야에 대해서도 광범위한 관심과 해박한 지식을 가지고 있음을 알 수 있다. 그는 제주도와 관련해서 거의 모든 분야에 관심을 가지고 자료를 모으고 천착(穿鑿)하였던 것이다.

'제3장 주요문헌연대기순', '제4장 서평', '제5장 총괄' 등의 부분은 『제주도관계문헌집』이 단순한 문헌목록집이 아니라는 것을 보여준다.

석주명은 '제3장 주요문헌 연대기순'에서 제주도 연구에서 반드시 필요한 제주도 관계 단행본(◎) 26권, 제주도 관계 논문(○) 121편, 제주도를 논급(論及)한 단행본(⊗) 10권, 제주도를 논급한 논문(×) 26편을 등 183편만을 추출하여, 각각 ◎, ○, ⊗, × 등으로 표기하여 놓음으로써 제주학 연구자들이 관련문헌을 쉽게 찾아볼 수 있도록 하였다.

'제4장 서평'에서는 제주도 관계문헌 가운데 27권의 문헌들에 대해 간단하게 평하고 있다. 이를테면 고정종의 『제주도요람, 1930』의 경우 "내용이 비교적으로 충실하여 훌륭한 책이다." 김두봉의 『제주도실기, 탐라지보유, 1932, 1934, 1936』의 경우 "2편을 합친 책인데 중판하면서 추보(追補)하였다. 7,000부나 소화되었다고 하나 그 내용으로 보아 추천할 수 없는 책이다." 杉山行一의 『제주도 요람, 1942』의 경우 "저자 자신이 경영하는 관광안내소의 선정용으로 인쇄한 것이지만 잠시 오는 관광자에게는 편리한 팜플렛이다." 등으로 한두 줄로 간략하게 해제해 놓고 있다.

'제5장 총괄'에서 제주도에 관한 주요 논저자들에 대해 평가하고 있는데, 그중 일부를 보면 다음과 같다.

> 66편의 논저를 발표한 中井猛之進은 '조선식물'을 테마로 한 세계적 식물 분류학자로 조선문화에 공헌이 가장 큰 사람의 하나이다.
>
> 47편의 석주명은 '조선산접(朝鮮産蝶)'을 전공하나 '제주도'가 그의 연구테마의 또 하나이다.
>
> 43편의 善生永助는 '사회학'을 전공하는 구 조선총독부의 어용학자였다.
>
> 31편의 森爲三은 '조선의 동식물'을 조사한 공로자의 한 사람으로 그 업적에 조루성(粗漏性)은 있으나 전형적인 고등학교 정도의 교수로 일본국가의 난숙성(爛熟性)을 표시하는 인물이었다.

30편의 小倉進平은 '조선방언'을 테마로 한 세계적 언어학자로 조선문화에 공헌한 바 가장 큰 사람이라 할 수 있다. ……(석주명, 1949b: 242~243쪽).

그리고 그는 그들을 논저 편수만을 가지고 따지지 않고, 제주도 연구에 공헌한 정도를 다음과 같이 다시 질적으로 평가하고 있다(석주명, 1949b: 247쪽).

〈표 3〉 제주도 연구에 공헌한 주요학자들

	제주관계 단행본	제주관계 논문	제주논급 단행본	제주논급 논문	계
石宙明	3	11	–	–	14
原口 九萬	1	11	–	–	12
森爲三	–	12	–	–	12
中井猛之進	–	9	–	–	9
秋葉 隆	–	2	1	2	5

학자들에 대한 평가는 그 당시 시대적 한계를 지닐 수밖에 없지만, 우리는 여기서 당대의 학자들을 바라보는 석주명의 관점을 엿볼 수 있다. 그리고 그는 스스로 제주도 연구, 즉 제주학의 독보적 존재임을 자부하고 있다. 『제주도관계문헌집』 출판 당시(1949. 11. 1)에 '제주도총서' 6권 가운데 3권만 출판되었지만, 이미 나머지 3권도 탈고되어 출판을 앞두고 있는 상황임을 고려한다면, 당시에 석주명이 제주학의 최고 전문가라는 사실은 의심할 여지가 없다.

이처럼 석주명은 자신이 읽었던 문헌들을 중심으로 제주도와 관련된 모든 책들을 저자명순, 내용순, 연대순 등으로 분류하고, 자신이 생각하기에 주요한 문헌들과 저자들을 추려내고, 자신의 관점에서 질적인 평가를 하였다. 어떤 것을 잘 모르면서 그것을 평가할 수는 없다는 점을 고려할 때, 석주명은 제주도와 관련된 거의 모든 자연과학과 인문사회과학 분야의 문헌들을 섭렵했을 뿐만 아니라, 나름대로의 가치 기준을 확고하게 가지고 있음을 알 수 있다.

뿐만 아니라 『제주도관계문헌집』의 말미에 있는 〈추가분〉에서 그동안 빠뜨린 문헌 일부와 출판 직전에 나온 최신의 논저들을 추가하는 것으로 볼 때, 그의 지적 성실성을 엿볼 수 있다. 60여 년 전 석주명 혼자 노력으로 작성한 『제주도관계문헌집』을 보노라면, 아직도 제주학과 관련된 제대로 된 논저목록 하나 없는 제주학계의 현실이 부끄러울 따름이다. 그의 『제주도관계문헌집』의 앞으로 제주학 관련 논저목록을 작성하는 경우에 필수 참고서가 될 것이다.

4) 『제주도수필-제주도의 자연과 인문』의 의의

『제주도수필(濟州島隨筆)-제주도의 자연과 인문』은 1949년 5월에 탈고하여 1950년 6월에 이미 교정 완료된 상태였으나 한국전쟁으로 석주명 생전에 나오지 못하다가 그의 회갑을 기념하여 1968년 11월에야 그의 동생 석주선에 의해 발간된 첫 유고집이다. 이 책은 제목만 보면 수필집으로 착각하기 쉬우나 내용으로 볼 때, 제주도의 자연과 인문사회에 대한 다양한 자료들이 들어 있어 작은 제주백과사전이라 할 만하다(최낙진, 2008b: 47쪽). 이 책은 서문(序), 오돌또기(원 제목 '오돌똑') 악보와 가사[24], 1장 총론, 2장 자연, 3장 인문 등으로 나뉘고 있다.

24) 석주명이 채보한 제주민요 '오돌또기'의 악보와 가사는 "오돌똑"이라는 이름으로 『제주도수필』에 실려 있다. 『제주도수필 - 제주도의 자연과 인문』, 보진재, 1968, 참조. 『제주도수필』은 1949년 5월 15일에 탈고하여 1950년 6월엔 이미 교정이 완료된 상태

제1장 총론에서는 제주도의 과거와 현재 모습을 이야기하고 있다. 우선 한반도(육지부)에는 있지만 제주섬에는 없는 당시 풍경(風景)으로 까치와 포플러를 들고,[25] 반대로 육지부에는 없고 제주섬에만 있는 풍태(風態)로 밭밟기와 해녀를 들고 있다. 하지만 제주도가 한반도의 다른 지역과 다르기는 해도 동식물의 성립분자를 놓고 볼 때 일본보다 한반도의 분자가 많을 뿐만 아니라 중요 분자의 대부분이 한반도와 공통되어 생물학상으로 한국의 부속섬임을 분명히 하고 있다(석주명, 1968: 5쪽). 그리고 석주명은 1295년, 1580년, 1771년, 1880년 등의 우리나라의 옛 자료와 일본학자들의 자료들을 통해 제주도의 (특)산물들을 보여주면서, 300여개의 오름, 비자림, 김녕굴, 제주도특산 동식물 등은 세계제일이고, 감귤원, 돌, 비바람, 여자, 소, 말, 고사리, 까마귀, 진드기, 자생아열대식물, 해녀, 장수자 등은 한국제일이라 보고 있다(위의 책: 6~7쪽).

최근 세방화(glocalization)시대가 되면서 제주도에서는 '제주다움'과 '제주적인 것'을 찾고, 그것을 산업으로 연결하려 하고 있다. 석주명은 육지에는 있고 제주도에는 없는 것과 육지에는 없고 제주도에만 있는 것 등을 통해서 제주다움을 찾으려 하고 있고, 제주도에 있는 것들 가운데서 세계제일과 한국제일을 통해서 가장 제주적인 것을 찾는다. 제주적인 것은 한반도의 다른 지역뿐만 아니라 다른 나라의 것들과 비교

였으나 한국전쟁으로 출간하지 못하고, 1968년에야 발간되었다(2008년 서귀포문화원에서 재발간한 『제주도수필』에는 석주명의 서(序)와 "오돌똑"의 악보와 가사가 빠져 있다). 한편, 강문칠에 따르면, 제주민요 오돌또기가 전국적으로 알려지게 된 것은 1960년대에 김국배가 채보 및 편곡한 데서 비롯되었다고 한다(김병택, 2011, 152~164쪽 참조).

25) 석주명은 "까치는 까마귀가 많은 이 섬에 부적(不適)할 것이다."라고 진단하고 있으나(석주명, 1968: 5쪽), 1980년대에 제주도에 인위적으로 까치를 들여옴으로써 지금은 천적이 없는 상태에서 과도하게 증식되어 까치 피해가 갈수록 심해지고 있다.

를 통해서 드러난다. 그는 나비연구를 통해서 나비마다 지역적 분포가 다르다는 것을 알았고, 자연과 문화도 지역마다 다르다는 것을 깨닫고 제주적인 것(또는 제주다움)의 가치를 찾으려고 시도하였다.

물론 그렇다고 해서 '제주적인 것'인 것이 곧 이상적인 것이라거나 바람직한 것은 아니다. 왜냐하면 다른 지역에 비해 어떤 것이 부족하거나 많은 것은 그 지역의 강점이 아니라 치명적인 약점이 될 수도 있기 때문이다. 따라서 '제주적인 것'의 약점과 강점을 잘 아우르면서 제주도의 자원으로 키워나가는 것은 제주인의 몫이라 할 수 있다.

'제2장 자연'에서는 제주도의 기상, 해양, 지질·광물, 식물, 동물(곤충제외), 곤충 등의 분야를 각각 사전식으로, 분류하고 있는데, 그의 『제주도관계문헌집』에서와 순서와 동일하다. 석주명은 여기서 제주자연의 전 분야에 걸쳐 자신이 보고, 듣고, 읽고, 직접 연구한 것들을 각각의 분야에서 가나다순으로 스케치하고 있다. 즉 제주도 자연을 잘 드러낼 수 있는 것들 가운데 그의 관점에서 중요하거나 특이하다고 인정되는 것을 정리하고 있다. 우리는 여기서 석주명이 제주의 자연을 이해하기 위해 선행연구자들의 문헌들을 꼼꼼히 서로 비교해가면서 읽었고, 아직 밝혀지지 않은 것들에 대해서는 자신이 직접 관심을 가지고 연구했다는 것을 확인할 수 있다.

'제3장 인문'에서는 제주의 전설·종족, 방언, 역사, 외국인과의 관계, 관계인물, 민속, 의식주, 일상생활, 지리, 도읍·촌락, 산악, 도서, 지도, 교통·통신, 농업, 임업, 축산, 수산, 기타산업, 정치·행정, 사회, 인구·특수부락, 위생, 교육·종교, 문화 등 총 25절로 나뉜다. 이 책 전체를 놓고 볼 때 '제2장 자연' 분량이 50쪽인 데 반해, '제3장 인문'은 그보다 훨씬 많은 278쪽에 이른다. 그리고 '자연' 분야에서는 선행연구자들, 특히 일본학자들의 성과를 많이 인용하였으나, '인문' 분야에서는 주로 석주명 자신이 직접 원자료를 읽고 연구한 것을 바탕으로 하고 있다는 점에서 차이가 있다. 그 점에서 그는 제주도와 관련해서는 인문학자이자 사회과학자라 할 수 있다.

석주명은 언어, 풍속, 문화 등에서 한반도(육지부)의 다른 지역에서는 찾기 힘든 '제주다움'과 '제주적인 것'을 찾지만, 그것들 가운데 다른 지역이나 다른 나라의 것들과 공통적인 요소들을 찾는 것을 게을리하지 않는다. 그는 제주도와 멀리 떨어진 평안도와의 공통점으로 언어, 여자들의 옷, 돗통시, 소의 거세, 밥 짓는 법(좁쌀을 백미 넣은 후 끓이면서 넣는 것) 등을 든다(석주명, 1968: 122쪽). 그리고 일본과의 공통점으로 바느질하는 법, 아이 업는 법, 여자가 짐을 머리에 이지 않는 것, 여자가 내외(內外) 않는 것, 부엌에 솥을 걸되 온돌에 붙이지 않고 돌로 딴 솥덕을 만드는 것, 휘파람부는 습관 등이 있고(위의 책: 111쪽), 몽고와의 공통점으로 모자, 의복, 신에 모피를 사용하는 것, 목마(牧馬)가 성하고 말을 잘 구사(驅使)하는 것, 말똥을 연료로 사용하는 것, 우마견(牛馬犬)의 귀를 절단하는 것, 바람으로 선곡(選穀)하는 것, 애기구덕, 일부 언어 등이 있다(위의 책: 90쪽). 이는 제주도의 언어, 풍속, 문화에서 제주적인 것이라 생각되는 것들 가운데는 우리의 옛것이거나 몽고나 일본 등 외부로부터 들어온 것도 있을 수 있다는 것을 의미한다.

그리고 석주명은 돗통시가 제주도의 독특한 것이 아니라는 것을 분명히 하고 있다. "인분을 돼지 사료의 일부로 사용하는 것이 제주도 독특의 것은 아니다. … 이제 이 변소 겸 돈사의 분포상태를 살펴보면 제주도 외에 다음과 같이 밝혀졌다. 한반도에서는 북으로부터 회령, 양구, 통영, 거창, 합천, 광양의 여러 지방, 중국 내몽고 서부, 산동성 전부, 산서성 동·중부, 만주 용정, 오키나와, 필리핀 전역 등이다"(석주명, 1968: 96~97쪽). 이처럼 돗통시가 세계적으로 보편적인 것이라면,

우리나라에서 돗통시가 제주적인 것으로 알려진 계기가 무엇이고, 제주도의 돗통시가 다른 지역의 돗통시와 어떻게 다른지를 규명하는 것도 필요하다.

석주명은 제주도 사람들이 자랑하는 것도 전국적으로 보았을 땐 그리 대수롭지 않을 수도 있다는 평가를 내린다. 즉 (외지인의 관점에서) 그는 제주인들이 자랑하는 영주십경에 대해서 "명승으로 영주십이경이라고 소개된 것이 있으나 전국적으로 볼 때 하나도 신통할 것이 없다. 다만 제주도가 남해의 절도(絕島)요 고산(高山)이니 그 섬 자체 즉 한라산이 재미있는 존재라고 할 수 있다"(석주명, 1968: 115쪽)고 평하고 있고, 백록담에 대해서는 "한국 남단에 있는 한라산정의 화구호이니 북단의 백두산 천지와 더불어 옛날부터 전설로 풍경으로 선전되는 것은 당연한 일이다. 그러나 백두산의 천지와는 비교될 바가 못 되고, 수심이 상당하다고 선전되어 있지만 한천(旱天)이 계속될 때는 고갈하는 정도이니 대수롭지 않다. 녹담만설이라고 영주십이경 혹은 제주십경에 끼워 제주도에서는 자랑할 만하다고 하겠지만 전국적으로 볼 때는 문제가 안 될 것이다"(위의 책: 129쪽)라고 평하고 있다.

제주인들이 외지인들에게 자랑하고 싶은 것과 외지인들이 제주도에서 보고 특이하다고 느끼는 것 사이에는 상당한 차이가 있을 수 있다. 그리고 제주인들이 생각하는 '제주다움'(또는 '제주적인 것')과 외지인들이 생각하는 '제주다움'이 다를 수가 있다. 석주명은 자연과학도이자 외지인으로서, 그리고 제주도를 아끼는 반(半)제주인으로서 제주도의 자연과 문화를 좀 더 객관적으로 보면서 그것을 바탕으로 '제주다움'과 제주도의 가치를 찾으려고 하였다.

여동생 석주선은 이 책의 발문(跋文)에서 "오빠! 오는 음(陰) 9월 23일(1968년 11월 13일)이 바로 오빠의 회갑이어요. 회갑이 되기 전에 오빠의 유고를 정리했으면 해보았습니다만 뜻을 이루지 못한 채 고민하고 있던 중 오빠의 친우 김교영(金敎英) 선생님의 정성으로 제주도총서 중에 하나인 제주도수필이 출간케 되었습니다. … 오늘 회갑을 맞이하여 삼가 영전에 손수 쓰신 책을 바치오니 받으시옵소서."라고 쓰고 있다. 어쩌면 사장되고 말았을지도 모를 석주명의 업적들의 상당 부분은 석주선의 노력에 의해 우리에게 되살아났다고 할 수 있다.

5) 『제주도곤충상』의 의의

『제주도곤충상(濟州島昆蟲相)』은 1950년 6월에 편집완료 되었지만 한국전쟁으로 출간되지 못하고, 20년이 지난 1970년 8월에야 유고집으로 출간되었다. 이 책은 곤충학자이자 제주학자인 석주명이 할 수 있는 최선의 것으로, 제1장 연구사, 제2장 총목록, 제3장 총괄 등으로 이뤄져 있다.

'제1장 연구사'에서는 제주도 곤충과 관련된 논저 106편을 연대순으로 배열하고, 각각에 대한 간략한 해제를 덧붙이고 있다. 이를테면 1847년 제주도산으로 *Coptolabrus monilifer* 1신종을 발표한 타텀(Tatum T.)의 논문[26]에서부터 1950년 제주도산 *Episcapha moravitzi moravitzi* (Solsky)와 *E. flavofasciata* (Reitter)의 2종을 다룬 荒木東次의 논문[27]에 이르기까지 제주도 곤충과 관련된 총 106편의 논저에서 다뤄진 내용과 체재, 특히 거기에서 발표된 제주도산 곤충종들에 대해서 설명하고 있다. 그는 1장의 말미에 연대별 편수, 국적별 편수,

---

26) Tatum T.(1847), "Description of two species of Carabus from Asia" *Ann. Mag. Nat. Hist.* ser. 1, vol. 20, 14~15쪽.

27) 荒木東次(1950), 〈オビオキノコ屬(大蕈虫科)に就いて〉; 『寶塚昆蟲官報』 제65호, 1-6항.

저자별 편수 등을 분석해 놓고 있다. 여기에서 석주명 22편, 村山釀造의 13편, 조복성 8편 등 주요 곤충학자들의 성과를 제시하면서 제주도 곤충과 관련해서 단연 자신이 독보적 존재임을 드러내고 있다.

'제2장 총목록'에서는 제주도산 곤충 19목 141과 737종에 대해서 등장하는 출처, 즉 학술지, 보고서, 곤충도감 등에 대해 상세히 밝히고 있어 후학들에게 검증의 기회를 주고 있다. 그리고 일러두기(석주명 자신은 이 용어를 사용하고 있지 않음)에서 다음을 밝히고 있다.

> 1. 본 목록은 1950년 현재로 졸저 제주도총서 제3『제주도관계문헌집』중 〈곤충부〉에 수록된 문헌을 기본으로 삼아 편한 것이다. 〈곤충부〉는 비교적 완전한 줄 알았더니 역시 빠진 것이 적지 않아서 이는 개정시에 증보코저 한다.
>
> 2. 배열은 江崎悌三博士(일본곤충도감, 곤충강분류표, 1932)에 준하였고, 과(科)이하는 모두 학명의 알파벳 순으로 하였다.
>
> 3. 나비 종류만은 편자의 전문인 관계도 있어서, 지금 현재로는 완전히 정리하였지만 기타 부분에서는 각 저자의 의견에 맹종한 데가 많다.
>
> 4. 岡本半次郎博士의 대저[28]는 편자전문인 나비를 통해서 볼 때 의심스런 데가 많아서 전체로 믿기 어려운 저서이다. 〈나비부〉만은 편자의 입장에서 대략 취사선택하였지만 기타 부분은 거의 그대로 포섭하였는데, 전문외인 편자의 입장에서 보더라도 기타 부분의 것에도 많은 오류가 있음을 짐작하겠으니, 금후 적당한 인사가 나타나서 본편을 기본으로 하여 다시 정리하여야 하겠다. …(석주명, 1970: 17쪽)

28) Okamoto. H.(1924), "The Insect Fauna of Quelpart Islamd" *Bull. Agr. Exp. Chos.* vol. 1, no.2. 석주명은 여기에 기재된 것은 527종이지만 타지산(他地産)이 기록된 것도 적지 않아서 신용하기 어려운 책이라 평하고 있다.

이처럼 석주명은 자신의 기록에 대한 출처와 그 한계들을 분명히 밝히고 있다. 그리고 '제3장 총괄'에서는 제주도곤충 19목(目) 141과(科)의 한국명, 학명(라틴어), 각 과(科)에 대한 737종(種)의 수를 기록하고 있다. 그 가운데 나비목(目)은 30과 255종으로 전체 곤충의 3분의 1에 이르며, 특히 그 가운데 나방을 제외한 제주도의 나비는 7과 73종이다.

석주명은 73종의 제주도의 나비들 가운데 제주를 대표하는 나비로 '제주왕나비(*Danaus tytia/Parantica sita*)'를 꼽는다. 그는 '제주왕나비'의 이름 유래에 대해서 다음과 같이 밝히고 있다.

> *Danaus tytia*의 종명(種名)이요, 속명(屬名)이요, 또 과명(科名)으로 우리 조선에는 1과 1속 1종이 날 뿐이다. 조선서는 중조선(中朝鮮) 이남에 분포하고 서조선이나 북조선에는 보기 어려운 남방 계통의 크고 우미(優美)한 종류로 제주도에서만은 전도(全島)에서, 즉 해안에서부터 산정(山頂)까지 널리 분포되어 있어 단연 제주도를 대표하는 나비라 할 수 있겠다. 필자는 1945년 이 나비를 제주의 대표접으로 하고 '영주왕나비'라는 이름으로 발표한 일이 있다. '영주(瀛洲)'는 제주도의 일고명(一古名)이다(석주명, 1947a; 48쪽).

석주명은 한국산 250여종의 나비 분포를 250장의 우리나라 지도와 세계지도에 그려내었다. 그것이 *A Synonymic List of Butterflies of Korea*(조선산 접류 총목록)과 함께 그의 최고의 걸작으로 꼽히는 『한국산접류분포도』이다.

그는 '제주왕나비'를 『한국산접류분포도』의 첫머리에 자리매김하였다(석주명, 1973: 2쪽). '제주왕나비'는 제주도에서는 1년에 3회, 내륙에서는 2회 발생한다. 제주도에서 발생한 제1화 개체들이 태풍과 같은 기상으로 인하여 태백산맥을 따라 내륙지방으로 이동하는 것이다(정세호, 1999: 173쪽; 김용식, 2002: 209쪽). 그러나 후에 학자들은 '제주왕나비'가 태백산맥에서도 발견된다는 이유로 '제주왕나비'를 '왕나비'로 바꿔놓았다. 아쉬운 일이다. 곤충학자들의 철저한 논증을 통해 '왕나비'가 '제주왕나비'로 다시 정명(正名)되기를 기대한다.

석주명은 『제주도곤충상』에서 나비목(目) 부분만 상세할 뿐 나머지는 그렇지 못하다는 것을 밝히고 있다. 그의 부족한 부분을 메우고, 그가 미처 발견하지 못해서 생긴 오류들을 바로 잡아서 제주도 곤충상에 대해 보다 정확하고 상세한 연구를 하는 것은 후학들의 과제이다.

6) 『제주도자료집』의 의의

『제주도자료집(濟州島資料集)』은 '제주도총서'의 마지막 권으로 잡지에 기고했던 제주도와 관련된 글들을 모은 것으로 1950년 6월 탈고되었지만 1971년 9월에야 유고집으로 발행되었다. 이 책은 장과 절이 따로 나눠있지 않고 34편의 글과 석주명 자신의 업적목록으로 이뤄져 있다. 이 책은 전체의 3분의 2가 제주어와 관련된 글들로 『제주도방언집』의 자매편이라 할 만하다.

그는 이 책의 첫머리에 실린 "한국의 자태"에서 제주도 연구의 필요성을 역설하고 있다.

> 소크라테스의 자기 자신을 알라는 말은 고래로 유명하다. 자기가 자기를 모르고서 자처(自處)하기에 곤란한 때문이다.
>
> 이 말은 다만 개인에게 한(限)할 것이 아니고, 단체에도, 민족에도, 국가에도 적응될 수 있는 것으로 나는 생각한다. 그런고로 한국 사람은 한국의 자태를 잘 알아야만 할 것이다. 한국 사람이 한국의 자태를 잘 앎으로써, 한국의 문화재를 세계문화건설에 제공하여, 우리 한국

도 열국(列國)에 끼어서 발언권을 얻게 될 것이다. 세계문화건설에 있어서 아무 이바지 하는 바 없는 국가나 민족은 국제간 혹은 민족간의 회합에서 발언권을 가질 수가 없는 법이다. …

제주도에는 언어, 풍속, 관습, 기타에 있어서 고래로 육지와는 상이하다고 하여 왔지만, 자세히 살펴보면 한국의 옛날 모습 내지 진정한 모습을 말해주는 자료가 많다. 진정한 한국의 자태를 찾으려면 제주도에서 그 자료를 많이 구할 수가 있겠다. 왜 그러냐 하면 제주도는 고도(孤島)이므로 육지서와 같이 외래문화에 침윤(浸潤)받을 기회가 적었고, 그리 작지 않은 면적과 인구는 고유문화를 보존할 수 있었기 때문이다.

우리가 흔히 쓰는 공기와 물을 귀하게 생각하지 못하는 것처럼, 제주도 사람은 제주도의 특이성 내지 한국의 고유문화성을 귀한 줄을 모른다. 육지인의 한 사람으로 내가 제주도에 2개년이나 생활한 경험으로는, 제주도는 한국의 자태를 밝혀줄 금쪼각같은 자료가 지극히 많이 존재함을 알 수가 있다.

이도(離島)후 4년 만에 다시 와 보니 해방과 38선관계로 육지인들의 입도와 소위 육지문화의 침윤으로 제주도의 특이성이 없어져감을 느낀다. 그것도 필연적 현상이기는 하나, 하루바삐 한국의 식자(識者)들은 금쪼각 같은 제주도의 자료를 수집하여 계통 세우려고 노력해야겠고, 제주도민 일반도 많이 성원해주셔야겠다(석주명, 1948a).

이 글은 1948년 2월 제주도에 다시 돌아와 쓴 것이다. 우리는 이 글을 통해 석주명이 왜 그토록 제주도 연구에 몰두했는가를 알 수 있다. 그리고 제주 4·3으로 제주도의 자연과 공동체가 철저하게 파괴됨으로써, 그가 해방 직전에 행했던 제주도 연구가 얼마나 소중한지를 잘 보여주고 있다.

석주명은 "제주도명 지명을 포함한 동식물명"에서는 제주, 제주도,

탐라, 영주, 한라산 등이 포함된 식물명 100여개, 동물명 40여개를 열거함으로써 생명종 다양성 측면에서 제주도의 생물학적 가치가 얼마나 되는지를 간접적으로 보여주고 있다(석주명, 1971: 11쪽). 그리고 농민으로부터 직접 듣고 수집 제주도의 식물명 550여개, 동물명 330여개, 농업관련 550여개, 임업관련 90여개, 목축관련 300여개, 어업관련 110개 등의 제주어를 수집하여 남겼다.

뿐만 아니라 한자(漢字)의 음훈(音訓)에서 표준어와 다른 제주어 200여개를 수집해놓고 있다. 이를테면 '물(物)'은 '것물'(표준어 '만물물')이고, '도(都)'는 '골도'(표준어 '도읍도'), '왈(曰)'은 'ᄀᆞᄅᆞᆯ왈'(표준어 '갈왈'), '욕(浴)'은 '모용욕'(표준어 '목욕욕)', '사(使)'는 '부릴ᄉᆞ'(표준어 '하여금사') 등이다. 그리고 지금은 한자어로 뒤바뀌어 거의 잊혀진 190여개의 마을이름(洞里名)을 고스란히 기록해 놓았다. 지금이라도 그 마을지명들을 제주어로 다시 되살리는 게 바람직하다. 한편 제주어의 기원을 밝히기 위해 조선고어(朝鮮古語)와 외국어(몽고어, 일본어, 중국어, 말레이어, 만주어, 필리핀어, 베트남어 등)를 고찰하고 있는데, 이 부분은 1947년에 발행된 『제주방언집』을 보완한 것으로 보인다. 이에 대한 평가는 앞에서 말한 바와 같이 전문 언어학자의 몫으로 남긴다.

『제주도수필』에서 제주학의 인문분야에 대한 석주명의 박학다식함이 유감없이 발휘되었다면, 『제주도자료집』의 "제주시조 고양부 삼씨고(濟州始祖 高良夫 三氏考)", "탐라고사(耽羅古史)", "토산당유래기(兎山堂由來記)" 등은 그의 인문분야에서의 전문성을 잘 보여주는 글들이다.

석주명은 자신의 연구업적 목록을 몇 차례 정리한 바 있지만, 『제주도자료집』 부록에서 그의 생전에 최종적으로(1950. 7. 1) 자신의 연구업적을 정리하고 그에 대한 해설을 달았다. 그는 '제주도총서'를 통해서 제주도 연구에 대한 기초자료를 남겼고, 그 가운데 『제주도자료집』 부록에서 일생동안의 자신의 연구업적에 대해서 가감(加減)없이 정리하고 있다. 그 점에서 『제주도자료집』은 제주학 연구자들뿐만 아니라 석주명 연구자들에게도 필수자료가 되고 있다.

6. 맺는 말

한때 제주도(濟州道)가 제주도(濟州島)의 가치를 깨닫지 못하고 하와이, 홍콩, 싱가포르, 두바이 등을 부러워하면서 그들을 닮아보고자 제2의 하와이, 홍가포르, 제2의 두바이를 꿈꾸던 적이 있었다. 그러나 최근에 지역적인 것의 가치가 높이 평가되는 세방화(glocalization) 시대가 되면서 "제주다움이 경쟁력이다.", "가장 제주적인 것이 세계적인 것이다."라는 구호가 심심찮게 나오고 있다.

석주명은 '제주적인 것'의 가치를 가장 먼저 알아본 인물이다. 그는 6, 70년 전에 제주도의 특이한 자연과 문화가 귀하다는 것을 깨닫고, 그것들이 사라지는 것을 안타까워하면서 하루바삐 한국의 식자들이 금싸라기 같은 제주도의 자료를 수집하여 체계를 세울 것을 주장하였다. 그리고 누군가 그것을 행할 것을 기다리지 않고, 곤충학도였던 그가 직접 제주도의 자연뿐만 아니라 인문사회 분야 연구에 직접 뛰어들어 제주학 연구의 초석이 되는 '제주도총서'를 결집(結集)해냄으로써 자타가 공인하는 제주학의 선구자가 되었다.

어떤 것의 가치는 그것을 매일 보는 사람보다는 처음 보는 사람이 더 잘 알게 되는 경우가 적지 않다. 그리고 이미 다른 많은 것을 보았던 사람은 그들과 비교를 통해 좀 더 객관적으로 그것의 가치를 알 수 있다. 석주명은 나비채집을 하느라 전국을 거의 다 섭렵(涉獵)하였다.

그러기에 그는 제주도의 자연과 인문의 가치를 한눈에 알아차릴 수 있었고, 2년간 제주도에 상주하면서 제주도에 관련해서 보고, 듣고, 읽고, 직접 조사한 자료들을 철저하게 기록하여 분석하고 분류였으며, 그것들을 엮어 '제주도총서'를 만들어냈다.

석주명의 제주학 연구는 자연과 인문사회 분야의 거의 모든 영역을 망라한다. 그는 이방인이었고, 곤충학을 제외한 나머지 분야에서는 비전공자였다. 그러기에 그는 제주인들이 미처 보지 못한 것들을 볼 수 있는 참신성과 과감성을 가졌지만, 그만큼 잘못 볼 수 있는 가능성도 있다. 그는 제주도에 오기 전에 이미 나비분야에서는 세계적으로 인정받는 학자였다. 한 분야의 대가(大家)는 다른 비전문 분야에서도 큰 성과를 낼 수 있다는 장점도 있지만, 경우에 따라서는 부적합한 권위에의 오류를 범할 수 있는 약점도 지닌다. 즉 나비연구의 대가였기에, 그가 범한 잘못들마저도 대중들은 사실과 진실로 받아들여지는 경우도 생겨난다. 석주명의 제주학 연구의 한계가 바로 그것이다. 하지만 그가 범할 수 있는 작은 오류에 비해 그가 이룬 성과가 워낙 크다. 따라서 석주명의 제주학 연구의 성과를 계승하고 그의 오류를 바로잡는 것은 각 분야에서의 전공자들이 몫이다.

석주명의 제주학 연구는 다음과 같은 의의가 있다. 첫째, 그가 남긴 자료들은 제주도 연구를 위한 기초자료가 된다. 제주도와 관련해서 그가 수집하고 기록한 자료들은 제주도 근현대사에서 가장 큰 비극인 제주4·3 직전의 것들이어서 제주도 자연과 인문사회의 원형(原形)에 가까운 것들로, 그로 인해 그는 제주학의 선구자가 되었다.

둘째, 일제강점기에 한국인에 의해 종합적으로 제주도 연구가 이뤄졌다. 당시 일본 어용학자들이 제주도 연구를 많이 했지만 그들의 연구 목적은 자원을 수탈하고 사회를 지배하기 위한 것이었다. 그러나 석주명의 제주도 연구는 양과 질에서 일본인 학자들을 압도했을 뿐만 아니라, 반(半)제주인의 입장에서 제주도를 애정 어린 눈으로 바라보면서 연구했고, 제주학 연구를 한국의 자태(姿態)를 밝히는 국학(國學) 연구의 연장으로 보았다.

셋째, 자연과학의 방법론을 인문사회 분야에도 적용하는 선례를 남겼다. 즉 나비연구에서 사용하는 통계, 분류, 분석 방법들을 방언연구, 인구조사, 문헌자료분류 등에서도 응용하고 있다. 그리 본다면 석주명은 이미 60여 년 전에 최근 화두가 되고 있는 학문융합을 시도하였다는 점에서 우리나라 학문융합의 선구자라 할 수 있다.

넷째, 석주명은 제주도 연구를 통해 통합학자가 되었다. 석주명의 학문연구 전체를 놓고 볼 때 제주도 연구 이전과 이후는 확연하게 다르다. 석주명은 제주도 연구 이전에는 한낱 곤충학자에 불과했지만, 제주도 연구를 하면서 자연, 인문, 사회분야를 아우르는 통합학자로 성장했다.

석주명이 세상을 떠난 지 60년이 지났다. 많이 늦었지만 석주명 학문 전체에서 그의 제주학 연구가 차지하는 위치를 입체적으로 조명하는 작업이 필요하다. 그동안 학문 전반에서 연구방법과 내용이 많이 달라졌고, 제주학 분야에서도 양과 질에서 상당한 성과가 나왔다. 그에 걸맞게 석주명의 제주학 연구에 대해서도 다양한 분야에서 좀 더 객관적이고 냉정한 평가가 이뤄져야 할 것이다.

참고문헌

• 석주명 논저 •

석주명(1931), 「에스페란토論1」, 송우, 1931. 7. 1.

석주명(1933), 「에스페란토論」, 『송우』, 송고교우회; 『석주명 나비채집 이십년의 회고록』(1992) 193~200쪽에 재수록.

석주명(1933), 「한국산 미기록나비 및 이상형과 은점표범나비의 변이성에 대하여」, 『조선박물학잡지』 15권.

석주명(1934), 「朝鮮産蝶類の研究」, 『鹿兒島高農創立25周年 紀念論文集』(前篇): 631~784.

석주명(1935), 「ヒメウラナミジャノメの變異研究竝に其學名に就て」, 『動物學雜誌』 47: 626~631.

석주명(1936a), 「朝鮮産 *Aphantopus hyperantus* Linneに就て. [附]眼狀紋及其他の斑紋研究上の一新樣式」, 『動物學雜誌』 48: 995~1000.

석주명(1936b), 「朝鮮産 배추흰나비의 變異研究」, 『動物學雜誌』 48.

석주명(1937a), 「濟州道蝶類採集記(一新亞種の記載を含む)」, Zephyrus 7: 150~174.

석주명(1937b), 「濟州島の思ひ出」, 『지리학연구』 14(5): 27-29 ; 『석주명 나비채집20년의 회고록』(1992) 375~378쪽에 재수록, 『제주도자료집』(1971) 190~193쪽에 「제주도의 회상」으로 번역 수록.

석주명(1937c), 「朝鮮産 배추흰나비의 變異研究 II」, 『動物學雜誌』 49.

석주명(1938a), 「朝鮮産 *Hesperia maculata* チャヌダラセセリに就て」, 『動物學雜誌』 50(2): 82~84.

석주명(1938b), 「朝鮮産ウラジャノメの變異研究」, 『動物學雜誌』 50(2): 88~93.

석주명(1939a), 「朝鮮産ヒメヒカゲの變異研究」, 『關西昆蟲學會會報』 8: 72~80.

석주명(1939b), 「朝鮮産蝶類の研究史, 『朝鮮博物學會雜誌』 26: 20~60.

석주명(1940), *A Synonymic List of Butterflies of Korea*, Korea Branch of the Royal Asiatic Society, Seoul, Korea.

석주명(1941a), 「世界的 昆蟲生態 畵家 '南나비傳'」, 『조광』 7(3); 『석주명 나비채집 이십년의 회고록』(1992) 43~47쪽에 재수록.

석주명(1941b), 「濟州島の昆蟲」, 『文化朝鮮』 3(4): 52~54.

석주명(1941c), 「再び朝鮮産ヒメウラナミジャノメの變異研究」, 『動物學雜誌』 53(8): 397~402.

석주명(1941d), 「朝鮮に産する五種の蝶の變異及分布の研究」, 『朝鮮博物學會雜誌』 8(32): 39~52.

석주명(1941e), 「朝鮮半島の特殊性を現する數種の蝶類に炊て」, 『日本學會協會報告』 16(1): 73~81.

석주명(1941f), 「朝鮮産モンキテフの變異研究」, 『動物學雜誌』 53(9): 431~436.

석주명(1942a), 「三たび朝鮮産モンシロテフの變異研究」, 『動物學雜誌』 54(6): 219~229.

석주명(1942b), 「朝鮮産テウセンタカホヒカゲの變異研究」, 『動物學雜誌』 54(10): 395~405.

석주명(1942c), 「朝鮮産異形及奇形の蝶」, 『鹿兒島博物同志會研究報告』 1: 97~139.

석주명(1942d), 「朝鮮産蝶類の研究(第二報)」, 『鹿兒島博物同志會研究報告』 1: 5~95.

석주명(1942e), 「朝鮮産 배추흰나비의 變異研究 III」, 『動物學雜誌』 54.

석주명(1943a), 「南啓宇の蝶圖に就て」, 『寶塚昆蟲館報』 28, 寶塚昆蟲館.

석주명(1943b), 「朝鮮産蝶類標本目錄(水原農事試驗場所藏)」, 『朝鮮農事試驗場彙報』 15(1): 48~55.

석주명(1944), 「마라도エレヂー」, 『城大學報』 80: 2; 『제주도자료집』(1971) 182~184쪽에 「마라도 엘레지」로 번역 수록.

석주명(1945a), 「濟州島の蝶類」, 『과학시대』 19: 40~41.

석주명(1945b), 「濟州島의 蝶類」, 『조광』 11(1): 44~46.

석주명(1945c), 「濟州島의 女多現象」, 『조광』 11(2): 39~41; 『석주명 나비채집

20년의 회고록』(1992) 149~156쪽에 재수록.

석주명(1946a), 「京城大學附屬生藥硏究所 濟州道試驗場附近의 蝶相」, 『국립과학박물관동물학부연구보고』 1(1): 5-9.

석주명(1946b), 「兎山堂由來記」, 『향토』 9월호: 15-18; 『제주도자료집』(1971) 177~181쪽 및 『석주명 나비채집20년의 회고록』(1992) 173~178쪽에 재수록.

석주명(1946c), 「濟州島 南端剖의 自然 더우기 그 곳의 蝶相에 對하여」, 『국립과학박물관동물학부연구보고』1(1): 10-16.

석주명(1946d), 「濟州島地名을 包含한 動植物名」, 『국립과학박물관동물학부연구보고』 1(1): 1-4; 『제주도자료집』(1971) 11~20쪽에 증보 재수록.

석주명(1946e), 「濟州島南端部의 自然 더욱이 그곳의 蝶相에 대하여」, 『국립과학박물관동물학부연구보고』1(1): 10~16.

석주명(1947a), 『조선나비이름 유래기』, 백양당.

석주명(1947b), 『濟州島方言集』, 서울신문사.

석주명(1947c), 「濟州島의 蝶類」, 『국립과학박물관동물학부연구보고』, 2(2): 17~45.

석주명(1947d), 「제주도와 울릉도」, 『소학생』 51: 18~19; 『제주도자료집』(1971) 9~10쪽에 재수록.

석주명(1947e), 「朝鮮産ツバメシジミの變異硏究」, *Zephyrus* 9(4): 283~85.

석주명(1947f), 「朝鮮産蝶類總目錄」, 『국립과학박물관동물학부연구보고』 2(1): 10~16.

석주명(1947g), 「濟州島의 蝶類」, 『국립과학박물관동물학부연구보고』 2(2); 『석주명 나비채집 20년의 회고록』(1992) 55~60쪽에 재수록.

석주명(1947h), 「耽羅古史」, 『국학』 3: 25~28, 36; 『제주도자료집』 (1971) 172~176쪽 및 『석주명 나비채집20년의 회고록』(1992) 167-171쪽에 재수록.

석주명(1948a), 「韓國의 姿態」, 『제주신보』 1948. 2. 6.; 『제주도자료집』(1971) 7~8쪽에 재수록.

석주명(1948b), 「濟州島의 象皮病」, 『조선의보』 2(1): 38~39; 『제주도자료집』 (1971) 213~214쪽에 재수록.

석주명(1948c), 「學術界에 있어서의 에스페란토의 地位」, 『신천지』 3(5); 『석주명

나비채집 이십년의 회고록』(1992) 207~211쪽에 재수록.

석주명(1948d), 「國學과 生物學」, 김정환 편『현대문화독본』(1947년에 서울신문 학예란에 투고했던 과학수필 중 5편을 재편한 것); 『석주명 나비채집20년의 회고록』(1992) 63~84쪽에 재수록

석주명(1948e), 「濟州島廳論」, 『제주신보』 1948. 10. 20.; 『제주도자료집』(1971) 197~198쪽에 재수록.

석주명(1949a), 『濟州島의 生命調査書-濟州島 人口論-』, 서울신문사.

석주명(1949b), 『濟州島關係文獻集』, 서울신문사.

석주명(1949c), 「에스페란토論」, 『신천지』 4(2); 『석주명 나비채집 이십년의 회고록』(1992) 201~206쪽에 재수록.

석주명(1949d), 「敎師와 學者」, 『새교육』 5; 『석주명 나비채집 이십년의 회고록』(1992) 105~108쪽에 재수록.

석주명(1949e), 「科學과 에스페란토」, 『신천지』 4(6); 『석주명 나비채집 이십년의 회고록』(1992) 213~217쪽에 재수록.

석주명(1949f), 「濟州島方言과 比島語」, 『조선교육』 3(3): 17~19. 『제주도자료집』(1971) 161~164쪽 및 『석주명 나비채집20년의 회고록』(1992) 157~161쪽에 재수록.

석주명(1949g), 「'男女數의 支配線'의 位置, 附 濟州道統計에 대하여」 『대한민국 통계월보』 5: 1~3; 『제주도자료집』(1971) 209~212쪽에 재수록.

석주명(1949h), 「신문기사로 본 해방후 1년간의 제주도」, 『학풍』 2(1): 100~101; 『석주명 나비채집20년의 회고록』(1992) 179~181쪽에 재수록.

석주명(1949i), 「신문기사로 본 해방후 둘째해의 제주도」, 『학풍』 2(2): 112~113; 『석주명 나비채집20년의 회고록』(1992) 183~186쪽에 재수록.

석주명(1949j), 「신문기사로 본 해방후 셋째해의 제주도」, 『학풍』 2(3): 116~117쪽; 『석주명 나비채집20년의 회고록』(1992) 187~190쪽에 재수록.

석주명(1949k), 「濟州名産 '不老茶' 禮讚」, 불로다제조본포 서울출장소선전지.

석주명(1950a), 「濟州島方言과 馬來語」, 『語文』 2: 1~4; 『제주도자료집』(1971) 157~160쪽 및 『석주명 나비채집 20년의 회고록』 163~166쪽에 재수록.

석주명(1950b), 「신문기사로 본 해방후 넷째해의 제주도」, 『제주신보』 부록 제1호 (1950. 4. 5.), 4쪽.

석주명(1950c), 「濟州始祖 高·良·夫 三氏考」, 『주간서울』 87: 13; 『제주도자료집』(1971) 168~171쪽에 증보하여 재수록.
석주명(1968), 『濟州島隨筆 -濟州의 自然과 人文-』, 보진재.
석주명(1970), 『濟州島昆蟲相』, 보진재.
석주명(1971), 『濟州島資料集』, 보진재.
석주명(1972), 『韓國産 蝶類의 硏究』, 보진재.
석주명(1973), 『韓國産蝶類分布圖』, 보진재.
석주명(1992a), 『韓國本位 世界博物學年表』, 신양사.
석주명(1992b), 『석주명의 나비채집 이십년의 회고록』, 신양사.
석주명(1992c), 『석주명의 과학나라』, 현암사.
석주명(2008a), 『제주도방언』(재판), 서귀포문화원.
석주명(2008b), 『제주도의 생명조사서』(재판), 서귀포문화원.
석주명(2008c), 『제주도관계문헌집』(재판), 서귀포문화원.
석주명(2008d), 『제주도곤충상』(재판), 서귀포문화원.

• 기타 논저 •

강만생(2007), 「석주명 선생과 제주도」, 석주명선생기념사업을 위한 학술심포지움 자료집, 석주명선생기념사업회.
강영봉(1996), 「제주도와 몽골」, 『한몽골 교류 천년』, 한몽골교류협회.
강영봉(2000), 「제주어와 석주명」, 『제주학 연구의 선구자 고 석주명 선생 재조명』, 2000제주전통문화학술세미나 자료집, 제주전통문화연구소.
강영봉(2002), 「제주어와 석주명」, 『탐라문화』 22, 제주대 탐라문화연구소.
강영봉(2003), 「제주어 '비바리' 어휘에 대하여」, 『영주어문』 5, 영주어문학회.
강영봉(2008), 「석주명의 제주어와 몽골어」, 〈나비, 그리고 아름다운 비행〉 석주명 선생 탄생 100주년 기념세미나 자료집, 석주명선생기념사업회.
강영봉(2011), 「석주명의 제주어 연구의 의의와 과제」, 〈학문 융복합의 선구자 석주명을 조명하다〉 석주명 선생 탄생 103주년 기념학술대회 자료집, 제주대 탐라문화연구소.
곽종훈(2005), 「석주명, 국제어 에스페란토 교과서」, *La Laterno Azia*, Aprilo.

김근배(2005), 『한국 근대 과학기술인력의 출현』, 문학과지성사.

김근배(2008), 「남북의 두 과학자 이태규와 리승기」, 『역사비평』 82, 역사문제연구소.

김동언 편저(1999), 『국어비속어사전』, 프리미엄북스.

김동윤(2003), 『4·3의 진실과 문학』, 도서출판 각.

김병구(2006), 「일제하 '조선적인 것'의 기원과 형성: 고전부흥의 기획과 '조선적인 것'의 형성」, 『민족문학사연구』 31, 민족문학사학회.

김병택(2011), 『제주예술의 사회사』(하), 제주대 탐라문화연구소.

김삼수(1976), 한국에스페란토운동사, 숙명여대 출판부.

김성원(2008), 「식민지시기 조선인 박물학자 성장의 맥락: 곤충학자 조복성의 사례」, 『한국과학사학회지』 30-2, 한국과학사학회지.

김성재(1985), 『출판의 이론과 실제』, 일지사.

김순자(2010), 『제주도방언의 언어지리학적 연구』, 제주대학교대학원 박사학위논문.

김용식(2002), 『원색 한국나비도감』, 교학사.

김인중(2011), 「제주의 가치로서 석주명 선생을 기념하기 위한 제언」, 〈학문 융복합의 선구자 석주명을 조명하다〉 석주명탄생 103주년 기념학술대회 자료집, 제주대 탐라문화연구소.

김종욱(2002), 「이광수의 개척자 연구」, 『국어국문학』 132, 국어국문학회.

김치완(2011a), 「제주에서 철학하기 시론」, 『탐라문화』 39, 제주대 탐라문화연구소.

김치완(2011b), 「석주명의 제주도 자료에 비친 제주문화」, 〈학문 융복합의 선구자 석주명을 조명하다〉 석주명 선생 탄생 103주년 기념학술대회 자료집, 제주대 탐라문화연구소.

김훈수(1989), 「한국생물학사 - 1945년 이전 개관」, 『생물과학 심포지움 10집』, 한국생물과학협회.

김희정 외 옮김(2007), 『완역 일본잡지 모던일본과 조선 1939』, 모던일본사, 어문학사.

네모토 아키라(2003), 『문헌세계의 구조-서지통정론 서설』, 조재순 옮김, 한국도서관협회.

다치바나 다카시(2001), 『나는 이런 책을 읽어 왔다』, 이언숙 옮김, 청어람미디어.
로빈슨(1990), 『일제하 문화적 민족주의』, 김민환 옮김, 나남.
류시현(2011), 「1930년대 안재홍의 '조선학운동'과 민족사 서술」, 『아시아문화연구』 22, 경원대 아시아문화연구소.
몽골국립대학교한국어학과(2003), 『한몽사전』
문만용(1997), 「'조선적 생물학자' 석주명의 나비 분류학」, 서울대 대학원 과학사 및과학철학협동과정 석사논문.
문만용(1999), 「'조선적 생물학자' 석주명의 나비분류학」, 『한국과학사학회지』 제21권 제2호, 한국과학사학회.
문만용(2008), 「석주명」, 『2008년도 과학기술인 명예의 전당 헌정대상자 공적조사』, 한국과학기술한림원.
문만용(2011), 「나비분류학에서 국학까지」, 〈학문 융복합의 선구자 석주명을 조명하다〉 석주명 선생 탄생 103주년 기념학술대회 자료집, 제주대 탐라문화연구소.
문태영(1997), 「또 하나의 '종의 기원' 알프레드 왈라스」, 『지오』 6권 7호.
문태영(2001), 「린네」, 『한국곤충학회 뉴스레터』 제5권 1호, 한국곤충학회
문태영(2007), 「변이에 대한 석주명의 인식과 실험」, 〈석주명기념사업을 위한 학술심포지움〉, 석주명선생기념사업회.
문태영(2008), 「한국근대사회에서 발견과 체계의 전환점으로서 석주명」, 〈석주명 선생 탄생 100주년기념 세미나-나비 그리고 아름다운 비행〉, 제주민속자연사박물관
문태영, 윤일(2000), 「삼국사기의 황(蝗)에 대한 문화곤충학적 해석」, 『고신대학교 교수논문집』 25권
문태영, 윤일, 남상호(2003), 「역사서에서 곤충기록의 형태」, 『대전대 자연과학연구소보』 14권 1호.
박상대(2004), 「강영선 회원」, 『앞서 가신 회원의 발자취』, 대한민국학술원.
박상욱(2011), 「과학기술정책학의 융합적 성격」, 〈지식융합의 현재와 미래〉 제1회 융합워크숍 자료집, 지식융합과 미래과학기술과 사회연구단.
박용후(1960/1988), 『제주도방언연구』, 동원사.
박창근(1997), 『시스템학』, 범양사출판부.

서귀포시(2003), 〈제주학의 선구자 나비박사 석주명 선생의 삶〉 석주명 선생 흉상 제막 학술세미나 자료집.

서재철 · 정세호(2005), 『제주도곤충』, 일진사.

석윤희[Yoon Hee (Suk) Kwon](2009), "MY FATHER", 〈닮고 싶은 과학자 "나비박사 석주명의 Life Story"포럼〉, 국립과천과학관, 2009. 4. 18.

석주선(1954), 「나비 같이 왔다 가신 오빠」, 『신천지』 1954. 5.

송상용(1993), 「이승기와 비날론」, 『한국과학재단소식』 1993년 1월호.

송상용(1994), 「화학과 혁명」, 『화학세계』, 1994. 9.

송상용(2008), 「토종 과학자 석주명」, 『한겨레』, 2008. 11. 12.

송상용(2011), 「한국 현대학문사에서 석주명의 위치」, 〈학문 융복합의 선구자 석주명을 조명하다〉 석주명선생 탄생 103주년 기념학술대회 자료집, 제주대 탐라문화연구소.

신동원(2011), 「한국과학사에서 본 석주명」, 〈학문 융복합의 선구자 석주명을 조명하다〉 석주명 선생 탄생 103주년 기념학술대회 자료집, 제주대 탐라문화연구소.

신행철(2004), 『제주사회와 제주인』, 제주대출판부.

안춘근 · 오경호(1990), 『출판비평론』, 보성사.

양창용(2011), 「세계어, 지역어, 그리고 영어의 위상」, 〈학문 융복합의 선구자 석주명을 조명하다〉 석주명 선생 탄생 103주년 기념학술대회 자료집, 제주대 탐라문화연구소.

에드워드 윌슨(2005), 『통섭』 최재천 · 장대익 옮김, 사이언스북스.

오경호(1986), 「한국 총서출판의 통시적 연구」, 『한국출판학연구』 28, 한국출판학회.

오성찬(2004), 『나비와 함께 날아가다』, 푸른사상.

우종인(1938), 「남부조선채집기」, 『곤충계』 6(55): 721~728; 『석주명 나비채집 20년의 회고록』(1992) 330~337쪽에 재수록.

유철인(2011), 「석주명이 남긴 제주학의 과제」, 〈학문 융복합의 선구자 석주명을 조명하다〉 석주명 선생 탄생 103주년 기념학술대회 자료집, 제주대 탐라문화연구소.

윤봉택(2011), 「석주명의 서적출판에 관한 연구, 〈학문 융복합의 선구자 석주명을 조명하다〉 석주명 선생 탄생 103주년 기념학술대회 자료집, 제주대 탐라문화연구소.

윤용택(2003), 「나비박사 석주명 기념관 건립을 제안하며」, 〈제주문화포럼소식지〉 7월호.

윤용택(2007), 「석주명 선생, 업적 재조명 제주도가 앞장서야」, 제주대신문, 2007. 5. 16.

윤용택(2011a), 「석주명의 제주학 연구의 의의」, 『탐라문화』 39, 제주대 탐라문화연구소.

윤용택(2011b), 「학문융복합의 선구자 석주명」, 〈학문 융복합의 선구자 석주명을 조명하다〉 석주명 선생 탄생 103주년 기념학술대회 자료집, 제주대 탐라문화연구소.

윤일・문태영・남상호(2004), 「역사서의 벌(蜂) 기록에 대한 문화곤충학적 접근」, 『대전대 자연과학연구소보』 15권 1호

윤일・문태영・남상호(2006), 「주요 고문헌에 기록된 반딧불이의 기록」, 『대전대 자연과학연구소보』 16권 1호

이기문(1991), 『국어어휘사연구』, 동아출판사.

이기문(1998), 「국어학의 경계를 넘어」, 『새국어생활』 8-2・여름, 국립국어연구원.

이문교(1997), 『제주언론사』, 나남출판.

이병철(1985), 『석주명 평전』, 동천사.

이병철(1989), 『위대한 학문과 짧은 생애 – 나비박사 석주명 평전』, 아카데미서적.

이병철(1997), 「나비박사 석주명의 생애와 학문」, 『과학사상』 21, 범양사.

이병철(2002), 『석주명 평전』(개정신판), 그물코.

이병철(2011a), 『석주명 평전』(복간), 그물코.

이병철(2011b), 「'석주명 제대로 알기' 여정을 돌아보다」, 〈학문 융복합의 선구자 석주명을 조명하다〉 석주명 선생 탄생 103주년 기념학술대회 자료집, 제주대 탐라문화연구소.

이병훈・김진태(1994), 「서양 근대 생물학의 국내 도입에 관한 연구 – 동물분류학을 중심으로」, 『한국동물분류학회지』 10-1, 한국동물분류학회.

이숭녕(1985), 『濟州島方言의 形態論的 硏究』, 탑출판사.

이영구(2007), 「석주명과 평화의 언어 에스페란토」, 〈석주명 선생 기념사업을 위한 학술심포지움〉 자료집, 석주명기념사업회.

이영구(2011), 「석주명의 에스페란토운동의 의의」, 〈학문 융복합의 선구자 석주명을 조명하다〉 석주명 선생 탄생 103주년 기념학술대회 자료집, 제주대 탐라문화연구소.

이영록(2004), 「이민재 회원」, 『앞서 가신 회원의 발자취』, 대한민국학술원.

이우철(1994), 「하은 정태현박사 전기」, 『(하은)생물학상: 25주년』, 하은생물학상 이사회.

이유진(2005), 「석주명 '국학과 생물학'의 분석」, 『철학·사상·문화』 2, 동국대 동서사상연구소.

이정모(2010), 「인지과학적 관점에서 본 학문의 융합」, 『철학과 현실』 84, 철학문화연구소.

이정민·배영남(1987), 『언어학 사전』, 박영사.

이종영(2003), 「한국에스페란토운동 80년사」, 한국에스페란토협회.

이종욱, 김창환, 문태영(2000), 『동물계통학』, 형설출판사

이즈미 세이치(2010), 『제주도V』, 제주문화

이창언, 김원, 권용정(1991), 「한국 절지동물 연구의 과거 및 현재와 발전방향」, 『한국동물분류학회지』 7-1, 한국동물분류학회.

임종태(1995), 「발명학회와 1930년대 과학운동」, 『한국과학사학회지』 17-2, 한국과학사학회.

임종태(2011), 「한국사회에서 과학과 인문학의 분리」, 〈지식융합의 현재와 미래〉 제1회 융합워크숍자료집, 지식융합과 미래 과학기술과사회 연구단.

장희권(2009), 「문화연구와 로컬리티-실천과 소통의 지역인문학 모색」, 『비교문학』 47, 한국비교문학회.

전경수(1997), 「제주학: 왜 어떻게 할 것인가?」, 『제주도연구』 14, 제주도연구회.

전경수(1998), 「지역연구로서 濟州學의 방법과 전망」, 『제주도연구』 15, 제주도연구회.

전경수(2000), 「석주명의 학문세계: 나비학과 에스페란토 그리고 제주학」, 〈제주학 연구의 선구자 고 석주명 선생 재조명〉 2000전통문화학술세미나 자료집, 제주전통문화연구소.

전경수(2001), 「석주명의 학문세계: 나비학과 에스페란토, 그리고 제주학」, 『민속학연구』 8, 국립민속박물관.

정세호 (1999). 『원색 제주도의 곤충』, 제주도민속자연사박물관.

정영호(1984), 「한국 관속식물분류학의 성장과 전개」, 『분류학의 돌담불』, 예초 정영호박사 화갑기념사업회.

정태현(1964), 「야책(野冊)을 메고 50년」, 『성대신문』, 성균관대신문사; 『숲과 문화』 (2002년) 11-3쪽에 재수록.

정태현·도봉섭·이덕봉·이휘재(1937), 『조선식물향명집』, 조선박물연구회.

제63주년제주4.3사건희생자위령제봉행위원회(2011), 「제주4.3사건희생자명단」, 〈제63주년 제주4.3사건희생자 위령제〉 자료집, 2011. 4. 3.

제주도지편찬위원회(2006), 『濟州道誌』 제6권, 제주도.

제주특별자치도(2007), 『사진으로 보는 제주역사(1900-2006)』 2, 제주특별자치도.

조너선 개손 하디(2010), 『킨제이와 20세기 성연구』, 김승욱 옮김, 작가정신.

조복성(1975), 『조복성곤충채집여행기』, 고려대 한국곤충연구소

주간서울(1949), 「서재방문기-세계적 나비학자 석주명씨편」, 『주간서울』 60호.

진성기(1962), 『제주도학』 1(개관편), 인간사.

천혜봉(2004), 『한국서지학』, 민음사.

최 현 (2011), 「1930-40년대 제주의 삶과 석주명」, 〈학문 융복합의 선구자 석주명을 조명하다〉 석주명 선생 탄생 103주년 기념학술대회 자료집, 제주대 탐라문화연구소.

최낙진(2007), 「석주명의 '제주도총서'에 관한 연구」, 『한국출판학연구』 52, 한국출판학회.

최낙진(2008a), 「진성기의 '제주민속총서' 고찰」, 『한국출판학연구』 통권 제54호, 한국출판학회.

최낙진(2008b), 「석주명의 '제주도총서'의 출판학적 의미」, 〈나비, 그리고 아름다운 비행〉, 석주명 선생 탄생 100주년 기념 학술세미나 자료집, 석주명선생기념사업회.

최재천 · 주일우(2007) 엮음, 『지식의 통섭』, 이음.

카프라(1985), 『새로운 과학과 문명의 전환』, 이성범 외 옮김, 범양사.

한국방송공사(1980), 〈나비박사 석주명〉(TV인물평전), KBS.
한국천문연구원(2004), 『한국천문대 만세력』, 명문당.
한림화(2000), 「국학자 석주명의 생애에 대한 고찰」, 〈제주학 연구의 선구자 고 석주명 선생 재조명〉 2000제주전통문화학술세미나 자료집, 제주전통문화연구소.
한창영(1969), 「이야기를 남긴 사람들 '석주명 선생'」, 『제주도』 41, 제주도.
허수열(2008), 「제주도에 있어서 조선인 강제동원」, 『일제말기 제주도의 일본군 역구』, 조성윤 엮음, 제주대학교 탐라문화연구소.
현원복(1977), 「1930년대의 과학기술학 진흥운동」, 『민족문화연구』 12, 고려대 민족문화연구소.
현평효(1962), 『제주도방언연구-자료편』, 정연사.
현평효(1985), 「제주도방언에서의 '나무'와 '나물' 어사에 대하여」, 『제주도방언연구-논고편』, 이우출판사.
홍순만(2000), 「제주도학 연구와 석주명 선생의 공헌」, 〈제주학 연구의 선구자 고 석주명 선생 재조명〉 2000제주전통문화 학술세미나 자료집, 제주전통문화연구소.
홍형의(1946), 「민족해방과 국제어 에스페란토」.
『능엄경언해』
『몽어유해』
『브리태니카백과사전』, 「원홍구」 항목 참조.
白鳥庫吉(1929), 「高麗史に見えたる蒙古語の解釋」, 『東洋學報』 18-2.
杉山滋郎(1994), 『日本の近代科學史』, 朝倉書店.
小倉進平(1934), 「朝鮮語に於ける外來語」(중), 『小倉進平博士著作集』(4, 京都大學國文學會)에 재수록.
紫谷篤弘(1985), 「石宙明」, 『やどりが』, 第125號.
紫谷篤弘(1987), 「再說 石宙明」, 『やどりが』, 第128號.
中井猛之進(1927), 「朝鮮植物の研究」, 『東洋學藝雜誌』 534, 東洋學藝社.
Brock, R. L.(2006), "Insect Fads in Japan and Collecting Pressure on New Zealand Insects", *The Weta* 32.
Browne, J.(1996), "Biogeography and empire", Jardine, N., Secord, J. A.

and Spray, E. C. ed., *Cultures of Natural History*, Cambridge Univ. Pr.

Chambers, D. W. and Gillespie, R.(2000), "Locality in the History of Science: Colonial Science, Technoscience, and Indigenous Knowledge", *Osiris* 15, The History of Science Society.

Clauson, G.(1972), *An Etymological Dictionary of Pre-Thirteenth Century Turkish*, Oxford.

Fan, F.(2004), *British Naturalist in Qing China: Science, Empire, and Cultural Encounter*, Harvard Univ. Pr.

Kinght K. L.(1972), "History of Mosquito Systematics, part I. Eighteen Century", *Mosquito Systematics* 4(1)

Lessing, F. D.(1960), *Mongolian-English Dictionary*, Berkeley.

Mayr E.(1969), *Principles of Systematic Zoology*, McGraw-Hill.

Mayr, E., Linsley, E. G. and Usinger, R. L.(1953), *Methods and Principles of Systematic Zoology*, McGraw-Hill Book Company, Inc.

Mostaert, A.(1941~1944), *Dictionnaire ordos*, Peking.

Poppe, N.(1938), *Mongol'skij Slovar' Mukaddimat al-Adab*, Moskva.

Ramstedt, G. J(1935), *Kalmückisches Wörterbuch*, Helsinki.

Seok, D. M.(1939), *A Synonymic List of Butterflies of Korea*, Korea Branch of the Royal Asiatic Society.

Сүхбаатар. О(1997), Монгол Хэлний Харь Үгийн Толь, Улаанбаатар.

Kroniko de La Esperanto-Movado en Japanujo(1) 1906-1926, 1956.

Lanterno Azia 34(1983년 6월호).

Revuo Orienta 31-11.

http://ja.wikipedia.org/wiki/%E4%BC%8A%E6%B3%A2%E6%99%AE%E7%8C%B7 (伊波普猷) 2011.11.17

http://ja.wikipedia.org/wiki/%E5%8D%97%E6%96%B9%E7%86%8A%E6%A5%A0 (南方熊楠) 2011.11.17

신천지(1948) 제3권 제5호, 신천지(1949) 제4권 제2호, 제6호.

국도신문, 1949. 7. 19~20.

국학학보, 1949. 6. 25
동아일보, 1931. 5. 13
서귀포신문, 2000. 9. 28; 2000. 10. 21; 2003. 6. 13, 2007. 3. 24.
제민일보, 2004. 4. 8.
제주일보, 2003. 6. 9; 2003. 6. 12; 2003. 6. 16; 2004. 1. 3; 2006. 12. 13.
조선일보, 1937. 3. 27; 1938, 11. 19
중외일보, 1930. 3. 3
한라일보, 2006. 12. 9; 2006. 12. 12; 2007. 3. 24; 2007. 3. 26; 2007. 3. 27; 2007. 4. 23

부록

[토론] 학문 융복합의 선구자 석주명을 조명하다

[번역] 제주도산접류채집기(濟州島産蝶類採集記)

재설 석주명(再說 石宙明)

[석주명 연보] 연도별 행적과 학문적 업적

석주명 사후에 이루어진 일

학문 융복합의 선구자 석주명을 조명하다

토론자 _ 김동순, 김동윤, 김동전, 김순자, 문순덕, 양영철, 정광중, 정상배, 최낙진, 홍경선

✦ 이 글은 2011년 10월 7–8일 제주대학교와 서귀포시청에서 열렸던 석주명 선생 탄생 103주년 기념학술대회 〈학문 융복합의 선구자 석주명을 조명하다〉에서 토론된 내용을 녹취한 것이다.

◇ 양영철 _ 제주대 행정학과 교수 · 석주명선생기념사업회 공동대표

제가 전공이 아닌데 왜 여기에 왔냐고 의아해 할지 모르겠습니다. 아마 남상호 교수와 석주명선생기념사업회를 창설 때부터 쭉 함께 해 왔기 때문에 이 자리에 부른 것 같습니다. 여러 선생님의 이야기를 들으면서 '아 이게 참 이렇게까지 됐구나' 하는 것을 느낍니다.

석주명 선생에 대해 모두 잊고 있을 때, 그래도 제주도에서 끈끈하게 선생님에 대한 얘기를 쭉 해왔습니다. 제가 어릴 때도 석주명 선생 얘기를 많이 들었고, 대학 다닐 때도 직접 석주명 선생과 같이 살던 사람들의 얘기도 들었습니다. 이런 식으로 해서 어느 정도 그 기운이 남아 있었기에 오늘 이 자리까지 온 것 같습니다.

원래는 석주명선생기념사업회는 서귀포자생식물연구회라는 조그만 동네모임에서 출발했습니다. 그 때부터 지금까지 이석창 선생이 쭉 함께 했습니다만, 서귀포기념사업회에서는 지금까지 남인수 노래비, 이중섭 거리와 기념관, 서귀포 소남머리 해안공원 등을 만들자는 등의 제안을 하다가 석주명 선생을 기리는 사업도 하자는 이야기가 나왔고, 남상호 교수가 가세를 하면서 본격적으로 석주명선생기념사업회가 논의된 겁니다.

서귀포 시장 조그마한 모 식당에 석주명 선생과 관련된 모임을 하는 방이 하나 있습니다. 세미나 끝나면 그 방에 모여 여러 논의를 하다보니 오늘 세미나도 있게 됐습니다. 선생님 생신 때는 옛날 살던 집도 찾아보기도 하고, 2009년에는 전체 유물을 모아서 제주자연사박물관에서 일주일 동안 전시회를 했습니다.

석주명 선생이 경성제국대학 생약연구소 제주도시험장(서귀포시 토평동 소재)에 근무했는데 지금은 그 부지에 제주대학교 아열대농업생명과학연구소가 있습니다. 그래서 그 연구소에서도 석주명 선생을 기념하는 사업에 대한 지도를 그리기 시작했지만 그게 국립대학 부지 안에 있고 그 건물이 국가 소유이기 때문에 사업하기가 상당히 어렵습니다. 국가로부터 받기도 그렇고, 또 지방재정법에 의해서 지방자치단체가 국가기관에 재정을 지원하지 못하도록 되어 있습니다. 오직 국비를 가져와서만 할 수 있는 사업인데 여러분들께서 그 부분에 대해서 지혜를 모아 주셨으면 합니다.

저희들이야 사업하는 입장에서 단순히 구체적으로 보이는 것만 찾아 다녔습니다. 하지만 여러 선생님들께서 말씀하신대로 석주명 선생에 대한 진가가 아직은 전체 조명이 확실히 안 되어 있습니다. 지금 융복합 애기가 나옵니다만, 각계 분야에서 정말 석주명 선생의 진가가 충분히 논의되고 연구되었을 때 석주명기념관 설립이 가능하지 않나 생각됩니다.

이제는 석주명선생기념사업도 서귀포 조그마한 촌에서 벗어나 전국화할 될 때가 됐다고 생각됩니다. 과학계에서 석주명 선생님에 대해서 바턴을 이어 받아서 이 부분에 대해서 충분하게 연구할 필요가 있지 않느냐는 말씀을 드립니다. 그리고 오늘 '융복합'이라는 말이 나왔습니다. 좀 죄송한 얘기지만 석주명 선생에 대한 개념이 점점 더 복잡해지는 부분도 있습니다. 저희들이 보기에는 석주명 선생을 대표적으로 뭐라고 해야 될 것인가 고민해야 할 것 같습니다. 비전공자 입장에서 보면, 어떨 때는 석주명 선생을 나비박사라고, 어떤 분은 민속학자라고, 어떤 분은 평화주의자라 하고, … 다양하게 되어서 이것도 대중화하는 데는 걸림돌 역할이 될 것 같습니다.

그래서 오늘 이 세미나를 기점으로 해서 석주명 선생에 대한 상징적 언어를 한두 개 용어로 좁혀 주시면 석주명선생기념사업을 진전하는 데 큰 도움이 되리라고 생각됩니다.

◇정광중 _ 제주대 초등교육과 교수

먼저, 평소 제주도를 연구하는 연구자의 입장에서 '석주명 선생 탄생 103주년 기념 학술대회'에서 토론을 맡게 되어 매우 영광스럽게 생각하며, 더불어 좋은 기회에 귀한 옥고를 접할 수 있게 해주신 네 분 선생님을 비롯한 제주대 탐라문화연구소와 석주명선생기념사업회 관계자님께 진심으로 감사를 드립니다.

기조발표를 하신 네 분의 발표문은 석주명의 생애와 학문적 성장과정, 석주명의 학술적 연구성과에 대한 가치 평가 및 학문적 업적에 따른 한국과학사에서의 위치 설정으로 요약할 수 있을 것 같습니다. 따라서 네 분의 원고는 나름대로 독자적으로 검토·분석한 내용이 주류를 이루면서도, 부분적으로는 여러 곳에서 중복되는 내용도 적지 않게 발견되고 있습니다. 네 분 원고의 공통점이라면, 석주명의 업적과 공과에 대한 회고성(回顧性) 원고이기 때문에, 내용을 파악하는 데는 짧은 시간에 막힘없이 읽어 내려갈 수 있었다는 점입니다.

제 토론에서는 학술대회 프로그램에 정해진 순서대로 토론을 이어가도록 하겠습니다. 가장 먼저 폰박물관 관장님이신 이병철 선생님의 원고에 대한 토론부터 시작하고자 합니다.

이병철 선생님은 '석주명 연구사 60년'을 4단계로 구분해서 정리하고 있습니다. 이 선생님의 구분에 따르면, 석주명이 타개한 1950년 이후부터 1983년(즉 제1~2단계)까지는, 한국사회에서는 석주명에 대한 조명이 제대로 이루어지지 않았다고 지적합니다. 그 중에서도 특히, 1973년에 석주명 생전의 최대 역작인 『한국산 접류 분포도』(보진재)가 발간되고도 10년간 빛을 보지 못한 채 사장되어 있었다는 사실을 밝히고 있습니다. 이 점에 대해서는 후학의 입장에서도 원고를 읽는 내내 커다란 자괴감을 느끼지 않을 수 없었습니다. 더불어 오랜 세월에 걸쳐 완성된 중요한 연구 성과물을 제대로 평가하고 계승하지 못한, 한국사회의 무관심이 참 한심스럽다는 생각까지 들었습니다. 제 자신이 아직 이 학술서를 접해본 적이 없어서 구체적인 내용은 잘 모르겠지만, 이 학술서 자체는 송상용 선생님이 지적하신 석주명의 연구 최종 단계인 '분포 연구'의 '종합편'이 아닐까 생각됩니다.

이어서 석주명 연구사의 제3~4단계(1984~현재)에서는 석주명이 일반대중들에게 널리 알려지기 시작했고, 더불어 드디어 석주명 학문에 대한 재조명과 연구가 이루어지는 단계로 발전했다고 강조하고 있습니다. 그렇지만 석주명이 타개한 지 60여 년이 지나갔음에도 불구하고 현재를 살아가는 많은 연구자와 학자들에게는 '석주명 연구'가 너무나 보잘 것 없이 '초라하다'고 질타하고 있습니다.

이병철 선생님의 질타는, 우리 후학들에게 휘두르는 충정어린 격려의 채찍이라 생각합니다. 이병철 선생님의 원고에서는, 맨 마지막에 정리한 내용으로 선생님 자신은 '사족(蛇足)'이라 쓰셨지만, 오히려 석주명 연구에 대한 새로운 과제를 제시하는 것 같아 큰 관심을 가질 수 있었습니다. 앞으로, 제주도가 '석주명 연구를 활용한 지역축제'를 계획하는 데에 중요한 콘텐츠로 작용하거나 혹은 지역축제와 관련된 연구를 진행하는 과정에서 매우 중요한 과제가 되지 않을까 생각해 봅니다. 따라서 '사족'이 아니라 소중한 아이디어를 제공한 것이라 생각합니다.

두 번째로, 송상용 선생님의 원고와 관련된 토론입니다. 선생님의 발표문에서 토론자도 적극 동감하는 부분은 석주명이 10년도 채 안 된 짧은 기간에 '제주도총서' 6권을 만들면서 '나홀로' 지역연구의 초석을 다지고 '자생적 지역학의 성과'를 이루었다는 내용입니다. 이점은 특히 제주도를 연구하는 후학들이 가슴 속에 되새겨야 할 내용이 아닌가 생각됩니다.

그리고 송상용 선생님은 석주명을 '뛰어난 과학자'로 평가하면서, 프랑스의 화학자인 '롸바지에'의 일생과 유사하다는 지적도 하셨습니다. 짧은 생애에 비해 학문적인 업적이나 학술적인 공과가 너무나 컸던 석주명에 대한 조명작업을 후학들이 제대로 실천해가야 한다는 내용으로 이해할 수 있었습니다.

세 번째로, 신동원 선생님의 발표문에 대한 토론입니다. 신동원 선생님의 발표문에서는 맨 마지막 부분에 정리된 '한국과학사에서 본 석주명'이란 주제에 중요한 메시지가 함축되어 있습니다. 신동원 선생님의 말씀을 빌리자면, "석주명은 최초의 한국생물학사를 쓴 생물학자인 동시에 (당시로서는) 가장 주목할 만한 과학적 업적을 낸 생물학자였다." 또 "20C 전반기 한국과학사를 놓고 봤을 때, 과학적 연구를 통해 얻은 통찰을 바탕으로 해서 자신의 사상을 피력하는데 까지 나아간 과학자로서 석주명이 유일하다." 그리고 "나비연구, 방언연구, 국학연구 등을 관통해 나타나는 석주명의 생각은 '특수를 통해 보편으로 접근한다'는 것, '보편의 이름으로 특수를 무시하는 것이 옳지 않다.'는 것이 석주명의 과학사상의 핵심"이라고 지적하고 있습니다.

이들 표현만으로도 석주명의 학문적 업적은 물론, 한국과학사에서의 석주명의 위치를 충분히 가늠해 볼 수 있을 것으로 생각됩니다. 이와 관련하여, 한 가지 궁금한 것은 현시점에서 볼 때 국내가 아닌 국외, 특히 서양권에서 석주명이 이룩한 학문적 업적이나 학술적 연구성과를 어떻게 평가하고 있는지, 그리고 석주명의 연구성과들이 후에 세계의 연구자들에게 구체적으로 어떤 방식으로 계승되며 이어지고 있는지가 궁금합니다. 하나의 예로서, 석주명이 연구·작성한 나비의 '국내분포도(250장)'와 '세계분포도(250장)'가 현시점에서도 실질적으로 세계의 곤충학계(또는 생물학계)에서 제대로 활용되고 있는지, 또 석주명의 연구를 바탕으로 해서 그 이후에 새로운 나비의 세계분포도나 혹은 나비의 세계적 분포와 관련된 새로운 학설 및 이론 등이 등장했는지 궁금합니다.

끝으로, 윤용택 선생님의 원고에 대한 토론입니다. 윤용택 선생님은 석주명에 대한 논문을 『탐라문화』(39호, 2011)에 한번 쓰셨고, 또 오늘 두 번째 논문을 발표하셨기 때문에, 석주명의 학문적 성장과정이나 관련업적, 그리고 그의 연구 성과물에 대한 학술적 가치 등에 대해서는 어느 정도 파악하고 있지 않을까 생각됩니다. 그래서 석주명의 학문적 업적과 학술적 가치와 관련된 질문을 두 가지만 드리고자 합니다.

먼저 한 가지는, 지금까지 석주명에 대한 학술적 조명 작업이 몇 차례의 학술대회나 세미나를 통해 이어져 왔고, 또 이병철 선생님이 쓰신 『석주명평전』(1985, 1989, 2002)이나 학위논문(문만용, 1997), 그 외에도 윤용택 선생님 자신을 비롯한 많은 연구자들이 석주명에 대한 학술적 평가 관련논문들을 발표하였습니다. 이와 관련하여 앞서 발표하신 이병철 선생님은 '석주명에 대한 조명작업은 아직도 미흡하고 초라하다'고 강조하고 계시지만, 토론자 개인적으로는 순수 한국인 학자 한 사람에 대하여 비교적 짧은 기간 동안에 여러 번에 걸쳐 학술적 조명 작업을 실행해온 사례도 그리 흔한 일은 아니라고 생각합니다.

어떻든 여러 번의 기회에 걸쳐 행해진 석주명의 학술적 조명작업에서, 우리 스스로가 너무도 감성적 측면에서의 조명만을 해온 것은 아닌지 다소 우려됩니다. 다시 말하면, 석주명의 학술적 조명작업이 감성을 앞세워서 긍정적이고 온정주의에 휩쓸린 평가만을 해온 것은 아닌지 걱정된다는 것입니다. 더 구체적으로 지적하면, 석주명의 학문적 연구성과에 대하여 진실과 왜곡, 과장과 축소, 옳고 그름, 잘됨과 부족함 등의 일정한 잣대를 토대로 평가해 나가는 작업도 필요하지 않을까 하는 점입니다. 어떤 전문분야라 할지라도, 학술적 진보나 학문적 발전이라는 측면에서는 이런 작업이 반드시 수반되어야 한다고 토론자는 생각하고 있습니다.

다른 한 가지는, 윤용택 선생님은 오늘날이 학문 융복합 시대이고 어떤 연구자도 학문 융복합의 능력을 지닐 수 있어야만 한다고 강조하면서, 시대를 앞서간 석주명은 오늘날에 진정으로 필요한 '학문 융복합의 선구자' 혹은 '우리나라 최초의 통합학자(융복합학자)'라고 지적하고 있습니다. 이 제언에 대해서는 토론자도 적극 동의하고 있으며, 또 실제로 오늘날의 사회 기저에는 그런 조류가 널리 흐르고 있다는 것도 사실이라 생각됩니다. 그렇지만, 말처럼 쉽지 않은 게 현실입니다. 만약에 석주명의 연구업적이나 연구성과를 바탕으로(또는 계승하여) 우리 후학들이 연구자로서 학문융복합의 전문능력을 키워나가고자 한다면, 구체적으로 석주명이 연구했던 다양한 분야의 지식이나 정보들을 어떤 방식으로 활용하는 것이 좋은지 말씀해 주시기 바랍니다.

◇김동순 _ 제주대 생물산업학부 교수

이번 학술행사는 새로운 시각에서 '나비박사' 석주명 선생의 연구가치를 재조명해보는 좋은 계기가 되었다고 판단됩니다. 세 분 발표자 모두 석주명 선생의 업적에 걸맞은 철저한 자료준비와 빼어난 발표를 해주셨습니다. 석주명 선생은 나비연구(나비학)에 역사와 지리, 지역방언 등 인문학적 지식을 접목시켰습니다. 최근에 대두되고 있는 융합과학에 맞물려 중요한 의의를 지니고 있다고 생각됩니다.

따라서 저는 오늘 두 가지 측면에서 석주명 선생의 연구업적을 고찰하고자 합니다. 첫째는 현재 융합과학 측면에서 석주명 선생의 학문융복합을 어떻게 볼 것인가? 이고, 둘째는 생물학과 동떨어져 있다고 생각되는 석주명 선생의 국학연구에 대하여 문화적 민족주의 측면의 재해석이라 할 수 있습니다.

먼저 융합과학에 대한 기사(아시아투데이, 2011. 9. 14) 일부를 소개하고자 합니다.

"대학들은 창조적 인재 양성을 위해 학문간 벽을 허무는 '학문 융합'에 주력하고 있다. 지난 2009년 융합과학기술대학원을 설립한 서울대학교는 올해 초 안철수 교수 영입에 성공하면서 '주가'를 올리고 있다. 융학과학기술대학원에는 나노융합학과, 디지털정보융합학과, 지능형 융합시스템학과, 분자의학 및 바이오제약학과 등이 개설돼 있다. 서울대는 이들 학과의 조기 안착을 위해 수원 광교캠퍼스에 조성돼 있는 차세대융합기술원과 긴밀한 연구협력 시스템을 구축하는데 전력을 기울이고 있다. 연세대학교는 '한국형 MIT미디어랩'을 표방하는 연세대학교 미래융합기술연구소를 올해 초 인천 송도에 위치한 연세대 국제캠퍼스에서 출범시켰다. MIT미디어랩은 매사추세츠 공과대학교의 학문융합 연구소인데 전자종이, 옷처럼 입는 컴퓨터 등 창의적 발명품을 만들어낸 곳으로 유명해 '학문융합'의 대명사로 불리고 있다. 연세대학교는 이곳을 통해 '다빈치형' 인재를 길러낸다는 목표를 세워놓고 있다"

흔히 아이폰의 성공에 대하여 하드웨어, 소프트웨어, 콘텐츠, 마켓플레이스 등 4가지 요소와 이를 묶는 비즈니스 모델로 조화되었기 때문이라고 이야기 하고 있으며, 학문과 산업의 이상적인 융·복합 모델로 보고 있습니다.

현대적 의미에서 융합과학은 인문학, 사회과학, 자연과학, 공학 간 서로 상호작용하는 형태로 '수렴 테크놀로지(Converging Technologies)'의 영역이며, 실질적으로 수렴과학이라고 할 수 있습니다. 융합(수렴)과학을 처음 추창한 미국 과학재단의 시각은 현대 학문의 분화는 '제한된 인지 능력을 지닌 인간이 자연을 탐구하기 위하여, 물리, 화학, 생물들로 나누었을 뿐, 자연 자체는 분할되지 않은 하나의 전체이다'라는 것이었습니다. 따라서 과학의 발전은 1단계 초기 형태로 '철학에 포함된 미분화된 영역'에서 2단계(르네상스에서 20세기까지의 형태) '분화와 전문화의 시대'를 거쳐, 3단계(20세기 후반이후) '학제적 수렴과 융합'

으로 이행했다고 볼 수 있습니다.

미국 과학재단은 원론적 의미에서 미래 융합과학기술 추진의 궁극적 목표가 '획기적인 물질, 기계의 발명'이나 '인간의 장수'가 아니라, 인간 개개인이 각자의 일상생활에서, 학교, 일터에서 자신의 능력을 최적으로 발휘할 수 있도록 하는 'Improving Human Performance 기술'의 개발에 있다(이정모, 2010)고 하고 있습니다. 더불어 이전의 과학기술의 개념이나 추진 체계와는 달리 과학기술 개발 초기단계부터 사회 및 인간적 요인(특히 환경 및 생태적 요인과 관련된 윤리적 가치 문제 등)을 수렴적으로 고려하는 통합적이고 융합적인 체제를 추구합니다.

이러한 관점에서 볼 때 자연과학 분야인 나비학 연구에 인문학적 고찰의 접목과 더불어 궁극적으로 생물과 환경과의 이해를 바탕으로 자연과 인생의 조화를 추구하였다는 점은 석주명 선생의 연구 접근방법이 현대 융합과학의 철학을 포괄하고 있다고 생각됩니다.

하지만 논란의 여지는 남아있습니다. 분명 석주명 선생의 연구가 학문간 융복합의 성격을 갖고 있는 것은 틀림없지만 당시 시대 상황에서 관련 전문분야의 인프라가 부족한 상태에서 나타난 일종의 미분화된 연구 형태의 성격으로 규정할 수 있기 때문입니다. 석주명 선생의 연구방법론을 융합과학으로 규정하기 위해서는 향후 구체적인 증거들을 바탕으로 융합과학의 원리를 설명하는 자리매김의 작업이 필요할 것으로 보입니다. 여기서 우리는 향후 나비학 분야 융합과학의 형태가 무엇인지 답해야할지도 모릅니다. 분자생물학과 분류학의 접목으로 나타나는 분자생물학적 분류학은 융합과학으로 보아야 할까요? 나비와 산업공학 및 디자인 등 융합의 산물인 나비 문화 콘텐츠는 융합과학의 성과로 보아야 할까요?

나비연구 방법론에서 통계학에 바탕을 둔 개체변이의 해석은 석주명 선생의 객관적인 과학적 세계관을 보여줍니다. 뿐만 아니라 방언·역사 등 인문학 연구와 결합되어 나타난 '조선 생물학'의 개념은 석주명 선생의 민족주의적 가치관을 보여주는 것이 아닌가 생각됩니다. 1919년 3.1 독립운동 후 일제의 식민정책은 우리나라 문화를 말살하려는 식민지 문화정책으로 나타납니다. 1930년대는 문학계에 일어난 저항시 등은 문화를 통한 항일운동의 연장이라 할 수 있습니다. 송경곤충연구회(1931)를 조직한 첫 번째 목적이 "조선산의 곤충을 연구하야 우리말로 충명(蟲名)의 통일을…." 부분은 독립된 국가의 존재를 전제로 가능합니다. 아마도 독립된 우리나라의 미래를 꿈꾸고 있었던 것으로 보입니다. 아직 이 분야에 대한 연구가 미진하기 때문에 섣부른 판단은 금물입니다. 향후 다른 과학 분야와 비교하여 항일운동 측면에서의 고찰은 검토의 가치가 있을 것으로 보입니다.

◇정상배 _ (사)제주자연학교 교장

곤충에 대해 관심을 가지고 사는 한 사람으로서 나비학자 석주명 선생에 대한 학술대회를 주최하는 제주대학교 탐라문화연구소와 그동안 석주명 선생의 높고 큰 뜻을 받들기 위해 노력해 오신 석주명선생기념사업회에도 감사의 뜻을 전해 드립니다.

저는 학위논문을 준비하던 중 과거 제주도에서 곤충연구를 해 온 선행 연구자료들을 보면서 일본인 이찌가와, 오까모도, 모리 등과 한국인 조복성 등을 알게 되었고 특히 석주명에 대해서는 더욱 더 그의 발자취를 더듬어 보게 되었습니다. 2009년에 제주도민속자연사박물관에서 있었던 석주명 특별전시회는 한발 더 석주명에 다가가게 된 좋은 계기였던 것 같습니다. 발표자들도 개체변이와 다형현상 등 학문적 연구에 대해 충분히 공감하리라 믿습니다.

검정 뿔대안경에 바짝 마른 얼굴의 나비박사, 이제는 초등학교 4학년 교과서에도 수록되어 어린이들에게 동경의 대상이 되고 있기도 합니다. 이제 석주명은 우리들의 위대한 과학자로 인정을 받기에 이르렀습니다.

진정한 위인은 시대를 뛰어넘는 사상을 가지고 살다간 인물이라고 생각합니다. 당 시대의 사람들, 또 당시의 과학자들과의 차이점은 무엇일까요? 분명한 차이를 보이는 점은 나비연구에 일생을 바칠 수 있었다는 점과 그 일이 자신의 선택이라는 분명한 차이점이 있을 것입니다.

한라산을 비롯하여 석주명이 제주도의 곳곳을 누비면서 본 것은 나비만이 아닐 것입니다. 아름다운 제주도의 자연과 척박한 땅을 일구며 살던 제주도 사람들도 함께 보았던 것입니다. 석주명의 나비사랑은 곧 제주도에 대한 애정과 같다고 생각하는 것은 저의 억측만은 아닐 것입니다. 제주도의 민속과 방언 등에 대한 연구, 즉 인문학까지 지평을 넓힌 것은 이런 사실을 잘 증명해 주는 것이겠지요?

이제 제주도의 현실문제로 돌아와서 석주명과 나비, 곤충과 생태에 대한 우리의 인식은 어떤가 생각하니 답답하기도 합니다. 석주명기념관 하나 없는 것은 고사하고 아직도 도내에서의 석주명 연구는 미진합니다. 추사 김정희와 화가 이중섭기념관은 말할 필요도 없고, 하물며 서복전시관까지 있는데 말입니다. 앞으로 해야 할 일들이 많이 남아 있습니다. 오늘 이 학술대회를 계기로 한발 더 나아갈 수 있으리라 믿습니다.

나비축제로 나비효과를 톡톡히 보고 있는 함평을 타산지석으로 삼아야 합니다. 생명의 아름다움을 내세운, 작지만 아름다운 아이디어가 큰 성공을 거둔 것이 분명합니다. 큰 것만 추구하다 모든 것을 잃어버릴 우를 범하려 하지 말고 작은 것을 바라볼 수 있는 혜안을 가져야 할 것입니다.

◇김순자_제주대 국어문화원 연구원

제주학의 초석을 놓은 석주명 선생의 탄생 103주년을 기념하는 학술대회에 함께할 수 있어서 기쁘게 생각합니다. 제주어를 연구하는 사람으로서, 내국인으로서는 처음 제주어 자료집 『제주도방언집』을 낸 석주명 선생의 다양한 분야에서의 학문적 업적과 활동은 후학들에게 큰 귀감이 되고 있습니다. 저 역시 오늘 학술회의를 통하여 석주명 선생에 대하여 다각적으로 조망해 볼 수 있을 것 같습니다.

오늘 제게 주어진 과제는 이영구 교수의 '석주명의 에스페란토 운동의 의의', 강영봉 교수의 '석주명의 제주어 연구 의의와 과제', 양창용 교수의 '세계어, 지역어, 그리고 영어의 위상'에 대한 토론입니다. 이영구 교수의 발표를 통해서 새롭게 석주명 선생의 에스페란토 운동을 위하여 얼마만한 노력을 기울였는지 조금이나마 알 수 있었습니다. 또 양창용 교수의 발표를 통하여 영어의 역사와 영어의 전파 등에 대해서도 새삼 깨닫는 바가 많았습니다. 그래서 에스페란토와 영어에 대한 문외한인 제가 두 분의 발표 에스페란토와 영어에 대해서 토론한다는 것은 무리라고 생각합니다. 역시 제주어에 대해서도 제가 토론할 부분은 없는 것 같습니다. 다만 세 편의 발표문을 읽으면서 궁금한 사항이 있어서 몇 가지 질문하는 것으로 오늘 토론을 갈음하려고 합니다.

먼저 이영구 교수님의 발표와 관련한 질문입니다. 교수님의 발표를 들으면서 석주명 선생께서 에스페란토를 국제어로서 위상을 높이기 위해서 얼마나 헌신했고, 그의 노력을 잇기 위한 후학들의 노력도 많았다는 걸 알게 되었습니다. 제가 아는 것은 에스페란토는 폴란드 의 의사였던 자멘호프가 1887년에 공표하여 사용하게 된 국제 보조어로, 일상어가 아닌 인공언어라는 정도입니다.

이 교수님의 발표문을 읽으면 일제강점기에 석주명 선생이 왜 에스페란토에 집착했고, 에스페란토 운동에 심혈을 기울였는지 짐작이 되었습니다. 논문 구석구석에 에스페란토의 족적을 남긴 것은 선생님 연구 결과물을 국제적으로 보급하겠다는 의지의 표현인 것 같습니다. 요즘은 국제적 학술지와 발표 등에서 영어가 제1언어로 사용되는 경우가 많습니다. 국제어로서 에스페란토가 사용되는 곳은 어디이며, 그 비율은 어느 정도인지 또 전 세계적으로 에스페란토를 가장 많이 사용하는 곳은 어느 나라인지도 궁금합니다. 또 우리나라에서 에스페란토를 사용하는 인구는 어느 정도이며 어떤 곳에서 에스페란토가 사용되는 지도 알고 싶습니다. 에스페란토가 혹시 쇠락의 길을 걷고 있다면 그 이유는 어디에 있다고 보시는지요?

두번째로 '석주명의 제주어 연구 의의와 과제'를 발표하신 강영봉 교수의 발표문에 대한 토론입니다. 전체적으로 교수님의 발표에 전적으로 동감을 하면서도, 한 가지만 여쭙고자 합니다.

제주어에 '비바리'라는 어휘가 있습니다. 교수님께서는 비바리가 처녀의 뜻으로만 쓰이는 어휘가 아니라 '전복을 따는 여자를 낮춰 부르는 말'이라는 새로운 견해와 함께 비바리의 '비'가 전복의 의미임을 여러 글을 통해 밝혀 놓았는데 정말 타당한 견해인 것 같습니다. 그런데 '비바리'에 견주어 '넹바리'에 대해서도 많이 궁금합니다. 가끔 '넹바리'의 뜻이 무엇이냐는 질문을 받곤 하는데, 정확하게 무엇이라고 설명하기가 곤란할 때가 있습니다. 석주명 선생의 『제주도방언집』에 보면 "'넹바리'는 '기혼부인'의 의미로 쓰이는데, 표준어로 '냉과리'의 뜻이니 재미있는 표현이다."는 문구가 보입니다. 현평효 선생의 『제주도방언연구』와 제주특별자치도의 『개정증보 제주어사전』에는 '냉과리'의 의미로 '넹바리'가 표제어로 올라 있고, 이 형태로 '냉바리', '넹가리'가 함께 수록되었을 뿐, '기혼부인'과 관련한 내용은 없습니다. 그러나 박용후 선생의 『제주방언연구』(자료편)에는 '결혼한 색시'와 '냉과리'의 의미 두 가지로 올라 있고, 송상조 선생의 『제주말 큰사전』에는 '냉과리'의 의미와 함께 "'결혼한 젊은 여자를 일컫는 말'이라는 주장도 있으나, '비바리'에 짝을 이루어 쓰인 것으로 보는 견해도 있음."이라고 설명해 놓아 정확한 풀이를 보류한 상태입니다. 인터넷에는 '넹바리'가 '결혼한 여자'를 뜻하는 말로, 언중들 사이에서는 '늙은 여자'를 의미하는 말로 쓰이기도 합니다. '넹바리'에 견주어 인터넷에서는 또 '왕바리'라는 말도 떠돌고 있는데, 그 의미가 '아저씨를 뜻하는 제주도 사투리'로 풀이되어 있습니다. 인터넷의 속성상 '왕바리'도 제주어(?)의 하나로 널리 전파될 것 같은데, 이에 대한 교수님의 생각은 어떠한 지 궁금합니다. '넹바리'와 '왕바리'에 대한 질문이 왔을 때 그에 대한 답변은 어떻게 해야 할는지, 묘안이 있으면 소개해 주시면 고맙겠습니다.

양창용 교수님의 발표문을 통하여서는 영어의 태동부터 전파, 현 상황의 영어, 한국에서의 영어 현상에 대해서 이해를 할 수 있었습니다. 발표문 가운데 국제어로서의 영어의 위치를 이야기하면서 영어가 널리 확장되고 있는 이유를 개인적 측면과 연결시켜 발표한 부분-현대성 상징, 권위의 상징, 사회적 지위-에 특히 눈길이 갔습니다. 외국어로서 영어를 배우는 우리나라인 경우도, 영어를 사용하는 것이 현대적이고, 권위적이며, 세련된 것으로 생각하는 것이 아닌가 합니다. 제주도내 간판 상호 가운데 한국어 간판보다 외국어 또는 외래어 간판이 많은 것도 그런 현상의 결과가 아닌가 합니다. 최근 필자는 40여 년 넘게 운영하는 '○○○미용실'이 '○○○ 헤어샵(헤어숍이 맞음)'으로 바뀐 것을 보면서, 영어가 우리말보다 더 세련되고 우월하다는 생각에서 상호를 영어로 바꾼 게 아닌가 하는 생각이 들어 씁쓸하였습니다. 외국어로서 영어 교육을 하는 나라 가운데 상호 등 간판을 자국어보다 영어로 다는 경우가 많은지, 또 자국어 교육보다 영어 교육에 투자를 더 하고 있는지도 궁금해졌습니다. 우후죽순 들어서는 영어 등 외래어 간판은 곧 우리말을 좀먹게 하고, 우리 문화를 서구화하는 한편 우리의 정체성을 흔들 수도 있다는 판단에섭니다. 종국에는 외국어가 모국어의 입지를 좁게 만들어 언어의 죽음까지도 몰고 있다는 생각도 하게 됩니다. 이에 대한 선생님의 의견을 듣고 싶습니다.

◇문순덕 _ 제주발전연구원 제주학연구센터

석주명은 나비박사로 알려져 있는 동시에 제주방언 연구자로도 알려져 있어서 일찍부터 언어학자들의 관심을 받아왔습니다. 이영구 선생의 발표문을 보면서 석주명은 국제공용어인 에스페란토의 대가임을 알게 되었고, 한국에스페란토협회의 업적도 소개하고 있어서 잊혀지고 있는 이 언어의 혼을 불러일으키는 계기가 될 것으로 봅니다.

토론자는 제주방언을 연구하면서 석주명의 제주방언 연구물을 접하게 되었고, 고귀한 자료들은 연구의 기초자료로 활용하는데 도움이 되었다고 했습니다. 또한 석주명은 나비박사 이전에 언어학자로 알고 있는데 오늘 발표문에서 알 수 있듯이 에스페란토의 대가임을 새삼 확인하면서 언어 연구가 중요하고 의미 있는 일임을 확인하는 계기가 되었습니다.

발표문을 보면 일제강점기 조선의 지식인이 자국의 언어를 사용할 수 없어서 국제어인 에스페란토로 연구물을 발표하고, 특히 외국의 동일 분야 학자들과 교감을 할 수 있었던 당시 사회상을 잘 보여주고 있다고 봅니다만.

토론 문제로 첫째, 한국인은 어쩔 수 없이 이 언어를 사용했다고 보더라도 일본사회에서 에스페란토운동이 활발하게 된 계기가 있었는지 궁금합니다. 둘째, 1887년 에스페란토 창안 동기와 특정 분야 학자(의학자, 자연과학자 등)들에게 전파된 이유가 있다면 무엇인지 간단히 언급해 주면 좋겠습니다. 석주명은 일제강점기부터 광복 후 한국사회에 에스페란토를 보급하는데 정신적·물질적 지원을 아끼지 않았는데, 본 토론자는 혹시 이 언어 사용자들은 아나키스트의 색채가 있는 것은 아닌지 생각해 보았습니다.

학자들은 자신들의 모국어가 있음에도 불구하고 에스페란토로 교류했다면 이 연구물들은 특정 독자만 겨냥한 소수의 독점물이 된다는 단점이 있다고 봅니다. 그렇다면 셋째, 모국어로 발표하는 글보다 국제공용어로 발표하는 글이 제한되기 때문에 현대사회에서 에스페란토 사용 연구자가 적은 편은 아닌지도 의문 사항입니다. 넷째, 석주명은 일제강점기에는 한국어를 사용할 수 없는 상황이어서 그렇다하더라도 광복 후에도 지속적으로 에스페란티스토로서 임무를 성실히 수행했다고 보는데 그렇다면 한국어(한글)에 대한 인식이 어떠했는지도 알고 싶은 사항입니다.

이상은 발표문을 읽으면서 궁금한 사항이며, 덕분에 한국의 에스페란토협회 활약상을 알게 되었고, 특히 석주명의 평화사상을 접할 수 있어서 뜻있는 기회를 갖게 되었음에 감사드립니다. 마지막으로 정리하는 차원에서 2011년 현재 한국에스페란토협회는 침체기인지, 성장기인지 발표자의 의견을 마무리로 제시해 주시면 고맙겠습니다.

◇홍경선_제주대 초등교육과 교수

토론의 범위로 세 발표자의 논제를 포괄해서 다루어 보려고 합니다. 석주명 박사의 학문연구 대상인 나비 연구와 에스페란토운동의 참여 및 제주어 연구는 각각 동떨어진 과제 같지만, 세 분 발표자의 내용을 살펴보면, 석주명이라는 학문적 호기심과 탐구심이 왕성한 학자가 자신의 학문적 성과를 확인하기 위해 국제간 의사소통의 필요성을 인식하면서 에스페란토운동의 중요성을 인식했습니다. 또한 생물학적 연구 과정에서 지역어 발달의 분포와의 유사성에 대한 연구를 접하면서 자신의 영역을 제주어라는 용어 사용과 더불어 지역어 연구를 시도하였는데 이 점은 그의 '언어'에 대한 관심과 관련이 있어 보입니다.

그의 제주어 연구는 거시적 관점에서 여러 언어의 영향을 살펴보도록 자극을 준 시도가 중요하다고 생각됩니다. 언어 연구 전문가의 관점에서 보면 강영봉에서 지적된 것처럼 검증이 필요한 부분이 많지만 제주어를 세계어의 어족 관련 틀 속으로 초대했다는 점에서 평가하고 싶습니다.

에스페란토운동의 경우 석주명이라는 과학자의 입장에서 보면 국제어로서 중립적이고, 습득이 용이하며 자유로이 표현할 수 있는 언어로 접하게 된 에스페란토의 가능성을 인식하고 그 확산을 위한 노력 등을 이성적 시각에서 보면 아주 합리적인 선택으로 보입니다. 다만 언어의 사용은 합리적이거나 이성적인 선택으로 선택되지는 않는다는 점입니다. 현재 여러 나라에서 사람들이 사용하고 있는 자연 언어는 인간과 같이 살아 움직이는 존재이며 사용자들의 문화를 내포하고 있습니다. 단순히 글자와 소리를 연결해주는 기호체계가 아니며 그 언어의 의미체계가 담고 있는 영역은 개별어의 문화와 분리될 수가 없습니다. 그 점은 양창용에서 제시하는 다양한 영어들의 출현으로 입증할 수 있습니다. 언어는 인간의 인지적 산물이지만 동시에 사회적 산물입니다. 에스페란토라는 국제어가 영어라는 실제 언어를 대체할 수 없는 이유는 무엇인지를 함께 논의해 보고자 합니다.

◇이영구 _ 한국외국어대 중국어학부 교수(전 한국에스페란토협회 회장)

세 분 선생님의 질문이 너무 날카로워 답변하기가 어렵지만 제가 아는 범위에서 말씀을 드리도록 하겠습니다. 먼저 홍경선 선생 질문부터 답변을 드리겠습니다. 두 가지 질문을 하신 거 같은데요. 국제 언어로서 위상과 외교, 국제기구로서 역할을 언급하신 것 같습니다.

유엔에서는 매년 2월 21일을 모국어의 날을 정하고 있습니다. 아까 얘기한데로 1953년에 세계에스페란토협회는 유엔과 함께 활동을 할 수 있는 공식단체로 인정을 받았습니다. 그래서 매년 2월에는 모국어의 날 행사를 갖습니다. 모국어의 정의는 2만 명 이상이 사용하는 언어를 세계 언어의 하나로 랭크를 합니다. 우리 한국어가 지구상의 언어 가운데에서 12위 정도하는 것으로 제가 기억을 하거든요. 지금 한글이 프랑스어 보다 더 많은 사람이 사용하고 있는 실정입니다. 그런데 이전에 라틴어나 산스크리트어가 세계어처럼 통용되었지만 지금은 모두 사장되었죠. 프랑스어도 예전처럼 많은 지역에서 광범위하게 사용되지 않고 있는 상황이 되었습니다.

주지하다시피 지금 영어는 세상에 많은 사람들이 학습하고 있고, 영어 사용인구가 날로 증가하고 있는 것이 사실입니다. 그렇지만 이것이 몇 백 년이 갈지 아무도 예측하기 어렵거든요. 왜냐하면 프랑스 사람은 물론이고 중국 사람이나 러시아 사람들도 자기 나라 말을 모든 나라 사람들이 사용하면 좋겠다고 내심 생각하고 있기 때문입니다. 국력에 비례해서 자기 언어의 고유성을 강조하는, 일종의 문화적 침략이라고 얘기를 합니다. 어떻든 간에 우리 지구상에서 수많은 언어가 있는데 1년에 한 2백여 개의 언어가 사라진다고 합니다. 지구의 허파가 아마존인데, 근대화를 통해 돈을 더 벌려고 하는 사람들이 밀림을 다 파헤쳐서 원주민들이 더 이상 생존할 공간을 박탈당하고 있는 보도를 여러분들도 자주 접합니다. 원주민이 없어지면, 언어도 없어지고 언어가 없으면 문화도 없어집니다. 따라서 UN도 모국어의 날을 제정하여 그 의미를 부여하고 있는 셈입니다.

제가 국제화를 갖고 에스페란토를 말하지만 이것은 강요한 적도 없고요. 그저 이상적인 언어라고 생각하고 자기가 좋고 그 의미를 가지면 되는데, 이 언어 속에는 에스페란토의 내적 사상이 담겨져 있습니다. 이 사상을 '인류인주의' 원어로 '호마라니스모(Homaranismo)'라고 하는데 쉽게 말하면 일종의 '인류애 정신'이 담겨져 있다고 하겠습니다. 저는 나라가 강하고 약하고를 떠나서 문화는 비교할 수 있지만 우열을 가릴 수 없다고 봅니다. 그러한 측면에서 오늘날 우리는 세계화를 하면서 어제보다 더 많은 상이한 문화를 접하게 됩니다. 만약 내가 다른 지역 사람을 만났을 때, 내가 우리말을 해서 그 사람이 알아들을 수가 없고, 또 파푸아뉴기니에 사는 사람도 우리말을 알아들을 수 없을 때 우린 어떤 말을 써야 될지를 생각해보면 여러 가지 답변을 찾을 수 있을 겁니다.

그 다음에 실제로 유럽에서 유로화를 사용하고 있는데 실제로 에스페란토 계에서는 백 년 전에 유로화를 사용했습니다. 무슨 말이냐면 에스페란토를 하는 사람들끼리는 서로 인정하는 가치의 주화를 만들어서 서로 통용을 했으니 유로화의 원조는 에스페란토 사용자들이 먼저 활용한 셈입니다.

그리고 제가 잘 알고 있는 폴란드 국회의원은, 에스페란토를 통해서 만난 사람인데, 그녀는 에스페란토를 유럽에서 공용어로 쓰면 통번역비의 절감과 더 나아가 상호 교류에 있어서의 편리성을 들어 강력히 사용하자고 주장하는 정치가로서 자기의 정치적 철학과 신조를 실천하는 유럽 여성 정치계의 리더입니다.

그리고 자연어와 인공어의 차이 속에서 과연 이것을 어떻게 받아들일 것인가에 대한 점에 대해 언급하겠습니다. 아까 말씀드렸듯이 언어는 사람처럼 유기체로 생명이 있습니다. 따라서 사용하지 않으면 언어도 소멸하게 되는데 이 언어는 아까도 얘기 한데로 한 120년의 역사를 가지고 있습니다. 엊그저께 유럽에서 노벨문학상 수상자를 세상에 발표하지 않았습니까? 에스페란토문학계에서도 에스페란토를 사용하여 노벨문학상 후보 반열에 오른 영국 사람이 있습니다. 이것은 비록 우리가 모르면 다 모르는 것이 아니라, 우리가 몰라도 그것의 중요성과 의미를 인식하고 또한 꼭 자신의 이익과 관계되지 않는다 하더라도 이상과 신념을 추구하는 사람들이 지구상에 존재한다는 것이고 결국에는 사회적으로 인정과 공인을 받는다고 생각합니다.

다시 말하면, 아무리 영어를 사용하는 사람이 많다 하더라도, 우리 현실이 받아들일 수밖에 없고 수용해야 할 수밖에 없지만, 과거의 역사 속에서도 산스크리트어나 라틴어가 전 세계를 풍미했다가 언제 어느 순간에 사라졌다는 사실을 말씀드리고 싶습니다.

이어서 문순덕 선생님의 질문에 대해 말씀드리겠습니다. 당시 일본은 명치유신을 시행했기 때문에 실제로 동양이지만 이미 동양이 아니었어요. 우리가 쓰는 건축이라는 말도, 우리는 조선시대 건축이라는 말을 사용하지 않았지 않았습니까. 다시 말하면 그들은 서방의 민주주의와 과학을 벌써 수용했습니다. 그러니까 아시아에 있었지만 일본은 먼저 서양의 문물과 제도를 도입한 셈이지요. 그 당시에 중국문학의 아버지인 루쉰[魯迅]이라든가 중국과학의 아버지라고 지칭되는 사람이 실제로는 유럽으로도 유학 갔지만 많은 젊은이들이 일본으로 유학을 갔습니다. 그래서 중국을 그렇게 정신적으로 개조를 시켰습니다.

이런 상황 속에서 굉장히 서구 문물에 대해서 많은 사람들이 경도가 되었습니다. 특히 그 당시 시민들은 어떤 사상들을 가지고 있었냐면 아까 얘기한데로 아나키즘에 심취되어 있던 사람들이 많았던 것 같습니다. 이 무정부주의를 심취할 수밖에 없었던 것은 일본에 많은 사상가, 이념이 다른 사람들이 많이 모일 수 있는 환경 때문인데 왜냐하면 동양과 서양의 이념이 용광로처럼 수용되고 있었기 때문입니다. 물론 일본 경찰에게 추방당하는 사람들도 많았습니다. 러시아의 시인인 에로센코(Yakovlevich Eroshenko)가 무정부주의 정신을 자꾸 전파하니까 일본 경찰이 체포해서 강제 추방을 했죠. 당시 한국의 지식인들 가운데 월북한 박헌영이나, 벽초 홍명희 선생 등은 우리나라 에스페란토계를 대표하는 대가들입니다. 이 분들은 우리나라에서 최초로 에스페란토 사전을 만드셨고, 평양에서는 에스페란토 방송국을 운영한 적이 있어요. 중국에서도 바진(巴金) 같은 이는 아나키즘의 아주 심취했던 사람이거든요. 이런 것을 보면 당시의 일본 사회와 어느 정도 부합하는 점도 있었고요.

에스페란토를 창시한 자멘호프는 태어난 지역이 지금의 폴란드이지만, 당시에는 러시아의 지배를 받고 있는 비알리스톡이란 곳으로 여기에 사는 러시아인, 폴란드인, 독일인, 유태인들이 길거리에서 언쟁을 하고 싸울 때도 자기네 고유의 언어를 사용해 이런 광경을 자주 목도한 어린 자멘호프가 의문을 갖기 시작했지요. 그래서 자기 스스로 묻기를 말이 틀려서 싸우니까 말만 같으면 싸우진 않겠다고 생각해서 같은 말을 쓰면 좋지 않겠는가 라고 생각하고 거기서부터 공용어를 만들겠다고 생각하게 됩니다. 그는 후에 모스크바 의과대학에 유학 가기 전에 이미 초보적인 언어 구조를 다 만들었습니다. 그런데 독일어 교사였던 아버지는 아들을 유학 보내면서 그 원고를 자기한테 맡겨 달라고 하여 아버지에게 맡겼어요. 그리고 모스크바로 유학을 간 후 얼마 되지 않아 아버지의 경제 형편으로는 지속적으로 학비와 생활비를 보낼 수가 없어 결국은 중도에 돌아오게 됩니다. 돌아오자마자 안 사실은 자기가 맡긴 원고가 아버지에 의해서 소각된 사실을 알게 됩니다. 일반적으로 그 나라나 우리나라의 아버지나 아들이 공부를 열심히 하기를 바라지 엉뚱한 생각이나 엉뚱한 일을 하기를 바라지 않는다는 데는 별반 차이가 없는 것 같습니다. 그 때 그는 아버지를 이해하고 또 다시 그동안 했던 걸 다시 회상하면서 그 어려운 작업을 해냅니다. 이런 걸 보면 이 사람은 어떤 언어 창작의 재능이 좀 남들하곤 달랐고 뭔가 평화와 민족 간의 갈등 문제 해결을 스스로 탐색하려는 열정이 있었던 것 같습니다.

그 다음에 석주명 선생이 에스페란토와 모국어에 대한 인식이 어떤가를 물었는데, 석 선생님은 자기 모국어를 잘 간직해야 한다고 주장했습니다. 하지만 외국인과 만나게 되면 각자의 모국어는 상대방에게는 외국어가 됩니다. 에스페란토를 쓰는 사람들은 언어에 대한 열등감을 서로 갖지 않습니다. 매년 세계에스페란토대회를 각국의 도시에서 개최하는데 참여자들 가운데 초급자도 있고 중급자도 있고 고급자도 있고 다양하게 있을 수 있지 않겠습니까. 그랬을 때 우리는 언어를 잘 못한다고 해서 구박을 준다거나 핀잔을 준다거나 하지 않습니다. 일단 모두를 평화를 사랑하는 사람으로 인식을 해서 초보자인 경우는 사전을 갖고 다닙니다. 그래서 얘기하다 모르면 사전을 보고 자기 얘기를 지속하는 것이죠. 물론 속도감이 늦고 언어로서 신속하게 전달하지 못하는 부분이 있지만 그렇다고 큰 나라 사람의 큰 언어를 못한다고 해서 겸연쩍거나 하는 이런 일들을 배제하자는 겁니다. 그러면서, 석 선생님은 일단 자기네 말을 잘 간직해야 된다는 이야기를 했습니다.

그 다음에 김순자 선생이 에스페란토를 가장 많이 사용하고 있는 지역은 유럽이고, 왜 특정 분야의 학자들이 많이 사용하는가를 질문하셨습니다. 저는 얼마 전에 매년 거의 한 번씩 유럽에 갑니다. 유럽에서 어떤 사람들을 만나느냐에 따라서 다르겠지만, 그들은 제 개인적으로 보면 외국어를 하나 구사할 수 있으면 또 다른 세계를 열수 있다는 생각을 하는 어느 정도 개방된 사람들이었다고 생각합니다. 생계 문제라고 하면 생존의 문제니까 그런데 관심이 없겠지만, 여유가 좀 있고 어떤 내재적 가치를 추구하는 사람들은 비교적 전문 직종에 많이 종사하는 것 같습니다. 의사는 의사끼리, 작가는 작가끼리 교수는 교수끼리 이렇게 모여서 특색의 분과 회의가 활발하게 펼쳐지는 것도 에스페란토 세계의 또 다른 하나의 문화 현상이라고도 얘기할 수 있습니다.

주지하듯이 초창기에 홍명희, 박헌영, 김억, 석주명 선생 등이 수많은 대중강연과 대학 강의를 통해 에스페란토를 가르쳤습니다. 에스페란토는 어떻게 보면 굉장히 용이한 언어입니다. 일주일에 두 시간씩 배워서 열 번만 배우면, 또는 주말에 4시간씩 네 번만 배우면 즉 16시간만 배우면, 중학교 영어를 배운 사람이 영어를 말하는 것처럼 말할 수 있습니다. (참석자 모두 웃음) 그런데 이걸 다들 믿질 않고 있죠. 중학교 영어 정도면 꽤 수준이 있는 겁니다. 톨스토이는 2시간 만에 에스페란토를 습득했습니다. 우리 모두가 톨스토이처럼 될 수는 없지만, 저도 지금 에스페란토를 한번 가르쳐 보면 학생들이 5분이면 알파벳 28자를 단숨에 익혀 언어 학습의 용이성을 실감하게 됩니다.

그 다음에는 우리나라의 에스페란토 사용 인구를 궁금해 하셨는데, 사단법인 한국에스페란토협회에 연회비를 내는 정회원이 약 300명 정도 됩니다. 그 다음에 비회원이 있고, 준회원이 있습니다. 한국에스페란토협회에서는 에스페란토 사전의 개정판을 쭉 내면서 20판 이상 냈거든요. 아마 이런 걸 추측해 본다면 저희들이 한국에서 에스페란토 인구는 대략 5, 6만 명이 되는 것으로 추정합니다. 지금 이 시간에 성남 새마을운동 중앙연수원에서 1년에 한 번씩 개최하는 한국에스페란토대회가 열리고 있습니다. 일본에서도 200명이상의 에스페란토 구사자들이 입국했는데 서로 언어와 문화가 상이한 민족끼리 한 자리에 모여 활동함으로써 평화의 언어인 에스페란토 정신을 체험하는 귀한 자리라고 확신합니다. 시간관계상 이 정도로 말씀드리고요, 미진한 부분은 개별적으로 말씀을 드리겠습니다. 감사합니다.

◇강영봉 _ 제주대 국어국문학과 교수 · 국어문화원장

먼저 '넹바리'를 어떻게 생각하냐, 석주명의 『제주도방언집』에 보면 '넹바리'가 분명히 "색시('비바리'에 對한 말)"이라고 되어 있습니다. '비바리'가 "계집애"이기 때문에 '넹바리'와 '비바리'가 서로 짝을 이루고 있습니다. 그런데 1960년 박용후 『제주도방언집』에 보면 '넹바리'가 "결혼한 색시"로 바뀌어 있습니다. 이는 석주명 내용이 박용후 선생에게 전달된 것으로 보입니다. 송상조 선생의 '넹바리'의 내용은 앞 쪽 것은 석주명 내용이고, 뒤에 것은 박용후 선생의 내용입니다.

2004년 『토평마을지』를 만들 때 제가 언어를 담당한 적이 있습니다. 그때 "'넹바리'라고 하는 것은 장난으로 이야기했는데 그것이 잘못 전달되어서 석주명 선생의 『제주방언집』에 올라가 있다는 이야기를 들은 바 있다"고 지적한 바 있습니다. 저는 1962년에 나온 현평효 선생의 『제주방언집』에 올라가 있지 않은 게 의문입니다. 그래서 제 생각은 '넹바리'는 결국 잘못된 채보가 사전에 올라간 걸로 보고 있습니다.

저는 '왕바리'의 경우는 '-바리'가 아니라 '-발이'로 써서 표현한 것이 아닌가 생각합니다. '절름발이', '딸깍발이' 할 때 '-발이'입니다. '왕발이'는 "발이 큰 사람"이라 해석하고 싶습니다. 언젠가 유도 선수 중에 하형주라고 있었습니다. 그 선수의 별명은 발이 워낙 커서 '왕바리'라고 했는데, "왕발이"에서 넘어간 걸로 생각됩니다. '왕'에다 '바리'를 붙이면 왕을 낮추는 말이 되고 맙니다. 왜냐하면 '바리'라고 하는 것은 그런 속성을 낮추는 부르는 접미사기 때문에 그렇습니다. 따라서 제 생각은 '바리'를 그냥 곧이 받아들일 것이 아니라 몇 번 거른 상태에서 받아들여야 한다고 봅니다. 그리고 '발'은 "양팔을 벌린 길이"를 의미하기도 합니다. 팔을 벌려 한 발, 두 발 길이를 재기도 합니다. 그래서 '발이'를 확대해서 해석하면 '남에게 많은 것을 베풀어주는' 이라는 의미가 있을 수 있습니다. 그러나 넹바리, 비바리의 경우는 다른 경우입니다.

그리고 언어는 살아서 변화하는 것이기 때문에 살아있는 생생한 언어를 반영해야 한다고 합니다. 언어는 알게 모르게 변화해야 하고, 일정한 시간이 지난 다음에 보니 '아, 그렇게 표현되어 있었구나' 하게 됩니다. 언어의 내용물은 비어 있기 때문에 그것을 조금씩 채워가다 보면 달라질 수 있습니다, 그리고 달라져야 합니다.

우리가 지역어를 조사할 때 그 대상은, 이제는 수명이 길어졌기 때문에 70대 이상으로 하고 있습니다. 70대 이상의 언어를 취재해서 올려놓기 때문에, 지금의 '올레꾼'은 제주어사전에 올릴 수 없습니다. 시간적으로 아직 안 되는 겁니다. 요즘 제주대학생들이 '쎄미나'이라는 말을 쓴다고 해서 그것을 제주어 사전에 올려야 하느냐, 그럴 수는 없습니다.

언어는 살아있는 것이 틀림없습니다. 하지만 방언이라고 하는 것은 기억 속의 언어를 꺼내는 것입니다. '자장면'이 '짜장면'으로 되는 데 얼마나 오래 걸렸습니까. 아주 오래 걸렸습니다. 그렇게 이해해 주셨으면 합니다.

◇김동전_제주대 사학과 교수

곤충학 특히 나비학의 세계적 권위자인 석주명은 두 차례 제주와 인연을 맺고 있습니다. 1차는 1936년 7, 8월 그의 전공인 곤충채집을 위해 1개월간 제주에 체류하였고, 2차는 1943년 4월~1945년 5월까지 2년 1개월간 경성제국대학부속생약연구소 제주시험장(서귀포 토평동) 책임자로 부임하였습니다. 제주도 체류를 통해 그는 제주도의 나비를 비롯한 곤충, 자연, 동식물, 방언, 민속문화, 인구, 제주도방언 등 다방면의 업적을 남겼습니다. 그의 대표적인 업적은 『제주도방언집』(1947), 『제주도의 생명조사서』(1949), 『제주도관계문헌집』(1949)으로 생전에 출간되었고, 사후에는 『제주도수필』(1968), 『제주도곤충상』(1970), 『제주도자료집』(1971)이 유고집으로 출간되었습니다.

오늘 발표에서 주로 언급된 것은 '제주도의 생명조사인 제주도인구론', 제주도의 인문환경을 주로 다룬 '제주도수필', '제주도관계문헌집' 등 그의 자연과학과 인문학의 총체로서의 석주명 스스로의 표현에 의하면 '제주도학 석주명', '곤충학 외에 제주연구가 자신의 연구 테마'라고 하는 바와 같이, 지역학으로서의 '제주학'입니다.

인구이동이 적은 마을을 대상으로 생물학적 조사를 통해 그 마을의 인구를 측정하고자 했고, 이는 교래리, 명월리, 성읍리, 송당리, 오라리, 의귀리, 저지리, 토산리, 토평리. 법환리, 신효·하효리, 함덕리, 상도리, 대정(보성리·안성리·인성리), 화순리, 용수리 등 16개 마을로 제주도 160개 마을의 10%에 해당합니다.

조사방법으로 여자들의 경우에 남편을 여럿 둔 경우는 조사에 신빙성이 없어서 남자 중심으로 조사했고(자녀를 둔 남자에 국한하여 조사. 결혼하지 않은 사람이나 결혼을 하였더라도 자녀가 없는 경우에 제외), 유산, 사산 등은 제외하였고 생후 1분간이라도 생명이 있는 경우에는 조사에 포함하였으며, 쌍둥이는 2회 정상 분만한 것으로 취급하였습니다. 당시 결혼연령은 16~20세가 가장 많으며(남자 20세경, 여자 18세경), 과거에는 양반일수록 남자 8~9세에 여자 나이 5세 연장으로 부모 본위의 결혼이 제주에서도 보편화되어 있는 것으로 파악하였습니다.

조사의 한계로 집안의 남편이 대판(오사카) 노동시장에 진출해 있는 경우가 많아 자식의 연령 등을 잘 몰라서 비약하는 경우가 종종 발생하였고, 영세아 사망률이 높아서 0-5세아에 대한 호적기록이 거의 없습니다. 여자들의 경우에 잡혼, 재혼, 중혼이 많으며, 협재리의 경우에 초혼부부가 2할에 불과할 정도였으며, 남자의 1/10은 첩을 가지고 있었다고 합니다. 그런데 재혼, 잡혼, 중혼 비율이 나타나는지, 재혼이나 아내나 남편이 있는 사람이 다른 사람과 혼인에 대해서는 어느 정도 이해가 가능하지만, 잡혼은 난혼을 이야기 하는 것인지 아니면 어떠한 형태의 혼인인지 궁금합니다.

석주명이 스스로 표현처럼, 그는 제주도에 관심을 가지고 있으며, 무엇을 보든지 듣든지 제주도에 관한 것이면 수집 정리하는 것이 연구 테마의 하나입니다. 그러나 제주지역과 관련된 자료를 다양하게 모아서 집대성하였다고 '통합학자이며, 학문융합의 선구자'라고 극찬하는 데는 조심할 필요가 있습니다. 물론 자연과학자의 입장에서 인문 혹은 사회현상에 대한 자료의 수집 및 정리는 매우 의미 있는 작업임에 틀림없습니다. 특히, 『제주관계자료집』 등 제주도 연구의 기초가 되는 기존의 연구자료를 총망라하려 했던 점은 석주명이 갖는 학문적 장점입니다. 어쩌면 전통시대의 지방지리지나 유서류의 백과사전적 성격을 지닌 '박물적 지리지'에서 벗어나 자료를 서로 비교하고 분석하는 형태의 연구로의 지향은 제주학 연구의 선구자라 할 것입니다.

특히, 일제시기 이즈미 세이치 등 일본학자들에 의해 대부분의 자료가 정리되었고, 어느 정도 식민지성을 내포하였다고 한다면, 석주명은 우리의 시각에서 자료를 수집하고 정리하였다는 점에 매우 의미가 있습니다. 물론 그 역시 제주중심적 시각을 극복하지는 못하였고, 수집된 자료를 씨줄과 날줄로 엮는 종합적이며 과학적인 연구로의 진행은 사실상 혼자로서는 버거운 작업입니다. 제주학 선구자로서의 석주명의 업적을 계승하는 작업의 하나는 치밀한 자료의 수집과 정리를 통한 제주학 기초연구의 토대를 마련하는 것입니다.

그런 점에서 '제주학 연구목록 자료집'의 간행은 의미 있는 작업의 하나라 생각합니다. 2000년 밀레니엄 시대를 맞으면서 '20세기 제주학연구목록 총서' 간행을 제안한 바가 있습니다. 하지만 너무 지역 정체성에 역점을 두고 연구 목록집을 작성할 필요는 없다고 봅니다. 기초자료의 제공이라는 점에서 인문, 사회과학, 자연과학 등을 모두 포괄하는 '제주연구목록집'을 고려해 볼 필요가 있습니다. 지금까지 연구된 목록집을 발간하고 난 후에, 매 1년 단위로 제주연구 관련 목록집을 조사하여 간행한다면 통섭학, 융합학을 지향하는 연구자들에게 매우 유용한 기초자료가 될 겁니다. 이 경우 일본의 오키나와현 연구목록집 간행 사례를 참고할 필요가 있습니다.

◇김동윤 _ 제주대 국어국문학과 교수

좋은 발표 잘 들었습니다. 이번의 학술대회 토론을 계기로 석주명의 위상에 대해 재인식하고 제주도를 다시 공부할 수 있는 기회가 되었습니다. 발표 내용들에 대해 충분히 공감한다는 점을 전제로 하고, 이번에 『제주도 수필』을 다시 읽으며 발표에 덧붙일 몇 가지 사항들을 말씀드리는 선에서 토론자로서의 소임을 갈음할까 합니다.

석주명의 『제주도 수필』은, 김치완 선생님께서 윤용택 · 최낙진 같은 분들의 논의에 기대어 말씀하신 것처럼, '수필식 제주백과사전'이라고 정리할 수 있겠습니다. 물론 여기서의 수필은 문학의 한 갈래로 규정하는 수필의 개념에 충분히 부합되지는 않습니다. 백과사전식 설명이 대부분인데(중복되거나 유사한 부분이 많은 점도 사전식 배열에 따른 데서 연유한 것으로 볼 수 있겠습니다.), 어떤 항목은 메모에 불과한 것도 있고, 어떤 항목은 정보의 요약으로 그친 것도 있습니다. 다만 개중에는 상상력을 동원하여 개인적 생각을 써내려간 것도 있기에 문학으로서의 수필적 성격이 전혀 없지는 않다고 하겠습니다. 아마도 석주명은 '잡록(雜錄)' 정도의 의미로 수필(隨筆)이라는 이름을 붙였을 것으로 판단됩니다. '붓 가는 대로 쓴 글'이라는 수필의 자의(字意)를 그대로 따랐다고도 할 수 있겠습니다. 따라서 저는 석주명의 『제주도 수필』과 같은 저작들은 일종의 자료집 또는 보고서의 형태를 띠면서 제주학의 가능성과 한계를 동시에 보여준다는 김치완 선생님의 지적에 전적으로 동의합니다.

사실 어떻게 보면 '제주백과사전'은 예전에도 있었습니다. 이형상의 『남환박물』이나 김석익의 『심재집』 같은 것이 그런 부류라고 볼 수 있지 않겠습니까? 다만 석주명은 근대교육을 받은 자연과학자여서 『제주도 곤충상』 같은 저작을 펴낼 수 있었다는 점이 차별적이고, 『제주도의 생명조사서』나 『제주도방언』도 선구적인 업적으로 부각시킬 수 있습니다. 한글 저작이라는 점도 의미가 큽니다. 그리고 그런 다방면의 제주도 자료를 거의 혼자서 정리해냈다는 점에서 더욱 경의를 표하게 되는 것이라고 생각합니다.

이번에 『제주도 수필』을 다시 읽으면서 석주명의 열정에 재삼 탄복하지 않을 수 없었습니다만, 일부 수긍하기 어려운 부분들도 있었습니다. 그래서 여기서 몇 가지만 말씀드려 보려고 합니다. 김치완 선생님께서도 발표문에서 석주명이 "무리하게 추측하는 일도 있다"고 하신바, 그러한 일부 사례를 예시해 보겠습니다.

'창세신화' 항목에서 석주명은 삼을나신화(삼성신화)를 언급하고 있는데요, 삼을나신화는 일찍이 전경수 선생님이 「을나신화의 문화전통과 탈전통」에서 논한 것처럼 탐라국 건국 신화로 보아야 맞겠습니다. 제주의 창세신화는 천지왕본풀이를 말해야 할 텐데, 석주명은 이에 대한 인식이 없는 것 같습니다. '제주도 신가(神歌)'에서 '초공본'이 채집된 바 있음을 명기하긴 했지만, 그 내용까지는 미처 알지 못했던 것 같습니다.

'곰배'의 경우 고어 '곰ᄇᆡ = 빗고물(舳)'에서 왔다고 추정하는 것은 억지로 보입니다. 곰배(흙덩이를 깨뜨리거나 씨 뿌린 뒤 흙을 덮는 데에 쓰는 농기구)의 표준어가 '곰방메'인 점을 보면 제주어가 그다지 특이한 형태가 아님을 알 수 있습니다. 그런데도 제주도에선 뱃고물의 모양과 유사하여 전용(轉用)되었다고 언급한 것은 수긍하기 어렵습니다.

김치완 선생님 발표문에도 나옵니다만, 'ᄆᆞᆫ독'과 관련하여 타갈로그어(필리핀어)에서 '몬독'이 산(山)의 뜻임을 들어 티끌 모아 태산(塵合泰山)으로 통하는 말일지 모른다고 하는 것은 지나친 견강부회입니다. 어떻게 산과 먼지를 연결시켜 두 언어의 상관성을 논한단 말입니까?

『제주어사전』(2009)에는 '몬덕'이 먼지의 뜻으로 나오고 있습니다.

'목관' 항목에서는 '목관(牧官)'에서 유래하여 '모관'이라는 지명이 되었다고 보았는데, 이것도 잘못이 아닌가 합니다. 『제주어 사전』에 나온 것처럼 목안[牧內] 즉 '제주목의 안'이라는 데서 왔다고 해야겠지요. 『하멜 표류기』에 나온 'Moggan'을 "목관(牧官) 있는 곳이란 데서 유래했다고 보는 성내(城內)의 별칭인 '모관'"이라고 한 것도 마찬가지의 오류입니다. 성내(城內)라는 의미의 성안이라는 표현도 있음을 감안하면, 모관의 어원은 모관(牧官)보다는 성내(牧內)에서 찾는 게 맞다고 봅니다.

'목사배의 악마적 향락'에서 "중문원은 천제연 동안에 있었고 목사가 도내를 순행하다가 쉬던 데다. 무사를 모아 활을 쏘게 하고 사람을 시켜 허공에 걸린 장삭(長索)에 매달려 화살을 주어오게 하였다"는 것도 문제입니다. 이형상 목사가 화공 김남길을 시켜 그린 『탐라순력도』에는 천지연과 천제연에서 활쏘기하는 장면(天淵射帿, 懸瀑射帿)이 있는데 거기에 줄에 매달린 것은 사람이 아니라 추인(芻人; 짚이나 풀로 만든 인형)입니다.

'사름잇수까'에 대해서는 "흔히 쓰는 방문어(訪問語)로 '안녕하십니까'의 뜻"으로 풀고 있는데, 이것은 '계십니까'의 뜻이라고 해야 더 자연스럽겠습니다. 이와 관련하여 『제주도자료집』에서 '아방', '어멍'을 몽골어에서 유래한 제주도방언으로 소개한 것도 잘못된 부분입니다.

물론 이러한 오류들은 워낙 다방면의 많은 자료를 혼자서 정리하고 있음에 따라 나타난 현상이겠습니다. 아무리 뛰어난 능력을 지녔더라도 한 개인이 다방면에 모두 능통할 수는 없는 것이겠지요. 제주학 연구에서 협업이 필요함을 시사하는 부분이라고 하겠습니다. 강영봉 선생님이 「석주명의 제주어와 몽골어」(2008)를 통해 "비전공자이기 때문에 부정확하고 잘못된 자료를 제시하는 경우가 있을 수 있고, 이를 사실로 믿거나 진실로 받아들이는 사람도 있게 마련이어서 오해를 사기도 한다"면서 "전공자의 거르개를 거쳐 정제된 자료를 내놓는다면 문제는 해결될 것"이라고 지적했음을 우리는 명심해야 한다고 봅니다.

덧붙여서 최현 선생님의 「1930~40년대 제주의 삶과 석주명」 발표문을 접하면서 들었던 의문 사항을 말씀해 보겠습니다. '촌락 분포와 그 성격' 부분에 보면 "1935년 이래 산촌과 양촌에서 해촌으로 인구가 이동하던 현상이 중단됐다"고 했는데, 과연 그럴까요? 30년대 중반 이후로도 해안으로 인구가 이동하는 현상은 계속되었다고 생각합니다. 아울러 어업기술의 발달과 해물의 판로가 넓어지면서 해촌이 부유해진 것이 양촌과 산촌 인구가 대대적으로 이동한 요인으로 작용했지만, 해안을 중심으로 하는 일주도로의 개설도 그에 못지않은 인구이동 요인이 되었다는 점을 밝혀주는 것이 좋겠습니다.

◇최낙진_제주대 언론홍보학과 교수

제가 석주명 선생의 책에 관심을 갖게 된 것은 두 가지 일 때문입니다. 우선 제가 1995년도에 박사과정에 들어갔는데 방법론을 가르치시는 선생님이 『석주명 평전』 독후감을 1차 숙제로 내시더라고요. 그 때 선생님이 방법론 수업에서 왜 그런 과제를 냈을까를 최근에야 이해를 하고 있습니다. 그리고 두 번째는 지금 서귀포시에 2010년에 시민들이 중심이 되어 서귀포책읽기모임이 구성되었습니다. 그래서 첫 회에 읽은 게 오성찬 선생이 쓰신 소설 『나비와 함께 날아가다』였습니다. 석주명 선생 일대기거든요.

석주명 선생에 대해 여러 해석이 나오는데 제가 접근할 것은 출판학적 관점입니다. 제가 제주도에 와서 주목한 것은 총서였는데요. 보통 예전에 유명한 분들의 개인문집은 있었습니다만, 근세 이후에 개인이 어떤 시리즈물로 총서를 낸다는 거는 거의 불가능합니다. 그러니까 보통 출판사라든가 기관들이 중심이 돼서 총서를 내죠. 제가 2003년에 제주도에 왔는데, 와서 보니까 석주명 선생의 '제주도총서'가 있더라고요. 아, 이거 참 재미있는 거다 해서 관심을 갖게 됐습니다. 그리고 아까 잠깐 발표하는데 말씀하셨습니다만, 진성기 선생님의 '제주민속학총서'가 있습니다. 그리고 최근에 제주도에서 '한라산총서'가 있고요. 이처럼 제주도에는 육지에 없는 총서들이 있습니다. 한라산총서 같은 경우에는 기관에서 내는 거지만, 석주명 선생과 진성기 선생의 총서는 개인이 낸 것입니다.

요약하는 얘기를 하면 전체를 넘나드는 기획의도를 가지고 총서를 출판했다는 게 출판사에서 대단한 의미가 있습니다. 여러 가지 평가가 가능하겠습니다만, 기획의도에서 보면 총서 개념을 가지고 있었고 제주도 전체를 아울러 보려는 의도를 분명히 가지고 있었다는 것이죠. 그런 의도로 보면, 석주명 선생의 제주도총서는 출판학 측면에서 의의가 있다고 말씀을 드리고 싶습니다. 개인으로서는 근세 이후에 석주명 선생이 처음이 아닌가 생각합니다.

두 번째는 평가 부분인데요. 석주명 선생에 대해 여러 분야에서 여러 가지 평가가 이루어지고, 물론 지금의 시각에서 볼 필요도 있을 겁니다. 석주명 선생님도 원하셨을 거 같고, 근데 제가 보기에 석주명 선생은 학문적으로 제주학에서 학문적 성과를 내겠다고 생각한 적은 별로 없으신 것 같습니다. 그 분은 후세 학자들이 자기 자료를 근거로 해서 1차 자료, 원재료 제공자 역할로 자기의 역할을 분명히 설명을 하시고 작업을 하신 게 분명합니다. 출판학에서는 이런 거를 '도너 리서치(donor research)'라고 합니다.

예를 들어서 다른 연구자들이 연구할 수 있는 기초자료를 제공해 주는 것이죠. 석주명 선생은 그 역할을 충분히 하겠다고 하셨고, 또 그 역할을 충실하게 하신 거 같습니다. 그래서 이제 우리가 판단을 할 때, 지금의 학문적 평가와 여러 분야에서의 평가도 중요하지만 그 분의 총서 시리즈 기획 의도로 사실 우리가 석주명 선생님을 접하고 있는 이유도 책 때문에 접하고 있는 거거든요. 그 의도도 한번 헤아려볼 필요가 있다고 생각합니다.

그리고 세 번째는 학문융합 이런 얘기를 하시는데요. 사실 제가 보기에 석주명 선생님은 여러 분야를 넘나드셨습니다마는 일관된 연구 방법이 있었습니다. 나비공부하는 식으로 제주도학도 하셨더라고요. 어느 정도 채집하셨고, 채집한 것을 분류하신 거고, 나비 분류표와 똑같습니다. 사회조사론 같은 경우에도 마을에 들어 가가지고 마을에서 채집되는 것을 스스로 분류하신 거거든요. 그래서 이건 우리가 학문 융합체계로 보지만 연구방법론에서 아주 기초적이고 지금도 가장 중요한 방법론이라 할 수 있습니다. 연구 자료를 수집해서 분류하고 그 과정에 나타난 특징들을 비교하는, 그렇게 해서 연구방법론 측면에서 전형적이지만 가장 원칙적인 것을 나비를 통해서 단서를 던져주신 것이 아닌가 생각합니다. 그래서 저는 학문 융합 못지않게 연구 방법론 측면에서 석주명 선생님을 재평가해 볼 필요가 있다고 생각합니다.

◇송상용 _ 한림대 명예교수, 한국과학기술한림원 원로회원

제주학의 과제에 대해 저도 한 말씀 드려야겠습니다. 유철인 선생이 제주학을 영어로 Chejuology 라고 썼다가 Jeju Studies로 한 것 같은

데요. 이건 너무 좀 성급하신 것 같아요. 이건 천천히 해도 늦지 않습니다. Jeju Studies를 우리말로 '제주연구'라 하냐, '제주학'이라 하냐에 따라 어감이 다르지만 사실은 같은 겁니다. '제주학'이라고 하면 체계가 잡힌 것 같고, '제주연구'라고 하면 엉성한 것 같지만 그건 문제가 아닙니다. 아무래도 좋아요.

'제주학'은 제주를 대상으로 하는 학문 또는 과학입니다. 그러면 그 안에 여러 가지가 있는데, 언어학도 있고 생물학도 있고 인류학 사회학 많죠. 각자 자기 전공에서 제주도에 관한 것을 열심히 연구해요, 그래 가지고 일 년에 한두 번 모여 학회를 열면, 인접 분야 사람들이 어떻게 하고 있나 들으면 느끼는 게 있고 도움이 되고, 서로 이제 협조할 일도 생기고 대화가 되면 좋은 거지요. 그러다가 오랜 시간이 걸려 연구가 깊어지면 그것이 하나로 묶여 체계가 잡히고 내용이 충실한 제주학으로 될 수 있는 것이지 지금 와서 제주학을 어떻게 표기할 거냐에 대해 왈가왈부 할 필요가 없어요.

다른 예를 하나 들면, 지금 강원대학교에서 '인문치료'라는 것을 시작을 했습니다. 그런데 이게 세계에서 처음 인문치료라는 말을 만들었다고 합니다. 그래서 유럽, 미국 등지에서 학자들이 모여 국제회의를 하면서, 이를 Humanistic Therapy 라고 번역해야 되나 한다고 하는데, 그것도 마찬가집니다. 지금 오래 전부터 나와 있는 게 있죠. 음악치료, 미술치료, 연극치료, … 철학치료도 있어요. 근데 이거 다 각각 따로 따로 보면 됩니다. 하고 그걸 하나로 묶을 수 있으면 좋고, 지금 그렇다고 인문치료를 정의를 하자 해서 갑론을박들 하는데 난 헛수고라고 생각합니다.

외국에 '과학학'이라는 게 있죠. 우리나라에서 유일하게 전북대에 학부에 과학학과가 있습니다. 이 말이 1920년대 러시아에서 처음 나왔는데요. 러시아 말로 'Nauka Nauki' 라고 합니다. 과학학이죠, 영어로는 Science of Science. 그런데 이 말이 사회주의권에서만 주로 돌고, 서방 쪽에서는 잘 쓰지 않았어요. 사전에도 오르지 않고. 그런 말 쓰는 사람이 미국에 한 두 사람 있을 정도였는데, 1970년대에 유럽에 가니까 유럽 사람들이 Science Studies 라고 고쳐 쓰고 있어요. 그래서 왜 꼭 Science of Science 라고 안하고 말을 고치냐 그랬더니, Science 라고 하면 헤겔 냄새가 나서, 우리는 헤겔을 싫어하기 때문에 그걸 부드럽게 고쳤다 그런 얘기를 합디다. 그런데 그 말이 지금 완전 굳어져지고, 지금 30년이 지난 지금은 기술을 하나 더해서 STS, 즉 Science & Technology Studies 라는 학문이 되고 우리나라에도 학회가 생겼습니다.

그런데 통일되기 전 독일의 경우를 보면, 서독에서는 영미를 따라 Wissenschaftsforschung이라 하고, 동독에서는 러시아를 따라 Wissenschafstwissenschaft라고 썼습니다. 그처럼 이데올로기 때문에 학문의 이름이 나눠지기도 합니다. 그리고 Wissenschaftslehre를 '지식학'이라고도 할 수 있고 '학문학'이라고도 할 수 있습니다.

학문 융복합은 석주명 같은 천재나 하는 것이지 보통 사람은 하기가 어려워요. 그래서 저는 융복합은 나중에 하고 우선은 자기 전공분야에서 열심히 일을 해서 성과를 내고 그 다음에 그걸 아울러 가지고 한 묶음으로 만들면 더 좋다고 봅니다.

제주도산접류채집기(濟州島産蝶類採集記)

(신아종 기재 포함)

석주명 _ 1937, *Zephyrus*, vol. 7(150–174쪽)

Ⅰ. Lycaena argus zezuensis Seok nov. subsp.

제주도부전나비 원명아종(新稱)

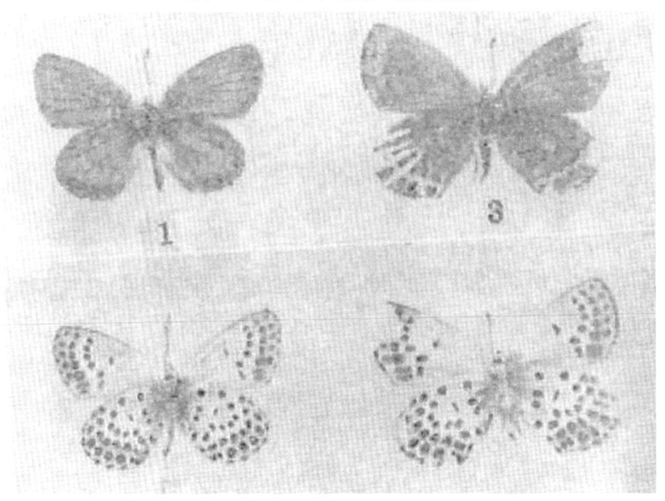

제주도부전나비

♂, 표면　　♀, 표면

♂, 뒷면　　♀, 뒷면

암수 모두 한반도내륙산 부전나비*L. a. insularis Leech* 와 매우 흡사하나, 유일하게 다른 점은 점무늬의 발달이 현저하다는 점이다. 특히 앞뒤 양 날개 아외연부의 주황색 띠 안쪽에 반달모양의 점무늬들이 집중적으로 줄을 이루고 있어 반달모양이 아닌 것처럼 보일 정도다. 원명아종에서도 내륙산 *L. a. insularis*과 같은 변이는 적잖이 인정된다. 1936년 7월 31일, 서귀포 부근에서 수컷 8마리, 암컷 1마리를 채집했다.

앞날개 길이 측정

㎜	14	15	16	計
♂	5	3	–	8
♀	–	–	1	1

[附記]종래 제주도산 중에 한반도내륙산과 동일한 부전나비의 존재가 거론되고 있으나, 실제 한반도 내륙산부전나비와 동일한 것인지 아니면 별도의 것인지, 그리고 기존의 원명 신아종에 속해야 하는 것을 한반도내륙산과 동일하게 취급해 왔는지는 잘 알 수 없다.

역주) ＊오늘날에는 *Lycaena argus zezuensis* Seok nov. subsp.와 L. a. insularis Leech를 산꼬마부전나비 한 종으로 다루고 있다.

II. Daimio sinica moorei Mabille

제주도왕자팔랑나비

본 형은 조선에서는 Y. Matuse씨가 채집한 제주도산 암컷 1마리를 오카모토 한지로岡本伴次郎박사가 조선왕자팔랑나비 D. s. saishiuana n. var. (chôsen-daimio-Seseri)라고 기재한 (Bulletin of the Agricultural Experiment Station, Covernment-General of Chosen. Vol. 1, No. 2, 1924, 92~93쪽, pl. Ⅷ, fig. 3)것이 최초이며, 그 후 나카야마 마사노스케中山昌之助씨는 Satarupa tethys saishuana okamoto サイシウダイメイセセリ라고 하고(수원고농 창립 25주년 기념논문집 별쇄, A Guide to General Information concerning. Corean Butterflies, 1932, 17쪽), 또한 도이 히로노부土居 寛暢씨는 *Daimio tethys saishuana* okamoto라고 했다.(森, 土居, 趙 공저: 원색 조선의 접류, 1934, 54~55쪽) 단 나카야마씨나 도이씨 모두 *saishuana*라고 한 것은 *saishiuana*의 오류일 것이다.

그러나 다수의 본형을 조사해 보면 이것은 틀림없는 *D. sinica moorei*다. 나는 제주도에서 1936. 7. 21~ 8. 20일에 수컷 53, 암컷 10, 합계 63마리의 본형을 채집할 수 있었지만, 이와 다른 *Daimio*에 속하는 것은 한 마리도 없었다. 오카모토 박사가 자신의 논문에 D. tethys Ménétriès 도 제주도에서 C. 이노우에씨에 의해 다수 채집되었다고 보고한 것을 보면 참으로 의아한 일이 아닐 수 없다.

원명아종도 왕자팔랑나비와 마찬가지로 자웅감별은 복부의 관찰 외의 다른 방법이 없다. 또한 원명아종이 왕자팔랑나비와 다른 점은 도이씨가 앞서 밝힌 책에 적은 것처럼 뒷날개의 흰색 띠가 명료하다는 것뿐이다.

본형은 중국 사천성 Moupin에서 채집, 기록된 것으로 제주도에서 본형이 생식하고 있다니 매우 흥미로운 일이 아닐 수 없다.

본형도 다음 앞날개 길이의 변이표에 나타나는 것처럼, 왕자팔랑나비와 마찬가지로 암컷이 수컷에 비해 약간 크다.

앞날개길이 측정표

mm	15	16	17	18	19	20	計
♂	1	4	9	29	10	–	53
♀	–	–	1	1	3	5	10
						합계	63

역주) * 오늘날에는 *Daimio sinica moorei Mabille*, D. s. *saishiuana* n. var. 와 *Daimio tethys saishuana* okamoto를 왕자팔랑나비 한 종으로 다루고 있다.

1936년 여름 무렵, L. H. Snyder씨의 알선으로 미국 자연사 박물관의 Frank E. Watson씨의 보조를 받아 조수 두 명을 데리고 제주도로 인시류 채집을 떠났다. 예로부터 우리 육지 사람들은 제주도를 전설의 나라, 불가사의한 나라, 수수께끼의 나라 또는 기이한 나라 등으로 불러왔다. 그러나 최근에는 따뜻한 섬, 해녀의 섬, 풍광이 빼어난 섬 또는 동경의 섬이라고까지 불릴 만큼 그들의 제주도관은 완전히 달라졌다. 실제로 제주도의 언어풍습이 육지와 조금 달랐기 때문에 옛 한반도 내륙(육지)사람들이 제주도에 대해 본토와는 다른 정취를 느꼈던 것은 어쩌면 당연한 일일지도 모른다. 그러다가 인류사회의 문화가 개방되어 제주의 인문환경이 알려짐에 따라 그들의 제주도관이 좀 더 사실적으로 바뀌게 된 것이다. 지난해에는 오사카 마이니치신문이 주최한 조선팔경에 그 내용은 차치하더라도 1등으로 당선되었을 정도로 제주도의 풍광이 널리 알려지게 되었다. 사실 제주도에는 1,950m의 한라산과 깊은 계곡, 호수, 바다와 숲과 바위가 있으며, 초원에는 우마가 방목되어 있어 거의 완벽한 풍경을 갖추고 있다. 이런 말을 들으면 여러분은 어쩌면 내가 그 풍경에 매료되어 제주도로 가게 되었다고 생각할지도 모르겠다. 하지만 실제로 제주도는 이미 3년 전부터 채집프로그램에 포함되어 있었다.

제주도의 자연 및 인문에 관해서는 이미 여러 논저가 있으므로 여기에서는 지면을 조금 할애하여 채집지약도 3점을 첨부하고, 쉽게 접할 수 있는 문헌 한 권을 소개하는 정도로 그치고자 한다.

제주도세요람: 본문 234페이지, 도판 9점, 제주도청 편집, 1935, 비매품이라고 되어 있으나 제주읍내 다구치田口상점에서 실비 30전에 분담하고 있다.

제주도에서 우리들이 인시류를 채집했다고 했으나 실제로는 거의 나비만을 채집했다. 올해는 유례없이 전국에 장기간 비가 내렸는데 제주도는 피해가 적은 것이 다행일 정도로, 곤충채집이 문제가 아니었다. 우리들은 7월 21일에서 8월 22일까지 33일간 제주도에 머물렀지만, 맑은 날은 적은데다 조수 두 명이 차례로 발병하고 때로는 인부마저 발병하여 계획한 코스를 무리해가며 걷기만 했던 날이 오히려 많았다. 그래도 낮에는 어느 정도 활동이 가능하여 궂은 날씨에 비해 나비채집은 어느 정도의 수확은 있었다. 그러나 나방은 대체로 야간채집을 해야 하는데 궂은 날씨와 섬이라는 특성상 밤에도 부는 바람 때문에 겨우 몇 번 밖에 채집을 시도하지 못했다. 결국 이번 채집여행을 보조해주신 산누에나방科의 전문가 Watson씨를 위한 나방은 한 마리도 채집할 수 없었다.

노무라 겐이치野村健一씨가 규슈낙도채집기 1, 2 (1936)에 게재한 것처럼 섬에는 대시류나방[Macro.]은 적을지도 모른다. 이것은 내가 노무라野村씨의 논문을 보기 전에 이미 느꼈던 것으로 제주도에 오기 전 울릉도에서 동물을 채집하고 있었던 조수 왕과王鍋의 인시류 표본을 보고 의문은 품고 있었다. 그러다 나 역시 제주도라는 섬에 와서 직접 산누에나방과를 한 마리도 볼 수 없었기 때문에 의문이 암시처럼 생각되었다. 그러다 제주농학교[현 제주고등학교]의 표본실에서 한 두 마리의 산누에나방과를 보았기 때문에 제주도에 대시류나방도 서식하고 있음은 틀림없었다. 그러나 표본에서 알 수 있듯이 역시 이 섬에는 대시류나방 수가 적었다. 그 후 돌아와서 나비류의 표본정리를 마치고서는 마침 그 전날인 10월 17일 배달된 노무라씨의 별쇄본을 매우 재미있게 읽었다. 이왕 내친 김에 덧붙이고 싶은 것은 앞에서 언급한 노무라씨의 논문에도 나와 있는 얘기지만, 나 또한 왕군과 교체로 울릉도에 간 조수 장재순군이 채집한 울릉도산 산제비나비의 치수를 재어 보고 작은 독도산의 나비는 역시 작다는 느낌을 가졌다. 아니, 이 산제비나비는 확실히 작았다. 그렇지만 한반도 내륙산에도 이보다 작은 개체가 많기 때문에 형을 새로 만들 필요는 전혀 없다. 이상 상당히 주제로부터 벗어나 나방 얘기에서 다른 섬 접류까지 언급하게 된 점 대단히 죄송스럽게 생각한다. 그러나 서로 연관된 것이니만큼 독자 여러분들이 널리 양해해주셨으면 한다. 제주도에서 우리들은 위의 나방 외에도 파충류, 양서류 등도 채집했으나 여기서는 주로 나비에 대해서만 언급하겠다. 이어서 그 당시의 일기장을 따라가면서 요건만을 보기로 하겠다.

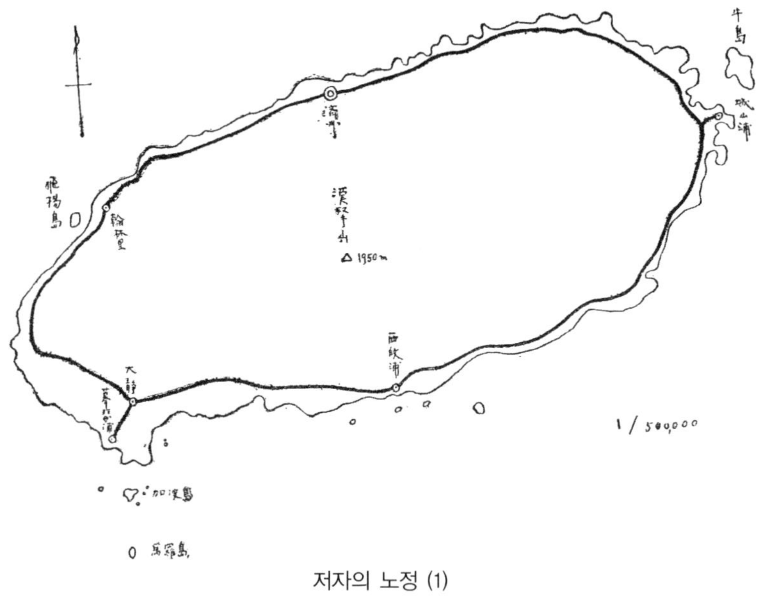

저자의 노정 (1)

7월 18일(토) 맑음. 어젯밤 기사에게 운전시간 외라는 이유로 일단 거절당했으나 임금을 배로 준다는 조건으로 교섭이 이루어짐. 이 고마운 시골(그러나 개성부)택시를 타고 조수로 동행한 동생 주일과 울릉도로 가는 장재순군, 나 이렇게 세 명이 함께 출발. 몇몇 학생들의 전송을 받으며 오전 5시 10분에 개성을 떠남. 중간에 경성에서 물건을 사기 위해 주일은 하차, 대전에서 나는 호남선으로 갈아타기 위해 장군과 헤어져 하차, 약 1시간 기다려 승차, 오후 3시 45분 정읍 도착. 정읍에 하차한 이유는 정읍농학교에 분양할 표본을 갖고 왔기 때문으로, 선배인 가와니시川西 교장이 역으로 마중을 나와 선배 집에서 1박.

7월 19일(일) 맑음. 오전 7시 7분 정읍 출발, 마침 어제 경성에서 하차했던 주일이가 타고 있었음. 9시 50분 목포 도착. 남쪽 지방 채집을 위해 지난 4월 30일 개성을 출발하여 80일간을 내장산, 백양사, 무등산, 완도, 해남 대흥사, 진도 등지에서 채집을 하고 어제 목포에 돌아왔다는 조수 우종인군을 만나 셋이서 쾌담. 제주도행 멤버는 이제 다 모임. 오후 6시 출발인 배가 그 시각까지 입항조차 하지 않음. 부두에서 지금쯤일까 조바심을 내며 기다리길 어느덧 밤 1시 반, 마침내 회사측에서 다음 날 출항을 선언함. 그 시간에 여관으로 감.

7월 20일(월) 맑음. 짙은 안개. 어제 출항예정이었던 배가 아직도 입항하지 않아 목포부립병원의 가미조上条斎昭씨를 만나 곤충 얘기를 나눴다. 오후 1시 30분 드디어 타이세이마루太西丸 입항, 2시 30분에 제주를 향해 출항했다. 이 배는 매우 크지만 상당히 빠른 속도로 항해한다. 홀수 날 오후 6시 목포 출발, 다음 날 오전 4시 제주 도착, 동일(짝수 날) 오전 9시 제주 출발, 동일 오후 5시 목포 도착, 하루 쉬고 다음 날 홀수 일에 다시 같은 일정을 소화한다. 제주도 배편은 여수는 물론 다른 항구에서도 구할 수는 있지만 그다지 편리한 편은 아니다. 교통은 다소 불편하다. 이미 다도해의 대부분을 통과하여 망망대해를 달리고 있던 타이세이마루는 오후 6시 30분경 운항을 중지했다. 동요하는 승객들을 향해 선장이 말하길 “전방에 보이는 짙은 안개는 오늘 밤 안에 걷힐 기미가 보이지 않습니다. 계속 운행하는 것은 위험하므로 어젯밤과 마찬가지로 해상에서 1박하겠습니다.” 십 수 년 같은 코스를 왕래해 온 명 선장의 선언에 아무 말도 하지 못했다. 우리의 프로그램은 처음부터 이렇게 빗나가기 시작했다. 더욱이 배 안에 광인이 한 사람 있어 우리들 행장에 관심을 가지는 바람에 우리들은 물론 다른 승객들까지 잠을 자지 못했다.

7월 21일(화) 맑음. 오전 6시 30분경 어젯밤의 짙은 안개도 거의 사라져 배가 다시 움직였다. 구름 탓에 좀처럼 모습을 드러내지 않는다는 한라산의 파노라마를 볼 수 있어 좋은 첫인상을 가지고 오전 11시 제주도에 도착. 실제로 이후 제주를 떠나는 날까지 한라산의 전경을 볼 수 있었던 것은 손꼽을 정도였다. 상륙 후 여관에 짐을 풀고 후루카와古川 도사島司, 하가芳賀 농학교장, 다나카田中 삼림관리서장을 방문. 다나카 서장은 공교롭게도 출장 중. 하가 교장에게는 마지막까지 여러모로 신세를 많이 져서 감사의 마음을 이루 다 표현할 수가 없다. 오후에는 제주도에 귀향중인 중학생 강문숙군의 안내로 부근의 삼성혈을 비롯한 명소구적名所舊蹟을 견학하면서 채집을 했다. 진작부터 궁금했던 제주도산 흰뱀눈나비, 남방부전나비를 풍부하게 채집하여 한반도내륙산과 서로 일치한다는 것을 확인할 수 있어 기분이 좋았다. (돌아와 천천히 조사해 봐도 다른 점은 없었다.)

7월 22일(수) 비, 바람, 흐림. 근처에 있는 사라봉, 별도봉에서 형식적으로 채집.

7월 23일(목) 맑음. 제주농학교[현 제주고등학교] 졸업생으로 이후에도 며칠 동안 우리들과 동행한 김영식군의 안내로 열안지오름(578m)[현 제주시 오라동 위치]으로 채집을 나감. 그 오름 아래 계곡에서 왕오색나비 암컷 한 마리를 잡아 매우 기뻤던 일, 정상에서 팬티 한 장 걸친 채 채집하면서 상쾌했던 일 등이 인상 깊음. 밤에는 하가 교장의 배려로 인부 김용원이 오고 내일부터 시작되는 프로그램을 상담.

7월 24일(금) 맑음. 이른 아침 우리들은 인부에게 내일 일을 부탁하고

4명이 함께 출발함. 삼의양오름(575m)[현 제주시 영평동 위치]에서는 어제와 마찬가지로 팬티 한 장 차림으로 실컷 채집함. 관음사에서 묵음.

7월 25일(토) 비. 오늘은 한라산 정상에 오를 예정이었으나 아침부터 내린 비로 포기해야 했다. 아래 해안지대는 맑았는지 어제 약속한 인부 2명이 식량 등을 지고 관음사까지 찾아왔다. 하지만 관음사 부근에는 비가 계속 내려 모두 하루 종일 갇혀 있었다.

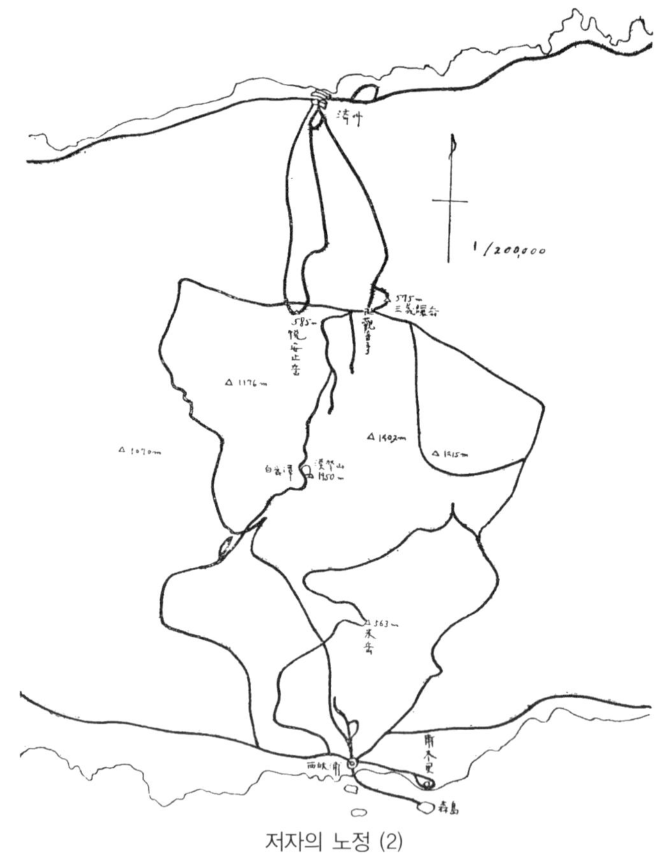

저자의 노정 (2)

7월 26일(일) 흐림, 비. 아침에 일어나보니 맑은 하늘은 아니었지만 그나마 비가 내리지 않는 게 다행이다. 올해는 수십 년 만에 비가 많이 오는 해다. 그러니 분에 넘치는 얘기는 할 수 없다. 외출하기로 했다. 먼저 인부들을 출발시키고, 우리들 다섯 명(경성의 중학생 한 명 추가)은 채집하면서 천천히 나아갔다. 그쳤다가 내리기를 반복하는 빗속에서 두 차례나 길을 잃어 정말로 고생했다. 이전에 수 차례 오른 적이 있다는 김군을 믿었건만 구름으로 앞이 보이지 않아 그도 어쩔 수가 없는 모양이다. 우군과 주일이 그리고 나 이렇게 셋은 몇 해 전에 백두산도 함께 올랐던 멤버인데, 우군은 어제부터 몸이 아파 쇠약해진 탓인지 백두산의 무두봉無頭峰사건(*Zephyrus*, vol. 5, 264쪽)을 연상하는 듯하다. 그 때와 상황이 비슷하다며 비명에 가까운 소리를 낸다. 우군의 몸이 많이 쇠약해진 모양이다. 그때와 지금은 다르다. 무두봉에서 마을까지 갈려면 3일 걸리지만, 제주도에서는 만일의 경우엔 그날 밤에라도 내려올 수 있는 곳이 아닌가? 하지만 두 번이나 길을 잘못 들어 세 번째 길에 들어설 때에는 무척이나 망설였다. 게다가 곧 어두워 질 것이었다. 그렇지만 모처럼 나선 외출이라 그런지 이제 와서 내려가고 싶지는 않았다. 네 명의 동의를 얻어 다시 걷기 시작했다. 해는 떨어지기 시작했지만 구름이 흩어지면서 앞이 조금 보이기 시작했다. 제대로 들어선 듯 했다. 그러나 산막에 도달하려면 통과해야 하는 조릿대지대 부근에서는 강풍에 금방이라도 쓸려 버릴 것 같은 약간의 위험마저 느꼈기 때문에 모두가 손을 잡고 정상을 넘었다. 날은 이미 저물었다. 틀림없이 산막으로 가는 길이라고 여겨 걷고 있는데 산막은 여전히 보이지 않는다. 걷기가 힘들다. 그렇게 시간이 얼마나 지났을까. 선두에 있던 우군이 외쳤다. "산막이다"라고.

산막에는 인부 김씨가 다른 한 사람은 돌려보내고 혼자서 밥을 지어

놓고 기다리고 있는 것이 아닌가? 아귀가 있다면 바로 우리가 그 모습이었을 것이다. 아귀처럼 우리들은 밥 먹기 운동에 전념했다. 통조림 뚜껑을 딸 생각은 하지도 못했다. 단무지만 먹었다. 그래도 꿀맛이었다. 일생동안 이렇게 맛있는 식사는 흔치 않을 것이다. 식후에는 총동원하여 땔나무를 가득 모았다. 불을 지펴 젖은 옷을 말리고 채집표본도 정리하면서 6명이 난로를 에워싼 채 아세틸렌등 불빛 속에서 함석지붕을 두드리는 빗소리를 들으면서 앉았다가 누웠다가 얘기를 나누다가 졸기도 하면서 밤을 지새웠다. 이곳이 바로 조선 남단 제주도 한라산 꼭대기의 산막이었다.

7월 27일(월) 흐림, 비, 흐림. 날씨가 나빠 오늘은 모두 산막에 더부살이 하는 것 외에 별 도리가 없다. 오후 한 때 비가 그친 틈을 이용하여 의무적으로 채집을 시도했다. 세상에! 예전에 내가 명명하여 발표한 니시ニシ가락지장사나비(사실은 가락지장사나비의 원형으로 이에 관해서는 얼마 후 동물학잡지에 졸저가 게재됨)와 미이게ミイケ부전나비가 있는 게 아닌가? 곧바로 씩씩한 우군을 불러 이것을 20마리 정도라도 잡아야 하지 않는가 하고 외쳤다. 비가 내렸다가 그쳤다가 오락가락 할 때여서 오히려 잡기 쉬워 약 2시간 만에 상당한 수의 나비를 채집했다. 특히 가락지장사나비는 수 백 개체에 이르러 '나비부자'가 된 기분이었다. 저녁이 되면서 서너 명의 새로운 침입자가 생겼다. 우리들만의 밤은 어제로 끝났다.

7월 28일(화) 비, 맑음. 아침에 일어났더니 또 비가 내린다. 오전 9시경에 겨우 비가 그쳤다. 식량도 다 떨어져 어쩔 수 없이 산막을 나와야 했다. 우리 4명은 어차피 가야한다면 정상을 넘어 남쪽으로 내려가기로 하고 김군 일행과 헤어져 정상을 향해 오르기 시작했다. 부근이 가락지장사나비와 미이게부전나비의 다산지여서 미련을 남기지 않을 작정으로 천천히 채집하면서 걷기를 약 1시간. 그 사이 날씨는 확 바뀌어 정상에 올랐을 때는 더할 나위 없이 화창했다. 우리들 네 사람은 체념하고 하산했던 김군 일행이 매우 후회할 것이라고 서로 입에 올렸다.(나중에 제주에 돌아왔을 때 김군은 실제로 그랬다고 했다) 지금 오르는 곳은 정상 외륜산의 북측으로 그 남측에는 화구호 백록담이 눈 아래 아름답게 펼쳐졌다. 이 조선남단의 백록담은 북단 백두산의 천지처럼 웅대하지는 않지만 아담하고 깔끔한 모습이 눈을 떼기 어렵게 만든다. 백록담에 내려가 수생동물을 잠시 동안 채집. 이번에는 남측의 외륜산을 올라가야만 했다. 산을 오른지 얼마 지나지 않아 모양이 다른 나비 한 마리가 수상하게 날고 있는 것이 느껴졌다. 열심히 따라가 잡아보니 그 때까지 우려하고 있던 산굴뚝나비였다. 이 나비는 몇 년 전 원병기군이 채집한 것으로 나는 *Satyrus alcyone zezutonis* Seok으로, 일본명은 도이土居 寛暢씨가 명명한 것이다. 산굴뚝나비를 잡고 싶은 마음에 부근을 샅샅이 뒤지길 30분. 그러나 모습이 더 이상 보이지 않아 조금 실망한 채 정상을 향해 발을 옮겼다. 그런데 정상에 오르고 보니 산굴뚝나비 같은 것이 많이 날아다니는 것이 아닌가? 잡아보니 틀림없는 그 녀석이었다. 어제 진귀한 나비 2종을 잡을 때처럼 부지런히 쫓아다녀 여러 마리를 잡았다. 충분히 잡았다는 생각이 들어 다시 걷기 시작했다. 오백나한의 명승지를 통과하여 그 근처의 표고버섯 산막까지 내려갈 계획이었다. 우군이 도시처녀나비 한 마리를 채집한 것을 보니 기뻤다. 안내인 겸 인부인 김씨를 따라 꽤나 돌았는데도 오백나한이 나타나질 않았다. 날도 어두워지기 시작해 카바시마樺島씨의 표고버섯 산막을 찾아 내려갔다. 제주도의 채집여행에서는 이와 같은 표고버섯재배 산막을 의지해 걷는 것이 좋다. 그러나 산막의 위치는 5만분의 1 지도에 표시된 것과는 달리 훨씬 높은 곳에 위치해 있다. 왜냐하면 산 밑에서부터 표고버섯 재배용으로 사용되는 서어나무를 자르며 점점 높은 곳으로 올라오기 때문이다. 오늘 밤은 산막이라고 하기에는 너무나도 멋있는 방에서 재워 줘 고마웠다. 이것저것 성가신 일도 있었지만 모든 사람들이 친절하게 대해 줘 불편함은 그다지 느끼지 못했다. 또한 다른 곳에서 만난 사람들도 대부분 친절해서 정말로 제주도는 따뜻한 섬이라는 생각이 들었다.

7월 29일(수) 흐림, 비. 아침식사 후 일행은 다시 오백나한을 찾아 나섰다. 반리정도밖에 가지 못했는데 서투른 안내와 내리는 비로 아무런 수확도 없이 다시 카바시마樺島씨 댁으로 돌아와 종일 내리는 비만 보고 있어야 했다.

7월 30일(목) 비, 맑음. 오백나한으로 가는 길은 상당히 난코스인가 보다. 아침에 비만 내리지 않으면 카바시마씨 댁 인부에게 안내를 받기로 어젯밤 그와 의논을 해 두었는데 아침에 눈을 떠 보니 여전히 비는 그치지 않고 있다. 그에 따르면 이 비는 산중턱 위쪽에만 내리고 있으며 하루 이틀 사이에 그칠 기미는 보이지 않는다는 것이다. 우리는 오백나한을 통과하여 서쪽으로 산중턱을 일주하는 코스는 뒤로 미루고 일단 하산하기로 결정하고 가랑비가 내리는 가운데 출발했다. 그의 말처럼 산록부터는 맑은 하늘이었다. 저녁 무렵 서귀포에 도착할 때까지는 도중에 약간 채집도 했고 고생도 했다. 은줄표범나비의 다수를 채집한 일, 청띠제비나비 한 마리가 하늘 높이 날아가고 있는 것을 보고 조금 무모한 추적을 했던 일, 서투른 안내로 인해 벼랑 아래로 떨어졌던 일, 다행히 다치지는 않았지만 약품이 약간 파손됐던 일 등이 기억에 남아있다. 밤에 그 곳 농업실수학교 교원 모리야마 사네하루森山實治씨를 방문하여 다음 날부터 이어지는 프로그램을 상담.

7월 31일(금) 맑음. 아침에 먼저 모리야미씨의 안내를 받으며 아직 채집하지 못한 청띠제비나비의 군락지라고 불리는 거지덩굴과 환삼덩굴 군락지에 갔다. 그곳에서 세 사람이 한 시간 정도에 15~16마리나 되는 청띠제비나비를 채집했다. 그만큼 잡아버렸으니 군락지의 나비의 수가 줄어든 듯 나비들도 더 이상 모습을 보이지 않았다. 그것으로 그날의 나비채집을 끝냈다. 그 후에도 가끔 군락지를 찾아가 보았지만 그다지 채집하지는 못했다. 군락지를 나와 건너편에 있는 섶섬에 가기 위해 모리시마씨의 안내를 받으며 보목리에 갔다. 그러나 조석간만의 관계로 도저히 건널 수 없다고 하여 단념하고 서귀포로 돌아가기로 했다. 점심도 먹고 해안부근에서 채집도 하면서 돌아왔다. 해안의 순비기나무군락에서 제주도꼬마팔랑나비를 많이 채집했다. 또 걷는 도중에 앞에서 말한 신아종 제주도부전나비도 채집했다. 이 나비를 채집했을 당시에는 다만 한반도 내륙산부전나비와 같은 것으로 생각하여, 채집종이 한 종류 늘었다는 것만을 기뻐했다. 그런데 그것이 이번 여행 중에 얻은 유일한 새로운 사실이라고 생각하니 새삼스레 유쾌해진다.

8월 1일(토) 비. 종일 여관에 틀어박혀 있었다.

8월 2일(일) 비, 흐림, 비. 궂은 날씨가 이어져 어쩔 수 없이 인부 김씨를 돌려보내고 짐 일부는 여관에 맡긴 채 서쪽으로 출발하기로 했다. 버스로 덕수리까지 와 산방산에서 채집을 시도해 보았다. 보기에 산방산이 그리 높지 않아 처음부터 너무 쉽게 생각해 순서대로 길을 찾지 않은 탓에 정상까지 가는데 무척 애를 먹었다. 비가 올 것 같아 하산하는 도중에 거의 우군 혼자서 5~6마리의 청띠제비나비를 채집했다. 하산하자 바로 비가 쏟아져 채집품만 젖지 않도록 챙겨 세 사람은 마라톤. 모슬포까지 가려면 2리 정도 더 가야하고 도중에 사계리도 있지만 어차피 젖은 바에 좀 더 큰 마을에 가자고 하여 모슬포행을 서둘렀던 것이다.

8월 3일(월) 비, 흐림. 어제 모슬포에 도착하여 주재소장인 스기야마 고이치杉山幸一씨와 상담했다. 계획했던 마라도행은 바람으로 보류되어 그 근처를 산책하는 하였다. 주위에 채집할 만한 장소는 전무했다. 채집하기에 산방산만큼 적당한 장소는 없는 것 같다.

8월 4일(화) 흐림, 폭풍. 주재소에는 아침부터 폭풍경계 표시가 걸려 있다. 물어볼 필요도 없이 마라도행은 단념하고 쓰기야마杉山씨에게 인사하고 한림으로 향하는 버스를 탔다. 한림도 별다른 것이 없는 곳이어서 다음 버스를 타고 제주읍으로 향함.

8월 5일(수) 비, 흐림. 비로 인해 다시 움직일 수 없었음.

8월 6일(목) 흐림, 맑음. 아침에 먼저 다나카 이사무田中勇씨를 방문하고 산중턱 일주 코스를 상담하여 지도 작성. 오늘부터는 좋은 날씨가 예상되어 아침부터 기뻐하고 있을 때였다. 일행 중 한명인 주일이가 발병한 것 같아 휴양을 위해 이 곳 도립의원에 입원시켰다. 남은 우리 두 명은 인부 김씨와 함께 서둘러 자동차를 타고 관음사로 떠났다. 지난 번 등산 때 길을 헤매다 들어간 곳에서 넉넉하게 채집했다.

8월 7일(금) 맑음. 오늘은 새로운 임도에서 채집했다. 나비 종류도 개체수도 풍부하였고 채집하기도 쉬운 장소였다. 채집한 여러 종류의 나비 중에서도 나를 가장 기쁘게 한 것은 푸른큰수리팔랑나비였다. 이 나비는 상당히 채집하기 어려운 나비인데, 오늘 열 마리나 잡았던 것이다. 세계적인 기록이었다. 너무 통쾌했다. - 오후 2시 쯤, 세월(洗越: 하천을 건너기 위해 놓았던 작은 다리) 12호를 건너다가 옆을 보니 하천 바닥에 검은색의 커다란 무엇인가가 덩어리를 이루고 있는 것이 아닌가! 자세히 보니 나비무리였다. 동작이 민첩한 우군은 벌써 나비무리 곁으로 건너가 포충망을 휘두르고 있었다. 카메라를 휴대하지 않은 게 유감이었다. 어쩔 수가 없다. 조심해서 망을 휘둘렀다. 이때만큼은 훨씬 큰 망이었으면 좋겠다는 생각을 한다. 그건 그렇고 우군의 망 속는 과연 몇 마리나 들어있을까? 망을 휘두르는 사이에 도망간 것 4~5마리, 망 속의 나비를 죽이는 사이에 날아간 것 2마리를 제외해도 제비나비 수컷 19, 긴꼬리제비나비 수컷 16마리로 합계 35마리가 우군의 한 포충망 속에 들어 있었다. 이만큼의 대형 나비를 그것도 한 망에 35마리씩이나 잡은 일은 전무후무할 것이다. 이 점에서 우군은 단연 세계최고기록보유자인 셈이다. 몇 년 전 내가 백두산에서 한 망에 지옥나비류 54마리를 한 번에 잡은 일이 있었는데(*Zephryrus*, vol. 5, 266쪽), 숫자에서는 앞선다고 해도 상관적으로 생각하면 우군의 제비나비[Papilio]가 단연 수상감이다. 이 기념비적인 장소를 떠나기 전에 이유를 밝히려 나비떼가 있던 장소를 조사해 봤으나 별다른 점은 없었고 유일하게 암모니아 냄새가 날 뿐으로, 그 냄새의 주인공은 근처에 방목 중인 우마임이 분명하다. 이것으로 나도 시라키素木식 소변채취법

(*Zephryrus*, vol. 6, 386쪽)의 진미를 알게 되었다. 천천히 채집하면서 내려오다가 5시쯤에는 적당한 표고버섯재배 산막에서 묵을 계획이었다. 그러나 우리의 길 안내자인 그 김씨가 지난번처럼 어처구니없는 길로 데려가 버려 길을 헤매기 시작했다. 그 바람에 저녁도 먹지 못하고 날도 저물어 결국에는 야간채집용 아세틸렌등 불빛에 의지하면서 걷기를 계속하다가 밤 10시 반에야 겨우 서귀포근처의 산림회 사택에 도착했다. 주임 무라이 마사루씨 부부에게 신세를 졌다.

8월 8일(토) 흐림. 춰오름에서 채집. 결과물 제로. 서귀포로 내려옴.

8월 9일(일) 흐림, 맑음. 오늘부터 드디어 산중턱 일주에 나서기로 하였다. 그러나 얼마가지도 못했는데 우리의 안내자 그 김씨가 또 길을 잘못 들어선 것 같았다. 게다가 우군마저 발병했기 때문에 계획을 중지하고 서귀포로 다시 돌아와 차후 방안을 강구했다. 김씨는 길 안내 겸 인부로써 선발되어 비교적 많은 임금을 받는다. 그럼에도 불구하고 최근 경험에서 그가 우리의 길 안내자로서는 적합하지 않다는 결론을 내리고 추후의 불안도 크고 해서 그를 해직시켰다. 우군은 지난 4월말부터 여행을 시작한만큼 장기간의 여행에 몸이 약해진 모양이다. 휴양이 필요할 것 같아 우군은 여관에 남기로 했다.

8월 10일(월) 구름, 맑음, 바람. 우군의 상태도 나쁘지는 않은 듯하다. 나는 혼자서 무료함을 달래던 중, 우리들이 예전에 가려다가 실패했던 마라도행이 떠올라 혼자서라도 가보기로 결심하고 바로 버스를 탔다. 버스 안에서 우연히 나처럼 채집을 하려 섬을 찾은 경성여자사범학교 구리하라栗原씨를 만나 모슬포까지 동행. 곧바로 해안으로 갔더니 마침 가파도행 작은 배가 있어, 먼저 가파도부터 가기로 했다. 가파도는 마라도로 가는 중간에 위치한 섬으로 부근에는 물결이 세서 섬에 가는 배편을 구하기가 힘들다. 지난 번 마라도행을 계획할 수 있었던 것도 상당히 큰 발동선을 구할 수 있었기 때문이었다. 별도의 배편이라고 하는 것은 한 달에 몇 번 마라도 등대에 식량을 공급하는 운반선 정도라고 한다. 마라도에는 인가가 약 30호, 가파도는 섬이 좀 커서인지 인가가 170여 호. 인가가 많은 덕택에 마라도보다 교통이 좀 편리하다고 하나, 그 교통이라는 것도 가파도 주민들이 왕래에 이용하는 작은 범선을 말한다. 나도 이 작은 범선을 타고 모슬포-가파도를 왕래한 경험이 있다. 그 경험에서 말해둔다 웬만한 사람이 아니고서는 그 작은 범선을 탈 수 없다고.

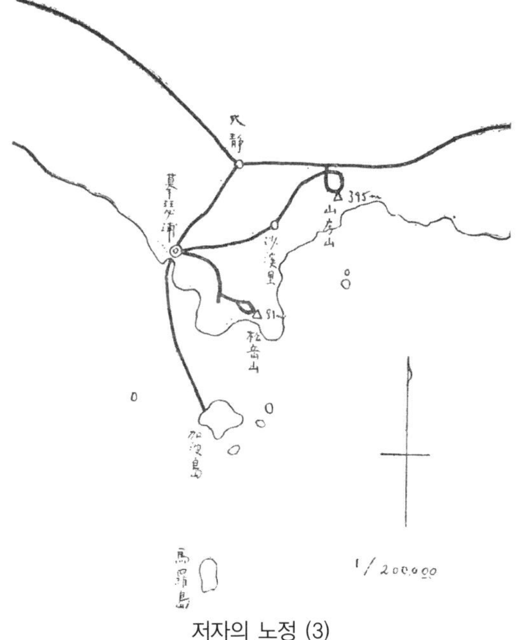

저자의 노정 (3)

각설, 구리하라씨와 헤어져 나는 작은 범선에 몸을 의탁하여 가파도에 건너갔는데 파도가 얼마나 센지는 두 말할 필요가 없다. 비명을 질러댔다. 가파도에 상륙하고서도 바로 걸을 수가 없어 부두에 잠시동안 누워 쉰 후 기운을 차리고 구장인 허치현씨를 방문. 그리고 가파도에서 유일한 학원 신유의숙辛酉義塾교원 문시욱씨를 방문했고, 숙박할 곳이 없는 곳이라 문선생님 댁에 신세를 지기로 했다.

8월 11일(화) 맑음, 바람. 날씨는 맑았지만 바람이 세어 마라도행 배가 뜨지 않았다. 섬 전체를 뒤져 인가 근처에서 배추흰나비 4마리와 바람이 불지 않는 북측 해안 근처에서 남방부전나비와 먹부전나비를 많이 채집했다. 특히 먹부전나비가 많다는 것이 흥미로웠다. 제주본섬에서도 별로 채집하지 못했고, 다음 날 송악산 부근에서는 먹부전나비를 구경조차 못했다. 이유가 무엇인지 모르겠다. 나비로서는 그들 3종을 채집한 것이지만 그 3종의 나비는 가파도의 전체나비상을 대표하는 것이리라. 원래 가파도는 작은 언덕조차 없는 전체가 평면인 작은 섬으로 처음으로 개척된 것은 지금으로부터 약 80년 전이라고 한다. 그 후 개간되어 지금은 섬 전체가 농지로 나무는 한 그루도 없고 잡초도 거의 없다고 할 정도이며, 바람이 세기 때문에 앞에서 언급한 3종의 나비도 그 운명이 길지 않을 것으로 볼 수 있다. 내가 채집한 이 3종 나비는 나중에는 기념물이 될 지도 모른다. 이 때문에 더욱 남쪽 섬 마라도에 가고 싶은 마음이 간절해졌다. 하지만 불고 있는 바람은 마라도는커녕 본섬으로 돌아가는 것마저 허락하지 않는다. 배삯을 아무리 많이 준다고 해도 배는 나갈 수가 없고, 하는 수 없이 가파도에서 1박을 더 해야 했다.

8월 12일(수) 맑음, 바람. 이른 아침 아직 자고 있는 나를 흔들어 깨우는 자가 있다. 잔잔해져서 출항이 가능해지면 잊지 말고 본섬으로 가는 배를 태워달라고 어제 뱃사람에게 부탁해 놓았더니 그는 지금이야말로 좋은 기회라면서 지금 이 기회를 놓치면 오늘 중에 다시 돌아갈 수 없을 거라며 나를 깨워 주었던 것이다. 허둥지둥 짐을 꾸리고 해안가로 나갔을 때는 이미 10명 정도의 사람을 태운 작은 배가 나를 기다리고 있었다. 아직 날이 채 밝지 않아 어두침침한 가운데 뱃사람들에 떠밀려 파도가 센 바다로 나가는 것은 실로 불유쾌한 것이다. 마치 지옥으로 떠밀리는 기분이다. 이미 열 명이나 타고 있다. 목숨이 아깝지 않은 사람이 어디 있으랴. 나도 승선을 했고 바로 드러누웠다. 친절한 문씨 부부의 배웅을 받고 중간에 다소 난관은 있었지만 무사히 모슬포로 돌아올 수 있었다. 마라도에 가려고 두 번이나 모슬포에 갔지만 가파도까지 밖에 갈 수 없었던 것은 안타깝지만 어찌 보면 다행이기도 했다. 서귀포에서는 이미 우군이 건강을 회복해 있었고 영림서장 안자이安西씨를 방문하여 상담. 아리키 마사오有木正雄씨에게 안내를 받아 그 후 산중턱 일주 코스에는 별 문제가 없었다. 안자이씨에게는 전후 수차례 걸쳐 여러모로 신세를 많이 져서 어떻게 다 감사의 말을 전해야 할지 모르겠다.

8월 13일(목) 흐림, 비. 짐 일부를 우편으로 부치고 일부는 여관에 맡겼기 때문에 아리키씨 배낭은 비교적 가벼워져 편하게 되었다. 우군, 아리키, 나 세 사람은 서귀포를 나와 서홍리, 생물골生水洞, 왕벚나무 원산지 등을 지나 강응정씨 표고버섯산막에 도착했다. 비를 맞으며 채집하는 가운데 잎사귀 뒤쪽에 앉아 있는 푸른큰수리팔랑나비를 잡을 수 있어 기분이 좋았던 기억이 아직도 남아 있다. 젖은 옷을 말려

주는 등의 도움을 주신 강응정康應政, 강군평姜君平씨의 호의 또한 잊을 수가 없다.

8월 14일(금) 흐림, 비. 오백나한 아래를 지나 김남천씨 표고버섯산막까지 가는 코스였으나 흐린 날씨로 방향을 완전히 잃어 오백나한이 나오지 않는다. 다소 어려움을 느껴 오백나한은 단념하고 김남천씨 댁을 겨우 찾아서 도착할 수 있었다. 비오는 날 인가가 없는 곳을 걸어 목적지를 찾아가는 것은 결코 쉬운 일이 아니다.

8월 15일(토) 비, 맑음, 비. 비가 내려 움직이지 못하고 있다가 오후 한 때 갠 틈을 이용 잠시 채집을 나가보았다.

8월 16일(일) 비. 우군은 등에 종기가 생겨 병원에 가야만 했다. 채집여행도 이제 며칠 남지 않았기 때문에 비가 그치기를 기다릴 수만도 없다. 빗속 행군이다. 마침 김남천씨도 제주읍에 갈 일이 있어 4명이 함께 움직이게 되었다. 도중에 내(하천)를 만나 고생하기를 수차례, 특히 한 번은 도저히 건너지 못할 것 같은 상황이었다. 조금 완만한 하류를 찾아 길을 많이 돌아서 건너보려고 했으나 이 또한 너무 깊고 급류였다. 할 수 없이 네 명이 서로 어깨동무하여 가슴 위까지 오는 내를 건넜다. 귀중품은 배낭에 들어 있었기 때문에 큰 피해는 없었지만 채집용구 및 입은 옷은 비참함 그 자체였다. 이것은 채집여행에서는 결코 있을 수 없는 탐험여행체험이었다. 잠시 걸어내려와 김씨와 우군은 제주읍으로, 나와 아리키씨는 관음사로 각각 헤어졌다. 오늘까지 하면 관음사에 오는 것은 벌써 세 번째다.

8월 17일(월) 구름, 맑음. 아침 하늘은 흐리지만 차차 날씨가 맑아질 것 같다. 처음에 세 명이 입도하였으나 지금까지 채집을 계속하고 있는 사람은 나뿐이다. 게다가 더 이상 시간이 없다. 다소 늦긴 했으나 최소한 남은 코스를 걷는 것만으로도 만족한다. 그런데 역시 애쓴 보람이 있었다. 관음사를 나와서 바로 옛길로 들어섰는데 그곳에서 첫 애물결나비 1마리를 채집할 수 있었다. 성판악 서쪽에 올라와서는 밑에 펼쳐진 천연의 정원을 보면서 잠시 쉬었다. 내가 휴식을 취하고 있는 사이에 아리키씨가 제주왕나비 1마리를 채집하였다. 무척 기뻤다. 왜냐하면 제주도에서는 희귀개체도 아닌 제주왕나비를 한 마리도 잡지 못해 비관하고 있었기 때문이다. 그리고 어젯밤에는 그에게 제주왕나비의 형태와 생태를 설명해 주면서 길을 걸을 때 잘 살펴보라고 부탁까지 해 두었었다. 이번 여행의 유일 개체인 제주왕나비를 아리키씨가 잡다니. 재미있다. 아리키씨의 운이 좋은 것 같아 그 운을 기대하면서 그에게 포충망을 권했다. 강문옥씨 표고버섯산막에 도착한 것은 오후 4시경이었을 것이다. 오늘은 채집품도 많았고 날씨도 좋았다. 숙소에 도착한 것도 이른 시각으로 오랜만에 기분 좋은 날이다. 마침 강씨와 공동경영자의 아들로 경성배재고보 5학년 학생인 고택구군이 있었는데, 친절하게 대해 줘서 매우 기뻤다.

8월 18일(화) 맑음. 고군 집에서 횡단도로, 즉 새로운 임도로 나갔다. 어젯밤에는 아리키씨에게 먹그림나비와 물결부전나비를 설명해 주었다. 제주왕나비를 잡은 행운이 따르기를 기대하면서. 이 임도는 어제처럼 무언가 수확도 있을 것 같은 장소였다. 그리 걷지도 않았는데 길 옆 교목 가지 끝에 먹그림나비 한 마리가 앉아 있는 것이 보였다. 돌멩이를 던지는 것은 위험하므로 그 나무아래에 서서 상황을 보고 있었다. 그 때 나보다 열 걸음 정도 앞에 서 있던 아리키씨가 자기 옆에 쓰러져 있는 나뭇가지에 먹그림나비가 앉아있다고 알려왔다. 아리키씨와 서로 위치를 바꿔 가 봤더니 정말로 수액을 빨고 있는 먹그림나비 한 마리가 수 마리의 청띠신선나비 등과 섞여 있는 게 아닌가? 조심해서 망을 휘두른 후 지면에 엎드려 확인해 보니 망 속에는 세 마리의 나비가 파닥거리고 있다. 첫 번째 개체는 청띠신선나비, 두 번째도 마찬가지로 청띠신선나비, 걱정스럽게 세 번째를 봤더니 그 놈이 바로 나의 목표물, 먹그림나비였다. 기대하던 것이 이루어져서 참 기뻤다. 그 사이에 앞서 말한 교목의 먹그림나비는 날아가 버렸지만 기다리고 있으면 다시 잡을 가능성도 있어 좀 더 힘을 내기로 했다. 청띠신선나비의 수가 너무 줄어들면 먹그림나비가 날아오지 않을 것 같아 청띠신선나비 채집을 중지했다. 부근에서 두 시간 정도 기다렸지만 먹그림나비는 모습을 드러내지 않았다. 할 수 없이 단념하고 걷기 시작했다. 노상의 말똥 위에 한 종 또는 여러 종의 호랑나비, 제비나비, 긴꼬리제비나비 그리고 남방제비나비가 3~4마리 혹은 5~6마리씩 무리를 지어 앉아 있었다. 한차례 휘두른 포충망에 호랑나비, 제비나비, 긴꼬리제비나비 각각 수컷 2, 남방제비나비 암컷 1, 총 7마리가 들어있기도 했다. 내가 그것들을 포장하고 있는 사이에 아리키씨는 처음 먹그림나비를 잡았던 곳을 살펴보러 길을 되돌아갔다. 실제로 그 사이에 걸어온 거리는 얼마 되지 않아 그 정도 돌아간다 해도 그다지 어려운 건 아니었다. 그 곳에 가서 살펴 본 아리키씨가 먹그림나비가 두 마리 있다는 신호를 보내는 게 아닌가? 내가 무척이나 잡고 싶었지만 내 손으로 직접 잡지 못한 먹그림나비, 바로 뛰어갔다. 가보니 수 십 마리 무리 속에 먹그림나비 두 마리가 양쪽 끝에 한 마리씩 앉아 있었다. 그런데 두 마리긴 했지만 서로 떨어져 있어 한망에 두 마리를 잡는 것이 불가능해 보였다. 그렇지만 심기일전하고서 수액을 빠는데 정신이 팔린 그들에게 망을 가져갔다. 채를 휘둘러 땅에 갖다 댄 후 엎드려서 보니 망 속에 세 마리가 들어 있다. 틀림없이 먹그림나비가 한 마리는 들어 있을 거라 생각하면서 살펴봤더니 첫 번째가 먹그림나비, 두 번째는 청띠신선나비, 세 번째가 또 먹그림나비였다. 먹그림나비가 두 마리나 들어 있다. 정말 엄청나게 기뻤다. 물론 이것은 기뻐할 만한 일이기도 했다. 먹그림나비는 더 이상 오지 않을 것이다. 그런데 다시 걷기 시작한 지 얼마 안 되어 먹그림나비가 또 한 마리 앉아있는 것이 보였다. 곧바로 휘둘렀는데 놓쳤고 다시 그 위에 있는 큰 나뭇가지 끝에 앉았다. 아래서 아무리 기다려도 내려오지 않아 넉살좋게 다시 먼저 잡았던 장소에 가 보았다. 이번에는 청띠신선나비조차 한 마리도 보이지 않았다. 다시 걷기 시작해 방금 놓친 그 자리에 도착했더니 바로 그 먹그림나비가 내려 와 앉아있는 게 아닌가? 이번에 다시 놓치면 매우 부끄러운 일이라고 생각하면서 신중하게 채를 휘둘러 무사히 네 마리째의 먹그림나비를 잡을 수 있었다. 어제까지는 한 마리도 잡지 못했던 먹그림나비를 오늘 하루에 그것도 4마리씩이나 잡을 수 있을 거라고는 생각도 못했는데, 통쾌하기 그지없다. 그리고 그 후 도요시마豊島, 고노河野, 한두만, 고지마小島씨 등의 모든 표고버섯 재배장을 지나 저녁 6시 반 부명선씨 표고버섯산막에 도착하기까지는 별다른 수확이 없었다.

8월 19일(수) 맑음. 부명선씨 댁에서 극진한 대접을 받았다. 그곳을 나와 미악산(563m)에 올라 채집을 하였다. 정상에는 제비나비, 산제비나비 등이 떼를 지어 날아다니고 있었다. 많은 여러 종을 채집했지만 그 중에서도 가장 큰 것을 미악산 정상에서 잡을 수 있었다. 그것은 암붉은오색나비 수컷 한 마리(Figs. 5~6)로, 뒷날개가 많이 찢어진 탓인지 아니면 내가 열의를 다해 잡아서인지 채집은 그리 어렵지 않았다. 무엇보다 이 나비가 조선 기록에 없던 것이어서 더욱 기뻤다. 청띠제비나비도 채집했지만 그것을 잡기 위해 흰 셔츠를 벗고 반나체가 되기도 했다. 이 종도 역시 흰색을 경계하는 모양이다. 각수암, 서호리를 거쳐 서귀포에 도착한 게 밤 9시쯤이다. 늦은 시간임에도 불구하고 안자이씨와 내일 아침 일정인 섶섬행을 의논했다.

8월 20일(목) 맑음. 안자이씨의 도움으로 발동선을 한 척 빌려, 안자이씨의 친구 오가타緒方씨 그리고 아리키씨와 나 이렇게 셋이 동행. 섶섬에서 채집한 종류는 제비나비, 청띠제비나비 여름형, 푸른부전나비, 남방부전나비 등 2과 4종이다. 지세도 험준하고 나비는 특이성도 없어 채집지로서는 좋지 않다. 오후 2시경 서귀포로 돌아왔다. 4번이나 온지라 정이 든 서귀포, 그리고 일주일이나 조수로 일해 준 아리키씨와도 헤어져 나는 혼자서 오후 3시발 버스로 성산포로 향했다. 성산포에서 1박.

암붉은색오색나비(♂)
위 표면
아래 뒷면

8월 21일(금) 맑음. 아침에 성산포를 둘러보며 채집도 하였다. 버스로 성산포를 출발하여 제주읍으로 향했다. 제주읍에 와 보니 주일이는 이미 귀향했고 우군은 건강을 회복하여 내가 돌아오기를 기다리고 있었다. 내일 아침에 출발하는지라 여기저기 인사하러 돌아다녔다.

8월 22일(토) 흐림. 아침 9시 출발 타이세이마루를 타고 제주도를 떠났다. 오늘로 우리들은 제주도여행과 작별을 고했다. 33일간 제주도에서 채집활동을 하면서 얻은 점(채집에 능률을 올릴 수 있는 점)을 다음 3가지로 요약해 본다.

1. 제주읍에서 출발하여 관음사. 산막, 정상, 고지마小島 또는 카바시마樺島 표고버섯 산막을 지나 서귀포로 내려가고, 다음으로는 서귀포를 출발하여 횡단도로를 걸어 제주읍으로 돌아오는 코스로 채집하는 것. 이 코스를 걸으면서 성실하게 채집한다면 제주도 각지를 구석구석 걸어서 채집하는 것보다 효과적일 것이다.
2. 제주도 해안도로를 일주할 필요는 전혀 없다.
3. 마라도는 조선남단이기도 하므로 조사할 필요가 있다고 생각된다.

등이다.

타이세이마루가 목포에 도착한 것은 오후 5시 반. 배가 상당히 흔들렸던 만큼 상륙하여 기뻤다. 목포부립병원의 가미조上条씨가 마중을 나와 주었고 또한 오후 7시 40분 목포발 배웅도 해 주었다.

8월 23일(일) 맑음. 오전 9시 44분 우군과 둘이서 개성에 무사히 도착.

고 찰

제주도주도산 채집 나비 총목록은 다음과 같으며, 나는 그것에 대한 지리적 고찰 도 두세 가지 기록이 있으나 그것은 훗날 조선전체에 대한 것을 논해야 할 때 전부를 할애하고 여기서는 다만 아래의 총목록만을 보면서 특별히 고려해야 할 점만을 논하고자 한다.

1. 제주도 고유종은 산굴뚝나비*Satyrus alcyone zezutonis* Seok와 제주도부전나비*Lycaena argus zezuensis* Seok 이다.

2. 남방계의 암붉은오색나비, 제주도꼬마팔랑나비 등과 북방계의 가락지장사 등이 태어난다는 것은 매우 흥미있는 것으로 특히 그 북방계 두 종이 한라산 정상부근에만 한정되어 있는 것은 제주도와 대륙으로 이어진 조선반도와의 깊은 관계를 암시하는 것이라 생각된다.

3. 제주도왕자팔랑나비*Daimio sinica moorei Mabille* 는 상당히 많이 채집했지만, 이것은 그 외에 서지나 사천성에서 기록되고 있는 만큼 대단히 흥미를 불러일으키는 것이다.

4. 남방제비나비, 청띠제비나비, 암끝검은표범나비, 제주꼬마팔랑나비 등의 남방계가 특히 남쪽에 많은 것을 보면 이미 여러 논자에게도 인정받고 있는 것처럼 남쪽이 북쪽에 비해 기상학상 보다 남방형을 띠고 있기 때문일 것이다. 암붉은오색나비도 남쪽에서 잡힌 것이다.

–1936년 11월 24일 개성에서–

번역 : 안행순 (제주대 탐라문화연구소 조교)

제주도주도산 채집 총목록(濟州島主島産 採集 總目錄)

번호	학 명	우리말이름	채집년월일 vii. 21– viii. 21, 1936	채집지					비고
				북측 평지	북측 사면	정상 부근	남측 사면	남측 평지	
1	*Papilio bianor* Cramer	제비나비	vii.23.24.26.31. viii.2.6.7.13.15–20	x	x		x	x	
2	*P. demertrius* Cramer	남방제비나비	vii.23.24.31. viii.2.6.8.9.13.18	x	x		x	x	남측에 훨씬 많음.
*3	*P. maackii* Menertries f. aest.	산제비나비夏型	vii.23.24.26. viii.2.6.9.17.19	x	x		x	x	
4	*P. machaon* Linne	산호랑나비	vii.23.24.30. viii.19.21.	x	x		x		
5	*P. macilentus* Janson f.aest.	긴꼬리제비나비夏型	vii.21.23–27.30. viii.2.6.7.13–19.	x	x	x	x		
6	*P. sarpedon* Linne f. east.	청띠제비나비夏型	vii.31. viii.2.8.				x	x	북측에도 있지만, 남측에 비교적 많음. 거지덩굴이나 환삼덩굴에 모이는 성질이 있음
7	*P. xuthus* Linne f. east.	호랑나비夏型	vii.21–24.26–28.30. viii.2.3.6–9.12.13.17–19.						
계	Papiliodae	호랑나비科		6	6	2	7	5	
1	*Colias hyale* Linne	노랑나비	vii.22–24.30. viii.2.6.7.12.16.20	x	x		x	x	
2	*Eurema hecabe* Linne f. east.	남방노랑나비夏型	vii.21–23.26.30.31. viii.2.6–9.18.19.	x	x		x	x	
*3	*E. laeta* Boisduval f. east.	극남노랑나비夏型	vii.23–26.30.31. viii.2.8.9.12.13.19.	x	x		x	x	
4	*Pieris napi napi* Linne f. east.	줄흰나비夏型	vii.21.26–30. viii.7.14.16–19.	x	x	x	x		
5	*P. rapae* Linne	배추흰나비	vii.21–23. viii.2.12.20.	x	x		x	x	
계	Pieridae	흰나비科		5	5	1	5	4	

번호	학 명	일본명	채집년월일 vii. 21– viii. 21. 1936	채집지					비고
				북측 평지	북측 사면	정상 부근	남측 사면	남측 평지	
1	*Danais tytia* Gray	제주왕나비	viii.17.		x				남측에도 확실히 있음
계	Danaidae	제주왕나비科			1				
1	*Aphantopus hyperantus hyperantus* Linne	가락지장사나비	vii.27.28.			x			정상부근에만 아주 많아 재미있다
*2	*Coenomympha hero koreuja* Seok	처녀나비	vii.28.				x		1마리 뿐
3	*Lethe diana* Butler	먹그늘나비	vii.24.26–28. viii.6.7.13–18.8.		x	x	x		
4	*Melanargia halimede* Menetries	흰뱀눈나비	vii.21–24.26–28. viii.26.13.17.19.	x	x	x	x	x	가는 곳마다 많고 변이도 매우 심함
*5	*Mycalesis francisca perdiccas* Hewitson	부처사촌나비	viii.13.17–19.		x		x		
*6	*Pararge achine achinoides* Butler	눈많은그늘나비	vii.22–28.30		x	x	x		
7	*Satyrus alcyone zezutonis* Seok	산굴뚝나비	vii.28.			x			현재로서는 제주 고유의 것으로 백록담 남측 정상에 아주 많음
8	*S. dryas* Scopoli	굴뚝나비	vii.22–24.26.30.31. viii.6–8.13.17.19.21	x	x		x	x	
*9	*Ypthima baldus* Fabricius	애물결나비	vii.17.				x		1마리 채집했을 뿐으로 매우 희박한 듯
10	*Y. motschulskyi* Bremer et Grey	물결나비	vii.23.24.26.29.30. viii.6.7.13.14.17–19 .21		x		x		
계	Satyridae	뱀눈나비科		2	6	5	8	2	

번호	학 명	우리말이름	채집년월일 vii. 21– viii. 21, 1936	채집지					비고
				북측 평지	북측 사면	정상 부근	남측 사면	남측 평지	
1	*Argynnis laodice* Pallas	흰줄표범나비	vii.23.24.26.29.30. viii.6.7.15		x		x		
2	*A. locuples* Butler	테우세시(テウセシ)표범나비	vii.22.23.26–29. vii.6.14–17	x	x	x	x		변이성이 매우 발달한 만큼 반도산과는 조금 구별되지만, 다른 형으로 구분할 것은 아닌 것처럼 생각됨
3	*A. nerippe* Felder	왕은점표범나비	vii.23.24.28.30. viii.2.		x		x		우도산과 차이 없음
4	*A. niphe* Linne	암끝검은표범나비	vii.24.30. viii.8.9.13.18.19.		x		x	x	북측에는 드물고 남측에는 매우 많음
5	*A. paphia paphia* Linne	은줄표범나비	vii.26.30. viii.6.7.14.15.17–19.		x		x		비교적 풍부
6	*A. sagana* Doubleday	암검은표범나비	vii.22. viii.19.	x			x		
7	*A. vorax* Butler	긴은점표범나비	vii.22–24.26.28. viii.6.7.17.19.	x	x	x	x		
8	*Dichorragia neshimachus nesiotes* Fuhstorfer	먹그림나비	viii.18				x		드물다
9	*Hestina assimilis* Linne	홍점알락나비	vii.24.30.31. viii.2.9.19.		x		x	x	
** 10	*Hypolimnas misippus* Linne	암붉은오색나비	viii.19.				x		조선말 기록屬으로 쌀오름 정상에서 채집(그림5.6)
11	*Limenitis helmanni* Lederer	제일줄나비	vii.6.7.13.17–19.		x		x		
12	*Neptis hylas intermedia* Pryer	애기세줄나비	vii.23.24.26. viii.6.7.17.		x				상당히 많은 개체를 채집했으나 北사면에서만 잡혔다는 것이 이상함.
13	*Polygenia c-aureum* Linne f. aest.	남방씨알붐나비夏型	vii.21.31. viii.8.13.21.	x				x	

번호	학 명	우리말이름	채집년월일 vii. 21– viii. 21, 1936	채집지					비고
				북측 평지	북측 사면	정상 부근	남측 사면	남측 평지	
14	*Pyrameis cardui* Linne	작은멋장이나비	viii.23.24. viii.7.19		x		x		
15	*P. indica indica* Herbst	큰멋장이나비	vii.23.24.27. vii.7.9.18.19.	x	x	x	x	x	
* 16	*Sasakia charonda charonda* Hewitson	왕오색나비	vii.23. viii.6.7.10		x		x		
17	*Vanessa canace* Linne	청띠신선나비	viii.6.7.14.18.19		x		x		
18	*V. xanthomelas japonica* Stichel	들신선나비	vii.24.26–28. viii.6.7.13–18.8.		x				1마리
계	Nymphalidae	네발나비科	viii.6.	5	14	3	15	4	
1	*Chrysophanus phlaeas chinensis* Felder f.aest.	작은주홍부전나비夏型	vii.21.24.26.31. viii.6.7.19.21	x	x		x	x	
2	*Everes argiades amurensis* Ruhl–heyne	암먹부전나비	vii.21–24.26.30.31. vii.2.6.7.19	x	x		x	x	
3	*E. fischeri* Eversmann	먹부전나비	vii.2.21.	x			x		드물다
*** 4	*Lycaena argus zezuensis* Seok	제주부전나비	vii.31.					x	別記 있음
*5	*L. putealis* Matsumura	미이게(ミイケ)부전나비	vii.27.28			x			頂上直下의 북사면에만 있는 곳. 매우 많음
6	*Lycaenopsis argiolus* Linne	푸른부전나비	vii.23.24.30. viii.2.6.7.15–19.		x		x		
*7	*Niphanda fusca* Bremer et Grey	담흑부전나비	vii.23.24.26.30. viii.6.7.18.19		x		x		
*8	*Zizer maha argia* Menetries	남방부전나비	vii.21–23.30.31. viii.2.5.8.9.12.19–21.	x	x		x	x	
*9	*Z. M. japonica* Murray	남방부전나비(?)	vii.23–24. viii.2.12.21.	x	x		x	x	전자에 비해 훨씬 적음

번호	학 명	우리말이름	채집년월일 vii. 21– viii. 21, 1936	채집지					비고
				북측 평지	북측 사면	정상 부근	남측 사면	남측 평지	
계	Lycaenidae	부전나비科		5	6	1	7	5	
*1	*Augiades ochracea rikuchina* Butler	검은테떠들석 팔랑나비	vii.27–29.			x	x		ミイケシジミ 와 섞여서 많이 있음
2	*A. subhyalina* Bremer et Grey	유리창떠들석 팔랑나비	vii.23.26.28–30 . viii.6.7.15.16		x	x	x		
*3	*Erynnis floinda* Butler	꽃팔랑나비	vii.27.28			x			정상부근에만 있음
4	*Daimio sinica moorei* Mabille	왕자팔랑나비	vii.23.24.26.30. viii.2.6.7.13.18. 19		x		x		
5	*Hesperia zona* Mabille	흰점팔랑나비	vii.22–24.26.30 .31. viii.2.6.7.13.19	x	x		x	x	
6	*Parnara guttata* Bremer	줄점팔랑나비	viii.7.19.		x		x		
7	*P. mathias* Fabricius	제주도꼬마팔랑 나비	vii.23.24.26.28. 30.31. viii.2.8.	x	x	x	x	x	남측해안의 순비기나무군락 에 특히 많다.
8	*Rhopalocampta benjamini japonica* Murray	푸른큰수리팔랑 나비	vii.30 viii.7.13.18		x		x		
계	Hesperiidae	팔랑나비科		2	6	4	7	2	
총계	7 Families	7과		25	44	16	49	22	

총 괄

科名	採集種	* 濟州島 未記錄種	** 朝鮮 未記錄種	*** 新亞種	既知種中 未採集種
호랑나비과	7	1	–	–	1
흰나비과	5	1	–	–	2
제주왕나비과	1	–	–	–	–
뱀눈나비과	10	4	–	–	6
네발나비과	18	1	1	–	5
부전나비과	9	4	–	1	4
팔랑나비과	8	2	–	–	3
7과	58	13	1	1	21

✦ 역주: 이 논문에 쓰인 나비이름은 본래 일본명이었으나, 해방후 발간된 석주명의 『조선나비이름 유래기』(1947), 『한국산접류분포도』(1973), 『제주도곤충상』(1970) 등을 참조하여 우리말 이름으로 바꾸었음.

재설 석주명(再說 石宙明)

시바타니 아쓰히로[柴谷篤弘] _ 1987, 『やどりが』 128호

1. 서론

최근 나는 본지에 '석주명'(시바타니柴谷, 1985)이라는 제목으로 당시 내가 알고 있던 고故석주명씨에 대한 이야기를 오류를 각오하고 게재하였다. 이것이 계기가 되어 그 후 한국의 곤충연구가들과 연락을 주고받게 되었으며 1986년 4월에서 5월까지 다시 단기간 서울에 머물면서 석주명과 관련된 사실들을 자세히 탐색했다.

이 방문 기간 중 가장 중요한 사건은 석주명의 여동생 석주선과의 만남이었다. 그녀를 통해 석주명의 마지막과 그 후의 사정에 대해서 한층 자세히 알게 되었다. 그리고 내가 본지에 글을 게재했던 거의 같은 시기에 서울에서 『석주명 평전』(이병철, 1985)이 발행되었다. 이 책을 석주선씨가 보내주었고, 나는 오사카에 살고 있던 황만석씨의 도움을 얻어 책의 주요내용을 이해할 수 있었다. 그런 과정에서 알게 된 새로운 사실로 인해 전에 쓴 글을 다시 대폭적으로 수정하고 보충하였

다. 지금부터 그 내용을 서술하고자 한다.

1954년 일본동물분류학회에서 고故 다카시마 하루오高島春雄씨가 학회지에 석주명 추도기를 썼다는 얘기를 들었지만(李, 1985: 284쪽) 아직 접하지는 못했다.

2. 성장과정 · 교육 · 취직

석주명은 1908년 11월 13일, 평양에서 부친 석승서石承瑞와 모친 김의식金毅植의 3남 1녀 중 차남으로 태어났다. 형 석주흥은 북한에 있다고 전해지지만 현재 소식불명. 남동생 석주일은 피부과 의사로 1981년 사망. 부친이 평양에서 당시 가장 큰 요릿집 우춘관又春館을 경영하여 비교적 여유 있는 생활을 했다.

1919년 3·1독립운동에 자극을 받은 그는 1921년에 당시 대표적인 사립민족학교 장로계 숭실고등보통학교(2차대전전 중학교, 2차대전 후의 고등학교에 해당)에 입학했다. 재학 시 연극운동에 가담하여 구속당한 적도 있다. 이듬해 동맹휴교사건으로 퇴학. 만돌린과 기타에 재능을 보여 한 때는 기타리스트를 꿈꾸기도 했다. 1922년 가을 송도(개성의 옛 이름) 고등보통학교로 전학했다. 당시 교장선생이 지방의 명문 윤치호(독립협회, 독립신문사장)였는데, 그의 실학적·농학적·민족적사상이 석주명의 진로에 결정적인 영향을 주어 음악가로서의 꿈을 접은 것으로 전해진다.

1926년 윤치호의 영향으로 덴마크 낙농법에 관심을 갖게 되어 가고시마鹿児島고등농림학교에 입학. 2년째 되던 해에 농학과에서 박물과로 옮기고 조선의 나비에 대한 연구로 방향을 틀었다. 그가 그렇게 할 수 있었던 것은 가고시마농림학교 곤충학 교수였던 오카지마 긴지岡嶋銀次가 있었기 때문이다. 그는 석주명에게 다른 사람이 시작하기 전에 조선인으로서 조선의 나비를 연구할 것과 10년만 필사적으로 매달리라고 설득했다. 이렇게 해서 석주명은 결심을 굳히게 된다.

후에 금강산에서 발견된 깊은산부전나비(Drina superans)의 신아종에 'ginzi-sizimi(긴지부전나비)'라고 명명한 것도 오카지마 긴지 교수에 대한 그의 감명의 표현일 것이다.

석주명의 제자 중 한 사람인 서울의 중앙대 영문과 김병철 교수는 석주명으로부터 오카지마 교수가 했던 것과 같은 가르침을 받고 비교문학으로 성공했다고 회상하고 있다. 석주명은 또한 오카지마 교수 외에도 시게마쓰 다쓰이치로重松達一郎 교수의 영향으로 에스페란토를 배웠다. 석주명의 에스페란토 실력은 당시 거의 완성되었고 후에 한국에서 에스페란토 지도자가 되었다.

1929년 3월에 귀국 후 함경남도 함흥의 영생고등보통학교에 박물교사로 부임. 1931년에 모교인 송도고등보통학교로 옮겼다. 이것은 모교에서 석주명에게 박물을 가르쳤던 조류학자 원홍구 선생이 같은 해 평안남도 안주농림고등보통학교로(엔도遠藤, 1984) 옮긴 것과 관련이 있다고 보고 있다. 석주명은 모교에서 1942년까지 재적하면서 나비에 관한 연구의 대부분을 정리했다. 학교 본관에서 멀리 떨어진 박물관에 연구실을 확보하고, 1937년까지 학급담임도 맡지 않았다. 그러다가 한번 담임을 맡은 반도 박물관으로 옮겨왔다고 한다. 60만 마리의 표본을 수집했고 우종인禹鐘仁이 조수로서 그를 도와주었다.

3. 결혼 · 성격 · 경력

석주명은 앞서 가고시마에서 귀국할 때 일본여성을 애인으로 동반했다고 한다. 그녀와 정식으로 결혼했던 것 같지만 얼마 없어 사별했다. 부인은 자살한 것이라고 전해지기도 하지만 그녀의 출신지도 분명치 않다.

후에 1934년에 맞선으로 김윤옥을 만나 결혼했다. 그녀는 평양 제2고녀 출신의 인텔리여성으로, 성격이 활발하며 남편에게 순종적이지 않았다. 석주명은 결혼 후에도 연구생활 패턴을 전혀 바꾸지 않았고 1935년에 태어난 딸 윤희(현재 부군인 권진균과 함께 미국 일리노이주립대학의 미학교수로 재직, 부군은 경제학교수)씨의 말의 의하면 '1100번 이상' 부부싸움을 했다고 한다. 그러다가 두 사람은 1948년에 이혼한다.

1942년 3월, 그는 송도중학교를 돌연 사직한다. 교사생활로 연구시간을 빼앗기는 것이 싫어서였다고 전해진다(지난번 글[시바타니, 1985]에서는 해고되었다고 썼었다. 어느 쪽이 사실일까요?). 그리고 최상의 표본을 제외하고 60만 마리의 나비표본을 화장했다. 내가 석주명으로부터 연구재료를 제공받은 것(시바타니, 1985)은 학교를 사직하기 전인 1940년 가을이었던 것 같다.

석주명은 1942년 7월부터 당시 경성제국대학 미생물학교실 촉탁연구원으로 개성의 「생약연구소」에 근무. 1943년 동(同)연구소 시험장이 제주도에 개설되어 책임자로서 부임. 1945년 5월까지 그 곳에서 살았다. 그리고 제주도의 매력에 푹 빠져서 곤충, 방언, 민요, 인구, 문헌 등의 조사를 실시했다. 그 성과는 후에 발표되었는데 그 중에서도 「제주도방언집」(석주명, 1947)은 학술적으로 귀중한 문헌이다. 제주도의 방언은 한국표준어와 상당히 다른데, 오늘날 급속히 그 모습을 상실해가고 있다고 한다. 그리고 일본과도 가까워서 일본어와 조선/한국어와의 관계를 연구하는데 있어서 석주명의 이 문헌은 중요한 자료가 될 것이라고 한다. 요즘 고古일본어/현대일본어와 한국어와의 관계가 기존에 추론되던 것보다 훨씬 관련이 깊다는 사실이 드러나고 있기 때문에(다시로田代 외, 1985 ; 아카세가와赤瀬川, 1986 ; 이바라기茨木, 1986 ; 朴, 1986), 석주명의 이 업적의 의미도 재평가될 날이 올지도 모른다.

1945년 5월 개성으로 귀임帰任. 경기도 수원에 있는 경성제국대학 농사시험장의 병리곤충학 부장으로 발령을 받았다.

1945년 8월 15일 종전. 한국/조선인은 종전을 '광복'으로 부르며 민족해방의 순간이라고 여겼다

(당시 나는 공병대대에 입대하여 와카야마현和歌山県에 있었는데, 제1소대장으로 군 복무에 정진하였다. '일본정신'의 화신처럼 보였던 홍안紅顔의 청년 석주명은 그때까지도 조선인이라는 소문이 있기는 했으나, 일본의 항복이 알려지자마자 바로 '조국이 독립한다'고 외치며 사라져버렸다. 하지만 독립에 대한 기대는 금방 이루어지지 않았고 후에 긴 고난의 나날이 이어졌다는 것은 나중에 서술하기로 한다).

1945년 9월 석주명은 미군정하에서 국립과학관 동물학부장으로 임명되었는데 그 후에도 제주도에 대한 다양한 논문을 발표했다. 또한 등산가이기도 했던 석주명은 해방 후 1946년 조선산악회(후에 한국산악회)에 가입하여 1950년 6월 정기대회에서 부회장으로 임명되었다고 한다. 이렇게 1950년 중반 무렵까지 석주명은 나비(곤충학), 제주도, 에스페란토, 산악 등의 여러 분야에서 지도적 위치에 있었다고 할 수 있다.

2차대전 후 국립과학관 관장은 지난 번 글(시바타니, 1985)에서 서술한 바와 같이 조복성이었다. 이병철의 평전(1985)에 따르면 위에서 나

열한 분야에 푹 빠진 석주명은 가정, 세상에서의 명성이나 지위, 식사, 의복, 정치·사상에 무관심했다고 한다.

해방당시 한국에서도 좌익계 학자들의 활동이 활발해지기 시작했는데 석주명은 거의 관심을 보이지 않았고 오히려 과학관의 연구환경이 좌익사상을 가진 학자들의 실천적인 정치적 활동에 휘말리지 않도록 조복성 관장과 대립한 일이 딱 한 번 있었다고 한다. 부부생활은 파탄이 났고 전술했듯이 1948년에 이혼했다.

4. 남과 북

이 당시 한반도는 38도선에 의해서 정치적으로 남북으로 분리되어 있었다. 개성은 38도선 남쪽에 있었기 때문에 지난번 서술했듯이(시바타니, 1985), 석주명이 북을 그리워했을 이유는 없다고 전해지고 있다. 한국전쟁 휴전(1953)시에 정해진 남북경계선은 당시 남북군의 점령지역을 반영하여 한반도 동부에서는 북쪽으로, 서부에서는 남쪽으로 치우치도록 나뉘어졌다. 이로 인해서 개성은 현재는 북쪽으로 편입되어 버렸지만 1945년 해방 당시의 사정은 그 반대였다. 어쨌든 분명한 건 1945년 이후 원홍구元洪九와 식물학의 선학 이성현李成鉉은 북에 있었고 그들의 문하생의 대부분이 한국전쟁 때 북에서 남으로 피난을 내려와, 한국의 생물학의 지도적인 주축이 되었다는 것이다. 하지만 석주명 본인이 '해방'후 북(고향인 평양)을 그리워했다는 얘기는 없다고 전해지고 있다. 그리고 이것은 아래 서술할 이병철의 평전에 서술된 석주명의 최후에 관한 이야기와 일치되는 것이기도 하다.

1945년 8월 15일 전쟁이 끝나 사람들은 조선/한민족의 해방이 실현

되었다고 생각하고 있었다. 9월 6일에 서울에서 전국인민대표회의가 열려 조선인민공화국의 성립이 선언되었지만, 일본군을 대신하여 한국에 들어온 미군은 이것을 소련의 영향을 받은 것이라며 인정하지 않았고 해산을 명했다고 한다.(한국전쟁의 진짜 원인은 이즈음 이미 숨겨져 있었다고도 전해진다.(엔도遠藤, 1984)). 그리고 미군은 '헌법'이 없는 한반도를 일본으로부터 식민지의 형태로 이어받아 통치하려는 의도가 있었다고도 전해진다.(고무로小室, 1986) 이렇게 남에는 미군이, 북에는 소련군이 주둔하고 있었고 조선은 38도선에 의해 분단국이 되었다. 그리고 1945년 12월 조선은 미·소 양국에 의한 5개년 유엔신탁통치체재에 들어갔다. 남에서는 정치적 억압이 있었고 북에서는 김일성정권이 수립되어 사회주의정책이 실시되기 시작했다. 1946년 10월, 북에 김일성대학이 창설되어 원홍구도 교수로 임용되었다.

이에 앞서 원홍구는 1945년 안주安州에서 석주명이 졸업 후 처음으로 근무했던 성흥시의 영생여고 교장으로 임명되었지만, 정부의 일본어강제교육에 대한 협력에 소극적이라는 이유로 평안남도 북단에 있는 교통이 불편한 외진 곳에 있는 덕천공립농학교로 좌천되었다고 한다. 하지만 조류학교鳥学校 시절 원홍구는 일본(가고시마농업고등학교) 유학 당시 알고 지냈던 일본의 조류학자와 연락하면서 연구를 하고 있었다. 마음속에는 민족적 지향을 품고 있었지만 겉으로는 일본에 협력적이었다. 때문에 항일운동에 참가하지 않았다는 이유로 해방 후에는 북에서 친일파로 몰리기도 했었다. 하지만 후에 제자의 증언으로 비로소 명예를 회복할 수 있었다고 한다.

남에서는 민족주의자인 여운형의 암살과 억압하의 단독선거라는 상황 속에서 미국의 지배하에 있었던 유엔총회의 강행채택결의(1948)가 버젓이 통과되게 되었다고 한다. (현재 한국에서 계속되고 있는 학생들의 반

미운동은 이 시기까지도 염두에 두고 있는 것인지도 모른다) 이렇게 해서 1948년 이승만을 대통령(4.19혁명으로 하야)으로 대한민국이 수립되었다. 이후 '조국의 통일'을 염원하는 저항운동이 남에서는 비합법적으로 오랫동안 지속되게 된다. 결국 1950년 유엔신탁통치가 끝나 북에서 소련이 물러나고, 남에서는 미군도 500명의 군사고문단을 남기고 물러났다. 때를 기다렸다는 듯 그 해 6월 25일에 전쟁이 발발했다.

5. 한국전쟁

모든 전투에서 북이 우세했고 일주일 만에 서울이 점령되었다. 석주명은 마침 『한국산접류분포지도』의 원고를 완성하여 출판하기 위해 가지고 있었는데 전쟁이 발발하자 어디에 가든 언제나 몸에 지니고 다녔다고 전해지고 있다. 서울 중심부를 흐르는 한강대교를 건너 북한군을 피해 남쪽으로 피난을 가려했지만 북한군이 대교를 파괴해버렸다. 서울 사람들은 도망갈 길을 잃고 수도를 빠져나가지 못해 북의 지배를 받을 수밖에 없었다. 얼마 되지 않는 정부요인과 군인 그리고 그 밖에 극소수의 사람들만이 남쪽으로 탈출하는데 성공했다. 서울은 그 해 9월 15일에 인천에 상륙한 유엔군이 9월 28일 서울을 수복하기까지의 90일 동안 북의 점령 하에 있었고 그 기간 동안 서울시민들 특히 학자와 문화인들이 받은 고통은 이루 말할 수 없을 정도였다. 한 때는 무정부 상태 하에서 좌우의 감정과 사상의 대립이 빚어낸 상식적으로는 이해할 수 없는 일들이 많았던 듯하다.

북의 정부는 서울에 남아 있는 인텔리 중에서 필요한 사람들을 강제로 북으로 데려갔다고 한다. 그에 저항한 사람들은 살해되거나 행방불명이 되었다. 자발적으로 북으로 넘어간 인텔리도 있었다. 당시 일본 민주주의 과학자협회와 비슷한 진보적과학자 단체인 '과학자동맹'이 있었는데 나중에 이 기간 동안의 활동이 문제시되기도 했다. 북에는 결코 협력하지 않았던 우익성향의 사람들은 그 후에 그 당시의 활동 기록을 발표했지만 좌익사상을 가진 사람들이면서 행방을 모르는 사람들에 대해서는 지금도 당시의 활동에 대해서 알려지지 않았다.

이 같은 상황 속에서 석주명의 행동과 사인에 관해서도 여러 가지 얘기들이 거론되고 있다. 현재 나와 동년배인 사람들 중에는 당시 심정적으로 남한에는 비판적이고 북한에는 동정적인 이들이 있었다. 그러나 지금은 남쪽에 살면서 북에 대한 환상이 깨지고 있을 것이라 생각된다.

하지만 석주명 본인은 어떤 생각을 하고 있었는가. 이에 대해서는 나중에 설명하기로 하고 우선 한국전쟁이 그 후 어떻게 진행되었는지에 대해서 간단히 서술하기로 한다.

미군이 주체가 된 유엔군은 제공권이 없는 북한군을 쫓아 북상했고 10월 20일 북한의 수도 평양이 함락된다. 점차 북쪽으로 압록강-중국과의 국경을 향해서 유엔군이 진출하자 중국인민군이 참전하였다. 11월 25일 북측이 대반격을 해왔기 때문에 원자폭탄 사용이 거론되기 시작했다. 원자폭탄과 중국군의 내습을 피하기 위해 북한에 잔류했던 많은 사람들이 남쪽으로 피난을 갔다. 이 시기에 엄청난 이산가족이 생겼다.

이렇게 해서 1951년 1월 4일, 북한군부대가 서울을 탈환하고 그 후 유엔군의 반격으로 3월 14일 서울이 다시 남쪽의 손으로 돌아왔다. 그 후 남북의 대립긴장상황 속에서 2년에 걸친 휴전교섭의 결과 1953년 7월 27일 휴전협정이 체결되었다. 이 기간 동안 유엔군의 인적피해가 많았고 내가 근무하고 있었던 오사카대학 미생물병연구소의 백신제조부는 소위 경기특수를 누렸는데 제품을 포장할 사람들이 없어서 연구실 인원이 총동원되기도 했었다. 이것을 계기로 수입이 현저하게 증가했고 연구자들도 여러 형태로 재정적 지원을 받을 수 있었다. 나도 그 특권을 이용해서 일본의 분자생물학을 향한 과학운동을 전개할 수 있었다.

한편 한국에서는 비참한 전쟁의 혼란과 파괴 속에서 도시와 산업은 폐허가 되었고 북에서 피난 온 많은 과학자들이 정착하게 되는 상황이 발생했다.

6. 원홍구 부자에 대해서

석주명은 이미 서술한 바와 같이 젊었을 때는 조선의 민족주의 영향을 받았지만 중학교에서 조류학자인 원홍구에게 박물학을 배웠다. 원홍구는 민족주의 성향을 가슴 속에 숨긴 채, 점점 심해지는 일본의 억압적 정책을 참아내야만 했던 상황에서 조류학으로 피난을 했다고 볼 수 있다. 원홍구는 제1회 한일 유학생으로서 가고시마고등농림학교에서 공부했다. 석주명이 훗날 같은 곳으로 유학을 갔던 것도 어쩌면 원홍구의 영향 때문이었는지 모른다.

원홍구의 막내아들 원병오元炳旿도 조류학자가 되었는데 1951년 동란 속에서 아버지를 평양에 남기고 남으로 피난을 갔고 이후 두 사람 사이의 소식이 끊겼다. 그런데 후에 원병오가 도쿄의 야마시나山階조류연구소에서 받은 새에 발가락지를 채워 서울에서 날려 보낸 남쪽 새가, 북쪽의 평양에 있는 아버지 원홍구의 손에 들어갔고 그 발가락지가 일본으로 보내져 부자의 소식이 일본을 경유해서 전해지게 되었다. 이 이야기를 엔도(1984)씨가 감동적으로 그려냈다. 석주명도 일본의 연구자 사회에 참가하고 일본으로부터 연구비도 받으며 나비 연구에 몰두하였기 때문에, 드러내놓고 민족주의적 행동을 취하는 일은 의식적으로 피했던 것이다.

이에 대해서 현재 나와 같은 세대인 석주명의 후배들 사이에서는 석주명의 민족주의적 측면에 깊은 관심을 갖는 사람들이 있기 때문에 석주명의 최후에 대해서는 서로 다른 다양한 표현들이 전해지고 있는 것인지 모르겠다. 그 단면 중 하나가 이전에 내가 쓴 글에 드러나 있다(시바타니, 1985).

7. 동란 속에서의 횡사

그런데 1950년 9월 28일 서울이 수복되기 직전에 유엔 공군의 폭격으로 국립과학관이 전소됐다. 석주명은 남동생인 석주일의 병원 지하실에서 생활하고 있었는데 과학관이 전소되는 것을 병원에서 지켜보고, 표본과 자료들이 없어지는 것을 슬퍼하며 밤새 통곡했다. 하지만 원고들은 언제나 몸속에 지니고 다녔기 때문에 살아남을 수 있었다. 석주명의 최후에 관해서는 에스페란토를 배웠던 제자이면서 현재 서울대학교수인 이계순씨의 증언으로는 충무로 4가에서, 등산가인 친구 이숭녕(1985)의 증언으로는 충무로 6가에서, 아주 사소한 일로 노상에서 말다툼이 있었는데, 일설에 의하면 북과 내통하는 것이었던 것 같다는 말도 안 되는 이유로 국방색 작업복(군복)을 입은 남자에게 사살되었다고 전해진다. 하지만 자세한 내용(예를 들면 당시 그 국방색의 남자들이 무엇을 먹거나 마시고 있었는지, 무엇에 관해서 다투고 있었는지)에 대해서는 두 사람의 증언이 달라 신뢰도에 관해서는 의심쩍은 부분이 있다.

당시 석주명의 여동생 석주선도 서울 동부에서 조금 떨어진 곳에서 살고 있었는데, 식물학자이면서 산악인인 심학진과 결혼한 지 얼마 되지 않아 동란 중에 남편이 행방불명이 되고 끝내 소식을 알 수 없었다고 전해진다. 위에서 서술한 상황에 어느 정도 얽혀있었는지 분명치 않다. 석주선은 필사적으로 오빠 석주명과 남편 두 사람의 행방을 찾아 온 시내의 시체들 사이를 누비고 다녔다. 그리고 며칠 후 겨우 석주명을 찾았고 그의 시체를 확인할 수 있었다. 석주선은 지금까지도 석주명에게 무슨 일이 있었는지 누가 죽였는지, 그것이 북쪽 사람인지, 남쪽 사람인지 전혀 모른다면서 위에서 서술한 두 사람의 증언을 있는 그대로 받아들이고 있는 것 같지는 않았다. 한 가지 분명한 것은 이날 석주명은 중요한 원고를 갖고 있지 않았기 때문에 원고는 안전하게 그의 임시 주거지에 남겨져 있을 터였다(전하는 말에 의하면 석주명은 동란 중인 무더운 날씨 속에서도 소리가 새지 않게 이불을 뒤집어쓰고 타이핑을 했다고 한다.).

이렇게 해서 한국에서의 석주명의 명예는 현재 훌륭히 지켜지고 있고 시바타니(1985)가 시사한 바와 같이 기피되는 사항은 아니다(하지만 이에 관한 '또 하나의 설'을 주장하는 사람들이 있다고 해도 그 사람들은 입을 열지 않는 것이다). 이에 반해 조복성과학관장은 북한군 점령하에서도 90일 동안 예전처럼 근무를 계속하고 있었는데 이를 두고 북에 협력적이었다는 사상을 의심 받아, 한 때 힘든 입장에 놓이기도 했었지만 생물학자라는 이유에서 면죄 받았다고 한다. 이병철(1985)의 평전에서 석주명은 그렇지는 않았다고 지적하고 있다. 1964년 한국정부는 석주명에게 건국공로상을 수여했고, 게다가 최근 선정된 한국 40년간 위인 40

명 중 한 사람으로 꼽히고 있다.

위에서 시사한 바와 같이 이와 같은 일들은 석주명의 명예회복을 위해 이루어진 것으로 '어두운' 부분을 의도적으로 감추기 위해서 라고도 전해지고 있다. 하지만 명동에서 헌병에게 사살되었다느니 이혼한 부인의 가족이 살해했다는 등의 소문은 근거도 없는 중상모략이라고 이병철은 평전에 쓰고 있다.

8. 자료 검토

그래서 나는 위에서 말한 이계순과 이숭녕의 증언에 대한 신뢰도를 검증해보기 위해서 '추리'를 해보기로 했다. 우선 석주명이 1950년 가을 서울수복 당시 몸을 숨기고 있었던 남동생 석주일의 병원(종로 6가 116번지)에서 과학관이 불타는 것을 보고 통곡했다고 했는데, 이 자료관은 어디에 있었던 것일까? 현재 재건된 국립과학관은 서울 중심가의 북쪽에 있는 창경궁의 동북쪽, 와룡동 언덕에 있다. 10월 6일 석주명이 사망한 날, 그는 전소된 과학관 재건계획 회의에 참석하기 위해 을지로 혹은 충무로를 걷고 있었다고 하는데, 구 과학관이 현재의 것과 같은 위치에 있었다면 전혀 다른 방향을 향하고 있던 셈이다. 이것은 구 과학관이 다른 장소에 있었다는 것을 시사한다. 예를 들어 중심가 바로 남쪽에 있는 남산의 북쪽 사면에 있었다면 석주명의 주거지에서도 볼 수가 있었을 테고 그 곳에 가려면 을지로 6가, 충무로 4가를 지나가게 될 것이다. 나는 '일제'시대에 '경성' 박물관에 있던 도이 히로노부土居寛暢를 만나러 왔던 일본의 곤충학자들-지금은 모두 노인이다-에게 당시 박물관 장소를 기억하고 있는지 물어봤지만 대부분

기억하지 못한다고 말했는데 그 중 모토노 히카루本野晃만이 남산 쪽이었던 것 같다는 얘기를 했다. 그래서 정확한 사실을 한국에 문의해 보았더니 정말로 남산 북쪽사면의 중턱(중구 예장동)에 있었고 시내에서 잘 보이는 장소였다는 것을 알았다. 지금은 고층건축물 때문에 보이지 않는다. 현재 과학관은 1960년 8월 12일 재건이 결정되었다. 1953년 휴전 이후 7년간 소속되어 있던 과학자들은 대학으로 옮겼다고 한다.

석주명은 일에 쏟는 열정과 북의 점령 하에서 힘들었던 90일간에서 해방된 기쁨에 넘쳐 파괴된 서울 거리를 교통기관도 제대로 없는 상황에서 거의 달리다시피하면서 재건 계획 회의에 참석하기 위해 거리를 빠져나가다 사소한 오해로 횡사했다는 것이다. 현재로썬 이 설을 뒤집을만한 확실한 사실을 밝혀내지 못했다.

9. 유고(遺稿)

석주명의 여동생 석주선은 1938년 학회참석을 위해 상경하는 석주명을 따라 도쿄로 가게 되고 그곳에 머물면서 일본고등양재학원에 입학했다. 열심히 배우고 일해서 일본의 출정병사들을 위한 의류제작을 하면서 교장의 인정을 받아 졸업 후 학원의 교사로 활동하던 중 패전을 도쿄에서 맞이했다. '광복'후 귀국했고 한국 복장사服裝史 연구를 시작하기로 하면서 각지의 옛 의복 60점을 모았다.

1950년 10월 겨우 찾아낸 석주명의 시체를 임시 매장했다. 앞서 서술한 것처럼 1951년 1월 4일 서울은 다시 북의 손에 넘어간다. 이 때 서울 사람들은 북에서 피난 온 사람들과 함께 서울에서 집단탈출을 선택하게 된다. 석주선도 이 흐름에 미군의 함정을 타고 인천에서 해로를 통해 부산으로 향했다. 자신이 모은 60점의 옛 의복을 갖고 갈 것인지 석주명의 '분포지도'나 제주도 관련 원고를 갖고 갈 것인지 결정을 내리지 못하고 있었는데 결국 전자를 버리고 후자를 선택하기로 했다. 등에 원고와 몇 개의 재봉가위를 넣은 짐을 지고 만원인 배를 타서 선 채로 24시간을 보내고 부산에 겨우 도착했다. 도착한 곳에서 약 8㎞ 떨어진 하단이라는 농촌 마을로 가서 유서 있을 법한 부농을 찾아가서 사정을 설명하고 저택의 한 쪽 구석을 빌려서 살았다고 한다. 재봉틀을 빌려서 사람들의 의복을 만들기도 하고 풀베기를 돕기고 하면서 자신뿐만 아니라 같은 처지의 다른 네 가족의 생계까지 챙겨줄 만큼 충분한 음식을 얻을 수 있었다고 한다.

전쟁이 끝난 후 그녀는 원고를 가지고 서울로 돌아가서 복장사 재료를 각지에 요청하여 비교적 적은 자금으로 볼만한 수집성과를 올렸다. 이후 1981년 서울 단국대학교에 석주선 기념민속박물관이 설립되어 그녀가 관장이 되었다. 그 수집품은 옛 문화가 급속히 잊혀져가고 있는 오늘날, 매우 귀중하고 값어치가 있는 것이 되었다. 1986년 5월 2일 창립 5주년을 맞이하였고 그녀는 다리의 신경통 때문에 고생하면서도 더욱 강건히 대학 교육에 힘을 쏟고 있다. 박물관 전시는 뛰어난 감각으로 효과적으로 이루어지고 있다. 그녀가 온 몸을 다해 지켜낸 석주명의 유작 『한국산접류분포도』는 보진재(서울특별시 영등포구 당산동 5가 8)가 300부 한정판으로 1973년 간행했다. 하지만 출판에 앞서 다툼이 일어나(경위가 복잡하게 얽혀있음) 시판이 허용되지 않은 채 10년이 경과되었다. 하지만 그렇게 되면 석주명의 업적이 묻히게 되어 버린다는 것을 깨닫고 석주선은 화해의 길을 선택하고 서적의 출판을 허가했다고 한다.

이 책은 펼치면 왼쪽 페이지 한반도의 지도에 빨간 동그라미로 산지가 표시되어 있고, 오른쪽 페이지에는 세계 각지의 산지가 마찬가지로 표시되어 있다. 학명의 현대적인 개정은 에스페란티스토이기도 한 김교영이 작업에 의해 이루어졌는데, 붉은띠귤빛부전나비에 대한 일본의 기록 등, 새로운 분포에 대한 내용은 지도상에 표시되어 있지 않다. 지도 505장, 252종의 기록을 정리하여 전 517페이지로 되어있다.

석주명의 묘지는 1981년 남한강 언덕으로 옮겨졌다. 고향 평양으로 옮겨질 가능성은 보이지 않았기 때문에 취한 조치였다.

10. 조복성

『조선의 접류』의 저자 중 한 사람인 조복성에 대해서 시바타니(1985)가 쓴 내용에 일부 잘못된 곳을 수정하여 좀 더 사실을 보완하자면, 1905년 평양태생, 1942년 남경의 '국민정부'(중국을 점령하고 있던 일본군 괴뢰정부) 남경박물관, 1943년 항조우서호杭州西湖박물관 주재를 거쳐 1945년 10월 서울의 국립과학박물관장, 1953년 성균관대교수, 1955년 고려대교수, 1959년 한국동물학회회장, 1960년 한국학술원회원, 1963년 고려대학교 한국곤충연구소 소장, 1971년 정년퇴임, 같은 해 사망. 저서 13권, 다수의 학위와 상, 그 외의 영예를 얻었다. 석주명이 단명하지 않았다면 얼마나 많은 업적, 경력과(그의 본의와는 달리) 명예를 쌓았을지 짐작하기 어렵지 않다. 조복성의 업적에 대해서는『조복성 곤충채집 여행기』(조, 1962)가 있다. 1981년 조복성의 유덕을 기리기 위해 '관정觀庭동물학상'이 제정되어 상을 수여하게 되었다고 한다. 조복성의 곤충표본과 장서가 보관되어 있던 고려대 관정도서실에서 따온 명칭이다. 이에 반해 석주명의 표본은 1950년 과학박물관이 전소하면서 전부 없어져버렸고 지금은 생전에 여동생인 석주선에게 선물했던 20마리를 포함해 액자가 하나 남아 있을 뿐이다.

11. 감사의 말

이 원고를 쓰기까지 많은 분으로부터 원 자료를 입수하고 해독하는데 헤아릴 수 없는 많은 신세를 졌다: 강순희(在日), 석주선, 신유항(경희대학교), 오봉국(서울대학교 농과대학, 수원), 황만석, 유병현(오스트레일리아 거주), 윤인호(서울), 이승모(국립과학관), 정경모(재일), 이 모든 분들께 지면을 빌어 감사를 표한다.

인용문헌

아카세가와 마나쓰赤瀬川まなつ(1986).「記紀万葉の世界」서두에 -한자에 대한 접근 [이하 논문 다수] ARTCL '85 Annual Reports of TLC[Transnational College of Lex]도쿄(2), 47~119」

조복성(1962).『조복성의 곤충채집여행기』, 고려대학출판부, 서울. (한글)

엔도 키미오遠藤公男(1984).『아리랑의 푸른 새アリランの青い鳥』, 코단샤講談社, 도쿄

고무로 나오키小室直樹(1986).『한국의 저주韓国の呪い』, 가파비즈니스, 고분샤, 도쿄

이바라기 노리코茨木のり子(1986).『한글 여행ハングルへの旅』, 조선일보사,

도쿄
이병철(1985)『석주명』, 동천사, 서울. (한글)
이숭녕(1985)『나의 교우록1・석주명』, 「산」(4), 194~197.
석주명(1947)『제주도방언집』, 서울신문사, 서울. (한글, 에스페란토)
석주명(1973)『한국산접류분포도』, 보진재, 서울, (한글)
시바타니 아쓰히로柴谷篤弘(1985)「석주명」『야도리가やどりが』(123), 12~15
타시로 요코田代洋子, 기타무라 마리에北村まりえ, 아카세가와 마나쓰赤瀬川まなつ(1985)「일본어 속 한국어日本語の中の韓国語」ARTCL '84 Annual Reports of TLC[Transnational College of Lex]도쿄(1), 50~70」
박병식(1986).『일본어의 비극日本語の悲劇』, 정보센터, 도쿄. 〒573 牧方市宇山東町 18ー19 関西医科大学教養部 (〒573 히라카타시 오가이토쵸 18~19 간사이의과대학교양부)

번역 : 안행순 (제주대 탐라문화연구소 조교)

석주명 연보

석주명(石宙明) 선생은 1908년 10월 17일(음력 9월 23일) 평양에서 태어나 나비학, 에스페란토, 제주학 등에서 빼어난 업적을 남기고, 한국전쟁 중인 1950년 10월 6일 서울에서 42세 나이로 타계하였다. 여기서는 석주명의 『제주도자료집』(보진재, 1971)의 〈저자의 업적목록 및 해설(학술편, 잡기편)〉, 이병철의 『석주명 평전』(그물코, 2011)의 〈생애연보 및 학술논문연보〉 등을 참조하여 그의 행적(•)과 학술논저(○), 잡문(△) 및 타계한 이후에 있었던 석주명 관련행사(★), 관련논저(☆), 관련발표(＊), 칼럼(+) 등을 중심으로 정리하였다.

연도별 행적과 학문적 업적

1908년

- 10월 17일(음력 9월 23일) 평양 이문리에서 광주(廣州) 석씨 평양파의 30대손인 석승서(石承瑞), 전주 김씨 김의식(金毅植)의 3남 1녀 중 2남으로 태어남

1914년(6세)

- 서당에 들어가 한문을 배움

1917년(9세)

- 평양의 공립종로보통학교 입학(4월)

1921년(13세)

- 보통학교 졸업(3월), 숭실고등보통학교 입학(4월)

1922년(14세)

- 동맹휴학으로 숭실고보를 중퇴하고 개성의 송도고등보통학교로 전학

1926년(18세)

- 송도고보 제7회 졸업(3월)
- 첫 결혼
- 일본의 가고시마고등농림학교 농학과 입학(4월)

1927년(19세)

- 농학과에서 박물과로 전과(4월)
- 교내 에스페란토연구회에 참여하여 에스페란토 공부를 시작함

△ 에스페란토 학습에 관하여: *La Espero*, jar.1, no. 1(등사판쇄, 가고시마)

△ Unu Peco de Mia Travivitajo pri Esperanto: *La Espero*, jar.1, no. 2

(등사판쇄, 가고시마)

1928년(20세)

- 대만 채집여행(8월)

△ Du Impresoj: *La Espero*, jar.2, no. 1(등사판쇄, 가고시마)

△ 에스페란토 이해: 思想樹, 창간호

△ Sentoj en Insulo Tante: 土(가고시마고농교우회잡지, no.2)

1929년 (21세)

- 가고시마고등농림학교 박물과 졸업(3월)
- 함흥 영생고등보통학교 박물교사 취임(4월)
- 첫 부인과 사별

1930년 (22세)

△ 국제어 에스페란토: 평양매일신문(10월 26-28일)

1931년 (23세)

- 모교인 송도고보에 박물교사로 취임(4월)

1932년 (24세)

○ 첫 학술논문 「조선 구장지방산 나비목록」1-3을 高塚豊次 공저로 *Zephyrus*, vol.4[4](1932), vol.5[4](1934), vol.7[1](1937)에 발표

△ Papilioj en Sondo, Koreujo: 송경곤충연구회회보, no.1(등사판쇄, 개성)

△ 나비의 계절형(제1보): 위의 책

△ 나비의 제2차 性的 형질(제1보): 위의 책

△ 때 아닌 계절형 나비를 채집함: 위의 책

1933년 (25세)

- 미국 하버드대학 T. Barber 박사의 재정지원으로 백두산 채집여행(7월)

○ 개성지방의 나비: 조선박물학회잡지, no.15(1933); 보정판: no.35(1942)
○ 조선산 나비의 미기록종, 이상형 및 은점표범나비 얼룩무늬의 변이성에 대하여: 조선박물학회잡지, no.15
△ 에스페란토론: 송우(송도고보교우회잡지), no.7

1934년 (26세)

- 김윤옥과 두 번째 결혼
- 함경북도와 간도의 용정지방 채집여행(8월)

○ 백두산지방 동물채집기 附 개성산 살모사: 조선박물학회잡지, no.18
○ 백두산지방산 나비채집기: *Zephyrus*, vol.5[4](1934)
○ 조선산 나비연구 제1보: 일본가고시마고등농림학교 25주년기념논문집, 전편(1934); 제2보: 가고시마 박물동지회연구보고, no.1(1942)
○ 조선산 기형나비: 일본 가고시마고등농림학교 25주년기념논문집, 전편(1934); 조선산 이형 및 기형나비: 가고시마박물동지회연구보고, no.1(1942)
△ 본년도 제2학년생도 채집 나비목록: 송우, no.8

1935년 (27세)

- 외동딸 윤희 출생(3월 19일)
- 금강산을 비롯한 강원도 채집여행(5월)
- 충청남도와 전라남북도 일대 채집여행(7-8월)

○ 난도(卵島)견학기: 문교의 조선, no.114
○ 삼각지(三角紙)들의 나비표본 보존용기: 식물및동물, vol.3
○ 나남(羅南)지방산 나비목록: *Zephyrus*, vol.6[1/2](1935), 제2보: vol.9[3](1943)
○ 5월말의 금강산 나비: *Zephyrus*, vol.6[1/2](1935)
○ 성적(性的) 이상의 꿩: 식물및동물, vol.3
○ 애물결나비의 변이연구와 그 학명에 대하여: 일본동물학잡지,

vol.47(1935); (속) 조선산 애물결나비의 변이연구: 일본동물학잡지, vol.53(1941)

1936년 (28세)

- 전라남도 해안과 제주도 채집여행

○ 세줄나비와 깊은산부전나비의 2신종에 대하여: 일본동물학잡지, vol.48

○ 조선산 배추흰나비의 변이연구: 일본동물학잡지, vol.48

○ 신종 스나이더어리표범나비에 대하여: *Zephyrus*, vol.6[3/4](1936); vol.7[4](1938)

○ 조선 동북단지역산 접류채집기: *Zephyrus*, vol.6[3/4](1936)

○ 조선산 소위 은점표범나비의 변이와 그 학명에 대하여: 조선박물학회지, no.21

○ 조선산 대륙유혈목이와 살모사에 대하여: 조선박물학회지, no.21

○ 지리산의 나비: 식물및동물, vol.4

○ 조선산 가락지장사나비에 대하여: 일본동물학잡지, vol.48

△ 행운의 암먹부전나비: *Zephyrus*, vol.6[2]

1937년 (29세)

- 경상남도 일대 채집여행
- 일본 북해도제국대학에서 열린 일본동물학회 학술대회에 참가해 강연한 뒤 사할린과 홋카이도 일대 채집여행(8월)

○ 일본산 두 가지 나비: 곤충계, vol.5

○ 조선산 멧노랑나비에 대하여: 나비와갑충, vol.2

○ 유리창나비에 대한 지견: 곤충세계, vol.41

○ Prof. H. Kuwano's Collection of Butterflies from China: Annot, Zoo. Japan, vol.16

○ 다물리도의 나비, 완도의 나비: 곤충계, vol.5(1937), vol.6(1938)

○ 2신아종의 나비에 대하여: *Zephyrus*, vol.7[1](1937)

○ 조선산 사향제비나비의 변이연구: 곤충계, vol.5
○ 조선산 굴뚝나비의 변이연구: 일본동물학잡지, vol.49
○ 제주도산 나비채집기: *Zephyrus*, vol.7[2/3](1937)
○ 조선산 진기하고 희귀한 나비 신산지 제1-2보: *Zephyrus*, vol.7[2/3](1937), vol.9(?)
○ 조선산 기형나비 집보 Ⅰ-Ⅷ: 식물및동물, vol.5(1937), vol.6(1938)
△ 남조선동물채집기: 송우, no.10
△ 재류동경송우에 둘러싸여: 위의 책
△ 세분론자(Spilitter)와 통합론자(Lumper): 조선박물학회회보, no.2
△ *Catalogue of the Collection of Avifauna in the Wasson Museum of the Songdo Hischool* (장재순 군의 도움으로 된 것인데 L. H. Snyder 명의로 나온 단행본 책자)
△ 제주도의 회상: 지리학연구, vol.14[5]
△ 조선산 굴뚝나비의 변이연구: 일본동물학회 제13회대회신문(강연문)
△ 경주 토함산 채집: 곤충계, vol.5[43]
△ 히메지로나비, 기형 및 약간의 술어 등에 관한 질의에 대한 응답: 나비와 갑충, vol.2[2]

1938년 (30세)

- 일본 동경제국대학 학술대회에서 논문발표
- 영국 왕립아시아학로부터 〈조선산 나비 총목록〉의 집필 의뢰받음
- 묘향산을 비롯한 서조선 일대채집여행(8월)
- 일본 학술진흥회의 추천으로 국고 연구비를 보조받음(11월)

○ 조선산 나비의 2신형에 대하여: *Zephyrus*, vol.7[4](1938)
○ 조선산 황세줄나비에 대하여: *Zephyrus*, vol.7[4](1938)
○ 조선산 *Limenitis* 중 근사한 3종에 대하여: 동물학잡지, vol.50
○ 조선산 나방류의 연구 제1보: 경성박물교원회지, no.1
○ 조선산 은점팔랑나비에 대하여: 동물학잡지, vol.50

○ 조선산 물결나비의 변이연구: 동물학잡지, vol.50

○ 사할린, 북해도 나비채집기: 곤충계, vol.6

○ 조선산 꼬리명주나비에 대하여: 동물학잡지, vol.50

○ 줄흰나비에 관한 연구: 일본동물학회보, vol.17

○ 울릉도산 나비: *Zephyrus*, vol.8[1/2](1938)

○ 조선산 조선줄나비사촌에 대하여: 식물및동물, vol.6

○ 조선산 지옥나비속(屬)의 수종의 관계있는 문헌: 조선박물학잡지, no.24

△ 표본의 동정과 발표: 조선박물학회회보[4]

△ 사할린 여행: 지리역사연구, 15[2]

△ 조선에 기후나비가 정말로 있는가: 곤충계, vol.6[48]

△ 조선산 굴뚝나비의 변이연구: 동물학잡지, vol.50[4]

△ 졸저 주요논문 목록 및 해설: 곤충계, vol.6[51]

△ 부산의 붉은점모시나비에 대하여: 곤충의 세계, vol.2[7-8]

△ 和 버나드 쇼 선생 유래: *Zoologica Dematobica*, no.1

1939년 (31세)

- 북경, 만주, 몽골 채집여행(8월)

○ 벚나무모시나방에 대하여: 경성박물교원회지, no.2

○ 일호(一濠) 남계우(南啓宇)의 나비그림에 대하여: 조선, no.Jan(1939), 제2보: 조선박물학회잡지, no.28(1940), 南나비傳: 조광, no.Mar(1941), 제3보 남계우의 나비에 대하여: 寶塚昆蟲館報, no.28(1943)

○ 함경산뱀눈나비 *Oeneis urda* EVERSMANN의 변이연구: 송우, no.11

○ 개마고태산 나비채집기 Ⅰ-Ⅱ: 곤충계, vol.7

○ 조선산 봄처녀나비의 변이연구: 관서곤충학회보, no.8

○ 외지산 기형 이형의 나비 집보: 곤충계. vol.7

○ 조선산 나비의 연구사: 한국박물학회잡지, no.26

○ 나비관련 조선고전의 해설: 한국박물학회잡지, no.26

○ 중국 및 몽고산 나비류의 신산지: 동물학잡지, vol.51

○ 만주산 나비목록: 동물학잡지, vol.51[(1939), 제2보: 만주생물학회보, vol.5(1943)
○ 함북 고지대산 나비채집기: 조선박물학회잡지, no.27
○ 느티나무를 해치는 노린재 몇 종의 생활사와 그 구제법: 곤충, vol.13; 동물학잡지, vol.52
○ *A Synonymic List of Butterflies of Korea* 원고 탈고(3월)
△ 린네의 두 저서: 조선박물학회회보 no.6
△ 60만종의 동물계의 기현상: 조광, 6월호(평양방송국 '동물의 종류 이야기' 방송원고)

1940년 (32세)

● 국제인시류학회 정회원에 피선
● 함경남북도와 만주 일대 채집여행(7-8월)
○ *A Synonymic List of Butterflies of Korea*(The Korean Branch of the Royal Asiatic Society, Seoul) 발간
○ 개마고태산 나비: *Zephyrus*, vol.8[3/4](1940)
○ 조선 동북지방산 나비채집기: *Zephyrus*, vol.8[3/4](1940)
△ 조선산 나비연구사: 조광, 2월호(경성중앙방송국 '조선산 나비연구사에서 흥미있는 2건' 원고)
△ 등산취미: 송우, no.12
△ 졸업생명부: 송우, no.12
△ 조선의 옛나비그림(남계우의 나비그림에 대하여): 동물학잡지, vol.52[2]
△ 스사비오선생의 편영(片影): 守屋荒美雄傳
△ 조선나비 이야기: 조광, 5월호(경성중앙방송국 방송원고)
△ 조선산 나비개론: 조선일보(7월 21-22일)
△ 조선반도의 특수성을 나타낸 수종의 나비류에 대하여: 일본학술협회 16차 대회보
△ 동창회원명부: 송도중학동창회보, no.1(1940), no.2(1941)

1941년 (33세)

- 조복성과 중강진을 비롯한 압록강 유역과 평안북도 일대 채집여행(8월)
- 송도중학교 창립 35주년 기념식에서 근속 10주년 표창 받음(10월)

○ 조선반도의 특수성을 나타낸 수종의 나비류에 대하여: 일본학술협회보고, no.16

○ 흥안령, 해납이(海拉爾) 및 만주리의 나비: 만주생물학회보 vol.4

○ Ginandromorqs de *Pieris napi* Linne *f. dulcinea* Bulter: 일본동물학회보, no.20

○ 관모연봉산 나비채집기; *Zephyrus*, vol.9[2](1941)

○ 조선산 노랑나비의 변이연구: 동물학잡지, vol.53

○ 조선에 많은 나비 5종의 변이 및 분포연구: 조선박물학회지, vol.8, 조선산 남방씨알붐의 변이연구 추보: 조선박물학회지, vol.9

△ 일호 남계우 나비그림에 대하여: 고려시보, 145호(1월 1일자 3면)

△ 平壤派 石氏 家系圖 및 平壤派 石氏 世譜圖(등사판쇄)

△ 북만주 여행에 대한 회상: 송우, no.13

△ 몽고인의 片想: 박문, vol.4[1]

△ 석주명 주요업적 목록 및 해설

△ 이웃사촌: 고려시보, 제151호(4월1일자 5면)

△ 寶塚昆蟲館에 진열된 조선산 나비목록: 보충문예도서관월보, 6[5]

△ 제주도의 곤충: 문화조선, vol.3[4](청풍호, 제주도특집)

△ 故重松達一郎 先生: La Revuo Orienta, jar. 22[8]

△ 호랑나비 날개가루 재전사 수기 부기(胡蝶鱗粉再轉寫手技 附記): 四不像[12]

1942년 (34세)

- 송도중학교 사직(3월 31일)
- 나비표본 60만 마리 송도중학교 교정에서 화장(4월 18일)
- 경성제국대학 의학부 미생물학 교실 소속인 개성의 '생약연구소'에 촉탁으로 들어감
- 개마고원 일대 채집여행(6월 17일–7월 16일)
- 경기도, 강원도, 경상남북도 채집여행(8월 2–23일)
- 서울 미카나이백화점에서 '세계의 나비전람회' 개최(9월 2–16일)

○ 평북 압록강연안지대산 나비채집기: 조선박물학회잡지, vol.9
○ 만주국산 나비에 관한 주의할 3저서에 대하여: 일본동물학잡지, vol.54
○ 청노린재와 송충이: 채집과사육, vol.4
○ 적송의 기형적 솔방울무리에 대하여: 채집과사육, vol.4
○ 봄처녀나비의 크기와 안문(眼紋)과의 상관관계에 대하여: 일본동물학잡지, vol.54
○ 조선산 뱀눈나비의 변이연구: 일본동물학잡지, vol.54
○ 故 우종인君이 채집한 대만 나비 목록: 곤충계, vol.10
○ 영흥지방의 나비: 조선박물학회잡지, vol.9
○ 평안남도의 나비: 조선박물학회잡지, vol.9
△ 뱀 기르기: 四不像[12]
△ 알림(나비전시회): 조선박물학회잡지, vol.9[35]
△ 60만마리 나비화장: 식물및동물, vol.10[10]

1943년 (35세)

- 경성제국대학 생약연구소 제주도시험장으로 전근(4월)
- 제주도 방언 수집 시작(4월)

○ 조선산 나비표본 목록(수원농사시험장所藏): 조선총독부농사시험장휘보, vol.15
○ 북조선 나비채집기: 조선박물학회잡지, vol.10

○ 남조선 나비채집기: 조선박물학회잡지, vol.10
△ 배추흰나비: 과학시대, 창간호

1944년 (36세)

△ 마라도 엘레지: 城大學報, 제80호

1945년 (37세)

- 제주도시험장에서 2년 1개월만에 개성의 본소로 복귀(5월)
- 수원농사시험장 병리곤충학부장으로 부임(5월)

※ 8.15 해방

- 조선에스페란토학회 창립 발기인(12월 15일)

○ 제주도의 여다(女多)현상: 조광, no.20
△ 제주도의 나비: 과학시대[19]; 조광, 11[1]

1946년 (38세)

- 경성대학에서 에스페란토 강연(2월 16일)
- 조선산악회 제1회 정기총회에서 이사로 선출됨(6월 28일)
- 조선선악회 주최 제2차 국토구명사업 '오대산·태백산맥 학술조사' 참가(7월 25일-8월 12일)
- 국립과학박물관 동물학 연구부장 취임(9월)

○ 제주도지명을 포함한 동식물명: 국립과학박물관동물학부연구보고, vol.1
○ 경성대학부속 생약연구소 제주도시험장부근의 나비상: 국립과학박물관동물학부연구보고, vol.1
○ 제주도 남단부의 자연, 더욱이 그곳의 나비상에 대하여: 국립과학박물관동물학부연구보고, vol.1
△ 아명고(兒名考)[평양지방]: 향토, 9월호
△ (제주도)토산당유래기: 향토, 9월호
△ 태백산의 나비: 민성, 10호

△ 생활과학화: 현대과학, 제3호

1947년 (39세)

- 조선산 나비를 248종으로 분류하고 조선말 이름을 지어 '조선생물학회'를 통과시킴(4월 5일)
- 조선산악회가 북한산에서 주최한 제1회 시민식목대회에서 강연(4월 6일)
- 제3차 국토구명사업 '소백산맥 학술조사' 참가(7월 12-25일)
- 국학대학에서 에스페란토를 제2외국어 선택과목으로 채택하자 강의를 맡음(12월)

○ 『중등동물』 교과서 발간
○ 『중등과학 생물』 4,5학년용 발간
○ 『국제어 에스페란토 교과서 附 소사전』(한국에스페란토학회) 발간
○ 조선산접류총목록: 국립과학박물관동물학부연구보고, vol.2
○ 말, 나귀, 노새, 버새: 현대과학, no.6
○ 『조선 나비 이름의 유래기』(백양당) 발간
○ 제주도의 나비류: 국립과학박물관동물학부연구보고, vol.2
○ 『제주도방언집』(제주도총서 1권, 서울신문사) 발간
○ 탐라고사[耽羅古史]: 국학, no.3
○ 조선산 암먹부전나비 변이연구, *Zephyrus,* vol.9[4].
△ 세계적인 천연기념물 광릉의 벌목은 대죄악: 자유신문(3월 11일, 2면)
△ 과학과 협력: 신천지, 3·4월 합병호
△ 에스페란토 창안자 자멘호프박사 30주기: 서울신문(4월 15일)
△ 병아리의 죽엄: 서울신문(5월 24일)
△ 꿈과 과학자: 서울신문(6월 17일)
△ 우리 동물계①②: 주간소학생, 제43호, 제,44호
△ 남나비선생: 주간소학생, 제45호
△ 봄의 동물: 주간소학생, 제46호(5월호)
△ 칼찬 선생님: 주간소학생, 제47호(6월호)

△ 조선적 교육체제: 자유신문(6월 30일)
△ 권투와 종교: 서울신문(7월 26일)
△ 소백산맥의 나비채집기: 서울신문(8월 16일)
△ 산악과 곤충: 서울신문(8월 16일)
△ 울릉도의 연혁: 서울신문(9월 2일)
△ 울릉도의 자연: 서울신문(9월 9일)
△ 가을의 동물계: 소학생, 9월호
△ 소백산맥의 나비: 소학생 9월호
△ 등산과 채집: 서울신문(9월 27일)
△ 향토와 생물: 서울신문(10월 28일)
△ 박물학자 '린네': 새동무, 제10호
△ 과학이야기: 새동무, 제11호
△ (속)조선적 교육체제: 자유신문(12월 1일)
△ 제주도와 울릉도: 소학생, 10월호
△ 과학: 한보, 22(복간 제2호)
△ 울릉도와 개구리: 금융조합, 12(개신확대호)
△ 울릉도를 다녀와서: 소학생, 11월호
△ 최현배씨 저 『글자의 혁명』 서평: 동아일보(8월 3일)
△ 생식과 생활사: 서울신문(12월 20일)
△ 공업과 학교: 공업신문(11월 23일)
△ 창간사: 과학나라, 창간호
△ 생활사라는 말: 과학나라 제1권 제2호
△ 체온과 이: 과학나라 제1권 제3-4호

1948년 (40세)

- 김윤옥과 이혼
- 홍익대학에서 에스페란토어 강의(8월)
- 제5차 국토구명사업 '차령산맥 학술조사' 대장으로 참가(8월 17-29일)

○ 제주도의 상피병: 조선의보, vol.2

○ 국학과 생물학(김정환 편, 현대문화독본; 서울신문 학예란에 연재되었던 과학수필 중 5편을 재편한 것)

△ 생물학계의 진로: 서울신문(1월 6일)

△ 조선의 자태: 제주신보(2월 6일)

△ 방언과 곤충: 서울신문(2월 8일)

△ 우리 국호와 연호와 글: 신천지, 2월호

△ 울릉도의 인문: 신천지, 2월호

△ 나무를 심그자: 민성[4]

△ 버섯과 곰팡이는 사촌격: 주간서울, 제6호)

△ 학술계에 있어서의 에스페란토의 지위: 신천지, 6월호

△ 조선농작물의 병충해문제: 농지개발, 제4호

△ 곤충채집: 어린이, 8월호(125호)

△ 울릉도의 하루밤: 현대과학, 8

△ 새교을 이야기하는 밤: 현대과학, 8

△ 안장관에게 보내는 공개장: 주간서울, 제8호

△ 사랑과 자살: 신천지, 8월호

△ 어느 날의 꿈 속의 꿈(詩): 농지개발, 제6호

△ 나의 장수법: 학풍, 창간호

△ 도봉섭 · 심학진 공저 『조선식물도설 유독식물편』 서평: 서울신문(10월 21일)

△ 제주도청론(濟州島廳論): 제주신보(10월 20일)

△ 동물학연구실 소개: 과학나라, 2권 1호

1949년 (41세)

- 제6차 국토구명사업 '선갑도 덕적군도 학술조사' 대장으로 참가(6월 11-17일)
- 제7차 국토구명사업 '다도해 총해 학술조사' 대장으로 참가(8월 9-24일)
- 조선에스페란토학회 제5회 강습회 지도(8월)

- 서울대 상대에서 에스페란토 강습회 지도

○ 『제주도의 생명조사서-제주도의 인구론』(제주도총서 2권, 서울신문사) 발간

○ 제주도 방언과 필리핀어: 조선교육, vol.3

○ '남녀수의 지배선'의 위치-제주도 통계에 대하여: 대한민국 통계월보, no.5

○ 『제주도관계문헌집』(제주도총서 3권, 서울신문사) 발간

○ 이양하, 권중휘 편 『영한사전』 공저(생물술어 450개)

△ 나의 지표: 독립신보(1월 7일)

△ 겨울의 동물(1-2): 진달래, 창간호, 2월호

△ 평화를 상징하는 비둘기 이야기: 학생신문, 제80호(1월 1일), 제81호(2월 14일)

△ 한국산 나비연구의 광명: 서울(2월 23일)

△ 에스페란토론: 신천지, 제4권 제2호

△ 지식과 취미와 교양: 신천지, 제4권 제2호

△ 곤충 · 언어 · 민족: 학생신문, 제83-85호

△ 언어정책에 대한 소감: 주간서울, 제30호(3월 제3주)

△ 삼림과 문화인의 각오: 연합신문(4월 3일)

△ 조성복 저 『곤충기』 서평 : 서울신문(4월 11일)

△ 신문기사로 본 해방후 1년간의 제주도: 학풍, 제2권 제1호

△ 신문기사로 본 해방후 둘째해의 제주도: 학풍, 제2권 제2호

△ 신문기사로 본 해방후 세째해의 제주도: 학풍, 제2권 제3호

△ 교사와 학자: 새교육, 제5호

△ 소위 문화인의 악취미: 태양신문(5월 27일)

△ 과학과 에스페란토: 신천지, 제4권 제6호

△ 대학생과 어학공부: 국학학보, 제4호

△ 동물 사로잡기: 과학나라, 제3권 3호(경성중앙방송국 어린이방송 원고)

△ 세계 각국 인구: 조선교육, 제3권 4호(6월호)
△ 산악취미: 연합신문(7월 19일)
△ 에스페란토론(상,하): 국도신문(7월 19-20일)
△ 산림과 산악회: 산림, 제2호
△ 일본을 바로보자(상,하): 연합신문(8월5-6일)
△ 전후 일본의 에스페란토 운동: 연합신문(8월 31일)
△ 다도해답사기(상,하): 국도신문(9월 3-4일)
△ 시감삼제(時感三題): 국도신문(9월 7일)
△ 소위 '신구(神龜)'의 정체: 평화일보(9월 10일)
△ 다도해의 종합보고: 연합신문(9월 14일)
△ 청해구(靑海龜)의 해설(강진의 소위 '신구'의 정체): 국도신문(9월 16일)
△ 에스페란토신문(상,중,하): 연합신문(9월 23-25일)
△ 신문과 과학: 서울신문(9월 28일)
△ 병과 약가(藥價): 현대공론, 상추호(爽秋號)
△ 권위: 현대과학, no. 10
△ 추자해협: 국도신문(11월 1일)
△ 영어와 에스페란토: 연합신문(11월 5일)
△ 제주명산 '불로차'예찬: 불로차제조본포서울출장소 선전지
△ 우리나라 대표나비: 첨성대, 제2호
△ 대학 · 중용 · 소학: 연합신문(11월 20일)
△ 제34차 에스페란토만국대회: 연합신문(11월 27일)
△ 과학성의 빈곤: 주간연합, 제2호
△ 박물학자의 전기 '린네': 과학시대, no. 7(서울중앙방송국 어린시간 방송 내용)
△ 론돈새: 과학나라, 제3권 5호
△ 세계평화와 언어정책: 연합신문(7월 16일)
△ 학구의 변: 태양신문(12월 30일)

△ 나비채집 20년 회고록(1-2): 신천지(1949년 11월호, 1950년 1월호)

1950년(42세)

- 한국산악회 제5회 정기총회에서 부회장으로 피선

○ 대한민국의 여다지역: 대한민국통계월보.

○ 제주도 방언과 말레이어馬: 어문, vol.2

○ 덕적군도 학술조사보고: 신천지, vol.5

△ 전북 여러 도서(島嶼)의 학술탐사를 마치고: 서울신보(1월 2일)

△ 한자제한론: 연합신문(1월 15일)

△ 광고와 직명: 연합신문(2월 21일)

△ 가거도 탈출기: 신천지, 2월호

△ 천국과 지옥: 주간서울, 79호

△ 무제록(無題錄): 주간서울, 80호

△ 범 이야기: 과학나라, 4권 1호

△ 신문기사로 본 해방후 네째해의 제주도: 제주신보(부록 제1호, 4월 5일)

△ 생산과 건국: 서울신문(4월 23일)

△ 봄과 나비: 주간서울, 84호

△ 제주시조 고 · 양 · 부 삼씨고(三氏考): 주간서울, 87호

△ 나비분포도: 월간 아메리카, 5월호

△ 만년필과 피아노: 주간서울, 90호

△ 변천하는 자살의 실태: 태양신문;한성일보;연합신문(6월 14일자)

△ 생물학과 영한사전: 신천지, 6월호

△ 천연기념물보존에 대하여: 신천지, 6월호

△ 나비이야기: 어린이신문, 제173호, 제174호, 제175호, 176호

△ 나비잡이 여담(餘談): 만화신문(6월 12일)

※ 6.25 한국전쟁 발발

- 9.28 서울수복 직전 국립과학관 화재로 나비표본 15만 마리 소실
- 10월 6일 향년 42세로 충무로 근처에서 술 취한 청년들에 피격되어 횡사

석주명 사후에 이루어진 일

1954년

＊ 다카지마 하루오(일본동물분류학회 간사), 학회지에 「석주명추도기」발표

1960년

＋ 미승우, 칼럼「나비학자 석주명선생 10주기를 맞아」, (조선일보, 10월6일)

1964년

★ 대한민국 정부 건국공로 훈장 추서

1965년

＊ 김광협, 석주명 모델 산문시「어느 곤충학자의 죽음」발표(6월, 서울대 대학신문)

1968년

○ 유고집『제주도수필』발간(보진재)

1969년

＊ 한창영,「석주명선생」,『제주도』통권 41호

1970년

＊ 강영선,「석주명」,〈한국근대인물백인선〉(『신동아』1월호 부록)에 실림.

○ 유고집『제주도곤충상』발간(보진재)

1971년

○ 유고집『제주도자료집』발간(보진재)

1972년

○ 유고집 『한국산 접류의 연구』 발간(보진재)

★ 부산에스페란토고려소학회에서 석주선 교수와 경북에스페란토학회장인 이종하 교수를 초청하여 〈석주명의 생애와 업적〉 강연회 개최(11월)

★ 부산 남산여고에서 '석주명추모회'를 겸한 자멘호프 탄신제 거행 (12월 15일)

1973년

○ 유고집 『한국산접류분포도』 발간(보진재)

1976년

* 서광운, 「석주명과 우장춘」, 월간 『뿌리깊은나무』(6월호)

* 김덕형, 『한국의 명가』(일지사. 〈주간조선〉 연재기사 묶음)에 '석주명' 실림

1976년

* 미승우, 「나비연구에 바친 일생」, 『세대』(6월호);「잊을 수 없는 사람, 석주명」, 『열매』(6월호)

* 오봉환, 「나비연구가의 나라사랑」, 전집물 〈한국인물사〉에 실림

1980년

★ KBS 특집 프로 〈석주명〉 방영(10월)

1981년

★ 서울 탑골승방에 안치되었던 유골을 경기도 광주 능골에 안장(9월 23일)

★ 단국대 석주선기념관에서 '석주명 선생 추모강연회' 열림(10월 10일)

1983년

* 〈동아원색세계대백과사전〉에 '석주명' 소개

★ 유고집『한국산접류분포도』출판된 지 10년만에 서점에 배포(12월 27일)

1984년

* 이병철,「나비와 더불어 한평생」, 월간『열매』(1983, 12월호, 1984, 1, 2월호);「외곬 인생의 나비박사 석주명」, 월간『한국인』(3월호)

1985년

☆ 시바타니,「석주명」,『야도리가』제123호(일본인시학회)
☆ 이병철, 인물평전『석주명』발간(동천사)

1987년

☆ 시바타니,「재설 석주명」,『야도리가』제128호(일본인시학회)

1989년

☆ 이병철,『나비박사 석주명 평전-위대한 학문과 짧은 생애』발간(아카데미서적)

1990년

* 초등학교 교과서『탐구생활6-1』에 '한국의 나비박사 석주명' 실림
* 이병철,「석주명과 제주도」, 제주도연구회 44회 연구발표회(5월 26일)

1992년

○ 유고집『한국 본위 세계박물학 연표』출간(신양사)
○ 유고 석주명 글모음집『석주명 나비채집 이십년의 회고록』발간(신양사)
○ 어린이용 석주명 글모음집『나비박사 석주명의 과학나라』발간(현암사)

1993년

☆ 한글판『브리태니커 백과사전』에 '석주명' 소개

1994년

☆ 이병철, 『나비박사 석주명 평전-위대한 학문과 짧은 생애』발간(성현출사)

☆ 이병철, 어린이용 위인전 『석주명』(계몽사) 발간

☆ 박상률, 어린이용 위인전 『석주명』(사계절) 발간

1996년

＊ 초등교육 국어 교과서 『읽기3-2』에 '석주명' 실림

1997년

☆ 이병철, 「나비박사 석주명의 생애와 학문」, 『과학사상』제21호(범양사출판부)

☆ 문만용, 「조선적 생물학자 석주명의 나비분류학」 석사학위 논문(서울대 대학원)

1998년

★ 문화관광부, 석주명을 '4월의 문화인물'로 선정

☆ 이병철, 소책자 〈4월의 문화인물〉 발간(문화관광부)

2000년

★ 제주전통문화연구소 주최 2000년 학술세미나(10월 7일, 제주민예총회의실) 〈제주학 연구의 선구자 故 석주명 선생 재조명〉

＊ 전경수, 「석주명의 학문세계: 나비학과 에스페란토, 그리고 제주학」

＊ 강영봉, 「제주어와 석주명」

＊ 홍순만, 「제주도학 연구와 석주명 선생의 공헌」

＊ 이승모, 「석주명 선생 회고」

＊ 한림화, 「국학자 석주명의 생애에 대한 고찰」

2001년

☆ 전경수, 「석주명의 학문세계: 나비학과 에스페란토, 그리고 제주학」, 『민

속학연구』8집

2002년

☆ 강영봉, 「제주어와 석주명」, 『탐라문화』 제22호(제주대 탐라문화연구소)

☆ 이병철, 『석주명 평전』 개정신판 발간(그물코)

+ 문무병, 칼럼 「제주를 사랑한 나비박사」(한라일보, 12월 21일)

2003년

★ 석주명 선생 기념비 제막(6월 11일, 서귀포시 토평동사거리)

★ 서귀포시 석주명 선생 학술세미나(6월 11일, 서귀포시청)
〈제주학의 선구자, 나비박사 석주명 선생의 삶〉

* 오성찬,「석주명 선생의 생애와 제주에서의 업적」

* 김성수,「석주명과 제주도의 나비」

* 강영봉,「석주명의 제주도방언집에 대하여」

* 전경수,「석주명 선생의 업적과 향후 과제」

+ 윤용택, 칼럼 「석주명기념관 건립을 제안하며」, (제주일보, 6월 16일; 서귀포신문, 6월 19일; 제문문화포럼 소식지 7월호)

2004년

★ 오성찬, 석주명 실명소설 『나비와 함께 날아가다』(푸른사상)출판기념회(4월 10일)

+ 김학준, 칼럼 「석주명선생기념박물관」(한라일보, 4월 16일)

2005년

★ 한국에스페란토협회 주관 선구자의 날(Tago de Pioniro)에 나비박사 석주명 선생 기념문집 출판기념회(5월, 한국외대)

☆ 곽종훈, 「석주명, 국제어 에스페란토 교과서」, *La Laterno Azia*, Aprilo.

★ 석주명선생기념사업을 위한 세미나(10월 19일, 제주도난대림연구소)

* 오성찬, 「나비박사 석주명의 생애와 학문적 업적」
* 남상호, 「나비연구에 일생을 바친 석주명 선생」
☆ 이유진, 「석주명 '국학과 생물학'의 분석」, 『철학사상문화』 제2호(동국대 동서사상연구소)

2006년

★ 에스페란토 도입 100주년 기념행사 일환으로 나비박사 석주명 기념엽서 발행
★ 석주명선생기념사업회 발기인대회 (제주대, 12월 8일)
\+ 강문규, 「다시 보는 석주명 선생과 제주도」(한라일보, 12월 12일)

2007년

★ '석주명선생기념사업회' 창립 및 기념세미나(3월 24일, 제주도난대림연구소)
* 문태영, 「변이에 대한 석주명의 인식과 실험」
* 이영구, 「석주명과 평화의 언어 에스페란토」
* 강만생, 「석주명 선생과 제주도」
\+ 윤용택, 「석주명 선생 업적 재조명, 제주도가 앞장 서야」, 제주대신문(5월 16일)

2008년

★ 석주명 선생 탄생 100주년 기념세미나(12월 20일, 제주도민속자연사박관)
* 이영구, 「석주명 선생과 에스페란토 정신」
* 김태일, 「석주명 선생 활동기반이었던 아열대농업연구소 보존과 활용」
* 강영봉, 「석주명의 제주어와 몽골어」
* 최낙진, 「석주명의 제주도총서의 출판학적 의미」
★ 한국에스페란토협회 〈석주명 선생 탄생 100주년을 회고하며〉 강연회(서울유스호스텔)
★ 한국과학기술원 한림원 '명예로운 과학자'로 선정됨

+ 송상용, 칼럼 「토종과학자 석주명」(한겨레신문, 11월 11일)
★ 서귀포문화원에서 석주명의 〈제주도총서〉를 〈서귀포문화원 연구총서〉로 복간

2009년

★ 석주명 관련자료 전시회 〈나비의 길, 바람에 실리다〉 (2월 2일, 제주도 민속자연사박물관)
★ 석주명 한국과학기술원 한림원 '과학기술인명예의전당'에 헌정
★ 〈닮고 싶은 과학자 나비박사 석주명의 Life Story 포럼〉 개최 및 석주명 선생 미공개 유품과 사료들 일반에 처음 공개(4월 18일, 국립과천과학관)
* 전경수, 「제주도학의 선구자 석주명」, 『화산섬 세계자연유산, 그 가치를 빛낸 선각자들』(한라산생태문화연구소)
+ 이병철, 칼럼 「일본인들이 부러워한 조선인 석주명」(국민일보 9월 14일)

2010년

★ 제주대 아열대농업생명과학연구소와 석주명선생기념사업회 공동주최, 석주명 선생 타계 60주기 기념세미나(2월 10일, 제주대)
☆ 이병철, 청소년용 위인전 『열정의 나비박사 석주명』발간(작은씨앗)
★ 한국조폐공사에서 제33차 '인물메달 33차분' 인물로 선정됨

2011년

★ 제주대 아열대농업생명과학연구소, 〈석주명기념사업 활성화방안 수립조사〉 용역보고서 제출(1월 26일)
☆ 윤용택, 「석주명의 제주학 연구의 의의」, 『탐라문화』제39호(제주대 탐라문화연구소)
★ 서귀포시민 책읽기운동 도서로 석주명 실명소설 『나비와 함께 날아가다』 선정됨
* 윤용택, 「지식융합의 측면에서 본 석주명의 학문적 성과」, 한국과학창의

재단과 제주대 탐라문화연구소 공동주최 제1회 융합워크숍 〈지식융합의 현재와 미래〉 (8월 25일~27일, 제주대)

★ 일본 가와조에(川副昭人, 1927-)박사 제주대 탐라문화연구소에 '제피루스(*Zephyrus*)'가 창간호(1929년)부터 제9권2호(1941년)까지 전질 기증('제피루스'에는 석주명이 해방 이전에 발표한 78편 논문 가운데 19편이 실려 있다)

☆ 이병철, 『석주명 평전』 복간(그물코)

★ 제주대 탐라문화연구소와 석주명선생기념사업회 공동주최, 석주명 선생 탄생 103주년 기념학술대회 〈학문 융복합의 선구자 석주명을 조명하다〉 개최(10월 7-8일, 제주대, 서귀포시청)

* 이병철, 「'석주명 제대로 알기' 여정을 돌아보다」
* 송상용, 「한국 현대 학문사에서 석주명의 위치」
* 신동원, 「한국과학사에서 본 석주명」
* 윤용택, 「학문 융복합의 선구자 석주명」
* 문태영, 「석주명의 나비학 연구의 의의」
* 문만용, 「나비분류학에서 국학까지」
* 정세호, 「석주명의 제주도 곤충 연구의 의의」
* 이영구, 「석주명의 에스페란토운동의 의의」
* 강영봉, 「석주명의 제주어 연구 의의와 과제」
* 양창용, 「세계어, 지역어, 그리고 영어의 위상」
* 최 현, 「1930-40년대 제주의 삶과 석주명」
* 김치완, 「석주명의 제주도 자료에 비친 제주문화」
* 윤봉택, 「석주명의 서적출판에 관한 연구」
* 유철인, 「석주명이 남긴 제주학의 과제」
* 김인중, 「제주의 가치로서 석주명 선생을 기념하기 위한 제언」

+ 윤용택, 칼럼 「제주학의 선구자 석주명 선생을 기리며」(한라일보, 10월 12일; 서귀포신문, 10월 15일)

2012년(2월 말 현재)

☆ 신동원, 「한국과학사에서 본 석주명」, 『탐라문화』 제40호(제주대 탐라문화연구소)

☆ 문만용, 「나비분류학에서 인문학까지-석주명식 나비연구의 성장과 의미」, 『탐라문화』 제40호(제주대 탐라문화연구소)

☆ 강영봉, 「석주명의 제주어 연구의 의의와 과제」, 『탐라문화』 제40호(제주대 탐라문화연구소)

☆ 윤용택 외, 『학문 융복합의 선구자 석주명』 발간(제주대 탐라문화연구소)

정리 : 윤용택 (제주대 철학과 교수·탐라문화연구소장)